ΜΕΜΝΩΝ & ΘΕΜΙΣ

Στυλιανός Κιλημάντζος

ΕΠΙΜΕΛΕΙΑ ΕΚΔΟΣΗΣ
Επιμέλεια εξώφυλλου

© Διαδικτυακή Αυτοέκδοση

ISBN: 978-960-93-8612-8

ΕΚΔΟΣΗ Α'

Αθήνα 2016

ΚΕΦΑΛΑΙΑ

ΚΕΦΑΛΛΙΟ 1

Το Austin A40 του 1949 έσχιζε τη βροχερή νύχτα, στέλνοντας τα φώτα των προβολέων στο γκρίζο βιομηχανικό τοπίο του λιμανιού. Οι μηχανές άνωσης που είχαν αντικαταστήσει τους τροχούς του οχήματος, γέμιζαν τη μαυρίλα του τοπίου με ένα αργόσυρτο βούισμα. Τα κτίρια τα οποία προσπερνούσε το όχημα, φαίνονταν από το πίσω παράθυρο να χάνονται στο βάθος το ένα μετά το άλλο, σαν ταινία που είχε κολλήσει και επαναλαμβανόταν ατέρμονα. Περνώντας από την γκρεμισμένη εκκλησία ο Μέμνων πάτησε γκάζι και ο κινητήρας υδρογόνου ώθησε το αυτοκίνητο να ξεχυθεί στην τελική ευθεία για τον προορισμό του. Ο ναός ήταν απομεινάρι του πολέμου των χριστιανών με τους ιουλιανιστές, που είχε διχάσει τη χώρα πριν από αιώνες. Οι νικητές, λάτρεις των ολύμπιων θεών, είχαν αφήσει το κτίριο μισογκρεμισμένο ως μνημείο της νίκης τους. Ο Μέμνων όποτε περνούσε από εκείνο το σημείο, συλλογιζόταν πόσο μάταια είχαν αποδειχθεί όλα, αφού πλέον όλοι οι θνητοί προσκυνούσαν τον ίδιο θεό. Μια χημική ουσία που τους έβγαζε από τη μιζέρια τους και τους προσέφερε προσωρινή ευτυχία. Η ευτυχία όμως είχε το τίμημά της. Είχε κάνει τους ανθρώπους άβουλους και νωχελικούς. Άμυαλους υπηρέτες που κινούνταν με μόνη ώθηση την υπόσχεση της επόμενης δόσης.

Το Austin σταμάτησε στο λιμάνι ενώ το πλοίο είχε ήδη αράξει. Ο Μέμνων βγήκε από το αμάξι, χαμηλώνοντας το γείσο του καπέλου του και σηκώνοντας το γιακά της καμπαρντίνας του, για να προφυλαχθεί από τη βροχή. Με το αριστερό του χέρι, το βιονικό όπως ήταν όλη η αριστερή του πλευρά από τον ώμο μέχρι τη μέση, πέταξε το μουσκεμένο πια τσιγάρο στο βρεγμένο τσιμέντο. Στο λιμάνι όπως και σε όλη την υπόλοιπη χώρα, κυριαρχούσε το γκρίζο τσιμέντο και το ψυχρό μέταλλο. Υποψία βλάστησης δεν υπήρχε πουθενά φυσικά. Οι γεννήτριες οξυγόνου ήταν το μόνο πράγμα που διαφύλασσε τους ανθρώπους από την αγωνιώδη ασφυξία. Όχι ότι η βλάστηση θα έδινε χρώμα στο τοπίο. Ο ιός της Αράς που είχε προσβάλλει την ανθρωπότητα στο σύνολό της, είχε φροντίσει να τους στερήσει για πάντα την ευκαιρία να απολαύσουν ξανά οποιοδήποτε χρώμα εκτός από το άσπρο, το μαύρο και το γκρίζο. Ένας ιός που επηρέαζε ακόμα και όσους είχαν βιονικά μάτια. Προχώρησε προς την ομάδα των αντρών που τον περίμεναν κάτω από τα ηχεία του σταθμού αναμονής, που συνήθως χρησίμευαν για τις ανακοινώσεις των υπευθύνων του λιμανιού, αλλά που εκείνη την ώρα πότιζαν το τοπίο με μια μελαγχολική μελωδία σαξοφώνου, που βύθιζε τη διάθεση σε συνδυασμό με τη βροχή και το ασπρόμαυρο μοτίβο της πόλης πίσω τους.

Ο Κόβαλος, εμφανώς μαστουρωμένος όπως συνήθιζε άλλωστε, τον πλησίασε με εκείνες τις νευρικές κινήσεις που τόσο εκνεύριζαν τον Μέμνονα. Και οι κινήσεις του δεν ήταν το μόνο χαρακτηριστικό του μπράβου, που τον έκανε κατά κοινή ομολογία αντιπαθητικό. Τα αγκαθωτά σκούρα μαλλιά του, τα γουρλωμένα μάτια του, η γλώσσα που έγλυφε ασταμάτητα τα χείλη, ακόμα και τα ασυνήθιστα λεπτά βιονικά χέρια και πόδια του, του χάριζαν μια απειλητική εμφάνιση και πρόδιδαν τις διάφορες ψυχολογικές διαταραχές που εμπλούτιζαν την προσωπικότητά του. Μια προσωπικότητα που προκαλούσε χωρίς ιδιαίτερη προσπάθεια, το φόβο και την αποστροφή.

«Τα παιδιά είναι έτοιμα να μεταφέρουν το εμπόρευμα. Άλλοι πέντε οπλισμένοι έχουν ακροβολιστεί στο λιμάνι αθέατοι» είπε στον Μέμνονα με τη συριστή φωνή του.

«Ωραία. Ας ξεκινήσουμε την εκφόρτωση». Ενώ τα κιβώτια με το εμπόρευμα της Χίμαιρας, της εταιρείας όπου εργαζόταν ο Μέμνων, μεταφέρονταν από το πλοίο σε ένα φορτηγάκι, εκείνος σάρωνε με το βλέμμα του τη γύρω περιοχή. Το ραντεβού είχε κανονιστεί με άκρα μυστικότητα, αλλά αυτά τα πράγματα είχαν μια τάση να μαθαίνονται. Οι ομάδες κρούσης της Έμπουσας καραδοκούσαν και θα μπορούσαν να χτυπήσουν οποιαδήποτε στιγμή. Άλλωστε η ανταγωνίστρια εταιρεία δεν έχανε ποτέ την ευκαιρία να σαμποτάρει με κάθε τρόπο, τις υποθέσεις της Χίμαιρας, είτε τις νόμιμες που γίνονταν φανερά στο φως της μέρας, είτε τις παράνομες που διεξάγονταν με την κάλυψη της νύχτας, όπως εκείνη ακριβώς τη στιγμή. Για αρκετή ώρα η εκφόρτωση συνεχιζόταν ομαλά. Ο Μέμνων είδε τη λάμψη πολύ πριν ακούσει τα ουρλιαχτά των ανδρών πίσω του. Οι τρεις από τους πέντε έγιναν στάχτη από τη δέσμη του λέιζερ, ενώ ο Κόβαλος και δύο από τους φορτωτές γλίτωσαν με εγκαύματα. Στη στιγμή η νύχτα έγινε μέρα από τις δεκάδες ριπές που διαγράφονταν στο σκοτεινό ουρανό. Ο Μέμνων πέταξε την καμπαρντίνα από πάνω του, βγάζοντας ταυτόχρονα από τη θήκη του το κατάνα με το δεξί του χέρι, το σάρκινο. Η μηχανική γροθιά του αριστερού σημάδεψε, με το κανονάκι του λέιζερ να ξεπετάγεται μέσα από ένα άνοιγμα του σιδερένιου βραχίονα.

Οι άντρες που είχαν ακροβολιστεί υπό τις οδηγίες του Κόβαλου, έβαλλαν λυσσαλέα από τις θέσεις τους. Ο Μέμνων όμως απολάμβανε τη μάχη εκ του σύνεγγυς. Όρμησε στα τσιράκια της Έμπουσας και έκοψε δύο κεφάλια με το κατάνα ενώ το λέιζερ του έκοψε στη μέση άλλον έναν. Οι οπλισμένοι άντρες επικέντρωσαν την προσοχή τους στον Μέμνονα, δίνοντας την ευκαιρία στην

3

υπόλοιπη ομάδα να οργανωθεί καλύτερα. Ο Κόβαλος με το μισό του πρόσωπο παραμορφωμένο από την πρώτη βολή των εχθρών, όρμησε κατά πάνω τους σφάζοντας τυφλωμένος από οργή. Οι γροθιές των βιονικών του χεριών υποχώρησαν μέσα στους καρπούς του, δίνοντας τη θέση τους σε δύο περιστρεφόμενους έλικες, οι οποίοι έκοβαν σε φέτες τη συμμορία που προσπαθούσε να κλέψει το πολύτιμο φορτίο τους. Ο Μέμνων απέφυγε τον αποκεφαλισμό από μια μαχαίρα που πέρασε ξυστά από το κεφάλι του, μετατρέποντας το καπέλο του σε κουρέλια. Άρπαξε τον άστοχο άντρα από το λαιμό και έμπηξε τα βιονικά του δάχτυλα βαθιά στην ευαίσθητη σάρκα. Ξερίζωσε το λαρύγγι και τη γλώσσα και είδε το αίμα να ποτίζει το σώμα του σκοτωμένου. Το υγρό φαινόταν γκρίζο και πηχτό στα μάτια του. Κανονικά, του είχαν πει κάποτε, ήταν κόκκινο, αλλά ο ίδιος μάλλον δε θα το διαπίστωνε ποτέ, όπως και οποιοσδήποτε άλλος από τη γενιά του και μετά, που είχε γεννηθεί όταν πλέον ο ιός της Αράς είχε κατακλύσει όλον τον πλανήτη. Είχε γεννηθεί σε έναν κόσμο χωρίς χρώματα και αυτό ήταν το μόνο που ήξερε. Δεν μπορούσε ούτε να φανταστεί πώς ήταν το κόκκινο του αίματος.

Αυτός άλλωστε ήταν και ο λόγος που πάλευαν οι δύο ομάδες εκείνο το βράδυ, προσθέτοντας ένα ακόμα επεισόδιο στην πολυετή διαμάχη ανάμεσα στις δύο κυρίαρχες εταιρείες. Αυτή η καταθλιπτική ασπρόμαυρη πραγματικότητα, που έκανε τη ζωή να μοιάζει με μια ζοφερή συνέχεια από εικόνες μονοτονίας και θλίψης. Μια πραγματικότητα που για να γίνει υποφερτή, χρειαζόταν ένα πέπλο να καλύψει την ασχήμια της. Ένα πέπλο από όμορφες εικόνες που έστω και μέσα στην ψευτιά τους, γλίτωναν το μέσο άνθρωπο από την άσβεστη επιθυμία να δώσει τέλος στη ζωή του. Ένα πέπλο που λεγόταν κυκεώνας και ήταν το καλύτερο και ακριβότερο ναρκωτικό που μπορούσε να προμηθευτεί κανείς στην αγορά της νύχτας, όπου οι δοσοληψίες γίνονταν όλο και πιο αποκάλυπτα, καθώς η αδυναμία της αστυνομίας να σταματήσει τον ξέφρενο ρυθμό του εγκλήματος, είχε κάνει τα παιδιά της μαφίας πιο θαρραλέα και παράτολμα από ποτέ. Οι εταιρείες έτσι και αλλιώς είχαν αρκετές δικλείδες ασφαλείας ώστε το προσωπείο νομιμότητας, πίσω από το οποίο γίνονταν όλες οι παράνομες δοσοληψίες, να μένει άφθαρτο. Όλοι οι πληρωμένοι μπράβοι της Έμπουσας και της Χίμαιρας είχαν δεχτεί κατά την πρόσληψή τους, να τους τοποθετηθεί στον εγκέφαλο ένα τσιπάκι, που με το πάτημα ενός κουμπιού θα απελευθέρωνε ένα ηλεκτρικό φορτίο, που θα κρατούσε ασφαλή τα μυστικά των εργοδοτών, προκαλώντας το θάνατο του φορέα.

Έτσι ποτέ κανείς δεν έπεφτε στα χέρια της αστυνομίας ζωντανός. Συνήθως πολεμούσαν τόσο βάναυσα αν οι εκπρόσωποι της τάξης τους στρίμωχναν κάπου, ώστε αναγκάζονταν να τους σκοτώσουν, έχοντας μόνο ένα πτώμα σαν βραβείο για τους κόπους τους και τίποτα που να συνδέει τον κακούργο με τους ευυπόληπτους οργανισμούς. Τα μεγάλα κεφάλια βρίσκονταν στο απυρόβλητο, ενώ τα τσιράκια τους δεν παραπονιόντουσαν αφού έκαναν την πιο καλοπληρωμένη δουλειά της εποχής τους, αντιμετωπίζοντας με ειρωνεία τους ξεθεωμένους τίμιους εργαζόμενους, που έσπευδαν το βράδυ στα διάφορα χαμαιτυπεία για να βρουν δύο γουλιές κυκεώνα και να δώσουν στην άχρωμη ζωή τους λίγο νόημα. Για αυτές τις λίγες στιγμές λησμονιάς έδιναν ό,τι απέμενε από τον πενιχρό μισθό τους. Και τα κιβώτια συνέχιζαν να έρχονται. Και τα αφεντικά συνέχιζαν να πλουτίζουν. Και η ασπρόμαυρη πραγματικότητα ήταν πάντα εκεί, όταν ο θολωμένος χρήστης του κυκεώνα ξανάβρισκε τις αισθήσεις του, σαν να του έλεγε: «Εδώ είμαι. Δεν έφυγα. Δε θα γλιτώσεις από εμένα τόσο εύκολα». Το επόμενο πρωί λοιπόν έτρεχε και πάλι στη δουλειά και εργαζόταν όσο και αν του ζητούσαν, ώστε να βγάλει αρκετά για τη δόση του.

Στη μέση αυτού του φαύλου κύκλου βρίσκονταν οι έμπιστοι των εταιρειών. Κάθε βράδυ έπαιζαν τη ζωή τους κορώνα-γράμματα, αλλά η ανταμοιβή ήταν υψηλή. Πολυτελή σπίτια, γυναίκες, αυτοκίνητα και το πιο σημαντικό, όσο κυκεώνα τραβούσε η όρεξή τους. Κανείς δε γλίτωνε από την εξάρτηση. Ούτε τα τσιράκια αλλά ούτε και τα μεγάλα αφεντικά. Κάποτε ήταν ένα δυναμωτικό και θρεπτικό υγρό που μπορούσε να πίνει άφοβα ο οποιοσδήποτε, αφού εκείνες τις μέρες ήταν πάμφθηνο. Κάποιος χημικός όμως είχε την κερδοφόρα ιδέα να αναμείξει κάποια από τα συστατικά του με ένα μύκητα. Ο συνδυασμός οδήγησε σε μια ουσία που προκαλούσε οράματα και ψευδαισθήσεις, ισχυρότερες από οτιδήποτε άλλο είχε δοκιμάσει μέχρι τότε, η πάντα διψασμένη για νέες συγκινήσεις κοινωνία. Ο κυκεώνας έγινε ανάρπαστος και άλλαξε εντελώς την εικόνα και τις ισορροπίες στο εμπόριο ναρκωτικών. Πλέον ισχυρός ήταν όποιος ήλεγχε το εμπόριο του πολύτιμου αυτού φαρμάκου της μιζέριας και αφού είχαν ωθήσει δια της βίας στο περιθώριο όλες τις άλλες συμμορίες και εταιρείες, η Έμπουσα και η Χίμαιρα πάλευαν για τα πρωτεία, προσπαθώντας να εξολοθρεύσουν δια παντός η μια την άλλη.

Οι πληροφορίες ήταν συγκεχυμένες αλλά ο μύθος έλεγε ότι ο χημικός, αρκετά έξυπνος ώστε να καταλάβει πως δε θα ήταν ασφαλής, αφού όλοι θα επιθυμούσαν το μυστικό που έκρυβε στο κεφάλι του, τη συνταγή του κυκεώνα, έφυγε μακριά σε κάποιο άγνωστο εξωτικό νησί, όπου από το εργαστήριό του, που χρόνο με το χρόνο μεγάλωνε όλο και περισσότερο για να καλύψει την αυξανόμενη ζήτηση, εφοδίαζε με το ναρκωτικό όλη την υφήλιο. Είχαν περάσει πολλά χρόνια από τότε και πιθανότατα είχε πεθάνει πια. Τα μπουκάλια με τον κυκεώνα πάντως συνέχιζαν να καταφθάνουν στα λιμάνια, μετά από κάθε μήνυμα που έστελναν τα αφεντικά των δύο εταιρειών. Των δύο μοναδικών ανθρώπων στη χώρα, που ήξεραν πώς να έρθουν σε επαφή με το εργαστήριο του φυγάδα χημικού και όποιον τον είχε διαδεχτεί. Μια αποκλειστικότητα που αποκτήθηκε με πολύ αίμα και προσπάθεια. Αλλά τα κέρδη έδειχναν πως τελικά άξιζε τον κόπο.

Τα τσιράκια της Έμπουσας άρχισαν να υποχωρούν, βλέποντας πως εκείνη τη νύχτα δε θα κέρδιζαν τίποτα άλλο παρά μόνο θάνατο. Ο Μέμνονας σταμάτησε την καταδίωξη αφού ο αντικειμενικός στόχος που ήταν η προστασία του φορτίου είχε επιτευχθεί, σε αντίθεση με τον Κόβαλο που σκότωνε από ευχαρίστηση και όχι για σκοπιμότητες. Ο παρανοϊκός μπράβος με το εκκεντρικό κούρεμα, κυνήγησε τα απομεινάρια της ομάδας, για να παρατείνει το γλέντι λίγο παραπάνω. Ο Μέμνων έδωσε εντολή στους άντρες να συνεχίσουν με τη φόρτωση των κιβωτίων. Ήθελε να τελειώνει το συντομότερο δυνατόν, αφού δεν ήξερε τι άλλες εκπλήξεις θα του επιφύλασσε εκείνη η αποστολή. Όταν άκουσε τα τακούνια από τις μπότες και τον πειθαρχημένο στρατιωτικό βηματισμό, ο Μέμνων κατάλαβε πως η νύχτα ήταν ακόμα στην αρχή της.

Η βροχή είχε πια σταματήσει και έτσι μπορούσε να διακρίνει την καύτρα από το τσιγάρο του νεοφερμένου. Πλησιάζοντας το φως από τους προβολείς του λιμανιού, αποκάλυψε σταδιακά όλα του τα χαρακτηριστικά. Έτσι όπως παρουσιαζόταν μέσα από το σκοτάδι σε αργή κίνηση, ήταν σαν να έβλεπε κάποιον να αναδύεται από το βυθό μιας κατάμαυρης λίμνης. Ήταν ο Αλάριχος ή τουλάχιστον αυτό το ψευδώνυμο του είχαν δώσει όταν είχε πρωτοφτάσει στη χώρα. Το αληθινό του όνομα δεν το είχε μοιραστεί με κάποιον. Γερμανός μισθοφόρος της Έμπουσας, που πολεμούσε για χρήματα αλλά και για το γόητρο της νίκης. Είχε βάλει από καιρό στο στόχαστρό του τον Μέμνονα, αφού η αξία του ήταν γνωστή και θεωρούσε πως μια προσωπική του νίκη εναντίον του καλύτερου πολεμιστή της Χίμαιρας, θα του προσέδιδε ζηλευτό γόητρο. Φορούσε πάντα τη μαύρη στρατιωτική στολή των SS, έχοντας στο πηλίκιο τη νεκροκεφαλή με τα δύο χιαστί κόκαλα, τον αετό με τα απλωμένα φτερά και στο γιακά του τα επιράμματα με τα φύλλα βελανιδιάς και το σιδερένιο σταυρό κρεμασμένο γύρω από το λαιμό του. Τα διακριτικά του ανώτατου αξιωματικού γυάλιζαν στις επωμίδες του. Το ένα του μάτι ήταν σκεπασμένο από ένα δερμάτινο κάλυμμα, το οποίο το φορούσε για να φαίνεται ακόμα πιο αποκρουστικός και όχι λόγω τύφλωσης, αφού στην πραγματικότητα το μάτι που είχε χάσει κάποτε είχε αντικατασταθεί από ένα βιονικό, το οποίο ήταν εξοπλισμένο με λέιζερ. Ο Μέμνων κράτησε μπροστά του το κατάνα και ετοιμάστηκε για άλλη μια μονομαχία, αφού στο παρελθόν είχαν συγκρουστεί πολλές φορές, χωρίς να υπάρχει τελικός νικητής.

«Το φορτίο του κυκεώνα έφυγε Αλάριχε. Φαίνεται πως άργησες για άλλη μια φορά» είπε ο Μέμνων ρίχνοντας μια ματιά πάνω από τον ώμο του για να βεβαιωθεί για την αλήθεια των λόγων του.

«Δεν ήρθα για το φορτίο Μέμνονα. Ξέρεις πολύ καλά γιατί είμαι εδώ».

«Σου έχω γίνει εμμονή έτσι; Αν σε ενδιαφέρει πιο πολύ να σκοτώσεις εμένα απ' το να εκτελείς τις εντολές του αφεντικού σου, μάλλον οι μέρες σου στην Έμπουσα είναι μετρημένες. Και όπως ξέρεις στη δουλειά που κάνουμε ο κόσμος δεν απολύεται. Συνήθως εξαφανίζεται χωρίς ίχνος».

«Αν βρουν στην Έμπουσα κάποιον που να μπορεί να με βγάλει από τη μέση, θα δεχτώ την πρόκληση με χαρά. Αυτό όμως είναι κάτι που δεν πρέπει να σε ανησυχεί. Απόψε καλύτερα να ανησυχείς για τη δική σου σωτηρία». Τίναξε το χέρι του και τρεις μικροσκοπικές σβάστικες πετάχτηκαν προς τον Μέμνονα. Ήταν φτιαγμένες από ένα πανίσχυρο κράμα μετάλλων και οι άκρες τους μπορούσαν να διαπεράσουν οτιδήποτε. Ο Μέμνων πήδηξε στο πλάι και κατρακυλώντας στο έδαφος, γύρισε και πυροβόλησε με το λέιζερ τον Αλάριχο. Ο Γερμανός απέφυγε την ακτίνα και πυροβόλησε με τη σειρά του χρησιμοποιώντας το αριστερό βιονικό του μάτι. Ούτε εκείνος βρήκε στόχο όμως χάρη στην ταχύτητα του αντιπάλου του, ο οποίος πλησίασε αστραπιαία με το κατάνα έτοιμο να καρφώσει το μισθοφόρο της Έμπουσας. Με συνεχόμενα χτυπήματα του σπαθιού προσπάθησε να τον καρφώσει, όμως ο

Αλάριχος κατάφερε να αποφύγει τη θανάσιμη λεπίδα, την ίδια ώρα που έβγαζε από τη θήκη του το Luger PO 8 και πυροβολούσε τον Μέμνονα. Το πιστόλι παρά την παλιομοδίτικη εμφάνισή του είχε περάσει από τις κατάλληλες τροποποιήσεις, ώστε να εξαπολύει ριπές λέιζερ. Η βολή πέρασε ξυστά από τον ώμο του Μέμνονα, τσουρουφλίζοντας τα ρούχα και τη σάρκα του. Ο Αλάριχος όμως για να μπορέσει να βρει στόχο, στάθηκε ακίνητος για εκείνο το κλάσμα του δευτερολέπτου που χρειαζόταν ο αντίπαλός του, για να καρφώσει τα πλευρά του με το κατάνα.

Η πληγή δεν ήταν βαθιά αλλά ο πόνος τον έκανε να ρίξει κάτω το πιστόλι. Και ο Μέμνων όμως ένιωθε τον καμένο του ώμο να τον σουβλίζει και ήταν αναγκασμένος να κρατάει το κατάνα με το αριστερό του βιονικό χέρι. Κρατώντας το όπλο των σαμουράι σε οριζόντια θέση, ώστε να μπορέσει να ευθυγραμμίσει το κανονάκι λέιζερ που ξεπηδούσε από το βραχιόνα του με τον Αλάριχο, ετοιμάστηκε για τη βολή, με το βιονικό μάτι του Γερμανού να κάνει το ίδιο. Ξαφνικά όμως ξεπετάχτηκαν από τη γωνία τέσσερα περιπολικά της Δίωξης Ναρκωτικών, οπότε οι δύο μαφιόζοι ανέβαλλαν τη μονομαχία και έτρεξαν προς τα αυτοκίνητά τους. Το Austin με την ενεργοποίηση του κινητήρα υδρογόνου, σηκώθηκε μερικά εκατοστά από το έδαφος και ξεχύθηκε μακριά από το λιμάνι, με τον ήχο από τις σειρήνες των περιπολικών να το καταδιώκουν. Ο Μέμνων είδε από τον καθρέφτη δύο αυτοκίνητα και υπέθεσε πως τα άλλα δύο που είχε δει στο λιμάνι, είχαν κυνηγήσει τον Αλάριχο. Οι ριπές των λέιζερ των αστυνομικών περνούσαν ξυστά πάνω από την οροφή του Austin και ο Μέμνων ήξερε πως αυτές δεν ήταν προειδοποιητικές βολές. Όταν επρόκειτο για μέλη της μαφίας, οι αστυνόμοι βαρούσαν στο ψαχνό. Αφού ήξεραν πως έτσι και αλλιώς δε θα έπιαναν ζωντανό κανένα μέλος των εταιρειών, δε διακινδύνευαν τις ζωές τους για να τους πιάσουν ζωντανούς, αλλά αντίθετα τους εκτελούσαν κατευθείαν.

9

Με κάθε προσπάθεια έφταναν όλο και πιο κοντά, με τα λέιζερ να έχουν ανοίξει ήδη αρκετές τρύπες στο αμάξι του Μέμνονα. Ο μισθοφόρος βλαστήμησε σκεπτόμενος τις ζημιές που πάθαινε η αγαπημένη του αντίκα, ξέροντας πόσο θα δυσκολευόταν να ξετρυπώσει τα δυσεύρετα ανταλλακτικά. Έκοψε ταχύτητα και άφησε τα περιπολικά να φτάσουν πλάι του. Έχοντας ενεργοποιήσει την αυτόματη οδήγηση, άνοιξε ξαφνικά την πόρτα του οδηγού και πήδηξε πάνω στο περιπολικό που ήταν στα αριστερά του. Ενώ βρισκόταν ακόμα στον αέρα, έκοψε το χέρι του συνοδηγού που τον πυροβολούσε και προσγειώθηκε στο καπό του περιπολικού. Πυροβόλησε με το λέιζερ τον οδηγό, ανοίγοντάς του μια αχνιστή τρύπα στο στήθος. Πήδηξε από το ακυβέρνητο όχημα ακούγοντας τα ουρλιαχτά του συνοδηγού, που έτρεμε από τον πόνο και το σοκ του ακρωτηριασμένου του χεριού. Μόλις βρέθηκε στο καπό του Austin άκουσε την έκρηξη που προκλήθηκε από το περιπολικό, που μόλις είχε συγκρουστεί με έναν τοίχο. Οι άλλοι δύο αστυνομικοί του δεύτερου περιπολικού, εξοργισμένοι από το θάνατο των συνεργατών τους, άρχισαν να πυροβολούν και οι δύο σαν μανιακοί εναντίον του. Ακύρωσε την αυτόματη οδήγηση επιστρέφοντας στη χειροκίνητη, πάτησε το φρένο απότομα και είδε το περιπολικό να τον προσπερνά με ιλιγγιώδη ταχύτητα. Μέχρι να προλάβουν να γυρίσουν πίσω, γκάζωσε και χώθηκε σε ένα από τα σκοτεινά στενάκια του λιμανιού.

Άφησε το αμάξι και κρύφτηκε ανάμεσα στα τεράστια εμπορευματοκιβώτια. Άκουσε το περιπολικό να πλησιάζει και να σταματά. Μετά δύο πόρτες να ανοίγουν και να κλείνουν και ύστερα βήματα. Τεντώνοντας τα αυτιά του αναγνώρισε το χαρακτηριστικό βούισμα των λέιζερ, όταν φορτίζουν ετοιμάζοντας την επόμενη βολή. Κράτησε την ανάσα του ώστε να μην κάνει τον παραμικρό θόρυβο, καθώς οι δύο διώκτες του πλησίαζαν στο σημείο όπου κρυβόταν. Ήδη οι δέσμες φωτός από τους φακούς τους, προανήγγελλαν τον ερχομό τους. Πετάχτηκε ξαφνικά μέσα από τις σκιές και εμφανίστηκε μπροστά τους για ένα κλάσμα του δευτερολέπτου. Χάθηκε αμέσως με τις βολές των αστυνομικών να βρίσκουν όλες το κενό.

«Τρέξε. Είδα προς τα πού πήγε. Θα τον προλάβουμε» είπε ο ένας αστυνομικός. Δεν πήρε όμως απάντηση. Όταν γύρισε διαπίστωσε έντρομος το λόγο. Μια σκούρα γραμμή διαγραφόταν στο στομάχι του συναδέλφου του. Ο τραυματισμένος άντρας τον κοιτούσε με τα μάτια γουρλωμένα από την αγωνία.

«Ηρέμησε. Μπορεί να μην είναι βαθύ το κόψιμο. Θα πάμε αμέσως στο νοσοκομείο» προσπάθησε να τον καθησυχάσει, αλλά μόλις πήρε το χέρι του ματωμένου συναδέλφου του και το πέρασε πάνω από τον ώμο του για να τον στηρίξει, τότε με την πρώτη κίνηση το κορμί του τραυματία χωρίστηκε στα δύο και ο επίδοξος σωτήρας έμεινε να κοιτάζει όλο φρίκη, τη γεμάτη οδύνη έκφραση του ετοιμοθάνατου άντρα. Ο άτυχος αστυνομικός κρεμάστηκε και με τα δύο χέρια από το σύντροφό του, ενώ το κάτω μέρος του κορμιού του είχε πέσει στο πάτωμα. Ο ακόμα ακέραιος αστυνομικός άρχισε να ουρλιάζει συνεπαρμένος από τον τρόμο και προσπαθώντας να ξεγαντζωθεί από τον ακρωτηριασμένο. Έσπρωξε το κομμένο σώμα μακριά του και έπεσε στο έδαφος, όπου άρχισε να σέρνεται μακριά από τα αίματα με τα οποία είχε πλημμυρίσει ο χώρος. Τότε ένιωσε μια ατσάλινη λαβή στην πλάτη του. Το βιονικό χέρι του Μέμνονα χώθηκε στη σάρκα του και άρπαξε τη σπονδυλική στήλη, τραβώντας την έξω με μανία. Άφησε το ξεσκισμένο κορμί να πέσει στο έδαφος και σκούπισε το πρόσωπό του από τα αίματα. Ύστερα έκοψε ένα κομμάτι από τα ρούχα του ενός αστυνομικού και άρχισε να καθαρίζει με σχολαστικότητα το κατάνα. Τα ρούχα του ήταν μουσκεμένα από το αίμα των θυμάτων του, αλλά αυτό δεν τον ένοιαζε. Σημασία είχε μόνο το σπαθί του. Έπρεπε να είναι πάντα καθαρό και να γυαλίζει, αντικατοπτρίζοντας κάθε φορά που σκότωνε, την έκφραση του κάθε θύματος. Εκείνη την υπέροχη στιγμή, που κάποιος καταλαβαίνει πως κόβεται το νήμα της ζωής του.

Αυτή η εμμονή του με το σπαθί άλλωστε τον είχε ανταμείψει. Όπως φρόντιζε εκείνος το όπλο του έτσι και εκείνο φρόντιζε πάντα εκείνον, μην αφήνοντας κανέναν να τον βλάψει ή να φύγει από τη μάχη, χωρίς να έχει μετανιώσει που επιτέθηκε στον κύριό του. Μόνο ο Αλάριχος μπορούσε να καυχηθεί ότι μετά από τόσες μάχες, είχε επιβιώσει. Αλλά ο Μέμνων ήξερε μέσα του πως κάποια στιγμή, θα διεξαγόταν η τελική θανάσιμη μάχη, όπου θα ξεχώριζε ο καλύτερος. Μπήκε στο αμάξι του και άφησε το λιμάνι και τα απομεινάρια της μάχης πίσω του. Όλη αυτή η ένταση έκανε επιτακτική την ανάγκη για λίγο κυκεώνα. Όμως δεν μπορούσε να γυρίσει στο σπίτι του αν πρώτα δε σιγουρευόταν ότι το φορτίο είχε φτάσει με ασφάλεια στις αποθήκες της Χίμαιρας. Έβγαλε το βύσμα από τον αυχένα του και το συνέδεσε με την υποδοχή στον πίνακα ελέγχου του αυτοκινήτου. Στέλνοντας με το μυαλό του το όνομα χρήστη και τον προσωπικό του κωδικό, συνδέθηκε με το εταιρικό δίκτυο. Κάλεσε τον Κόβαλο στην προσωπική του γραμμή. Μέσα στο μυαλό του εμφανίστηκε η εικόνα του παραμορφωμένου από τα λέιζερ μπράβου. Το πάντα υστερικό του βλέμμα φαινόταν ακόμα πιο απάνθρωπο και διαστρεβλωμένο, με το έγκαυμα να τραβάει και να αλλοιώνει τα χαρακτηριστικά του.

«Τι έγινε, δε σε τσάκωσαν οι μπάτσοι; Κάποια στιγμή θα ξεμείνεις και εσύ από τύχη, δεν μπορεί».

«Αν ήσουν ακόμα στο λιμάνι όταν έφτασαν, γιατί δεν έκανες κάτι για να βοηθήσεις;» ρώτησε εκνευρισμένος ο Μέμνων.

«Μα δεν μπορούσα να αφήσω το φορτίο έτσι αφύλακτο και να φύγω. Καταλαβαίνεις ελπίζω» είπε ο Κόβαλος με ένα ψευτο-αθώο ύφος. Η αλήθεια ήταν πως ζήλευε τον Μέμνονα εξαιτίας της πρωτοκαθεδρίας του στην εταιρεία και θα έβλεπε με πολύ καλό μάτι το θάνατο του άντρα, που θα είχε ως αποτέλεσμα τη δική του άνοδο στην ιεραρχία. Ο Μέμνων ήξερε πως δεν είχε νόημα να τσακωθεί μαζί του. Ήταν ένας παρανοϊκός και τίποτα παραπάνω.

«Το φορτίο έφτασε εντάξει;»

«Σε λίγο φτάνουμε στις αποθήκες. Δε νομίζω να έχουμε κανένα πρόβλημα από εδώ και πέρα. Μπορούμε να τα βγάλουμε πέρα και χωρίς τον αρχηγό μας» απάντησε ειρωνικά ο Κόβαλος.

«Είμαι σίγουρος για αυτό. Άλλωστε με τέτοια μούρη, ποιος θα τολμούσε να τα βάλει μαζί σου». Ο Κόβαλος κάτι πήγε να πει αλλά ο Μέμνων διέκοψε απότομα τη σύνδεση και κατευθύνθηκε προς το σπίτι του. Ήταν προβληματισμένος. Τον τελευταίο καιρό η Έμπουσα βρισκόταν στα μέρη όπου γίνονταν οι κρυφές παραδόσεις των φορτίων της Χίμαιρας όλο και πιο συχνά, κάνοντας το έργο του ολοένα και πιο δύσκολο. Και όταν κάθε φορά ξεσπούσε κανονικός πόλεμος ανάμεσα στις δύο συμμορίες, τότε ήταν λογικό μετά από λίγο να εμφανίζεται και η αστυνομία, αφού από μια μυστική παράδοση εμπορεύματος η υπόθεση μετατρεπόταν σε ένα υπερθέαμα καταστροφής. Φυσικά δεν τον ενδιέφερε αν θα έχανε λεφτά η εταιρεία. Η δική του δουλειά όμως γινόταν πιο δύσκολη και πιο επικίνδυνη και για αυτό έπρεπε να μάθει ποια ήταν η πηγή των πληροφοριών της Έμπουσας και να τη βγάλει από τη μέση. Μπήκε στο διαμέρισμά του και έδωσε τη φωνητική εντολή για να ανάψουν τα φώτα και να αρχίσει να παίζει μουσική. Με τους ήχους του Miles Davis άνοιξε μια φιάλη κυκεώνα και ξάπλωσε στον καναπέ του, για να απολαύσει το ναρκωτικό. Είχε επικεντρώσει το βλέμμα του στην κρεμασμένη του καπαρντίνα, ενώ έπαιζε αφηρημένα στα χέρια του τη λαβή του σπαθιού. Σταδιακά η εικόνα άρχισε να θολώνει μέχρι που σταμάτησε να ξεχωρίζει τι έβλεπε μπροστά του. Η άδεια φιάλη έπεσε από τα χέρια του στο χαλί και εκείνος έγειρε πίσω το κεφάλι, έκλεισε τα μάτια και υποδέχθηκε τις φανταστικές εικόνες που ξεπήδησαν μέσα στο μυαλό του.

13

κεφΑλλιο 2

Η Θέμις άνοιξε τα μάτια αντιδρώντας στον ήχο από το ξυπνητήρι του δικτύου που άρχισε να χτυπάει μέσα στο μυαλό της. Με μια νοητή εντολή το απενεργοποίησε και σηκώθηκε από το κρεβάτι, ενώ ταυτόχρονα τράβηξε το βύσμα που τη συνέδεε με τον υπολογιστή που είχε δίπλα στο κρεβάτι της. Το καλώδιο χάθηκε μέσα στον αυχένα καθώς εκείνη έτριβε τα ματιά της, προσπαθώντας να διώξει τον ύπνο και να συγκεντρώσει τις σκέψεις της. Πήγε στην κουζίνα και άρπαξε το σωλινάριο που περιείχε το πρωινό της. Η παχύρευστη συνθετική ουσία που βγήκε από μέσα περιείχε γεύσεις από καφέ, αυγά, μπέικον και χυμό. Τελείωσε το σωληνάριο μηχανικά απορροφημένη από τις σκέψεις της. Υστέρα το πέταξε αφηρημένα στον κάδο των αχρήστων και μπήκε στο μπάνιο. Αυτές οι συνθετικές τροφές σε σωληνάρια με την ψευδαίσθηση γεύσης, αποτελούσαν τη μοναδική επιλογή, σε έναν

15

κόσμο όπου τα ζώα είχαν εξαφανιστεί μαζί με όλα τα είδη βλάστησης.

Βγήκε από το μπάνιο σκουπίζοντας τα μαλλιά της και κατευθύνθηκε προς τη ντουλάπα. Πέρασε μπροστά από το γραφείο του συζύγου της. Σταμάτησε για ένα κλάσμα του δευτερολέπτου. Όσα χρόνια και αν περνούσαν δεν μπορούσε να περάσει έξω από αυτό το δωμάτιο, χωρίς η καρδιά της να αναπηδήσει. Περίμενε πάντα να τον βρει εκεί, όπως γινόταν παλιά όταν ξυπνούσε πάντα πρώτος και εκείνη τον έβρισκε να δουλεύει μπροστά από τον υπολογιστή του ή να μελετάει εκείνα τα περίεργα βιβλία σε έντυπη μορφή που τόσο λάτρευε και που ήταν τόσο δύσκολο να βρεθούν, σε μια εποχή που βιβλία δεν εκτυπώνονταν πια και άλλωστε χαρτί δεν υπήρχε καν. Εκείνος όμως πάντοτε αντιστεκόταν στο ρεύμα της εποχής και στα ηλεκτρονικά βιβλία και αγωνιζόταν να κρατήσει κάποιο ίχνος από το παρελθόν. Αυτές τις στιγμές που κοιτούσε την άδεια καρέκλα με θλίψη, αγανακτούσε με τον εαυτό της που δεν μπορούσε ακόμα να αποδεχτεί το θάνατό του. Απομακρύνθηκε αποφασισμένη από την είσοδο του γραφείου και κατευθύνθηκε προς το δωμάτιό της.

Το λαμπάκι του τερματικού αναβόσβηνε, ένδειξη πως είχε κάποιο μήνυμα. Έβαλε το βύσμα του αυχένα της στην υποδοχή του τερματικού και συνδέθηκε με το δίκτυο. Το μήνυμα ήταν από τον Αρχηγό της Αστυνομίας. Την ενημέρωνε πως έπρεπε να πάει άμεσα στην περιοχή που της υποδείκνυε ο συνημμένος χάρτης, για να ερευνήσει μια ανθρωποκτονία. Όταν κατάλαβε σε ποιο σημείο έπρεπε να κατευθυνθεί, τα μάτια της γούρλωσαν. Το σημείο στο οποίο αναβόσβηνε η ένδειξη στο χάρτη, ήταν η τοποθεσία του κτιρίου της Έμπουσας. Της νόμιμης κάλυψης για τις πραγματικές, πιο σκοτεινές δραστηριότητες της συμμορίας. Ντύθηκε βιαστικά και έφυγε για τον προορισμό της. Αυτή ήταν μια μοναδική ευκαιρία να μπει στα ενδότερα της εταιρείας. Λόγω των διασυνδέσεων της μαφίας, ήταν αδύνατον για εκείνη, να βρει δικαστή που να της υπέγραφε ένταλμα έρευνας. Άλλοι δωροδοκούνταν, άλλοι απειλούνταν. Όποια και αν ήταν η μέθοδος εξαναγκασμού, το αποτέλεσμα ήταν πάντα το ίδιο.

Το ίδιο ίσχυε και για όποιο αστυνομικό όργανο πλησίαζε πολύ κοντά στην αλήθεια. Κάπως έτσι είχε χάσει τη ζωή του και ο σύζυγός της στα νύχια της Χίμαιρας. Και η ίδια γνώριζε πως οι μέρες της σε εκείνον τον κόσμο ήταν μετρημένες. Αλλά μέχρι να την πετύχουν, ίσως προλάβαινε πρώτα εκείνη να αποκαλύψει κάτι. Είχε επιχειρήσει να εισχωρήσει παράνομα, αλλά το επίπεδο φύλαξης ήταν απαγορευτικό. Και ξαφνικά η ίδια η Έμπουσα την καλούσε να μπει στο άδυτό της. Έφτασε μπροστά από το επιβλητικό κτίριο της εταιρείας, που είχε τη μορφή μιας γυναίκας με ένα πόδι γαϊδάρου και ένα χάλκινο γυναικείο. Το πρόσωπό της ήταν καλυμμένο από προβολείς, οι οποίοι μπορούσαν να εκπέμψουν ένα εκτυφλωτικό φως. Η Θέμις βγήκε από το αμάξι, ρυθμίζοντας τον επεξεργαστή του εγκεφάλου της στην ασύρματη λειτουργία, έτσι ώστε να παραμένει συνδεδεμένη με το δίκτυο, για όση ώρα θα βρισκόταν μακριά από τον υπολογιστή της. Στην είσοδο την περίμενε ένας λεπτοκαμωμένος άντρας με μαύρο κουστούμι, ξυρισμένο κεφάλι και γυαλιά ηλίου.

«Σας καλωσορίζω στα γραφεία μας» είπε με μια λεπτή και χαμηλή φωνή. Μια φωνή που την έκανε να ανατριχιάσει και θα ήταν αρκετή ώστε να την κάνει να τον θεωρήσει απειλή, ακόμα και αν δε γνώριζε πως ήταν ένα από τα τσιράκια μιας από τις δύο πιο επικίνδυνες εταιρείες εγκλήματος της χώρας.

«Το όνομά μου είναι Μαντιχώρας και θα σας οδηγήσω στον τόπο του εγκλήματος, ενώ θα σας απαντάω σε όποιες ερωτήσεις πιθανόν έχετε».

«Τι ακριβώς έχει συμβεί;»

«Δυστυχώς ένα σημαντικό στέλεχος της εταιρείας μας από το ερευνητικό τμήμα, βρέθηκε σήμερα νεκρό. Πρόκειται για τον Μαχάονα. Άριστος ιατρός και άνθρωπος. Αποτελεί μεγάλη απώλεια για την εταιρεία μας». Ο αντιπαθητικός άντρας δεν προσπαθούσε καν να κρύψει την ειρωνεία από τη φωνή του. Ήταν ολοφάνερο ότι δεν έδινε δεκάρα για το θάνατο αυτού του Μαχάονα και επίσης δεν τον ενδιέφερε και καθόλου η εντύπωση που θα έκανε στη Θέμιδα, μια εκπρόσωπο της εννόμου τάξης. Αυτή η αλαζονεία ήταν κλασσικό ιδίωμα των στελεχών της Έμπουσας και της Χίμαιρας, αφού θεωρούσαν πως δεν τους άγγιζαν οι νόμοι των ανθρώπων και τα πυρά της αστυνομίας. Ελεύθεροι να επιδίδονται σε κάθε είδους ανομία, επιδεικνύοντας τις ικανότητές τους στους ανίσχυρους εκπροσώπους του νόμου, οι οποίοι περιορίζονταν είτε από τα λιγοστά μέσα είτε από τα αόρατα νήματα που είχαν στα χέρια τους οι εταιρείες και έφταναν και στα πιο υψηλά στρώματα της κοινωνίας. Άλλωστε κανείς δεν αδιαφορούσε για τις χαρές που προσέφερε ο κυκεώνας και όλοι βασίζονταν στις εταιρείες για την προμήθειά του. Η Θέμις είχε μάθει εδώ και καιρό να αντιμετωπίζει τέτοιες συμπεριφορές. Αδιαφόρησε και συνέχισε τις ερωτήσεις της.

«Ποιος ανακάλυψε το πτώμα;»

«Εγώ ο ίδιος» είπε ο άντρας και ήταν ολοφάνερο ότι έλεγε ψέματα. Επομένως για κάποιο λόγο, δεν ήθελαν να μιλήσει με αυτόν που πραγματικά είχε βρει το πτώμα. Ίσως φοβούνταν για το τι θα της έλεγε ένας τέτοιος μάρτυρας. Η Θέμις τότε σχημάτισε τη θεωρία, πως η αστυνομία δεν είχε ειδοποιηθεί μετά από απόφαση της ηγεσίας της Έμπουσας, αλλά με πρωτοβουλία όποιου είχε βρει τον Μαχάονα νεκρό. Αν ο Μαντιχώρας είχε όντως ανακαλύψει το πτώμα, θα είχε ειδοποιήσει το αφεντικό του και θα το είχαν ξεφορτωθεί με μυστικότητα. Η αστυνομία δε θα είχε μάθει ποτέ τίποτα. Το όλο θέμα θα είχε συγκαλυφθεί και η ζωή θα συνεχιζόταν, σαν να μην είχε συμβεί ποτέ το παραμικρό. Μετά από μια σύντομη άνοδο μέσω ανελκυστήρα στον 20ο όροφο του κτιρίου, περπατούσαν σε ένα μακρύ διάδρομο, χαμηλά φωτισμένο, με ατέλειωτες σειρές εργαστηρίων δεξιά και αριστερά. Η Θέμις δεν είχε ιδέα τι είδους έρευνες και πειράματα διεξάγονταν πίσω από τις κλειστές πόρτες. Αλλά ήταν σίγουρη πως σε κάποια από τα εργαστήρια, οι επιστημονικές ενασχολήσεις είχαν παράνομο χαρακτήρα. Και σίγουρα κάποιοι από τους επιστήμονες προσπαθούσαν να ικανοποιούσαν το μεγάλο πόθο και το άπιαστο όνειρο όλου του υποκόσμου. Να ξεκλειδώσουν το μυστικό της παρασκευής του κυκεώνα, ώστε να μην έχουν ανάγκη κάποιο φυγάδα επιστήμονα, που παρέμενε κρυμμένος και άφαντος σε άγνωστη τοποθεσία.

Κατάλαβε πως βρισκόταν σε έναν πολύ σημαντικό χώρο, γιατί ο Μαντιχώρας είχε σταματήσει τα ειρωνικά σχόλια και δεν κινείτο πλέον με τον αέρα που είχε πριν. Ήταν πιο άκαμπτος και λιγότερο άνετος. Δεν του άρεσε που βρισκόταν μια αστυνομικός ειδικά σε εκείνον τον όροφο, παρόλο που η Θέμις δεν μπορούσε να αντλήσει καμία πληροφορία από τις ερμητικά κλειστές πόρτες, που φυλούσαν ζηλότυπα τα μυστικά της Έμπουσας. Το ενδιαφέρον της κοπέλας διεγειρόταν όλο και πιο πολύ, σε σημείο που είχε ξεχάσει τελείως το θέμα του φόνου, μπροστά στις αμέτρητες δυνατότητες που ανοίγονταν μπροστά της, στο ενδεχόμενο να ξεγλιστρούσε από το συνοδό της και να εξερευνούσε λίγο περισσότερο και με την ησυχία της, αυτό το σεντούκι γεμάτο μυστικούς θησαυρούς.

«Φτάσαμε» είπε απότομα ο άντρας και την ξύπνησε από το ονειροπόλημά της. Η νευρικότητά του τον είχε κάνει να φτύνει τις λέξεις παρά να τις προφέρει κανονικά και η Θέμις ένιωθε ότι τη μαστίγωνε με τα λόγια του. Πραγματικά κρυβόταν κάτι πολύ μεγάλο πίσω από αυτήν την ιστορία. Μόλις εξέταζε τον τόπο του εγκλήματος, θα έπρεπε να βρει πάση θυσία αυτόν που είχε ειδοποιήσει την αστυνομία. Μπήκαν στο εργαστήριο και την οδήγησε προς το σημείο όπου ήταν πεσμένο το πτώμα, μέσα σε μια λίμνη αίματος. Το είχαν καλύψει με ένα σεντόνι το οποίο η Θέμις σήκωσε για να εξετάσει το νεκρό. Έβγαλε από την τσάντα της τις πομφόλυγες, τους μικρούς ρομποτικούς βοηθούς της, οι οποίες άρχισαν να σαρώνουν το δωμάτιο για δαχτυλικά αποτυπώματα, δείγματα DNA και οποιοδήποτε άλλο στοιχείο θα τη βοηθούσε στη διαλεύκανση του εγκλήματος. Με μια πρώτη ματιά φαινόταν πως ο θάνατος είχε επέλθει από χτύπημα με αμβλύ αντικείμενο στο κεφάλι. Το όπλο του φόνου δε βρισκόταν κοντά στο πτώμα.

«Οι κάμερες ασφαλείας τι κατέγραψαν;» ρώτησε τον Μαντιχώρα.

«Δυστυχώς ο δράστης σαμπόταρε αποτελεσματικά το σύστημα παρακολούθησης, αχρηστεύοντάς το τελείως. Οι τεχνικοί μας το επιδιορθώνουν αυτή τη στιγμή».

«Τι άλλο μπορείτε να μου πείτε για το θύμα;» ρώτησε εξετάζοντας το χώρο, με τον άντρα να στέκεται από πάνω της ακοίμητος φρουρός.

«Όπως σας είπα ήταν γιατρός και εργαζόταν για χρόνια στην εταιρεία μας, πάνω σε διάφορες έρευνες. Παλιά εργαζόταν στο στρατό και σχεδόν αμέσως μετά την αποστρατεία του τον προσλάβαμε εμείς. Προέρχεται από οικογένεια με μακρά παράδοση στο επάγγελμα, καθώς πολλοί πρόγονοί του εργάζονταν στον ίδιο κλάδο».

«Είχε διενέξεις με συναδέλφους του; Γνωρίζετε κάποιον με τον οποίον οι σχέσεις τους να ήταν τεταμένες; Μήπως χρωστούσε κάπου χρήματα;»

«Ήταν άριστος συνεργάτης και φιλικότατος με όλους. Κυρίως δούλευε μόνος σε αυτό το εργαστήριο και δεν είχε συχνές επαφές με το υπόλοιπο προσωπικό. Αν είχε χρέη δεν το γνωρίζω».

«Λείπει κάτι από το εργαστήριο; Έγινε μήπως κάποια κλοπή και ο Μαχάων ήταν απλά μια παράπλευρη απώλεια;»

«Δε λείπει κάτι και στα ημερολόγια των υπολογιστών δε φαίνεται κάποια αντιγραφή αρχείων. Το υλικό της έρευνας του Μαχάονα βρίσκεται ατόφιο εδώ».

Οι απαντήσεις δίνονταν κοφτά και με νευρικές ματιές μια προς τη Θέμιδα και μια προς τις πομφόλυγες που ψαχούλευαν τον υπόλοιπο χώρο. Ήθελε να τη διώξει από εκεί μέσα το συντομότερο δυνατό. Οι ερωτήσεις συνεχίστηκαν αλλά οι πληροφορίες που άντλησε η Θέμις ήταν ελάχιστες. Θα έπρεπε να ψάξει στα αρχεία της αστυνομίας αλλά και σε άλλες ανεπίσημες πηγές, για να μάθει περισσότερα για αυτόν τον Μαχάονα. Κάλεσε τις πομφόλυγες να ξαναμπούν στην τσάντα της. Δεν είχαν βρει το όπλο του εγκλήματος, αλλά είχαν βρει διάφορα άλλα ίχνη που θα έπρεπε να αναλυθούν. Δεν είχε πολλές ελπίδες όμως, γιατί ήταν σίγουρη πως τα περισσότερα θα ανήκαν σε άτομα που είχαν μπει για κάποια δουλειά στο εργαστήριο του μακαρίτη ιατρού, κάνοντας την ανεύρεση του δράστη ακόμα πιο δύσκολη. Η Θέμις δεν ήθελε να φύγει. Ένιωθε σαν ένα παιδί που το τραβούν οι γονείς του με το ζόρι από την παιδική χαρά. Αλλά δεν μπορούσε να σκεφτεί άλλες ουσιαστικές ερωτήσεις για να κάνει στον Μαντιχώρα και γινόταν ολοένα και πιο φανερό, πως καθυστερούσε την αναχώρησή της για λόγους που δεν είχαν να κάνουν με το φόνο.

«Θα πρέπει να ξανάρθω για να μιλήσω με τους εργαζόμενους αυτού του ορόφου. Ίσως κάποιος είδε ή άκουσε κάτι».

«Θα χαρούν να έρθουν στο τμήμα να απαντήσουν σε όλες τις ερωτήσεις σας» είπε ο Μαντιχώρας χωρίς να τρώει το δόλωμα. Η Θέμις έβρισε από μέσα της. Αν υπήρχε ένα σύστημα δικαιοσύνης της προκοπής, θα μπορούσε με ένα ένταλμα να κάνει εκείνο το μέρος άνω κάτω μέχρι να ανακαλύψει ό,τι ήθελε. Αντί αυτού έπρεπε να βγάζει λαγούς από το καπέλο της, μπας και μπορέσει να ρίξει άλλη μια κλεφτή ματιά στα εργαστήρια της Έμπουσας. Παραιτημένη πλέον αποφάσισε να φύγει, ώστε να γλιτώσει τουλάχιστον από τη γοητευτική συντροφιά του ψυχρού μπράβου. Ενώ έμπαιναν στον ανελκυστήρα όμως, είδε με την άκρη του ματιού της ένα νεαρό άντρα να τους παρακολουθεί από μια μισάνοιχτη πόρτα. Φορούσε την άσπρη ρόμπα που φορούν συνήθως οι άνθρωποι των εργαστηρίων, ενώ στην αριστερή πλευρά του στήθους του βρισκόταν το σήμα της Έμπουσας και από κάτω ήταν γραμμένο το όνομά του. Δυστυχώς δεν μπορούσε να το

21

διακρίνει από εκεί που βρισκόταν. Μόλις αντιλήφθηκε το βλέμμα της Θέμιδας επάνω του, έκλεισε βιαστικά την πόρτα. Ο Μαντιχώρας γύρισε και αυτός υποπτευμένος, για να κοιτάξει προς το σημείο όπου κοιτούσε η αστυνομικός, αλλά η πόρτα είχε κλείσει πριν προλάβει να εντοπίσει και αυτός τον περίεργο εργαζόμενο. Η Θέμις έστρεψε αλλού το βλέμμα της προσποιούμενη την αδιάφορη.

«Συμβαίνει κάτι;» ρώτησε ο άντρας καχύποπτα.

«Τι θα μπορούσε να συμβεί;» του απάντησε με ένα ψεύτικο χαμόγελο η Θέμις, παίρνοντας εκδίκηση για όλες τις συγκαλυμμένες απαντήσεις και τις μισές αλήθειες που την τάισε την τελευταία μισή ώρα. Ο Μαντιχώρας εκνευρισμένος έδωσε τη φωνητική εντολή στον ανελκυστήρα, για να τους μεταφέρει στο ισόγειο. Από εκεί οδήγησε σιωπηλός τη Θέμιδα μέχρι την είσοδο και δεν έκανε καν τον κόπο να την αποχαιρετίσει, κοιτάζοντάς την απλά απειλητικά την ώρα που απομακρυνόταν από το κτίριο, μέσα από την τζαμαρία του ισογείου. Η Θέμις με το που έφτασε στο αμάξι συνδέθηκε κατευθείαν στο δίκτυο και επικοινώνησε με το αστυνομικό τμήμα. Ζήτησε το όνομα εκείνου που είχε καλέσει για να αναφέρει το φόνο. Φυσικά η κλήση ήταν ανώνυμη, ενώ η τεχνολογία της Έμπουσας είχε χρησιμοποιηθεί για να αποκρύψει το τερματικό, από όπου αυτή είχε πραγματοποιηθεί. Το μόνο που ήταν γνωστό ήταν πως είχε γίνει από κάπου μέσα από την εταιρεία. Από ποιο γραφείο ή από ποιο άτομο όμως δε γνώριζε κανείς. Η Θέμις ζήτησε να ακούσει την ηχογραφημένη κλήση. Στην αρχή άκουσε την αστυνομικό που είχε απαντήσει και μετά για μερικά δευτερόλεπτα ακουγόταν μόνο μια βαριά ανάσα. Όταν η αστυνομικός παρακίνησε τον άγνωστο να μιλήσει, η φωνή που ακούστηκε ήταν διστακτική και τρεμάμενη.

«Έγινε ένας φόνος στα εργαστήρια της Έμπουσας. Ελάτε γρήγορα!» είχε πει και μετά η σύνδεση είχε κοπεί. Η Θέμις έδωσε εντολή στον υπολογιστή να αναλύσει τη φωνή και να της δώσει μια πιθανή ηλικία. Ο υπολογιστής απεφάνθη πως ο άντρας ήταν γύρω στα τριάντα. Θα μπορούσε να είναι λοιπόν ο εργαζόμενος που την κρυφοκοίταζε καθώς έφευγε. Ύστερα συνέδεσε με το τερματικό του αυτοκινήτου της τις πομφόλυγες που είχαν σαρώσει το δωμάτιο για στοιχεία. Είχαν βρει DNA από δέκα διαφορετικά άτομα, πέρα από τον Μαχάονα. Έλεγξε τα αρχεία και είδε πως ήταν όλοι εργαζόμενοι της Έμπουσας και το γεγονός ότι είχε βρεθεί το DNA τους στο εργαστήριο, δε γεννούσε καμία υποψία. Από τις ειδικότητές τους μπορούσε να υποθέσει πως μάλλον συνεργάζονταν με το νεκρό γιατρό. Ένας από τους δέκα ήταν και ο μυστηριώδης άντρας. Κάτω από τη φωτογραφία του υπήρχε το όνομα Προμηθέας. Αποφάσισε πως το μόνο που μπορούσε να κάνει ήταν να περιμένει τον Προμηθέα να βγει από το κτίριο και να τον ακολουθήσει για να του μιλήσει. Αν όντως είχε κάποια σχέση με την όλη υπόθεση, ήταν σίγουρη ότι η Έμπουσα θα τον εξαφάνιζε και στην ανάκριση θα παρουσίαζε μερικούς τυχαίους υπαλλήλους, οι οποίοι μπορεί και να μην είχαν δει τον Μαχάονα ποτέ στη ζωή τους.

Είχε μάθει εδώ και χρόνια να μην ακολουθεί την τυπική και νόμιμη οδό για να λύσει τις υποθέσεις της. Η διαφθορά στην αστυνομία δεν της άφηνε άλλη επιλογή. Οι ανορθόδοξες μέθοδοι ήταν και πιο απρόβλεπτες και αυτό ήταν μεγάλο προσόν. Φόρτωσε τη φωτογραφία του στόχου της σε μια από τις πομφόλυγες και της έδωσε εντολή να περιμένει στην είσοδο κρυμμένη, ώστε να την ειδοποιήσει μόλις εντόπιζε τον Προμηθέα. Η μικρή μεταλλική μπάλα με τα έξι λεπτά σαν τρίχες πόδια, απορρόφησε τα δεδομένα και βγήκε από το αμάξι με μικρά και γρήγορα βήματα, μέχρι που έφτασε σε ένα σημείο, που οι υπολογισμοί της της έδειχναν πως ήταν το καλύτερο δυνατό, για να μείνει αθέατη. Εν τω μεταξύ η Θέμις συνέχισε να περιπλανάται στο δίκτυο, αυτή τη φορά όμως, όχι αναζητώντας πληροφορίες για τον Προμηθέα, αλλά για τον Μαχάονα. Η λαμπρή του καριέρα στηριζόταν σε ένα πλούσιο ερευνητικό υπόβαθρο, με ειδίκευση στους ιούς. Είχε διεξάγει έρευνες πάνω στους πιο θανατηφόρους ιούς που μάστιζαν την ανθρωπότητα, αλλά και στον ιό της Αράς που αν και δεν ήταν θανατηφόρος, είχε ποικίλες ψυχολογικές συνέπειες. Σε κάποιες ιστοσελίδες βρήκε και ανεπιβεβαίωτες φήμες πως ο στρατός τον είχε χρησιμοποιήσει για δημιουργία βιολογικών όπλων, αλλά ποτέ δεν είχε αποδειχθεί τίποτα. Κατά τα άλλα ήταν ένας νομιμόφρων πολίτης, που δεν είχε δώσει ποτέ τον παραμικρό λόγο στην αστυνομία, να ασχοληθεί μαζί του. Υπόδειγμα αξιωματικού και επιστήμονα, καθώς και υπαλλήλου της Έμπουσας.

Από το παρελθόν του και την ειδικότητά του, θα μπορούσε να εξαχθεί το συμπέρασμα, πως η εταιρεία τον είχε προσλάβει για την ανάπτυξη βιολογικών όπλων, που θα ενδυνάμωναν τη θέση της στο στερέωμα του υποκόσμου, ακόμα περισσότερο. Αν λοιπόν ήταν τόσο πολύτιμος λόγω των γνώσεών του για την Έμπουσα, τότε ποιος τον είχε σκοτώσει και γιατί; Ίσως ήταν κάποιος εχθρός της εταιρείας όπως η Χίμαιρα. Αν κάποιος πράκτορας της Χίμαιρας είχε παρεισφρήσει ως εργαζόμενος, θα μπορούσε να έχει πλησιάσει τον Μαχάονα, καταφέρνοντάς του το μοιραίο χτύπημα. Αυτό το σενάριο ήταν πιθανό, αλλά θα ήταν κάτι πολύ δύσκολο να επιτευχθεί λόγω των δρακόντειων μέτρων ασφαλείας της Έμπουσας. Και οι πόροι όμως της Χίμαιρας ήταν διόλου ευκαταφρόνητοι. Συλλογισμένη, λόγω των διαφόρων πιθανοτήτων και έχοντας πάντα στο πίσω μέρος του μυαλού της, το πώς θα εκμεταλλευόταν την υπόθεση για να αντλήσει πληροφορίες για την Έμπουσα, πέρασε τις ώρες της αναμονής στο αμάξι. Η πομφόλυγα την ειδοποίησε αμέσως μόλις εντόπισε τον Προμηθέα. Με την ενσωματωμένη κάμερά της εστίασε στο πρόσωπό του και έστειλε την εικόνα στο μυαλό της Θέμιδας, η οποία βεβαιώθηκε ότι επρόκειτο για το στόχο της. Αποφάσισε να τον ακολουθήσει μέχρι να έχουν και οι δύο απομακρυνθεί από το κτίριο της εταιρείας και να τον πλησιάσει μακριά από αδιάκριτα βλέμματα.

24

Μόλις όμως ο Προμηθέας είχε απομακρυνθεί μερικά μέτρα, τότε βγήκαν από την κεντρική έξοδο και δύο σωματώδεις άντρες, οι οποίοι άρχισαν να τον ακολουθούν. Η Θέμις είχε κακό προαίσθημα και είχε το όπλο της έτοιμο σε περίπτωση που χρειαζόταν να επέμβει. Εκείνος πάντως δε φαινόταν να έχει αντιληφθεί το παραμικρό και συνέχιζε να περπατά αμέριμνος. Όταν έστριψε σε μια γωνία, η Θέμις έχασε οπτική επαφή και διέταξε την πομφόλυγα να τον ακολουθήσει και να της στείλει εικόνα με την κάμερα. Οι δύο άντρες που είχαν βγει από την Έμπουσα έστριψαν και εκείνοι. Η μικρή μεταλλική σφαίρα έσπευσε να τους προλάβει και μετά από λίγο ξεπρόβαλε η εικόνα στο μυαλό της αστυνομικού. Οι φόβοι της μόλις είχαν επιβεβαιωθεί. Εκείνοι που ακολουθούσαν τον Προμηθέα, είχαν βγάλει από μια λεπίδα λέιζερ ο καθένας και τάχυναν το βήμα τους πλησιάζοντας όλο και πιο κοντά για το τελικό χτύπημα. Επιτάχυνε και κατηύθυνε το αμάξι της με φόρα στο σημείο όπου σε λίγο θα γινόταν το φονικό. Έπεσε πάνω στους δύο άντρες με το όχημα, στέλνοντάς τους να κουτρουβαλήσουν αρκετά μέτρα μακριά, ενώ ο Προμηθέας την κοιτούσε με ανοιχτό το στόμα, προσπαθώντας να καταλάβει τι συνέβαινε. Η Θέμις άνοιξε την πόρτα του συνοδηγού και του φώναξε να μπει μέσα. Βλέποντας τους δύο άντρες να ξαναστέκονται στα πόδια τους, κραδαίνοντας τις ενεργειακές λεπίδες, ξεπέρασε την αρχική του διστακτικότητα και βούτηξε στο αμάξι.

Η Θέμις πάτησε τέρμα το γκάζι και ξεπετάχτηκαν μπροστά απομακρυνόμενοι από τον κίνδυνο. Αλλά όχι για πολύ. Οι διώκτες τους τους πλησίαζαν με ταχύτητες που δε θα μπορούσε να φτάσει ένας κοινός θνητός. Στην εποχή όμως που όποιος είχε να διαθέσει αρκετά χρήματα, μπορούσε να εφοδιαστεί με βιονικά μέλη που του χάριζαν απίστευτες δυνατότητες, δεν υπήρχε μαφιόζος που να μην έχει μετατρέψει το σώμα του σε ένα κινητό όπλο καταστροφής. Έτσι από τους αστραγάλους τους ξεπετάχτηκαν ρόδες και από τις πλάτες τους κινητήρες προώθησης, που τους εκσφενδόνισαν από το σημείο που πριν από λίγο τους είχε ξαφνιάσει η Θέμις. Μέσα σε μερικά δευτερόλεπτα είχαν φτάσει το αμάξι και είχαν πιαστεί από πάνω του. Είχαν αρχίσει να κόβουν με τις λεπίδες τους ανοίγματα στις πόρτες για να πιάσουν τα θύματά τους. Η Θέμις στρίβοντας το τιμόνι τέρμα αριστερά, έκανε το αμάξι να στριφογυρίσει. Κατάφερε να τους αποτινάξει από πάνω της και να ξεχυθεί και πάλι σε μια τρελή πορεία διαφυγής. Εκείνοι συνήλθαν αμέσως όμως και συνέχισαν την καταδίωξη απτόητοι.

Ήξερε πως δεν είχε νόημα να προσπαθεί να τους ξεφύγει με την ταχύτητα. Θα την προλάβαιναν σίγουρα, όπως είχαν ήδη κάνει μια φορά. Έδωσε εντολή στον Προμηθέα που φαινόταν να βρίσκεται σε κατάσταση αποχαύνωσης από τον τρόμο, να πάρει το τιμόνι. Υπάκουσε μηχανικά χωρίς να δείχνει ιδιαίτερα σημάδια κατανόησης. Πάντως ακόμα και έτσι αποβλακωμένος, έδωσε αρκετή ελευθερία στη Θέμιδα, ώστε να στραφεί προς τα πίσω με το όπλο της στο χέρι. Άρχισε να πυροβολεί τους δύο κακοποιούς, οι οποίοι δείχνοντας εκπληκτική ευελιξία, άρχισαν ελιγμούς αποφυγής των πυρών. Παρά τις ικανότητές της στη σκοποβολή, αδυνατούσε να τους πετύχει. Πήρε και πάλι τον έλεγχο του αυτοκινήτου και φρέναρε απότομα, εκπλήσσοντας τους διώκτες. Έχοντας αναπτύξει υπερβολική ταχύτητα δεν πρόλαβαν να σταματήσουν και συγκρούστηκαν με την οπίσθια πλευρά του οχήματος, καταστρέφοντάς το σχεδόν μέχρι τη μέση. Ένας σωρός από μέταλλα και γυαλιά σταμάτησε τη φρενήρη πορεία του στη μέση του δρόμου, με τους περαστικούς να τρέχουν μακριά τρομοκρατημένοι. Για λίγη ώρα δεν κουνιόταν τίποτα. Τότε άρχισε να ακούγεται ένας τριγμός, ο οποίος δυνάμωνε όλο και περισσότερο. Όταν έφτασε στο ζενίθ, ξεπετάχτηκαν μέσα από το σωρό δύο γιγαντόσωμοι άντρες, με τα ακριβά τους κουστούμια ξεσκισμένα και λερωμένα από αίμα αλλά και από τα διάφορα υγρά που έρεαν στα μηχανικά τους μέλη.

Ενώ είχαν υποστεί και οι δύο σοβαρές ζημιές, ήταν ακόμα λειτουργικοί. Άπλωσαν τα χέρια τους μέσα από τα σπασμένα παράθυρα και άρπαξαν τα δύο λιπόθυμα άτομα από τις θέσεις του οδηγού και του συνοδηγού. Με το που είχε βγει όλο το σώμα της Θέμιδας από το παράθυρο, ξαφνικά άνοιξε τα μάτια της και βγάζοντας από το μπουφάν της το όπλο της, κοπάνησε τον άνθρωπο της Έμπουσας ανάμεσα στα μάτια. Το κεφάλι του τινάχθηκε προς τα πίσω και έπεσε στην άσφαλτο ζαλισμένος. Αυτό το πλήγμα όμως δεν ήταν αρκετό για το βιονικό άνθρωπο, ο οποίος έκανε προσπάθειες να ξανασηκωθεί. Η Θέμις πήγε από πάνω του και πατώντας με δύναμη στο στήθος του τον ακινητοποίησε, εξαπολύοντας μια ανελέητη σειρά ριπών λέιζερ κατευθείαν στο κεφάλι του. Όταν πια αυτό είχε γίνει μια υγρή μάζα από μυαλά, καλώδια και κομμάτια μετάλλου που κάπνιζαν, τότε μόνο σταμάτησε. Αυτή η καθυστέρηση όμως ήταν μοιραία. Άκουσε το ουρλιαχτό μόλις είχε ρίξει και την τελευταία της βολή στον αντίπαλό της και κατάλαβε πως είχε βγει από τα χείλη του Προμηθέα. Ο υποψήφιος μάρτυράς της είχε μόλις δεχθεί χτύπημα από το δεύτερο μπράβο της εταιρείας. Η λεπίδα λέιζερ είχε χωθεί βαθιά στην κάτω κοιλιακή χώρα, απομυζώντας τη ζωή από τον άτυχο άντρα.

Η Θέμις ούρλιαξε και αυτή με τη σειρά της, αλλά όχι από πόνο. Η οργή ήταν η δική της κινητήρια δύναμη. Θυμήθηκε τη νύχτα που είχε χάσει το σύζυγό της. Δεν είχε την ευκαιρία να δει καν το πτώμα του. Ο άντρας της Χίμαιρας που τον είχε σκοτώσει, κρατούσε ένα γιαπωνέζικο σπαθί κατάνα και σύμφωνα με την ομάδα των αστυνομικών που ήταν μαζί με τον άντρα της, τον είχε διαμελίσει σε δεκάδες κομματάκια. Σαν ο σκοτωμός να μην ήταν αρκετός, αλλά η βεβήλωση του νεκρού κορμιού να ήταν απαραίτητη, για να ολοκληρωθεί η νοσηρή ιεροτελεστία του φόνου. Ήταν ένας άντρας με καπαρντίνα που οδηγούσε μια αντίκα. Δεν είχε καταφέρει να τον βρει παρά τις προσπάθειές της και εκείνη τη στιγμή βλέποντας το κορμί του Προμηθέα να συσπάται, νιώθοντας τη νέα αυτή αποτυχία να της γρατζουνά τα σωθικά, ξέσπασε σε ένα λυσσασμένο ντελίριο. Έτρεξε εναντίον του μαφιόζου, παρόλο που οι πιθανότητες ήταν σαφώς εναντίον της. Με ένα άλμα τον κλώτσησε και με τα δύο της πόδια στο στήθος, στέλνοντάς τον να παραπατήσει μερικά εκατοστά προς τα πίσω. Το αεριωθούμενο σκουπιδιάρικο που περνούσε με ταχύτητα ακριβώς εκείνη τη στιγμή, δεν πρόλαβε να σταματήσει. Καθώς προχωρούσε αιωρούμενο λίγο πιο πάνω από το έδαφος, πέτυχε το δολοφόνο πάνω από τα γόνατα, παρασέρνοντάς τον σε μια μοιραία βόλτα προς το θάνατο. Το μόνο που έμεινε να θυμίζει την παρουσία του, ήταν τα δύο του πόδια που αποκόπηκαν από το υπόλοιπο σώμα.

Η Θέμις γονάτισε στο έδαφος ασθμαίνοντας, με ματωμένες πληγές σε όλο της το σώμα, τα μαλλιά της καψαλισμένα και τα ρούχα της κουρέλια. Το κυριότερο όμως ήταν πως την είχε καταπιεί η απελπισία και η απογοήτευση. Μόλις είχε χάσει ένα βασικό μάρτυρα και είχε χαθεί και μια ανθρώπινη ζωή, εξαιτίας των μαφιόζικων εταιρειών που δρούσαν ανεμπόδιστα στη χώρα. Η μόνη από τις πομφόλυγες που είχε επιζήσει από τη σύγκρουση, ήταν εκείνη που είχε στείλει νωρίτερα να παρακολουθεί τον Προμηθέα, αφού αυτή είχε την τύχη να μη βρίσκεται στο αμάξι κατά την καταδίωξη, αλλά να ακολουθεί από κοντά, καταγράφοντας τα δραματικά γεγονότα στην κάμερά της. Ήξερε πως η κυρία της θα ήθελε αργότερα να δει αυτές τις σκηνές. Με ένα από τα μικροσκοπικά της πόδια σκούντηξε την αστυνομικό, δίνοντάς της να καταλάβει πως είχε για εκείνη μια πληροφορία. Το τερματικό του αυτοκινήτου ήταν κατεστραμμένο. Έτσι η Θέμις έπρεπε να βγάλει το βύσμα από τον αυχένα της και να συνδεθεί απευθείας με το μικρό της βοηθό. Αμέσως στο μυαλό της ξεπήδησαν εικόνες με ενδείξεις από τις ζωτικές λειτουργίες του Προμηθέα. Ήταν ακόμα ζωντανός!

κεφΑλλιο 3

Ο Μέμνων ξύπνησε και βρήκε τον εαυτό του ξαπλωμένο στον καναπέ του σαλονιού του. Ήταν ακόμα με τα ρούχα, όπως ακριβώς όταν τον είχε πάρει ο ύπνος. Το δοχείο με τον κυκεώνα βρισκόταν άδειο στο πάτωμα δίπλα του. Το έπιασε στα χέρια του και το κοίταξε με ένα μείγμα απελπισίας και αηδίας. Πόσες φορές άραγε είχε σκεφτεί να το κόψει. Χιλιάδες μάλλον. Αλλά ήταν αδύνατον. Όχι απλά το ναρκωτικό ήταν τρομερά εθιστικό, αλλά και η πραγματικότητα τόσο θλιβερή και ανούσια, που ίσως ήταν το μόνο πράγμα για το οποίο να άξιζε να ζει. Και όμως μέσα στην πληθώρα των ανθρώπων που ζούσαν μέσα στην ίδια ζοφερή πραγματικότητα, υπήρχαν και κάποιοι οι οποίοι κατάφερναν να αντέξουν χωρίς τις γλυκές ψευδαισθήσεις του μαγικού υγρού. Τουλάχιστον έτσι έλεγαν οι φήμες, γιατί εκείνος προσωπικά δεν είχε γνωρίσει ποτέ κανέναν, που να μπορεί να αρνηθεί ένα ταξίδι στη χώρα των θαυμάτων όπου σε έστελνε το σκεύασμα. Ξαφνικά τινάχτηκε από τον καναπέ όταν βίαια χτυπήματα ακούστηκαν στην πόρτα του. Πήρε το κατάνα στο χέρι και πάτησε το κουμπί της οθόνης, που του έδινε την εικόνα του διαδρόμου από την κάμερα ασφαλείας. Η αντιπαθητική φυσιογνωμία του Κόβαλου ξεπρόβαλε στο τετράγωνο πλαίσιο, εξασφαλίζοντας ένα άσχημο ξεκίνημα της μέρας του Μέμνονα. Αν το πρώτο άτομο που έβλεπε εκείνο το πρωί ήταν ο Κόβαλος, δεν ήθελε να μαντέψει τη συνέχεια του εικοσιτετραώρου.

Σε μια κοινωνία που σχεδόν όλοι ήταν εξαρτημένοι, το να φτάσεις στο σημείο κάποιοι να σε αποκαλούν πρεζόνι, αποτελούσε κατόρθωμα. Αυτός ήταν ο προσωπικός άθλος του Κόβαλου, ο οποίος ξεπερνούσε στην κατάχρηση ακόμα και τα χειρότερα βαποράκια, που δεν είχαν λεφτά να πληρώσουν για τη δόση τους και έτσι οι μαφιόζοι τα χρησιμοποιούσαν για διάφορες αγγαρείες ή πληροφορίες. Με το που άνοιξε έστω και διστακτικά ο Μέμνων την πόρτα, εκείνος εισέβαλλε στο διαμέρισμα, πάντα αεικίνητος και νευρικός, γλείφοντας σπασμωδικά τα χείλη του, με το βλέμμα του να παίζει πέρα-δώθε όλο περιέργεια, αν και το σπίτι του Μέμνονα δεν είχε τίποτα το αξιοπερίεργο. Αντίθετα για τα δεδομένα των μαφιόζων, ήταν από τα πιο λιτά διαμερίσματα που υπήρχαν. Ο Μέμνων παρατήρησε το έγκαυμα που κάλυπτε το μισό πρόσωπο του άντρα, ενθύμιο από τη μάχη της προηγούμενης νύχτας.

«Δεν πήγες στο ιατρείο της εταιρείας ακόμα; Μπορούν να σου βάλουν συνθετικό δέρμα και να καλύψουν την πληγή». Ο Κόβαλος ξεφύσησε υποτιμητικά, κοιτάζοντας τον Μέμνονα, όπως θα κοίταζε μια αδύναμη γυναικούλα.

«Δεν έχω ανάγκη από καλλωπισμούς. Με αυτήν την πληγή θα φαίνομαι ακόμα πιο φοβερός στους εχθρούς μου και τα τσιράκια της Έμπουσας θα τρέμουν αντικρίζοντάς με». Το βλέμμα του γυάλισε έτσι όπως μόνο των μεθυσμένων και των τρελών γυαλίζει. Ο Μέμνων μετάνιωσε που ξεκίνησε την κουβέντα. Αν υπήρχε κάποιος άνθρωπος για τον οποίον θα έπρεπε να δείχνει ενδιαφέρον, αυτός δεν ήταν σε καμία περίπτωση ο Κόβαλος.

«Και σε τι οφείλω τη χαρά της επισκέψεώς σου;»

«Πρέπει να σταματήσεις να αποσυνδέεσαι από το δίκτυο. Το αφεντικό σε έψαχνε και δεν είχε τρόπο να επικοινωνήσει μαζί σου. Θέλει να σου μιλήσει».

«Τι μπορεί να είναι τόσο επείγον; Το φορτίο δεν έφτασε χθες το βράδυ ακέραιο στις αποθήκες μας;»

«Δεν πρόκειται για αυτό. Μάλλον έχει να κάνει με τις φασαρίες που έγιναν σήμερα κοντά στα γραφεία της Έμπουσας». Ο Μέμνων μην έχοντας ιδέα για ποιο πράγμα του μιλούσε ο συνεργάτης του, συνδέθηκε στο δίκτυο και έψαξε τη σχετική ειδησεογραφία. Οι εικόνες καταστροφής που είδε του έκαναν εντύπωση, ειδικά μάλιστα όταν διαπίστωσε πως όλα αυτά δεν είχαν προκληθεί από κάποιες πολυμελείς ομάδες, αλλά από τη διαμάχη μιας αστυνομικού με δύο μέλη της μαφίας. Φήμες έλεγαν πως ήταν εργαζόμενοι της Έμπουσας, κάτι το οποίο φυσικά αρνήθηκε κατηγορηματικά ο εκπρόσωπος τύπου της εταιρείας. Από την ένοπλη σύγκρουση είχαν πέσει νεκροί οι δύο άντρες της μαφίας, ενώ ένας πολίτης, τα στοιχεία του οποίου δεν είχαν κοινοποιηθεί για λόγους ασφαλείας, βρισκόταν σε κρίσιμη κατάσταση στο νοσοκομείο. Ο Μέμνων έριξε λίγο νερό στο πρόσωπό του και ξεκίνησε μαζί με τον Κόβαλο για τη Χίμαιρα. Το επιβλητικό κτίριο της εταιρείας είχε τη μορφή του μυθικού τέρατος από το οποίο είχε πάρει και το όνομά της, δηλαδή ενός τετράποδου πλάσματος με σώμα κατσίκας, κεφάλι λέοντα και ουρά που κατέληγε σε φίδι. Πέρασαν την κεντρική είσοδο και μέσω του ανελκυστήρα έφτασαν στον τελευταίο όροφο. Ένας όροφος κατειλημμένος ολόκληρος από το μεγάλο κεφάλι της οργάνωσης και αφεντικό του Μέμνονα, τον Σκίρωνα.

Μπήκαν στο τεράστιο γραφείο του, όπου όλοι οι τοίχοι ήταν καλυμμένοι με υπολογιστές. Χιλιάδες εικόνες εισέβαλλαν

31

μονομιάς στο οπτικό πεδίο του Μέμνονα, από τις αμέτρητες οθόνες που υπήρχαν στο δωμάτιο. Το απίστευτο ήταν ότι ο εγκέφαλος του Σκίρωνα, με τις κατάλληλες βιονικές βελτιώσεις και τα τεχνητά πρόσθετα, είχε την ικανότητα να επεξεργάζεται όλα αυτά τα δεδομένα ταυτόχρονα. Ήταν γυμνός από τη μέση και πάνω και ξυπόλητος, φορώντας μονάχα ένα φαρδύ παντελόνι. Η πλάτη του ήταν τρυπημένη από δεκάδες βύσματα, που κατέληγαν σε καλώδια συνδεδεμένα με τα πολυάριθμα τερματικά. Είχε μετατρέψει τον εαυτό του σε έναν ανθρώπινο κόμβο επεξεργασίας πληροφοριών και ήταν γνωστό ότι δεν έβγαινε ποτέ από εκείνο το δωμάτιο. Εξαιτίας αυτού του εθελοντικού εγκλεισμού του, πολλοί πίστευαν ότι είχε χάσει από καιρό τα λογικά του. Όσοι είχαν τολμήσει να εκφράσουν ανοιχτά την άποψή τους σε άτομα που νόμιζαν ότι μπορούσαν να εμπιστευτούν, είχαν βρεθεί τεμαχισμένοι αποδεικνύοντας πως τίποτα δεν έμενε κρυφό από τον Σκίρωνα και πως όλοι όφειλαν σεβασμό. Αν ήθελαν βέβαια να μείνουν ζωντανοί. Τα μαλλιά του που ήταν χτενισμένα προς τα πάνω και θύμιζαν τις ακτίνες του ανατέλλοντος ηλίου, έριχναν μια δυσοίωνη σκιά στο πάτωμα, δημιουργημένη από το φως των οθονών. Τα παράθυρα ήταν ερμητικά κλειστά μέρα και νύχτα, ολοκληρώνοντας τον αποκλεισμό από το φυσικό κόσμο και το βύθισμα στον αντίστοιχο δικτυακό.

Μια από τις παλλακίδες του τον άγγιξε απαλά στον ώμο και του ψιθύρισε κάτι στο αυτί. Εκείνος σήκωσε το κεφάλι και κοίταξε τους δύο επισκέπτες του, φανερώνοντας ότι δεν τους είχε αντιληφθεί μέχρι εκείνη τη στιγμή. Όταν άνοιξε το στόμα του μίλησε αργόσυρτα και σιγανά. Σαν κάποιον που μόλις είχε ξυπνήσει από το βαθύ λήθαργο ή που μόλις είχε κάνει χρήση κυκεώνα.

«Μέμνονα καλώς ήρθες. Σε περίμενα για μια αρκετά επείγουσα υπόθεση. Μια υπόθεση που αν τη χειριστούμε σωστά, μπορεί να μας προσφέρει πολλά οφέλη στον αγώνα μας εναντίον της Έμπουσας». Ήταν κάτι που δε χρειαζόταν να πει. Σχεδόν όλες οι σημαντικές υποθέσεις που του ανέθεταν, είχαν από λίγο έως πολύ να κάνουν με την Έμπουσα. Η μάχη για την πρωτοκαθεδρία στον υπόκοσμο ήταν ασταμάτητη, οδηγούμενη από την απληστία και τον υπερμεγέθη εγωισμό των δύο μεγάλων αφεντικών. Ήταν ένας φαύλος κύκλος και ο αγώνας δε θα είχε τέλος, αν δεν καταστρεφόταν ο ένας από τους δύο μονομάχους ολοκληρωτικά. Ενώ ο Σκίρωνας μιλούσε, πάνω από το κεφάλι του μια οθόνη έδειχνε σκηνές από τη μάχη που είχε λάβει χώρα μερικές ώρες νωρίτερα και είχε καταλήξει στο θάνατο δύο μελών της Έμπουσας και στον τραυματισμό ενός πολίτη. Η οθόνη εστίασε στο πρόσωπο του τραυματισμένου πολίτη και ο Μέμνων συμπέρανε ότι αυτός ήταν το αντικείμενο της υπόθεσης που θα του ανέθεταν.

«Κάτι μυστήριο συνέβη στα κτίρια της αντίζηλού μας. Υποκλέπτοντας τις επικοινωνίες της αστυνομίας μάθαμε ότι διαπράχθηκε ένας φόνος. Το θύμα ήταν ο Μαχάων». Αμέσως το πρόσωπο του νεκρού επιστήμονα εμφανίστηκε στην οθόνη.

«Δεν ξέρουμε ποιος και για ποιο λόγο τον σκότωσε, αλλά ο θάνατός του αποτελεί μεγάλο πλήγμα για την Έμπουσα, αφού γνωρίζουμε πως ετοίμαζε για λογαριασμό της εταιρείας ένα νέο βιολογικό όπλο. Αυτός ο άνδρας που σώθηκε από την αστυνομικό, ξέρει κάτι για την υπόθεση. Για αυτό και υποθέτουμε ότι προσπάθησαν να τον βγάλουν από τη μέση. Αν δεν ήταν αυτή η αστυνομικός, θα το είχαν καταφέρει. Η Έμπουσα ποτέ δε θέλησε να μάθει η αστυνομία για το φόνο, αλλά έγινε μια κλήση μέσα από την εταιρεία προς την αστυνομία και κάποιος κατήγγειλε το φόνο. Κατά πάσα πιθανότητα ήταν αυτός ο άντρας. Τον λένε Προμηθέα. Ίσως γνωρίζει πάνω σε τι δούλευε ο Μαχάων και ποιος τον σκότωσε. Αποτελεί μια πολύ σημαντική πηγή πληροφοριών και θέλω να τον φέρεις σε εμένα ώστε να τον ανακρίνω. Πρόσφερέ του προστασία από την Έμπουσα και πείσε τον πως μόνο εμείς και όχι η αστυνομία, μπορούμε να τον προστατεύσουμε πραγματικά. Αν και πάλι δε δεχθεί, μπορείς να χρησιμοποιήσεις βία, αλλά σε καμία περίπτωση να μην τον βλάψεις θανάσιμα. Πρέπει να είναι σε θέση να μας πει τι ξέρει για τον Μαχάονα. Βρίσκεται σε ένα νοσοκομείο στον Τομέα 47. Να προσέχεις γιατί εκτός από την αστυνομία μάλλον θα υπάρχουν και άντρες της Έμπουσας, που θα βρίσκονται εκεί για την ανάκτησή του».

Ο Μέμνων συνδέθηκε με ένα από τα τερματικά του Σκίρωνα και αντέγραψε στον επεξεργαστή του όλες τις απαραίτητες πληροφορίες. Αμέσως εμφανίστηκαν στο νου του η φωτογραφία του νοσοκομείου και ένας χάρτης με την πιο σύντομη διαδρομή έως τον Τομέα 47. Ο Τομέας 47 ήταν ένας από τους χιλιάδες Τομείς στους οποίους είχε χωριστεί η χώρα. Όντας ένα τεράστιο γκρίζο κατασκεύασμα, με ολόιδια γκρίζα κτίρια από τσιμέντο και ατσάλι, με την παντελή έλλειψη φαντασίας σχεδόν εσκεμμένη, πλέον δεν υπήρχαν πόλεις, αφού δεν υπήρχε κάποιος τρόπος ώστε να ξεχωρίζει η μια περιοχή από την άλλη. Όλος ο τόπος ήταν ένα τεράστιο βιομηχανοποιημένο σύνολο, με τους Τομείς να είναι πλέον απαραίτητοι για τον προσανατολισμό του κοινού. Ο Μέμνων άρχισε να κατευθύνεται προς την πόρτα όταν ο Σκίρωνας τον σταμάτησε.

«Μέμνονα, κάτι τελευταίο. Θα πάρεις μαζί σου τον Κόβαλο. Η δουλειά αυτή είναι πολύ σημαντική και θέλω να είμαι σίγουρος πως θα έχεις την κατάλληλη υποστήριξη αν κάτι δεν πάει καλά». Ο Κόβαλος του χάρισε ένα από τα φημισμένα παρανοϊκά του χαμόγελα. Δε χαιρόταν επειδή του άρεσε η συντροφιά του Μέμνονα, αλλά επειδή ήξερε πόσο δυσάρεστο του ήταν να τον κουβαλάει μαζί του. Ο Μέμνων αγνόησε τον κακεντρεχή συνάδελφό του και δεν εκδήλωσε τις σκέψεις του στον Σκίρωνα. Ήξερε ότι δεν είχε νόημα να αντιμιλάει κανείς στο αφεντικό. Η απείθεια άλλωστε είχε συνήθως σοβαρές επιπτώσεις στην υγεία.

∞

Ο Προμηθέας άνοιξε σιγά-σιγά τα μάτια του, προσπαθώντας να συνηθίσει το φως του δωματίου. Πονούσε όλο του το σώμα, αλλά ο πόνος ήταν πιο έντονος χαμηλά στην κοιλιά του. Ψηλάφισε με το χέρι του και ανακάλυψε πως ήταν τυλιγμένος με επιδέσμους. Τότε θυμήθηκε το τελευταίο πράγμα που είδε πριν χάσει τις αισθήσεις του. Το τσιράκι της Έμπουσας να τον καρφώνει ανελέητα και να τον πετάει στο οδόστρωμα για να πεθάνει από αιμορραγία. Και όμως ήταν ακόμα ζωντανός, μάλλον σε κάποιο νοσοκομείο. Κάποιος τον είχε σώσει. Μήπως ήταν εκείνη η κοπέλα; Τότε το πρόσωπό της μπήκε στο οπτικό του πεδίο. Το βλέμμα της ήταν γεμάτο ανησυχία καθώς τον εξέταζε, για να διαπιστώσει σε τι κατάσταση βρισκόταν. Την παραμέρισαν οι νοσοκόμες και κάποιος που μάλλον ήταν γιατρός. Μιλούσαν μεταξύ τους σχολιάζοντας τις ενδείξεις που εμφανίζονταν στο μηχάνημα που ήταν συνδεδεμένο με το κορμί του. Είδε καμιά δεκαριά καλώδια να εξέχουν από το σώμα του και θέλησε να τα πετάξει από πάνω του αηδιασμένος. Όμως ήταν πολύ αδύναμος για να κάνει έστω και την παραμικρή κίνηση. Έμεινε εκεί καθηλωμένος καθώς τον επεξεργάζονταν σαν πειραματόζωο. Οι αδιάκριτοι εξεταστές του είχαν επιδοθεί σε μια ακαταλαβίστικη συζήτηση γεμάτη εξεζητημένους όρους, που τον ζάλιζε και τον έκανε να νιώθει ακόμα χειρότερα.

Τελικά έφυγαν και ένιωσε ανακούφιση με την ησυχία που επικράτησε στο δωμάτιο. Η κοπέλα που όπως φαινόταν του είχε σώσει τη ζωή, έσκυψε από πάνω του για του ψιθυρίσει.

«Πώς νιώθεις;»

«Χάλια. Πώς βρέθηκα εδώ; Το τελευταίο που θυμάμαι είναι ότι αργοπέθαινα πεσμένος στο δρόμο».

«Εγώ σε έφερα. Μόλις που σε προλάβαμε. Το συκώτι σου είχε καταστραφεί τελείως από το χτύπημα. Χρειάστηκε να σου βάλουν τεχνητό, αλλιώς δε θα επιζούσες».

«Οι δύο άντρες που μας κυνηγούσαν; Τι απέγιναν;»

«Είναι και οι δύο νεκροί».

«Πώς κατάφερες να τα βάλεις μαζί τους; Ποια είσαι;»

«Με λένε Θέμιδα και δουλεύω για την αστυνομία. Παρακολουθώ χρόνια τις κινήσεις της Έμπουσας και της Χίμαιρας και είναι η πρώτη φορά που έχω στα χέρια μου μια σημαντική πηγή πληροφοριών, εσένα. Υποθέτω ότι εσύ κάλεσες την αστυνομία και κατήγγειλες το φόνο του Μαχάονα. Αυτός είναι και ο λόγος που εκείνοι οι δύο ήθελαν να σε σκοτώσουν. Για να μη διαδόσεις όσα ξέρεις. Θέλω να μου πεις τα πάντα για αυτήν την υπόθεση. Μπορεί σε όσα ξέρεις να βρίσκεται εκείνο το στοιχείο που θα με βοηθήσει να τους καταφέρω επιτέλους ένα σημαντικό πλήγμα».

«Δυστυχώς δεν ξέρω πολλά. Βρήκα το πτώμα του Μαχάονα και όντως κάλεσα την αστυνομία, αλλά δε γνωρίζω ποιος τον σκότωσε. Είναι πολύ περίεργη όλη αυτή η ιστορία. Αν η Έμπουσα τον ήθελε νεκρό, θα το έκανε με πολύ καθαρό τρόπο και δε θα το μάθαινε ποτέ κανείς. Όμως ξαφνιάστηκαν όλοι στην εταιρεία με το θάνατό του, οπότε δεν ήταν σχεδιασμένο από αυτούς. Σίγουρο είναι επίσης ότι δεν ήθελαν να ανακατευτεί η αστυνομία. Το κατάλαβα ότι αυτό τους εξόργισε γι' αυτό και αποφάσισα να φύγω πριν ανακαλύψουν ότι εγώ είχα κάνει την κλήση και αγριέψουν τα πράγματα. Τελικά όμως με πρόλαβαν...»

«Υποπτεύεσαι κάποιον ο οποίος να είχε όφελος από το θάνατό του; Κάποιος συνάδελφος ίσως που τον έβλεπε ανταγωνιστικά;»

«Ο καθένας δουλεύει μόνος του και έχει απλά μερικούς βοηθούς. Ειδικά ο Μαχάονας προσπαθούσε να στηρίζεται σε ανθρώπινους βοηθούς όσο το δυνατόν λιγότερο. Περιστασιακά έμπαιναν κάποιοι στο εργαστήριό του, αλλά κυρίως δούλευε μόνος. Του άρεσε να μένει απομονωμένος από τους υπόλοιπους και είναι γνωστό ότι και η ίδια η εταιρεία δεν ενθαρρύνει τις κοινωνικές επαφές ανάμεσα σε συναδέλφους και ειδικά στο χώρο εργασίας, όπου μπορεί να χάσουν τη συγκέντρωση από την εργασία τους. Ήταν δύσκολο λοιπόν κάποιος να τον δει ανταγωνιστικά από τη στιγμή που δεν ήξερε καν πάνω σε τι δούλευε».

«Κυκλοφορούν όμως διάφορες φήμες σχετικά με τη δουλειά του στην Έμπουσα. Δεν έχεις ακούσει τίποτα;»

«Ναι, γενικότητες και αοριστίες. Κάποιο βιολογικό όπλο αλλά καμία επιβεβαιωμένη πληροφορία από εκεί και πέρα. Μπορεί όλα αυτά να είναι απλά ένας μύθος που έχει δημιουργηθεί εξαιτίας της τόσης μυστικότητας που περιβάλει την όλη υπόθεση και της αξίας του Μαχάονα. Πάντως φαινόταν συνεχώς θλιμμένος. Σαν να καταπιεζόταν για να κάνει ό,τι έκανε. Ίσως δεν ήθελε να δώσει με τη δημιουργία του τόση δύναμη στην Έμπουσα, γιατί ήξερε ότι το κακό που θα απελευθέρωνε μετά η μαφία στον κόσμο, θα ήταν καταστροφικό και ανεξέλεγκτο. Ο μόνος λόγος για τον οποίο θα τον σκότωναν θα ήταν αν αρνιόταν να συνεχίσει να εργάζεται στην εταιρεία. Αλλά ακόμα και τότε, θα έβρισκαν κάποιον τρόπο να τον πιέσουν με εκβιασμό ή εξαναγκασμό. Σίγουρα ένα πτώμα μέσα στην έδρα της εταιρείας δεν είναι το στυλ των μαφιόζων, που ξέρουν πάντα να καλύπτουν τα ίχνη τους».

«Πρέπει να μάθουμε οπωσδήποτε τι ετοίμαζε σε εκείνο το εργαστήριο ο Μαχάων. Αν οι φήμες για βιολογικό όπλο αληθεύουν, τότε πρόκειται για ζήτημα εθνικής ασφαλείας. Από εδώ και πέρα θα φυλάσσεσαι συνεχώς και μόλις είσαι σε θέση να μετακινηθείς, θα σε μεταφέρουμε σε ένα από τα κρησφύγετα της αστυνομίας και θα ενταχθείς στο πρόγραμμα προστασίας μαρτύρων».

Ο Προμηθέας δέχθηκε τα νέα χωρίς κάποιο σχόλιο ή αντίδραση. Φαινόταν αμήχανος προσπαθώντας ακόμα να καταλάβει πώς ξεκίνησε το πρωί από το σπίτι του ένας συνηθισμένος εργαζόμενος και κατέληξε μερικές ώρες μετά να είναι βασικός μάρτυρας σε υπόθεση φόνου και επικηρυγμένος από τη μαφία. Τότε τινάχτηκαν και οι δύο τρομαγμένοι από τον πάταγο που δημιουργήθηκε. Κάτι είχε μόλις ανατιναχθεί μέσα στο νοσοκομείο.

«Έρχονται» είπε η Θέμις.

∞

Ο Κόβαλος και ο Μέμνων είχαν παρκάρει απέναντι από το νοσοκομείο και σχεδίαζαν τον τρόπο δράσης τους. Ο Κόβαλος πρότεινε να μπουν μέσα και να αρχίσουν να σκοτώνουν όποιον βρουν μπροστά τους, μέχρι να ανακαλύψουν το στόχο τους. Ο Μέμνων του είπε να τον ακολουθήσει και να μην κάνει το παραμικρό αν πρώτα δεν του έδινε εκείνος την άδεια. Πλησιάζοντας την είσοδο άκουσαν ένα δυσοίωνο ήχο από τον ουρανό και σήκωσαν τα κεφάλια τους ανήσυχοι. Ένα αεριωθούμενο πετούσε πάνω από το κτίριο και ένα κανόνι λέιζερ σκόπευε έναν από τους τελευταίους ορόφους. Η ακτίνα ξεπετάχτηκε με καταστροφικά αποτελέσματα, δημιουργώντας ένα τεράστιο άνοιγμα στον τοίχο. Αμέσως μετά, μέσα από το αεριωθούμενο εμφανίστηκαν άντρες με πυραύλους στην πλάτη, που πέταξαν από το όχημα μέχρι το άνοιγμα στον τοίχο.

«Μας πρόλαβε η Έμπουσα!» φώναξε ο Μέμνων και όρμησε μέσα, με τον Κόβαλο να τον ακολουθεί κατά πόδας.

Ο κόσμος στο νοσοκομείο έτρεχε πανικόβλητος να σωθεί, καθώς μετά την αρχική έκρηξη πλέον ακούγονταν και άλλοι πυροβολισμοί από ψηλά. Τα ρομπότ πυρασφάλειας έτρεχαν για να σβήσουν τη φωτιά και μπλέκονταν με τα υπόλοιπα σώματα που προσπαθούσαν να ξεφύγουν. Το μέρος ήταν γεμάτο αστυνομικούς αλλά μέσα στη φούρια τους, δεν έδιναν την παραμικρή σημασία στους δύο μαφιόζους της Χίμαιρας. Έτσι κατάφεραν να φτάσουν μέχρι τους ανελκυστήρες και να ξεκινήσουν την άνοδό τους στους υψηλότερους ορόφους. Βρήκαν τον όροφο όπου εξελισσόταν η μάχη με την τρίτη προσπάθεια και βγαίνοντας από τον ανελκυστήρα, έσπευσαν να βρουν κάλυψη, αφού οι ριπές των λέιζερ έπεφταν βροχή. Οι δύο αντίπαλες ομάδες ήταν οι αστυνομικοί, που προφανώς είχαν τοποθετηθεί για να προστατεύσουν τον άντρα που ονομαζόταν Προμηθέας και οι άντρες της Έμπουσας, όπως υπέθετε ο Μέμνων. Οι τελευταίοι είχαν καταφέρει να απωθήσουν ως ένα βαθμό τους αστυνομικούς, δίνοντας την ευκαιρία στον επικεφαλής τους να σπάει μια-μια τις πόρτες από τα δωμάτια των ασθενών, αναζητώντας το θύμα του. Ο Μέμνων τον αναγνώρισε αμέσως. Ήταν ο Μαντιχώρας.

«Πρέπει να δημιουργήσεις έναν αντιπερισπασμό ώστε να βρω την ευκαιρία να πλησιάσω τα δωμάτια. Ρίξου στη μάχη εναντίον των αντρών της Έμπουσας. Αν είναι ανάγκη βοήθησε τους αστυνομικούς» είπε στον Κόβαλο. Εκείνος τον κοίταξε παραξενεμένος, αλλά με ένα τίναγμα του κεφαλιού του Μέμνονα, τελικά υπάκουσε αν και κάπως απρόθυμα. Ο Μέμνων δεν ήθελε να τελειώσει γρήγορα η μάχη, γιατί από ό,τι φαινόταν νικητές θα ήταν οι μαφιόζοι. Αν ο Κόβαλος ενίσχυε τους αστυνομικούς η μάχη θα κρατούσε περισσότερο και θα είχε τον απαραίτητο χρόνο να ψάξει στα δωμάτια για τον Προμηθέα. Βέβαια όλα αυτά δεν είχε το χρόνο να τα εξηγήσει στον Κόβαλο. Η μόνη λύση ήταν να του θυμίζει με τον τρόπο του ποιος ήταν το αφεντικό σε αυτήν την υπόθεση, πάντα με τις ευλογίες του Σκίρωνα. Η προσθήκη του Κόβαλου στην υποχωρούσα πλευρά των αστυνομικών ήταν ένα ανέλπιστο δώρο, που άλλαξε άρδην την έκβαση της μάχης. Οι εκπρόσωποι του νόμου σταμάτησαν την υποχώρησή τους και πέρασαν γρήγορα στην αντεπίθεση, την ίδια ώρα που ο Μέμνων περνούσε όσο πιο απαρατήρητα γινόταν, μέσα από τις γραμμές των αντιπάλων. Άρχισε να τρέχει στο διάδρομο προς τον Μαντιχώρα που μάλλον είχε βρει αυτό που έψαχνε, αφού μπαίνοντας στο τελευταίο δωμάτιο το πρόσωπό του έλαμψε από τη χαρά της ανακάλυψης.

Αμέσως μια σειρά από ριπές λέιζερ πέρασαν ξυστά από πάνω του, κάνοντας τα ρούχα του να καπνίζουν και τον ίδιο να πηδάει αρκετά μέτρα μακριά, για να αποφύγει το θάνατο. Στην πόρτα έκανε την εμφάνισή της η αστυνομικός που τον είχε πυροβολήσει, ενώ λίγο πιο πίσω της στεκόταν ο Προμηθέας. Ο Μέμνων έβγαλε το λέιζερ από τον καρπό του βιονικού του χεριού και ετοιμάστηκε να πυροβολήσει την αστυνομικό. Ο Προμηθέας τον αντιλήφθηκε όμως και τη σκούντηξε προειδοποιητικά, αφού εκείνη είχε την προσοχή της στραμμένη στον Μαντιχώρα. Έστρεψε το όπλο της εναντίον του και ξαφνικά πάγωσε. Η αναγνώριση έλαμψε στο βλέμμα της αφού μπροστά της είχε το δολοφόνο του συζύγου της. Δεν τον είχε ξαναδεί αλλά ταίριαζε απόλυτα στην περιγραφή που της είχαν δώσει οι αστυνομικοί από την ομάδα του νεκρού. Ο Μέμνων είδε το βλέμμα της και χωρίς να μπορεί να εξηγήσει το γιατί, σταμάτησε και ο ίδιος, μένοντας παγωμένος για ένα δευτερόλεπτο. Ξύπνησαν και οι δύο απότομα από μια τεράστια μεταλλική ουρά που χτύπησε τη Θέμιδα και τον Προμηθέα με δύναμη στον τοίχο, ραγίζοντάς τον και κάνοντάς τους να χάσουν τις αισθήσεις τους. Ο Μαντιχώρας είχε ενεργοποιήσει όλα του τα βιονικά προσθετικά.

Από τα πόδια και τα χέρια του είχαν ξεπεταχτεί τεράστια μεταλλικά νύχια. Το στόμα του είχε διογκωθεί για να χωρέσει μια καρχαριοειδή οδοντοστοιχία με θανάσιμα κοφτερά μεταλλικά δόντια, ενώ από το πίσω μέρος του κορμιού του ξεπεταγόταν μια τεράστια μεταλλική ουρά που στην άκρη έφερε ένα βέλος. Το ξυρισμένο του κεφάλι είχε πλέον καλυφθεί από μια πυκνή χαίτη όμοια με του λιονταριού, με τη διαφορά ότι ήταν και αυτή μεταλλική. Ο Μαντιχώρας χρησιμοποίησε ξανά την ουρά του, όχι για να κολλήσει τον Μέμνονα στον τοίχο, όπως τη Θέμιδα και τον Προμηθέα, αλλά για να εκσφενδονίσει εναντίον του μικρά βελάκια από την άκρη της. Ο Μέμνων έβγαλε το κατάνα του και κατάφερε να προστατεύσει τον εαυτό του. Τα βέλη εξοστρακίστηκαν πάνω στη λεπίδα και καρφώθηκαν στον τοίχο και το πάτωμα. Ένα τρύπησε κατά λάθος έναν από τους συντρόφους του Μαντιχώρα. Ο άτυχος άντρας έπεσε κάτω βγάζοντας αφρούς, καθώς τα βέλη περιείχαν κάποιο θανατηφόρο δηλητήριο. Ο Μέμνων απέφυγε και τα επόμενα δύο βέλη και πέρασε στην αντεπίθεση. Χτύπησε πρώτα με το κατάνα αλλά ο Μαντιχώρας απέκρουσε με τα νύχια του και έτσι η λεπίδα εξοστρακίστηκε χωρίς να του προκαλέσει το παραμικρό. Τότε ο Μέμνων σήκωσε το βιονικό του χέρι για να πυροβολήσει με το λέιζερ, αλλά οι μεταλλικές τρίχες από τη χαίτη του Μαντιχώρα τυλίχθηκαν γύρω από το βραχίονά του, απαγορεύοντάς του να στοχεύσει.

Τα τεράστια δόντια του άντρα της Έμπουσας πετάχτηκαν μπροστά ανοιγοκλείνοντας απειλητικά, μερικά εκατοστά από το πρόσωπο του Μέμνονα. Προσπαθούσε με το κατάνα να αποκρούσει τα νύχια και τα δόντια του αντιπάλου, ενώ ταυτόχρονα πάλευε να απελευθερώσει το βιονικό του χέρι από τη χαίτη. Κλώτσησε με δύναμη τον Μαντιχώρα στην κοιλιά και καθώς εκείνος διπλώθηκε στα δύο, ένιωσε τις μεταλλικές τρίχες να χαλαρώνουν το σφίξιμό τους. Με ένα δυνατό τίναγμα κατάφερε να απελευθερωθεί και στην ίδια κίνηση να πυροβολήσει τον πεσμένο αντίπαλο. Η ριπή πέτυχε τον Μαντιχώρα στον ώμο κόβοντάς του τελείως το αριστερό χέρι. Ο πόνος τον ανάγκασε να βγάλει έναν τερατώδη βρυχηθμό και παρά το σοβαρό τραυματισμό, να επιτεθεί με ανανεωμένη οργή στον Μέμνονα, ευνοημένος και από την έλλειψη αιμορραγίας, αφού το λέιζερ είχε καυτηριάσει την πληγή. Η ουρά έπεσε με πάταγο στο πάτωμα, στο σημείο που θα βρισκόταν ο Μέμνων πολτοποιημένος, αν τα αντανακλαστικά του δεν τον είχαν σώσει. Πήδηξε προς τα πίσω κουτρουβαλώντας μακριά από το θάνατο και γυρνώντας απέκρουσε και πάλι με το σπαθί του τα θανατηφόρα βελάκια. Έσκυψε αποφεύγοντας το χτύπημα από τα νύχια του δεξιού χεριού του αντιπάλου και κατάφερε ταυτόχρονα ένα βαθύ κόψιμο στο στομάχι του. Ο

Μαντιχώρας δε σταμάτησε ούτε δευτερόλεπτο την επίθεση, επιδεικνύοντας υπεράνθρωπη αντοχή στον πόνο, κάτι που σίγουρα οφειλόταν στις βιονικές ενισχύσεις του.

Μια ομοβροντία από το λέιζερ του Μέμνονα μάδησε τη χαίτη του Μαντιχώρα, αφού οι τρίχες αυτομάτως έσπευσαν να προστατεύσουν τον κάτοχό τους, με αποτέλεσμα να κοπούν μια προς μια. Εκείνος δοκίμασε άλλο ένα χτύπημα με την ουρά του, αυτή τη φορά χαμηλά. Ο Μέμνων πήδηξε στον αέρα και κάρφωσε με το κατάνα το μεταλλικό μέλος στο πάτωμα. Ο Μαντιχώρας ακινητοποιήθηκε και ο Μέμνων χωρίς να χάσει στιγμή, πυροβόλησε με το λέιζερ του τέσσερις φορές. Το εναπομείναν χέρι, τα πόδια και η ουρά του Μαντιχώρα ακρωτηριάστηκαν και έπεσαν άχρηστα στο πάτωμα σπαρταρώντας. Ο Μαντιχώρας καλυμμένος με το αίμα από το κόψιμο του κατάνα, προσπαθούσε με το μοναδικό όπλο που του είχε απομείνει, τα δόντια του, να προκαλέσει όση ζημιά μπορούσε στον Μέμνονα, που είχε σταθεί από πάνω του αλλά σε εύλογη απόσταση. Κοίταξε μέσα στο δωμάτιο και μετά στο διάδρομο. Η αστυνομικός και ο Προμηθέας ήταν άφαντοι. Εξοργισμένος ο Μέμνων με τον πεσμένο και ακρωτηριασμένο άντρα, επειδή τον είχε αναγκάσει να χάσει το θήραμά του, τον άρπαξε από το λαιμό με το βιονικό του χέρι, αποφεύγοντας τα κοφτερά δόντια και του ξερίζωσε το κεφάλι μαζί με τη σπονδυλική στήλη από το σώμα. Πίσω του η μάχη συνεχιζόταν ανάμεσα στους αστυνομικούς και την ομάδα της Έμπουσας. Έστειλε μήνυμα μέσω ασύρματου δικτύου στον Κόβαλο πως έπρεπε να φύγουν. Οι θανατηφόροι έλικες του Κόβαλου που χρησιμοποιούσε στη μάχη, υποχώρησαν μέσα στους καρπούς του και τότε μέσα από τα χέρια του μανιακού ξεπετάχτηκε κατάμαυρος καπνός. Με αυτό το προπέτασμα δοκίμασε να ξεφύγει.

Οι περισσότεροι τυφλώθηκαν, αλλά ένας στρατιώτης της Έμπουσας που διέθετε βιονικά μάτια έμεινε ανεπηρέαστος από το τέχνασμα και κινήθηκε για να παρεμποδίσει το σύντροφο του Μέμνονα. Δεν ξαναχρησιμοποίησε ποτέ τα βιονικά του μάτια, αφού το πάνω μέρος του κεφαλιού του αποκόπηκε από το υπόλοιπο με ένα μόνο χτύπημα του Κόβαλου. Έφτασε δίπλα στον Μέμνονα ο οποίος κοιτούσε έξω από το παράθυρο το αεριωθούμενο της αντιζήλου εταιρείας. Ο πιλότος έκανε γύρους πάνω από το νοσοκομείο, περιμένοντας να παραλάβει την ομάδα του.

«Σκέφτομαι να δανειστούμε για λίγο το όχημα της Έμπουσας. Από τον αέρα θα μπορέσουμε να εντοπίσουμε πιο εύκολα τους δύο φυγάδες. Το θέμα είναι πώς θα φτάσουμε μέχρι εκεί» είπε ο Μέμνονας. Ο Κόβαλος δε χρειάστηκε να το σκεφτεί πάρα πολύ. Πήρε φόρα και πριν προλάβει ο Μέμνων να τον σταματήσει πήδηξε έξω από το παράθυρο, σε μια πτώση που θα σήμαινε βέβαιο θάνατο. Από καθαρή τύχη όμως και όχι από προσεγμένο υπολογισμό, προσγειώθηκε επάνω στο όχημα σπάζοντας το μπροστινό τζάμι και πέφτοντας πάνω στον πιλότο. Αν και ο άτυχος άντρας είχε χάσει ήδη τις αισθήσεις του από τη σύγκρουση με εκατό κιλά ατσαλιού ανακατεμένα με σάρκα, οστά και μπόλικη σχιζοφρένεια, ο Κόβαλος έκρινε σκόπιμο να τον κόψει κομματάκια, πριν πετάξει ό,τι είχε απομείνει έξω από το σπασμένο παράθυρο. Μετά οδήγησε το αεριωθούμενο κοντά στο κτίριο, όπου ο Μέμνων έκανε ένα πολύ λιγότερο ριψοκίνδυνο άλμα, για να βολευτεί τελικά στη θέση του συνοδηγού. Ίσως τελικά ο Σκίρων κάτι ήξερε που τον πίεσε να πάρει μαζί του τον ιδιόρρυθμο μπράβο.

Η Θέμις είχε βοηθήσει τον Προμηθέα να κάτσει σε ένα αναπηρικό καροτσάκι και ελέγχοντάς το με τηλεχειριστήριο, τον είχε οδηγήσει μακριά από τη μάχη προς τους ανελκυστήρες. Μόνο όταν ο ασθενής, που ήταν πολύ αδύναμος από την εγχείρηση για να περπατήσει, είχε φύγει ασφαλής από τον όροφο όπου μαινόταν η μάχη, προχώρησε και εκείνη προς τους ανελκυστήρες προκειμένου να σωθεί και εκείνη. Δεν ήταν όμως τόσο τυχερή. Είδε με την άκρη του ματιού της το μαχαίρι-λέιζερ να έρχεται κατά πάνω της. Μετακινήθηκε όσο πρόλαβε για να το αποφύγει και η μαχαιριά, που αλλιώς θα ήταν μοιραία, τελικά απλά έσκισε το μπουφάν και την μπλούζα της, σχηματίζοντας παράλληλα μια λεπτή ουλή στο δεξί της πλευρό. Απάντησε με μια περιστροφική κλωτσιά που βρήκε το τσιράκι στο σαγόνι και με μια δεύτερη με το άλλο πόδι στη βουβωνική χώρα. Έβγαλε από τη θήκη του το λέιζερ της για να τον αποτελειώσει, αλλά πρόλαβε να την ρίξει κάτω με τον ώμο του και σφίγγοντάς την με τα χέρια του σε μια ατσάλινη ασφυκτική αγκαλιά, την ανάγκασε να ρίξει το όπλο της. Με κομμένη την ανάσα ένωσε τα χέρια της σε διπλή γροθιά και άρχισε να τον χτυπάει στην πλάτη, την ίδια ώρα που τον έσφιγγε με τα πόδια της τυλιγμένα γύρω του, προκαλώντας και σε αυτόν με τη σειρά της ασφυξία. Ο θανατηφόρος χορός στον οποίον είχαν επιδοθεί τους οδήγησε σε μια τζαμαρία.

Περνώντας από μέσα της ένιωσαν και άκουσαν τα χιλιάδες θραύσματα του γυαλιού να τους περιλούζουν, καθώς έπεφταν στο πάτωμα, αποφασισμένοι και οι δύο για τη νίκη και χωρίς να χαλαρώνουν τις θανάσιμες λαβές τους. Η Θέμις άρπαξε μια χούφτα από κομμάτια γυαλιού και τα έτριψε με λύσσα στο πρόσωπο του αντιπάλου της. Ο άντρας ούρλιαξε από τον πόνο και έχασε μέσα από τα χέρια του το κορμί της Θέμιδας. Εκείνη του κλώτσησε με δύναμη το δεξί γόνατο σπάζοντάς το και έτρεξε σε ένα τραπέζι με ιατρικά εργαλεία. Βρήκε ένα νυστέρι-λέιζερ και γυρνώντας στον πεσμένο μαφιόζο του το κάρφωσε στο λαρύγγι. Μετά έχωσε τα δάχτυλά της στην οπή που είχε δημιουργηθεί και τράβηξε με δύναμη ένα μεγάλο κομμάτι σάρκας από το λαιμό του. Ο πληγωμένος έφτυσε αίμα το οποίο ανάβλυσε από το στόμα του και το λαιμό του σαν σιντριβάνι, καλύπτοντας όλο του το πρόσωπο και το στήθος. Έμεινε εκεί πεσμένος για να μην ξανασηκωθεί ποτέ. Η Θέμις μάζεψε το λέιζερ της από το πάτωμα και πέταξε αηδιασμένη το νυστέρι. Αυτή τη φορά ο δρόμος προς τους ανελκυστήρες ήταν ανοιχτός. Πάτησε το κουμπί για το υπόγειο όπου υπήρχε ο χώρος στάθμευσης. Ο Προμηθέας θα την περίμενε εκεί από όπου θα διέφευγαν κλέβοντας κάποιο όχημα. Αν είχαν πάει όλα καλά από τη μεριά του.

Όταν άνοιξε η πόρτα του ανελκυστήρα άρχισε να τρέχει με αγωνία στους ατέλειωτους διαδρόμους και τις σειρές αυτοκινήτων. Είδε με ανακούφιση τον Προμηθέα να την περιμένει δίπλα σε ένα ήδη παραβιασμένο αυτοκίνητο, αν και ήταν φανερά αδύναμος από την προσπάθεια να μετακινηθεί έως εκεί και να ανοίξει την κλειδωμένη πόρτα. Τον βοήθησε να μπει μέσα και κάθισε και εκείνη στη θέση του οδηγού, όντας ήδη αποφασισμένη για την επόμενη κίνησή της. Κανονικά θα τον μετέφεραν στο κρησφύγετο φύλαξης μαρτύρων σε μερικές μέρες, αλλά δεν ήταν δυνατόν να περιμένει άλλο. Δεν υπήρχε άλλο μέρος για να τον κρύψει και στο νοσοκομείο δεν μπορούσαν πια να μείνουν. Ενεργοποίησε τη μηχανή και οι προωθητήρες σήκωσαν το όχημα μερικά εκατοστά από το έδαφος. Κατευθύνθηκε προς την έξοδο του χώρου στάθμευσης με δισταγμό, αφού περνούσαν διάφορα από το μυαλό της, σχετικά με το τι θα την περίμενε έξω. Όταν βγήκε διαπίστωσε ότι δεν της έφραζε κάποιος κακοποιός το δρόμο, έτσι επιτάχυνε για να φύγει από εκείνο το επικίνδυνο σημείο το συντομότερο δυνατόν. Τη βοήθησε να περάσει απαρατήρητη το γεγονός ότι δεν οδηγούσε το δικό της αμάξι, το οποίο είχε διαλυθεί στη μάχη με τους δύο άντρες της Έμπουσας. Εκείνο που είχαν κλέψει ήταν πολύ πιο γρήγορο και προηγμένο τεχνολογικά από το δικό της. Έτσι είδε από τον καθρέφτη το νοσοκομείο να χάνεται πίσω της με γοργούς ρυθμούς, με τολύπες καπνού να αναδύονται από τον όροφο όπου συνεχιζόταν η σύγκρουση των συναδέλφων της με τους μαφιόζους.

Παρόλα αυτά ο Μέμνων χρειάστηκε μερικά μόνο λεπτά μέχρι να καταφέρει να εντοπίσει με το ηλεκτρονικό του κιάλι τη Θέμιδα. Τότε έδωσε εντολή στον Κόβαλο να καταδιώξει το αυτοκίνητο, που έφευγε βιαστικά από τη σκηνή του μακελειού. Ήξερε πως αυτή ήταν και η τελευταία του ευκαιρία, γιατί αν την έχανε πολύ δύσκολα θα ανακάλυπτε μετά, την τοποθεσία όπου θα έκρυβε τον πολύτιμο μάρτυρα. Το αεριωθούμενο ανέπτυξε ταχύτητα και στάθηκε πάνω από τη Θέμιδα και τον Προμηθέα, ενώ ο Μέμνων είχε ανοίξει την πόρτα του συνοδηγού και ετοιμαζόταν να πηδήξει στην οροφή του αυτοκινήτου. Η Θέμις άκουσε ένα γδούπο και το όχημά της τραντάχτηκε ελαφρώς. Κατάλαβε αμέσως πως κάτι κακό συνέβαινε. Χωρίς να χάσει χρόνο μέχρι να διαπιστώσει ποιος ήταν ο λαθρεπιβάτης στην οροφή του αυτοκινήτου, άνοιξε πυρ εναντίον του στα τυφλά, γεμίζοντας το μεταλλικό ταβάνι με τρύπες. Ο Μέμνων μόλις που μπόρεσε να αποφύγει τη σειρά από θανατηφόρες ριπές, καταφέρνοντας παράλληλα να κρατηθεί στη θέση του, κάτω από συνθήκες ιλιγγιώδους ταχύτητας. Κρατήθηκε με το σάρκινο χέρι και έστρεψε το βιονικό με το λέιζερ στο σημείο κάτω από το οποίο υπολόγιζε να βρίσκεται η οδηγός.

Κάτι μικρό και ιπτάμενο πέρασε ξυστά από το μάγουλό του, τραβώντας του την προσοχή και χαλώντας του τη στόχευση. Κοίταξε τριγύρω χωρίς να μπορεί να εντοπίσει κάτι. Προσπάθησε να επικεντρωθεί πάλι στο στόχο του. Τότε άλλα δύο ιπτάμενα μικρά αντικείμενα πέρασαν από διπλά του και αυτή τη φορά σταμάτησαν αιωρούμενα μπροστά του. Σιγά-σιγά περικυκλώθηκε από δέκα παρόμοια αντικείμενα. Τα κοίταξε προσεκτικά προσπαθώντας να καταλάβει τι ακριβώς ήταν. Αυτό που διαπίστωσε του φαινόταν παράλογο και διερωτήθηκε μήπως η τελευταία δόση κυκεώνα που είχε καταναλώσει, είχε κάποιες παρενέργειες. Μπροστά του αιωρούνταν δέκα ιπτάμενα μάτια, όλα στραμμένα επάνω του, κάτι που του προκαλούσε αμηχανία, αφού αυτό τον καθιστούσε ξεκάθαρα στόχο κάποιου. Μια τεράστια σκιά έπεσε πάνω του, αναγκάζοντάς τον να στρέψει το βλέμμα του ψηλά. Αυτό που είδε υπέθεσε ότι ήταν ο κάτοχος των ιπτάμενων ματιών. Επρόκειτο για ένα γιγαντιαίο ρομπότ ύψους τουλάχιστον τριών μέτρων, το οποίο ήταν καλυμμένο σε όλο του το σώμα με μάτια. Τα δέκα μάτια που περιστρέφονταν γύρω από τον Μέμνονα απομακρύνθηκαν αμέσως και επέστρεψαν στο σώμα του κυρίου τους, βρίσκοντας το καθένα τη δική του υποδοχή. Το τεράστιο σώμα συμπλήρωνε ένα ζευγάρι μεταλλικών φτερών με προωθητήρες, που του έδιναν τη δυνατότητα να πετάει.

Προσγειώθηκε μερικά μέτρα μπροστά από το αυτοκίνητο και η Θέμις στη θέα του πάτησε ενστικτωδώς το φρένο. Ο Μέμνων με το απότομο σταμάτημα πετάχτηκε μπροστά και αφού χτύπησε περιστρεφόμενος για μερικές φορές στο δρόμο, σταμάτησε στα πόδια του τεράστιου ρομπότ. Τα φτερά του γίγαντα είχαν διπλωθεί στην πλάτη του και μερικές δεκάδες μάτια κοίταζαν τον άντρα της Χίμαιρας αφ' υψηλού. Αγνοώντας τον πόνο από τις πληγές του προσπάθησε να σηκωθεί, αλλά ένα τεράστιο χέρι τον κοπάνησε στην πλάτη, βυθίζοντάς τον στην άσφαλτο. Μια στιγμή πριν χάσει τις αισθήσεις του, έστειλε στην εταιρεία σήμα κινδύνου. Με τον Μέμνονα αναίσθητο και εκτός μάχης, τα μάτια στράφηκαν προς τον Κόβαλο ο οποίος είχε προσγειώσει το κλεμμένο όχημα της Έμπουσας και ετοιμαζόταν για την επίθεσή του εναντίον του ρομπότ. Οι περιστρεφόμενοι έλικες έκαναν την εμφάνισή τους από τους καρπούς του και έτρεξε ουρλιάζοντας εναντίον του τρίμετρου αντιπάλου του. Οι λεπίδες χτύπησαν το ατσάλι και αναπήδησαν χωρίς αποτέλεσμα, αφήνοντας το στόχο του Κόβαλου άθικτο. Η γροθιά του ρομπότ αντίθετα ήταν πολύ πιο αποτελεσματική, αφού έστειλε με ιλιγγιώδη ταχύτητα τον Κόβαλο να συγκρουστεί με έναν τοίχο, με καταστροφικά αποτελέσματα και για το μαφιόζο αλλά και για το άψυχο αντικείμενο.

Το ρομπότ βέβαιο ότι και οι δύο άντρες ήταν αναίσθητοι, γύρισε προς τη Θέμιδα για να διαπιστώσει πως το σημάδευε με το λέιζερ της.

«Αν έχεις έρθει για να πάρεις τον Προμηθέα για λογαριασμό της Έμπουσας, της Χίμαιρας ή οποιουδήποτε άλλου, μη νομίζεις ότι θα έχεις καλύτερη τύχη από αυτούς τους δύο» του φώναξε απειλητικά. Το ρομπότ σήκωσε τα χέρια ψηλά προσπαθώντας να φανεί ακίνδυνο και με αγνές προθέσεις, κάτι που καθιστούσε ιδιαίτερο δύσκολο το μέγεθός του και τα δεκάδες μάτια του που κοιτούσαν δεξιά και αριστερά, απορροφώντας εικόνες από όλον τον περιβάλλοντα χώρο.

«Με λένε Άργο Πανόπτη και έχω έρθει για να σε βοηθήσω. Με έχει στείλει ο Αρχηγός της αστυνομίας για να σε προστατεύσω και να σε βοηθήσω να μεταφέρεις το μάρτυρα σε ασφαλές μέρος». Η Θέμις δεν κατέβασε το όπλο της δείχνοντας ότι δεν είχε πιστέψει την ιστορία.

«Θα επικοινωνήσω με το αρχηγείο για να επιβεβαιώσω την ταυτότητά σου. Μείνε μακριά μέχρι να τελειώσω». Μπήκε στο αμάξι και προσπάθησε να συνδεθεί με το δίκτυο, όταν μια ακτίνα λέιζερ πέρασε μέσα από το αμάξι λιώνοντας γυαλί και μέταλλο. Οι άντρες της Έμπουσας που είχε φέρει μαζί του ο νεκρός Μαντιχώρας, είχαν αντιληφθεί τη φυγή της και μόλις την είχαν εντοπίσει. Δεν είχε χρόνο να ελέγξει τη γνησιότητα του ουρανοκατέβατου σωτήρα της. Θα έπρεπε προσωρινά τουλάχιστον να τον εμπιστευθεί. Έχοντας κρυφτεί πίσω από το αυτοκίνητο και πυροβολώντας εναντίον των μαφιόζων, φώναξε στον Άργο Πανόπτη.

«Έχεις καμία ιδέα για το πώς να φύγουμε από εδώ πέρα». Τότε ο γίγαντας ξεδίπλωσε τα μεταλλικά φτερά και παίρνοντας στην αγκαλιά του τη Θέμιδα και τον Προμηθέα, πέταξε μακριά από τα εχθρικά πυρά. Πετώντας πάνω από τους μεταλλικούς και τσιμεντένιους όγκους των κτιρίων, η Θέμις σκεφτόταν πως ήταν πλέον και οι δύο στο έλεος του μυστηριώδους ρομπότ, αφού σε εκείνο το ύψος ήταν το μοναδικό πράγμα που τους χώριζε από μια μοιραία πτώση. Ευχόταν να μην είχε κάνει λάθος που τον είχε εμπιστευτεί.

κεφΑΛΛΙΟ 4

Όταν ο Μέμνων άνοιξε τα μάτια του, διαπίστωσε ότι δε βρισκόταν πια στο δρόμο, αλλά σε κάποιον κλειστό χώρο. Μετά από μερικά δευτερόλεπτα, όταν το μυαλό του άρχισε σιγά-σιγά να δουλεύει, κατάλαβε ότι ο χώρος ήταν ένας θάλαμος νοσηλείας της Χίμαιρας. Η εικόνα του μυθικού τέρατος σε όλα τα προϊόντα που βρίσκονταν στο δωμάτιο δεν άφηνε αμφιβολία. Ανασηκώθηκε και ένιωσε κάθε μυ του κορμιού του να διαμαρτύρεται. Πόναγε παντού. Οι εικόνες είχαν αρχίσει να επανέρχονται στο νου του. Ήταν έτοιμος να σκοτώσει εκείνη την αστυνομικό και να κατακτήσει το έπαθλο που ονομαζόταν Προμηθέας. Κατά πάσα πιθανότητα θα τα κατάφερνε, παρά τις ικανότητες της μαχητικής γυναίκας. Και τότε εκείνο το πελώριο ρομπότ είχε έρθει ως από μηχανής θεός και του είχε καταστρέψει τα σχέδια και μάλιστα στέλνοντάς τον και στο νοσοκομείο. Αναρωτήθηκε αν ο Κόβαλος είχε καταφέρει κάτι καλύτερο από τον ίδιο εναντίον του γίγαντα, αλλά απέκλεισε μια τέτοια πιθανότητα. Ρώτησε τη νοσοκόμα που ήρθε στο δωμάτιο για να τον φροντίσει, αλλά εκείνη δεν είχε ιδέα ποιος ήταν ο Κόβαλος. Τον ενημέρωσε απλά ότι μερικά κόκαλα και σπόνδυλοι από το σώμα του είχαν αντικατασταθεί από τεχνητά, αφού τα χτυπήματα του ρομπότ είχαν συντριπτικά αποτελέσματα για το κορμί του. Και επειδή του άρεσε να είναι ειλικρινής με τον εαυτό του, δεν ήταν χτυπήματα αλλά ένα και μοναδικό.

Κάποιος είχε καταφέρει να τον βγάλει εκτός μάχης με ένα και μόνο χτύπημα. Αυτό δεν μπορούσε να το αφήσει να περάσει έτσι. Αλλά μάλλον δεν ήταν και σε θέση να κάνει κάτι για αυτό. Ακόμα και οι πιο απλές κινήσεις, του προκαλούσαν πόνο όμοιο με καυτές βελόνες που μπήγονταν στα πλευρά του. Μάλλον θα ακολουθούσε τις συμβουλές της νοσοκόμας και θα άφηνε τους ηρωισμούς κατά μέρος. Όταν ένιωσε καλύτερα περιπλανήθηκε στο διάδρομο και ανακάλυψε πως ο Κόβαλος βρισκόταν στην ίδια άθλια κατάσταση. Δε λυπόταν καθόλου για αυτό το γεγονός, πέρα από τη σημαντική λεπτομέρεια πως αυτό συνεπαγόταν την αποτυχία της αποστολής τους και τα διάφορα επακόλουθα, όπως συνάντηση με τον Σκίρωνα και εξηγήσεις για αυτήν την αποτυχία. Εξηγήσεις που δύσκολα θα αποδεικνύονταν αρκετές, αν αναλογιζόταν κανείς την απαιτητική φύση του συγκεκριμένου ατόμου αλλά και του κόσμου της μαφίας γενικότερα. Αποφάσισε πως το μόνο που μπορούσε να κάνει στην κατάσταση που βρισκόταν, ήταν η έρευνα. Έψαξε ενδελεχώς τα αρχεία της αστυνομίας στα οποία είχαν πρόσβαση, κάτι που ήταν προσφορά ενός από τους πολλούς λαδωμένους αστυνομικούς στην υπηρεσία της Χίμαιρας.

Δε βρήκε τίποτα που να έχει σχέση με ένα τρίμετρο ρομπότ με μάτια σε όλο του το σώμα. Ευχήθηκε να είχε την ίδια άνεση και με τα αρχεία της Έμπουσας, αλλά σε αυτήν την περίπτωση ήταν απλά αδύνατον να λαδωθεί κανείς. Η εταιρεία καραδοκούσε και παρακολουθούσε τα πάντα. Και όποιος τολμούσε να προδώσει τα τρομακτικά μυστικά της θα πέθαινε, αφού πρώτα πέθαιναν όλοι οι συγγενείς του, οι φίλοι του, οι γείτονές του κτλ. Τότε έκανε τη σκέψη πως αν ήταν πληρωμένος από την Έμπουσα, θα έπαιρνε μόνο τον Προμηθέα και θα σκότωνε την αστυνομικό. Μπήκε και πάλι στα αρχεία της αστυνομίας ψάχνοντας για κάποια αναφορά θανάτου της Θέμιδας. Δε βρήκε απολύτως τίποτα. Ένα πυκνό πέπλο μυστηρίου κάλυπτε την ξαφνική παρουσία αυτού του ρομπότ και αν ήθελε να βρει την άκρη του νήματος, θα έπρεπε να ψάξει σε πιο ανεπίσημους και υπόγειους διαύλους για πληροφορίες. Αποφάσισε να πάει στον ιππόδρομο. Το μέρος ήταν ασφυκτικά γεμάτο, καθώς οι εθισμένοι στον τζόγο θαμώνες είχαν συρρεύσει για να παρακολουθήσουν τους αγώνες της ημέρας και να χάσουν τα λεφτά τους. Το συνεχές σκούντημα από τα διάφορα σώματα, καθώς στριμωχνόταν μέσα στο πλήθος, του θύμιζε συνεχώς τις πληγές του, στέλνοντάς του καυτά μηνύματα πόνου. Άναβε το ένα μετά το άλλο τα τσιγάρα, περισσότερο για να ξεχνιέται παρά για την απόλαυση της ενέργειας.

Κατάφερε να βρει ένα καλό και κάπως απόμερο σημείο όπου είχε καλή θέα της πίστας, για να παρακολουθήσει τον επόμενο αγώνα. Τα βιονικά άλογα βγήκαν με τους αναβάτες τους στη γραμμή εκκίνησης. Οι νευρικές κινήσεις των αλόγων και τα ανήσυχα χρεμετίσματα έλειπαν φυσικά. Τα άψυχα βιονικά τετράποδα περίμεναν με ψυχρότητα την έναρξη του αγώνα, εκτελώντας στην εντέλεια τις εντολές των αναβατών τους. Γι' αυτό άλλωστε και δε γίνονταν σχεδόν ποτέ ατυχήματα. Σχεδόν ποτέ. Ο Μέμνων όμως ήξερε ότι υπήρχε ένας αστάθμητος παράγων στις ιπποδρομίες, που ακόμα και στην εποχή της τεχνολογικής προόδου και ρομποτικής τελειότητας, έβρισκε ένα μικρό τρωτό σημείο στην ασφάλεια των αναβατών. Ήταν ο παράγοντας που με τόση ανυπομονησία περίμενε ο Μέμνων. Η ώρα περνούσε και οι αγώνες εκτυλίσσονταν ένας-ένας μπροστά από τα κουρασμένα μάτια του μαφιόζου, σε ένα καρουζέλ που έμοιαζε να μην έχει τέλος. Τα πατημένα αποτσίγαρα είχαν σχηματίσει ένα μικρό λοφίσκο κάτω από τα πόδια του και τα δάχτυλα του μεταλλικού του χεριού ανοιγόκλειναν νευρικά. Λίγα δευτερόλεπτα μετά την έναρξη της τελευταίας ιπποδρομίας, σηκώθηκε όρθιος χαμηλώνοντας το γείσο του καινούργιου του καπέλου και ισιώνοντας το γιακά της καμπαρντίνας του.

Στράφηκε προς την έξοδο απογοητευμένος και περνούσε ήδη το κατώφλι όταν άκουσε τον πάταγο και τις κραυγές των τρομοκρατημένων αλλά και εκστασιασμένων θεατών. Άλλωστε από την αρχαιότητα ακόμα, το αίμα που πότιζε το χώμα της αρένας, έκανε τα πλήθη να παραληρούν. Ο Μέμνων διέκοψε την πορεία του και χαμογέλασε ικανοποιημένος. Δεν τον ενδιέφερε το θέαμα των τσακισμένων αναβατών, όπως τους υπόλοιπους θεατές. Ο θάνατος άλλωστε ήταν κάτι το καθημερινό στη ζωή του. Όμως το ατύχημα αποδείκνυε ότι ο Ταράξιππος βρισκόταν στον ιππόδρομο. Μια φρικαλέα μάζα σάρκας και μετάλλου είχε συγκεντρωθεί στη σφενδόνη της πίστας. Στο σημείο που αν ο αναβάτης δεν προσέξει, η φυγόκεντρος δύναμη μπορεί να τον πετάξει εκτός της πορείας του, με καταστροφικά αποτελέσματα. Όμως αυτός ο κίνδυνος συνήθως αποσοβείτο, με τα διάφορα συστήματα ασφαλείας που διέθεταν τα βιονικά άλογα. Κάτι όμως είχε πάει πολύ στραβά. Και αυτό το κάτι έψαχνε ο Μέμνων στις ψηλότερες θέσεις των κερκίδων. Εντόπισε τον Ταράξιππο ο οποίος μάζευε τον εξοπλισμό του και ετοιμαζόταν να εγκαταλείψει τον τόπο του εγκλήματος. Ο Μέμνων διέκρινε την κεραία με την οποία ο ψυχικά ανισσόροπος άντρας, έστελνε το ηλεκτρονικό σήμα που αναιρούσε και μπέρδευε τις εντολές στον ηλεκτρονικό εγκέφαλο των βιονικών αλόγων. Έτσι στην πιο κρίσιμη στιγμή, αυτά έχαναν τον έλεγχο και παρέσερναν τους αναβάτες τους σε έναν οδυνηρό θάνατο.

Δεν ήταν κάποια αποστολή που θα του απέφερε κέρδος. Δεν είχε στοιχηματίσει σε κάποιο άλογο ώστε να θέλει να ξεφορτωθεί τους αντιπάλους του. Ούτε υπήρχε κάποιος υπόγειος σκοπός της μαφίας πίσω από αυτήν τη γεμάτη κακία ενέργεια. Η βαθιά ικανοποίηση όμως που ένιωθε ο Ταράξιππος βλέποντας άλογα και αναβάτες να τσακίζονται, ήταν ανώτερη από οποιοδήποτε οικονομικό όφελος. Του προκαλούσε ανατριχίλα σε όλο του το σώμα και τρέμουλο συγκίνησης μέχρι τα μύχια της ψυχής του. Ήταν ένας κοντόχοντρος ανθρωπάκος με γιλέκο και παπιγιόν. Τα μαλλιά του τα έβρεχε και τα πατίκωνε σε μια ψυχαναγκαστική χωρίστρα, που δεν έπρεπε να ξεφεύγει ούτε εκατοστό από αυτό που είχε στο μυαλό του ως σωστό. Τα μάτια του έδιναν την αίσθηση ότι ήταν έτοιμα να πεταχτούν έξω από τις κόγχες τους, καθώς περιστρέφονταν γουρλωτά σαρώνοντας τον περιβάλλοντα χώρο για κίνδυνο. Το ύψος του δεν τον βοηθούσε στη μεταφορά της αρκετά μεγάλης συσκευής και τα κοντά του πόδια έκαναν μικρά βιαστικά βήματα, χάνοντας συχνά ρυθμό και ισορροπία και διαγράφοντας μια ανώμαλη πορεία γεμάτη καμπύλες γραμμές. Ήταν ένα θρασύδειλο ανθρωπάκι, που μπορούσε να χτυπήσει μόνο κρυφά και από απόσταση. Εκεί από όπου ένιωθε ασφαλής. Σε μια αναμέτρηση σώμα με σώμα θα ήταν εντελώς ανίκανος και φυσικά θα την απέφευγε αν ήταν στο χέρι του.

Έτσι όταν το μεταλλικό χέρι του Μέμνονα τον άρπαξε από το γιακά και τον βρόντηξε με δύναμη στον τοίχο, σπάζοντάς του τη μύτη και τα μπροστινά δόντια, κατάλαβε αμέσως ότι είχε μπλέξει άσχημα. Φοβούμενος λοιπόν για την ανούσια παρασιτική ζωή του, άρχισε να κλαψουρίζει, βλέποντας από πάνω του να στέκεται επιβλητικός ο άνθρωπος από τη Χίμαιρα. Ο Μέμνων γονάτισε και πλησίασε το στόμα του κοντά στο αυτί του τρεμάμενου άντρα.

«Θέλω να μάθεις μερικά πράγματα για λογαριασμό μου, σε αυτά τα κακόφημα μέρη που τριγυρνάς. Μιλάς σε πολύ κόσμο και κρυφακούς ακόμα περισσότερο. Οπότε ο πλούτος σου σε πληροφορίες είναι τεράστιος. Εμένα με φοβούνται και δεν ανοίγονται εύκολα. Οπότε σε χρειάζομαι. Κατάλαβες;» Ο Τάραξιππος ανεβοκατέβασε το κεφάλι καμιά δεκαριά φορές, κινδυνεύοντας να ξεκολλήσει τον αυχένα του. Ο Μέμνων του ανέλυσε τις πληροφορίες που τον ενδιέφεραν και τι θα ήθελε να γνωρίζει ο Τάραξιππος την επόμενη φορά που θα συναντιούνταν.

«Ωραία. Φρόντισε να είσαι συνεπής στο ραντεβού σου. Και για να είμαι σίγουρος ότι δε θα προσπαθήσεις να με ξεγελάσεις, θα δανειστώ το αγαπημένο σου μηχανηματάκι» είπε και άπλωσε το χέρι του για να αρπάξει τη συσκευή που βραχυκύκλωνε τους εγκεφάλους των βιονικών αλόγων. Ο Ταράξιππος κάτι πήγε να ψελλίσει, αλλά ένα βλέμμα του Μέμνονα ήταν αρκετό, ώστε να δεχτεί την κατάσταση όπως είχε διαμορφωθεί και να αποχαιρετίσει με πόνο στην καρδιά, το αγαπημένο του παιχνιδάκι, μέχρι την επόμενη συνάντηση με το μαφιόζο. Αυτή θα γινόταν τη μεθεπόμενη μέρα και την ίδια ώρα, οπότε ο Ταράξιππος θα έπρεπε να βιαστεί, αλλιώς κινδύνευε να χάσει το μηχάνημα αλλά και πολλά περισσότερα.

Στο κτίριο της Έμπουσας, στον τεράστιο μακρύ διάδρομο που οδηγούσε στην αίθουσα του μεγάλου αφεντικού, ένα ζευγάρι μαύρες μπότες αντηχούσε στον κλειστό χώρο. Το βήμα είχε συγκεκριμένο στρατιωτικό ρυθμό και το τακούνι της κάθε μπότας χτυπούσε στο δάπεδο με δύναμη, σαν το άτομο που περπατούσε να αντλούσε κύρος και να επιβεβαίωνε την εξουσία του με αυτόν τον τρόπο. Και ο Αλάριχος είχε κάθε λόγο να αισθάνεται πως είχε εξουσία, μετά τις τελευταίες εξελίξεις. Ο Μαντιχώρας, το αγαπημένο τσιράκι του αφεντικού τους, είχε αφήσει για πάντα αυτόν τον ασπρόμαυρο και μουντό κόσμο. Πλέον ο αρχαιότερος στην ιεραρχία ήταν ο Γερμανός μισθοφόρος και με ανανεωμένες φιλοδοξίες και νέο κύρος, βάδιζε προς την αίθουσα του αρχηγού του, όπου δίχως άλλο θα άκουγε από τα ίδια τα χείλη του, την ανάθεση της αποστολής να βρει τον Προμηθέα και την αστυνομικό και να εξοντώσει τον Μέμνονα, ο οποίος είχε αρχίσει να γίνεται κάτι παραπάνω από ενόχληση. Ήταν μια στιγμή που ο Αλάριχος περίμενε χρόνια και τον έφερνε ακόμα πιο κοντά στον τελικό του στόχο, την αρχηγία της Έμπουσας. Έφτασε μπροστά από την τεράστια δίφυλλη μεταλλική πόρτα, φούσκωσε το στήθος του και κορδώθηκε σαν το παγώνι. Ήταν πάντα πρόκληση να στέκεσαι ατάραχος μπροστά στο αφεντικό της Έμπουσας. Δεν ήταν μόνο η εμφάνισή του, που προκαλούσε το λιγότερο δυσάρεστα συναισθήματα, αλλά και η φήμη του ότι έδειχνε τόσον οίκτο στους υποτακτικούς του όσον και στους εχθρούς του. Δηλαδή καθόλου.

Η πόρτα άνοιξε και προχώρησε μέσα, φτάνοντας τελικά στο προκαθορισμένο σημείο μέχρι το οποίο επιτρεπόταν σε οποιονδήποτε να κινηθεί, χωρίς να νιώσει τις συνέπειες της ανασφάλειας και της καχυποψίας του Πολυπήμονα γνωστού και ως Προκρούστη, αρχηγού της Έμπουσας. Πέρα από αυτό το σημείο μόνο ο ίδιος ο Πολυπήμονας είχε το δικαίωμα να επιτρέψει σε κάποιον να πλησιάσει πιο κοντά, αν και θα έπρεπε να είναι κάποιος της απολύτου εμπιστοσύνης του αφεντικού. Μετά το θάνατο του Μαντιχώρα δεν υπήρχε τέτοιο άτομο και εφόσον στο μυαλό του Πολυπήμονα όλοι ήθελαν το κακό του και ζήλευαν την εξουσία του (κάτι που ίσχυε σε μεγάλο βαθμό) ο Αλάριχος θα έπρεπε να στέκεται στο σημείο αυτό, όπως και οποιοσδήποτε άλλος ζητούσε ακρόαση ή καλείτο από τον ίδιο τον αρχηγό. Αυτό βέβαια δεν ήταν το μόνο μέτρο ασφαλείας. Πέρα από τους στρατιώτες που ήταν ακροβολισμένοι στην τεράστια αίθουσα, το ίδιο το δωμάτιο ήταν μια παγίδα θανάτου. Διάφορα κρυφά όπλα που ήταν εγκατεστημένα στους τοίχους, μπορούσαν ανά πάσα στιγμή να ξεπεταχτούν με μια σκέψη του Πολυπήμονα και να κομματιάσουν, πυρπολήσουν και γενικώς να καταστρέψουν τον επιθυμητό στόχο. Ο έλεγχος του δωματίου ανήκε αποκλειστικά στον Πολυπήμονα, μέσω ενός μεταλλικού καπέλου που ήταν βιδωμένο στο κεφάλι του και των καλωδίων που ξεκινούσαν από αυτή τη συσκευή και κατέληγαν στους τοίχους. Ουσιαστικά ήταν ένα με το χώρο και αυτός ήταν ο ένας λόγος που δεν έφευγε ποτέ από την αίθουσα. Μόνο εκεί ένιωθε ασφαλής και μακριά από τα νύχια των σφετεριστών.

Πέρα όμως από τις ανασφάλειές του ο Πολυπήμων δεν είχε και τη δυνατότητα να κινηθεί εκτός της αίθουσας και γενικώς δεν είχε τη δυνατότητα να κινηθεί καθόλου, αφού λόγω ενός ατυχήματος σε ένα χημικό εργαστήριο πριν από πολλά χρόνια, η μάζα του σώματός του είχε διογκωθεί σε τέτοιο σημείο, ώστε να του είναι αδύνατον να στηριχθεί όρθιος με τις δικές του δυνάμεις. Ο σκελετός του απλά αδυνατούσε για κάτι τέτοιο. Έτσι οι ατέλειωτες μάζες κρεάτων του Πολυπήμονα στηρίζονταν σε ισχυρές μεταλλικές βάσεις, οι οποίες με τη βοήθεια τροχαλιών μπορούσαν να κινηθούν, ώστε το τεράστιο σώμα να μπορεί να κάνει τις ελάχιστες εκείνες κινήσεις που χρειαζόταν, για να μη σαπίσει τελείως από την ακινησία. Θύμιζε ένα τεράστιο απλωμένο κομμάτι ζύμης με ένα πρόσωπο στο κέντρο. Τα μάτια μέσα από τις δίπλες της σάρκας που τα έκρυβαν, κατάφεραν να εντοπίσουν τον Αλάριχο. Ένα άνοιγμα στο ταβάνι άφησε να φανεί ένα μικρόφωνο το οποίο, μέσω ενός μεταλλικού βραχίονα, έφτασε μέχρι τα σαρκώδη χείλια του Πολυπήμονα. Η φωνή έφτασε στα αυτιά του μισθοφόρου παραμορφωμένη, σαν να έβγαινε μέσα από ένα στόμα καλυμμένο με πανί. Οι λέξεις έβγαιναν αργά και έδιναν την εντύπωση ότι σέρνονταν στην άκρη της γλώσσας. Σε ένα σώμα σχεδόν ακινητοποιημένο ακόμα και ο λόγος ακολουθούσε το παράδειγμα των υπόλοιπων λειτουργιών και επιβράδυνε την πορεία του προς τα αυτιά των ακροατών.

«Αλάριχε καλωσόρισες. Φαντάζομαι έχεις καταλάβει γιατί σε φώναξα. Η Χίμαιρα μας κατάφερε ένα πολύ μεγάλο πλήγμα. Όχι μόνο η καταδίωξη του Προμηθέα απέτυχε, αλλά και ένα από τα σημαντικά στελέχη της εταιρείας είναι νεκρό. Οι δύο πράκτορες της Χίμαιρας στάθηκαν τυχεροί γιατί αν και αναίσθητοι, πρόλαβαν να διασωθούν από τους συναδέλφους τους και έτσι δεν τιμωρήθηκαν για τις πράξεις τους, όπως θα έπρεπε. Πλέον δεν είναι απλά προς το συμφέρον της εταιρείας να επιλυθεί αυτή η υπόθεση, αλλά και ζήτημα τιμής. Θέλω να βρεις τον Προμηθέα, ζωντανό όμως γιατί ίσως έχει πληροφορίες υψίστης σημασίας για εμάς. Να ανακαλύψεις ποιος σκότωσε τον Μαχάονα και να τον φέρεις μπροστά μου, για να λογοδοτήσει για την πράξη του και τέλος να μου φέρεις τα κεφάλια του Μέμνονα και της αστυνομικού με το όνομα Θέμις. Ξέρω πόσο φιλόδοξος είσαι και πόσο διψάς για την καταξίωση. Μέσα από τις δυσάρεστες πρόσφατες εξελίξεις, σου ανοίγεται ο δρόμος για να επιτύχεις την αναγνώριση που θέλεις. Αν πετύχεις στην αποστολή σου θα κερδίσεις την εμπιστοσύνη μου και την εύνοιά μου. Αν αποτύχεις...» Δε χρειαζόταν να του πει τι θα συνέβαινε αν αποτύγχανε. Ο Αλάριχος είχε δει τη μοίρα που περίμενε όποιον δεν ικανοποιούσε τα θελήματα του αρχηγού. Σαν όμως ο Πολυπήμων να ήθελε να σιγουρευτεί πως το νέο του πρωτοπαλίκαρο είχε συναίσθηση της κατάστασης, του ετοίμασε ένα διόλου ευχάριστο θέαμα. Τα ανοίγματα εμφανίστηκαν για άλλη μια φορά και μέσα από τον τοίχο βγήκε μια επίπεδη μεταλλική επιφάνεια με έναν άντρα δεμένο πάνω της.

Ήταν καταϊδρωμένος και έκλαιγε γοερά, σαν να ήξερε ότι τον περίμενε μια τρομερή μοίρα. Τα χέρια του και τα πόδια του εξείχαν από τη μεταλλική επιφάνεια και έτσι όπως αυτή υψωνόταν πάνω από τον Αλάριχο, του έδιναν τη δυνατότητα να δει τα άκρα να συσπώνται απελπισμένα, σε μια απεγνωσμένη προσπάθεια για απελευθέρωση, που φυσικά δεν έφερνε κανένα αποτέλεσμα. Ο Αλάριχος είχε αρχίσει να υποπτεύεται από το όλο ικανοποίηση χαμόγελο του Πολυπήμονα και τους οδυρμούς του άμοιρου άντρα, για το τι επρόκειτο να παρακολουθήσει. Όμως ο παχύσαρκος αρχιμαφιόζος θέλησε να του κάνει μια εισαγωγή.

«Αυτός είναι ένας από τους εργαζόμενους της μικρής μας οικογένειας. Του εμπιστευτήκαμε την ασφάλεια της εταιρείας και τον ανταμείψαμε πλουσιοπάροχα. Ο άνθρωπος όμως είναι ένα ον που δε θα καταφέρει ποτέ να υπερνικήσει την απληστία του και έτσι το άτομο αυτό θέλησε να βγάλει ακόμα περισσότερα, προσφέροντας πληροφορίες για εμάς σε διάφορες αντίπαλες ομάδες του υποκόσμου. Φυσικά δεν αργήσαμε να αντιληφθούμε τι συνέβαινε. Δυστυχώς ο κόσμος δεν μπορεί να καταλάβει ότι η

Έμπουσα βλέπει παντού και έτσι συνεχίζουν να κάνουν πάντα τα ίδια λάθη. Ο άντρας αυτός λοιπόν πρέπει να εκτελεστεί για το κακό που μας έκανε. Με το πάτημα ενός κουμπιού ή με μια νοητή εντολή, το τσιπ που έχετε όλοι οι εργαζόμενοι στο κεφάλι σας, θα έσβηνε από τον κόσμο την προδοτική του παρουσία. Όμως δεν του αξίζει τέτοιος οίκτος. Ο θάνατος από το ηλεκτρονικό φορτίο που θα του έψηνε τον εγκέφαλο θα ήταν ακαριαίος. Κάτι τέτοιο δεν αρμόζει στην προδοσία του. Σε ένα τόσο ανίερο έγκλημα. Αποφάσισα λοιπόν να προσφέρω στο προσωπικό της Έμπουσας ένα θέαμα πραγματικά αξιόλογο, που θα χαραχτεί στη μνήμη όλων για πάντα».

Μια κάμερα ολοκλήρωσε την κάθοδό της από το ταβάνι και σε όλο το κτίριο της εταιρείας ενεργοποιήθηκαν αυτόματα οθόνες οι οποίες τράβηξαν την προσοχή των διαφόρων υπαλλήλων, είτε νόμιμων είτε των εγκληματιών που χρησιμοποιούσε η μαφία. Όλα τα μάτια στράφηκαν στην εικόνα με περιέργεια. Μια περιέργεια που σύντομα θα έδινε τη θέση της στη φρίκη. Ο άντρας μέσα από τους λυγμούς δε σταματούσε να ικετεύει τον Πολυπήμονα για έλεος. Ο Αλάριχος ήξερε ότι αυτές οι ικεσίες γίνονταν στο βρόντο. Και ο ίδιος ο μισθοφόρος ήταν αδίστακτος, αλλά ήξερε ότι μπροστά στο αφεντικό του θα μπορούσε να χαρακτηρισθεί ακόμα και φιλάνθρωπος. Η εικόνα του Πολυπήμονα δε φαινόταν στις οθόνες που παρακολουθούσαν οι υπάλληλοι. Ελάχιστοι γνώριζαν το παρουσιαστικό του και ήθελε να διατηρήσει αυτό το μυστήριο γύρω από το άτομό του. Έτσι συνεχίζοντας να βλέπουν το δέσμιο άντρα, άκουσαν τη φωνή του αφεντικού τους.

«Αγαπητά τέκνα της μεγάλης μας οικογενείας. Ενώ οι περισσότεροι εργάζεστε αγόγγυστα για το καλό της εταιρείας μας, υπάρχουν και εκείνοι που ξεχνώντας τις ευεργεσίες μας, συμμαχούν με δυνάμεις που δόλια καταστρώνουν την πτώση μας. Η αμείλικτη τιμωρία σε αυτές τις περιπτώσεις είναι η μόνη πρακτική και ηθική λύση. Παρακολουθήστε λοιπόν τι παθαίνει όποιος στρέφεται μακριά από την Έμπουσα».

Από το ταβάνι με τα ατέλειωτα μυστικά όπλα, αυτή τη φορά κατέβηκε ένα στρογγυλό πριόνι στηριζόμενο σε ένα μεταλλικό βραχίονα, που άρχισε να πλησιάζει απειλητικά το μελλοθάνατο. Εκείνος άρχισε να ουρλιάζει παραδομένος στον απόλυτο τρόμο και μη δυνάμενος να συγκρατήσει τα σωματικά του υγρά. Ο Αλάριχος έβρισκε το όλο θέαμα κακόγουστο, αλλά δεν τολμούσε να δείξει τη δυσαρέσκειά του στον Πολυπήμονα, για να μην τον θεωρήσει το αφεντικό του μαλθακό. Το πριόνι άρχισε να κόβει αδίστακτα το δεξί χέρι από το σημείο που εξείχε από τη μεταλλική επιφάνεια, δηλαδή από τον ώμο. Η τομή φαινόταν να αργεί να γίνει και όταν τελικά το άκρο κόπηκε, η πληγή φαινόταν ακανόνιστη και άτεχνα πραγματοποιημένη.

«Έχω φροντίσει το πριόνι να είναι στομωμένο ώστε το βασανιστήριο να κρατήσει όσο περισσότερο γίνεται» είπε ο Πολυπήμων με έκδηλη ικανοποίηση. Το πριόνι συνέχισε με τα υπόλοιπα άκρα που εξείχαν, ενώ η συνοδευτική μελωδία των ουρλιαχτών του θύματος, έδινε ακόμα πιο δραματική νότα στο αποτρόπαιο θέαμα. Στις αίθουσες της εταιρείας πολλά άτομα έκαναν εμετό ή δάκρυζαν, βλέποντας τη σκληρότητα με την οποία αντιμετωπιζόταν ο ένοχος. Κανείς όμως δεν τόλμησε να πει κουβέντα διαμαρτυρίας ή να στρέψει το βλέμμα μακριά από την οθόνη του. Το βράδυ θα πήγαιναν σπίτι τους γεμάτοι ενοχές, θα έπαιρναν τη δόση τους από κυκεώνα και όλα τα δεινά της ημέρας θα ξεπλένονταν στο ποτάμι της λήθης. Ο Αλάριχος είχε αρχίσει να βαριέται και είδε με ικανοποίηση και το τελευταίο άκρο να κόβεται από τον κορμό του άτυχου ανθρώπου. Το αίμα έρεε άφθονο και πότιζε το δάπεδο της αίθουσας, ενώ η στριφογυριστή κίνηση του πριονιού είχε στείλει πιτσιλιές στους τοίχους αλλά και στους συγκεντρωμένους φύλακες του Πολυπήμονα. Η σάρκινη μάζα κινήθηκε στρέφοντας και πάλι την προσοχή στον Αλάριχο.

«Θα τον αφήσω να στραγγίξει και να πεθάνει από αιμορραγία. Αν λιποθυμήσει θα φροντίσω να τον ξυπνάω ανά διαστήματα με ηλεκτροσόκ. Πώς σου φάνηκε το θέαμα Αλάριχε;»

«Πολύ διασκεδαστικό. Πιστεύω όμως πως θα ήταν καλύτερα να πηγαίνω. Είναι πολλά που πρέπει να γίνουν».

«Έχεις δίκιο. Αρκετά διασκεδάσαμε. Πρέπει να στρωθούμε στη δουλειά. Έχεις πλέον στη διάθεσή σου το ατελείωτο οπλοστάσιο και όλους τους μαχητές της Έμπουσας. Με αυτούς τους πόρους στη διάθεσή σου και με τις ικανότητές σου, δεν πιστεύω πως θα έχεις πρόβλημα. Μπορείς να πηγαίνεις».

Ο Αλάριχος έφυγε από την αίθουσα καταστρώνοντας ήδη τις επόμενές του κινήσεις. Δε διέφυγε όμως της προσοχής του το γεγονός, πως τα νεύρα σε όλο το κτίριο έμοιαζαν να είναι τεντωμένα. Παρατηρούσε συνεχώς τις κλεφτές ματιές που έριχναν οι εργαζόμενοι ο ένας στον άλλον και τα τρέμουλα στις κινήσεις τους, που συνοδεύονταν από πρόσωπα καταβεβλημένα. Ενώ όλοι οι άλλοι ένιωθαν δέος ο Αλάριχος ένιωθε φθόνο και ορκίστηκε στον εαυτό του, ότι μια μέρα εκείνος θα ήταν η αιτία του τρόμου και της δυστυχίας τόσων ανθρώπων.

∞

Η Θέμις άνοιξε τα μάτια της και αντίκρισε το απόλυτο σκοτάδι. Σηκώθηκε με βιασύνη από το κρεβάτι της και ανακάλυψε μονομιάς δεκάδες μικρές καινούργιες πληγές. Εκνευρίστηκε με τον εαυτό της που την είχε πάρει ο ύπνος. Έδωσε φωνητική εντολή για να ανάψουν τα φώτα αλλά δεν έγινε τίποτα. Τότε ψηλάφησε τους τοίχους για να βρει κάποιο διακόπτη, σε περίπτωση που ο κάτοικος του σπιτιού ήταν πιο παλιομοδίτικης φιλοσοφίας. Τα δάχτυλά της κάτι εντόπισαν αλλά δεν ήταν απλά ο διακόπτης του φωτός, αλλά ένα κουμπί που ενεργοποιούσε όλα τα μηχανήματα και τους υπολογιστές που γέμιζαν το δωμάτιο. Το φως από τις οθόνες της έδωσε τη δυνατότητα να βρει το όπλο της, που κάποιος είχε αποθέσει σε ένα τραπέζι το οποίο μαζί με δύο κρεβάτια, ολοκλήρωναν τη λιτή επίπλωση του δωματίου. Το δεύτερο κρεβάτι είχε ένα λεκιασμένο σεντόνι. Ο σκούρος λεκές έκανε τη Θέμιδα να υποθέσει ότι είχε προκληθεί από το αίμα του Προμηθέα, ο οποίος μάλλον είχε ξαπλώσει εκεί. Η πληγή του από την εγχείριση είχε ανοίξει κατά τη διάρκεια της καταδίωξης. Το ερώτημα όμως ήταν πού βρισκόταν ο Προμηθέας καθώς και ο ουρανοκατέβατος ευεργέτης τους.

Άνοιξε την πόρτα του δωματίου και βγήκε έξω στο δρόμο αντικρίζοντας το γνώριμο γκρίζο των μεταλλικών και τσιμεντένιων κτιρίων. Μπήκε πάλι μέσα και συνέδεσε το βύσμα από τον αυχένα της σε ένα από τα τερματικά. Συνδέθηκε μέσω δικτύου με την προσωπική γραμμή του Αρχηγού της Αστυνομίας. Το πρόσωπό του εμφανίστηκε νευρικό στην οθόνη.

«Θέμις! Πού στο καλό είσαι; Έχω βάλει τους άντρες μου να ψάχνουν σε πέντε διαφορετικούς τομείς για σένα. Το μισό νοσοκομείο καταστράφηκε και έχουμε αμέτρητες απώλειες σε άντρες! Τι έχει συμβεί επιτέλους;»

«Επαληθεύτηκε αυτό που έλεγα εξαρχής. Ο Προμηθέας είναι πολύ σημαντικός και για τις δύο εταιρείες. Ο ίδιος λέει ότι δεν ξέρει τίποτα αλλά τα γεγονότα τον διαψεύδουν. Δεν ξέρω αν λέει ψέματα ή αν είναι σημαντικός χωρίς καν να το γνωρίζει, αλλά σίγουρα συνδέεται με την υπόθεση της δολοφονίας του Μαχάονα που με τη σειρά της κρύβει κάτι πολύ σημαντικότερο».

«Ωραία, τότε φέρε τον Προμηθέα στο τμήμα αμέσως!»

«Δεν είναι μαζί μου, τον έχει αυτό το ρομπότ που στείλατε, ο Άργος Πανόπτης».

«Ποιος; Δεν έστειλα κανένα ρομπότ. Τι λες τώρα;»

61

Η Θέμις ακούμπησε την πλάτη της στην καρέκλα και πήρε με δυσκολία μια βαθιά αναπνοή, συνειδητοποιώντας το λάθος της. Βέβαια τη δεδομένη στιγμή που ο Άργος Πανόπτης της είχε προσφέρει τη βοήθειά του, δεν είχε άλλη επιλογή από το να δεχθεί. Όμως το ότι είχε αποκοιμηθεί ήταν λάθος ασυγχώρητο. Είχε αφήσει ελεύθερο το πεδίο στο ρομπότ να πάρει τον Προμηθέα και να εξαφανιστεί. Έστρεψε ξανά την προσοχή της στην οθόνη όπου ο αρχηγός πίεζε για εξηγήσεις.

«Αρχηγέ απέτυχα» είπε παραιτημένη. Λίγη ώρα αργότερα είχαν φτάσει στην περιοχή περιπολικά και το διαμέρισμα είχε γεμίσει από αστυνομικούς. Ένας νοσηλευτής πήρε αίμα από τη Θέμιδα και το έριξε στην υποδοχή ενός μικρού ρομπότ, που ανέλυσε το δείγμα ανακαλύπτοντας ποσότητα υπνωτικού. Έτσι λύθηκε και το μυστήριο του ξαφνικού ύπνου της Θέμιδας. Δε θυμόταν να είχε καταναλώσει κάτι στο οποίο το ρομπότ θα μπορούσε να είχε ρίξει το ναρκωτικό, αλλά υπάρχουν πολλές άλλες μέθοδοι που θα μπορούσε να είχε χρησιμοποιήσει για να τη ναρκώσει ο αμφιβόλων προθέσεων οικοδεσπότης της. Όπως για παράδειγμα με βελόνα. Από σχετική έρευνα που διεξήχθη προέκυψε ότι τα μηχανήματα είχαν κλαπεί από την Έμπουσα. Η κλοπή είχε δηλωθεί πριν από ένα χρόνο, αλλά οι χλιαρές προσπάθειες της αστυνομίας για την ανεύρεσή τους είχαν πέσει στο κενό. Άλλωστε κανένα όργανο της έννομης τάξης δε θα στενοχωριόταν ιδιαίτερα, για τις απώλειες της ψευδο-εταιρείας με το προσωπείο της νομιμότητας που κάλυπτε το σάπιο υπόστρωμα.

Η υπόθεση της δολοφονίας του Μαχάονα όμως φαινόταν να γίνεται ακόμα πιο σύνθετη, αφού ο Άργος δεν παρουσίαζε τα τυπικά χαρακτηριστικά ενός μαφιόζου της Έμπουσας. Το γεγονός και μόνο ότι ήταν ακόμα ζωντανή, παρόλο που βρέθηκε ουσιαστικά στο έλεός του, αλλά και ότι την είχε προστατεύσει από τους οπλισμένους φονιάδες της Έμπουσας και της Χίμαιρας, την έκανε να πιστεύει ότι εκπροσωπούσε μια τρίτη πλευρά στη διαμάχη πέρα από τα δύο ηγετικά πρόσωπα του υποκόσμου, τον Σκίρωνα και τον Πολυπήμονα. Επιστρέφοντας στο τμήμα πήγε στον ιατροδικαστή που απλά της επιβεβαίωσε ότι ο θάνατος είχε επέλθει ύστερα από χτύπημα στο κεφάλι με αμβλύ αντικείμενο. Περνώντας από τη σήμανση για να ενημερωθεί για την ανάλυση των στοιχείων που είχαν συλλέξει οι πομφόλυγες, έμαθε ότι το DNA που είχε βρεθεί ταίριαζε με τα άτομα που δούλευαν στον ίδιο όροφο με τον Μαχάονα. Η Έμπουσα είχε δώσει προθύμως τα αρχεία των εν λόγω υπαλλήλων στην αστυνομία για να γίνει η ταυτοποίηση. Όλοι είχαν λόγο να βρίσκονται ενίοτε στο εργαστήριο του Μαχάονα, οπότε στην ύπαρξη του DNA τους εκεί δεν υπήρχε τίποτα το επιλήψιμο. Το γεγονός επίσης πως η Έμπουσα είχε δώσει τόσο εύκολα τα στοιχεία των υπαλλήλων, έδειχνε ότι η εταιρεία δεν υποπτευόταν τα άτομα αυτά για συμμετοχή στο έγκλημα, αλλιώς θα είχαν προτιμήσει να κρατήσουν την αστυνομία μακριά και να τους αναλάβουν οι ίδιοι.

Η αδιαφορία για τους υπόλοιπους υπαλλήλους και το έντονο ενδιαφέρον για τον Προμηθέα, τον καθιστούσε βασικό ύποπτο για το φόνο ή τουλάχιστον φορέα σημαντικών πληροφοριών. Η Θέμις δεν ήθελε να σκέφτεται αυτό το ενδεχόμενο, γιατί είχε συμπαθήσει τον κυνηγημένο από τους πάντες υπάλληλο. Το καθήκον όμως την υποχρέωνε να λαμβάνει υπ' όψιν όλα τα δεδομένα. Πήγε στο γραφείο του Αρχηγού και τον πίεσε να κάνει τις απαραίτητες κινήσεις για να βγάλει ένταλμα σύλληψης για τον Πολυπήμονα, αφού ο Μαντιχώρας που ήταν υπάλληλός του της είχε επιτεθεί στο νοσοκομείο. Την υπόλοιπη στρατιά δεν μπορούσαν να τη συνδέσουν με το μεγάλο αφεντικό, αλλά η ίδια μπορούσε να καταθέσει ότι ο Μαντιχώρας δρούσε αναμφισβήτητα για λογαριασμό της Έμπουσας, λόγω της γνωριμίας τους την ημέρα του φόνου.

«Πολύ αργά Θέμις» της απάντησε.

«Έβγαλαν ήδη ανακοίνωση ότι ο Μαντιχώρας είχε απολυθεί την προηγούμενη μέρα, δηλαδή πριν από το περιστατικό στο νοσοκομείο και οι πράξεις του είχαν σκοπό απλά να βλάψουν την υστεροφημία της εταιρείας, για λόγους εκδίκησης».

«Και ποιος δικαστής θα πιστέψει αυτό το ανόητο ψέμα;» φώναξε η Θέμις χάνοντας τελείως την αυτοκυριαρχία της. Ο Αρχηγός εκνευρισμένος και αυτός με την όλη κατάσταση της απάντησε στον ίδιο τόνο.

«Αυτοί που τα παίρνουν και αυτοί που όταν απειθάρχησαν έλαβαν απειλές για τη ζωή τους ή βρήκαν το αυτοκίνητό τους ανατιναγμένο. Αφού ξέρεις πώς δουλεύει το σύστημα. Αν είμαστε τυχεροί μπορούμε να τσακώνουμε κανένα μικρό ψάρι και απλά να το βλέπουμε να πεθαίνει από ηλεκτροσόκ λόγω του μικροτσίπ. Τους μεγαλοκαρχαρίες δεν τους αγγίζουμε. Αυτό είναι το καθεστώς και δεν αλλάζει».

Η Θέμις ήξερε ότι δεν είχε νόημα να κυνηγήσει άλλο το θέμα. Ο Αρχηγός είχε δίκιο και εκείνη έπρεπε να συμβιβαστεί. Ούτε μπορούσε να τον κατηγορήσει για την ανημποριά του. Ήταν και εκείνος ένα μικρό γρανάζι στο σύστημα, που με το μέγεθός του κατάπινε σαν την άβυσσο, τις μεμονωμένες μικροσκοπικές υπάρξεις των ατόμων. Έσφιξε οργισμένη τις γροθιές της και αποφάσισε να συνεχίσει όπως πάντα ολομόναχη την προσπάθεια. Επικοινώνησε με την Έμπουσα και κανόνισε να περάσουν από το τμήμα για κατάθεση όλοι όσοι γνώριζαν τον Μαχάονα. Η προθυμία της εταιρείας που τους έστειλε την ίδια ημέρα, την έβαλε και πάλι σε υποψίες. Τελικά αποδείχθηκε ότι ήταν δασκαλεμένοι να πουν όλοι το ίδιο ποίημα. Δεν κέρδισε κάτι το ουσιαστικό από τη διαδικασία και τους αποδέσμευσε συγχυσμένη που δεν είχαν να της προσφέρουν το παραμικρό. Προσπάθησε να τους εκφοβίσει αλλά ήξερε ότι οποιαδήποτε απειλή θα ακουγόταν κούφια, μπροστά στο τι θα πάθαιναν στα χέρια του Πολυπήμονα. Τους λυπόταν αντικρίζοντας τα φοβισμένα πρόσωπά τους. Αν έκαναν κάποιο λάθος στην κατάθεσή τους και δυσαρεστούσαν τον εργοδότη τους, τότε θα είχαν να αντιμετωπίσουν κάτι πολύ χειρότερο από την ανεργία.

Συνδέθηκε στον υπολογιστή της και μετέφερε τις εικόνες από τον τόπο του εγκλήματος στον επεξεργαστή του εγκεφάλου της, για πιο λεπτομερή εξέταση. Οι πομφόλυγες είχαν βγάλει σχεδόν κάθε εκατοστό του δωματίου φωτογραφία, ύστερα από εντολή της ίδιας. Ήξερε εκείνη τη μέρα όταν έμπαινε στην Έμπουσα, ότι μάλλον θα ήταν και η τελευταία της ευκαιρία να δει το χώρο όπου βρήκε τραγικό θάνατο το θύμα. Έτσι οι φωτογραφίες ήταν η μοναδική λύση, ώστε να μπορεί να εξετάσει για όσες ώρες έκρινε απαραίτητο, το εργαστήριο του νεκρού γιατρού. Ευτυχώς οι μικροί της μηχανικοί βοηθοί, πριν καταστραφούν οι περισσότεροι κατά την καταδίωξη εκείνης και του Προμηθέα από τους δύο μαφιόζους, είχαν προλάβει να αντιγράψουν τις εικόνες στον υπολογιστή του αυτοκινήτου της και εκείνη με τη σειρά της, τις είχε μεταφέρει για ασφάλεια μέσω του δικτύου στα κεντρικά αρχεία της αστυνομίας. Με μια πρώτη ματιά δεν αποκάλυπταν κάτι το ενδιαφέρον, αλλά συνέχιζε να κοιτάζει κάθε λεπτομέρεια, όσο ασήμαντη και αν φαινόταν στην αρχή. Στο φαινομενικά ατέλειωτο πέρασμα των εικόνων από μπροστά της, νόμισε ότι διέκρινε κάτι περίεργο. Μεγέθυνε την εικόνα μέσα στο μυαλό της και επικεντρώθηκε στο σημείο το οποίο είχε προσέξει την πρώτη φορά. Ήταν ένα κομμάτι του πατώματος αυτό που της είχε τραβήξει την προσοχή.

Υπήρχε κάτι το διαφορετικό σε εκείνο το σημείο. Δεν μπορούσε να εντοπίσει τι ακριβώς ήταν, με την έλλειψη χρωμάτων να μη τη βοηθάει, αλλά γινόταν ολοένα και πιο σίγουρη ότι εκείνο το σημείο είχε κάτι το διαφορετικό. Το πάτωμα του εργαστηρίου ήταν στρωμένο με λευκά πλακάκια και επομένως χωριζόταν από οριζόντιες και κάθετες γραμμές. Υπήρχε όμως ένα σημείο του πατώματος λίγα εκατοστά πιο μακριά από το πτώμα, όπου οι γραμμές δε φαίνονταν. Μια ακόμα μεγέθυνση οδήγησε τη Θέμιδα στο συμπέρασμα, ότι το σημείο εκείνο του πατώματος είχε καλυφθεί από κάποια υγρή ουσία, η οποία είχε απλωθεί αρχικά και μετά είχε στεγνώσει, καλύπτοντας τις διαχωριστικές γραμμές από τα πλακάκια και δημιουργώντας ένα λεπτό στρώμα επικάλυψης σε εκείνο το σημείο. Η ασπρόμαυρη όραση στην οποία όλοι είχαν καταδικαστεί, έκανε δύσκολο τον εντοπισμό του, αφού πέρα από τις μη ορατές γραμμές, δεν ξεχώριζε με άλλον τρόπο από το υπόλοιπο πάτωμα. Έτρεξε στη σήμανση για δεύτερη φορά και ζήτησε τον κατάλογο με τα στοιχεία που είχαν περισυλλέξει οι πομφόλυγες. Τα ίδια τα στοιχεία είχαν καεί μαζί με τους βοηθούς της, αλλά οι πληροφορίες από τη στιγμιαία ανάλυση που είχαν κάνει είχαν διασωθεί. Τα τακτικά μηχανήματα είχαν χωρίσει τα στοιχεία σε αρχεία ανάλογα με το σημείο του εργαστηρίου στο οποίο είχαν αυτά εντοπισθεί.

Τα περισσότερα στοιχεία που βρέθηκαν στο πάτωμα ήταν νεκρό δέρμα, τρίχες και γενικώς υπολείμματα από τις καθημερινές συνηθισμένες κινήσεις των ανθρώπων σε ένα χώρο εργασίας. Όμως η Θέμις είδε και κάτι που δεν είχε προσέξει την πρώτη φορά. Στο πάτωμα είχε βρεθεί και μικρή ποσότητα ατσαλιού. Όχι σε ρινίσματα ή σε κάποιο συμπαγές κομμάτι. Το ρομπότ είχε σημειώσει στις παρατηρήσεις ότι είχε αποκολλήσει ένα κομμάτι από το πάτωμα, κόβοντάς το με ένα κοπίδι-λέιζερ. Δεν μπορούσε να είναι σίγουρη, αλλά ίσως αυτή η λιμνούλα λιωμένου ατσαλιού να προερχόταν από το όπλο του φόνου. Κοίταξε και πάλι τις εικόνες από το εργαστήριο. Στον εξοπλισμό των ερευνητών συμπεριλαμβανόταν και ένα λέιζερ, το οποίο θα μπορούσε κάλλιστα να χρησιμοποιηθεί, για να λιώσει ένα μεταλλικό αντικείμενο σε τέτοιο σημείο, ώστε το μόνο ίχνος που θα έμενε πίσω θα ήταν τα υγρά υπολείμματα, που και αυτά με τη σειρά τους στέγνωσαν και έγιναν ένα με το πάτωμα. Πολύ πιθανόν ο δολοφόνος να είχε χρησιμοποιήσει και κάποια συσκευή απορρόφησης, για να μαζέψει το μεγαλύτερο μέρος του υγρού υλικού. Σίγουρα ο κατάλληλος εξοπλισμός υπήρχε στους χώρους έρευνας. Αλλά κάποια υπολείμματα του είχαν ξεφύγει, αφού λογικά θα βιαζόταν να φύγει από την αίθουσα, για να μην αντιληφθούν οι υπόλοιποι εργαζόμενοι την εγκληματική του πράξη.

Βέβαια όλες αυτές οι υποθέσεις θα μπορούσαν να είναι εντελώς λανθασμένες και απλά το λιωμένο ατσάλι να ήταν το αποτέλεσμα κάποιου πειράματος. Αλλά πάντως εξηγούσε πώς, παρόλο που το κτίριο ερευνήθηκε εξονυχιστικά από τα τσιράκια της Έμπουσας και όλοι οι υπάλληλοι πέρασαν από σωματικό έλεγχο και έλεγχο με ακτίνες Χ, δε βρέθηκε σε κανέναν κάποιο αντικείμενο που θα μπορούσε να χρησιμοποιηθεί για να διαλύσει το κρανίο του Μαχάονα. Το εκνευριστικό για άλλη μια φορά όμως, ήταν ότι και αυτές τις πληροφορίες τις είχε πάρει από την Έμπουσα. Την είχαν ενημερώσει για την έρευνά τους και από τη στιγμή που όταν αυτή διεξήχθη η Θέμις δεν ήταν παρούσα, θα έπρεπε απλά να τους πιστέψει. Είχε δεδομένα είτε ελλιπή είτε αμφιβόλου αξιοπιστίας, αλλά όμως ήταν τα μόνα στοιχεία πάνω στα οποία μπορούσε να πατήσει, για να βγάλει μια άκρη από όλη αυτήν την ιστορία. Θα προσπαθούσε λοιπόν με τα πενιχρά αυτά μέσα να γεμίσει εκείνη τα κενά, με πολλή έρευνα ή ακόμα και φαντασία αν χρειαζόταν. Ο επόμενος σταθμός στην έρευνά της ήταν το σπίτι του Μαχάονα. Όταν έφτασε διαπίστωσε ότι το διαμέρισμα είχε διαρρηχτεί και από την ακαταστασία μπορούσε να συμπεράνει ότι κάποιοι, μάλλον άντρες της Έμπουσας, είχαν κάνει όλο το χώρο άνω κάτω ψάχνοντας στοιχεία για την έρευνα του Μαχάονα. Αυτήν την έρευνα την καλυμμένη από ένα πέπλο μυστηρίου, που όλους τους ενδιέφερε και που τα ευρήματά της ήταν πραγματικό χρυσάφι.

Αν όντως ο Μαχάονας παρασκεύαζε κάποιο βιολογικό όπλο, μπορούσε να καταλάβει πολύ καλά γιατί η Χίμαιρα και η Έμπουσα θα κονταροχτυπιόντουσαν μέχρι τέλους, για έναν τέτοιον πολλαπλασιαστή ισχύος. Άνοιξε τον υπολογιστή του γιατρού και όντας σε επικοινωνία με έναν από τους τεχνικούς του τμήματος, ξεπέρασε τις δικλείδες ασφαλείας καταφέρνοντας τελικά να μπει στα περιεχόμενά του. Τα αρχεία που βρήκε δεν είχαν καμία σχέση με ιούς, βιολογικά όπλα ή οτιδήποτε σχετικό. Ήταν πολύ πιθανόν, αν οι άντρες της Έμπουσας είχαν βρει κάτι, να είχαν δημιουργήσει αντίγραφα και μετά να είχαν σβήσει από τον υπολογιστή τα ευρήματά τους, ώστε να μην είναι διαθέσιμα σε οποιονδήποτε άλλο μνηστήρα. Αυτό που βρήκε η Θέμις και της έκανε ιδιαίτερη εντύπωση ήταν η πληθώρα αρχείων σχετικά με τη ρομποτική. Μπορεί να ήταν ένα καινούργιο ενδιαφέρον που είχε αποκτήσει ο γιατρός για να περνάει τον ελεύθερό του χρόνο, αλλά από τις περιγραφές που της είχαν κάνει όσοι τον γνώριζαν, επρόκειτο για έναν εργασιομανή και τελειομανή επιστήμονα, ο οποίος αφιέρωνε κάθε λεπτό της ημέρας και όλη του την ενέργεια στην εργασία του. Έμπαινε και αυτό το εύρημα στην ατέλειωτη σειρά ελλιπών στοιχείων που είχε στη διάθεσή της η Θέμις. Φόρτωσε πάντως για καλό και για κακό τα αρχεία στον αποθηκευτικό χώρο του εγκεφάλου της, αφού μπορούσαν να της φανούν χρήσιμα στο μέλλον.

Επόμενος σταθμός, το σπίτι του Προμηθέα. Και εκεί η αναζήτηση απέβη άκαρπη. Δε βρήκε ίχνη παραβίασης, αλλά αυτό δε σήμαινε τίποτα. Ένας επαγγελματίας θα μπορούσε να διαρρήξει το διαμέρισμα και να μην αφήσει το παραμικρό ίχνος πίσω του. Ο υπολογιστής του δεν παρουσίαζε κανένα ιδιαίτερο ενδιαφέρον από άποψη στοιχείων, αν και πάλι υπήρχε στο μυαλό της Θέμιδας η υποψία ότι κάποιος θα μπορούσε να είχε σβήσει τα σημαντικά αρχεία. Υπήρχαν κάποια δεδομένα σχετικά με την εργασία του στην Έμπουσα, που μάλλον δεν είχαν καμία σχέση με την υπόθεση. Το έργο πάνω στο οποίο δούλευε ήταν φαινομενικά αθώο και όχι κάτι για το οποίο θα άξιζε να πέσει κάποιος θύμα δολοφονίας ή απαγωγής. Η πεποίθησή της ότι ο Προμηθέας ήταν μπλεγμένος με το φόνο ή με το αντικείμενο έρευνας του Μαχάονα, γινόταν πιο δυνατή μέσα της κάθε λεπτό. Ο Προμηθέας μάλλον ζούσε μια μοναχική ζωή. Οι ψηφιακές κορνίζες που ήταν τοποθετημένες σε διάφορα σημεία του διαμερίσματος, προσέφεραν μια εναλλαγή από φυσικά τοπία που ούτε εκείνος αλλά ούτε η Θέμις θα έβλεπαν ποτέ από κοντά, αφού η φύση είχε καταστραφεί και πλέον τα μόνα φυτά που υπήρχαν ήταν αυτά που καλλιεργούνταν σε εργαστήρια, όντας όμως απλά κακές απομιμήσεις των πραγματικών που στόλιζαν κάποτε τον πλανήτη.

Ακόμα και οι ψηφιακές εικόνες όμως δεν μπορούσαν να ξεγελάσουν το μάτι και να δώσουν την ευκαιρία στον άνθρωπο της πόλης να ξεφύγει από την γκρίζα πραγματικότητα της βιομηχανίας. Ο ιός ήταν πάντα εκεί, σαν ένα μαγικό πέπλο που έμπαινε ανάμεσα στους ανθρώπους και τα χρώματα, για να τα διαστρεβλώσει και να προσφέρει μόνο μια άχαρη σκιά τους. Δεν υπήρχε ούτε μια εικόνα κάποιου φίλου, κάποιου συγγενικού προσώπου ή κάποιας γυναίκας. Η επίπλωση ήταν λιτή. Όση ήταν απαραίτητη για να εξυπηρετηθεί μόνο ένα άτομο. Προσπάθησε να φανταστεί τον Προμηθέα να κάθεται μπροστά από τον υπολογιστή, σε αυτό το μελαγχολικό σκηνικό και να σχεδιάζει το φόνο του Μαχάονα. Όσο αντικειμενικά και αν προσπαθούσε να αντιμετωπίσει το θέμα, η εικόνα της φαινόταν παράταιρη. Αντέγραψε τα δεδομένα από τον υπολογιστή του Προμηθέα, αν και μάλλον θα αποδεικνύονταν άχρηστα. Κατευθύνθηκε προς το σπίτι της αποφασισμένη να ξεκουραστεί και να εξετάσει και πάλι τα στοιχεία την επόμενη ημέρα, με πιο καθαρό μυαλό. Παρά τις φιλότιμες προσπάθειες που κατέβαλλε, ήταν πολύ εκνευρισμένη για να μπορέσει να κοιμηθεί και κατέληξε να κοιτάζει το ταβάνι, σκεπτόμενη άλλοτε την υπόθεση και άλλοτε το παρελθόν. Εποχές πιο ευτυχισμένες, όταν μπορούσε να βρει νόημα και σε άλλα πράγματα στη ζωή πέρα από τη δουλειά της.

Εποχές που δεν ήταν μόνη και που μπορούσε να μοιράζεται τα προβλήματά της με κάποιον άλλον. Εποχές που δεν τη βασάνιζε το ερώτημα: «Γιατί έπρεπε να σκοτωθεί εκείνος;». Ερώτημα ανούσιο και χωρίς απάντηση. Δεν υπήρχε κάποιος λόγος συγκεκριμένος. Όλοι οι αστυνομικοί διέτρεχαν τον ίδιο κίνδυνο καθημερινά. Και η ίδια ήξερε πως είχε επιζήσει έως ένα βαθμό και λόγω τύχης. Όση ικανότητα και αν διέθετε κάποιος, χωρίς τύχη συνήθως δεν επιζούσε για πολύ στη μάχη κόντρα στον υπόκοσμο. Όμως το ανόητο ερώτημα επέμενε να της τρυπάει το μυαλό σαν ενοχλητικό κουνούπι και δεν την άφηνε να ησυχάσει. Πολλές φορές ένιωθε ενοχές και πίστευε πως ήταν κακή σύζυγος, επειδή δεν είχε καταφέρει ακόμα να σκοτώσει το δολοφόνο του άντρα της και έτσι να πάρει εκδίκηση. Κάτι που θα την ηρεμούσε και θα της κάλυπτε αυτό το τεράστιο κενό. Ή έτσι τουλάχιστον πίστευε εκείνη. Με την εικόνα του πεθαμένου να μη φεύγει από το μυαλό της και με τη θλίψη να την κουράζει πολύ περισσότερο από ό,τι όλα τα γεγονότα της ημέρας, τελικά αποκοιμήθηκε. Το χέρι της κρεμάστηκε χαλαρωμένο στο πλάι του κρεβατιού και τα ακροδάχτυλά της μόλις που ακουμπούσαν σε ένα πεσμένο δοχείο με τα τελευταία υπολείμματα μιας δόσης κυκεώνα. Ο ύπνος της ήταν βαθύς και γεμάτος όνειρα, αποτέλεσμα του ναρκωτικού. Ήταν ειρωνικό πως η ουσία που είχε τόση ανάγκη για να διατηρήσει τα λογικά της, ήταν η βασική πηγή εισοδήματος για τους μισητούς εχθρούς της.

Κατά κάποιον τρόπο, εκείνη αλλά και πολλοί άλλοι αστυνομικοί ήταν χορηγοί των μαφιόζικων εταιρειών που πολεμούσαν καθημερινά. Όσο και αν σιχαίνονταν τους εαυτούς τους όταν έκαναν αυτή τη διαπίστωση, δεν μπορούσαν να ξεφύγουν από το γλυκό κυκεώνα των παραισθήσεων, που τους έκανε να ξεχνούν τι θα αντίκριζαν πάλι όταν θα ξυπνούσαν και θα άνοιγαν τα μάτια, αντιμετωπίζοντας τη σκληρή αλήθεια ότι δεν είχε αλλάξει τίποτα. Το επόμενο πρωί κούνησε το κεφάλι της με δύναμη για να συνέλθει από την επήρεια της ουσίας και του ύπνου και έσπευσε να ξεκινήσει δουλειά. Στο τμήμα επικρατούσε η συνηθισμένη κινητικότητα, με όργανα να μπαινοβγαίνουν πολλές φορές κρατώντας άτομα με χειροπέδες, που είτε απειλούσαν αυτούς που τους είχαν συλλάβει, είτε εκλιπαρούσαν για ελευθερία διατεινόμενοι ότι ήταν αθώοι. Απομόνωσε τον εαυτό της από όλους τους ήχους και τις εικόνες και συνδέθηκε με τον υπολογιστή της. Μετέφερε από τον εγκέφαλό της τα δεδομένα από τους υπολογιστές του Μαχάονα και του Προμηθέα στο δικό της και άρχισε και πάλι να τα εξετάζει. Της φαίνονταν το ίδιο ασήμαντα όπως και το προηγούμενο βράδυ και άρχισε να πιστεύει πως έχανε το χρόνο της. Ίσως θα έπρεπε να επικεντρωθεί στο λιωμένο μέταλλο που είχε βρεθεί στο δάπεδο του εργαστηρίου.

Σε ένα από τα ψηφιακά αρχεία του Προμηθέα όμως παρατήρησε μια ηλεκτρονική σημείωση με τα στοιχεία μιας μηχανολογικής και ρομποτικής εταιρείας, που κάτι της θύμιζε. Ανέτρεξε αμέσως στα αρχεία του Μαχάονα και ανακάλυψε πως και ο γιατρός είχε σημειωμένα τα στοιχεία της ίδιας εταιρείας. Ονομαζόταν Ήρων από το όνομα του ιδρυτή της, που ζούσε ακόμα και αναλάμβανε κατασκευές μεγάλων μηχανών ή ρομπότ για διάφορες εταιρείες αλλά και για την κυβέρνηση. Ποια ήταν η σύνδεση ανάμεσα στους δύο άντρες και αυτήν την εταιρεία; Άραγε είχαν συνάψει οι δύο τους κάποια συμφωνία και τα σχέδιά τους είχαν κάποια σχέση με τα προϊόντα του Ήρωνα ή μήπως ο Προμηθέας είχε κλέψει τα στοιχεία από τον Μαχάονα και ύστερα τον είχε σκοτώσει; Ίσως μερικά από τα ερωτήματα να μπορούσαν να απαντηθούν από τον εφευρέτη και ιδιοκτήτη της εταιρείας, με πρώτο και σημαντικότερο αν ο ένας από τους δύο ή και οι δύο, είχαν κάνει κάποια παραγγελία από εκεί. Με ανανεωμένες ελπίδες ξεκίνησε με προορισμό τις εγκαταστάσεις του Ήρωνα, νιώθοντας ότι είχε αρχίσει να διακρίνει μια αχτίδα φωτός στην άκρη του τούνελ.

κεφαλλιο 5

Ο ιππόδρομος ήταν και πάλι γεμάτος αλλά αυτό δεν ανησυχούσε τον Μέμνονα. Δεν ήταν εκείνος που θα έπρεπε να διακρίνει κάποιον μέσα από το πλήθος για να τον βρει. Αυτήν την υποχρέωση την είχε ο Ταράξιππος. Εκείνος θα έπρεπε να νιώθει επιτακτική την ανάγκη να βρει τον Μέμνονα και να του δώσει τις πληροφορίες που του είχε ζητήσει. Αν δε γινόταν αυτό ο μικροσκοπικός άντρας ήξερε πολύ καλά, πως ο Μέμνων θα τον έβρισκε και η εκδίκησή του θα ήταν σκληρή και αμείλικτη. Ο καπνός από τη συνθετική νικοτίνη των τσιγάρων του μαφιόζου γέμιζε τα πνευμόνια του, για να απελευθερωθεί μετά από τη μύτη του δημιουργώντας ένα σύννεφο που σχεδόν κάλυπτε το πρόσωπό του. Ήταν και αυτό ένα στοιχείο που προσέδιδε ένα μυστήριο στην εμφάνισή του, σε συνδυασμό με το καπέλο, την καμπαρντίνα και τη βλοσυρή παρουσία που έκανε όποιον τον έβλεπε να αλλάζει κατεύθυνση. Και εκείνοι οι λίγοι που δεν απέστρεφαν το βλέμμα και τολμούσαν να κοιτάξουν λίγο παραπάνω, παρατηρούσαν τη μεταλλική γροθιά του και έτσι τους διαλυόταν κάθε όρεξη να

73

τραβήξουν την προσοχή αυτού του ανθρώπου, έστω και με ένα παρατεταμένο βλέμμα. Η ώρα στον υπολογιστή του εγκεφάλου του του έδειχνε ότι ο πληροφοριοδότης του είχε ήδη αργήσει. Λίγο βέβαια, αλλά τέτοια αναίδεια μάλλον θα έπρεπε να αντιμετωπιστεί. Μετά από λίγο άκουσε βιαστικά και αγχωμένα βήματα και είδε έναν καταϊδρωμένο Ταράξιππο να έρχεται προς το μέρος του. Σταμάτησε μπροστά του και κάτι πήγε να πει, αλλά του κόπηκε η ανάσα από το λαχάνιασμα. Είχε σκύψει ακουμπώντας τα χέρια του στα γόνατά του και έπαιρνε βαθιές ανάσες προσπαθώντας να μιλήσει. Όμως οι προσπάθειες που κατέβαλλε ήταν αποτυχημένες.

Ο Μέμνων περίμενε υπομονετικά τον αστείο ανθρωπάκο να συνέλθει, φυσώντας σαδιστικά καπνό προς το μέρος του, κάνοντας τον Ταράξιππο να πνίγεται καθώς έπαιρνε βαθιές ανάσες, παλεύοντας για αέρα. Όταν κατάφερε να σταθεί όρθιος, το βλέμμα του έπεσε πάνω στο μηχάνημα που του είχε κατασχέσει ο Μέμνων. Τα μάτια του γέμισαν λαχτάρα και τέντωσε τα χέρια του μπροστά για να αγγίξει το αντικείμενο του πόθου του. Το ατσάλινο χέρι του Μέμνονα πετάχτηκε αρπάζοντας τον καρπό του δεξιού του χεριού και σφίγγοντας αρκετά ώστε ο Ταράξιππος να γονατίσει και να κλαψουρίσει από τον πόνο.

«Αυτό θα το πάρεις αν μείνω ικανοποιημένος από όσα θα μου πεις. Ξεκίνα λοιπόν». Με το πρόσωπό του να είναι μια κινούμενη εικόνα θλίψης ο θαμώνας του ιπποδρόμου άρχισε να αναφέρει όσα είχε μάθει στην έρευνα που είχε ξεκινήσει, μετά την προηγούμενη ατυχή συνάντησή του με το μαφιόζο.

«Το τεράστιο ρομπότ για το οποίο μου είπες να ψάξω δεν το ξέρει κανένας. Όπου και αν ρώτησα η περιγραφή δεν έλεγε σε κανέναν τίποτα. Σίγουρα λοιπόν δεν ανήκει στον υπόκοσμο, διαφορετικά θα ήταν γνωστό. Ακόμα και οι καινούργιες συμμορίες που ξεφυτρώνουν εν μια νυκτί και καταβροχθίζονται από τις μεγάλες εταιρείες το ίδιο γρήγορα, δε γλιτώνουν από τα παρατηρητικά μάτια της νύχτας. Πάντα εντοπίζονται. Αυτό το ρομπότ με τα δεκάδες μάτια όμως, εμφανίστηκε για πρώτη φορά εκείνη τη μέρα που το αντιμετώπισες και δεν έχει ξαναφανεί έκτοτε. Όσο για το δολοφόνο του Μαχάονα, κυκλοφορεί η φήμη ότι είχε διαφωνήσει με την ηγεσία της Έμπουσας και ότι πλήρωσε ακριβά για την αυθάδειά του. Λένε ότι οι έρευνες που κάνει η εταιρεία για να βρει το φονιά, είναι απλά για τα μάτια του κόσμου και πως ο Προμηθέας γνωρίζει κάτι σχετικά. Γι' αυτό τον κυνηγούν». Ο Μέμνων πήρε μια βαθιά ανάσα στην προσπάθειά του να συγκρατήσει τα νεύρα του και πάτησε το τσιγάρο του στο έδαφος.

«Όταν ήρθα να σε βρω, σου ζήτησα να μου βρεις πού κρύβεται το ρομπότ και κάποιο στοιχείο ή την ταυτότητα του δολοφόνου του Μαχάονα. Και εσύ έρχεσαι μπροστά μου με φήμες και γεγονότα που ήδη γνωρίζω και ελπίζεις με αυτά τα ψίχουλα πληροφοριών να με ξεφορτωθείς. Μάλλον δεν έγινα κατανοητός. Ήθελα πραγματικές πληροφορίες, αλλιώς θα σου έκανα το μηχανηματάκι σου κομμάτια. Αφού δε με κατάλαβες θα χρειαστεί να σου κάνω μια μικρή επίδειξη του τι παθαίνει όποιος με απογοητεύει κατά αυτόν τον τρόπο». Έβγαλε το κατάνα και το έφερε πάνω από το μηχάνημα, κάνοντας μια ανεπαίσθητη κίνηση ταλάντωσης καθώς στόχευε στο κατάλληλο σημείο. Το ουρλιαχτό που βγήκε από το στόμα του Ταράξιππου θα μπορούσε να ανήκει σε κάποιο ζώο που το σφάζουν, αν υπήρχαν ακόμα ζώα. Ο Μέμνων άφησε τη λεπίδα να αιωρείται σαν δαμόκλειος σπάθη και έριξε ένα πλάγιο βλέμμα στον καταϊδρωμένο και τρομοκρατημένο άντρα, στέλνοντάς του το μήνυμα ότι θα έπρεπε να του έδινε άμεσα κάτι χρήσιμο, αν ήθελε να γλιτώσει το παιχνιδάκι του.

«Υπάρχει μια εταιρεία που κατασκευάζει ρομπότ και λένε ότι είναι η καλύτερη στο είδος της. Όχι απλά φτιάχνει τα καλύτερα ρομπότ αλλά έχει την τεχνογνωσία να προσθέσει ό,τι εξαρτήματα επιθυμεί ο πελάτης, όσο σύνθετο ή περίεργο και αν είναι αυτό που ζητάει. Οι πηγές μου λένε ότι κατά πάσα πιθανότητα το ρομπότ προέρχεται από αυτήν την εταιρεία. Αν πας εκεί και το ρομπότ είναι όντως δικό τους, σίγουρα θα μπορέσεις να τους πείσεις να σου πουν το όνομα του πελάτη που έκανε την παραγγελία. Σε παρακαλώ, δεν κατάφερα να μάθω τίποτα παραπάνω όσο και αν προσπάθησα! Μην του κάνεις ζημιά!»

«Ποιο είναι το όνομα της εταιρείας;» είπε ο Μέμνων αφήνοντας το σπαθί να κατέβει ένα ακόμα χιλιοστό.

«Ήρων!» τσίριξε ο Ταράξιππος και αν δεν ήταν ήδη γονατισμένος θα έπεφτε κάτω από την τρομάρα του. Ο Μέμνων έμεινε για λίγο συλλογισμένος και ύστερα θηκάρωσε το σπαθί του. Άναψε άλλο ένα τσιγάρο και κοίταξε τον Ταράξιππο επίμονα.

«Μάλλον σε πιστεύω ότι δεν έχεις κάτι άλλο να μου πεις. Δε νομίζω ότι θα διακινδύνευες να χάσεις το μέσο με το οποίο ικανοποιείς αυτή τη διεστραμμένη σου συνήθεια. Όμως δεν έμεινα απολύτως ικανοποιημένος και θέλω να συνεχίσεις να έχεις τα αυτιά σου ανοιχτά, μήπως ακούσεις κάτι ενδιαφέρον και τότε φυσικά θα έρθεις να μου το πεις. Θα σε αναζητήσω και εγώ ξανά κάποια στιγμή οπότε μη χάνεσαι». Έσπρωξε το μηχάνημα στην αγκαλιά του Ταράξιππου και εκείνος άρχισε να το ψαχουλεύει, τρέμοντας μη βρει καμία γρατζουνιά ή κάποιο βαθούλωμα. Πριν προλάβει ο Μέμνων να κάνει τρία βήματα, ο μανιακός άντρας έτρεχε ήδη στη συνηθισμένη του κρυψώνα για να στοχεύσει προς την κούρσα. Ενώ ήταν απορροφημένος στο στήσιμο του μηχανήματος άκουσε βαριά βήματα πίσω του και αναστέναξε απογοητευμένος. Σκέφτηκε ότι ο Μέμνων είχε έρθει πάλι για να τον ενοχλήσει. Γύρισε διστακτικά αλλά αντί για τον Μέμνονα αντίκρισε έναν άντρα ντυμένο με τη στολή αξιωματικού των ες-ες και κατάλαβε ότι είχε μπροστά του τον Αλάριχο. Δεν μπορούσε να πιστέψει στην κακοτυχία του. Δεν του έφταναν οι επισκέψεις από τη Χίμαιρα, τώρα θα έπρεπε να περάσει το ίδιο μαρτύριο και από έναν εκπρόσωπο της Έμπουσας;

Ο Αλάριχος τον κοίταξε με μια έκφραση έντονης δυσαρέσκειας, αφού οποιοσδήποτε δεν πληρούσε το πρότυπο του ψηλού μυώδη καυκάσιου άντρα, του προκαλούσε αηδία. Η σκιά του ψηλόσωμου Γερμανού έπεφτε δυσοίωνα πάνω στο τρεμάμενο μικροσκοπικό κορμί του Ταράξιππου, ο οποίος ετοιμαζόταν για άλλη μια οδυνηρή ανάκριση. Όταν η παγερή φωνή του Αλάριχου βγήκε από τα χείλη του, το τρέμουλο του λάτρη της ιπποδρομίας αυξήθηκε αισθητά.

«Θέλω να μου πεις με κάθε λεπτομέρεια τι είπατε εσύ και ο Μέμνων». Τα πράγματα δεν εκτυλίσσονταν καθόλου καλά στη ζωή του άτακτου δαίμονα των ιπποδρόμων. Από τη στιγμή που θα αναγκαζόταν να μαρτυρήσει ό,τι ήξερε στον Αλάριχο, γινόταν αυτόματα πληροφοριοδότης της Έμπουσας εις βάρος της Χίμαιρας και αυτό σήμαινε βέβαιο θάνατο. Το ίδιο φυσικά αποτέλεσμα θα επέφερε και μια πιθανή άρνησή του να μιλήσει στον Αλάριχο. Έτσι ξεκίνησε να αφηγείται με κάθε λεπτομέρεια, όπως του είχε ζητηθεί άλλωστε, τις δύο συναντήσεις που είχε με τον Μέμνονα και τις πληροφορίες που είχε καταφέρει να αντλήσει για λογαριασμό του. Ταυτόχρονα στο πίσω μέρος του μυαλού του έκανε σχέδια για το πώς θα έφευγε όσο πιο μακριά γινόταν, αποχαιρετώντας έτσι τον αγαπημένο του ιππόδρομο. Γιατί αν ή μάλλον όταν, ο Μέμνων μάθαινε την προδοσία του η συνέχεια θα ήταν πολύ-πολύ δυσάρεστη. Όταν ολοκλήρωσε την αναφορά σαν υπάκουο στρατιωτάκι, ήλπισε ότι θα ήταν ελεύθερος να φύγει και να μπορέσει έτσι να προετοιμάσει τη φυγή του, που αποτελούσε και τη μοναδική ενδεδειγμένη λύση. Περίμενε όμως να πάρει την άδεια του Αλάριχου, ο οποίος φαινόταν ότι είχε κάτι ακόμα να πει.

«Πριν από μερικές εβδομάδες έγινε ένα περίεργο ατύχημα εδώ. Ένα άλογο ξέφυγε από την πορεία του και καταστράφηκε προσκρούοντας πάνω στον τοίχο και σκοτώνοντας ταυτόχρονα τον αναβάτη του. Έχουν ξαναγίνει αντίστοιχα περιστατικά και κανονικά δε θα με ένοιαζε, αλλά βλέπεις είχα ποντάρει σε αυτό το άλογο και μου φαίνεται πως έχεις μια ιδέα σχετικά με την αιτία του ατυχήματος. Έτσι δεν είναι;» Ο Ταράξιππος βλέποντας το συνομιλητή του να πλησιάζει με άγριες διαθέσεις, έχασε την ελάχιστη ψυχραιμία που του είχε απομείνει μαζί με τον έλεγχο της κύστης του. Κλαψούρισε κάτι που μάλλον ούτε ο ίδιος δεν κατάλαβε και άρχισε να κλαίει γοερά. Η επόμενη κούρσα μόλις είχε αρχίσει και μέσα στο σάλαγο από τα ποδοβολητά των αλόγων και τον αχό από τα στόματα εκατοντάδων θεατών, τα φριχτά ουρλιαχτά μιας βασανισμένης ψυχής δεν έγιναν αντιληπτά από κανέναν. Αυτό που έγινε αντιληπτό όμως ήταν πως από εκείνη την ημέρα, τα ατυχήματα στον ιππόδρομο ήταν από ελάχιστα έως μηδαμινά.

∞

Η Θέμις έφτασε μπροστά στην εταιρεία του Ήρωνα και άφησε το αυτοκίνητο στο χώρο στάθμευσης. Πέρασε από διάφορους ελέγχους πριν μπορέσει να μπει στο κτίριο και όποτε τη ρωτούσαν αν έχει κανονίσει κάποια συνάντηση, τους έδειχνε το σήμα της δηλώνοντας χωρίς λόγια, ότι δεν είχε ανάγκη να κανονίσει καμία συνάντηση και ότι μπορούσε να μπει στις εγκαταστάσεις ό,τι ώρα ήθελε. Αυτό δεν ήταν αλήθεια. Χρειαζόταν ένταλμα. Αλλά αυτό δεν το ήξεραν οι ανύποπτοι εργάτες της εταιρείας και η ίδια δεν είχε την υπομονή να ζητήσει ένταλμα από τις δικαστικές αρχές και απλά στο τέλος να απορρίψουν το αίτημά της. Αυτό που της έκανε εντύπωση ήταν ότι το σήμα της είχε ακόμα κάποια αξία, παρά την κατακόρυφη πτώση της υπόληψης της αστυνομίας και τη σχεδόν ανενόχλητη δραστηριότητα του εγκλήματος σε όλους τους τομείς. Ζήτησε να δει τον ίδιο τον Ήρωνα και την οδήγησαν σε ένα γραφείο όπου περίμενε για δέκα λεπτά. Ο τοίχος ήταν γεμάτος από οθόνες με ψηφιακές φωτογραφίες ενός άντρα, που υπέθετε πως ήταν ο

Ήρων, δίπλα στα διάφορα δημιουργήματά του. Ρομπότ όλων των μεγεθών και σχημάτων που εξυπηρετούσαν πληθώρα λειτουργιών αλλά και μηχανές χειριζόμενες από άνθρωπο, που βοηθούσαν ιδιαίτερα στις χειρονακτικές εργασίες. Άλλες φωτογραφίες έδειχναν τον ίδιο άντρα σε χειραψίες με σημαίνοντα πρόσωπα της πολιτικής αλλά και βιομηχάνους και εφοπλιστές. Άτομα τα οποία η Θέμις ήξερε πολύ καλά ότι συνεργάζονταν κρυφά με τη μαφία.

Δε θα την εξέπληττε λοιπόν αν και ο ίδιος ο Ήρων είχε διασυνδέσεις με τον υπόκοσμο. Οι εταιρείες είχαν ένα ατέλειωτο οπλοστάσιο από ρομπότ και βιονικούς ανθρώπους, άρα μια συνεργασία με τον Ήρωνα φαινόταν απόλυτα λογική. Η πόρτα άνοιξε και ο άντρας από τις φωτογραφίες μπήκε στο γραφείο. Ήταν σαφώς γηραιότερος από τις εικόνες που έβλεπε η Θέμις και ήταν επίσης ανάπηρος από τη μέση και κάτω. Κυκλοφορούσε με ένα καροτσάκι με προωθητήρες που τον βοηθούσαν να αιωρείται μερικά εκατοστά από το έδαφος και να κινείται με ευκολία. Είχε γκρίζα γένια και μαλλιά χτενισμένα προς τα πίσω και φορούσε φόρμα εργασίας σαν αυτές που φορούσαν και οι απλοί εργάτες που είχε δει προηγουμένως η Θέμις. Την κοίταξε με ύφος που προσέδιδε μια μικρή ενόχληση και εκείνη υπέθεσε ότι τον είχε διακόψει από κάποια εργασία.

«Καλημέρα σας. Φοβάμαι ότι αυτές οι φωτογραφίες είναι πολύ παλιές και δεν έχουν πια καμία σχέση με την τωρινή μου εμφάνιση. Τα γεράματα αλλά και ένα σοβαρό ατύχημα, με έχουν φέρει στη σημερινή κατάσταση που βλέπετε. Ονομάζομαι Ήρων και είμαι ο ιδιοκτήτης αυτής της εταιρείας. Οι υπάλληλοί μου με ενημέρωσαν πως είστε αστυνομικός και επιμένατε να με δείτε. Περί τίνος πρόκειται;»

«Θα ήθελα να σας ρωτήσω για ένα ρομπότ που συνάντησα πρόσφατα. Ήταν μερικά μετρά ψηλό με τεράστια και πολύ δυνατά μέλη. Το πιο χαρακτηριστικό όμως ήταν ότι είχε μάτια σε όλο του το σώμα, τα οποία μπορούσε να αποκολλήσει και να χειριστεί με τηλεκατεύθυνση όπως επιθυμούσε. Θέλω να μάθω αν έχετε κατασκευάσει κάτι τέτοιο ποτέ και για ποιον πελάτη». Ο Ήρων φάνηκε σκεπτικός και η Θέμις είχε την εντύπωση ότι διέκρινε ένα τόνο ανησυχίας να περνάει στιγμιαία από το πρόσωπό του. Πάτησε ένα κουμπί στο καροτσάκι του και μια οθόνη εμφανίστηκε. Επικέντρωσε το βλέμμα του στην οθόνη και για αρκετή ώρα παρέμεινε αφοσιωμένος στις εκατοντάδες γραμμών με ονόματα και άλλα στοιχεία που περνούσαν από μπροστά του. Η Θέμις κινήθηκε κοντά του προσπαθώντας να δει και εκείνη τα δεδομένα που παρουσίαζε η οθόνη, αλλά μόλις έγιναν αντιληπτές οι προθέσεις της ο Ήρων πάτησε και πάλι το κουμπί και η οθόνη εξαφανίστηκε.

«Δυστυχώς δε βρίσκω κάτι και ούτε η περιγραφή σας μου θυμίζει τίποτα. Βλέπετε περνάνε χιλιάδες ρομπότ από τα χέρια μου και δε γίνεται να τα θυμάμαι όλα. Αφού όμως δε βρίσκω ούτε στα αρχεία μου κάτι, τότε μάλλον έχει κατασκευαστεί αλλού το ρομπότ. Δεν είμαστε η μόνη βιομηχανία κατασκευής ρομπότ, απλά η καλύτερη» είπε με ένα ψεύτικο χαμόγελο που σκοπό είχε να την αποπροσανατολίσει. Η Θέμις δεν πτοήθηκε όμως από την προσπάθειά του να διακόψει τη συζήτηση και επέμεινε.

«Θα ήθελα να δω, αν δεν έχετε αντίρρηση, τα αρχεία σας. Μπορεί το έμπειρο αστυνομικό μου μάτι να εντοπίσει κάτι που εσάς σας έχει ξεφύγει. Μην το πάρετε προσωπικά, απλά είναι μια ικανότητα που έχω αναπτύξει λόγω του επαγγέλματός μου». Ταυτόχρονα με αυτά τα λόγια, στάθηκε ανάμεσα στην πόρτα και τον Ήρωνα, φράζοντάς του έτσι το δρόμο προς την έξοδο. Ο ανάπηρος άντρας συνοφρυώθηκε και φάνηκε να εκνευρίζεται, μην μπορώντας να πιστέψει το θράσος της αστυνομικού.

«Λυπάμαι αλλά δεν μπορώ να σας επιτρέψω την πρόσβαση στα αρχεία των πελατών μου. Είναι εμπιστευτικά και αν θέλετε να τα δείτε θα χρειαστείτε ένταλμα. Σας παρακαλώ λοιπόν να αποχωρίσετε από το εργοστάσιό μου και να με αφήσετε να συνεχίσω τη δουλειά μου». Πάτησε ένα κουμπί στο καροτσάκι του και κινήθηκε προς την πόρτα αλλά η Θέμις όχι απλά δε μετακινήθηκε, αλλά πάτησε και το διακόπτη κλειδώματος της πόρτας. Ο Ήρων μόλις το είδε αυτό εξοργίστηκε και άρχισε να τρέμει από αγανάκτηση.

«Πώς τολμάς...» ξεκίνησε να λέει, μα η Θέμις τον διέκοψε χωρίς δισταγμό.

«Βούλωστο και άκουσέ με, τα φιλαράκια σου στη μαφία σε έχουν δασκαλέψει καλά. Ξέρεις ότι όλοι οι δικαστές είναι μιλημένοι και δεν πρόκειται να βρω ένταλμα στον αιώνα τον άπαντα. Όμως εγώ δεν πρόκειται να κάτσω με σταυρωμένα τα χέρια και να αφήσω το σύστημα να σας προστατεύει άλλο. Το δικό μου ένταλμα είναι αυτό!» είπε και έβγαλε το λέιζερ της από τη θήκη του, κολλώντας το στο κούτελο του Ήρωνα. Ο εφευρέτης έχασε αμέσως την εριστική του διάθεση και σταγόνες ιδρώτα άρχισαν να κυλούν από το μέτωπό του. Με τρεμάμενο χέρι πάτησε το κουμπί της οθόνης και αυτή ξεπετάχτηκε και πάλι από την υποδοχή της, παρουσιάζοντας τα δεδομένα που ήθελε η Θέμις. Μετά από ολιγόλεπτη αναζήτηση ανακάλυψαν το ρομπότ που αποκαλούσε τον εαυτό του Άργο Πανόπτη, με τη χαρακτηριστική εμφάνιση να παρουσιάζεται μπροστά στα μάτια τους μέσα από την οθόνη.

«Βρες ποιος το παρήγγειλε!» διέταξε η Θέμις. Η έρευνα έδειξε ότι το είχε παραγγείλει ο Μαχάων.

«Το παρήγγειλλε για λογαριασμό της Έμπουσας;»

«Όχι. Αν ήταν για λογαριασμό της εταιρείας θα ήταν καταχωρημένο στο δικό της αρχείο. Αυτή η παραγγελία είναι ανεξάρτητη από τις υπόλοιπες που αφορούν την Έμπουσα». Επομένως το ενδιαφέρον του Μαχάονα για τη ρομποτική είχε ξεπεράσει τα περιθώρια του απλού χόμπι. Είχε δώσει μια περιουσία για να φτιαχτεί ένα ρομπότ με τις δικές του προδιαγραφές, ενώ θα μπορούσε να χρησιμοποιήσει χρήματα της εταιρείας αν αυτό το αντικείμενο είχε κάποια σχέση με την έρευνά του. Ήταν πολύ πιθανόν ότι δεν το έκανε, γιατί ήθελε να κρατήσει κρυφή την ύπαρξή του από την εταιρεία και ότι το χρειαζόταν για λόγους διαφορετικούς από την έρευνα που πραγματοποιούσε για τη μαφία. Θα μπορούσε ο Μαχάων να είχε ρυθμίσει το ρομπότ, ώστε αν αυτός πέθαινε να αναζητούσε μετά ο μηχανικός του υπηρέτης το δολοφόνο του και να έπαιρνε έτσι εκδίκηση μετά θάνατον; Είχε ανακαλύψει το ρομπότ ότι ο Προμηθέας ήταν ο δολοφόνος και πραγματοποιούσε την εντολή του αφέντη του να τον εξολοθρεύσει; Το ερώτημα όμως παρέμενε. Γιατί είχε απαγάγει και όχι σκοτώσει επί τόπου τον Προμηθέα; Και γιατί είχε βοηθήσει την ίδια; Τι ένοιαζε ένα εκδικητικό φονικό ρομπότ αν μια αστυνομικός θα γινόταν στάχτη από τα λέιζερ των μαφιόζων των δύο εταιρειών; Η εκδίκηση φαινόταν πολύ απλοϊκός στόχος για την ύπαρξη αυτού του ρομπότ και είχε ένα προαίσθημα ότι ο Προμηθέας ήταν ακόμα ζωντανός.

«Πού παραδόθηκε το ρομπότ όταν ήταν έτοιμο;» απαίτησε να μάθει από τον Ήρωνα, ο οποίος πλέον δεν αντιστεκόταν καθόλου στις επίμονες ερωτήσεις της.

«Σε αυτήν την αποθήκη στον Τομέα 92». Στην οθόνη εμφανίστηκε μια αποθήκη που φαινόταν εγκαταλελειμμένη, με ορατά τα σημάδια της φθοράς και της αχρηστίας για αρκετά χρόνια. Κλασσική επιλογή για κρησφύγετο. Η Θέμις συνέδεσε το βύσμα της στον υπολογιστή του Ήρωνα και φόρτωσε στον εγκέφαλό της τις συντεταγμένες. Βλέποντάς την να φεύγει ο Ήρων, ανέκτησε λίγο από το χαμένο του θάρρος.

«Οι ανώτεροί σου θα ενημερωθούν άμεσα για ό,τι έκανες». Η Θέμις γύρισε και τον κοίταξε με βδελυγμία.

«Ούτε εκείνοι ούτε εσύ έχετε καμία σημασία πλέον» είπε και πυροβόλησε τρεις φορές το αμαξίδιο, στέλνοντάς το εκτός ελέγχου να χοροπηδάει μέσα στο δωμάτιο. Έκλεισε την πόρτα πίσω της, ακούγοντας τους γδούπους στους τοίχους με περίσσια ικανοποίηση. Πέρασε αρκετή ώρα μέχρι οι υπάλληλοί του να καταφέρουν να σταματήσουν το αμαξίδιο και να τον σώσουν. Είχε ήδη όμως αποκτήσει αρκετές πληγές, που θα του θύμιζαν την άγρια ανάκριση που είχε υποστεί από τη Θέμιδα. Ενώ ένας νοσηλευτής του φρόντιζε τις πληγές, ένας από τους υπαλλήλους του μπήκε στο γραφείο του διακόπτοντας την προσπάθειά του να ηρεμήσει από τα συμβάντα της ημέρας.

«Κάποιος είναι έξω και ζητάει να σας δει οπωσδήποτε».

«Να του πεις να πάει στα Τάρταρα!» ούρλιαξε έξω φρενών ο Ήρων. Ο υπάλληλος βγήκε υπάκουα από το γραφείο και μετά από μερικά δευτερόλεπτα επέστρεψε πετώντας, παρασέρνοντας μαζί του και την ατσάλινη πόρτα. Η πτήση του κατέληξε στον απέναντι τοίχο και στο πάτωμα όπου και παρέμεινε, μη δείχνοντας καμία πρόθεση να κουνηθεί στο ελάχιστο. Ο Ήρων συνειδητοποιώντας πως διένυε μια από τις χειρότερες μέρες της ζωής του, κοίταξε προς την είσοδο του γραφείου, την ορφανή πλέον από πόρτα. Εκεί στεκόταν χαμογελώντας πλατιά ο Μέμνων.

«Ήρωνα χαίρομαι πολύ που δεν αρνήθηκες να με δεις. Θα ήθελα να συζητήσουμε σχετικά με μια επίσκεψη που δέχθηκες νωρίτερα».

∞

Η Θέμις δεν έχασε χρόνο και κατευθύνθηκε με ένα νέο αυτοκίνητο που της παρείχε η υπηρεσία κατευθείαν προς τον Τομέα 92, όπου βρισκόταν η αποθήκη στην οποία είχε παραδοθεί το ρομπότ του Μαχάονα. Ήλπιζε να βρει κάποιο στοιχείο που θα τη βοηθούσε να καταλάβει, ποιος ήταν ο ρόλος του Άργου Πανόπτη στην όλη ιστορία. Να ανακαλύψει το λόγο που ο Μαχάων χρειαζόταν ένα τέτοιο κατασκεύασμα. Στη διαδρομή προς τον προορισμό της δέχθηκε κλήση στον υπολογιστή του αυτοκινήτου από τον Αρχηγό της αστυνομίας. Όπως ήταν αναμενόμενο ήταν έξαλλος.

«Έχεις τρελαθεί τελείως; Μπαίνεις στο εργοστάσιο του Ήρωνα χωρίς ένταλμα και του αποσπάς πληροφορίες δια της βίας; Έναν από τους πιο ευυπόληπτους πολίτες της χώρας; Πώς τολμάς να αγνοείς τόσο αποκάλυπτα όλες τις νόμιμες διαδικασίες;»

«Για ό,τι γίνεται δε φταίω εγώ αλλά η αδυναμία της αστυνομίας να κάνει σωστά τη δουλειά της και να απεμπλακεί από τα πλοκάμια όλου αυτού του γραφειοκρατικού συστήματος που επίτηδες έχει συσταθεί για να προστατεύει τύπους σαν τον Ήρωνα, χωμένους στη διαφθορά μέχρι το κόκαλο. Αυτός ο ευυπόληπτος πολίτης όπως τον αποκαλείς, κατασκευάζει ρομπότ και βιονικά μέλη για τη μαφία. Τα ίδια μηχανήματα δηλαδή που σκοτώνουν καθημερινά αστυνομικούς και βοηθούν τις εταιρείες να μας γελοιοποιούν σε κάθε ευκαιρία. Και όλα αυτά με τις ευλογίες της πολιτείας».

«Λες να μην το ξέρω; Από την ώρα που έγινε το περιστατικό με έχουν πάρει τηλέφωνο καμιά δεκαριά πολιτικοί. Στο εξήγησα αλλά εσύ δε θες να καταλάβεις. Τα μεγάλα ψάρια δεν μπορείς να τα πιάσεις. Θα σε δαγκώσουν πολύ πιο άγρια από ό,τι εσύ αυτά. Δεν έχω άλλη επιλογή από το να σε θέσω σε διαθεσιμότητα. Γύρισε αμέσως στο τμήμα για να παραδώσεις το όπλο και το σήμα σου». Η Θέμις δεν μπορούσε παρά να νιώσει απογοήτευση για έναν άνθρωπο τον οποίον, όταν η ίδια είχε πρωτομπεί στο σώμα ως νεαρή δόκιμος, τον θαύμαζε και τον είχε ως πρότυπο. Η ψευδής αυτή εικόνα είχε πλέον θρυμματισθεί και αποκάλυπτε ένα φοβισμένο ανθρωπάκι που έτρεμε μήπως χάσει την καρέκλα του. Αγνόησε τη θυμωμένη φωνή και έκοψε τη σύνδεση, αγνοώντας την εντολή που μόλις είχε λάβει. Πλέον ήταν και η ίδια μια παράνομη και μάλλον αυτό τη βόλευε περισσότερο. Ήταν όμως απομονωμένη, χωρίς φίλους ή συμμάχους και αυτό σήμαινε πολύ μεγαλύτερο κίνδυνο για την ίδια. Αυτό δεν την τρόμαζε όμως γιατί ήταν συνηθισμένη στη μοναξιά. Από τότε που είχε σκοτωθεί ο σύζυγός της δεν είχε ξανανιώσει προστατευμένη ή βοηθούμενη από κάποιον. Μόνη εξαίρεση αποτελούσε το μυστηριώδες ρομπότ και μπορεί και αυτό το μυστήριο να λυνόταν σε εκείνη την αποθήκη του Τομέα 92.

Όταν έφτασε είχε πια βραδιάσει. Πάρκαρε το αυτοκίνητο σε εύλογη απόσταση για να μη γίνει αντιληπτή από όποιον μπορεί να βρισκόταν μέσα. Φόρεσε γυαλιά νυχτερινής όρασης για να μη χρησιμοποιήσει φακό και πλησίασε αθόρυβα το ρημαγμένο κτίριο. Αντί για την κεντρική είσοδο επέλεξε μια από τις μικρότερες, που ήλπιζε ότι θα της προσέφεραν μια πιο διακριτική πρόσβαση. Η πόρτα κάποτε άνοιγε ηλεκτρονικά, αλλά η έλλειψη συντήρησης της στερούσε πια αυτή τη δυνατότητα. Έχωσε τα δάχτυλά της σε ένα μικρό άνοιγμα και άρχισε να σπρώχνει. Τελικά χωρίς να προβάλλει ιδιαίτερη αντίσταση, η πόρτα άνοιξε και η Θέμις μπήκε στην αποθήκη έχοντας το λέιζερ έτοιμο. Στο πάτωμα ήταν διεσπαρμένα διάφορα αντικείμενα που θα ανέμενε κάποιος να δει σε μια αποθήκη. Σιδερικά, κομμάτια συνθετικού ξύλου, διάφορες πλαστικές συσκευασίες και καλώδια διαφόρων σχημάτων. Τα διαφορετικά σχήματα ήταν μια ευρεσιτεχνία που έδινε τη δυνατότητα στους ανθρώπους να ξεχωρίσουν το κάθε καλώδιο, αφού η προηγούμενη λύση που ήταν ο διαφορετικός χρωματισμός των καλωδίων δεν ήταν πλέον εφαρμόσιμη, εξαιτίας της αδυναμίας των ανθρώπων να αντιληφθούν τα χρώματα. Όλες οι επιφάνειες ήταν σκονισμένες και η σκόνη δεν είχε ίχνη που να πρόδιδαν βήματα, μεταφορά μηχανημάτων ή οποιαδήποτε ένδειξη ζωής σε εκείνο το μέρος. Μπορεί ο Μαχάων να μην είχε χρησιμοποιήσει την αποθήκη για τίποτα άλλο πέρα από την παραλαβή του ρομπότ, μη θέλοντας να δώσει την πραγματική του διεύθυνση.

Έπρεπε όμως να εξαντλήσει κάθε πιθανότητα. Έτσι άρχισε να ψάχνει για κρυμμένους διακόπτες που μπορεί να οδηγούσαν σε κάποιο αθέατο δωμάτιο, κάποια κρύπτη ή καταπακτή. Οι προσπάθειές της επιβραβεύτηκαν όταν βρήκε ένα μικρό μοχλό και τον τράβηξε. Τότε ενεργοποιήθηκε ένας μηχανισμός που δημιούργησε ένα μεγάλο άνοιγμα στη μέση του πατώματος. Μια σκάλα οδηγούσε στο σκοτεινό βάθος του καμουφλαρισμένου δωματίου, αλλά με τα γυαλιά που φορούσε αυτό δεν ήταν πρόβλημα. Κατέβηκε προσεκτικά τη σκάλα έχοντας πάντα το λέιζερ ανά χείρας. Με κάθε σκαλοπάτι της αποκαλυπτόταν ακόμα ένα κομμάτι του δωματίου. Η αλήθεια ήταν ότι δεν είχε και πολλά να δει. Όταν κατέβηκε και από το τελευταίο σκαλοπάτι συνειδητοποίησε ότι επρόκειτο για ένα μικροσκοπικό χώρο, που μόλις χωρούσε έναν υπολογιστή και έναν άνθρωπο. Η καρέκλα του χειριστή βρισκόταν πεσμένη μπροστά από το μηχάνημα και το ίδιο το τερματικό είχε δύο τρύπες που μάλλον είχαν γίνει από λέιζερ. Το καλώδιό του, που το συνέδεε με την τροφοδοσία ενέργειας στον τοίχο, ήταν κομμένο. Από το κάψιμο στις άκρες του, η Θέμις συμπέρανε ότι μια τρίτη βολή με λέιζερ είχε εξασφαλίσει την αδυναμία λειτουργίας του υπολογιστή. Κοίταξε σκεπτική την πεσμένη καρέκλα και το σχεδόν κατεστραμμένο μηχάνημα και προσπάθησε να αναπαραστήσει μέσα στο μυαλό της το σκηνικό.

Κάποιος, ίσως ο Μαχάων, βρισκόταν μπροστά από τον υπολογιστή και εργαζόταν πάνω σε κάτι. Η Θέμις μπορούσε να φανταστεί τον επιστήμονα να έχει τα μάτια του καρφωμένα στην οθόνη και παράλληλα τα αυτιά τεντωμένα για να αντιληφθεί εγκαίρως την είσοδο του οποιουδήποτε μέσα στην αποθήκη. Τότε κάποιος ήχος είχε ακουστεί. Ο Μαχάων αντιλαμβανόμενος ότι κάποιος είχε ανακαλύψει το κρησφύγετό του, πετάγεται βιαστικά από την καρέκλα η οποία πέφτει στο δάπεδο. Τότε φοβούμενος πως αυτός ο κάποιος μπορεί να ανακαλύψει τα δεδομένα του υπολογιστή του, προσπαθεί να τον καταστρέψει. Αυτά μπορούσε να υποθέσει από όσα της μαρτυρούσε η εικόνα που είχε μπροστά της. Το μόνο άλλο δεδομένο ήταν ότι ο Μαχάων δεν είχε πεθάνει σε εκείνο το μέρος. Όποιος και αν τον είχε τρομάξει σε σημείο να καταστρέψει τον ίδιο του τον υπολογιστή, είτε δεν είχε καταφέρει να τον συλλάβει ή τον είχε μεταφέρει πίσω στην Έμπουσα στο εργαστήριό του και είχε ολοκληρώσει εκεί το έγκλημά του. Η δεύτερη εκδοχή όμως προϋπόθετε ότι ο άγνωστος ήταν εργαζόμενος της Έμπουσας, αλλιώς δε θα έμπαινε ποτέ μέσα σε ένα κτίριο φυλασσόμενο σαν φρούριο. Η Θέμις κατάλαβε ότι έπρεπε οπωσδήποτε να ανακαλύψει τι κρυβόταν στη μνήμη του υπολογιστή.

Έφερε τα εργαλεία της από το αυτοκίνητο και αφού χρησιμοποίησε ένα καινούργιο καλώδιο για να δώσει και πάλι στο μηχάνημα τροφοδοσία, του έδωσε φωνητική εντολή για να ανοίξει. Ευχόμενη η διαθεσιμότητά της να μην είχε γίνει ακόμα γνωστή, επικοινώνησε με τον τεχνικό του τμήματος, ο οποίος τη βοήθησε να παραβιάσει τα μέτρα ασφαλείας του υπολογιστή. Το λέιζερ φαινόταν να μην έχει καταστρέψει τελείως τον επεξεργαστή και η εικόνα ήταν παραμορφωμένη, αλλά με προσπάθεια μπορούσε να διακρίνει κατά προσέγγιση τις λέξεις. Άρχισε να ψάχνει στα διάφορα αρχεία για κάτι ενδιαφέρον. Τα περιεχόμενα ήταν ελάχιστα και υπέθετε ότι ο Μαχάων, αν ήταν όντως αυτός ο χειριστής, είχε προλάβει να σβήσει τα περισσότερα πριν τον διακόψουν τόσο απότομα. Καθώς όμως οι σειρές των δεδομένων περνούσαν η μια μετά την άλλη μπροστά από τα μάτια της, ξαφνικά κοκάλωσαν από δική της εντολή και το βλέμμα της εστίασε σε ένα αρχείο που δεν είχε σβηστεί. Ήταν ένα βίντεο και έχοντας ένα προαίσθημα για κάτι πολύ σημαντικό, η Θέμις κατηύθυνε τον κέρσορα πάνω του. Όταν είδε το περιεχόμενο κατάλαβε ότι δε θα μπορούσε να είναι ο Μαχάων ο χειριστής του υπολογιστή, τουλάχιστον την τελευταία μέρα της λειτουργίας του, όταν είχε δεχθεί τρεις ριπές από λέιζερ, για να μην αποκαλύψει ποτέ τα μυστικά του. Η εικόνα έδειχνε τον Μαχάονα να βρίσκεται στο εργαστήριό του, απορροφημένος από τις μελέτες του και έναν άντρα να έρχεται από πίσω του και με μια μεταλλική μπάρα να του θρυμματίζει το κρανίο.

Μετά την αποτρόπαια πράξη ο δολοφόνος κινήθηκε με ψυχρές υπολογισμένες κινήσεις προς το εργαστηριακό λέιζερ, με το οποίο άρχισε να λιώνει το φονικό του όπλο. Ύστερα τα υπολείμματα του λιωμένου μετάλλου ανέλαβε να εξαφανίσει μια συσκευή απορρόφησης, αφήνοντας όμως τα λιγοστά ίχνη τα οποία είχε εντοπίσει η Θέμις και λόγω των οποίων είχε υποθέσει ότι το όπλο του εγκλήματος ήταν μεταλλικό και ότι το είχε λιώσει ο δολοφόνος μετά το μοιραίο χτύπημα που είχε καταφέρει στον Μαχάονα. Όλη αυτήν την ώρα το πρόσωπο του δολοφόνου δε φαινόταν, καθώς είχε την πλάτη του γυρισμένη προς την κάμερα. Φορούσε όμως την άσπρη εργαστηριακή ρόμπα των επιστημόνων της Έμπουσας. Όταν απέκρυψε επαρκώς, όπως νόμιζε εκείνος, τα ίχνη του γύρισε προς την κάμερα και τότε φάνηκε το πρόσωπό του. Η Θέμις ένιωσε το κορμί της να παγώνει. Ήταν ο Προμηθέας, ο άνθρωπος που είχε προστατεύσει και πιστέψει σχετικά με την ισχυριζόμενη αθωότητά του. Αποδεικνυόταν πλέον ψεύτης και δολοφόνος. Έτρεφε ένα φίδι στον κόρφο της και μάλιστα είχε θέσει και τη ζωή της σε κίνδυνο για χάρη του. Η αρχική παγωμάρα άρχισε να αφήνει το σώμα της και να δίνει τη θέση της σε μια καυτή οργή που σιγόβραζε ολοένα αυξανόμενη, για να φτάσει τελικά σε σημείο τήξης.

Προσπάθησε να καταπολεμήσει την αγανάκτηση και να προσέξει την εικόνα σε ελπίδα ανεύρεσης άλλων στοιχείων. Αυτό που πρόσεξε, κάτι που δεν τη βοηθούσε ιδιαίτερα, ήταν το βλέμμα του Προμηθέα σε συνδυασμό με τις κινήσεις του. Φαινόταν σαν να κοιτάει στο κενό, αποχαυνωμένος, χωρίς να συνειδητοποιεί τι είχε μόλις κάνει. Είχε δει πολλές φορές σχιζοφρενείς δολοφόνους να έχουν αυτό το ίδιο βλέμμα, σαν να μην κατανοούν τις φρικαλεότητες για τις οποίες ήταν υπεύθυνοι. Όμως το βλέμμα σε συνδυασμό με τις υπολογισμένες μηχανικές κινήσεις του σώματος, ήταν κάτι που την ξένιζε. Όταν μάλιστα έκανε τη σύγκριση με τον ευαίσθητο και φοβισμένο άνθρωπο που είχε γνωρίσει μερικές μέρες νωρίτερα, της φαινόταν ολοκληρωτική η διαφορά. Σαν να επρόκειτο για δύο διαφορετικά άτομα. Επομένως ή είχε να κάνει με μια βαθύτατα διαταραγμένη προσωπικότητα ή με έναν αριστοτέχνη φονιά, που υποκρινόμενος κατάφερνε να ξεγελάσει άνετα τους γύρω του. Τράβηξε το βύσμα από τον αυχένα της και αντέγραψε στον εγκέφαλό της το αρχείο από τον υπολογιστή. Μετά έσβησε το αρχείο ολοκληρώνοντας την κίνηση που δεν είχε προλάβει να κάνει ο χειριστής του υπολογιστή που, σύμφωνα με τα νέα δεδομένα, μάλλον ήταν ο Προμηθέας. Τα στοιχεία που είχε βρει στα σπίτια των δύο αντρών την οδηγούσαν στο συμπέρασμα ότι ήταν συνεργάτες και συνένοχοι σε κάποια συνομωσία. Είχαν και οι δύο στοιχεία στους υπολογιστές τους για το εργοστάσιο του Ήρωνα, όπου είχε δημιουργηθεί το ρομπότ που είχε απαγάγει τον Προμηθέα. Μπορεί κάτι που αρχικά ήταν συνεργασία να μετατράπηκε λόγω κάποιας διαφωνίας σε μίσος; Και μάλιστα τέτοιο μίσος που να οδήγησε σε ανθρωποκτονία;

Κινήθηκε προς τη σκάλα αλλά η ψυχρή λεπίδα που ακούμπησε το λαιμό της την έκανε να παγώσει στη θέση της. Η άκρη του σπαθιού ίσα που την είχε ακουμπήσει, αλλά ήδη ένα μικρό ρυάκι αίμα έτρεχε από το σημείο του τρυπήματος. Της άρπαξε τα γυαλιά νυχτερινής όρασης και αμέσως τα πάντα σκοτείνιασαν. Μια στιγμή πριν είχε προλάβει να του ρίξει μια ματιά και αυτό που είδε την είχε παγώσει ακόμα περισσότερο από το σπαθί στο λαιμό της. Ενώ είχε απορροφηθεί τελείως από την υπόθεση του Μαχάονα, η τύχη ή η ατυχία είχε στείλει τελικά στο δρόμο της και χωρίς να το επιδιώκει τον άντρα με το κατάνα, την καμπαρντίνα, το καπέλο και το βιονικό χέρι. Αυτόν που είχε σκοτώσει το σύζυγό της. Ήρθε κοντά της και πλησίασε το στόμα του στο αυτί της. Η ανάσα του που χάιδεψε το δέρμα της την έκανε να ανατριχιάσει, ενώ ένα καρδιοχτύπι τη συντάρασσε, κάνοντάς την να απορεί με το φόβο της. Είχε ξανακοιτάξει πολλές φορές κατάματα το θάνατο και δεν είχε λιποψυχήσει. Εκείνη τη στιγμή όμως η παρουσία του φονιά, αντί να την ενεργοποιεί, την παρέλυε. Αυτός ο άνθρωπος ήταν υπεύθυνος για τον τρόπο με τον οποίο είχε διαμορφωθεί η ζωή της τα τελευταία χρόνια και αυτή η συνειδητοποίηση την έκανε να τον βλέπει σαν κάτι πολύ περισσότερο από έναν απλό κακοποιό.

«Κάτι πήρες μέσα από τον υπολογιστή, έτσι δεν είναι; Ό,τι και αν ήταν το θέλω και ελπίζω για το καλό σου να μην αντισταθείς, γιατί είναι κρίμα να κοπεί ένα τόσο ωραίο κεφαλάκι». Έβγαλε το βύσμα του και ετοιμάστηκε να το βάλει στην υποδοχή της Θέμιδας στον αυχένα της, αποκτώντας έτσι πρόσβαση στα δεδομένα του εγκεφάλου της. Όμως μια φωνή τον σταμάτησε, περιπλέκοντας την κατάσταση ακόμα περισσότερο. Κάποιος ήταν έξω από την αποθήκη και του μιλούσε με τηλεβόα.

«Μέμνονα, σε συμβουλεύω να πάρεις την κοπέλα και να βγείτε άμεσα από το κτίριο. Αν δεν το κάνετε σύντομα θα καταπλακωθείτε από μερικούς τόνους τσιμέντου. Βέβαια δε σου υπόσχομαι ότι η μοίρα σου αν βγεις έξω θα είναι καλύτερη, αλλά σου δίνω τουλάχιστον τη δυνατότητα να επιλέξεις το τέλος σου. Είναι γενναιοδωρία πολύ μεγαλύτερη από ό,τι σου αξίζει». Η φωνή του Αλάριχου με τη σιδερένια χροιά της να παραμορφώνεται από τον τηλεβόα, αποκτώντας έναν ηλεκτρονικό ρομποτικό τόνο, αντήχησε στην ερημιά της γύρω περιοχής, μεταδίδοντας την απειλή ολόγυρα και φτάνοντας τελικά στα αυτιά τους και στις καρδιές τους. Η Θέμις δεν ήξερε ποιος ήταν ο νέος αυτός παρτενέρ στο θανάσιμο νυχτερινό χορό στον οποίο είχε επιδοθεί, αλλά ένιωθε τα γρανάζια στο μυαλό του Μέμνονα να συστρέφονται μανιωδώς, αναγνωρίζοντας τον εχθρό και αναζητώντας διέξοδο από τον κίνδυνο. Την άρπαξε με βία και βγήκαν από το κρυμμένο υπόγειο δωμάτιο. Στάθηκαν δίπλα σε ένα παράθυρο και ο Μέμνων κοίταξε έξω στη φωτισμένη, από τους προβολείς των αυτοκίνητων της Έμπουσας, νύχτα. Ο Αλάριχος στεκόταν στο κέντρο της ομάδας κοιτάζοντας ατάραχος με το ένα του μάτι την αποθήκη, ενώ οπλισμένοι και ετοιμοπόλεμοι ήταν παραταγμένοι από πίσω του δέκα συνηθισμένοι στρατιώτες της εταιρείας και ένας ενδέκατος τεράστιος σε μέγεθος και εξοπλισμένος με βιονικά μέλη, προϊόν κάποιου πειράματος ορμονών και χημικών αύξησης μεγέθους.

Έβγαλε το λέιζερ από το βιονικό του χέρι και άρχισε να πυροβολεί εναντίον του Αλάριχου και, όταν αυτός κρύφτηκε πίσω από κάποιο αυτοκίνητο, εναντίον των υπολοίπων. Η απάντηση ήρθε άμεσα με μια ομοβροντία από ριπές, που κατατρύπησαν με ευκολία το φθαρμένο και ετοιμόρροπο τοίχο της αποθήκης, αναγκάζοντας τα δύο άτομα που είχαν βρει καταφύγιο πίσω του, να πέσουν στο πάτωμα για να καλυφθούν. Οι πυροβολισμοί συνεχίστηκαν για αρκετή ώρα μέχρι που ο Αλάριχος έδωσε εντολή να σταματήσουν. Χωρίς να αφήσει την ασφαλή του θέση πίσω από το αυτοκίνητο, έδωσε εντολή στον ευμεγέθη λακέ του να προχωρήσει.

«Εγκέλαδε, γκρέμισε το κτίριο και κάνε τους αλοιφή!» Το κτήνος ονόματι Εγκέλαδος απλά μούγκρισε αποδεχόμενος την εντολή. Μετά προχώρησε μπροστά και λίγα μέτρα πριν την είσοδο της αποθήκης, σήκωσε τα μυώδη βιονικά του χέρια και άρχισε να γρονθοκοπεί το τσιμεντένιο έδαφος. Αμέσως δημιουργήθηκε μια τρύπα η οποία άρχισε να διευρύνεται γοργά, με κάθε χτύπημα από τις πανίσχυρες γροθιές. Οι δύο εγκλωβισμένοι ένιωθαν κομμάτια από το ταβάνι να πέφτουν επάνω τους και έβλεπαν ρωγμές να σχηματίζονται και να κινούνται αυξανόμενες σε μέγεθος, σαν μαύρα φίδια πάνω στην επιφάνεια του κτίσματος. Ο χώρος είχε γεμίσει σκόνη και τα κορμιά τους είχαν αρχίσει να συνταράσσονται από έντονο βήχα, αφού η αναπνοή γινόταν όλο και πιο δύσκολη. Ο Εγκέλαδος δε φαινόταν πια. Είχε χωθεί ολόκληρος μέσα στη σάπια, μολυσμένη γη της βιομηχανικής κυριαρχίας. Έσκαβε με μανία έχοντας σκοπό να φτάσει στα θεμέλια της αποθήκης και να τα συντρίψει με την πρωτόγονη δύναμή του. Δεν άργησε να φτάσει στον προορισμό του και να αρχίσει την τελική φάση του καταστρεπτικού του έργου. Ο Αλάριχος στην επιφάνεια έβλεπε το κτίριο να γκρεμίζεται σιγά-σιγά, υποχωρώντας μπροστά σε μια ανώτερη δύναμη και ετοίμαζε την επίθεσή του.

Ο Μέμνων έψαχνε για μια διέξοδο άλλα όλες φυλάσσονταν από τα υπόλοιπα μέλη της ομάδας, οπότε ή θα καταπλακώνονταν από μέταλλο και τσιμέντο ή θα γίνονταν σκόνη από τα λέιζερ. Αποφάσισε να αντιμετωπίσει τα λέιζερ και να πεθάνει σαν πολεμιστής. Η ιδιοσυγκρασία του και ο προσωπικός του κώδικας επέβαλλαν αυτή τη λύση. Θα μαχόταν και θα επιδίωκε να πάρει μαζί του στον τάφο, όσους περισσότερους του επέτρεπαν οι δυνάμεις του. Στην απίθανη περίπτωση που επιζούσε όμως, ήθελε να φύγει από τη μάχη έχοντας κερδίσει και κάτι άλλο πέρα από τη ζωή του. Ακινητοποίησε με το μεταλλικό του χέρι τη Θέμιδα και συνδέοντας τον εαυτό του με τον εγκέφαλό της, πήρε όλες τις πληροφορίες που είχε συλλέξει η αστυνομικός για την υπόθεση, μαζί με το βίντεο που έδειχνε το φόνο του Μαχάονα. Ύστερα για να αποφύγει καμία δυσάρεστη έκπληξη, όπως μια επίθεση πισώπλατα από την ατίθαση γυναίκα, τη χτύπησε στον αυχένα αφήνοντάς την αναίσθητη. Ήταν στο έλεός του και θα μπορούσε να τη διαγράψει από τη λίστα των προβλημάτων του μια για πάντα. Το μόνο που χρειαζόταν ήταν μια ριπή λέιζερ ή ένα χτύπημα από τη θανάσιμη λεπίδα του. Για κάποιον άγνωστο λόγο δεν του φαινόταν σωστό να τη σκοτώσει και αυτό ήταν πολύ περίεργο, για κάποιον που είχε κατακρεουργήσει χωρίς δισταγμό δεκάδες αστυνομικούς.

Άλλος ένας θορυβώδης τριγμός από το παραπαίον κτίριο διέκοψε τις σκέψεις του και τον έκανε να κατευθυνθεί προς μια πόρτα. Την άνοιξε και βγήκε έξω στριφογυρίζοντας το κατάνα και πυροβολώντας αδιακρίτως. Το στοιχείο του αιφνιδιασμού αποδείχτηκε πολύτιμο, αφού οι λακέδες της Έμπουσας μάλλον υπέθεσαν ότι θα λούφαζε μέσα στο κτίριο, περιμένοντας καρτερικά το θάνατο. Μια τέτοια σκέψη αποτελούσε προσβολή για το άτομό του και η αναίδεια θα τιμωρούταν με θάνατο. Τρεις άντρες φυλούσαν την έξοδο την οποία είχε επιλέξει και όταν σήκωσαν τα όπλα τους για να τον αντιμετωπίσουν ήταν ήδη αργά. Το κατάνα άστραψε στο νυχτερινό ουρανό, για να χαθεί μέσα στα ανθρώπινα σώματα. Όταν επανεμφανίστηκε ήταν σκούρο από το αίμα, αντανακλώντας τη σκοτεινή προσωπικότητα του κατόχου του. Επέπεσε στην επόμενη τριάδα το ίδιο φρενιασμένος και καταστροφικός, ξεσκίζοντας έναν αυχένα με το βιονικό του χέρι, πυροβολώντας στο στήθος το δεύτερο άντρα με το λέιζερ του και ανατινάζοντας το κεφάλι του τρίτου με το ίδιο όπλο. Η έξαψη της μάχης είχε φωλιάσει για τα καλά μέσα του και τον έκανε να σκέφτεται τη σφαγή αντί για τη φυγή. Η επιτυχία του άλλωστε τον είχε κάνει να αναθαρρήσει και δε φοβόταν πλέον το θάνατο, αλλά επιθυμούσε να τον προκαλέσει στους άλλους.

Άκουσε βήματα και γύρισε με δίψα να δει τα επόμενα θύματα. Αυτή τη φορά δε θα τους αιφνιδίαζε. Έρχονταν καταπάνω του οι τέσσερις τελευταίοι χωρισμένοι σε δύο ζευγάρια, ένα από δεξιά και το άλλο από αριστερά. Άρχισαν να πυροβολούν με μανία αλλά εκείνος αποφεύγοντας τις ακτίνες τους, πλησίαζε επικίνδυνα για να παραδώσει το θανατηφόρο του μήνυμα. Έκοψε το οπλισμένο χέρι του πρώτου άντρα που αντιμετώπισε, αφήνοντάς το να κρέμεται από ένα κομμάτι πέτσας και ξέσκισε πέρα για πέρα την κοιλιά του δεύτερου, βλέποντας με ευχαρίστηση τα άντερά του να χύνονται στο έδαφος. Οι άλλοι δύο ήταν όμως ακόμα σε θέση να πολεμήσουν και τον πυροβολούσαν ακατάπαυστα. Δύο φορές οι ακτίνες πέρασαν ξυστά τραυματίζοντάς τον στον ώμο και στην πλάτη. Άρπαξε τον άντρα με το ακρωτηριασμένο χέρι και τον πέταξε με το βιονικό δικό του εναντίον των συντρόφων του. Έπεσαν και οι δύο κάτω παλεύοντας να σηκωθούν και να ξαναστοχεύσουν εναντίον του Μέμνονα. Την επόμενη στιγμή όμως βρισκόταν από πάνω τους, τρυπώντας με το χέρι του το στήθος του πρώτου για να του ξεριζώσει την καρδιά. Στο δεύτερο δημιούργησε μια τομή στο μέτωπο με μια γρήγορη, σχεδόν αθέατη κίνηση με το σπαθί του. Μια σκούρα γραμμή σχηματίστηκε και μετά αίμα άρχισε να τρέχει στο πρόσωπο. Ύστερα από μερικά δευτερόλεπτα το πάνω μέρος του κρανίου αποκολλήθηκε από το υπόλοιπο, πέφτοντας με έναν ανατριχιαστικό ήχο στο έδαφος και αποκαλύπτοντας τον ακρωτηριασμένο εγκέφαλο.

Ο κακοποιός που είχε χρησιμοποιήσει ο Μέμνων σαν ανθρώπινο βλήμα, αν και αιμορραγούσε έντονα από το χέρι του, ζούσε ακόμα και προσπαθούσε να συρθεί μακριά από τον ανελέητο αντίπαλο. Ο Μέμνων διασκέδασε για λίγο με τις προσπάθειές του και ύστερα τον πλησίασε και πάτησε την πληγή του, κάνοντάς τον να τσιρίξει με απελπισία. Αφού χόρτασε από τις ικετευτικές κραυγές δυστυχίας, γύρισε ανάσκελα τον πεσμένο άντρα και πίεσε με το τακούνι του το λαρύγγι του, μέχρι που σταμάτησε να κουνιέται τελείως. Ένα αργόσυρτο χειροκρότημα ακούστηκε και ο Μέμνων γύρισε για να διαπιστώσει πως προερχόταν από τον Αλάριχο. Η ειρωνική αυτή εκδήλωση θαυμασμού για το γεγονός ότι ο Μέμνων βρισκόταν ακόμα ζωντανός, έκανε απλά τον άντρα της Χίμαιρας να θέλει να ξεπαστρέψει το Γερμανό μια ώρα αρχύτερα. Χωρίς λόγια και εισαγωγές ρίχτηκαν στη μάχη, ξεχνώντας τελείως ο καθένας την αποστολή του. Πλέον στο επίκεντρο ήταν μονάχα ο φόνος του ενός ή του άλλου.

Η Θέμις είχε αρχίσει να βρίσκει τις αισθήσεις της, αλλά ήταν ακόμα πολύ ζαλισμένη για μπορέσει να σηκωθεί. Ένιωθε όμως τους κραδασμούς από το κτίριο να διαπερνούν το κορμί της και ήξερε ότι αν δεν έβγαινε εγκαίρως έξω από την αποθήκη, τότε ήταν χαμένη. Προσπάθησε να γαντζωθεί από μια εσοχή στον τοίχο, αλλά τα αδύναμα δάχτυλά της γλίστρησαν και τα νύχια της έγδαραν άσκοπα την τσιμεντένια επιφάνεια. Άρχισε να σέρνεται προς την πόρτα, ενώ κομμάτια έπεφταν γύρω της με κίνδυνο να την καταπλακώσουν. Ήδη είχε γίνει κάτασπρη από τη σκόνη που έβγαινε από τα γκρεμισμένα τμήματα του κτιρίου. Ο κονιορτός την έπνιγε και τα πνευμόνια της πονούσαν από το βήχα που τη βασάνιζε. Πλέον δεν έβλεπε τίποτα και πήγαινε στα τυφλά προς την κατεύθυνση που θυμόταν πως ήταν η πόρτα, χωρίς να είναι σίγουρη για το αν κατευθυνόταν σωστά. Κάποια στιγμή το χέρι της ακούμπησε πάλι σε τοίχο και κατάλαβε ότι είχε φτάσει στην απέναντι πλευρά, εκεί που βρισκόταν η έξοδος. Άρχισε να ψηλαφίζει την επιφάνεια αναζητώντας το πολυπόθητο άνοιγμα. Όσο δεν το έβρισκε και όσο οι κραδασμοί εντείνονταν, τόσο μεγάλωνε και η απελπισία της. Όταν άκουσε έναν εκκωφαντικό ήχο, τότε πίστεψε ότι το κτίριο κατέρρεε και πως όλα είχαν τελειώσει.

Για λίγες στιγμές όμως ακόμα παρέμενε ζωντανή, προσπαθώντας να καταλάβει τι ακριβώς συνέβαινε. Διέκρινε μια πελώρια σκιά να διαγράφεται μέσα από τα σύννεφα σκόνης και άκουσε βαριά απειλητικά βήματα, καθώς η τρομακτική φιγούρα κατευθυνόταν προς το μέρος της. Ο Εγκέλαδος την είχε ανακαλύψει λοιπόν και αφήνοντας προσωρινά την κατεδάφιση, είχε έρθει για να την αποτελειώσει. Τα γιγάντια χέρια την άρπαξαν και ήξερε πως την επόμενη στιγμή θα τη συνέθλιβαν με ευκολία, όπως ένα παιδί έσπαγε στα δύο ένα μολυβένιο στρατιωτάκι. Αντί αυτού όμως τα χέρια τη σήκωσαν τρυφερά και την ακούμπησαν σε ένα εξίσου τεράστιο στήθος. Σαν βρέφος λοιπόν ο άγνωστος πήρε προστατευτικά στην αγκαλιά του τη χτυπημένη αστυνομικό και την έβγαλε έξω από την αποθήκη. Μερικές στιγμές αργότερα το κτίριο κατέρρεε από τις επίμονες προσπάθειες και την καταστρεπτική μανία του Εγκέλαδου. Η Θέμις όμως ήταν πλέον ασφαλής. Μέσα από τη θολωμένη όρασή της, κατάφερε να διακρίνει τον πελώριο σωτήρα της. Ήταν ο Άργος Πανόπτης. Το μυστηριώδες ρομπότ την είχε σώσει για άλλη μια φορά. Την ακούμπησε στο έδαφος πίσω από το αμάξι της, όπου θα μπορούσε να μείνει κρυμμένη και να έχει μια σχετική προστασία. Ύστερα άνοιξε τα φτερά του για να πετάξει μακριά, αλλά δεν κατάφερε ποτέ να πετάξει.

Ο συντριπτικός όγκος του Εγκέλαδου έπεσε πάνω του με μανία, εξοργισμένος που είχε σώσει τη Θέμιδα, σαν θηρίο που κάποιος του είχε στερήσει το θήραμά του. Οι δύο γίγαντες κουτρουβάλησαν στο έδαφος σε ένα θανάσιμο εναγκαλισμό, ενώ η γη έτρεμε από τα χτυπήματα των σωμάτων τους. Ο Εγκέλαδος σήκωσε τον Άργο Πανόπτη ψηλά στον αέρα και τον έστειλε με ιλιγγιώδη ταχύτητα να προσγειωθεί σε ένα μισογκρεμισμένο μικρό κτίσμα. Η πτώση του Άργου το αποτελείωσε, αλλά το ρομπότ σηκώθηκε μέσα από τα συντρίμμια σώο και αβλαβές, χωρίς να φαίνεται πάνω του η παραμικρή γρατζουνιά. Άρχισε να τρέχει εναντίον του Εγκέλαδου και βουτώντας, τον πέτυχε στο στομάχι κόβοντάς του την ανάσα. Έπεσαν και πάλι κάτω, με τα χέρια του Άργου να έχουν τυλιχθεί ασφυκτικά γύρω από τον Εγκέλαδο, ο οποίος προσπαθούσε να λύσει την απειλητική λαβή και να μπορέσει και πάλι να ανασάνει. Τα κατάφερε αποτραβώντας με τη βία τα δάχτυλα που είχαν μπλεχτεί μεταξύ τους και έδωσε αμέσως μια αγκωνιά στα πλευρά του Άργου. Αυτή τη φορά το χτύπημα άνοιξε μια τρύπα στη μεταλλική επιφάνεια και τρία από τα μάτια που κάλυπταν εκείνο το σημείο, έπεσαν στο έδαφος αχρηστεμένα. Ο Άργος απτόητος από την πληγή του γρονθοκόπησε άγρια τον Εγκέλαδο στο πρόσωπο, αντλώντας αίμα από τη σάρκα και λάδια από τα βιονικά μέρη του αντιπάλου.

Το συνεχιζόμενο γρονθοκόπημα έλαβε τέλος, όταν ο Εγκέλαδος κλώτσησε το δεξί πόδι του Άργου λυγίζοντάς το. Ο Άργος γονάτισε και ο αντίπαλός του πρόλαβε να τον χτυπήσει με τις γροθιές του και από τις δύο πλευρές του κεφαλιού, πιέζοντάς το ανάμεσα σε ατσάλινες συμπληγάδες. Συνέχισε την ορμητική του επίθεση με αντίστοιχα διπλά χτυπήματα στους ώμους και την πλάτη, με τον Άργο να παραμένει γονατισμένος και με το κορμί

96

του να τραντάζεται σύγκορμο με κάθε γροθιά. Έδινε την εντύπωση πως είχε εγκαταλείψει την προσπάθεια και είχε αφεθεί στη μοίρα του, έτσι ακίνητος και γονατισμένος όπως στεκόταν. Με μια κίνηση όμως διέλυσε αυτήν την εντύπωση. Πετάχτηκε όρθιος και με μια ταυτόχρονη αστραπιαία ενέργεια τίναξε τα χέρια του Εγκέλαδου στο πλάι. Έστειλε με δύναμη το γόνατό του στο στομάχι του αντιπάλου, διπλώνοντάς τον στα δύο και μετά τον άρπαξε και τον πέταξε στον αέρα. Στην κάθοδο του θεόρατου σώματος, τον γράπωσε και τον έριξε με όλη του τη δύναμη στο γόνατό του. Τον πέτυχε στη μέση και ένας ανατριχιαστικός θόρυβος σπασμένου οστού ταξίδεψε μέχρι τα αυτιά της Θέμιδας, που παρακολουθούσε αποσβολωμένη. Ο Εγκέλαδος είχε κάποια ελάχιστα ίχνη ζωής ακόμα μέσα του, αλλά ο Άργος Πανόπτης ήθελε να τα στραγγίξει και αυτά μέχρι να μην έχει μείνει τίποτα.

Έτσι άρπαξε το τσακισμένο κορμί και άρχισε να σπρώχνει το κεφάλι του Εγκέλαδου προς τους αστραγάλους του. Η πλάτη άρχισε να σχηματίζει μια αψίδα, ενώ οι ήχοι από τα οστά και τα βιονικά κομμάτια της μέσης που συνθλίβονταν, γίνονταν όλο και πιο έντονοι σαν όλο το σώμα να ούρλιαζε διαμαρτυρόμενο για την κακοποίηση που υφίστατο. Ο Εγκέλαδος μούγκριζε πονεμένος και αντιλαμβανόμενος το θάνατο να καταφθάνει. Ο Άργος δεν έδειξε ίχνος οίκτου και σταμάτησε μόνο όταν το πίσω μέρος του κεφαλιού του Εγκέλαδου, ακουμπούσε πλέον στις φτέρνες των ποδιών του. Άφησε τον τσακισμένο νεκρό στο έδαφος και έστειλε ένα από τα μάτια του να πετάξει πίσω από την αποθήκη, όπου μπορούσε να ακούσει τη μάχη που συνεχιζόταν. Είδε τα πεσμένα κορμιά των αντρών της Έμπουσας και τους δύο μονομάχους να αγωνίζονται χωρίς ακόμα νικητή. Διέταξε το μάτι να γυρίσει πίσω. Αυτή η μονομαχία δεν τον ενδιέφερε. Όποιος και αν σκοτωνόταν από τα δύο πρωτοπαλίκαρα της Χίμαιρας και της Έμπουσας θα ήταν προς όφελος δικό του και της κοινωνίας γενικότερα. Έριξε μια τελευταία ματιά με το ψυχρό ρομποτικό του βλέμμα στη Θέμιδα και κρίνοντας ότι δε χρειαζόταν άλλο τη βοήθειά του, άνοιξε τα φτερά του και πέταξε μακριά.

Η Θέμις στηρίχθηκε στο αυτοκίνητό της και δοκίμασε να σηκωθεί. Όταν έφτασε στα μισά, μπλέχτηκε μέσα στο στρόβιλο της ζαλάδας και έκατσε πάλι απότομα στο έδαφος. Δεν είχε όμως πολύ χρόνο στη διάθεσή της. Έπρεπε να φύγει το συντομότερο από εκείνο το μέρος, γιατί μπορεί ο άντρας με το κατάνα που πριν λίγα λεπτά είχε ακούσει ότι τον έλεγαν Μέμνονα ή ο άλλος με τη γερμανική προφορά, να την ανακάλυπταν και έτσι να έβρισκε άδοξο τέλος. Μια λάμψη από φως την τύφλωσε και κάλυψε τα μάτια της με το χέρι της, προσπαθώντας να διακρίνει μέσα από τους προβολείς που έριχναν τις δέσμες τους επάνω της, ποιος κρυβόταν από πίσω. Τα φώτα έσβησαν και μπόρεσε να δει ένα αυτοκίνητο που την είχε πλησιάσει. Η πόρτα άνοιξε και είδε ένα ζευγάρι πόδια να κατευθύνεται προς το μέρος της. Άρχισε να ψάχνει στα ρούχα της για το όπλο της, αλλά δεν ήταν πουθενά. Κατά πάσα πιθανότητα βρισκόταν καταπλακωμένο από τα συντρίμμια της αποθήκης. Ο άντρας που είχε έρθει κοντά της έσκυψε από πάνω της. Προσπάθησε να τον γρατζουνίσει με τα νύχια της ως τελευταία άμυνα, αφού ήταν άοπλη. Εκείνος την απέφυγε και της άρπαξε με δύναμη τον καρπό.

«Ηρέμησε! Δε θα σου κάνω κακό. Ήρθα για να σε μεταφέρω στο νοσοκομείο. Είσαι χτυπημένη». Αναγνώρισε τη φωνή του Προμηθέα. Ο Άργος Πανόπτης λοιπόν δεν είχε σκοτώσει το δολοφόνο του αφέντη του. Αντίθετα ο συγχρονισμός με τον οποίο ο ένας είχε αποχωρήσει για να έλθει αμέσως μετά ο δεύτερος, έδειχνε ότι συντόνιζαν τις ενέργειές τους απόλυτα. Ήταν λοιπόν συνεργάτης με το ρομπότ, όπως είχε υπάρξει και συνεργάτης με τον Μαχάωνα ή μπορεί ο Άργος να ήταν πλήρως υπό τις διαταγές του. Ένιωθε την οργή της να φουντώνει. Αφενός γιατί δεν μπορούσε να αποκωδικοποιήσει το είδος της συνεργασίας που είχαν αυτοί οι τρεις μεταξύ τους και πώς αυτή είχε καταλήξει στο φόνο και αφετέρου επειδή ήθελε να βρίσει και να χτυπήσει το φονιά Προμηθέα για τα ψέματά του, αλλά δεν είχε τη δύναμη για κάτι τέτοιο. Τη σήκωσε και την οδήγησε στο αυτοκίνητό του. Την εναπόθεσε στο πίσω κάθισμα και τη σκέπασε με το μπουφάν του. Μέσα στη ζαλάδα της η Θέμις προσπαθούσε να καταλάβει γιατί τη βοηθούσε. Βέβαια εκείνος δεν ήξερε ότι είχε δει το βίντεο που τον ενοχοποιούσε για το φόνο του Μαχάονα, οπότε στο μυαλό του μπορεί να ήταν ακόμα φιλική η σχέση τους. Αυτό όμως δε δικαιολογούσε ούτε τη δική του παρουσία αλλά ούτε του Άργου.

Ο Προμηθέας είχε ξεκινήσει την πορεία του και είχε το βλέμμα του προσηλωμένο στο δρόμο. Φαινόταν να έχει αγχωθεί για την κατάσταση της υγείας της, γιατί είχε αναπτύξει αρκετή ταχύτητα, σημάδι ότι βιαζόταν να την παραδώσει στα χέρια των γιατρών. Η Θέμις εκμεταλλεύτηκε την έλλειψη προσοχής από μέρους του, για να εξερευνήσει λίγο με το βλέμμα της τον εσωτερικό χώρο του οχήματος. Κάτω από τη θέση του συνοδηγού υπήρχε μια μαύρη τσάντα. Άπλωσε αθόρυβα και προσεκτικά το χέρι της και άρχισε να τραβάει την τσάντα προς το μέρος της. Τράβηξε απότομα το χέρι της, όταν νόμισε ότι ο Προμηθέας θα έστρεφε το κεφάλι του προς τα πίσω για να την κοιτάξει. Όμως δεν έγινε τελικά κάτι παραπάνω από μια ανεπαίσθητη κίνηση του κεφαλιού. Ο οδηγός παρέμεινε επικεντρωμένος στην πορεία του. Η τσάντα είχε βγει όλη σχεδόν από κάτω από το κάθισμα. Άγγιξε με τα ακροδάχτυλά της το κούμπωμα και προσπάθησε να το ξεκουμπώσει. Μια ξαφνική επίθεση ζάλης την έκανε να σφίξει το χέρι της και να κλείσει τα μάτια της, προσπαθώντας να συνέλθει. Η φουρτούνα του κεφαλιού είχε αρχίσει σιγά-σιγά να εξαπλώνεται και στο στομάχι, γεγονός που την έκανε να νιώθει στο πολλαπλάσιο κάθε στροφή και κάθε κραδασμό.

Τα δάχτυλά της επιδόθηκαν πάλι στη μάχη με το κούμπωμα. Ήταν τυχερή. Εκείνη την εποχή συνηθίζονταν τσάντες ασφαλείας με ηλεκτρονικά μάτια, που αναγνώριζαν το DNA του κατόχου και άνοιγαν μόνο με το δικό του άγγιγμα. Το συγκεκριμένο κούμπωμα δε διέθετε όμως κάτι το τόσο περίτεχνο και τελικά υποχώρησε μπροστά στις έντονες πιέσεις της Θέμιδας. Το περιεχόμενο ήταν μια Φορητή Μονάδα Διασύνδεσης με οθόνη αφής. Την έβγαλε από την τσάντα και άρχισε να ερευνά τα αρχεία που περιείχε. Η αναζήτηση ήταν πολύ πιο ενδιαφέρουσα από τις αντίστοιχες στους σταθερούς υπολογιστές του Μαχάονα και του Προμηθέα. Σε εκείνους τους υπολογιστές είχαν σβήσει επιμελώς όσα αρχεία αφορούσαν τα σχέδιά τους, θέλοντας να αποτρέψουν οποιονδήποτε άλλον από το να ανακαλύψει με ποιους σκοπούς δρούσαν. Αυτή τη φορά όμως τα ευρήματα ήταν πολύ πιο σπουδαία. Υπήρχε μια πληθώρα θεμάτων που εξετάζονταν, αλλά με μια πρόχειρη ματιά η Θέμις έβγαλε το συμπέρασμα, ότι ο Προμηθέας κυρίως εστίαζε το ενδιαφέρον του στον ιό της Αράς και στη μεταφορά της ανθρώπινης συνείδησης από ένα σώμα σε άλλο.

Η ύπαρξη δεδομένων για τον ιό συνέπιπτε με τις φήμες που κυκλοφορούσαν στον υπόκοσμο, ότι ο Μαχάων δούλευε για λογαριασμό της Έμπουσας πάνω σε κάποιο βιολογικό όπλο. Ίσως ο γιατρός αποφάσισε μαζί με το συνέταιρό του τον Προμηθέα, να ξεφύγουν από τα στενά περιθώρια της εταιρείας τους και να πουλήσουν το όπλο σε όποιον πρόσφερε τα περισσότερα. Πολλά κράτη και εταιρείες θα ενδιαφέρονταν για κάτι τέτοιο. Συλλογιζόταν πόσο εφιαλτική ήταν η ζωή με τον ήδη υπάρχοντα ιό και δεν ήθελε ούτε να σκέφτεται τι είχαν αυτοί οι άνθρωποι στο μυαλό τους. Σίγουρα πάντως θα ήταν κάτι χειρότερο. Δεν μπορούσε να βρει σύνδεση ανάμεσα σε αυτό το σενάριο και τη μεταφορά της συνείδησης. Θα έπρεπε να μελετήσει το θέμα παραπάνω, αφού το μόνο που ήξερε ήταν πως ήταν μια διαδικασία που βρισκόταν ακόμα σε πειραματικό στάδιο και δεν είχε δοκιμασθεί σε ανθρώπους. Ένιωσε το όχημα να κόβει ταχύτητα και έβαλε βιαστικά την ψηφιακή συσκευή πίσω στην τσάντα, χωρίς να ασχοληθεί να την κουμπώσει, αφού δεν υπήρχε χρόνος για κάτι

100

τέτοιο. Μια από τις πίσω πόρτες άνοιξε και ο Προμηθέας την πήρε στην αγκαλιά του και την άφησε στα σκαλοπάτια του νοσοκομείου. Οι ρομποτικοί τραυματιοφορείς έσπευσαν να τη βοηθήσουν και ο Προμηθέας την κοίταξε με ένα απολογητικό ύφος και γύρισε να φύγει σιωπηλός.

Μια ξαφνική μανία την έπιασε και δεν μπόρεσε να ελέγξει τον εαυτό της. Ήξερε ότι όσα περισσότερα αποκάλυπτε, τόσο το χειρότερο για την ίδια. Όμως το θυμικό της υπερνίκησε τη λογική. Τον άρπαξε από την μπλούζα του και κάρφωσε το βλέμμα της στα μάτια του.

«Εσύ και το ρομπότ σου ήρθατε στην αποθήκη για να ξεφορτωθείτε και τα τελευταία στοιχεία, έτσι δεν είναι; Αργήσατε όμως, τα ξέρω όλα. Και αν νομίζεις ότι η καλοσύνη που μου δείχνεις τώρα, αρκεί για να μείνεις ατιμώρητος για το έγκλημά σου, γελιέσαι». Ο Προμηθέας προσπάθησε κάτι να πει αλλά τα ρομπότ ήδη απομάκρυναν το φορείο με τη Θέμιδα. Έμεινε για λίγο στα σκαλοπάτια του νοσοκομείου, διχασμένος ανάμεσα στο να την ακολουθήσει και στη φυγή, που ήταν άλλωστε και η πιο λογική επιλογή. Μόλις το νοσοκομείο ενημέρωνε την αστυνομία για τον τραυματισμό της Θέμιδας, εκείνο το μέρος θα ήταν το λιγότερο ασφαλές για ένα φυγά. Η λογική πρυτάνευσε και επέστρεψε στο όχημά του. Αιωρήθηκε μερικά εκατοστά από το έδαφος και με ένα ξαφνικό τίναγμα, όρμησε μπροστά και χάθηκε στη νύχτα. Δεν ήταν όμως ο μόνος που θα έπρεπε να ανησυχεί για την αστυνομία. Η Θέμις είχε παρακούσει τις εντολές του Αρχηγού και ήταν και εκείνη διωκόμενη από τους πρώην συναδέλφους της.

Δεν είχε την πολυτέλεια να μείνει στο νοσοκομείο για πολλή ώρα και έπρεπε να εξαφανισθεί πριν φτάσουν τα πρώτα περιπολικά. Οι ρομποτικοί τραυματιοφορείς όμως δεν έλεγαν να την αφήσουν σε ησυχία και στις αδύναμες προσπάθειες που κατέβαλε για να σηκωθεί, ένα μεταλλικό χέρι ερχόταν πάντα με μια τρυφερή δύναμη να την ξαπλώσει και πάλι στο φορείο.

Καταλάβαινε ότι ο Μέμνων την είχε χτυπήσει αρκετά δυνατά και πως θα χρειαζόταν λίγο χρόνο για να συνέλθει. Τα φώτα από το ταβάνι του νοσοκομείου περνούσαν σαν πεφταστέρια από μπροστά της, καθώς το φορείο έσπευδε προς τα επείγοντα. Οι φωνές από τις νοσοκόμες και τους ασθενείς στην αίθουσα αναμονής, αναμείχθηκαν με τους μονότονους ηλεκτρονικούς θορύβους των υπολογιστών και μαζί με τις λάμψεις από τα μηχανικά όργανα, δημιούργησαν μια δίνη η οποία ρούφηξε τη Θέμιδα καθώς η αστυνομικός έχανε τις αισθήσεις της.

ΚΕΦΑΛΛΙΟ 6

Πίσω από την γκρεμισμένη αποθήκη ο Μέμνων αποσπούσε από τη σάρκα του δύο καρφωμένες σβάστικες που είχαν πετύχει το μπράτσο του. Ο Αλάριχος φαινόταν να έχει ένα ατελείωτο απόθεμα από τα κοφτερά σαν ξυράφι, μικροσκοπικά αυτά όπλα. Τις περισσότερες είχε καταφέρει να τις αποκρούσει, αλλά μερικές είχαν καταφέρει να του ανοίξουν πληγές, με αποτέλεσμα τα ρούχα του να έχουν μουσκέψει από το αίμα του. Σε άλλα σημεία ένιωθε το δέρμα του να τον τραβάει, από τα εγκαύματα που του είχαν προκαλέσει οι ριπές από το βιονικό μάτι και το Luger PO 8 του Αλάριχου. Και εκείνος όμως είχε απαντήσει ανάλογα και έτσι καμιά δεκαριά πληγές διακρίνονταν καθαρά στη ναζιστική στολή του γερμανού. Ήταν και οι δύο λαχανιασμένοι και οι κινήσεις τους εμποδίζονταν όλο και περισσότερο από τον πόνο που σούβλιζε διάφορα σημεία των σωμάτων τους. Αλλά κανείς από τους δύο δεν ήταν διατεθειμένος, παρά τον πόνο και την κούραση, να παραιτηθεί από αυτόν τον αγώνα τιμής και επιβίωσης. Ο Αλάριχος στριφογύριζε ένα μεταλλικό αναδιπλούμενο ραβδί που είχε βγάλει μέσα από τις πτυχές της στολής του. Το διακριτικό στέλεχος από μερικά εκατοστά είχε αναπτυχθεί με το πάτημα ενός κουμπιού σε ένα πλήρες όπλο, το οποίο απέκρουε με επιτυχία τις θανάσιμες επιθέσεις του κατάνα. Ο Μέμνων πυροβόλησε για πολλοστή φορά με το λέιζερ του βιονικού του βραχίονα. Αυτή τη φορά αντί για μια γρήγορη αποφυγή της ακτίνας, ο Αλάριχος επέλεξε να αποκρούσει με το ραβδί του.

Με μεγάλη έκπληξη ο Μέμνων είδε την ακτίνα να εξοστρακίζεται πάνω στο μεταλλικό αντικείμενο, αντί να το λιώνει. Ο Αλάριχος χαμογέλασε ειρωνικά.

«Δεν έχετε κάτι παρόμοιο στη Χίμαιρα, έτσι δεν είναι; Είναι κατασκευασμένο από ένα ειδικό κράμα μετάλλων που μπορεί να αντέξει ακόμα και την επίθεση ενός λέιζερ».

Ο Μέμνων ξεφύσηξε, δείχνοντας να μην εντυπωσιάζεται ιδιαίτερα. Εκμεταλλεύτηκε όμως την ευκαιρία για να πάρει δύο ανάσες και δε φαινόταν να είναι ο μόνος. Ο Αλάριχος στριφογύριζε το καινούργιο του παιχνίδι, προσπαθώντας να φανεί άνετος και ακούραστος. Στην πραγματικότητα όμως ήταν μουσκεμένος στον ιδρώτα, άσθμαινε και τον πονούσε όλο του το κορμί. Τα πράγματα μάλλον όδευαν σε άλλη μια μονομαχία χωρίς νικητή. Ο Μέμνων αποφάσισε να λύσει μερικές απορίες, στα λιγοστά λεπτά της ανάπαυλας, πριν αρχίσει εκ νέου ο αλληλοσκοτωμός.

«Πώς με βρήκες; Δεν είναι εύκολο για κάποιον να με παρακολουθήσει χωρίς να τον αντιληφθώ, έστω και για σένα».

«Έχω πληροφοριοδότες στον ιππόδρομο που με ενημέρωσαν όταν σε είδαν να μιλάς στον Ταράξιππο. Αφού τον ανέκρινα, το να ανακαλύψω τα ίχνη σου μέχρι τον Ήρωνα και μετά εδώ, ήταν εύκολη υπόθεση. Ο Ήρων ήταν ιδιαίτερα πρόθυμος να με ενημερώσει για το πού κατευθυνόσουν. Ειδικά όταν του ανέλυσα πόσο θέλω να σε κάνω να υποφέρεις». Ο Μέμνων μειδίασε ακούγοντας την κούφια απειλή.

«Κρίμα που οι δικές σου προσδοκίες όσο και αυτές του Ήρωνα θα διαψευστούν». Λέγοντας αυτά τα λόγια είχε ήδη ξεκινήσει την επίθεσή του. Πυροβόλησε χαμηλά με το λέιζερ ενώ σημάδευε ψηλά με το κατάνα. Ο Αλάριχος απέκρουσε την ακτίνα μπροστά από τα γόνατά του και άρχισε αμέσως να σηκώνει το ραβδί ψηλά, για να αποσοβήσει τον κίνδυνο από τη λεπίδα. Τα χέρια όμως ήταν βαριά από την κούραση και ο Μέμνων είχε κινηθεί με μοναδική ευελιξία και ταχύτητα. Ο γερμανός μισθοφόρος άργησε ένα δέκατο του δευτερολέπτου. Η κόψη του σπαθιού που θέρισε τους καρπούς του ήταν τόσο γλυκιά και αιφνίδια, που χρειάστηκε μερικές στιγμές με το βλέμμα καρφωμένο στις ματωμένες απολήξεις των χεριών του, για να καταλάβει τι είχε μόλις συμβεί. Ύστερα έστρεψε τη ματιά του προς το έδαφος, εκεί που κείτονταν οι παλάμες του, με τα δάχτυλα ακόμα σφιγμένα γύρω από το ραβδί. Ούρλιαξε λυσσασμένος από την ταπείνωση και αν μπορούσε θα σκότωνε ακόμα και με τα δόντια του το μισητό εχθρό. Ο Μέμνων πλησίασε για να του πάρει το κεφάλι και να ξεμπερδέψει δια παντός με αυτόν τον επίμονο μπελά. Ο ακρωτηριασμένος άντρας καθόταν ακίνητος, πεσμένος στα γόνατα. Είχε αποδεχτεί την ήττα του και περίμενε στωικά το δήμιο.

Ή τουλάχιστον έτσι ήθελε να νομίζει ο Μέμνων. Πίεσε με τη γλώσσα του το δεξί του κυνόδοντα, απελευθερώνοντας ένα τοξικό αέριο, το οποίο πηδώντας όρθιος φύσηξε με μανία στο πρόσωπο του Μέμνονα. Η δηλητηριώδης ανάσα πλημμύρησε και έπνιξε τον πολεμιστή. Ένιωθε σαν χίλιες καυτές πινέζες να τρυπάνε βάναυσα τα μάτια του, το λαιμό του και τη μύτη του να φράζει τελείως και το δέρμα του να καίγεται σαν κάποιος να το έτριβε με γυαλόχαρτο. Ο Αλάριχος πλησίασε για να κλωτσήσει τον τυφλωμένο αντίπαλο, αλλά ο Μέμνων άκουσε τα βήματά του και έριξε στα τυφλά με το λέιζερ. Αυτό ήταν αρκετό για να αποθαρρύνει τον Αλάριχο, ο οποίος είχε και ο ίδιος να αντιμετωπίσει το σημαντικό πρόβλημα της διαφυγής του, χωρίς χέρια. Γύρισε την πλάτη του στον Μέμνονα και άρχισε να τρέχει μακριά. Αν συναντούσε προβλήματα στο δρόμο, το βιονικό του μάτι με το μικροσκοπικό λέιζερ, θα τον βοηθούσε να αμυνθεί παρά την αναπηρία του. Ήταν το μοναδικό του όπλο, για το οποίο δε χρειαζόταν χέρια.

Εκτός από αφόρητο πόνο, οι δύο μονομάχοι ένιωθαν ότι είχαν χάσει και μια μοναδική ευκαιρία, ο καθένας από τη δική του σκοπιά, να αποτελειώσουν μια υπόθεση που είχε ξεκινήσει μήνες πριν, όταν είχαν πρωτοσυναντηθεί. Τη θανάτωση του ενός ή του άλλου. Στην πραγματικότητα θα έπρεπε και οι δύο να νιώθουν τυχεροί που είχαν βγει ζωντανοί από αυτή τη μάχη, που στηριζόταν κυρίως στο πείσμα και στους υπέρμετρους εγωισμούς τους. Ο Μέμνων ακόμα τυφλωμένος και με φοβερή δυσκολία στην αναπνοή, κατάφερε να φτάσει ψηλαφιστά στο αμάξι του και να ενεργοποιήσει τον αυτόματο πιλότο. Το Austin τον μετέφερε στη Χίμαιρα, από την είσοδο της οποίας έπρεπε να συρθεί στο εσωτερικό, μέχρι κάποιος να τον αντιληφθεί και να φωνάξει το ιατρικό προσωπικό. Μερικές ώρες αργότερα βρισκόταν σε ένα κρεβάτι και όλο του το κεφάλι ήταν τυλιγμένο με επιδέσμους. Διάφορα σωληνάκια, με ορούς και αντίδοτα για την τοξική ουσία που είχε μπει στον οργανισμό του, εξείχαν από τα χέρια του και ο γιατρός τον ενημέρωνε ότι θα έπρεπε να μείνει κλινήρης τουλάχιστον για 2-3 μέρες. Όταν θα έβγαζαν τους επιδέσμους, ανάλογα με το μέγεθος της παραμόρφωσης, θα αποφάσιζαν αν θα χρειαζόταν επέμβαση για να τοποθετηθεί καινούργιο συνθετικό δέρμα.

Ο Μέμνων θα γελούσε αν μπορούσε, με τη σκέψη ότι μετά από κάθε του περιπέτεια, γινόταν όλο και λιγότερο άνθρωπος. Οι γιατροί του έκοβαν κάθε τόσο τα ανθρώπινα κομμάτια, για να τα αντικαταστήσουν με τεχνητά. Για την απώλεια της εσωτερικής ανθρωπιάς του δεν ανησυχούσε. Αυτή είχε εξαφανισθεί προ πολλού. Μετά από τρεις μέρες το αντίδοτο αποδείχθηκε νικηφόρο και η τοξίνη είχε εξαφανισθεί από το αίμα του. Η αφαίρεση των επιδέσμων δεν αποκάλυψε τον Κουασιμόδο που περίμενε ο γιατρός και του δήλωσε ότι το δέρμα θα γιατρευόταν, με την κατάλληλη φαρμακευτική υποβοήθηση. Επανέλαβε όμως την πρότασή του για αλλαγή του δέρματός του με τεχνητό, το οποίο θα ήταν και πιο ανθεκτικό. Ο Μέμνων αποφασισμένος ότι θα προχωρούσε στην επέμβαση μόνο αν ήταν απολύτως απαραίτητο, αρνήθηκε και όταν ο γιατρός επέμεινε, τον προέτρεψε να κάνει στον εαυτό του κάτι πολύ ανάρμοστο με τα νυστέρια του. Όταν ο επιστήμονας αποχώρησε αλαφιασμένος από το δωμάτιο, ο ασθενής δέχθηκε μια νέα επίσκεψη εξίσου δυσάρεστη. Το έκτρωμα της φύσης με το όνομα Κόβαλος, είχε συνέλθει από τις μπουνιές του Άργου Πανόπτη και είχε ξαναβρεί την ξεχασμένη του γοητευτική προσωπικότητα. Χοροπηδούσε σαν τον παλιάτσο γύρω από το κρεβάτι του Μέμνονα, εμφανώς ευχαριστημένος με το πάθημα του άσπονδου φίλου του.

«Τώρα μοιάζουμε πολύ περισσότερο από όσο θα ήθελες να παραδεχθείς» είπε δείχνοντας στον Μέμνονα τα δικά του εγκαύματα, που είχε αποκτήσει από τις πιστολιές της Έμπουσας στο λιμάνι.

«Τουλάχιστον για σένα τα εγκαύματα στο πρόσωπο αποτελούν βελτίωση» είπε ο Μέμνων ενώ ντυνόταν, θέλοντας να εγκαταλείψει το δωμάτιο και την ενοχλητική παρουσία που το στοίχειωνε εκείνη τη στιγμή. Ο Κόβαλος έκανε μια γκριμάτσα αποδοκιμασίας αλλά δεν απάντησε, αφού θυμήθηκε ότι είχε να μεταφέρει ένα μήνυμα.

«Με έστειλε το αφεντικό για να σε πάω στο γραφείο του. Θέλει να σε δει».

«Δεν είχα καμία αμφιβολία» απάντησε ο Μέμνων αναστενάζοντας και κατευθύνθηκε προς τα ανώτερα πατώματα, όπου βρισκόταν ο Σκίρωνας. Το βίντεο με τη δολοφονία του Μαχάονα ήταν σίγουρα ένα σημαντικό εύρημα, που αποδείκνυε πως κατά πάσα πιθανότητα, ο Προμηθέας ήταν ο δολοφόνος. Ο Σκίρωνας σίγουρα θα έβαζε τους τεχνικούς του να διαπιστώσουν τη γνησιότητά του και τότε θα διαλυόταν και η τελευταία αμφιβολία. Όμως η βασική αποστολή του Μέμνονα ήταν η σύλληψη του Προμηθέα και αυτό ήταν κάτι που ακόμα δεν είχε καταφέρει. Οι σωματοφύλακες του αρχιμαφιόζου τον άφησαν να περάσει μέσα από την τεράστια μεταλλική δίφυλλη πόρτα, την οποία στόλιζαν εγχάρακτες σκηνές από την Τιτανομαχία. Οι προσωπικές του υπηρέτριες είχαν πέσει πάνω στο μεγάλο αφεντικό, πιέζοντας τα στήθη τους στο κορμί του, προσπαθώντας η καθεμία να τον ευχαριστήσει περισσότερο και να κερδίσει έτσι την εύνοιά του. Ήταν μια συνεχής και καθημερινή μάχη που δινόταν ανάμεσα στις κοπέλες, ώστε να αναδειχθεί κάποια στιγμή η αρχόντισσα του χαρεμιού. Ο Σκίρωνας όμως ποτέ δε θα έβαζε καμία άλλη πάνω από την αιώνια αγαπημένη του. Την πληροφορία.

Συνδεδεμένος με τους δεκάδες υπολογιστές του, είχε κλείσει τα ματιά του και μέσω των καλωδίων που ξεφύτρωναν από την πλάτη του και έφταναν μέχρι τα φωτεινά τερματικά, αφουγκραζόταν τον κόσμο μέσω του δικτύου, για το παραμικρό ασήμαντο μήνυμα που θα μπορούσαν οι κεραίες του να αναχαιτίσουν. Όχι πάντα για την εταιρεία. Η αφοσίωση στην εργασία είχε και αυτή τα όριά της. Ήταν όμως και ευχαρίστηση για τον ίδιο. Μια ηδονική ασχολία που τον γέμιζε περισσότερο και από τις απολαύσεις της σάρκας και τον έκανε πολλές φορές να αδιαφορεί για τις καλλονές που τον περιτριγύριζαν και ζούσαν για μια καλή του κουβέντα ή έστω για μια ματιά. Πολλές φορές όμως έφευγαν απογοητευμένες, ειδικά εποχές όπως εκείνη, που οι μάχες ανάμεσα στις εταιρείες εντείνονταν και το δίκτυο βούιζε από νέα και διαδόσεις, όμοιο με κυψέλη από μέλισσες. Σαν όμως να ένιωσε ότι μια ακόμα πιο σημαντική πληροφορία τον περίμενε ακριβώς εκεί μπροστά του, στον αληθινό κόσμο που τόσο συχνά απαρνιόταν, άνοιξε τα μάτια του και κοίταξε τον Μέμνονα με προσμονή. Έδιωξε με ένα νεύμα του κεφαλιού τις κοπέλες, οι οποίες έφυγαν ενοχλημένες από τη διακοπή της ιεροτελεστίας από τον τραχύ μισθοφόρο. Τον κοίταξαν υποτιμητικά, αλλά αυτό που είδαν μέσα στο δικό του βλέμμα, τις έκανε να ανατριχιάσουν και να ταχύνουν το βήμα προς την έξοδο.

«Έχεις κάτι για μένα;» είπε με εκείνο το μυστήριο χαμόγελο που τον χαρακτήριζε και με το οποίο κατάφερνε τόσο καλά να κρύβει τα αληθινά του συναισθήματα. Αν και ο Μέμνων είχε οδηγηθεί στο συμπέρασμα ότι δεν είχαν απομείνει και πολλά τέτοια μέσα στην καρδιά του αφεντικού του.

«Έφερα την απόδειξη ότι ο Προμηθέας είναι ο δολοφόνος του Μαχάονα. Πρόκειται για βίντεο από λήψη που έγινε από τις κάμερες της Έμπουσας. Ξέρουμε από πληροφορίες που υποκλέψαμε από την αστυνομία, ότι η Έμπουσα δε διαθέτει αυτό το υλικό πλέον, γιατί κάποιος παραβίασε απομακρυσμένα τα συστήματα ασφαλείας και μπόρεσε να το σβήσει. Έμαθα επίσης ότι το ρομπότ με τα πολυάριθμα μάτια που είχε σώσει τον Προμηθέα και την αστυνομικό, κατασκευάστηκε από τον Ήρωνα κατά παραγγελία του Μαχάονα. Μια παραγγελία που είχε κρατήσει μυστική από την εταιρεία του». Ενώ έδινε την αναφορά του, είχε συνδεθεί με ένα από τα τερματικά και αντέγραφε το βίντεο από τον εγκέφαλό του. Ο Σκίρων ήδη το έβλεπε σε μια από τις οθόνες του με έντονο ενδιαφέρον, έχοντας απλωθεί αναπαυτικά στα μαξιλάρια του. Έδειχνε την ψυχραιμία με την οποία κάποιος θα έβλεπε μια ταινία και όχι τον εν ψυχρώ φόνο ενός ανθρώπου. Το θρυμματισμένο κρανίο με τα αίματα και λοιπά υγρά που ξεπετάγονταν την ώρα του μοιραίου χτυπήματος, δεν του έκαναν κάποια ιδιαίτερη εντύπωση. Τα έβλεπε απλά σαν στοιχεία, αλλά όχι σαν κάτι που θα μπορούσε να τον αναγκάσει να στρέψει το βλέμμα του αλλού. Αν ήταν τέτοιος άνθρωπος, δε θα είχε χτίσει ποτέ την αυτοκρατορία του.

109

«Και τι συμπέρασμα βγάζεις από όλα αυτά;» ρώτησε διασκεδάζοντας με το στητό παράστημα του Μέμνονα, που θύμιζε στρατιώτη.

«Ξέραμε ήδη ότι η Έμπουσα είχε προσλάβει τον Μαχάονα για τη δημιουργία κάποιου βιολογικού όπλου. Μάλλον αποφάσισαν με τον Προμηθέα να το πουλήσουν αλλού για περισσότερα λεφτά. Παρήγγειλαν το ρομπότ για προστασία, ξέροντας ότι η Έμπουσα θα τους κυνηγούσε αλύπητα για την προδοσία τους. Όταν ήρθε η στιγμή να θέσουν σε εφαρμογή το σχέδιό τους, τα χάλασαν στη μοιρασιά και ο Προμηθέας αποφάσισε να βγάλει το γηραιότερο συνέταιρό του από τη μέση».

«Και η αστυνομικός πού κολλάει στην υπόθεση; Γιατί την έσωσε τη μέρα που την καταδιώκατε εσύ και ο Κόβαλος;»

«Μπορεί να τα παίρνει από τον Προμηθέα, έτσι ώστε αυτός να έχει κάποιον μέσα στην αστυνομία. Ένας πληρωμένος μπάτσος πάντα είναι χρήσιμος. Στην αποθήκη που την ακολούθησα, στεκόταν μπροστά από τον υπολογιστή με το βίντεο. Ίσως είχε πάει για να διαγράψει και το τελευταίο στοιχείο» είπε ο Μέμνων προσπαθώντας να μαντέψει, αλλά δεν έπεισε ούτε τον εαυτό του. Η αλήθεια ήταν ότι δεν του άρεσε αυτού του είδους η ανάκριση και είχε αρχίσει να δυσφορεί.

«Δε νομίζω. Έχω παραβιάσει τα αρχεία της αστυνομίας και έχω βρει το φάκελό της. Είναι άψογη. Ακόμα και οι συνάδελφοί της την αντιπαθούν, γιατί δε λαδώνεται και αυτό τους δημιουργεί άγχος. Πάντα υπάρχει πιθανότητα ο τίμιος να ξεράσει κάτι εκεί που δεν πρέπει. Σκέφτηκα μήπως η σχέση τους ήταν βαθύτερη, αλλά δεν είχαν ξαναθεαθεί σε κάμερα κανενός Τομέα μαζί, πριν από εκείνη την ημέρα. Η συνεργασία τους λοιπόν παραμένει ένα μυστήριο».

«Ίσως ήταν μεμονωμένη περίπτωση η σωτηρία της τη μέρα εκείνη. Στην αποθήκη πάντως δεν εμφανίστηκε κανείς να τη σώσει.

Και όταν βγήκα από το κτίριο, αυτό γκρεμίστηκε λίγο αργότερα, ενώ πολεμούσα με τους λακέδες της Έμπουσας και τον Αλάριχο».

«Αν ήταν όλοι απασχολημένοι μαζί σου τότε ποιος τη σκότωσε;»

«Ένα βιοχημικό έκτρωμα ονόματι Εγκέλαδος. Έσκαβε τα θεμέλια της αποθήκης, για να μας θάψει κάτω από τα μπάζα μια για πάντα. Εγώ ξέφυγα, αλλά εκείνη ήταν αναίσθητη. Πολύ απίθανο να γλίτωσε».

«Σκότωσες όλους τους άντρες της Έμπουσας;»

«Τους περισσότερους. Ο Αλάριχος μπόρεσε να μου ξεφύγει, αλλά με κομμένα και τα δύο χέρια».

«Και αυτός ο Εγκέλαδος;»

Ο Μέμνων πρόσεξε το μειδίαμα που αχνοφαινόταν στα χείλη του Σκίρωνα και κατάλαβε ότι όλες αυτές οι ερωτήσεις, δε γίνονταν απλά για να ενημερωθεί ο αρχηγός της Χίμαιρας. Ήθελε κάπου να τον οδηγήσει και προτιμούσε να παίζει τα παιχνίδια του, παρά να του πει ευθέως αυτό που ήθελε.

«Δε γνωρίζω τι απέγινε. Ο Αλάριχος μου έριξε ένα αέριο το οποίο με τύφλωσε και δεν μπόρεσα να δω ποιος ζούσε και ποιος όχι, καθώς έφευγα από την περιοχή».

«Αν αυτός ο Εγκέλαδος ήταν ζωντανός και σε έβρισκε τυφλωμένο και ουσιαστικά ανυπεράσπιστο, δε θα σε σκότωνε, απαλλάσσοντας την Έμπουσα από την παρουσία σου; Άλλωστε είσαι πολύ ψηλά στη λίστα των επικηρυγμένων του υποκόσμου».

«Υποθέτω πως αν με έβρισκε θα με σκότωνε».

«Άρα δεν μπορούμε να αποκλείσουμε το ενδεχόμενο, κάποιος να εξουδετέρωσε τον Εγκέλαδο και να έσωσε την πριγκίπισσα για άλλη μια φορά».

«Μπορεί αλλά δεν έχουμε επαρκή στοιχεία για να συμπεράνουμε κάτι τέτοιο».

«Για αυτό μην είσαι τόσο σίγουρος». Το βλέμμα του Σκίρωνα ταξίδευσε σε μια από τις οθόνες του, παρασέρνοντας και το βλέμμα του Μέμνονα. Εκεί ο μισθοφόρος είδε την αναφορά των αστυνομικών που είχαν φτάσει στην περιοχή, όπου βρισκόταν κάποτε η αποθήκη και όπου είχαν αντικρύσει ένα πεδίο μάχης, σπαρμένο με πτώματα και οχήματα διάτρητα από λέιζερ. Ένα από τα πτώματα ήταν τεράστιο σε μέγεθος με βιονικά μέλη. Ήταν ξεκάθαρο πως επρόκειτο για τον Εγκέλαδο. Κάποιος τον είχε τσακίσει κυριολεκτικά στα δύο και αμέσως το μυαλό του Μέμνονα πήγε στον Άργο Πανόπτη. Είχε και το μέγεθος και τη δύναμη να καταφέρει κάτι τόσο εντυπωσιακό. Ανάμεσα στα πτώματα δε συγκαταλεγόταν κάποιο γυναικείο, οπότε η αστυνομικός μάλλον ζούσε ακόμα.

«Και βέβαια έχουμε και αυτό το στοιχείο που μας δείχνει πως δεν ήταν μεμονωμένη περίπτωση η σωτηρία της, αλλά μάλλον κάτι που τείνει να γίνει συνήθεια» είπε ο Σκίρων ενώ ταυτόχρονα έδινε εντολή σε μια άλλη οθόνη, να εμφανίσει το στοιχείο στο οποίο αναφερόταν. Η εικόνα ήταν μαγνητοσκοπημένη από κάποιο νοσοκομείο. Ένα αυτοκίνητο είχε σταματήσει βιαστικά στην είσοδο και ο οδηγός, που αποκαλύφθηκε πως ήταν ο Προμηθέας, άφησε την αστυνομικό στους τραυματιοφορείς και έφυγε άρον-άρον. Ο Μέμνων παρατήρησε τη σκηνή όπου η αστυνομικός γράπωσε τον Προμηθέα από το γιακά και του μίλησε, με τα χαρακτηριστικά του προσώπου της αλλοιωμένα από οργή. Μια οργή που φούντωνε και μέσα στον ίδιο εκείνη τη στιγμή, αφού ο Σκίρων τον είχε περάσει από εξέταση σαν μαθητούδι όρθιο στον πίνακα, μπροστά από ένα σαδιστή δάσκαλο. Θα μπορούσε να τον ενημερώσει εξαρχής για όσα είχε ανακαλύψει, εκεί στον πύργο της βασιλείας και της ατέρμονης συλλογής πληροφοριών. Εκεί που ζούσε στο απυρόβλητο και ο μόνος φόβος που είχε ήταν να μην κολλήσει κανέναν ιό και ψηθεί το υπερφορτωμένο μυαλουδάκι του. Προτίμησε όμως να τον αφήσει να μαντεύει και ο ίδιος να διασκεδάζει, καθώς ο πληρωμένος δολοφόνος του σκόνταφτε από τη μια αυθαίρετη υπόθεση στο επόμενο λανθασμένο συμπέρασμα.

Ποτέ δεν τον συμπαθούσε. Αλλά εκείνη τη στιγμή ένιωθε για το αφεντικό του κάτι περισσότερο από απλή αντιπάθεια. Ο Σκίρων δεν ήταν τηλεπαθητικός, αλλά η εμπειρία του του επέτρεπε να διαβάζει τα μάτια των άλλων και να καταλαβαίνει τις σκέψεις τους. Απολάμβανε το θύμο του Μέμνονα και το γεγονός ότι είχε τα όπλα και τις ικανότητες να τον εξοντώσει μέσα σε δευτερόλεπτα. Όμως δε θα το έκανε ποτέ. Ο φόβος δε θα του επέτρεπε να σηκώσει χέρι και να βλάψει τον άνθρωπο που τον πλήρωνε. Και αυτό το νοητό τείχος ανάμεσά τους, αποτελούσε την απόλυτη εξουσία. Το να γελοιοποιεί και να υπενθυμίζει στους υφιστάμενούς του, πόσο αδύναμοι ήταν μπροστά του, ήταν η δεύτερη πιο αγαπημένη του ασχολία. Ακόνιζε συνεχώς με τις πληροφορίες το μυαλό του, έτσι ώστε να κόβει σαν ξυράφι τους συλλογισμούς των υπολοίπων και να τους κατατροπώνει στα πνευματικά παιχνίδια που οργάνωνε κατά καιρούς, χωρίς συνήθως οι άλλοι να το αντιλαμβάνονται. Υπήρχαν όμως υποχρεώσεις που έπρεπε να φροντίσει και δε σκόπευε να ξοδέψει άλλο χρόνο άσκοπα. Άλλωστε ο Μέμνων διέκοψε την αυτάρεσκη ονειροπόλησή του, επιθυμώντας να λήξει η συνάντηση.

«Πώς θες να κινηθώ από εδώ και πέρα;»

«Η αστυνόμος Θέμις βρίσκεται υπό αστυνομική επίβλεψη. Φαίνεται επέδειξε υπερβάλλοντα ζήλο την ώρα του καθήκοντος και έτσι της έχουν στερήσει πλέον τα προνόμιά της. Φυλάσσεται προσωρινά στο νοσοκομείο και ύστερα θα μεταφερθεί σε κάποιο κελί προσωρινής κράτησης. Θα χρησιμοποιήσω πιο πλάγιους τρόπους για να μάθω τι γνωρίζει για την υπόθεση και πώς συνδέεται με τον Προμηθέα και τον Άργο Πανόπτη. Εσύ μπορείς να με εξυπηρετήσεις σε μια άλλη υπόθεση, η οποία δεν απαιτεί λεπτότητα, ένα χαρακτηριστικό που άλλωστε δε διαθέτεις».

«Ποια άλλη υπόθεση;»

«Το να μπορέσει κάποιος να παραβιάσει τα συστήματα ασφαλείας της Έμπουσας και να σβήσει την καταγραφή της κάμερας, χρειάζεται ικανότητες που δε βρίσκει κανείς εύκολα. Ο Προμηθέας πρέπει να προσέλαβε κάποιο δικτυοσκώληκα για να σβήσει τα ίχνη του φόνου. Αν βρούμε ποιον χρησιμοποίησε, μπορεί αυτός να μας οδηγήσει και στον εργοδότη του. Έχω μια λίστα με πέντε ονόματα που θεωρώ πως είναι οι μόνοι δικτυοσκώληκες, που θα μπορούσαν να επιτύχουν κάτι τόσο δύσκολο. Θέλω να τους βρεις και να τους ανακρίνεις έναν-έναν. Όποιος έκανε τη δουλειά, ίσως μπορεί να μας δώσει κάποιο στοιχείο για την κρυψώνα του Προμηθέα».

Ο Μέμνων συνδέθηκε με έναν υπολογιστή και φόρτωσε στη μνήμη του τη λίστα. Αυτή εμφανίστηκε στο μυαλό του μέσω του ενσωματωμένου του επεξεργαστή. Τα ονόματα συνοδεύονταν από φωτογραφίες, συγγενικά πρόσωπα και τελευταίες γνωστές διευθύνσεις. Έβγαλε το βύσμα του από την υποδοχή και το καλώδιο αποσύρθηκε στον αυχένα του. Μουρμούρισε ένα βιαστικό χαιρετισμό στον Σκίρωνα και έφυγε από το δωμάτιο. Δε χρειαζόταν να δει για να καταλάβει, ότι ο αρχιμαφιόζος χαμογελούσε ικανοποιημένος που τον είχε στείλει και πάλι έξω στα πεδία των μαχών, όπως τα εξαφανισμένα από καιρό κυνηγόσκυλα, για να ψάξει και να βρει το θήραμα για λογαριασμό του αφεντικού του. Του είχε δώσει τις οδηγίες που τον έσωζαν από το τέλμα στο οποίο είχε περιέλθει και που θα έδιναν μια νέα διέξοδο για την έρευνά του και ίσως το στοιχείο που θα αποκάλυπτε τη θέση του Προμηθέα. Αλλά δεν ένιωθε ευεργετημένος αλλά αντίθετα, σαν κάποιος ανίκανος ο οποίος είχε σωθεί από την ανοησία του, από κάποιο ανώτερο ον. Έσφιξε τα δόντια και προχώρησε αποφασισμένος να μην ξαναφήσει κανέναν να τον μειώσει έτσι.

κεφαλαιο 7

Η Θέμις ξύπνησε στο κρεβάτι του νοσοκομείου μόλις λίγες ώρες αργότερα, από τη στιγμή που είχε χάσει τις αισθήσεις της. Αυτές οι λίγες ώρες όμως ήταν αρκετές, ώστε να την προλάβει η αστυνομία και να τη συλλάβει, δείχνοντας ασυνήθιστη ταχύτητα αντίδρασης. Το καψόνι που είχε κάνει στον Ήρωνα είχε ενοχλήσει τελικά πολύν κόσμο. Κατάλαβε την αρνητική κατάσταση στην οποία βρισκόταν και το γεγονός της σύλληψής της, από τις δύο χειροπέδες που έδεναν τους καρπούς της στο κρεβάτι. Τα μεταλλικά δαχτυλίδια ενωμένα από ένα ενεργειακό νήμα, λαμπύριζαν στο σκοτάδι δίνοντάς της μια αίσθηση του χώρου όπου βρισκόταν. Σήκωσε λίγο το κεφάλι της και ο πόνος εισέβαλλε αλύπητα στο κρανίο της, πλημμυρίζοντας το μυαλό της με δεκάδες καυτές βελόνες. Ξαφνικά ένιωσε ευγνωμοσύνη για το σκοτάδι. Δεν έμελλε όμως να κρατήσει πολύ. Η πόρτα άνοιξε και μια φωνή διέταξε τα φώτα να ενεργοποιηθούν. Το δωμάτιο φωτίστηκε στέλνοντας μια βασανιστική δέσμη φωτός στα μάτια της Θέμιδας, κάνοντάς τη να θέλει να τα κρατήσει σφαλιστά για πάντα. Τα προβλήματα όμως δε θα έφευγαν ακόμα και αν σφράγιζε τα βλέφαρά της με υγρό μέταλλο. Ο επισκέπτης, που τόσο απότομα είχε εισβάλει, ήταν ο Αρχηγός. Την κοίταξε με ένα ύφος που αμφιταλαντευόταν ανάμεσα στη σιχαμάρα και τη λύπηση.

Την τελευταία φορά που είχαν μιλήσει, εκείνη είχε διακόψει τη σύνδεση κάπως απότομα, κάτι που θα πρέπει να του είχε φανεί ανάγωγο και απαράδεκτο, ειδικά αν αναλογιστεί κανείς την επαγγελματική τους σχέση. Δεν αγνοείς έτσι απλά τον Αρχηγό της Αστυνομίας. Απόδειξη, το γεγονός ότι εκείνη τη στιγμή βρισκόταν δεμένη με χειροπέδες. Η Θέμις όμως σαν να μην πτοήθηκε καθόλου από τη διόλου ευνοϊκή κατάσταση, αποφάσισε να περάσει στην επίθεση, πριν καν προλάβει ο άντρας να ξεστομίσει την πρώτη του κουβέντα.

«Άσε με να μαντέψω. Ήρθες να μου πεις πόσοι πολιτικοί σε κάλεσαν για να σου πουν να με συμμαζέψεις, έτσι;» Είδε το πάνω χείλος του να τρέμει από οργή, παρασέρνοντας και το αραιό μουστάκι του σε ένα φρενήρη χορό.

«Τολμάς και λες εξυπνάδες μετά από όσα έχεις κάνει; Παράκουσες εντολή ανωτέρου σου, δεν παρέδωσες το σήμα και το όπλο σου και μάλιστα ενεπλάκης και σε ανταλλαγή πυροβολισμών με διάφορους σεσημασμένους της μαφίας. Ξέρεις τι σημαίνουν όλα αυτά; Όχι μόνο ότι η καριέρα σου έχει ουσιαστικά τελειώσει, αλλά είναι και πολύ πιθανό να περάσεις μερικά χρόνια στη φυλακή!»

«Όλες αυτές οι απειλές με κάνουν να αισθάνομαι σίγουρη για ένα πράγμα. Ότι έχω πλησιάσει λίγο πιο κοντά στην αλήθεια, από όσο θέλουν κάποιοι».

«Μπορείς αν θες να ξεγελάς τον εαυτό σου με διάφορες αυταπάτες. Η μόνη αλήθεια η οποία σε αφορά είναι ότι αυτοκαταστράφηκες. Το πείσμα σου και η απείθειά σου θα προκαλέσουν το τέλος σου. Σε είχα προειδοποιήσει αλλά αδιαφόρησες. Πλέον δεν έχω να σου πω τίποτα άλλο. Μόλις πάρεις εξιτήριο θα μεταφερθείς σε φυλακή προσωρινής κράτησης, μέχρι να εκδικαστεί η υπόθεσή σου. Θα φροντίσουμε φυσικά να μην κρατείσαι μαζί με κακοποιούς και κινδυνεύσει η ζωή σου. Είναι μια προστασία που ακόμα και εσύ δικαιούσαι». Την κοίταξε για μια τελευταία φορά και η έκφρασή του πρόδιδε λύπη και αγανάκτηση. Δεν είχε πει όλα όσα ήθελε. Αυτό ήταν ολοφάνερο. Αλλά όπως κάποιες ανώτερες δυνάμεις δεν τον άφηναν να επιτελέσει το έργο του, έτσι δεν του επέτρεπαν να της πει όλη την αλήθεια και ίσως η ανημποριά του αυτή, να προκάλεσε εν μέρει αυτό του το ξέσπασμα. Βλέποντας τον Αρχηγό τόσο απελπισμένο, κατάλαβε το μέγεθος της πίεσης που ασκείτο από εκείνη την αόρατη δύναμη. Μια δύναμη που μπροστά της ήταν πλέον εντελώς απροστάτευτη. Αυτό όμως ήταν κάτι που το είχε πάρει ήδη απόφαση και ήξερε πως θα συνέχιζε μέχρι τέλους. Όποιο και αν ήταν αυτό το τέλος.

Έμεινε ακόμα δύο ημέρες στο νοσοκομείο για προληπτικούς λόγους, αλλά ένιωθε και η ίδια ότι ήταν έτοιμη να σηκωθεί από το κρεβάτι. Τη φρουρούσαν όλο το εικοσιτετράωρο και της έλυναν τα χέρια μόνο για φαγητό ή τουαλέτα. Όλη αυτή η ιστορία θα της φαινόταν εντελώς γελοία, αν δεν ήταν στην πραγματικότητα τόσο τραγική. Της φέρονταν σαν να ήταν ο πιο επικίνδυνος εγκληματίας που είχε πέσει ποτέ στα χέρια της αστυνομίας. Δε θυμόταν άλλη περίπτωση που οι αρχές να είχαν δείξει τέτοιο ζήλο στην κράτηση και φύλαξη κάποιου. Βέβαια το γεγονός ότι όλοι οι άντρες της μαφίας, μόλις συλλαμβάνονταν κατέληγαν με το μυαλό πουρέ από το μικροτσίπ που είχαν εγκατεστημένο στον εγκέφαλό τους, δεν έδινε στην αστυνομία την ευκαιρία να οδηγήσει σε κράτηση κάτι πιο αξιόλογο από κλεφτρόνια και βαποράκια. Ήταν οι μόνοι που επιζούσαν της σύλληψης. Και πάλι όμως αυτό δε δικαιολογούσε την τόσο πωρωμένη διάθεση των πρώην συναδέλφων της. Όσο περνούσε ο καιρός και έβλεπε την αληθινή εικόνα των υποτιθέμενων εκπροσώπων της τάξης, τόσο αισθανόταν όλο και πιο σίγουρη για τον εαυτό της, ότι είχε πάρει τη σωστή απόφαση. Δεν ήταν η θέση της ανάμεσά τους αλλά απέναντί τους. Πλέον το επόμενο που έπρεπε να σκεφτεί, ήταν το πώς θα κατόρθωνε να αποδράσει.

Όταν ήρθαν να την πάρουν από το νοσοκομείο για να την οδηγήσουν στο χώρο κράτησής της, αντίκρισε τρεις φρουρούς με εκφράσεις από σκυθρωπές μέχρι και εχθρικές. Της έδωσαν τα ρούχα της και βγήκαν από το δωμάτιο για να μπορέσει να ντυθεί, αφού πρώτα σιγουρεύτηκαν ότι δεν υπήρχε κανένα αντικείμενο που θα μπορούσε να μεταφέρει μαζί της, κρύβοντάς το στα ρούχα της. Οτιδήποτε που αργότερα θα μπορούσε να χρησιμεύσει σαν όπλο. Αφού τελείωσε με όλα τα γραφειοκρατικά, πήρε το εξιτήριό της μόνο και μόνο για να μεταφερθεί σε έναν άλλο χώρο εγκλεισμού. Έξω από το νοσοκομείο την περίμενε ένα φορτηγάκι της αστυνομίας. Με τα χέρια δεμένα πίσω από την πλάτη της με χειροπέδες, ανέβηκε στο αιωρούμενο όχημα από την πίσω διπλή πόρτα. Εκτός από τους τρεις αστυνομικούς που τη συνόδευαν, υπήρχε και ένας τέταρτος ο οποίος καθόταν στη θέση του οδηγού. Δύο έκατσαν μαζί της ενώ ο τρίτος της συνοδείας έκατσε δίπλα στον οδηγό. Η πόρτα έκλεισε ερμητικά, με το γδούπο να της μεταδίδει ένα δυσοίωνο προαίσθημα. Οι φόβοι της δεν άργησαν να επαληθευθούν. Ο ένας από τους δύο φύλακες που βρίσκονταν πιο κοντά της, έβγαλε ένα ηλεκτροφόρο ραβδί και τη χτύπησε στο στήθος. Το ρεύμα διαπέρασε το κορμί της τεντώνοντας τους μύες και στέλνοντας τον πόνο αμείλικτα σε όλα τα νεύρα του οργανισμού της. Έπεσε στο πάτωμα μουγκρίζοντας και σπαρταρώντας, προσπαθώντας μάταια να ανακτήσει τον έλεγχο των κινήσεών της.

Μόλις κατάφερε να πάρει μια ολόκληρη ανάσα, μια αρβύλα προσγειώθηκε βάναυσα στα πλευρά της, διώχνοντας εκ νέου τον αέρα από τα πνευμόνια της και διπλώνοντάς τη στην αρχέγονη αμυντική στάση του εμβρύου. Ο φρουρός που την είχε κλωτσήσει ήταν ο ίδιος που την είχε χτυπήσει με το ηλεκτροφόρο ραβδί. Τη γύρισε ανάσκελα και γονάτισε από πάνω της. Ακούμπησε το ραβδί στο λαιμό της πιέζοντάς τον αλλά χωρίς να ενεργοποιεί το ρεύμα.

«Αυτή ήταν μια μικρή επίδειξη για να καταλάβεις ότι δεν αστειευόμαστε. Τώρα που έχουμε την προσοχή σου, θέλουμε να μας λύσεις μερικές απορίες. Ποια είναι η σχέση σου με τον Προμηθέα;»

«Είναι ύποπτος για ένα φόνο που ερευνώ....» το ρεύμα τη χτύπησε πριν ολοκληρώσει τη φράση της. Κατάλαβε ότι η απάντησή της δεν ήταν ικανοποιητική.

«Ξέρουμε για την έρευνα. Αυτό που θέλουμε να μάθουμε είναι πόσο καλά γνωρίζεστε και αν συνεργάζεστε με κάποιον τρόπο. Γιατί ένας ύποπτος για φόνο να σώσει τη ζωή της αστυνομικού που τον κυνηγά; Έχετε κάνει κάποια συμφωνία; Γνωρίζεις πού βρίσκεται;» Οι ερωτήσεις έρχονταν απανωτά και ο πόνος έκανε τις σκέψεις της θολές. Η αλήθεια δε θα τη βοηθούσε, αφού δε θα την πίστευαν. Ήταν πεπεισμένοι ότι συνεργαζόταν με τον Προμηθέα. Η καλοσύνη του απέναντί της τους είχε φανεί ύποπτη και αυτό ήταν λογικό. Ούτε η ίδια περίμενε κάτι τέτοιο από ένα δολοφόνο. Έπρεπε λοιπόν να σκαρώσει κάποιο ψέμα. Η πίεση που δεχόταν όμως δε βοηθούσε στην έμπνευση. Το ηλεκτρικό φορτίο την τιμώρησε για την καθυστέρησή της.

«Όσο δεν έρχονται απαντήσεις θα έρχεται πόνος και ίσως και κάτι χειρότερο» την προειδοποίησε ο φρουρός. Η Θέμις ψιθύρισε κάτι αλλά τα λόγια βγήκαν τόσο αδύναμα από το ματωμένο στόμα της, που ο φρουρός δεν άκουσε και αναγκάστηκε να σκύψει κοντά στο πρόσωπό της, ζητώντας της να επαναλάβει. Τότε εκείνη όρμησε σαν ύαινα και του δάγκωσε το αυτί και ήταν τέτοια η αποφασιστικότητά της, που τα δόντια της δεν ξεκόλλησαν από πάνω του, ακόμα και όταν αυτός πετάχτηκε όρθιος, ουρλιάζοντας έντρομος. Του ξερίζωσε το αυτί και τελικά έπεσε και πάλι στο πάτωμα του φορτηγού. Όμως τα δεμένα με χειροπέδες χέρια της, είχαν προλάβει να αρπάξουν αυτό που ήθελε. Ενεργοποίησε το ηλεκτροφόρο ραβδί και στράφηκε εναντίον του δεύτερου φρουρού, ο οποίος την πλησίαζε για να πάρει εκδίκηση, για τον πόνο που είχε προκαλέσει στο συνάδελφό του. Είχε προλάβει να σταθεί από πάνω της και κατέβαζε με φόρα το πόδι του στο κεφάλι της. Εκείνη στριφογύρισε αποφεύγοντας το χτύπημα και κατηύθυνε το ραβδί προς τα πάνω, πετυχαίνοντας τον επιτιθέμενο στα γεννητικά όργανα. Η δόση του ηλεκτρικού φορτίου που είχε χρησιμοποιήσει, ήταν πολύ μεγάλη και έτσι η μυρωδιά από καμένο ύφασμα και δέρμα πλημμύρησε το φορτηγάκι. Εκείνος έπεσε κάτω σφαδάζοντας και ξερνώντας από το σοκ.

Ο φρουρός με το δαγκωμένο αυτί την άρπαξε από τα μαλλιά και τη σήκωσε όρθια με το δεξί του χέρι, περνώντας αμέσως το αριστερό του γύρω από το λαιμό της. Άρχισε να τη στραγγαλίζει και αφήνοντας τα μαλλιά της, της έπιασε τον καρπό του οπλισμένου της χεριού. Με το άλλο της χέρι όμως έφτασε το πρόσωπό του και έχωσε τον αντίχειρά της βαθιά μέσα στο μάτι του. Η λαβή του χαλάρωσε αμέσως και απελευθερωμένη, του έριξε μια κλωτσιά που τον έστειλε με φόρα πάνω στη διπλή πόρτα, η οποία άνοιξε αφήνοντάς τον να πετάξει για ένα δευτερόλεπτο, πριν συγκρουστεί θανάσιμα με το όχημα που ακολουθούσε το φορτηγάκι. Η Θέμις προσπαθούσε να βρει την ισορροπία της, όταν τρεις ριπές λέιζερ πέρασαν ξυστά από δίπλα της, με την τελευταία να της καψαλίζει τα μαλλιά. Ο συνοδηγός προσπαθούσε να την πετύχει, αλλά η κίνηση του οχήματος δεν του επέτρεπε να βρει στόχο. Άρχισε να σκαρφαλώνει στην πλάτη της θέσης του, για να φτάσει πιο κοντά της. Εκείνη άρπαξε το λέιζερ από το δεύτερο φρουρό, που βρισκόταν ακόμα πεσμένος μέσα στη λίμνη του εμετού του, τρέκλισε μέχρι την ανοιχτή πόρτα και πήδηξε έξω. Αυτή τη φορά δεν ακολουθούσε κανένα όχημα και κουτρουβάλησε στο δρόμο ακούγοντας έναν άσχημο ήχο από το αριστερό της γόνατο. Είχε σίγουρα σπάσει από τα χτυπήματα που είχε δεχθεί ένα-δύο πλευρά, οπότε μαζί με το τραυματισμένο πόδι οι κινήσεις της είχαν γίνει αργές και οδυνηρές.

Το φορτηγάκι έκανε αναστροφή και κατευθύνθηκε κατά πάνω της, με το συνοδηγό να έχει βγει ο μισός έξω από το παράθυρο και να την πυροβολεί ακατάπαυστα. Με το πόδι και τα πλευρά σακατεμένα, δεν υπήρχε περίπτωση να τρέξει για να γλιτώσει. Έκατσε ακίνητη, αδιαφορώντας για τις ριπές που έπεφταν βροχή γύρω της. Σημάδεψε και περίμενε μέχρι να αισθανθεί σίγουρη. Ύστερα πάτησε τη σκανδάλη. Το κεφάλι του οδηγού ανατινάχτηκε από το όπλο της, την ίδια ώρα που ο συνοδηγός της ξέσκιζε τον αριστερό ώμο με την πρώτη επιτυχημένη του βολή. Το όχημα ακυβέρνητο έστριψε απότομα και με ιλιγγιώδη ταχύτητα καρφώθηκε σε έναν τοίχο και ανατινάχθηκε. Αμέσως το μέρος τυλίχτηκε στις φλόγες και εκείνη πλησίασε κουτσαίνοντας, για να απολαύσει τα πυροτεχνήματα. Ξαφνικά μέσα από τις φλόγες πετάχτηκε ο συνοδηγός, που είχε καταφέρει να πηδήξει έξω από το όχημα πριν αυτό συγκρουστεί με τον τοίχο. Δεν ήταν όμως αρκετά γρήγορος για να αποφύγει τις συνέπειες της έκρηξης. Τα ρούχα του είχαν πάρει φωτιά και έτρεχε αλλόφρων για να σωθεί. Η τακτική που ακολουθούσε όμως δεν ήταν πολύ αποτελεσματική. Η Θέμις σημάδεψε τα γόνατά του και με δύο βολές τον ξάπλωσε στο δρόμο.

Τα πυροσβεστικά ρομπότ εμφανίστηκαν εκείνη τη στιγμή και πρόλαβαν να σώσουν τον αστυνομικό από τις φλόγες, που κατέτρωγαν το δέρμα του και τα μαλλιά του. Μετά αφοσιώθηκαν στην κατάσβεση της φωτιάς που κατάπινε το ανατιναγμένο όχημα. Παρά τις φιλότιμες προσπάθειές τους δε θα έβρισκαν πολλά να σώσουν. Η Θέμις πλησίασε τρεκλίζοντας το μισοκαμένο αστυνομικό. Εκείνος μόλις την αντελήφθη, ούρλιαξε τρομαγμένος και προσπάθησε να συρθεί μακριά της. Σε αυτό το θλιβερό αγώνα ταχύτητας ανάμεσα στη Θέμιδα με το σπασμένο πόδι και τον αστυνομικό με τα δύο κατεστραμμένα γόνατα, νίκησε η πρώτη. Τον έφτασε και έχωσε τα νύχια της στην καμένη σάρκα της πλάτης του. Οι λυγμοί του μετατράπηκαν σε φρικιαστικά τσιρίγματα που τη γέμισαν ικανοποίηση.

«Σταμάτα να κουνιέσαι και δε θα σε ξαναπονέσω. Αν όμως δεν κάτσεις ακίνητος, πρώτα θα σε βασανίσω και μετά θα σου κομματιάσω το κεφάλι όπως του φίλου σου πίσω από το τιμόνι». Κόλλησε το λέιζερ της στο πίσω μέρος του κεφαλιού του και περίμενε την αντίδρασή του. Έμεινε ακίνητος με τα χέρια απλωμένα σαν να παραδινόταν.

«Ωραία. Τώρα πες μου ποιος σε έστειλε; Ποιος ήταν τόσο ανυπόμονος ώστε να μην μπορεί να περιμένει μέχρι να φτάσω στη φυλακή για να με ανακρίνει; Ποιος σου έδωσε την εντολή να χρησιμοποιήσεις βία εναντίον μιας συναδέλφου σου;» Περίμενε την απάντηση ανυπόμονα, θέλοντας να εξαφανισθεί όσο πιο σύντομα γινόταν. Αλλιώς θα ξαναβρισκόταν με χειροπέδες και αυτή τη φορά θα είχε και την τριπλή ανθρωποκτονία μαζί με έναν πολύ σοβαρό τραυματισμό αστυνομικών οργάνων, να φιγουράρει στις κατηγορίες εναντίον της. Όσο και αν ανυπομονούσε όμως, έτρεμε μήπως ο άνθρωπος που κρυβόταν πίσω από την άνανδρη επίθεση ήταν ο Αρχηγός. Η δειλία του την είχε απογοητεύσει, αλλά δεν ήθελε με κανέναν τρόπο να πιστέψει ότι θα ενέκρινε ποτέ αυτές τις ενέργειες.

«Ο Σκίρων μας διέταξε να σε ανακρίνουμε. Η Χίμαιρα μας πλήρωσε για αυτές τις πληροφορίες και έπρεπε να σε ανακρίνουμε πριν φτάσεις στη φυλακή, όπου θα ήσουν υπό συνεχή παρακολούθηση. Ήταν η μοναδική ευκαιρία που είχαμε». Τα πλοκάμια της μαφίας έκαναν την εμφάνισή τους για άλλη μια φορά στο Σώμα. Δεν ήταν κάτι το πρωτοφανές, αλλά ξυλοδαρμός αστυνομικού από συναδέλφους της; Αυτό πια ξεπερνούσε κάθε όριο. Σηκώθηκε για να φύγει όντας πλήρως αποκαρδιωμένη. Η μαφία είχε παρεισφρήσει παντού. Τώρα που είχε καταφέρει να στρέψει τα όργανα της τάξης το ένα εναντίον του άλλου, δεν έμενε τίποτα άλλο. Ολοκληρωτική ήττα. Ο μισοκαμένος αστυνομικός την είδε να φεύγει και ανακουφίσθηκε, θεωρώντας ότι είχε γλιτώσει. Η Θέμις δεν είχε σκοπό να παραβεί την υπόσχεσή της και θα τον άφηνε να ζήσει. Αν εκείνος όμως δεν έκανε ένα τελευταίο λάθος.

«Νομίζεις πως γλίτωσες, αλλά κάνεις λάθος. Μπορεί να ξέφυγες από εμάς, αλλά τώρα που είσαι και πάλι ελεύθερη, ο Σκίρων θα εξαπολύσει όλα του τα κυνηγόσκυλα στο κατόπι σου. Αυτά που σου κάναμε εμείς δε θα είναι τίποτα, μπροστά στα όσα θα υποστείς μόλις πέσεις στα χέρια της Χίμαιρας». Το ενοχλητικό του χαμόγελο χάθηκε απότομα, όταν η ακτίνα του λέιζερ του κομμάτιασε το κεφάλι σκορπίζοντας παντού μυαλά, κομμάτια κρανίου και αίμα. Υπέγραφε έτσι τη θανατική της καταδίκη. Όταν η αστυνομία θα έβρισκε τους τέσσερις νεκρούς, η απόφαση θα λαμβανόταν άτυπα και αθόρυβα από τα όργανα μεταξύ τους. Την επόμενη φορά που θα την έβλεπαν, θα έριχναν στο ψαχνό. Δεν μπορούσε να γυρίσει πια στο σπίτι της, ούτε να βρει καταφύγιο σε κάποιο γνωστό της. Θα την ανακάλυπταν αμέσως. Έπρεπε να καταφύγει σε κάποιο μέρος που δε θα σκέφτονταν ποτέ να την αναζητήσουν. Σε ένα μέρος που υπό κανονικές συνθήκες δε θα πήγαινε ποτέ. Χώθηκε μέσα στα στενά, προσπαθώντας να μένει στις σκιές μακριά από τα φώτα. Πονούσε πολύ και οι κινήσεις της γίνονταν με τρομερή δυσκολία. Έσφιγγε όμως τα δόντια και συνέχιζε. Αποφάσισε στα εγκλήματα που συγκαταλέγονταν ήδη στο μητρώο της, μετά τα γεγονότα των τελευταίων ημερών, να προσθέσει και την κλοπή ενός ακόμα αυτοκινήτου.

Έσπασε το τζάμι της πόρτας του οδηγού και χώθηκε μέσα. Ο υπολογιστής του αυτοκινήτου έστειλε αμέσως ένα σήμα στον ιδιοκτήτη του, ότι το όχημά του μόλις είχε παραβιαστεί. Αμέσως η Θέμις έχωσε το βύσμα της στην υποδοχή του υπολογιστή και κατάφερε να τον παρακάμψει με ικανότητες που θα ζήλευε και ένας δικτυοσκώληκας. Το σήμα διακόπηκε και ο έλεγχος του αυτοκινήτου ήταν πλέον δικός της, με τον υπολογιστή να καθίσταται πειθήνιο όργανό της. Προσπάθησε να ξεκινήσει αλλά το πόδι της έμεινε να αιωρείται πάνω από τον επιταχυντή, μόλις εντόπισε ένα περιπολικό να περνάει από δίπλα της. Το αίμα της πάγωσε και έσφιξε τη λαβή του λέιζερ, χωρίς να ξέρει αν ήταν ικανή να ξανασκοτώσει συναδέλφους της. Άλλωστε οι προηγούμενοι ήταν πουλημένοι στη μαφία και ο θάνατός τους λίγο την έθλιβε. Όμως κάποια όργανα που έκαναν απλά το καθήκον τους, ήταν μια εντελώς διαφορετική ιστορία. Χωρίς να κοιτάζει ευθέως προς το περιπολικό αλλά με την άκρη του ματιού της, έριξε τα σκούρα της μαλλιά στο πρόσωπό της για να καλύψει τις πληγές της, οι οποίες σίγουρα θα προκαλούσαν υποψίες. Κράτησε ασυναίσθητα την αναπνοή της, καθώς το αστυνομικό όχημα περνούσε σαν σε αργή κίνηση από δίπλα της.

Τότε θυμήθηκε τα κομμάτια του γυαλιού που εξείχαν από το πλαίσιο του παραθύρου. Αν τα αντιλαμβάνονταν οι δύο επιβαίνοντες, τότε θα καταλάβαιναν αμέσως ότι επρόκειτο για κλοπή. Με μια υποτιθέμενα αδιάφορη κίνηση, έβαλε το χέρι της στην κάτω πλευρά του πλαισίου και κάλυψε με το μανίκι της τα απομεινάρια. Αυτό βέβαια δε θα εμπόδιζε κάποιον αρκετά παρατηρητικό, από το να εντοπίσει τα μικρά κομμάτια στις υπόλοιπες πλευρές του πλαισίου. Το περιπολικό όμως συνέχισε αμέριμνο την πορεία του και μετά από μερικά δευτερόλεπτα και ενώ εκείνο είχε απομακρυνθεί αρκετά, η Θέμις θυμήθηκε να αναπνεύσει ξανά. Ενώ προσπαθούσε να ξαναδώσει κανονικό ρυθμό στην αναπνοή της και στο χτυποκάρδι της, ένα δυνατό χτύπημα στο παράθυρο του συνοδηγού την έκανε να τιναχτεί σύγκορμη. Ο ιδιοκτήτης του αυτοκινήτου έχοντας λάβει το σήμα από τον υπολογιστή, είχε φτάσει για να σταματήσει την κλοπή. Η Θέμις χωρίς δεύτερη σκέψη πάτησε γκάζι και εξαφανίστηκε από μπροστά του, ρίχνοντάς τον κάτω, πάνω στην απέλπιδα προσπάθεια που έκανε να αρπάξει το φευγάτο του αυτοκίνητο. Καθώς χανόταν από τα μάτια του, έριξε στον καθρέφτη της μια τελευταία ματιά για να σιγουρευτεί ότι το θύμα της δεν είχε τραυματισθεί. Ήταν όρθιος με τη γροθιά του υψωμένη και αν και δεν άκουγε τι της φώναζε, ήταν σίγουρη ότι δε θα ήταν κάτι καλό. Φαινόταν όμως αβλαβής.

Βγήκε στη λεωφόρο και άρχισε να τρέχει χωρίς να ξέρει πού έπρεπε να πάει. Οδηγούσε με το ένα χέρι, αφού ο αριστερός της ώμος είχε αχρηστευθεί. Πόναγε παντού και ήξερε πως αργά ή γρήγορα, θα έπρεπε να σταματήσει για να ξεκουραστεί και να φροντίσει τις πληγές της. Όμως πού; Συνέχισε να οδηγάει προσπαθώντας να ηρεμήσει και να συγκεντρώσει τις σκέψεις της. Τότε είδε μια διαφημιστική ταμπέλα, της οποίας η ψηφιακή εικόνα έδειχνε ένα μαγαζί, όπου μοναχικοί κύριοι μπορούσαν να βρουν ευχάριστη συντροφιά. Αυτή η εικόνα της έδωσε μια ιδέα. Ήταν ριψοκίνδυνη και με πολύ αμφίβολα αποτελέσματα. Αλλά έτσι όπως είχαν εξελιχθεί τα πράγματα δεν είχε καλύτερη επιλογή. Θα έπρεπε να κάνει μια συμφωνία με έναν πολύ επικίνδυνο άνθρωπο και να ελπίζει ότι δε θα την εκτελούσε επί τόπου, μόλις παρουσιαζόταν μπροστά του. Ο Δημοφών είχε ολόκληρη αλυσίδα επιχειρήσεων αγοραίου έρωτα και ήταν γνωστό ότι ξέκλεβε και χρόνο για άλλα επικερδή επαγγελματικά στοιχήματα, όπως εμπόριο κυκεώνα και λαθρεμπόριο όπλων. Φυσικά σε αυτές τις δραστηριότητες δε συγκρινόταν με την Έμπουσα και τη Χίμαιρα. Ήταν μικρός παίχτης ακόμα. Ένας απατεωνίσκος που προσπαθούσε να κινείται αθόρυβα, πετυχαίνοντας επικερδείς δουλειές, χωρίς να τρώει μεγάλες μπουκιές από το κέρδος των δύο μεγαθηρίων του υποκόσμου.

Χωρίς να κάνει κάτι που θα τραβούσε την προσοχή τους και θα προκαλούσε τη μήνη τους. Έτσι είχε καταφέρει να επιζήσει. Διατηρώντας όλες τις λεπτές ισορροπίες και αργά αλλά σταθερά, μεγάλωνε την οργάνωσή του. Η Θέμις κατευθύνθηκε προς το μέρος όπου ήξερε ότι ήταν πιο πιθανό να τον βρει. Στη βάση των επιχειρήσεών του, που δεν ήταν κάτι παραπάνω από ένα μέρος παρόμοιο με αυτό της διαφημιστικής πινακίδας. Είχε ξαναβρεθεί σε αυτά τα μέρη παλαιότερα, κόντρα στην κοινή λογική και στις συμβουλές των ανωτέρων της. Πάντα όμως της έκαναν εντύπωση τα έντονα σημάδια σήψης και παρακμής του συγκεκριμένου Τομέα. Οι εκδιδόμενες γυναίκες στα πεζοδρόμια, τα βαποράκια, ακόμα και πτώματα πεταμένα καταμεσής του δρόμου. Άνθρωποι σκοτωμένοι για χίλιους δύο λόγους. Χρέη από κάποια δόση κυκεώνα που δεν εξοφλήθησαν, κάποια πόρνη που δεν έφερε την αναμενόμενη είσπραξη στο αφεντικό της, ξεκαθάρισμα λογαριασμών και πολλά άλλα. Θυμήθηκε μια υπόθεση που είχε αναλάβει κάποτε, όταν μια εκδιδόμενη κοπέλα είχε βρεθεί νεκρή. Ο ένοχος όχι απλώς την είχε σκοτώσει, αλλά φαινόταν να το είχε διασκεδάσει όσο δεν πήγαινε, έχοντας κάνει με ένα ενεργειακό μαχαίρι, μια τομή από το σαγόνι της μέχρι την κοιλιακή χώρα. Και μετά είχε κρεμάσει και το πτώμα σε ένα φανάρι στο δρόμο, για να δουν όλοι το αποτρόπαιο έργο του.

Συνήθως οι αστυνομικοί δε νοιάζονταν τόσο πολύ για τέτοιες περιπτώσεις, αλλά το συγκεκριμένο έγκλημα ήταν τόσο ειδεχθές, που είχαν κινήσει γη και ουρανό για να βρουν το φονιά. Και όταν τον βρήκαν, δεν του έδωσαν την ευκαιρία να παραδοθεί. Η Θέμις είχε φτάσει στην τοποθεσία αφού τον είχαν ήδη εκτελέσει. Τα όργανα που τον είχαν εντοπίσει τη διαβεβαίωσαν, ότι είχε αντισταθεί και ότι δεν είχαν άλλη επιλογή. Αλλά ήξερε ότι ψεύδονταν. Όταν όμως θυμόταν την εικόνα του κρεμασμένου

126

πτώματος, δεν μπορούσε να βρει μέσα της τη δύναμη να τους κατηγορήσει ότι έκαναν λάθος. Πάρκαρε μερικά μέτρα μακριά από το μαγαζί και έσβησε τη μηχανή. Πήρε μερικές βαθιές ανάσες για να αντλήσει κουράγιο για την εφαρμογή του παράτολμου σχεδίου της. Άνοιξε την πόρτα και πατούσε το χτυπημένο πόδι της στο δρόμο, όταν κάποιος την άρπαξε από το μπουφάν. Με το δεξί της χέρι που ακόμα μπορούσε να κουνήσει άρπαξε κατευθείαν το όπλο της, αλλά μόλις είδε ποιον είχε να αντιμετωπίσει τα δάχτυλά της, που ήταν τυλιγμένα γύρω από τη λαβή, χαλάρωσαν αμέσως. Ήταν ένας άντρας με κοστούμι, αλλά φανερά ταλαιπωρημένος. Τα ρούχα του που φαίνονταν ακριβά και κάποτε πρέπει να ήταν πολύ κομψά, ήταν πενταβρώμικα και σε πολλά σημεία σκισμένα. Η μυρωδιά που ανέδιδε μαρτυρούσε ότι ζούσε στους δρόμους για αρκετόν καιρό. Τα μάτια του ήταν πρησμένα, η φωνή του βραχνή και το άγγιγμά του αδύναμο και τρεμουλιαστό.

«Σε παρακαλώ... Έχω χάσει εδώ και καιρό τη δουλειά μου και δεν έχω λεφτά...Μήπως έχεις καθόλου κυκεώνα;» Η Θέμις έμεινε έκπληκτη να τον κοιτάζει και μόλις προσπάθησε να μιλήσει, τα λόγια της διακόπηκαν απότομα από τη βροντερή φωνή ενός μπράβου, που μόλις είχε βγει από ένα από τα κακόφημα καταστήματα της συνοικίας.

«Δε σου είπα να μην ξανάρθεις εδώ; Δε θέλουμε τζαμπαζήδες εδώ πέρα. Δίνε του!» Άρπαξε τον άμοιρο άντρα και τον πέταξε με φόρα μακριά. Προσγειώθηκε σε έναν κάδο με σκουπίδια και έσκισε το κεφάλι του. Χωρίς να έχει συνειδητοποιήσει ότι αιμορραγούσε, σηκώθηκε τρέμοντας και κουτσαίνοντας και απομακρύνθηκε από τον απειλητικό άντρα. Ο αδίστακτος τύπος γύρισε και έριξε ένα αδιάφορο βλέμμα στη Θέμιδα, πριν ξαναμπεί στο κατάστημά του. Η αλήθεια ήταν πως και εκείνη μετά τη μάχη με τους δοσίλογους αστυνομικούς, δεν είχε πολύ καλύτερη εμφάνιση από εκείνη του ανθρώπου που εκλιπαρούσε για ελεημοσύνη, οπότε μάλλον δεν άξιζε και ιδιαίτερη προσοχή. Το να μην τραβάει τα βλέμματα θα τη βόλευε, τουλάχιστον μέχρι τη στιγμή που θα έφτανε στο μαγαζί του Δημοφώντα. Στην πόρτα στεκόταν φρουρός ένας έφηβος, που μάλλον είχε ως αγαπημένη του ασχολία την κοσμητική χειρουργική. Είχε βεβηλώσει το σώμα του με διάφορους πρωτότυπους τρόπους, σε τέτοιο βαθμό που μπροστά του, τα τέρατα της μυθολογίας έμοιαζαν με συμπαθή κατοικίδια.

Από το κεφάλι του ξεφύτρωναν δύο μεταλλικά κέρατα, τα οποία πλαισίωναν τη λωρίδα μαλλιού που ήταν κουρεμένο σε στυλ Μοϊκανού. Η αμάνικη μπλούζα που φορούσε άφηνε αρκετά σημεία του κορμιού του ακάλυπτα, ώστε να φαίνονται τα άπειρα τατουάζ με τα οποία είχε στολίσει το δέρμα του. Οι κυνόδοντές του είχαν επιμηκυνθεί, κάνοντάς τον να μοιάζει με σαρκοβόρο θηρίο και η γλώσσα του ήταν διχαλωτή σαν του φιδιού. Τα νύχια του είχαν αφαιρεθεί και αντικατασταθεί από μια σειρά από μικροσκοπικά πριόνια και τα μάτια του είχαν την κάθετη λεπτή ίριδα της γάτας. Το τελευταίο θα μπορούσε να το πετύχει και με ένα ζευγάρι φακών επαφής, αλλά αν η Θέμις μπορούσε να κρίνει από τις υπόλοιπες παραμορφώσεις, πρέπει να είχαν υποστεί και τα μάτια του κάποια επέμβαση, που θα εξασφάλιζαν ένα μόνιμο αποτέλεσμα. Στεκόταν καμαρωτός στην είσοδο και θαύμαζε τους μύες τους στην αντανάκλαση μιας βιτρίνας. Όταν η Θέμις τον πλησίασε, η διχαλωτή του γλώσσα έκανε ένα πέρασμα πάνω από τα χείλη του, υγραίνοντάς τα. Δεν μπορούσε να καταλάβει αν ήταν μια κίνηση εκφοβισμού ή αν προσπαθούσε να τη γοητεύσει, αλλά σε κάθε περίπτωση το μόνο που κατάφερε ήταν να την αηδιάσει.

«Θέλω να δω τον Δημοφώντα» του ανακοίνωσε. Εκείνος γέλασε σαν να του είχε πει πως ήθελε να δει τον πρωθυπουργό.

«Δεν είναι τόσο εύκολο κούκλα. Θα μου αφήσεις τα στοιχεία σου και θα σε ενημερώσουμε εμείς για το αν και πότε μπορεί να σε δεχθεί».

«Δεν υπάρχει χρόνος για κάτι τέτοιο. Πρέπει να του μιλήσω τώρα αμέσως!» Ο νεαρός ξεφύσηξε και μισόκλεισε τα μάτια του, προσπαθώντας να της δώσει να καταλάβει πως το καλύτερο που είχε να κάνει, ήταν να σηκωθεί να φύγει. Η Θέμις αγνόησε το μήνυμα και συνέχισε να τον κοιτάζει, με την αποφασιστικότητα να φαίνεται έντονη στο βλέμμα της.

«Άκου να δεις τι θα γίνει. Θα πας σπιτάκι σου και θα προσπαθήσεις να γίνεις λίγο πιο ευπαρουσίαστη και αν, όταν ξανάρθεις, μου αρέσεις αρκετά, τότε θα πω στο αφεντικό ότι ήρθες και ίσως να δεχτεί να σε δει. Εντάξει;» Η τελευταία λέξη συνοδεύτηκε από ένα χτύπημα του δείκτη του στο στέρνο της. Δεν ήταν δυνατό και ούτε καν που την κούνησε από τη θέση της. Όμως ήταν αρκετό για να χάσει την υπομονή της. Του άρπαξε το δάχτυλο με το δεξί της χέρι που μπορούσε ακόμα να το σηκώσει και με μια απότομη κίνηση του το έσπασε, γυρίζοντάς το ανάποδα. Ο πορτιέρης ούρλιαξε, μην μπορώντας να πιστέψει ότι κάποιος τολμούσε να αμφισβητήσει την εξουσία του. Το να ελέγχει ποιος έμπαινε και ποιος έβγαινε από το κατάστημα, ήταν το πιο σημαντικό καθήκον που είχε αναλάβει ποτέ, στην κατά τα άλλα αδιάφορη ζωή του. Ήταν κάτι που τον έκανε να νιώθει σημαντικός και ξεχωριστός. Δεν μπορούσε να δείξει αμέλεια στα καθήκοντά του και να αφήσει μια γυναίκα να παραβιάσει έτσι εύκολα τη θέση του. Προσπάθησε να τη χτυπήσει με το άλλο του χέρι, αλλά η Θέμις μπλόκαρε το χτύπημά του και ταυτόχρονα του κλώτσησε το δεξί γόνατο, στηριζόμενη οδυνηρά στο χτυπημένο της πόδι.

Το κόκαλο έσπασε και το μυώδες σώμα βρέθηκε με ένα γδούπο στο οδόστρωμα. Έβγαλε από τη ζώνη του ένα πιστόλι και προσπάθησε να τη σκοτώσει με μια ριπή λέιζερ. Αποδείχτηκε και πάλι πολύ αργός. Το λέιζερ της Θέμιδας εκπυρσοκρότησε πρώτο, πετυχαίνοντας τον καρπό του χεριού του και αποκόβοντας την παλάμη και τα δάχτυλα από το υπόλοιπο άκρο. Ο κερασφόρος πολεμιστής κοίταξε έκπληκτος το κομμένο του χέρι και τα μάτια του γύρισαν ανάποδα, πριν λιποθυμήσει. Η Θέμις δεν ανησυχούσε για το μέλλον του. Αυτός ο ακρωτηριασμός θα του έδινε την ευκαιρία για κάποιο νέο φρικιαστικό προσθετικό μέλος, που θα καθιστούσε την εμφάνισή του ακόμα πιο αποκρουστική. Άνοιξε την πόρτα και προχώρησε στο εσωτερικό, αφήνοντας πίσω το φως της μέρας για να χαθεί στο σκοτεινό χώρο. Καμιά δεκαριά μικρές λάμψεις φώτισαν τη μαυρίλα και μπορούσε να ακούσει το βούισμα από τις μπαταρίες των λέιζερ, που ενεργοποιούσαν το μηχανισμό εκπυρσοκρότησης. Ήταν περικυκλωμένη από δέκα οπλισμένους άντρες που τη σημάδευαν, έχοντας μάλλον πολύ άγριες διαθέσεις. Όμως ακόμα ήταν ζωντανή, οπότε μάλλον ο Δημοφών είχε την περιέργεια να ακούσει τι είχε να του πει.

Το σκοτάδι υποχώρησε καθώς μια κινητή πηγή φωτός προχώρησε προς το μέρος της. Ήταν ο Δημοφών και το φως προερχόταν από τη στολή αθανασίας που φορούσε. Ήταν μια διάφανη στολή που μέσα της έρρεε καθαρή ενέργεια και σύμφωνα με τον ίδιο, είχε αντιγηραντική επίδραση πάνω του. Η στολή σε συνδυασμό με ένα κοκτέιλ από πρωτεΐνες, χημικά και βιταμίνες που είχε ονομάσει αμβροσία, τον καθιστούσαν, σύμφωνα με τα λεγόμενά του, αθάνατο. Ισχυριζόταν ότι ήταν πάνω από εκατό ετών και πως θα ζούσε για πολλούς αιώνες ακόμα. Ίσως και για πάντα. Τα σκευάσματα με τα οποία τρεφόταν και η στολή ήταν εφευρέσεις, τις οποίες διέθετε μόνο ο ίδιος. Τις είχε εξασφαλίσει από έναν επιστήμονα, ο οποίος μετά είχε θανατωθεί, έτσι ώστε ο Δημοφών να είναι ο μόνος ο οποίος διέθετε το μυστικό της αιώνιας ζωής. Οι κακές γλώσσες έλεγαν ότι όλα αυτά ήταν ανοησίες και ότι το μόνο που κατάφερνε ο Δημοφών ήταν να μοιάζει με τεράστιο φωτιστικό. Η αλήθεια ήταν πάντως ότι τον χρειαζόταν και αν δεν τη βοηθούσε εκείνος, δεν μπορούσε να σκεφτεί άλλο μαφιόζο ο οποίος να μην τη σκότωνε πριν καν πει μια κουβέντα.

«Έρχεσαι στην έδρα των επιχειρήσεών μου τραυματισμένη και χωρίς συνοδεία και επιτίθεσαι σε έναν από τους εργαζόμενούς μου.

Μήπως η θλίψη για την αποπομπή σου από την αστυνομία σε τρέλανε τελείως και αποφάσισες να δώσεις ένα εντυπωσιακό τέλος στη ζωή σου;»

«Βλέπω έχεις ακούσει τα νέα».

«Η συμπεριφορά σου τις τελευταίες μέρες ήταν τουλάχιστον εκρηκτική. Λένε ότι όπου έχεις βρεθεί τελευταία, έχουν μείνει μόνο συντρίμμια και πτώματα. Αυτή τη μοίρα ετοιμάζεις και για εδώ;»

«Η αλήθεια είναι ότι όλη αυτήν την καταστροφή δεν την κατάφερα μόνη μου και όχι, δεν έρχομαι εδώ με τέτοιες διαθέσεις. Έρχομαι κρατώντας κλάδο ελαίας και κάτι άλλο πολύ πιο επικερδές». Δεν μπορούσε να διακρίνει την έκφραση του προσώπου του λόγω της στολής, αλλά το κεφάλι του πήρε μια ελαφρά κλίση που της έδινε την ένδειξη ότι το σκεφτόταν.

«Πολύ καλά. Πίσω από αυτό το φωτεινό περίβλημα βρίσκεται ένας πραγματικός επιχειρηματίας. Δεν μπορώ να πω όχι σε μια πρόταση που ίσως μου προσφέρει κέρδος». Έτεινε το χέρι του και της έδειξε που να προχωρήσει. Έκατσαν σε έναν άνετο δερμάτινο καναπέ, μπροστά από ένα τραπέζι από σύνθετικό ξύλο. Με ένα χτύπημα των δαχτύλων του Δημοφώντα ο φωτισμός έγινε πιο έντονος, αποδιώχνοντας το σκοτάδι που είχε επιλέξει προηγουμένως ο μαφιόζος, νομίζοντας ότι δέχεται επίθεση. Δύο κοπέλες με αποκαλυπτική αμφίεση εμφανίστηκαν με ποτά για τους δύο συνομιλητές. Η Θέμις ήπιε μονορούφι το δικό της και το τίναγμα του αλκοόλ της έδωσε ώθηση για να συνεχίσει.

«Θέλω βοήθεια για να διαλευκάνω ένα μυστήριο. Ξεκίνησε σαν υπόθεση φόνου, αλλά πλέον έχει ξεφύγει και έχει μετατραπεί σε κάτι πολύ μεγαλύτερο. Υποθέτουμε ότι δύο πρώην εργαζόμενοι της Έμπουσας, ο Μαχάων και ο Προμηθέας, συνωμότησαν για να ξεφύγουν από τα νύχια της εταιρείας και να πουλήσουν ακριβά μια εφεύρεση του Μαχάονα, που θα έδινε στην Έμπουσα το πάνω χέρι στον πόλεμο του υποκόσμου. Λένε ότι είναι ένα όπλο τόσο ισχυρό που θα εξαφάνιζε και τη Χίμαιρα αλλά και τις μικρότερες οργανώσεις από το παιχνίδι, δια παντός. Δυστυχώς δεν ξέρουμε λεπτομέρειες, αλλά μάλλον πρόκειται για βιολογικό όπλο. Άλλωστε αυτή ήταν η ειδικότητα του Μαχάονα και στο παρελθόν, όταν εργαζόταν για το στρατό. Κάτι στράβωσε όμως στη συμφωνία και ο Προμηθέας σκότωσε τον Μαχάονα και κράτησε τα αποτελέσματα των ερευνών για τον εαυτό του. Κατάφερε να διαφύγει και από τη μαφία και από την αστυνομία με τη βοήθεια ενός ρομπότ, του Άργου Πανόπτη. Θέλω να με βοηθήσεις να τον βρω».

«Είσαι σίγουρη ότι αυτός ο Προμηθέας είναι ο δολοφόνος;»

«Έχω αδιάσειστα στοιχεία για την ενοχή του. Όμως είμαι ολομόναχη. Ο Αρχηγός της Αστυνομίας μου αφαίρεσε το σήμα μου και αυτή τη στιγμή αν δεν είχα καταφέρει να δραπετεύσω, θα ήμουν στη φυλακή ή νεκρή από το χέρι κάποιου πουλημένου αστυνομικού. Χρειάζομαι όπλα και μια ομάδα να με βοηθήσει στις έρευνές μου. Όπου και αν πάω πέφτω επάνω σε μαφιόζους οπλισμένους μέχρι τα δόντια και πολλές φορές δεν μπορώ να ανταπεξέλθω».

«Αυτό δυσκολεύομαι να το πιστέψω» είπε ειρωνικά ο Δημοφών, κοιτάζοντας προς την πόρτα, όπου οι μπράβοι του προσπαθούσαν να συνεφέρουν το λιπόθυμο πορτιέρη.

«Δεν είναι παίξε-γέλασε αυτή η ιστορία. Η Χίμαιρα και η Έμπουσα έχουν ρίξει όλο τους το οπλοστάσιο στην υπόθεση. Για αυτό χρειάζομαι τη βοήθειά σου. Στρατιώτες και όπλα. Την έρευνα την αναλαμβάνω εγώ, αλλά χρειάζομαι προστασία».

«Και όλα αυτά τα κάνεις για να πιάσεις ένα δολοφόνο;»

«Αν αυτό το όπλο πέσει στα χέρια της Χίμαιρας ή της Έμπουσας, τότε χαθήκαμε όλοι. Οποιαδήποτε από τις δύο θα ρίξει το προσωπείο της νομιμοφροσύνης και θα ξεκινήσει πόλεμο για εξουσία σε όλη τη χώρα. Ήδη η αστυνομία χάνει τη μάχη καθημερινά. Φαντάσου μια παράνομη οργάνωση που θα έχει

132

κυριαρχήσει πλήρως στον υπόκοσμο και θα μπορεί να στρέψει όλη της τη ρώμη στην έννομη τάξη. Θα χαθούν τα πάντα. Και όσο θα πολεμούν οι δύο γίγαντες, εσύ και τα υπόλοιπα μυρμήγκια θα είστε οι παράπλευρες απώλειες».

«Δε μου τα λες όλα. Λογικό να θες να σταματήσεις μια ενδεχόμενη καταστροφή, αλλά η φωτιά που καίει στο βλέμμα σου μου λέει ότι υπάρχει και κάτι άλλο βαθύτερα. Κάτι πιο προσωπικό». Η Θέμις δίστασε για λίγο αλλά ήταν αποφασισμένη να σφραγίσει αυτή τη συμμαχία, όποιο και αν ήταν το κόστος.

«Είναι ένας άντρας που δουλεύει για τη Χίμαιρα και είναι μπλεγμένος σε αυτήν την υπόθεση. Είναι ένα από τα εμπόδια που πρέπει να προσπελάσω για να φτάσω στον Προμηθέα. Για αυτό το λόγο αλλά και για κάτι άλλο πιο προσωπικό, τον θέλω νεκρό».

«Τώρα το θέμα έχει αρχίσει να αποκτά ενδιαφέρον. Δίνει στην όλη υπόθεση μια δραματικότητα που με ιντριγκάρει. Ποιος είναι αυτός ο άντρας και τι σου έχει κάνει; Μήπως σε πλήγωσε συναισθηματικά; Δεν υπάρχει άλλωστε κάτι πιο φοβερό από γυναίκα πληγωμένη». Η Θέμις έτριξε τα δόντια της, αλλά δεν ξεστόμισε αυτό που σκεφτόταν στον Δημοφώντα. Έπαιζε μαζί της και θα την έκανε να βασανιστεί μέχρι να συμφωνήσει να τη βοηθήσει. Ήταν κάτι που περίμενε, αλλά αυτό δεν έκανε την κατάσταση πιο εύκολη.

«Είναι ένας μπράβος με ένα χέρι βιονικό, χειρίζεται επιδέξια ένα κατάνα και συνήθως φοράει καμπαρντίνα και καπέλο σα να έχει ξεπηδήσει από παλιά αστυνομική ταινία. Επίσης οδηγάει μια αντίκα. Έχει αρκετά χαρακτηριστική εμφάνιση, πρέπει να τον ξέρεις. Τον λένε Μέμνονα».

«Βεβαίως. Λίγοι άνθρωποι στη δουλειά μας δεν είχαν τη χαρά να βρεθούν από την άλλη άκρη αυτού του καταραμένου σπαθιού. Είναι ο φόβος και ο τρόμος στα παράνομα στέκια. Του αρέσει να δουλεύει μόνος και τα καταφέρνει μια χαρά, εκεί που άλλοι αποτυγχάνουν κατά ομάδες. Φοβάμαι ότι διάλεξες πολύ επικίνδυνο αντίπαλο για τον άθλο σου. Όσο και αν σέβομαι τις ικανότητές σου, δεν αρκούν για να νικήσουν τον Μέμνονα. Ο κατάλογος με τα εγκλήματα που έχει διαπράξει είναι ατελείωτος. Ποιο από όλα έχει προκαλέσει τη μήνη μιας αδέκαστης αστυνομικού, ωθώντας την να στραφεί εναντίον των ίδιων της των συναδέλφων;»

«Σκότωσε κάποιον πολύ σημαντικό για μένα». Με αυτά τα λόγια ο Δημοφών άλλαξε θέση σαν το ενδιαφέρον του να είχε κεντρισθεί ακόμα περισσότερο. Μην μπορώντας να δει το πρόσωπό του, οι μοναδικές ενδείξεις που είχε για το τι σκεφτόταν, ήταν η γλώσσα του σώματος.

«Εσύ λοιπόν από αυτήν την υπόθεση βγάζεις τη σωτηρία της χώρας και το κεφάλι του Μέμνονα επί πίνακι. Ο φτωχός Δημοφών πέρα από τη χαρά του να βοηθάει μια κυρία σε κίνδυνο, τι άλλο θα κερδίσει για τον κόπο του;»

«Ο νικητής από τον πόλεμο των εταιρειών θα σε καταπιεί. Αν πετύχω θα ζήσεις και θα συνεχίσεις τις επιχειρήσεις σου κανονικά. Αυτό δεν είναι αρκετό;»

«Φοβάμαι πως όχι. Έχω περάσει αρκετές φουρτούνες στη ζωή μου και πάντοτε καταφέρνω και επιπλέω, ανάμεσα στα συντρίμμια των υπολοίπων. Κατάλαβέ με λοιπόν αν δε συμμερίζομαι τους φόβους σου, για το τραγικό αυτό τέλος που περιγράφεις».

«Αν με βοηθήσεις, το όπλο του Μαχάονα θα γίνει δικό σου. Αυτό θα σημαίνει πλήρη κυριαρχία στον υπόκοσμο, αποκλειστικό εμπόριο κυκεώνα, ένα φανταχτερό κτίριο σε κάποιον κεντρικό Τομέα στο σχήμα κάποιου μυθικού τέρατος. Κάτι με αρκετά μυτερά νύχια και δόντια για να τρομάζει τους περαστικούς. Σίγουρα πιο εντυπωσιακό από ένα στριπτιτζάδικο. Εκατοντάδες άτομα υπό τις διαταγές σου. Σου προσφέρω με άλλα λόγια εξουσία. Τι άλλο θα μπορούσες να ζητήσεις;» Ήταν το τελευταίο της χαρτί. Ήξερε από την αρχή ότι δε θα μπορούσε ποτέ να τον δελεάσει με μια τρελή ιστορία για καθολική κυριαρχία της Έμπουσας ή της

Χίμαιρας, όσο και αν η ίδια πίστευε ότι ήταν πολύ πιθανό να επαληθευτούν τα λεγόμενά της. Έπρεπε το γέρας να είναι πολύ πιο δελεαστικό και προσφέροντας κάτι τόσο σημαντικό, ήξερε πως έθετε όλα όσα προσπαθούσε να σώσει σε κίνδυνο. Αργά ή γρήγορα θα έπρεπε να αντιμετωπίσει μέχρι θανάτου ακόμα και τον ίδιο τον υποψήφιο σύμμαχό της, γιατί δεν είχε σκοπό να του παραδώσει πότε το όπλο. Το πιο ανησυχητικό ήταν ότι ο Δημοφών διέβλεπε το ψέμα της και εκείνη τη στιγμή που ήταν έτοιμοι να δώσουν τα χέρια για να συνάψουν αυτή τη λυκοφιλία, ήξεραν και οι δύο ότι στο τέλος θα αλληλοπροδίδονταν. Η Θέμις όμως βρισκόταν με την πλάτη στον τοίχο και έτσι αναγκαζόταν να κάνει αυτό που οι χριστιανοί ονόμαζαν συμφωνία με το διάβολο.

«Θα δώσεις σε κάποιον σαν εμένα, με ιστορικό στην αμαρτία αρκετά πλούσιο πολύ φοβάμαι, πρόσβαση σε τόση δύναμη; Δε φοβάσαι τις συνέπειες;»

«Καλύτερα εσύ παρά ο Σκίρωνας ή ο Πολυπήμονας. Σε ό,τι κάνεις εσύ έχεις γνώμονα το κέρδος και αυτό είναι κάτι που μπορώ να το καταλάβω και να το αντιμετωπίσω. Οι άλλοι δύο όμως είναι μεγαλομανείς και παρανοϊκοί. Αν πάρουν το όπλο στα χέρια τους, δεν μπορώ ούτε να φανταστώ τη ζημιά που θα προκαλέσουν».

«Δεν ξέρω αν πρέπει να κολακευτώ ή να προσβληθώ από το γεγονός ότι με θεωρείς μικρότερο κίνδυνο από αυτούς τους δύο».

«Δεν υπαινίσσομαι τίποτα για τις δυνάμεις σου, αλλιώς δε θα ερχόμουν ποτέ σε εσένα για βοήθεια. Χρειάζομαι όμως κάποιον με τον οποίο να μπορώ να συνεννοηθώ και που έχει να κερδίσει κάτι από τη συνεργασία μαζί μου. Αυτός πιστεύω είσαι εσύ. Κάνω λάθος;» Ο Δημοφών έμεινε σιωπηλός εξετάζοντας προσεκτικά κάθε πτυχή της συμφωνίας. Το ρίσκο ήταν και για τον ίδιο πολύ μεγάλο. Θα κονταριζόταν με τις δύο κυρίαρχες δυνάμεις του εγκλήματος, κάτι που θα μπορούσε να οδηγήσει σε ολοκληρωτική καταστροφή, ενώ αναλογιζόταν και τις συνέπειες της ρετσινιάς του να συνεργάζεται ένας εκπρόσωπος του υποκόσμου με μια αστυνομικό. Χρηματισμός αστυνομικών γινόταν συνέχεια, αλλά αυτό ήταν κάτι διαφορετικό. Στην περίπτωση της Θέμιδας, θα όπλιζε το χέρι μιας αστυνομικού εναντίον των υποτιθέμενων συναδέλφων του. Οι σχέσεις ανάμεσα στις εταιρείες δεν ήταν ποτέ φιλικές, αλλά υπήρχε ένας άγραφος νόμος που απαγόρευε την εμπλοκή της αστυνομίας στις εσωτερικές τους υποθέσεις. Η Θέμις όμως δεν ήταν πια ενεργό μέλος της αστυνομίας και η Χίμαιρα και η Έμπουσα ήταν δύο ανελέητες οργανώσεις, που από τη στιγμή που είχαν εμφανισθεί, δεν είχαν διστάσει να χρησιμοποιήσουν κάθε μέσο, για να εδραιώσουν και επεκτείνουν την κυριαρχία τους.

Το πιο σημαντικό στοιχείο όμως ήταν το κέρδος που θα απέφερε αυτή η συμφωνία. Ο Δημοφών δεν το αποκάλυψε στη Θέμιδα, αλλά είχε ακούσει και εκείνος τις φήμες που κυκλοφορούσαν, για το βιολογικό όπλο που έφτιαχνε ο Μαχάων για λογαριασμό της Έμπουσας. Κανείς δεν ήξερε τις λεπτομέρειες, αλλά ο καθένας προσέθετε και ένα δικό του στοιχείο στην ιστορία, με αποτέλεσμα να έχει δημιουργηθεί ολόκληρος μύθος γύρω από το μεγάλο μυστικό. Η σιωπή παρατεινόταν προκαλώντας το ίδιο και στην αγωνία της Θέμιδας. Είχε αρχίσει να αναρωτιέται πώς θα έβγαινε ζωντανή από εκείνο το μέρος, σε περίπτωση που ο Δημοφών απέρριπτε την προσφορά της. Της είχαν πάρει το πιστόλι της και ήταν πολύ κλειστός ο χώρος για να ελπίζει σε κάποιον ελιγμό διαφυγής. Επίσης όσο περνούσε η ώρα ένιωθε τον αριστερό της ώμο και το πόδι της να πονάνε όλο και περισσότερο, ενώ οι δυνάμεις της αργά αλλά σταθερά έρεαν μακριά από το κορμί της, αφήνοντάς την ένα άδειο ραγισμένο κέλυφος. Ίσως η εμφάνισή της να ήταν τόσο αξιοθρήνητη ώστε στο τέλος να τη λυπόταν και απλά να την πέταγε έξω. Και μετά τι; Δεν είχε ιδέα. Θα μπορούσε να πάει σε κάποια φίλη της να μείνει για λίγο. Αλλά μπορεί έτσι να την έθετε σε κίνδυνο. Κανένας αθώος δεν έπρεπε να πληρώσει για τα δικά της λάθη. Οπότε μάλλον θα έμενε στο δρόμο μαζί με τους άστεγους, που είχαν χάσει τα σπίτια τους από τα χρέη λόγω του κυκεώνα. Σε τι υπέροχο κόσμο ζούσε...Ήρθε όμως η απάντηση του Δημοφώντα για να διαλύσει το σύννεφο ανησυχίας που την είχε καλύψει.

«Εντάξει, θα σε βοηθήσω. Όμως πρέπει να ξέρεις κάτι. Αν εξαιτίας σου η οργάνωσή μου καταστραφεί, τότε θα υποστείς εσύ τις συνέπειες. Αν χάσω τα πάντα, εσύ θα χάσεις τη ζωή σου. Κατανοητό;»

«Αν χάσω και το όπλο γίνει δικό τους, τότε μάλλον είμαστε όλοι μας χαμένοι έτσι και αλλιώς».

κεφαλλιο 8

Η τοξική βροχή μαστίγωνε τη βιτρίνα της καφετέριας, μεταφέροντας στο έδαφος της πόλης τη σαπίλα της ατμοσφαιρικής ρύπανσης. Οι δρόμοι χρειάζονταν συνεχή συντήρηση από τη διάβρωση του μολυσμένου νερού και ο μέσος κάτοικος της πόλης είχε την εντύπωση, ότι οι εργάτες των διαφόρων Τομέων διεξήγαγαν έναν αέναο αγώνα με τη φθορά, που δεν έβγαζε ποτέ νικητή. Τα εργαλεία και τα οχήματά τους προσέθεταν και αυτά το δικό τους λιθαράκι, στο γενικότερο κονσέρτο κακοφωνίας που χαρακτήριζε το τιτάνιο αστικό σύμπλεγμα και έκανε τα παυσίπονα για τον πονοκέφαλο πρώτα σε πωλήσεις. Ο Μέμνων προσπαθούσε να απομονώσει όλους αυτούς τους ήχους, με κυριότερο και ενοχλητικότερο το ρυθμικό χτύπημα των δαχτύλων του Κόβαλου στο τραπέζι, βυθίζοντας το μυαλό του σε ένα άρθρο που διάβαζε στη Φορητή Μονάδα Διασύνδεσής του. Αφορούσε την ιστορία του χρήματος και πώς κάποτε οι άνθρωποι χρησιμοποιούσαν νομίσματα και χαρτονομίσματα, πριν το ηλεκτρονικό χρήμα και οι διαδικτυακές συναλλαγές γίνουν ο κανόνας. Ο αρθρογράφος έκανε μια αναφορά και στην αντικατάσταση του εθνικού νομίσματος από ένα ξενόφερτο πριν από αιώνες. Το πείραμα είχε αποτύχει οικτρά με αποτέλεσμα την οδυνηρή επιστροφή στο εθνικό νόμισμα.

Όταν τέλειωσε το άρθρο άφησε τη συσκευή στο τραπέζι και έριξε μια ματιά γύρω του. Η καφετέρια που είχαν επιλέξει με τον Κόβαλο ήταν κάτω του μετρίου. Σε μια εποχή που όλα τα τρόφιμα ήταν συνθετικά και οι γεύσεις δημιουργούνταν με πρόσθετα από τα εργαστήρια, η συγκεκριμένη καφετέρια είχε καταφέρει να σερβίρει ξινό καφέ και άνοστα σωληνάρια διατροφής. Οι θαμώνες δεν ήταν καλύτεροι. Άλλα τρία άτομα είχαν επισκεφθεί το κατάστημα εκείνη την ημέρα. Ένας ρακένδυτος με φανερή άγνοια των κανόνων υγιεινής, ένας μεθυσμένος ο οποίος είχε λιποθυμήσει επάνω στο τραπέζι του και μια ξεπεσμένη πόρνη που αναπολούσε τον καιρό της νιότης της. Παρά όμως τη θλιβερή της κατάσταση, η καφετέρια είχε ένα πολύ σημαντικό πλεονέκτημα. Τους προσέφερε πολύ καλή θέα του σπιτιού του Αστυγίτη. Του τελευταίου δικτυοσκώληκα στη λίστα που τους είχε δώσει ο Σκίρωνας. Είχαν περάσει τις τελευταίες μέρες αρκετά δραστήρια, σπάζοντας πόρτες και κεφάλια δικτυοσκωλήκων, απαιτώντας να μάθουν ποιος από αυτούς είχε βοηθήσει τον Προμηθέα, να παραβιάσει το σύστημα ασφαλείας της Έμπουσας.

Οι έρευνές τους και τα πειστικά τους επιχειρήματα, που περιλάμβαναν απειλές και βία, δεν είχαν αποδώσει τα αναμενόμενα και πλέον όλες τους οι ελπίδες στρέφονταν στον Αστυγίτη. Αν δεν κατάφερναν να μάθουν τίποτα και από εκείνον, ο Μέμνων υπέθετε ότι θα έπρεπε να επεκτείνουν την έρευνα και σε άτομα που δεν αναφέρονταν στη λίστα του Σκίρωνα. Μπορεί για μια φορά ο παντογνώστης αρχιμαφιόζος να έκανε λάθος και να υπήρχε και κάποιος άλλος ικανός για αυτό το κατόρθωμα. Άλλωστε ήταν βέβαιος ότι κανείς από τους υπόλοιπους δικτυοσκώληκες δεν είχε κρύψει κάποιο στοιχείο. Ο τρόμος που είχαν καταφέρει να φυτέψουν στις καρδιές τους εκείνος και ο Κόβαλος, δεν τους άφηνε περιθώρια να μη μαρτυρήσουν τα πάντα. Και είχαν αποδειχθεί ομιλητικότατοι. Είχαν παραδεχθεί όλα τους τα εγκλήματα, ξεκινώντας πολλές φορές από την παιδική τους ηλικία. Τίποτα όμως από όσα ξεχείλιζαν από το στόμα τους, καθώς ο Κόβαλος τους κρατούσε από τους αστραγάλους στην άκρη του μπαλκονιού, απειλώντας να χαλαρώσει τη λαβή του, δεν αφορούσε το αντικείμενο της έρευνας του Μέμνονα. Αυτός ο τελευταίος όμως, φαινόταν αρκετά δυνατός υποψήφιος. Το ιστορικό του μαρτυρούσε άτομο με εξαιρετικές ικανότητες στον τομέα του, κάνοντάς τον να ξεχωρίζει από τη λίστα των επίλεκτων του Σκίρωνα.

Ο Αστυγίτης είχε καταφέρει να ξεκληρίσει ολομόναχος μια ολόκληρη συμμορία. Ο αρχηγός της παράνομης ομάδας έκανε το λάθος να κακοποιήσει σεξουαλικά την αδελφή του. Η κοπέλα δεν κατάφερε ποτέ να ξεπεράσει το σοκ και τα ψυχολογικά της προβλήματα την οδήγησαν τελικά στην αυτοκτονία. Ο Αστυγίτης αφού θρήνησε για τον άδικο χαμό της αδελφής του και βλέποντας την αστυνομία να μην προχωράει σε κάποια ουσιαστική ενέργεια λόγω έλλειψης αποδείξεων, αποφάσισε να αναλάβει το ζήτημα ο ίδιος. Παραβιάζοντας απομακρυσμένα τον υπολογιστή του συμμορίτη, αντέγραψε αρχεία τα οποία έκαιγαν τον εγκληματία, αφού αποδείκνυαν τη συμμετοχή του σε σωρεία αδικημάτων. Για να είναι μάλιστα σίγουρος ο Αστυγίτης είχε προσθέσει με αρκετά πειστικό τρόπο και μερικά παραποιημένα στοιχεία, που καταδείκνυαν εγκλήματα για τα οποία δεν ευθυνόταν ο βιαστής της αδελφής του. Όλα αυτά τα αποδεικτικά στοιχεία εστάλησαν στην αστυνομία και σε κάποιες άλλες συμμορίες, οι οποίες είχαν ζημιωθεί από τη δραστηριότητα του συγκεκριμένου ατόμου. Το διπλό χτύπημα αστυνομίας και μαφίας είχε ως αποτέλεσμα ο αρχηγός, αλλά και η υπόλοιπη συμμορία, να χάσουν τις ζωές τους σε μια αιματηρή συμπλοκή, περικυκλωμένοι από υπέρτερες δυνάμεις. Μετά από ένα τέτοιο επίτευγμα, ο Μέμνων μπορούσε να είναι σίγουρος ότι αυτός ο τύπος δεν ήταν τυχαίος.

Η ανασκόπηση του βιογραφικού του Αστυγίτη στο μυαλό του Μέμνονα διακόπηκε από το σκούντημα από τον αγκώνα του Κόβαλου.

«Ήρθε» είπε ο συνάδελφός του και σηκώθηκε με ανυπομονησία και εκνευρισμό, λόγω της παρατεταμένης αναμονής. Ο Μέμνων βιάστηκε να τον ακολουθήσει, γνωρίζοντας τις συνέπειες του να αφήνει τον Κόβαλο ανεξέλεγκτο. Δε θα προλάβαινε ποτέ να ρωτήσει το δικτυοσκώληκα όσα ήθελε, αν τον έφτανε πρώτος ο Κόβαλος και εφήρμοζε τις δικές του, συχνά θανατηφόρες, μεθόδους ανάκρισης. Ο Αστυγίτης φορούσε ένα φθαρμένο αδιάβροχο με την κουκούλα σηκωμένη για να προστατεύεται από τη βροχή. Προχωρούσε σκυμμένος σέρνοντας τα πόδια του, με βήματα που θύμιζαν άτομο πολύ πιο ηλικιωμένο από τον 35άρη δικτυοσκώληκα. Μέσα από την κουκούλα διακρίνονταν δύο σκούροι φακοί από γυαλιά ηλίου, τα οποία εκτός από άχρηστα λόγω της συννεφιάς, ήταν και υπερβολικά μεγάλα για το στρογγυλό αλλά μικρό πρόσωπο του Αστυγίτη. Ένα από τα κορδόνια του είχε λυθεί και σερνόταν στο δρόμο μουσκεμένο από τη βροχή, αλλά αυτό ήταν κάτι που δε φαινόταν να τον νοιάζει. Όλη του η παρουσία εξέπεμπε μια αίσθηση παραίτησης και αδιαφορίας. Αυτός ήταν και ο λόγος για τον οποίον είχαν καταφέρει να τον αναγνωρίσουν τόσο εύκολα, παρά την κουκούλα του αδιάβροχου. Η έκφραση που είχε στην ψηφιακή φωτογραφία κέρδιζε άνετα διαγωνισμό κακομοιριάς.

Καθώς διέσχιζαν βιαστικά το δρόμο πριν ο Αστυγίτης κλείσει την πόρτα πίσω του, ο Μέμνων μπορούσε να ακούσει το ρουθούνισμα του Κόβαλου που πρόδιδε την αδημονία του να πιάσει στα χέρια του το νέο αυτό θύμα. Ένα από τα πιο κουραστικά καθήκοντα του Μέμνονα, ήταν να πείθει τον Κόβαλο να μην εκτελεί τους δικτυοσκώληκες μετά την ανάκριση. Ο Μέμνων δεν ήταν φιλάνθρωπος, αλλά θεωρούσε το θάνατό τους μια αχρείαστη απώλεια ανθρώπινου δυναμικού. Οι δικτυοσκώληκες άλλωστε ήταν πάντα χρήσιμοι στις εταιρείες. Πρόλαβαν την πόρτα και μπήκαν στο κτίριο. Αμέσως τους κατέκλεισε η μυρωδιά της κλεισούρας, του ιδρώτα και των ανθρώπινων ακαθαρσιών. Υπήρχαν παντού σκουπίδια και άνθρωποι που δεν είχαν αρκετά χρήματα για να νοικιάσουν ένα δωμάτιο, οπότε ξάπλωναν όπου έβρισκαν στο διάδρομο. Είδαν τον Αστυγίτη να περνάει αδιάφορα πάνω από τα ξαπλωμένα σώματα και τον μιμήθηκαν, ακούγοντας πού και πού και καμιά διαμαρτυρία από κάποιον που τύχαινε να σκουντήξουν. Δίπλα στους ενοίκους του διαδρόμου διέκρινε πολλές φορές άδεια δοχεία κυκεώνα. Το μέσο του δικού του πλουτισμού και ταυτόχρονα της δυστυχίας εκατομμυρίων.

«Είναι ένας από τους καλύτερους δικτυοσκώληκες της χώρας και δεν έχει λεφτά να μείνει σε ένα μέρος καλύτερο από τούτο το αχούρι;» είπε ο Κόβαλος ενοχλημένος.

«Μπορεί να τα σπαταλάει όλα στον κυκεώνα οπότε είναι ηλίθιος ή το κάνει για κάλυψη, για να μη δίνει στόχο, οπότε είναι πιο έξυπνος από πολλούς εργαζόμενους στη μαφία». Στο μυαλό του Μέμνονα ήρθαν αμέσως διάφορες περιπτώσεις μαφιόζων, που μεθυσμένοι από το εύκολο χρήμα και την καλή ζωή, είχαν καταστήσει τους εαυτούς τους εύκολους και ευδιάκριτους στόχους και είχαν πληρώσει με τη ζωή τους. Ο Αστυγίτης έφτασε μπροστά από το διαμέρισμά του. Ακούμπησε τον αντίχειρά του επάνω στην επιφάνεια του ανιχνευτή και ο ηλεκτρονικός εγκέφαλος, αναγνωρίζοντας τον ένοικο, έδωσε την εντολή να ανοίξει η πόρτα. Οι δύο μαφιόζοι τάχυναν το βήμα και την ώρα που η πόρτα έκλεινε, ο Μέμνων τοποθέτησε το βιονικό του χέρι στο άνοιγμα, εμποδίζοντας το κλείσιμο. Σε αντίθεση με την πόρτα της πολυκατοικίας που ήταν συνηθισμένη, η πόρτα στο διαμέρισμα του Αστυγίτη ήταν κατασκευασμένη από ενισχυμένο ατσάλι και λειτουργούσε ανάλογα με τις εντολές του ηλεκτρονικού εγκεφάλου. Ο τελευταίος, καταλαβαίνοντας ότι υπάρχει εισβολέας, έδωσε εντολή η πόρτα να ενισχύσει τη δύναμή της και να τσακίσει το εμπόδιο, ώστε να ολοκληρώσει το κλείσιμό της. Έτσι ο Μέμνων εγκλωβίστηκε σε μια αναπάντεχη μάχη με την πόρτα, φρακάροντας ταυτόχρονα την είσοδο και για τον Κόβαλο. Με μια βιαστική ματιά ο Μέμνων μπόρεσε να διαπιστώσει ότι το εσωτερικό του διαμερίσματος του Αστυγίτη, δεν είχε καμία σχέση με το υπόλοιπο κτίριο.

Η ταπεινή πρόσοψη έκρυβε ένα εσωτερικό χώρο πλούσιο σε μηχανήματα προηγμένης τεχνολογίας που μπορούσαν να εξασφαλίσουν στον έμπειρο χρήστη, πλήρη αυτονομία και ό,τι άλλο επιθυμούσε. Όπως για παράδειγμα μια ατσάλινη πόρτα ασφαλείας, η οποία μπορούσε να κόψει στα δύο έναν ενοχλητικό μαφιόζο. Ο Αστυγίτης δεν έμεινε για να απολαύσει το θέαμα. Φοβούμενος ίσως πως ο Μέμνων θα ξεπεράσει το εμπόδιο της εισόδου, άνοιξε μια καταπακτή και καταδύθηκε σε άγνωστα βάθη, όπου ο Μέμνων ήταν σίγουρος ότι θα είχε και άλλα μηχανήματα για να τους ταλαιπωρήσει. Ο Κόβαλος χοροπήδαγε και έβριζε στο διάδρομο με την υστερία του να ξεφεύγει από τα συνηθισμένα επίπεδα και φυσικά χωρίς να προσφέρει κάποια βοήθεια για την επίλυση του ζητήματος. Ο Μέμνων συνέχισε να αντιστέκεται με το βιονικό του χέρι, αλλά ένιωθε το σύνδεσμο στον ώμο του, όπου του είχαν κολλήσει το βιονικό χέρι πριν από χρόνια, να διαμαρτύρεται έντονα λόγω του αβάσταχτου πόνου. Έπιασε με το δεξί του σάρκινο χέρι το κατάνα και κάρφωσε το κούφωμα της πόρτας πάνω από το κεφάλι του. Υπολόγιζε πως κάπου εκεί θα έπρεπε να βρισκόταν ο μηχανισμός.

Το πρώτο τρύπημα δεν απέφερε αποτελέσματα, όπως ούτε το δεύτερο μερικά εκατοστά πιο δίπλα. Η τρίτη προσπάθεια όμως ήταν και η φαρμακερή, καθώς ο Μέμνων ένιωσε το σπαθί του να σκαλώνει σε κάτι και να το ξεσκίζει με τη θανατηφόρα αποτελεσματικότητα της γιαπωνέζικης λεπίδας. Ακούστηκε το μουγκρητό από τα στραβωμένα έμβολα και το τσίριγμα των γραναζιών που τρίβονταν και καταστρέφονταν μεταξύ τους. Το ατσάλινο βάρος υποχώρησε και το βιονικό χέρι σπρώχνοντας, έδωσε αρκετό χώρο στον Μέμνονα για να περάσει, ακολουθούμενος από τον Κόβαλο. Όταν κατάφεραν να μπουν μέσα στο διαμέρισμα, ο Μέμνων σκεφτόταν σοβαρά το ενδεχόμενο, να μιμηθεί τον Κόβαλο στον τρόπο ανάκρισης. Ήθελε να βγάλει τα γυαλιά ηλίου από τον καταραμένο δικτυοσκώληκα και να τα του χώσει κάπου όπου δε θα ξαναέβλεπαν ποτέ ήλιο. Κινήθηκε προς την κλειστή καταπακτή και ενεργοποίησε το λέιζερ του βραχίονά του. Πυροβόλησε αλλά το μέταλλο απλά μαύρισε λίγο στο σημείο όπου είχε χτυπήσει η ακτίνα, χωρίς να προκαλέσει κάποια σημαντική ζημιά. Το κατάνα αποδείχθηκε άχρηστο, όπως άλλωστε και οι έλικες του Κόβαλου. Αφού ο Αστυγίτης εξασφάλισε την άμυνά του, αποφάσισε να περάσει στην αντεπίθεση. Δέκα μεταλλικοί βραχίονες πετάχτηκαν από τους τοίχους, άλλοι εφοδιασμένοι με μυτερές δαγκάνες και άλλοι με λέιζερ. Επιτέθηκαν στους δύο εισβολείς και σύντομα το διαμέρισμα μετατράπηκε σε πεδίο μάχης, με την καταστροφή να κυριαρχεί παντού.

Μέσα σε δευτερόλεπτα είχε δημιουργηθεί πανδαιμόνιο, με τους τοίχους να ξερνάνε ασταμάτητα μια πλειάδα όπλων, ενώ οι έλικες του Κόβαλου και το λέιζερ μαζί με το κατάνα του Μέμνονα, έκοβαν τους θανατηφόρους μεταλλικούς βραχίονες τον έναν μετά τον άλλον. Μέσα στη μανία της μάχης ο Μέμνων είχε ήδη χάσει το καπέλο του και αρκετά κομμάτια ύφασμα από την καμπαρντίνα του. Η λογική έλεγε ότι έπρεπε να υποχωρήσουν, αλλά δεν μπορούσε να ανεχθεί κάτι τέτοιο. Δε θα καλούσε το αρχηγείο για ενισχύσεις για έναν ταπεινό δικτυοσκώληκα, όσο έξυπνος και αν ήταν και όση προϋπηρεσία και αν διέθετε στο να ξεφορτώνεται μαφιόζους. Εντόπισε μια κάμερα η οποία ήταν στραμμένη κατά πάνω τους και ήταν σίγουρος ότι έδινε εικόνα του δωματίου, στην υπόγεια κρυψώνα του Αστυγίτη. Τράβηξε την προσοχή του από τη μάχη για μισό δευτερόλεπτο, για να στρέψει το λέιζερ του εναντίον της. Η ακτίνα άφησε ένα λιωμένο και καπνισμένο κομμάτι σίδερου και πλαστικού, αλλά η επίθεση από τους βραχίονες συνεχίστηκε με αμείωτο ρυθμό. Ο Μέμνων ήλπιζε ότι στερώντας από τον Αστυγίτη το οπτικό του πεδίο, εκείνος θα αδυνατούσε να συνεχίσει την εξαπόλυση των φονικών όπλων. Όμως αποδείχθηκε ότι τα μηχανήματα δρούσαν αυτόματα και δεν είχαν ανάγκη τις οδηγίες του κυρίου τους.

Το μισοκαμένο πρόσωπο του Κόβαλου αιμορραγούσε από διάφορες αμυχές, αλλά ο Μέμνων δεν ανησυχούσε για το φρενοβλαβή συνεργάτη του. Αν μη τι άλλο διέθετε αντοχές. Αποφάσισε ότι χρειάζονταν πιο δραστικά μέτρα απ' το να κόβουν απλά το ένα μετά το άλλο, τα όπλα που πετάγονταν εναντίον τους. Έβγαλε μια χειροβομβίδα καπνού από την καμπαρντίνα του. Το μεταλλικό σφαιρικό αντικείμενο στο χέρι του αντανακλούσε τις λάμψεις από τις ριπές των λέιζερ. Στην κορυφή του είχε ένα στρογγυλό κουμπί που μόλις το πάτησε, άρχισε να αναβοσβήνει. Μέτρησε τρεις εναλλαγές φωτός στο λαμπτήρα και έριξε τη σφαίρα. Πυκνός σκούρος καπνός γέμισε το δωμάτιο αναγκάζοντάς τους να καλύψουν τα πρόσωπά τους για να μην πνιγούν. Οι βραχίονες συνέχισαν την επίθεσή τους αλλά στα τυφλά. Ο Μέμνων ήξερε ότι είχε στη διάθεσή του μερικά δευτερόλεπτα, μέχρι τα μηχανήματα να στραφούν στη λύση του θερμικού εντοπισμού, οπότε θα ήταν και πάλι ορατοί και ευάλωτοι. Έτρεξε προς τον τοίχο όπου ήταν εγκατεστημένη η κεντρική μονάδα τροφοδοσίας και άρχισε να καρφώνει στα τυφλά με το σπαθί του, ελπίζοντας να έχει την ίδια τύχη που είχε και με το μηχανισμό της πόρτας. Στις πρώτες του προσπάθειες όμως αστόχησε απελπιστικά.

Τα μάτια του έτσουζαν, ένιωθε το λαιμό του και τη μύτη του να κλείνουν και την ασφυξία να πλησιάζει. Άκουγε το μεταλλικό ήχο από τις κινήσεις των μηχανικών εχθρών του, που ψηλάφιζαν το χώρο προς αναζήτηση της λείας τους. Τα δευτερόλεπτα περνούσαν και ήξερε ότι σύντομα το θερμικό του περίγραμμα θα ήταν ορατό στους άψυχους ρομποτικούς δημίους που ήθελαν το κεφάλι του. Τον κατέλαβε μια φρενίτιδα καταστροφής και το κάρφωμα του τοίχου απέκτησε μια μανιώδη χροιά, προκαλώντας ολόκληρα κομμάτια να πέφτουν στο πάτωμα. Ξαφνικά άκουσε το χαρακτηριστικό τσιτσίρισμα του βραχυκυκλώματος και τα πάντα σκοτείνιασαν, συνοδευόμενα από τον ήχο απενεργοποίησης όλων των μηχανημάτων και την κλαγγή από τους βραχίονες που έπεφταν, στερημένοι από ισχύ, στο πάτωμα. Ο Κόβαλος ενεργοποίησε τους έλικές του και δημιούργησε ένα ρεύμα αέρα που έδιωξε τον αποπνικτικό καπνό. Κάθισαν στο πάτωμα και πήραν βαθιές ανάσες φρέσκου αέρα, μόλις το διαμέρισμα είχε καθαρίσει εντελώς. Όταν συνήλθαν, κοίταξαν και οι δύο τη μεταλλική καταπακτή που έκρυβε τη λεία τους και ήρθαν και πάλι αντιμέτωποι με το πρόβλημα, του να ξετρυπώσουν τον Αστυγίτη από το λαγούμι του. Ο Μέμνων προτιμούσε συνήθως τις διακριτικές λύσεις, αλλά εκείνη τη στιγμή είχε χάσει την ψυχραιμία του και η αγανάκτησή του είχε πάρει τα χαλινάρια.

«Περίμενε εδώ και φύλαγε την καταπακτή. Αν βγει να τον πιάσεις. Εγώ πάω στο αμάξι να φέρω εκρηκτικά. Μπορεί να χρειαστεί να γκρεμίσω όλο το κτίριο, αλλά αυτός δε θα μου ξεφύγει» είπε στον Κόβαλο ο οποίος του χάρισε ένα από τα διόλου γοητευτικά του χαμόγελα. Εκείνο το χαμόγελο που βλέπει κανείς σε ένα παιδί που ετοιμάζεται να κάνει σκανταλιά, μόνο χίλιες φορές πιο απαίσιο και διεστραμμένο. Βγήκε από το κτίριο ποδοπατώντας τους διαμαρτυρόμενους αστέγους του διαδρόμου και αγνοώντας τη βροχή που είχε δυναμώσει, έφτασε μουσκεμένος μέχρι το Austin. Πάταγε το κουμπί για το ηλεκτρονικό κλείδωμα, όταν είδε κάτι με την άκρη του ματιού του. Μια καταπακτή παρόμοια με αυτή του Αστυγίτη, εμφανίστηκε στο πεζοδρόμιο και από μέσα ξεπρόβαλε ο πονηρός δικτυοσκώληκας, έτοιμος να ξεγλιστρήσει από τους διώκτες του. Ο Μέμνων στόχευσε στα πόδια και πυροβόλησε με το λέιζερ. Η ακτίνα όμως πήρε ξυστά το θήραμα στο μηρό. Έντρομος άρχισε να τρέχει κουτσαίνοντας, αλλά αρκετά γρήγορα. Ο Μέμνων έσπευσε να τον προλάβει και κάλυπτε τη μεταξύ τους απόσταση, αλλά όχι πριν ο Αστυγίτης τρυπώσει σε ένα εμπορικό κέντρο. Αν όμως νόμιζε ότι ο μαφιόζος θα δίσταζε να τον κυνηγήσει μπροστά σε τόσους μάρτυρες, έκανε λάθος.

Όρμησε στην είσοδο ρίχνοντας κάτω μερικούς χαρωπούς καταναλωτές και με απότομες κινήσεις του κεφαλιού, άρχισε να αναζητά με το βλέμμα του το φυγά. Είδε τον Αστυγίτη να ανεβαίνει πάνω σε μια ατομική εναέρια πλατφόρμα, η οποία θα τον ανέβαζε σε όποιον όροφο επιθυμούσε. Τινάχθηκε μπροστά ρίχνοντας κάτω και άλλους πελάτες. Η απροσεξία του όμως προσέλκυσε την προσοχή των αντρών ασφαλείας του εμπορικού. Πέντε άντρες με ηλεκτροφόρα ραβδιά τον ακολούθησαν και όταν ένας από αυτούς του έκοψε το δρόμο, οι υπόλοιποι τον περικύκλωσαν. Ένιωσε ένα χέρι στον ώμο του και κάποιον να του λέει:

«Παρακαλώ ελάτε μαζί μας». Άρπαξε το χέρι του άντρα που τον είχε ακουμπήσει και το γύρισε με δύναμη, ακούγοντας τον καρπό να σπάει. Αμέσως οι άλλοι τέσσερις του επιτέθηκαν έτοιμοι για δράση, μετά το πάθημα του συναδέλφου τους. Έσκυψε αποφεύγοντας δύο χτυπήματα από ραβδιά και από σκυφτή θέση χτύπησε έναν αντίπαλο στο στομάχι, διπλώνοντάς τον στα δύο και έκανε μια περιστροφική κίνηση με το πόδι του, πετυχαίνοντας τους αστραγάλους του δεύτερου και στέλνοντάς τον στο πάτωμα. Απέκρουσε με το βιονικό του χέρι άλλο ένα ραβδί, το οποίο εξαπέλυσε το ηλεκτρικό του φορτίο χωρίς κανένα αποτέλεσμα. Με το δεξί του χέρι έπιασε τον καρπό με το επιτιθέμενο ραβδί του πέμπτου άντρα και το έχωσε στο μάτι του τέταρτου, ψήνοντάς του το. Στον πέμπτο έριξε δύο δυνατές γονατιές στα πλευρά, σπάζοντάς τα και βγάζοντάς τον εκτός μάχης. Ο άντρας τον οποίον είχε ρίξει κάτω και εκείνος που είχε χτυπήσει στο στομάχι, πίστευαν πως ακόμα είχαν ελπίδες εναντίον του. Έτσι δοκίμασαν και δεύτερη επίθεση. Ο Μέμνων σκέφτηκε να χρησιμοποιήσει το λέιζερ και να τελειώνει. Υπήρχε άλλωστε μια πιο επείγουσα υπόθεση που έπρεπε να επιλύσει. Όμως περνούσε πολύ καλά για να λήξει την αναμέτρηση τόσο γρήγορα.

Απέκρουσε τα διαδοχικά χτυπήματα των ραβδιών με το βιονικό του χέρι και άρπαξε τον έναν άντρα από τα μαλλιά, για να τον στείλει με ορμή μέσα από μια βιτρίνα. Τον είδε να κοιτάζει σαστισμένος τις πληγές από τα κομμένα γυαλιά και προφανώς αποφάσισε ότι δεν τον πλήρωναν αρκετά για να διακινδυνεύσει άλλο, γιατί έμεινε καθισμένος στη βιτρίνα, ανάμεσα στα πεσμένα εκθέματα. Ο τελευταίος της παρέας μάλλον είχε αποδεχθεί την ήττα του και έτσι, χωρίς ιδιαίτερη αποφασιστικότητα, έκανε μια τελευταία επίθεση για την τιμή των όπλων. Ανταμείφθηκε από τον Μέμνονα για τη γενναιότητά του, με μια λαβή που τον έστειλε να συγκρουστεί με μια κολώνα, σπάζοντας μύτη, δόντια και σκίζοντας το μέτωπο. Ο Μέμνων είδε τη σκούρα μουτζούρα που άφησε το πρόσωπό του στην κολώνα και γέλασε, μια στιγμή πριν γυρίσει προς τις ατομικές εναέριες πλατφόρμες, για να συνεχίσει την καταδίωξή του. Οι πελάτες είχαν αρχίσει να τρέχουν εκτός του κτιρίου, φοβούμενοι ότι θα κατέληγαν παράπλευρες απώλειες, μιας σύγκρουσης που δεν τους αφορούσε. Αυτό ήταν μειονέκτημα για τον Αστυγίτη, που ήλπιζε να τρυπώσει κάπου κρυμμένος ανάμεσα στα σώματα. Άλλωστε οι δικτυοσκώληκες είχαν πάρει το όνομά τους από την ικανότητά τους να τρυπώνουν, όχι μόνο μέσα σε δίκτυα εταιρειών και οργανισμών, αλλά και σε ευφάνταστες κρυψώνες.

Ο Μέμνων ανέβηκε σε μια ατομική εναέρια πλατφόρμα και έδωσε εντολή να τον ανεβάσει στον τελευταίο όροφο. Μπορούσε να διακρίνει την πλατφόρμα που είχε χρησιμοποιήσει ο Αστυγίτης να βρίσκεται εκεί, μόνη της πλέον, αφού ο Αστυγίτης είχε αποβιβασθεί και έψαχνε κάπου να τρυπώσει. Ο τελευταίος όροφος ήταν γεμάτος αποθήκες και καταστήματα που είχαν κλείσει. Ήταν ένα μέρος όπου υποτίθεται δεν έπρεπε να βρίσκονται οι πελάτες και έτσι ήταν και το λιγότερο περιποιημένο σημείο του εμπορικού. Πεταμένα πλαστικά κουτιά, σκόνη και τσέρκια αποτελούσαν τη φτωχική διακόσμηση του παραμελημένου ορόφου. Η σκόνη όμως ήταν σύμμαχος του κυνηγού, αφού πρόδιδε τα ίχνη του κατατρεγμένου Αστυγίτη. Οδηγούσαν πίσω από κιβώτια που φαίνονταν από καιρό αδειανά. Ο Μέμνων πλησίασε με προσοχή, τηρώντας τον κανόνα να μην υποτιμάει ποτέ, ούτε τον πιο αδύναμο αντίπαλο. Όταν είδε το σίδερο να πετάγεται από το σκοτάδι εναντίον του, πρόλαβε να κουνήσει το κεφάλι του για ένα εκατοστό. Αυτό το ένα εκατοστό ήταν που τον γλίτωσε από τύφλωση, αφού το μυτερό αντικείμενο κατευθυνόταν προς το αριστερό του μάτι.

Ο Αστυγίτης κραδαίνοντας το σίδερο και αποφασισμένος να τον πετύχει με τη δεύτερη απόπειρα, ξεπρόβαλε πίσω από τα κιβώτια, σε μια αξιοθρήνητη προσπάθεια να δείχνει απειλητικός. Ήταν στριμωγμένος και δεν υπήρχε ελπίδα διαφυγής. Θα επέλεγε λοιπόν τη μόνη δυνατή λύση. Να πολεμήσει. Παρόλο που όταν ο εγκέφαλός του δεν ήταν συνδεδεμένος στο δίκτυο και έπρεπε να δώσει τις μάχες του στον πραγματικό κόσμο, τα αποτελέσματα ήταν τουλάχιστον απογοητευτικά. Εκείνη η μάχη δε θα αποτελούσε εξαίρεση. Έβγαλε μια πολεμική ιαχή και όρμησε εναντίον του Μέμνονα, ο οποίος του άρπαξε το σίδερο με το βιονικό χέρι, ενώ με το άλλο του έριξε μια γροθιά στο στομάχι που του έκοψε την ανάσα. Έπεσε στο πάτωμα παλεύοντας να βάλει αέρα στα πνευμόνια του και βγάζοντας εκείνον τον ήχο που ήταν κάτι ανάμεσα σε αναπνοή και βογγητό. Ο Μέμνων τον άφησε για λίγο να ηρεμήσει και άναψε ένα τσιγάρο. Μόλις τον είδε να συνέρχεται, του άρπαξε τα δάχτυλα του αριστερού του χεριού και άρχισε να του τα σπάει ένα-ένα. Ύστερα περίμενε να κατασιγάσουν οι λυγμοί του Αστυγίτη, ώστε να μπορεί να ακουστεί και του είπε:

«Όταν έρχεται κάποιος από τη Χίμαιρα στην πόρτα σου, το καλύτερο που έχεις να κάνεις είναι να συνεργάζεσαι και να εύχεσαι να έχει μείνει στο τέλος ικανοποιημένος για να σε αφήνει ζωντανό. Αυτό που ποτέ μα ποτέ δεν κάνεις, είναι να προσπαθείς να τον σκοτώσεις. Γιατί ακόμα και αν τα καταφέρεις, θα έρθει ο επόμενος και θα σε κάνει να πληρώσεις. Μπορεί το κόλπο σου να έπιασε μια φορά με εκείνο το μαφιόζο που έβγαλες από τη μέση, αλλά μη νομίζεις ότι η μαφία σε φοβήθηκε και γι' αυτό σε άφησε να ζήσεις. Απλά οι εταιρείες βολεύτηκαν με ό,τι έγινε. Τους προσέφερες άθελά σου μια υπηρεσία. Μην το παρατραβάς όμως το σχοινί, γιατί δε θα σου βγει σε καλό».

Ο Αστυγίτης παρέμεινε γονατισμένος, κρατώντας το πονεμένο του χέρι και κλαυθμύριζε σιγανά. Φαινόταν ότι και το τελευταίο ίχνος αντίστασης που είχε μέσα του είχε εξαφανισθεί και ήταν πλέον έτοιμος να συνεργασθεί και να απαντήσει, αν μπορούσε, σε όσες ερωτήσεις του έθετε το δίδυμο από τη Χίμαιρα. Ο Μέμνων τον έπιασε σαν τσουβάλι και τον σήκωσε στα πόδια του, για να τον οδηγήσει στους χαμηλότερους ορόφους και μετά μακριά από το εμπορικό. Οι κακοποιημένοι άντρες ασφαλείας σίγουρα θα είχαν καλέσει την αστυνομία, γεγονός που έδινε στον Μέμνονα μερικά λεπτά χρόνου διαφυγής. Βγήκε από το πολυκατάστημα χωρίς να τον ενοχλήσει κανείς. Είχε ξεκαθαρίσει με τις πράξεις του ότι δε θα ανεχόταν καμία παρεμβολή. Κατευθύνθηκε στο σπίτι του Αστυγίτη και μόλις πέρασαν το κατώφλι της σαραβαλιασμένης πόρτας αντίκρισαν τον εξαγριωμένο Κόβαλο, ο οποίος μόλις είδε τον αιχμάλωτο γρύλισε σαν αγριόσκυλο. Ο Μέμνων τοποθέτησε το κορμί του ανάμεσα στους δύο άντρες, ώστε να διασφαλίσει τη σωματική ακεραιότητα του δικτυοσκώληκα. Έβαλε τον Αστυγίτη να κάτσει σε μια καρέκλα και ο ίδιος έκατσε απέναντί του. Άφησε ένα-δύο λεπτά να περάσουν, ώστε ο Αστυγίτης να απορροφήσει πλήρως την εικόνα του Κόβαλου και να συνειδητοποιήσει το μέγεθος του κινδύνου που διέτρεχε.

Τα ρουθούνια του Κόβαλου που ανοιγόκλειναν ρυθμικά από την κοφτή εισπνοή και εκπνοή αέρα, καθώς και τα γουρλωμένα γεμάτα φλέβες μάτια του, είχαν την επιθυμητή επίδραση στην ήδη τραυματισμένη ψυχολογία του Αστυγίτη. Ο Μέμνων ανάμεσα στις στάλες ιδρώτα στο μέτωπό του και στις ανήσυχες ματιές, διέκρινε έναν άνθρωπο έτοιμο να μιλήσει. Το θέμα πλέον ήταν αν θα είχε κάτι να πει.

«Ψάχνουμε κάποιον ο οποίος παραβίασε ηλεκτρονικά το σύστημα ασφαλείας της Έμπουσας και έσβησε ένα βίντεο το οποίο δείχνει ένα φόνο. Το βίντεο αυτό βρέθηκε σε έναν υπολογιστή μέσα σε μια εγκαταλελειμμένη αποθήκη στον Τομέα 92. Ο άνθρωπος ο οποίος διέπραξε το φόνο και επομένως θα είχε όφελος από τη διαγραφή του ενοχοποιητικού αυτού υλικού, λέγεται Προμηθέας και είναι πρώην εργαζόμενος της Έμπουσας. Αυτό που θέλω να μου πεις είναι αν σε προσέλαβε ο Προμηθέας για να παραβιάσεις το σύστημα ασφαλείας και μετά να διαγράψεις το βίντεο».

«Ναι, εγώ το διέγραψα. Με πλησίασε ο Προμηθέας και μου είπε τι ήθελε. Στην αρχή του είπα ότι είναι τρελός και αρνήθηκα. Δεν είχα καμία όρεξη να μπλέξω με την Έμπουσα. Όταν όμως μου είπε πόσα ήταν διατεθειμένος να πληρώσει, τότε το ξανασκέφτηκα και δέχτηκα. Τώρα όμως διαπιστώνω ότι ούτε τα δεκαπλάσια δε θα ήταν αρκετά, για τον κίνδυνο στον οποίο με έμπλεξε».

«Το κρυφό δωματιάκι στην αποθήκη του Τομέα 92 τι ρόλο έπαιζε;»

«Του είπα ότι δεν υπήρχε περίπτωση να κάνω τη δουλειά από το σπίτι μου. Ακόμα και εμένα υπάρχει περίπτωση κάποιος να με εντοπίσει. Έτσι μου διέθεσε εκείνο το μέρος για να δουλέψω απερίσπαστος και χωρίς να κινδυνεύω να αναγνωριστώ».

«Αυτό το μέρος το χρησιμοποιούσε και για άλλες δουλειές ο Προμηθέας;»

«Δεν ξέρω. Εγώ μια μέρα πήγα. Έκανα ό,τι χρειαζόταν και έφυγα. Τα χρήματα είχαν μπει ήδη στο λογαριασμό μου, μέχρι να γυρίσω εδώ».

«Δούλευε μόνος του ή με άλλους;»

«Δεν ξέρω. Εγώ μόνο με αυτόν είχα συναντήσεις. Τα κανονίσαμε όλα οι δύο μας. Δε μου ανάφερε ποτέ κανέναν άλλον ούτε και τον είδα πότε με συνεργάτες».

«Ούτε καν με κάποιο ρομπότ;»

«Όχι, ήταν πάντα μόνος».

«Ο υπολογιστής στην αποθήκη ήταν πυροβολημένος. Παρά τη ζημιά όμως μια αστυνομικός κατάφερε και ανέκτησε το βίντεο με το φόνο του Μαχάονα. Δε θα ήταν πιο αποτελεσματικό να είχες σβήσει όλα τα στοιχεία από το μηχάνημα, αντί να προσπαθείς να το καταστρέψεις; Ή μήπως είναι άλλος ο δράστης;»

«Εγώ το έκανα, αλλά δεν είχα άλλη επιλογή. Λόγω μιας βλάβης στην παροχή ενέργειας, τα μηχανήματα σε όλο εκείνο το τετράγωνο νέκρωσαν. Μαζί και ο υπολογιστής που δούλευα. Αυτό σήμαινε ότι θα έπρεπε να ξαναπάω στην αποθήκη την επόμενη μέρα, για να σβήσω τα στοιχεία. Αλλά είχα ήδη μετανιώσει που ανέλαβα αυτή τη δουλειά και ήθελα να τελειώνω μια ώρα αρχύτερα. Έτσι πυροβόλησα το τερματικό, ελπίζοντας να θάψω όλα του τα μυστικά». Ο Μέμνων σκέφτηκε πόσο τους είχε βολέψει όλους αυτή η ένδειξη δειλίας, δίνοντάς τους την ευκαιρία να ανακαλύψουν το βίντεο που ξεκαθάριζε την υπόθεση. Ή τουλάχιστον μέρος αυτής.

«Ωραία, τον ρώτησες ό,τι ήθελες. Τώρα μπορούμε να τον σκοτώσουμε;» παρενέβη ανυπόμονα ο Κόβαλος στη συζήτηση. Ο Μέμνων κούνησε το κεφάλι αρνητικά και στράφηκε πάλι στον Αστυγίτη.

«Έχεις τρόπο να επικοινωνήσεις με τον Προμηθέα και να κανονίσεις μια συνάντηση μαζί του;» Ο Αστυγίτης βλέποντας ότι ήταν ακόμα απαραίτητος στους ανακριτές του, επέτρεψε στον εαυτό του να νιώσει μια ελπίδα πως θα επιβίωνε. Ένευσε καταφατικά προς μεγάλη ικανοποίηση του Μέμνονα και απογοήτευση του Κόβαλου, του οποίου οι στόχοι και οι επιθυμίες ήταν πολύ πιο βραχυπρόθεσμοι. Ο δικτυοσκώληκας αν και με το ένα χέρι σμπαραλιασμένο, κατάφερε να επισκευάσει προσωρινά τη μονάδα τροφοδοσίας, με λίγη βοήθεια από τον Μέμνονα όπου χρειαζόταν και ένα δεύτερο χέρι. Οι υπολογιστές ενεργοποιήθηκαν και πάλι και ο Αστυγίτης συνέδεσε το βύσμα του αυχένα του με το κεντρικό τερματικό. Μετά από μερικά δευτερόλεπτα αποσυνδέθηκε και γύρισε προς τον Μέμνονα.

«Λοιπόν;»

«Του άφησα ένα μήνυμα ζητώντας του να τον δω επειγόντως». Ο Μέμνων συνδέθηκε και αυτός και είδε το μήνυμα, σίγουρος πλέον ότι δεν άφηνε καμία προειδοποίηση στον Προμηθέα.

«Και τώρα τι κάνουμε;» απαίτησε να μάθει ο Κόβαλος από τον Μέμνονα, για να πάρει την πιο αναμενόμενη απάντηση.

«Περιμένουμε».

Η απάντηση ήρθε μερικές ώρες αργότερα και ήταν λιτή αλλά επαρκής. Έδινε οδηγίες στον Αστυγίτη για το μέρος και την ώρα της συνάντησης. Δε ρωτούσε την αιτία για την οποία ο Αστυγίτης επιθυμούσε τη συνάντηση, ούτε κάποια άλλη πληροφορία. Ο Μέμνων ήταν σίγουρος ότι ο Προμηθέας δε θα ερχόταν απροστάτευτος. Θα εμφανιζόταν μόνος, αλλά σίγουρα ένα ή περισσότερα από τα μάτια του Άργου Πανόπτη, θα τον παρακολουθούσαν ανά πάσα στιγμή, ώστε το θεόρατο ρομπότ να μπορεί να επέμβει αν η κατάσταση το απαιτούσε. Θα ήταν όμως και ο ίδιος προετοιμασμένος. Έστειλε τον Κόβαλο στο αρχηγείο της Χίμαιρας για να συγκεντρώσει μια ομάδα κρούσης, με οδηγία να είναι σε ετοιμότητα για το κάλεσμά του. Στον Αστυγίτη τοποθέτησε έναν κοριό, ώστε να μπορεί να ακούει όλη τη συνομιλία του δικτυοσκώληκα με τον καταζητούμενο δολοφόνο. Του ανέλυσε την ιστορία που θα έλεγε στον Προμηθέα, για να δικαιολογήσει την επιτακτική ανάγκη για τη συνάντησή τους. Δεν είχε μεγάλη διαφορά από την πραγματικότητα. Απλά αντί για μαφιόζους, ο Αστυγίτης θα χρησιμοποιούσε στη διήγησή του αστυνομικούς, οι οποίοι υποτίθεται του είχαν χτυπήσει την πόρτα και τον είχαν ανακρίνει, αλλά τον είχαν αφήσει ελεύθερο γιατί δεν είχαν κάποιο χειροπιαστό στοιχείο εις βάρος του.

Θα ζητούσε βοήθεια από τον Προμηθέα για την αποφυγή τέτοιων μελλοντικών δυσάρεστων συναντήσεων. Ο Προμηθέας κατά πάσα πιθανότητα θα του εξηγούσε ότι από τη στιγμή που τον είχε πληρώσει, δεν είχε καμία άλλη υποχρέωση απέναντί του και πως έπρεπε να βρει τρόπο να λύσει μόνος του τα προβλήματά του. Ο Αστυγίτης για να γίνει πιο πιστευτός θα επέμενε λίγο ακόμα και φεύγοντας θα εξύβριζε οργισμένος τον άκαρδο κακοποιό. Μετά θα ήταν ελεύθερος να φύγει, ενώ ο Μέμνων θα παρακολουθούσε τον Προμηθέα μέχρι το κρησφύγετό του, ελπίζοντας να βρει εκεί το αποτέλεσμα της έρευνας του Μαχάονα, το οποίο και θα παρέδιδε μαζί με τον Προμηθέα στον Σκίρωνα. Ή τουλάχιστον αυτό ήταν το σχέδιο. Η συνάντηση προγραμματίσθηκε για ένα μέρος ανοιχτό και γεμάτο κόσμο. Ο Αστυγίτης ήταν ο πρώτος που έφτασε στο κατάστημα και αφού διαπίστωσε ότι ο Προμηθέας δεν είχε φτάσει ακόμα, έκατσε σε ένα τραπέζι χωρίς να κρύβει τη νευρικότητά του. Όταν ήρθε η σερβιτόρα για να του πάρει παραγγελία, η φωνή της τον τρόμαξε έτσι όπως ήταν βυθισμένος στην ανησυχία. Τινάχθηκε μερικά εκατοστά από το κάθισμά του, κάνοντας τον Μέμνονα που τον παρακολουθούσε από μακριά, να βρίσει από μέσα του. Με τέτοια έλλειψη ψυχραιμίας θα τα έκανε μαντάρα και ο Προμηθέας θα υποπτευόταν κάτι και θα έφευγε.

Οι φόβοι του μαφιόζου όμως δεν επαληθεύθηκαν. Ο Προμηθέας έφτασε λίγο αργότερα από την καθορισμένη ώρα και διασχίζοντας το κατώφλι, έριξε μια καχύποπτη ματιά γύρω του. Εντόπισε τον Αστυγίτη αλλά συνέχισε να αναζητά κάποιαν κρυμμένη απειλή. Και ο Μέμνων έριχνε κλεφτές ματιές τριγύρω, μήπως δει κανένα ιπτάμενο μάτι, αλλά το ενδιαφέρον του επικεντρωνόταν στο μυστηριώδη άντρα που αναζητούσαν τόσοι. Τελικά πλησίασε στο τραπέζι και αφού κάθισε, ξεκίνησε τη συζήτηση ξαφνικά και κοφτά.

«Γιατί ζήτησες να βρεθούμε;» Ο Αστυγίτης προσπάθησε να μιλήσει αλλά η φωνή του έτρεμε και δεν κατάφερε να εκφράσει κάτι κατανοητό. Ο Μέμνων που άκουγε μέσω του κοριού, έτριξε τα δόντια του βέβαιος για την αποτυχία. Τελικά ο Αστυγίτης κατάφερε να αρθρώσει τις απαραίτητες λέξεις.

«Ήρθε στο σπίτι μου η αστυνομία. Με ανέκριναν και μου είπαν πως είμαι ύποπτος για συνενοχή σε φόνο και για την παραβίαση του συστήματος ασφαλείας της Έμπουσας». Ο Προμηθέας ανασήκωσε το ένα του φρύδι παραξενεμένος.

«Νόμιζα πως είσαι ο καλύτερος που υπάρχει. Πώς κατάφερε η αστυνομία να σε εντοπίσει και μάλιστα πριν από την Έμπουσα;»

«Δε με εντόπισαν, ούτε έχουν κάποιο σημαντικό στοιχείο εναντίον μου. Υποθέτουν ότι είμαι μπλεγμένος στην υπόθεση λόγω του παρελθόντος μου».

«Λογική σαν σκέψη. Αν όμως έχεις καλύψει τα ίχνη σου επαρκώς, τότε δεν έχεις να φοβηθείς τίποτα».

«Επειδή δεν έχουν στοιχεία θα με πιέζουν με καθημερινές εφόδους στο σπίτι μου, μέχρι να σπάσω. Θα είναι αδύνατον για μένα να εργαστώ υπό αυτές τις συνθήκες και το ξέρουν. Εσύ που έχεις καταφέρει τόσον καιρό να τους ξεφεύγεις, πρέπει να με βοηθήσεις να κρυφτώ». Έπιασε με απελπισία, που φάνηκε στον Μέμνονα περισσότερο αληθινή παρά προσποιητή, τα χέρια του Προμηθέα και τα έσφιξε. Εκείνος όμως δεν αντέδρασε θετικά σε εκείνην την ικεσία για βοήθεια. Τίναξε τα χέρια του Αστυγίτη από πάνω του και σηκώθηκε όρθιος με αγανάκτηση. Έφερε το δείκτη του δεξιού του χεριού κοντά στο πρόσωπο του δικτυοσκώληκα και είπε ψιθυριστά αλλά με ένταση: «Πληρώθηκες αδρά για τις υπηρεσίες σου και πλέον δε σου χρωστάω τίποτα. Ό,τι προβλήματα έχεις λύσε τα μόνος σου, εκτός αν θες να προσθέσεις και εμένα στη λίστα όσων σε κυνηγούν και σε διαβεβαιώνω ότι αυτό δεν το θες καθόλου. Αυτή είναι η τελευταία φορά που με ενοχλείς. Κατανοητό;» Ο Αστυγίτης ένευσε καταφατικά με σκυμμένο το κεφάλι και άκουσε τα βήματα του συνομιλητή του, ο οποίος απομακρυνόταν με αργό αλλά σταθερό και σίγουρο ρυθμό. Καταβεβλημένος όπως ήταν παρέλειψε να τον βρίσει, όπως προέβλεπαν οι οδηγίες του Μέμνονα. Ο σκοπός πάντως είχε επιτευχθεί.

Ο Μέμνων παρατήρησε το στόχο του και με τον αέρα των κινήσεών του, του έδινε την εντύπωση κάποιου ο οποίος καμία σχέση δεν είχε με το φοβισμένο υπάλληλο που φανταζόταν, ο οποίος είχε χωθεί σε κάποιο λαγούμι, τρέμοντας μήπως τον ανακαλύψει η αστυνομία ή ακόμα χειρότερα, η μαφία. Ο τρόπος με τον οποίον είχε απειλήσει τον Αστυγίτη, καθώς και το γεγονός ότι δεν είχε φοβηθεί να φανερωθεί στον κόσμο, προκειμένου να τον συναντήσει, έδειχνε έναν άνθρωπο αποφασισμένο και ατρόμητο. Και δεν ήταν η πρώτη φορά που είχε πράξει κάτι ανάλογο. Είχε διακινδυνεύσει και παλιότερα, για να σώσει την αστυνομικό από τα χέρια του Εγκέλαδου και να την παρατήσει μπροστά στο νοσοκομείο. Η Έμπουσα είχε σίγουρα παραβλέψει κάτι, στον εξονυχιστικό έλεγχο που έκανε σε όλους της τους προσληφθέντες, όταν είχε ανοίξει τις πόρτες της στο συγκεκριμένο άτομο. Άρχισε να ακολουθεί τον Προμηθέα από απόσταση ασφαλείας, ενώ ταυτόχρονα έστελνε σήμα μέσω πομπού στον ηλεκτρονικό εγκέφαλο του Κόβαλου, ώστε να μπορεί ο δεύτερος να εντοπίσει τη θέση του και να εμφανιστεί με την ομάδα που είχε συγκεντρώσει, τη στιγμή που ο Μέμνων θα αντιμετώπιζε κίνδυνο.

Ο Προμηθέας ήταν πολύ καλά προετοιμασμένος για αυτή τη συνάντηση. Ο Μέμνων παρατήρησε τον τρόπο που περπατούσε και τη στάση του σώματός του. Γνώριζε πού βρίσκονταν όλες οι κάμερες κυκλοφορίας και φρόντιζε να τις αποφεύγει, είτε επιλέγοντας άλλο δρόμο, είτε γυρίζοντας την πλάτη του, είτε ακόμα ακολουθώντας πυκνές ομάδες πεζών, ανάμεσα στους οποίους μπορούσε να κυκλοφορεί αφανής. Φορούσε ένα σκουρόχρωμο παλτό με το γιακά σηκωμένο και γυαλιά ηλίου. Παρά τις προφυλάξεις που έπαιρνε, οι κινήσεις του διαπνέονταν από μια φυσικότητα που τον έκανε να μην ξεχωρίζει από τους συνανθρώπους του, με τους οποίους μοιραζόταν εκείνη τη μέρα το πεζοδρόμιο. Ούτε έκανε βιαστικές και ανήσυχες κινήσεις που θα τον πρόδιδαν. Η συμπεριφορά του ήταν άψογη και επαγγελματική. Ο Μέμνων συνέχισε να ακολουθεί με το ενδιαφέρον του όλο και πιο κεντρισμένο. Ο Προμηθέας έστριψε σε ένα δρόμο λιγότερο πολυσύχναστο, αποφεύγοντας πάντα το άγρυπνο και αδιάκριτο βλέμμα των καμερών. Εκεί σταμάτησε ένα ταξί και επιβιβάστηκε. Ο Μέμνων έκανε το ίδιο. Ακόμα και αν είχε το Austin μαζί του, θα ήταν πολύ κακή επιλογή για παρακολούθηση, αφού ξεχώριζε από τα υπόλοιπα αυτοκίνητα από χιλιόμετρα μακριά, λόγω της ιδιαίτερα παλιομοδίτικης εμφάνισής του.

Η πορεία που ακολούθησαν, διήρκησε γύρω στα είκοσι λεπτά, καταλήγοντας σε ένα παλαιοπωλείο, που ειδικευόταν στην πώληση ξεπερασμένων τεχνολογικά συσκευών ή εφευρέσεων που δεν είχαν καταφέρει να κάνουν την επιθυμητή εμπορική επιτυχία και είχαν μείνει στα αζήτητα. Επρόκειτο για αντικείμενα που μονάχα μια ορισμένη κάστα συλλεκτών θα μπορούσε να βρει ενδιαφέροντα και να πληρώσει για την απόκτησή τους. Ο Μέμνων είπε στον οδηγό του να συνεχίσει, σκοπεύοντας να κατέβει πιο μακριά, αφού ο Προμηθέας θα είχε μπει στο κατάστημα και δε θα είχε πλέον το νου του στο δρόμο. Περνώντας από μπροστά, είδε το στόχο του να ανοίγει την πόρτα του καταστήματος και μετά το βλέμμα του έπεσε στην πινακίδα του που δέσποζε πάνω από τη βιτρίνα. Έδειχνε ένα γαλλικό κλειδί και ένα γρανάζι, το οποίο εκτελούσε μια υπνωτιστικά νωχελική περιστροφική κίνηση. Αποβιβάστηκε σε ένα σημείο, όπου θα ήταν αθέατος από όποιον πιθανώς να κοιτούσε μέσα από το κατάστημα προς το δρόμο και έκατσε σε ένα παγκάκι, από το οποίο μπορούσε να παρακολουθεί άνετα, ποιος έμπαινε και ποιος έβγαινε από το παλαιοπωλείο. Πιθανολογούσε ότι αυτή ήταν απλά μια στάση και όχι ο τελικός προορισμός του Προμηθέα. Ένα μαγαζί όπου κόσμος μπαινόβγαινε και άνετα θα μπορούσε να τον πάρει κανένα μάτι, δεν αποτελούσε ιδανικό κρησφύγετο για το δολοφόνο. Βέβαια ο Μέμνων αμφέβαλλε ότι έμπαιναν πολλοί πελάτες στο συγκεκριμένο κατάστημα.

Βολεύτηκε και περίμενε πως ο Προμηθέας θα αγόραζε ό,τι χρειαζόταν και θα ξαναέβγαινε σύντομα έξω. Όμως καθώς η ώρα περνούσε και η πόρτα του καταστήματος έμενε ακίνητη στη θέση της, η ανυπομονησία άρχισε να τον καταλαμβάνει. Μετά από 45 λεπτά η υπομονή του εξαντλήθηκε, μην μπορώντας να φανταστεί τι μπορεί να έκανε κάποιος τόσην ώρα σε ένα τέτοιο μέρος. Η εντύπωση που του είχε δώσει από τη βιαστική ματιά που είχε ρίξει, ήταν πως επρόκειτο για ένα μικρό χώρο με λίγο εμπόρευμα. Ο δρόμος ήταν ερημωμένος. Όσην ώρα ήταν εκεί καθισμένος, είχαν περάσει μόλις δύο αυτοκίνητα. Η συνηθισμένη φασαρία της πόλης δεν ήταν παρούσα σε εκείνο το μέρος. Είχε αποκλειστεί απ' έξω μαζί με τα τεράστια πολυκαταστήματα, που σε άλλες περιοχές θα είχαν καταπιεί το λιλιπούτειο παλαιοπωλείο. Ήταν σαν εκείνο το τετράγωνο να προστατευόταν από ένα χρονικό θόλο, που το περιέκλειε κρατώντας το στο παρελθόν. Η ησυχία και η στασιμότητα όμως τον εκνεύριζαν ακόμα περισσότερο. Σηκώθηκε όρθιος και άρχισε να βηματίζει νευρικά γύρω από το παγκάκι. Πέταξε στο έδαφος το τελευταίο του τσιγάρο και κοίταξε το μαγαζί με αποφασιστικότητα. Ανοιγόκλεισε τις γροθιές του και τελικά τις έσφιξε, ξεκινώντας αποφασισμένος προς την πόρτα.

Έφτασε μπροστά από τη βιτρίνα και κοίταξε μέσα. Τον περίμενε μια δυσάρεστη έκπληξη. Στο μαγαζί, πέρα από έναν κατάκοπο γεράκο, δεν υπήρχε ψυχή. Ούτε ίχνος του Προμηθέα, ο οποίος δε θα μπορούσε να κρύβεται μέσα στο κατάστημα, αφού ο εσωτερικός χώρος ήταν πολύ μικρός και ήταν όλος ορατός από το δρόμο. Ένιωσε το αίμα του να βράζει, καταλαβαίνοντας ότι τον είχε ξεγελάσει. Ο μαγαζάτορας όμως σίγουρα κάτι θα ήξερε. Θα ήταν και αυτός στο κόλπο και θα είχε φυγαδεύσει τον Προμηθέα, με κίνητρο κάποιαν αμοιβή. Μπήκε μέσα και η πόρτα που ήταν εφοδιασμένη με μηχανισμό ομιλίας, τον καλωσόρισε. Ο ιδιοκτήτης ήταν αφοσιωμένος σε κάποιο μαραφέτι το οποίο, από τα καλώδια και τα εξαρτήματα που εξείχαν από μέσα του, φαινόταν να μην έχει καμία ελπίδα επιδιόρθωσης. Ο ηλικιωμένος άντρας όμως το πάλευε με ζέση, χωρίς να γνωρίζει ότι μόλις είχε εισέλθει στο χώρο του ένας επικίνδυνος δολοφόνος. Από πίσω του βρισκόταν μια πόρτα, αποτελώντας το μοναδικό ορατό σημείο μέσω του οποίου, θα μπορούσε να διαφύγει ο Προμηθέας. Διαφορετικά θα μπορούσε να έχει χρησιμοποιήσει κάποια καταπακτή. Ο Μέμνων πλησίασε το μαστροχαλαστή και στάθηκε από πάνω του δείχνοντας όσο πιο απειλητικός γινόταν. Θα προτιμούσε να πείσει το γέρο να συνεργαστεί με το παρουσιαστικό του, παρά να προσθέσει στο πλούσιο ποινικό του μητρώο και το βασανισμό της τρίτης ηλικίας.

Ο παλαιοπώλης φαινόταν να είναι από τους λίγους ανθρώπους στον κόσμο, που αγαπούσαν το επάγγελμά τους. Όχι μόνο πουλούσε κάθε λογής παλιατζούρα, αλλά χρησιμοποιούσε κιόλας πολλά από τα απαρχαιωμένα αντικείμενα. Αντί για εργαλεία λέιζερ, κρατούσε ένα παλιό κατσαβίδι και μια τανάλια, με τα οποία ασελγούσε στα σωθικά της αγνώστου ταυτότητας συσκευής, που προσπαθούσε να επαναφέρει στη ζωή. Δίπλα του είχε ανοιγμένο και συμβουλευόταν ένα εγχειρίδιο τυπωμένο σε χαρτί, επίσης είδος υπό εξαφάνιση και το πιο περίεργο από όλα, είχε σφηνωμένο στο αυτί του ένα μολύβι. Ο Μέμνων θυμήθηκε ότι είχε δει μια φορά αυτό το παλαιό μέσο γραφής σε ένα μουσείο. Ο επίδοξος Frankenstein συνέχιζε τη μάχη με τα απαρχαιωμένα του όπλα. Δούλευε μουρμουρίζοντας και το ανοιχτόχρωμο μουστάκι του

160

κουνιόταν στους ρυθμούς του χαμηλόφωνου παραληρήματος. Παρά όμως την αξιέπαινη επιμονή του, που είχε κάνει ακόμα και τον Μέμνονα να έχει σταθεί και να τον χαζεύει, η συσκευή ήταν εξίσου πεισματάρα και δε σκόπευε να επιστρέψει από τα Ηλύσια Πεδία των μηχανών, για να λειτουργήσει ξανά στο μάταιο και ασπρόμαυρο εκείνο κόσμο. Μια σπίθα ξεπετάχτηκε από μέσα της, τσουρουφλίζοντας το μουστάκι και τα φρύδια του ενοχλητικού ανθρώπου. Η μυρωδιά καμένης τρίχας και κυκλωμάτων γέμισε τα ρουθούνια τους και μόνο τότε, συντετριμμένος από την αποτυχία της ανάνηψης, αντιλήφθηκε τον Μέμνονα.

«Μπορώ να σε βοηθήσω νεαρέ;» ρώτησε με φωνή τσακισμένη από τα γεράματα και τα βάρη μιας ολόκληρης ζωής.

«Θα ήθελα να μάθω τι κρύβεται πίσω από αυτήν την πόρτα» είπε ο Μέμνων και έδειξε την πόρτα πίσω από τον ιδιοκτήτη του καταστήματος. Ο παλαιοπώλης τον κοίταξε με απορία, με ένα επικριτικό πυκνό φρύδι να υψώνεται απειλητικά προς το ζαρωμένο μέτωπό του.

«Μα, η τουαλέτα βέβαια. Τι άλλο θα μπορούσε να κρύβεται δηλαδή;» Ο Μέμνων χωρίς να πείθεται παραμέρισε τον ηλικιωμένο και άνοιξε την πόρτα. Όντως ήταν μια μικρή τουαλέτα και με μια πρόχειρη ψηλάφηση στους τοίχους, το πάτωμα και το ταβάνι, αποδείχθηκε πως δεν έκρυβε κάποια μυστική έξοδο. Ο Μέμνων άρχισε να αναζητά στον υπόλοιπο χώρο κάποιο ίχνος του Προμηθέα. Άρχισε να ανακατεύει τα διάφορα εξαρτήματα και τις ξεχαρβαλωμένες συσκευές που βρίσκονταν πάνω στα ράφια, με την ελπίδα ανεύρεσης κάποιου μοχλού που θα του αποκάλυπτε ένα κρυφό πέρασμα. Ήταν σίγουρος ότι υπήρχε κάτι τέτοιο. Δεν υπήρχε άλλη λογική εξήγηση για την εξαφάνιση του Προμηθέα. Άλλωστε είχε αποδειχθεί πολύ προνοητικός. Πάντοτε φαινόταν να έχει λάβει από πριν τα μέτρα του, ώστε τη στιγμή του κινδύνου να διαφεύγει σώος και αβλαβής, με εξαίρεση ίσως τη μαχαιριά που του είχε στοιχίσει ένα συκώτι. Ακόμα και τότε όμως, ήταν σαν να είχε σχεδιάσει να είναι μαζί του η αστυνομικός για να τον προστατεύσει. Πάντα ένα βήμα μπροστά. Πάντα εξοπλισμένος με δυνατούς συμμάχους ή κάποια οδό διαφυγής. Όσο τα σκεφτόταν αυτά εκνευριζόταν όλο και περισσότερο, με αποτέλεσμα οι κινήσεις του να γίνονται απρόσεκτες και να πετάει τα μηχανικά αντικείμενα εδώ και εκεί, οδηγώντας τον άμοιρο γέρο ένα βήμα πριν το εγκεφαλικό. Ήρθε κοντά του και με τρεμάμενα χέρια του άρπαξε μέσα από τη βιονική του παλάμη ένα αρκετά ευαίσθητο όργανο.

«Αν δεν ήρθες για να αγοράσεις αλλά μόνο και μόνο για να μου κάνεις το μαγαζί άνω κάτω, τότε να φύγεις!» Ο Μέμνων όμως δεν πτοήθηκε από αυτό το ξέσπασμα αγανάκτησης. Άρπαξε τον καταστηματάρχη από το γιακά και τον σήκωσε μερικά εκατοστά από το πάτωμα. Τα πόδια του μικροκαμωμένου ανθρώπου άρχισαν να σπαρταράνε, ενώ η ανάσα του έβγαινε κοφτή και βεβιασμένη, ακολουθούμενη από το έντονο χτυποκάρδι στο στήθος του. Ο Μέμνων κόλλησε το πρόσωπό του σε αυτό του παλαιοπώλη και με τα χαρακτηριστικά του αλλοιωμένα από την οργή είπε: «Πριν από περίπου 50 λεπτά μπήκε εδώ μέσα ένας άντρας. Είναι ο μοναδικός ο οποίος πάτησε το πόδι του εδώ μέσα σε αυτό το διάστημα. Μπήκε και δεν ξαναβγήκε ποτέ, άρα κάπου τον κρύβεις. Πού λοιπόν;»

Ο άντρας που σπαρταρούσε στα χέρια του Μέμνονα, φαινόταν έτοιμος να χάσει τις αισθήσεις του από στιγμή σε στιγμή. Αντί για αυτό όμως, με ταχύτητα που δε θα περίμενε κανείς από το εύθραυστο κορμί του, άρπαξε ένα καλώδιο από τον τοίχο και το τράβηξε με δύναμη. Το καλώδιο με μια πρώτη ματιά δε φαινόταν να συνδέεται με κάτι. Η άκρη του ήταν ξεφτισμένη με τις εσωτερικές του ίνες να εξέχουν, δίνοντάς του τη μορφή ενός από καιρό άχρηστου αντικειμένου. Όμως αυτό ήταν μια οφθαλμαπάτη, γιατί το καλώδιο ήταν ο μοχλός ο οποίος ενεργοποιούσε μια μυστική καταπακτή, κάτω από τα πόδια του Μέμνονα. Οι δύο άντρες άρχισαν να πέφτουν, με τη διαφορά ότι ο μαφιόζος έπεφτε στα τυφλά, ενώ ο ηλικιωμένος άντρας, γνωρίζοντας πώς να κινείται σε εκείνην την καταπακτή και με κλειστά μάτια, μπόρεσε να βρει λαβές για να κρατηθεί και να ξανανέβει στην επιφάνεια, αφήνοντας τον άτυχο αντίπαλό του να πέφτει στο άγνωστο. Μόλις ο παλαιοπώλης βγήκε από την τρύπα, σκούπισε τον ιδρώτα από το μέτωπό του και τράβηξε άλλη μια φορά το καλώδιο. Η καταπακτή έκλεισε θάβοντας τον Μέμνονα στα σκοτάδια. Εκεί στα βάθη, θα φρόντιζαν άλλοι για την τύχη του.

κεφαλλιο 9

Όταν άνοιξε τα μάτια της, η μόνη πηγή φωτός που τρυπούσε το σκοτάδι προερχόταν από τη μηχανή που κατέγραφε τις ζωτικές της λειτουργίες. Προσπάθησε να σηκώσει το κεφάλι της αλλά η ζαλάδα τη συνεπήρε αμέσως. Η επίδραση της νάρκωσης δεν είχε παρέλθει ακόμα εντελώς. Άγγιξε με τα δάχτυλά της τον τραυματισμένο της ώμο και αντί για πληγωμένη σάρκα βρήκε μέταλλο. Η επέμβαση λοιπόν είχε ολοκληρωθεί. Ο τσακισμένος της ώμος, αποτέλεσμα της μάχης της με τους διεφθαρμένους αστυνομικούς, είχε αντικατασταθεί από έναν αντίστοιχο βιονικό. Έκανε μερικές δοκιμαστικές κινήσεις και ανακάλυψε πως μπορούσε να κινηθεί ελεύθερα και χωρίς ιδιαίτερο πόνο. Ένιωθε μονάχα μια μικρή ενόχληση στο σημείο όπου το δέρμα της ερχόταν σε επαφή με το ξένο σώμα. Ο χειρουργός είχε πει ότι λίγος πόνος ήταν αναμενόμενος τις επόμενες μέρες από την επέμβαση. Η

165

περίθαλψη περιλάμβανε και το χτυπημένο της γόνατο καθώς και οποιαδήποτε άλλη πληγή. Όμως μόνο για τον ώμο είχε χρειαστεί βιονικό προσθετικό. Εφόσον της ήταν αδύνατον ακόμα να σηκωθεί, έμεινε ξαπλωμένη και αφέθηκε στις σκέψεις της. Το γεγονός ότι ήταν ακόμα ζωντανή, σήμαινε ότι ο Δημοφών είχε τηρήσει το πρώτο στάδιο της συμφωνίας. Μετά την επαναφορά της σε μάχιμη κατάσταση, το επόμενο σκέλος προέβλεπε πληροφορίες που θα τη βοηθούσαν να συνεχίσει την έρευνά της, όπλα και μια μικρή ομάδα για υποστήριξη.

Ξαφνικά τα φώτα άνοιξαν και άκουσε βήματα προς το μέρος της. Η απρόσωπη φιγούρα του Δημοφώντα εμφανίστηκε στο οπτικό της πεδίο, αν και δυσκολευόταν να δει με το φως να της προκαλεί πόνο στα μάτια. Κρατούσε στο χέρι του ένα δοχείο το οποίο και της προσέφερε.

«Πιες αυτό. Δεν είναι κάτι που θα σου έδινε κάποιος γιατρός καθότι δεν είναι εγκεκριμένο, αλλά κάνει θαύματα με τον πονοκέφαλο και τη ζαλάδα».

«Είναι και αυτό ένα από τα φαρμακευτικά σου κοκτέιλ; Αυτά που σου προσφέρουν αθανασία;»

«Αυτό έχει μια πολύ πιο ήπια επίδραση. Η αθανασία είναι κάτι που κρατώ ζηλότυπα για τον εαυτό μου. Πιες. Έχουμε πολλά να πούμε για τις λεπτομέρειες της συνεργασίας μας». Το υγρό της έκαψε το λαιμό και τα ρουθούνια και της προκάλεσε ένα τίναγμα που την έκανε να ξυπνήσει απότομα, διώχνοντας ταυτόχρονα τη θολούρα από το κεφάλι της. Σηκώθηκε σε καθιστή στάση και τότε συνειδητοποίησε για πρώτη φορά μετά από ώρα ότι ήταν γυμνή. Ο Δημοφών φαινόταν να την κοιτάζει, αν και με τη μάσκα δεν μπορούσε ποτέ να είναι σίγουρη.

«Αυτό που σκέφτεσαι δεν περιλαμβάνεται στη συμφωνία μας» του είπε αυστηρά.

«Αγαπητή μου να είσαι σίγουρη ότι η εκτίμησή μου για το καλλίγραμμο κορμί σου είναι καθαρά επαγγελματική. Άλλωστε τόσα χρόνια στο χώρο, η αξιολόγηση μιας γυναίκας, είναι κάτι που μου έρχεται στο μυαλό αυτόματα».

«Θα ένιωθα πάντως πιο άνετα αν είχα κάτι να φορέσω».

«Μην ανησυχείς, τα έχω προβλέψει όλα». Με το πάτημα ενός κουμπιού στον τοίχο η πόρτα άνοιξε και μια κοπέλα έφερε καινούργια ρούχα για τη Θέμιδα. Ήταν ένα σύνολο πολύ προτιμότερο από τα κουρέλια που είχαν καταντήσει, μετά από τόσες περιπέτειες, τα δικά της ρούχα. Άρχισε να ντύνεται ενώ ο Δημοφών, δείχνοντας για πρώτη φορά ένα ίχνος διακριτικότητας, γύρισε την πλάτη του προς τη φιλοξενούμενή του. Συνέχισε τη συζήτηση μόνος του αν και δεν είχε λάβει καμία ένδειξη από τη Θέμιδα πως και εκείνη επιθυμούσε κάτι τέτοιο.

«Δυστυχώς το να είμαι ένας απλός θεατής της ομορφιάς είναι μια από τις λίγες απολαύσεις που μου έχουν απομείνει. Αυτή η στολή δεν πρέπει να βγαίνει ποτέ από πάνω μου. Όλες οι βιολογικές μου λειτουργίες γίνονται με σωληνάκια. Όπως καταλαβαίνεις είναι κάποιες δραστηριότητες που αποκλείονται, λόγω της ιδιαιτερότητάς μου. Είναι όμως ένα τίμημα που ευχαρίστως πληρώνω για χάρη της αιώνιας ζωής». Η Θέμις δεν αισθανόταν και ιδιαίτερα άνετα με αυτή τη φάση των αποκαλύψεων και αποφάσισε να στρέψει τη συζήτηση σε κάτι που την ενδιέφερε πολύ περισσότερο.

«Βρήκες τις πληροφορίες που σου ζήτησα;»

«Σχετικά με τη μεταφορά συνείδησης; Ναι. Όσοι επιστήμονες ασχολήθηκαν με αυτή στο παρελθόν έχασαν την υπόληψή τους και έγιναν ο περίγελος της επιστημονικής κοινότητας. Αυτό είχε ως αποτέλεσμα, ακόμα και όσοι έβρισκαν μια τέτοια πιθανότητα συναρπαστική, να σταματήσουν να ασχολούνται. Υπάρχει πλέον ένας και μοναδικός ειδικός του τομέα ονόματι Κτησίβιος, που προσπαθεί ακόμα να πετύχει εκεί όπου τόσοι άλλοι απέτυχαν. Δε θα έτρεφα όμως πολλές ελπίδες αν ήμουν στη θέση σου. Λένε πως πρόκειται για έναν ημίτρελο ερημίτη, που δεν επιθυμεί καμία επαφή με τον υπόλοιπο κόσμο και απεχθάνεται τις επισκέψεις».

Της παρέδωσε μια φορητή μονάδα αποθήκευσης δεδομένων με όλες τις πληροφορίες και εκείνη τις μετέφερε στον εγκέφαλό της, μέσω του βύσματος στον αυχένα της. Ύστερα ακολούθησε το μαφιόζο σε ένα δωμάτιο όπου φυλασσόταν το οπλοστάσιο της συμμορίας. Ένα αρκετά υπολογίσιμο, για τα μεγέθη της συγκεκριμένης οργάνωσης, οπλοστάσιο. Η πόρτα που άνοιξε με τη φωνητική του εντολή ο Δημοφών, κάλυπτε έναν ολόκληρο τοίχο. Αυτό έδινε μια καλή πρώτη ιδέα για το μέγεθος του χώρου στον οποίον θα εισερχόταν η Θέμις. Αλλά όταν τελικά βρέθηκε μέσα στο αχανές οπλοστάσιο, με δυσκολία μπορούσε να κρύψει τον εντυπωσιασμό της.

«Δε χρειάζομαι τόσην πολλή δύναμη πυρός, αλλά για μένα έχουν συλλεκτική αξία και μου αρέσει να βλέπω τα εκθέματά μου να πληθαίνουν συνεχώς. Εδώ μπορείς να βρεις όλα τα συνηθισμένα λέιζερ, τα οποία χρησιμοποιούνται ευρέως σήμερα από στρατούς, σώματα ασφαλείας και φυσικά από εμάς. Έχω όμως και όπλα πιο παλιά τα οποία έχουν ιστορική αξία και έχω σκοπό να τα διατηρήσω όσο περισσότερο μπορώ, γιατί πολλά είναι τα τελευταία του είδους τους και χωρίς τη φροντίδα μου, θα εξαφανιστούν. Μπορείς να πάρεις ό,τι θέλεις αλλά θα σε παρακαλέσω να μου τα προσέχεις. Τα έχω σαν παιδιά μου και δε θα ήθελα να πάθουν κάτι».

Η Θέμις είχε ήδη κατεβάσει από τον τοίχο δύο πιστόλια και ένα μαχαίρι λέιζερ, με ρύθμιση ώστε η λεπίδα να αλλάζει μέγεθος ή σχήμα ανάλογα με την εργασία για την οποία το χρειαζόταν ο χρήστης. Η Θέμις δοκίμασε μερικές ρυθμίσεις και είδε τη λεπίδα από καθαρή ενέργεια να αλλάζει σε σχήμα οδοντωτό και μετά σε λείο και θανάσιμα κοφτερό. Αυτό και άλλα πολλά ήταν αντικείμενα που θα μπορούσαν να έχουν βοηθήσει πάρα πολύ και να έχουν σώσει ακόμα και ζωές στο Σώμα. Αλλά τα κονδύλια ποτέ δεν ήταν αρκετά.

«Σου προτείνω να πάρεις μαζί σου και αυτό» είπε ο Δημοφών και της πέταξε ένα μεταλλικό κύλινδρο. Τον έπιασε στον αέρα και το κοίταξε με απορία. Εξετάζοντάς το όμως βρήκε ένα κουμπί και πατώντας το, είδε με έκπληξη ένα μεταλλικό πλαίσιο να ξεπετάγεται από τον κύλινδρο και να αναπτύσσεται γύρω του. Μέσα σε ένα-δύο δευτερόλεπτα κρατούσε στο χέρι της μια μεταλλική ασπίδα, η οποία παρόλο που κάλυπτε το μισό της σώμα, ήταν αρκετά ελαφριά ώστε να μπορεί άνετα να τη χειριστεί και μια γυναίκα.

«Μην εφησυχάσεις με αυτή στο πλευρό σου. Μπορεί να σε κρατήσει ασφαλή από τις πρώτες ριπές, αλλά μετά από λίγο τα λέιζερ θα τη διαπεράσουν. Ακόμα δεν έχω καταφέρει να βρω το μέταλλο που θα αντισταθεί σε ακτίνα λέιζερ, αλλά φήμες λένε ότι η Έμπουσα βρίσκεται πολύ κοντά στη δημιουργία κάποιου κράματος που θα μπορεί να της αντισταθεί, χωρίς μάλιστα να θερμαίνεται».

«Ακούγεται ενδιαφέρουσα ιδέα, αλλά έχουμε πιο επείγοντα προβλήματα να λύσουμε σχετικά με την Έμπουσα. Νομίζω ότι είμαι καλυμμένη με αυτά. Εκτός αν έχεις να μου δείξεις και κάτι άλλο». Ο Δημοφών έτριψε τα χέρια του σαν παιδί που δείχνει την πλούσια συλλογή του από παιχνίδια, σε κάποιο ζηλιάρη συμμαθητή του.

«Τι θα έλεγες για κάτι πιο παλιομοδίτικο; Κάτι με σφαίρες για παράδειγμα;» Η μέρα της Θέμιδας γινόταν όλο και πιο ενδιαφέρουσα. Πάντα είχε περιέργεια να πυροβολήσει με σφαίρες. Η επόμενη αίθουσα ήταν γεμάτη από όπλα που είτε δεν είχε ξαναδεί ποτέ της ή τα είχε δει μόνο σε ταινίες. Ο Δημοφών ακτινοβολώντας περισσότερο από το κανονικό εξαιτίας της υπερηφάνειας του, παρατηρούσε τη Θέμιδα καθώς θαύμαζε τις αντίκες. Η αστυνομικός ένιωθε χαμένη μέσα στην ποικιλία και δεν μπορούσε να διαλέξει κάτι. Ο μαφιόζος αποφάσισε να τη βοηθήσει.

«Τι θα έλεγες για κάτι ελαφρύ;» είπε πατώντας ένα κουμπί στον εντοιχισμένο πίνακα ελέγχου, που ενεργοποίησε ένα μεταλλικό βραχίονα, ο οποίος κατέβασε από ένα ανώτερο επίπεδο ένα από τα όπλα. Ο Δημοφών το κράτησε τρυφερά στα χέρια του.

«Πρόκειται για το UMP 45 της Heckler & Koch. Είναι υποπολυβόλο με αναδιπλούμενο κοντάκι, προσθαφαιρούμενη εμπρόσθια χειρολαβή και ρυθμίσεις για αυτόματη, ημιαυτόματη και διπλή βολή». Της το έδωσε να το κρατήσει και εκείνη παραλίγο να το ρίξει κάτω.

«Νόμιζα πως θα μου έδειχνες κάτι ελαφρύ;»

«Έχεις συνηθίσει από τα όπλα της εποχής μας που είναι πούπουλα. Για την εποχή του ήταν όντως εύχρηστο και κατάλληλο για μάχες σε στενούς χώρους αστικών περιοχών. Κρατάς ένα πραγματικό όπλο στα χέρια σου, όχι κάτι βγαλμένο από βιντεοπαιχνίδια, όπως είναι τα περισσότερα σημερινά τουφέκια. Πάμε να το δοκιμάσεις». Κατευθύνθηκαν σε ένα στεγασμένο πεδίο βολών όπου η Θέμις στάθηκε απέναντι από το στόχο, νιώθοντας κάπως αμήχανα με το ασυνήθιστο όπλο στα χέρια. Ο Δημοφών την άφησε να ταλαιπωρηθεί για λίγη ώρα πριν της δείξει πώς να βάλει το γεμιστήρα στην υποδοχή. Όταν όλα ήταν έτοιμα, απομακρύνθηκε με μια τελευταία προειδοποίηση.

«Πάρε τη στάση που σου έδειξα πριν ώστε να μπορέσει το κορμί σου να απορροφήσει το κλώτσημα». Μια ζωή εξάσκησης στη σκοποβολή με λέιζερ, δεν είχε δώσει την ευκαιρία στη Θέμιδα να μάθει τι ακριβώς ήταν το κλώτσημα. Όμως μόλις πάτησε τη σκανδάλη κατάλαβε και χρειάστηκαν πολλοί γεμιστήρες μέχρι να χορτάσει από αυτή τη νέα εμπειρία. Θυμήθηκε όμως ότι είχε μια σημαντική υπόθεση να επιλύσει και ότι όσο καλά και αν περνούσε εκείνη τη στιγμή, ήταν μαζί με κάποιον που δεν μπορούσε να θεωρεί γνήσιο φίλο, αλλά απλά έναν προσωρινό σύμμαχο. Έτσι άφησε το όπλο κάτω και με σοβαρότητα στράφηκε προς τον Δημοφώντα.

«Διασκεδάσαμε αρκετά. Ήρθε η ώρα να γνωρίσω την ομάδα μου και να επισκεφτούμε τον εκκεντρικό ερημίτη». Μετά από λίγη ώρα ένα αμάξι σταματούσε μπροστά από το εργαστήριο του Κτησίβιου. Σε όλη τη διαδρομή από το μαγαζί του Δημοφώντα μέχρι εκεί, οι τέσσερις επιβάτες δεν είχαν ανταλλάξει ούτε κουβέντα. Οι τρεις μπράβοι του Δημοφώντα, ο Άλπος, ο Αλκυονέας και ο Πορφυρίωνας, δεν ήταν ιδιαίτερα ευτυχισμένοι με την αποστολή που τους είχε αναθέσει το αφεντικό τους. Τι δουλειά είχαν να νταντεύουν μια μπατσίνα και μάλιστα αυτή που έστειλε στο νοσοκομείο ένα δικό τους; Μπορεί να μην ήταν ο πιο έξυπνος της παρέας και να είχε περίεργες απόψεις για το τι συνιστά μια ελκυστική εξωτερική εμφάνιση, αλλά δεν έπαυε να είναι μέλος της ομάδας. Ένα μέλος το οποίο είχε ένα χέρι λιγότερο εξαιτίας της νέας προστατευόμενης του αφεντικού. Η Θέμις από τη μεριά της είχε και εκείνη πολλούς λόγους να μη θέλει να ανοιχτεί πολύ στους νέους της συνεργάτες, τους οποίους δεν εμπιστευόταν περισσότερο από ό,τι θα εμπιστευόταν το μισητό Μέμνονα. Η σιωπηλή παρέα έφτασε όμως στον προορισμό της χωρίς παρατράγουδα. Η Θέμις ήλπιζε ότι οι γορίλες του Δημοφώντα θα φοβόντουσαν αρκετά το αφεντικό τους, για να παρακούσουν τις εντολές του. Κατέβηκε από το αμάξι και τους έδωσε εντολή να την περιμένουν εκεί. Ήταν πολύ πιο πιθανό ο εκκεντρικός ερευνητής να ένιωθε λιγότερο απειλούμενος από μια γυναίκα μόνη, από ό,τι από κάποια που συνοδευόταν από τρεις ντουλάπες.

Το εργαστήριο του Κτησίβιου εξωτερικά φαινόταν να είναι έτσι φτιαγμένο, ώστε να πετυχαίνει το στόχο του κατοίκου του. Δηλαδή να αποθαρρύνει τον οποιονδήποτε από το να προσπαθήσει να εισέλθει στο χώρο. Περικλειόταν από ένα φράχτη φτιαγμένο από συρματόπλεγμα με ακιδωτές άκρες, που σε πολλά σημεία όμως είχε ανοίγματα όπου το σύρμα είχε κοπεί από κάποιο αιχμηρό αντικείμενο ή από τη φθορά που έρχεται αναπόδραστα με το πέρασμα του χρόνου. Η τσιμεντένια αυλή από το φράχτη μέχρι την είσοδο του κτιρίου, ήταν στολισμένη με κάθε λογής παλιατζούρα και τα πολλαπλά στρώματα σκόνης και βρωμιάς, μαρτυρούσαν ένα μέρος παρατημένο στη μοίρα του να ρημάξει. Το ίδιο το κτίριο δεν ήταν σε καλύτερη κατάσταση, όντας άβαφτο, βρώμικο και με τρύπες στους τοίχους, ενώ τα παράθυρα έχοντας τα περισσότερα τζάμια τους σπασμένα, φράζονταν και αυτά από συρματόπλεγμα, ώστε ο εκκεντρικός επιστήμονας να νιώθει σίγουρος πως ούτε από εκεί θα έβρισκαν πρόσβαση οι ανεπιθύμητοι επισκέπτες. Τα σύννεφα είχαν μαζευτεί πυκνά πάνω από την περιοχή και η σκούρα ογκώδης τους φιγούρα, άρχισε να ρίχνει διστακτικά στην αρχή μερικές στάλες και ύστερα να ξερνά με μανία μια νεροποντή. Ένας κεραυνός έπεσε με δύναμη στο αλεξικέραυνο του κτιρίου και απορροφήθηκε.

Τα άγρια καιρικά φαινόμενα και η άθλια όψη του μέρους, χάριζαν μια αίσθηση ταινίας τρόμου στη σκηνή. Η Θέμις προχώρησε προς την πόρτα του φράχτη, η οποία ήταν κλειδωμένη με μια αλυσίδα και ένα σκουριασμένο λουκέτο. Άρπαξε τους κρίκους και τους τέντωσε, βγάζοντας από τη θήκη του στο αριστερό της πόδι, το μαχαίρι με τη λεπίδα λέιζερ που άλλαζε σχήματα. Το ρύθμισε σε οδοντωτή λεπίδα και άρχισε να πριονίζει το μέταλλο. Με δύο μόλις κινήσεις η αλυσίδα κόπηκε και τα απομεινάρια της κρεμάστηκαν χαλαρά από το χέρι της. Η πόρτα άνοιξε με έναν ανατριχιαστικό τριγμό, καθώς οι μεντεσέδες διαμαρτύρονταν για τη διακοπή της, κατά τα φαινόμενα, μακρόχρονης ακινησίας τους. Διέσχισε την αυλή και τα βήματά της ηχούσαν στον περίγυρο, καθώς οι μπότες της βουτούσαν στις λιμνούλες που είχε δημιουργήσει η καταρρακτώδης βροχή. Στάθηκε μπροστά από την πόρτα και χτύπησε το κουμπί στο θυροτηλέφωνο. Για λίγη ώρα δεν υπήρξε απάντηση και παραμερίζοντας εκνευρισμένη από το μέτωπό της, μερικά μουσκεμένα τσουλούφια από τα μαλλιά της, ξαναπάτησε το κουμπί με περισσότερη επιμονή αυτή τη φορά. Ακολούθησαν μερικά χτυπήματα στην πόρτα με τη γροθιά και στο τέλος μια κλωτσιά, περισσότερο από εκνευρισμό παρά λόγω κάποιας χρησιμότητας.

Ο Κτησίβιος είτε δε βρισκόταν μέσα ή την αγνοούσε επιδεικτικά. Εφόσον ο Δημοφώντας της είχε πει ότι ο επιστήμονας σπανίως έφευγε από το καταφύγιό του, η Θέμις υπέθεσε ότι συνέβαινε το δεύτερο. Το μαχαίρι με τις πολλαπλές λεπίδες λέιζερ ανέλαβε και πάλι δράση και μέσα σε δευτερόλεπτα ο μηχανισμός της πόρτας είχε παραβιασθεί, ακυρώνοντας το μηχανικό κλείδωμα. Η Θέμις μπήκε μέσα και έκλεισε την πόρτα πίσω της. Στάθηκε για λίγο στάζοντας νερό στο πάτωμα, μέχρι να εξερευνήσει λίγο το εσωτερικό του εργαστηρίου. Άναψε ένα φακό αφού ο φωτισμός ήταν πολύ αδύναμος και προχώρησε στο μοναδικό διάδρομο που βρήκε στο δρόμο της. Το εσωτερικό ταίριαζε με ό,τι είχε δει έξω. Παντελής παραμέληση, με το χρόνο να φαίνεται να είναι ο μόνος ο οποίος ενδιαφερόταν να ασχοληθεί με τις θλιβερές εγκαταστάσεις. Μέσα όμως σε αυτό το συνονθύλευμα κρεμασμένων καλωδίων, σπασμένων τζαμιών, σκουριασμένων σιδερικών και λιωμένου πλαστικού, κρυβόταν ο άνθρωπος που μπορεί να της έδινε τις απαντήσεις που χρειαζόταν. Με το οπτικό της πεδίο περιορισμένο από την έλλειψη επαρκούς φωτισμού, έσκυψε περισσότερο από ένστικτο παρά επειδή είδε τη μεταλλική δαγκάνα να κατευθύνεται προς το κεφάλι της.

Έστρεψε το φακό προς την κατεύθυνση της δαγκάνας για να δει τι αντιμετώπιζε και είδε ένα παράξενο ρομπότ που έμοιαζε με μεταλλική ακρίδα. Το αρθρωτό του σώμα πλαισιωνόταν από δύο σειρές λεπτά χέρια και πόδια που όλα κατέληγαν σε δαγκάνες και ένα κεφάλι με ολοστρόγγυλα φωτεινά μάτια και δύο κεραίες. Ήταν σε μέγεθος όσο σχεδόν ένας άνθρωπος, με τη διαφορά ότι δε φαινόταν αρχικά τόσο ψηλό, γιατί χρησιμοποιούσε και τα μπροστινά του πόδια για να κινηθεί. Όταν όμως στεκόταν στα πίσω πόδια για να χτυπήσει με τα μπροστινά τη Θέμιδα, τότε έφτανε σε ύψος το μέσο άντρα. Η Θέμις βρέθηκε να πρέπει να αποφεύγει τρεις με τέσσερις δαγκάνες τη φορά, ενώ η λεπτή του κατασκευή επέτρεπε στο ρομπότ να κινείται με περίσσια άνεση και ταχύτητα. Ταυτόχρονα με τις επιθετικές του κινήσεις έβγαζε ένα βούισμα από ένα ζευγάρι μικρές δαγκάνες στο πρόσωπό του, που μάλλον εξυπηρετούσε για στόμα. Ο ήχος θύμιζε κομμένα καλώδια ηλεκτρικού που ξεπετάνε σπίθες ρεύματος. Τα δύο τεράστια μάτια που κάλυπταν το μεγαλύτερο μέρος του κεφαλιού, αναβόσβηναν με ασταμάτητη μανία, σαν να αντανακλούσαν την αγωνία του ρομπότ να αποκρούσει τον εισβολέα. Η Θέμις έχοντας αποφύγει επιτυχώς τα χτυπήματα του μηχανικού εντόμου, αποφάσισε να περάσει στην αντεπίθεση.

Από το ζεύγος των πιστολιών που στόλιζαν τη μέση της, διάλεξε το δεξί και ταυτόχρονα έπιασε το φακό με τα δόντια της. Με το αριστερό χέρι ελευθερωμένο άρπαξε από τη ζώνη της το μεταλλικό κύλινδρο και πάτησε το κουμπί ενεργοποίησης. Η ασπίδα ξεδιπλώθηκε με έναν εντυπωσιακό ήχο, που συνοδεύτηκε από τις κλαγγές των δαγκανών του εντόμου, που προσπαθούσαν να παρακάμψουν την άμυνα της πρώην αστυνομικού. Η Θέμις άρχισε να προχωράει με την ασπίδα προτεταμένη, ωθώντας τον αντίπαλο προς τα πίσω. Παράλληλα όποτε έβρισκε την ευκαιρία, ξεπρόβαλε πίσω από την ασπίδα και πυροβολούσε, πετυχαίνοντας αρκετές από τις δαγκάνες του ρομπότ. Οι ακτίνες λέιζερ έλιωναν τα μέλη και σιγά-σιγά το μηχανικό πλάσμα ξέμενε από επιλογές. Συνέχιζε όμως να μένει πιστό στις εντολές που είχε λάβει και μην εγκαταλείποντας την αποστολή του, εφορμούσε εναντίον της ασπίδας ξανά και ξανά. Στο τέλος είχε απομείνει ένας σμπαραλιασμένος και καταταλαιπωρημένος μηχανισμός και όταν πλέον δεν είχαν μείνει δαγκάνες να την απειλούν, η Θέμις έβαλε την ασπίδα στην άκρη, στόχευσε και εξαπέλυσε μια βολή, η οποία έκανε κομμάτια το στρογγυλό κεφάλι του παράξενου αντιπάλου.

Οι κεραίες και τα κομμάτια των πλαστικών ματιών εκσφενδονίστηκαν σε διαφορετικές κατευθύνσεις, αφήνοντας το υπόλοιπο σώμα ακέφαλο, να σπαρταράει και να βγάζει θρηνητικούς ήχους μηχανικής δυσλειτουργίας.

Προχώρησε στα ενδότερα των εγκαταστάσεων, έχοντας την ασπίδα υψωμένη και το πιστόλι σε ετοιμότητα. Κατέληξε σε ένα χώρο μεγαλύτερο από το στενό διάδρομο τον οποίο είχε διασχίσει προηγουμένως και ήταν έτοιμη να εξερευνήσει με το φακό, όταν μια ανησυχητική ένδειξη διέκοψε τις κινήσεις της. Ένα νέο ζεύγος ολοστρόγγυλα και μεγάλα φωτεινά μάτια εμφανίστηκε μέσα από το σκοτάδι, αλλά η Θέμις έκανε τη δυσάρεστη διαπίστωση πως δεν ήταν το μόνο. Σιγά-σιγά όλος ο χώρος γέμισε από φωτεινούς κύκλους, που με τη λάμψη τους τρυπούσαν το μαύρο σεντόνι του σκοταδιού, ενώ μεταλλικά πόδια ακούγονταν από όλες τις κατευθύνσεις γύρω της, σημάδι πως ένας μηχανικός στρατός την περικύκλωνε. Ετοιμάστηκε για μάχη ενώ ταυτόχρονα ο επεξεργαστής στον εγκέφαλό της λάμβανε εντολή να στείλει σήμα για βοήθεια, στους μπράβους του Δημοφώντα που την περίμεναν απ' έξω. Πριν προλάβει να κάνει το οτιδήποτε όμως, ο χώρος λούστηκε στο φως από υπερυψωμένους προβολείς και μια πλατφόρμα άρχισε να ξεπροβάλλει, μερικά μετρά από πάνω της. Τα έντομα την παρατηρούσαν ακίνητα, δείχνοντας να τηρούν μια στάση αναμονής, ενώ στην πλατφόρμα έκανε την εμφάνισή του ο αρχετυπικός τρελός επιστήμονας.

Άσπρα μαλλιά φουντωτά και άναρχα, βλέμμα κρυμμένο πίσω από δύο τζαμαρίες που χρησίμευαν για φακοί μυωπίας, μάτια γουρλωμένα και χαμένα σε κάποιον τόπο διαφορετικό, που φαίνονταν να δυσκολεύονται να συγκεντρωθούν στη Θέμιδα που αποτελούσε και το άμεσο πρόβλημα, ιατρική ποδιά λερωμένη σε διάφορα σημεία, απόδειξη ότι ο μεγάλος επιστήμων ήταν πολύ απορροφημένος από την έρευνά του, για να ασχοληθεί με την καθαριότητα και όλα αυτά επιστεγάζονταν από μια αδιάκοπη κίνηση των φρυδιών και των χειλιών, που έδινε την εντύπωση πως ο αστείος αυτός άνθρωπος δε σταματούσε να κάνει τους υπολογισμούς του, ούτε όταν βρισκόταν σε κίνηση. Περπάτησε μέχρι την άκρη της πλατφόρμας και μάλλον θα έπεφτε στο κενό, αν ένα ρομπότ που τον ακολουθούσε δεν τον σταματούσε την τελευταία στιγμή. Σήκωσε το κεφάλι του ξαφνιασμένος και ανοιγόκλεισε τα μάτια του, σαν να ξυπνούσε από βαθύ λήθαργο. Έστρεψε επιτέλους το ενδιαφέρον του στη Θέμιδα και μίλησε με δυσκολία, σαν κάποιος που από την απομόνωση και την έλλειψη επαφής με ανθρώπους, είχε ξεχάσει πώς να μιλάει.

«Ποια είσαι εσύ; Με ποιο δικαίωμα εισβάλεις έτσι στο εργαστήριό μου;»

«Είμαι αστυνομικός και εισβάλω με το δικαίωμα και την υποχρέωση να διατηρήσω την τάξη και να διαφυλάξω την ασφάλεια του κοινού» απάντησε η Θέμις παραλείποντας να πει ότι βρισκόταν σε διαθεσιμότητα και ότι έτσι και αλλιώς θα χρειαζόταν ένταλμα. Όταν όμως έχεις να κάνεις με έναν ημίτρελο επιστήμονα, δε χρησιμοποιείς τη λογική και τη νομιμότητα, αλλά όπλα πιο αποτελεσματικά.

«Δε με απασχολεί η ασφάλεια του κοινού. Εδώ μέσα γίνεται σοβαρή εργασία. Να φύγεις αμέσως!» είπε και κινήθηκε για να φύγει. Τη στιγμή που ο Κτησίβιος γύρισε την πλάτη του στη Θέμιδα, τα έντομα κινήθηκαν αμέσως εναντίον της. Η Θέμις όμως αντέδρασε πιο γρήγορα και πυροβόλησε τον Κτησίβιο στο δεξί του μπράτσο. Η ακτίνα πέρασε ξυστά, αφού δεν είχε πρόθεση να του κάνει κακό. Ήθελε μόνο να τον τρομάξει και να του αποδείξει ότι δεν αστειευόταν. Στα ρομπότ προκλήθηκε πανικός, αφού ο έστω και ελαφρύς τραυματισμός του δημιουργού τους, ερχόταν σε αντίθεση με κάποια εντυπωμένη εντολή προστασίας του. Ο Κτησίβιος τσίριξε κατατρομαγμένος και γύρισε να κοιτάξει τη Θέμιδα, με μια έκφραση ανείπωτης φρίκης στο πρόσωπό του.

«Πες στα ζουζούνια σου να υποχωρήσουν, γιατί σου ορκίζομαι ότι πριν πεθάνω, το τελευταίο πράγμα που θα κάνω θα είναι να σου ψήσω το μεγαλοφυές μυαλό σου με μια ακτίνα». Ο Κτησίβιος δε χρειάστηκε πάνω από ένα δευτερόλεπτο, για να συνειδητοποιήσει πόσο σοβαρολογούσε η γυναίκα που είχε απέναντί του. Με μια μη προφορική εντολή, οι μεταλλικοί σωματοφύλακες υποχώρησαν και έμειναν οι δύο τους. Η Θέμις θηκάρωσε το πιστόλι της σε ένδειξη καλής πίστης και ο Κτησίβιος, χωρίς ακόμα να έχει ξεπεράσει την ταραχή του, χαμήλωσε την πλατφόρμα και βρέθηκε στο ίδιο επίπεδο με εκείνη. Η Θέμις συνειδητοποιώντας ότι ο Κτησίβιος μπορούσε να ελέγξει τα έντομα και ίσως και άλλα μηχανήματα, ασύρματα από τον επεξεργαστή που είχε στο κεφάλι του, βρισκόταν σε ετοιμότητα για τυχόν εκπλήξεις που θα της επιφύλασσε ο απρόθυμος οικοδεσπότης της. Για αυτόν θα αρκούσε μόνο μια σκέψη για να ενεργοποιήσει κάποια παγίδα. Την κοίταζε με περιφρόνηση, εκνευρισμένος που είχε διακόψει την εργασία του και θεωρώντας τη μια κατώτερη μορφή ζωής. Όμως, στα θολωμένα από τη συνεχή έρευνα και χωρίς διαλείμματα για ξεκούραση μάτια του, μπορούσε να διακρίνει και την ειλικρινή απορία.

Του είχε εξάψει έστω και λίγο την περιέργεια το γεγονός, ότι η Θέμις είχε δείξει τόσην επιμονή για να δει έναν επιστήμονα, που αγνοούσαν και είχαν σχεδόν ξεχάσει οι πάντες, εξαιτίας του ακατόρθωτου άθλου που είχε αναλάβει να φέρει εις πέρας. Τότε όμως θυμήθηκε μια άλλη επίσκεψη που είχε πριν από καιρό. Δε θυμόταν πότε ακριβώς, αφού ο χρόνος για εκείνον είχε χάσει το νόημα, όντας μέρα και νύχτα βυθισμένος στο εργαστήριό του, αλλά είχε έρθει και κάποιος άλλος να τον ρωτήσει για τις έρευνές του, δείχνοντας να έχει μελετήσει τη δουλειά του Κτησίβιου και τις διαλέξεις που είχε δώσει στο παρελθόν. Άραγε σχετίζονταν τα δύο γεγονότα;

«Θέλω να ρωτήσω για την έρευνα που κάνεις. Έχεις καταφέρει να μεταφέρεις τη συνείδηση ενός ανθρώπου σε σώμα άλλου;» ρώτησε η Θέμις με δυσπιστία. Ο Κτησίβιος την κοίταξε σαν να προσπαθούσε να τον πείσει να της εκμυστηρευτεί πού είχε τον κρυμμένο θησαυρό. Δεν ήταν διατεθειμένος να της αποκαλύψει τα μυστικά του. Έτσι η Θέμις χρειάστηκε να αγγίξει ελαφρά το όπλο της, για να του υπενθυμίσει ποια θα ήταν η κατάληξη της συζήτησης, σε μια πιθανή άρνησή του να της απαντήσει.

«Έχει γίνει αρκετή πρόοδος στις έρευνές μου» της είπε αόριστα.

«Πόση πρόοδος;» επέμεινε η Θέμις. Ο Κτησίβιος αναστέναξε θλιμμένα πριν απαντήσει.

«Οι μισές περίπου δοκιμές έχουν επιτυχία». Η Θέμις γούρλωσε τα μάτια με έκπληξη. Δεν περίμενε να ακούσει ένα τόσο καλό ποσοστό. Τα στοιχεία που της είχε προμηθεύσει ο Δημοφώντας, την είχαν κάνει να καταλάβει ότι επρόκειτο για ένα άπιαστο όνειρο. Αναρωτήθηκε αν ο Κτησίβιος της έλεγε ψέματα. Όμως πιο πολύ θα τον συνέφερε να της έλεγε ότι οι έρευνές του είχαν αποτύχει παρά το αντίθετο, γιατί σε περίπτωση αποτυχίας του, εκείνη θα έχανε το ενδιαφέρον της και θα έφευγε από το εργαστήριό του μια ώρα αρχύτερα. Μετά της ήρθε μια ακόμα σκέψη στο μυαλό και ντράπηκε που δεν ήταν αυτό το πρώτο πράγμα που είχε σκεφθεί.

«Κάνεις πειράματα σε ανθρώπους;» ρώτησε ευχόμενη για μια αρνητική απάντηση.

«Αφού δεν υπάρχουν πλέον ζώα η μόνη λύση είναι να χρησιμοποιώ ενήλικες άντρες ή γυναίκες. Θα χρησιμοποιούσα και παιδιά αλλά η ελλιπής ανάπτυξή τους σε σωματικό και πνευματικό επίπεδο, τα καθιστά αρκετά ασταθή για τις έρευνές μου. Οι ενήλικες όμως έρχονται πρόθυμα για να γίνουν τα πειραματόζωά μου, όσο αδόκιμος και αν είναι αυτός ο όρος πλέον. Άλλωστε ένας άπορος είναι διατεθειμένος να κάνει πολλά πράγματα για μια δόση κυκεώνα». Μιλούσε με μια απάθεια που ένας λογικός άνθρωπος θα χρησιμοποιούσε για άψυχα αντικείμενα και όχι για ανθρώπινες ζωές. Είχε βυθιστεί τόσο πολύ στην έρευνά του, που είχε χάσει κάθε ίχνος ανθρωπισμού και συμπόνιας για τους γύρω του. Είχε γίνει και αυτός ένα ρομπότ, σαν τους μεταλλικούς του υπηρέτες που έσπευδαν να υπακούσουν σε κάθε κέλευσμά του. Η Θέμις ένιωθε μια άσχημη γεύση στο στόμα, από την αηδία και την απέχθεια που της γεννούσαν τα λόγια του Κτησίβιου. Ήθελε να ρωτήσει κάτι ακόμα. Ήταν η πιο δύσκολη ερώτηση και ευχόταν η συνείδησή της να μην της επέβαλλε να το κάνει. Αυτή ήταν όμως εκεί, πανταχού παρούσα, υπαγορεύοντας κάθε της βήμα και κάθε της κίνηση. Πήρε μια ανάσα και μίλησε, έτοιμη να ακούσει τη χειρότερη απάντηση.

«Είπες ότι οι μισές περιπτώσεις είναι επιτυχημένες. Τι συμβαίνει σε αυτούς τους ανθρώπους που παίρνουν μέρος στις αποτυχημένες δοκιμές;» Ο Κτησίβιος δε δίστασε στιγμή να απαντήσει. Δεν είχε καν αντιληφθεί την αλλαγή στην ψυχολογία της συνομιλήτριάς του. Το πόσο φρικιαστικά έβρισκε τα όσα της απεκάλυπτε. Τα θεωρούσε φυσιολογικά. Λογικό επακόλουθο της έρευνας για την επιστήμη, στο βωμό της οποίας θα θυσίαζε ευχαρίστως αμέτρητες ψυχές.

«Τα ρομπότ αναλαμβάνουν την απόρριψη των πτωμάτων. Αν με ρωτάς πού τα μεταφέρουν, δεν ξέρω. Είμαι πολύ απασχολημένος για να ασχολούμαι με τόσο ασήμαντα θέματα. Έχεις πολλές ανούσιες ερωτήσεις ακόμα;» Μόλις της είχε αποκαλύψει ότι ήταν ένας κατά συρροή δολοφόνος και το μόνο που τον ένοιαζε ήταν πόσο από το χρόνο του θα ξόδευε ακόμα μαζί της. Στην πρώτη γροθιά σάστισε και κοίταζε αποσβολωμένος το αίμα από τη μύτη του να χύνεται στα χέρια του. Στη δεύτερη άρχισε να συνειδητοποιεί ότι μάλλον είχε ξεπεράσει κάποιο όριο που δεν έπρεπε. Στην τρίτη η ιδιοφυΐα του άρχισε να αντιλαμβάνεται ότι μάλλον είχε κάνει κάτι, που οι κοινοί θνητοί θεωρούσαν ανεπίτρεπτο και είχε έρθει η στιγμή της τιμωρίας του. Ήδη όμως η μύτη του και το σαγόνι του είχαν ραγίσει, ενώ το αριστερό του μάτι

179

δεν έβλεπε σχεδόν τίποτα. Προσπαθούσε να μιλήσει, αλλά κατάφερνε να βγάζει μόνο μικρά ουρλιαχτά, τα οποία διακόπτονταν από τα χτυπήματα που ακολουθούσαν. Είχε φτάσει να θεωρεί τον εαυτό του θεό και η ξαφνική συνειδητοποίηση της θνητής του υπόστασης, τον σόκαρε ανεπανόρθωτα. Τα έντομα τους περικύκλωσαν ανήσυχα, κουνώντας αγχωμένα τις μεταλλικές τους κεραίες. Όμως δεν μπορούσαν να επέμβουν, αφού τους είχε δώσει αντίθετη εντολή. Περίμεναν λοιπόν με ανυπομονησία τη νέα εντολή, που θα τους άφηνε το πεδίο ελεύθερο να κατακρεουργήσουν την εισβολέα.

Η εντολή δεν ήρθε ποτέ. Ο Κτησίβιος πανικόβλητος δε ρίσκαρε να διατάξει επίθεση. Αν στο ένα δευτερόλεπτο που ήθελαν οι στρατιώτες του για να ορμήσουν, η Θέμις τον πυροβολούσε; Αν... Ένιωσε το μέταλλο του πιστολιού να του πιέζει τον κρόταφο. Η Θέμις έσκυψε από πάνω του με την επισημότητα μιας ιέρειας του θανάτου. Η ανάσα της στο αυτί του του προκάλεσε ένα τρέμουλο, που διέτρεξε το κορμί του από άκρη σε άκρη. Έβγαλε μια Φορητή Μονάδα Διασύνδεσης από την τσέπη της και την τοποθέτησε μπροστά του. Η οθόνη έδειχνε δύο πρόσωπα.

«Η επικοινωνία μας θα είναι λίγο δύσκολη, τώρα που με ανάγκασες να σου σπάσω το σαγόνι. Υπάρχουν όμως και άλλοι τρόποι πέραν του προφορικού. Δείξε αν κάποιος από αυτούς τους δύο ήρθε εδώ να σε ρωτήσει για την έρευνά σου. Αν ήρθαν και οι δύο ακούμπησε το δάχτυλό σου και στις δύο εικόνες. Αν δεν ήρθε κανείς από αυτούς τους δύο μην κάνεις τίποτα». Ο Κτησίβιος άπλωσε το τρεμάμενο χέρι του και ακούμπησε με το δείκτη του τη μια εικόνα. Ήταν η εικόνα του Μαχάονα. Ο Κτησίβιος δε φαινόταν να αναγνωρίζει τον Προμηθέα από τη διπλανή εικόνα. Έσβησε τις εικόνες και ενεργοποίησε τον επεξεργαστή κειμένου.

«Γράψε μου τι ήθελε από εσένα». Ο Κτησίβιος έγραψε τις λέξεις αρχεία, έρευνα και μηχανήματα. Άρα ο Μαχάων ήθελε να πειραματιστεί και αυτός με τη μεταφορά συνείδησης.

«Του έδωσες όσα σου ζητούσε;» Ο Κτησίβιος έγνευσε θετικά και έτριψε μεταξύ τους το δείκτη, τον αντίχειρα και το μέσο, για να καταλάβει η Θέμις από το παλιομοδίτικο αυτό σήμα του χρήματος, ότι είχε πληρωθεί για τα εφόδια αυτά και μάλλον πλουσιοπάροχα.

«Δε φοβήθηκες ότι θα τελειοποιούσε την έρευνα πριν από σένα;» Ο Κτησίβιος κατάφερε, αν και με σπασμένο σαγόνι, να χαμογελάσει υπεροπτικά. Και βέβαια δε θεωρούσε κανέναν άλλον ικανό να ολοκληρώσει το έργο του, πριν από τον ίδιο. Δεν του είχε περάσει καν από το μυαλό. Η ανταμοιβή για το υπεροπτικό του χαμόγελο ήταν ένα χτύπημα στο πρόσωπο από το πιστόλι, που απλά πρόσθεσε άλλη μια πληγή που αιμορραγούσε στις ήδη υπάρχουσες.

«Τα μηχανήματα τα έστειλες κάπου ή ήρθε με δικό του όχημα και τα παρέλαβε;» Ο Κτησίβιος έγραψε ότι είχε συμβεί το πρώτο.

«Γράψε μου τις συντεταγμένες της τοποθεσίας αποστολής». Ο εφευρέτης υπάκουσε και η Θέμις κοίταξε τις συντεταγμένες που της είχε γράψει στην οθόνη της συσκευής. Υπέθεσε ότι δεν είχε κάτι άλλο να τον ρωτήσει. Η ανάκριση είχε τελειώσει και μπορούσε έτσι να τελειώσει και το μαρτύριό του. Όμως ενώ η κοινή λογική έλεγε στην πρώην αστυνομικό, ότι αφού είχε πάρει αυτό που ήθελε θα έπρεπε να φύγει, η σκέψη των νεκρών από τα πειράματα του στυγνού φονιά, στοίχειωνε το νου της. Όσο και αν προσπαθούσε, δεν μπορούσε να πείσει τον εαυτό της να το ξεχάσει και να στρέψει την προσοχή της στις δικές της επείγουσες υποθέσεις. Σήκωσε τον Κτησίβιο όρθιο και τον χτύπησε με το γόνατό της στα πλευρά, κόβοντάς του την αναπνοή. Τον κόλλησε στον τοίχο και του γράπωσε το λαρύγγι με μανία. Είδε τα χαρακτηριστικά του προσώπου του να συστρέφονται από την αγωνία της ασφυξίας.

«Είσαι τυχερός γιατί δεν έχω χρόνο να ασχοληθώ αύτη τη στιγμή μαζί σου. Όμως κάποια στιγμή θα σε ψάξω. Το καλύτερο που έχεις να κάνεις λοιπόν είναι να φύγεις και να πας κάπου πολύ μακριά. Κατά προτίμηση κάπου όπου δε θα υπάρχουν άλλοι άνθρωποι που να μπορείς να εκμεταλλευτείς». Ανεβοκατέβασε πανικόβλητος το κεφάλι του, δείχνοντας πως δεν είχε καμία αντίρρηση. Ικανοποιώντας έστω και προσωρινά τη συνείδησή της, τον έσυρε μέχρι την εξώπορτα, χρησιμοποιώντας τον σαν ασπίδα απέναντι στα κατασκευάσματά του. Άνοιξε την πόρτα και τον πέταξε πάνω στα ρομπότ του. Καθώς εκείνα έσπευσαν να τον πιάσουν και να σιγουρευτούν ότι ήταν ασφαλής, εκείνη έκλεισε την πόρτα και πυροβόλησε με το λέιζερ το μηχανισμό κλειδώματος, μπλοκάροντάς τον. Έτρεξε υπό το συνεχές ράπισμα της βροχής προς το αμάξι και σε λίγη ώρα, έβλεπε το είδωλο του εργαστήριου των φρικιαστικών πειραμάτων, να μικραίνει με αυξανόμενη ταχύτητα στον καθρέφτη. Παράλληλα επαναλάμβανε στον εαυτό της μια σιωπηλή υπόσχεση. Ότι μια μέρα ο Κτησίβιος θα λογοδοτούσε για τις πράξεις του.

κεφαλλιο 10

Η πτώση του δε διήρκησε πολλή ώρα. Έπεσε σε σκληρό και επίπεδο έδαφος και για μερικά δευτερόλεπτα του κόπηκε η αναπνοή από την πρόσκρουση. Πριν καν σταθεί όρθιος έστειλε σήμα στον Κόβαλο, ειδοποιώντας τον να κινητοποιήσει την ομάδα κρούσης και να μετακινηθεί προς το σημείο που του έδειχνε το στίγμα του Μέμνονα. Ανακτώντας σιγά-σιγά την αναπνοή του, κοίταξε ψηλά και αντίκρισε μόνο το σκοτάδι. Άρα η καταπακτή είχε κλείσει και πάλι και ο ηλικιωμένος παλαιοπώλης δε βρισκόταν εκεί στα σκοτάδια μαζί του, αλλά είχε καταφέρει να κρατηθεί στην επιφάνεια. Το ερώτημα ήταν τι τον περίμενε μέσα σε εκείνη την ανήλιαγη τρύπα. Προσπάθησε να συνηθίσει στη μαυρίλα και να διακρίνει το οτιδήποτε με το βλέμμα του. Άδικος κόπος. Ενεργοποίησε το λέιζερ και ξεθηκάρωσε το κατάνα. Δεν ήξερε τι θα συναντούσε αλλά ήξερε πως ό,τι και αν ήταν δε θα είχε φιλικές διαθέσεις. Ξαφνικά ο χώρος φωτίστηκε, αλλά αυτό δε βελτίωσε την ορατότητα του Μέμνονα. Οι προβολείς ήταν τόσο λαμπροί που τον τύφλωναν. Σίγουρα αυτό δεν ήταν τυχαίο. Όποιος κρυβόταν από πίσω τους, μάλλον ο Προμηθέας ή το θεόρατο ρομπότ του, τον ήθελε τυφλωμένο και ακίνητο, εύκολο στόχο για τα όπλα τους.

Ακούστηκε φύσημα από κάποιο μεγάφωνο και μετά η ηλεκτρικά παραμορφωμένη φωνή του Προμηθέα γέμισε το χώρο: «Είσαι πολύ επίμονος τελικά. Δεν έμαθες όμως το μάθημά σου. Κατάφερες να με εντοπίσεις και για αυτό σου αξίζουν συγχαρητήρια. Αλλά δεν είσαι επαρκώς προετοιμασμένος».

Στη φωνή του αποτυπωνόταν η σιγουριά και η ασφάλεια που ένιωθε, έχοντας τον Άργο Πανόπτη στο πλευρό του. Άλλωστε την προηγούμενη φορά που είχαν συγκρουστεί, δύο χτυπήματά του ήταν αρκετά, ώστε να βγουν εκτός μάχης ο ίδιος αλλά και ο Κόβαλος. Και σαν να μην έφτανε αυτό, οι κύκλοι της νύχτας μιλούσαν για μια τρομερή μονομαχία ανάμεσα στον Άργο και τον επίσης θηριώδη Εγκέλαδο, ο οποίος γκρέμιζε κτίρια για χόμπι, το βράδυ που εκείνος και η Θέμις βρέθηκαν εγκλωβισμένοι σε εκείνη την αποθήκη. Ο Εγκέλαδος είχε βρεθεί διπλωμένος στα δύο, με τη σπονδυλική στήλη τελείως τσακισμένη. Αυτά τα δεδομένα δεν προμήνυαν τίποτα καλό για τον Μέμνονα. Άκουσε μια πόρτα να ανοίγει και βαριά βήματα. Σε λίγο μια σκιά έκρυψε το ενοχλητικό φώς των προβολέων και ένα πελώριο χέρι ήρθε κατά πάνω του. Το απέφυγε αλλά άκουσε το βούισμα μικροσκοπικών δορυφόρων να τον περιτριγυρίζουν και κατάλαβε ότι το ρομπότ είχε εξαπολύσει τα εκατοντάδες μάτια του, για να παρακολουθούν την κάθε του κίνηση. Το επόμενο χτύπημα ήρθε εκεί όπου θα βρισκόταν ο Μέμνων, μετά τον ελιγμό αποφυγής του προηγούμενου χτυπήματος. Ο μαφιόζος όμως έχοντας καταλάβει ότι το ρομπότ θα υπολόγιζε κάτι τέτοιο, κατάφερε συστρέφοντας το σώμα του να αλλάξει κατεύθυνση, πιέζοντας τους μύες του στο έπακρο.

Τα χτυπήματα έρχονταν αλλεπάλληλα και τράνταζαν τους τοίχους και το πάτωμα, δημιουργώντας ρωγμές. Τα ατσάλινα μέλη έφταναν κάθε φορά όλο και πιο κοντά στο στόχο τους, με τα μάτια που είχαν κατακλύσει το χώρο να τα καθοδηγούν αλάνθαστα εναντίον του Μέμνονα, ο οποίος αναγκαζόταν να επιδίδεται σε απίθανους ελιγμούς, αποφεύγοντας κάθε φορά το θάνατο για χιλιοστά. Ο Προμηθέας τον είχε εμπαίξει ότι δεν είχε μάθει από το πάθημά του και ότι είχε έρθει απροετοίμαστος. Είχε φτάσει η στιγμή να τον διαψεύσει. Όταν το τεράστιο χέρι πέρασε από επάνω του, χτυπώντας το καπέλο του και ξυρίζοντας και ένα σημείο από το τριχωτό της κεφαλής, άδραξε την ευκαιρία. Άρπαξε τον καρπό και γραπώθηκε από επάνω του. Είχε το πολύ ένα δευτερόλεπτο, μέχρι η ορμή της κίνησης του ρομπότ να τον εκσφενδονίσει μακριά. Αποδείχθηκε ότι δε χρειαζόταν παραπάνω όμως. Κόλλησε τον πομποδέκτη με τη βεντούζα, που είχε κρυμμένο στο παλτό του, πάνω στον Άργο Πανόπτη και ενώ τιναζόταν μακριά από την περιστροφή του χεριού, έστειλε με τον εγκέφαλό του μήνυμα σε κάποιον που περίμενε ακριβώς για αυτή τη στιγμή.

«Αστυγίτη, τώρα!» Τα ραδιοκύματα ξεπετάχτηκαν από τον πομποδέκτη, προκαλώντας στο μηχανικό πλάσμα με τα δεκάδες μάτια, ένα τρέμουλο που το διέτρεξε σύγκορμο. Μετά ακολούθησε μια παύση και μια στιγμή αργότερα ο πανικός, καθώς ο θεόρατος Άργος άρχισε να χτυπάει στα τυφλά με την ελπίδα να πετύχει κατά τύχη τον αντίπαλό του. Τα ιπτάμενα μάτια του, που μόλις είχαν αχρηστευθεί, πετούσαν μάταια γύρω του με σπασμωδικές κινήσεις, που αντανακλούσαν την αγωνία του κατόχου τους για την απώλεια της όρασής του. Ο Μέμνων, σε απόσταση ασφαλείας ώστε να μην κινδυνεύσει από κανένα αδέσποτο χτύπημα, απολάμβανε το θέαμα και σκεφτόταν το άγχος που θα ένιωθε ο Προμηθέας, με το σωματοφύλακά του εκτός μάχης. Οι προβολείς πήραν εντολή από το δωμάτιο ελέγχου να χαμηλώσουν την έντασή τους, αφού ο

Προμηθέας θέλησε να διαπιστώσει ποιο ήταν το πρόβλημα. Η νευρική του φωνή ακούστηκε σε λίγο από τα ηχεία.

«Τι του έκανες;» Ο Μέμνων γέλασε με ικανοποίηση πριν απαντήσει.

«Προσέλαβα έναν παλιό σου γνωστό, τον Αστυγίτη. Με μια τεχνολογία παρόμοια με εκείνη που παραβίασε τις κάμερες στην Έμπουσα, ώστε να σκοτώσεις τον Μαχάονα ανενόχλητος, παραβίασε το σύστημα λειτουργίας του φύλακά σου και βραχυκύκλωσε την όρασή του. Σίγουρα ο ηλεκτρονικός του εγκέφαλος θα βρει τρόπο να αποκαταστήσει τη βλάβη, αλλά μέχρι να γίνει αυτό θα τα πούμε για λίγο μόνο οι δύο μας». Άνοιξε την πόρτα του δωματίου και βγήκε σε ένα διάδρομο. Από το βάθος άκουσε τα βιαστικά βήματα του Προμηθέα, ο οποίος έψαχνε για μια οδό διαφυγής. Στρίβοντας σε μια γωνία, δύο εντελώς άστοχες βολές από λέιζερ πέρασαν μπροστά από το πρόσωπό του, για να καταλήξουν μάταια στον απέναντι τοίχο. Πήρε μια ανάσα και πετάχτηκε μπροστά, αφήνοντας την κάλυψη του τοίχου. Υπολόγιζε ότι το θήραμά του δεν ήταν πολύ εξοικειωμένο με τα όπλα και είχε δίκιο. Άλλες πέντε ριπές αστόχησαν σε απελπιστικό βαθμό και ο Μέμνων βρήκε την ευκαιρία να πλησιάσει τρέχοντας αρκετά κοντά, ώστε με ένα χτύπημα με τη λαβή του σπαθιού του στον καρπό του Προμηθέα, να τον αφοπλίσει δίνοντας εύκολο και σύντομο τέλος στη μονομαχία. Τον κόλλησε στον τοίχο και η κοφτερή λεπίδα χάιδεψε απειλητικά το λαρύγγι του.

«Τα πράγματα είναι πιο δύσκολα όταν αντί να σκοτώνεις τον ανύποπτο συνεργάτη σου, τα βάζεις με κάποιον που έχει μια ιδέα από αυτοάμυνα, έτσι δεν είναι; Θα πρέπει να ένιωσες πολύ ικανοποιημένος με τον εαυτό σου, όταν χτύπησες τον Μαχάονα πισώπλατα» είπε κολλώντας το πρόσωπό του σε αυτό του Προμηθέα.

«Δεν έχεις ιδέα για το τι συνέβη στον Μαχάονα».

«Τον σκότωσες για να του κλέψεις το βιολογικό όπλο που είχε παρασκευάσει, ώστε μετά να το πουλήσεις και να κρατήσεις όλο το παραδάκι για πάρτη σου. Δε χρειάζεται να ξέρω τίποτα άλλο».

«Βιολογικό όπλο ε; Είσαι βαθιά νυχτωμένος. Ούτε εσύ ούτε τα αφεντικά σου γνωρίζετε ή έχετε υποπτευθεί την αλήθεια για το θάνατο του Μαχάονα ή για το τι ετοίμαζε. Το φτωχό μυαλό σας νομίζει ότι πρόκειται για βιολογικό όπλο και δεν μπορείτε να φανταστείτε το όραμα που έχει ο Μαχάων για να αλλάξει τον κόσμο».

«Μάλλον είχε όραμα θες να πεις». Ο Προμηθέας χαμογέλασε με αυτά τα λόγια του Μέμνονα, παίρνοντας μια έκφραση που έκρυβε πολλά και ο μαφιόζος ένιωσε διάφορα ερωτηματικά να γεννιούνται στο μυαλό του, εξαιτίας της μυστηριώδους συμπεριφοράς του άντρα. Αυτός ο στιγμιαίος δισταγμός ήταν αρκετός, για να κάνει ο Προμηθέας την κίνησή του, αποδεικνύοντας ότι είχε έναν τελευταίο άσσο στο μανίκι του. Ο Μέμνων ένιωσε τη βελόνα να τρυπάει με βία τη φλέβα στο λαιμό του και πρόλαβε να σηκώσει το χέρι του για να πιάσει τη σύριγγα, που του είχε καρφώσει ο αιχμάλωτός του. Τρέκλισε προς τα πίσω για μερικά εκατοστά και έπεσε στα γόνατα. Τα πάντα γύρω του είχαν αρχίσει να στριφογυρίζουν. Έβλεπε μορφές και σχήματα να εμφανίζονται και να χάνονται αμέσως μπροστά στα μάτια του. Ένιωσε τον ίλιγγο να τον παρασέρνει σε βάθη απύθμενα και η πτώση ήταν οδυνηρή όσο και τρομακτική. Πέρα από όλα τα άλλα όμως, υπήρχε σε αυτό το χειμαρρώδες πάζλ εικόνων και κάτι άλλο. Κάτι άγνωστο και συνάμα όμορφο. Τρομακτικό και γοητευτικό. Κάτι που κανένας άνθρωπος της γενιάς του ή και των πιο πρόσφατων προηγούμενων, δε θα μπορούσε να αναγνωρίσει. Και μέσα σε αυτή τη μαγεία χάθηκε και αποκοιμήθηκε.

Τον ξύπνησαν οι ομιλίες δύο αντρών. Τη μια φωνή την αναγνώριζε ως αυτή του Προμηθέα. Η δεύτερη ήταν ηλεκτρονική και μπορούσε με βεβαιότητα να μαντέψει ότι ανήκε σε κάποιο ρομπότ, πιθανότατα στον Άργο Πανόπτη. Δυσκολευόταν ακόμα να καταλάβει τις κουβέντες τους, λόγω της θολούρας και της ζαλάδας που τον ταλάνιζαν. Ήταν τα κατάλοιπα της ένεσης που του είχε κάνει ο Προμηθέας. Ο Μέμνων αναρωτιόταν τι ήταν αυτό που είχε απελευθερώσει μέσα στον οργανισμό του. Επρόκειτο άραγε για ναρκωτικό, υπνωτικό ή δηλητήριο. Μετά σκέφτηκε ότι ίσως ήταν ένα δείγμα από το βιολογικό όπλο του Μαχάονα. Σε μια τέτοια περίπτωση ήταν τελειωμένος. Θα έβρισκε έναν οδυνηρό και ίσως αργό θάνατο, κατά τον οποίον το σώμα του σιγά-σιγά θα έλιωνε και το μόνο στοιχείο της ύπαρξής του, που θα έμενε πίσω για να τον θυμούνται, θα ήταν το βιονικό του χέρι δίπλα σε μια αχνιστή λίμνη από αίμα, λιωμένη σάρκα και λιωμένα οστά. Οι σκέψεις που έχτιζαν αυτό το νοσηρό σκηνικό των στιγμών, που θεωρούσε πως ήταν οι τελευταίες του, διακόπηκαν απότομα όταν η θολούρα από την όρασή του επιτέλους υποχώρησε και μπόρεσε να δει καθαρά το χώρο.

Κάτι περίεργο εξακολουθούσε να συμβαίνει με την όρασή του, αφού η περίεργη επίδραση που είχε προκαλέσει η ένεση συνεχιζόταν, χωρίς να μπορεί να αποφασίσει αν ήταν ένα φαινόμενο τρομακτικό ή ευχάριστο. Χρειαζόταν κάποιον να του εξηγήσει τι ήταν αυτό που έβλεπε, αλλά αμφέβαλλε ότι ο Προμηθέας θα είχε τέτοια πρόθεση. Ξαφνικά οι φωνές των δύο συνομιλητών δυνάμωσαν.

«Αφού σου λέω ότι ακόμα και αν δεν πεισθεί να έρθει με το μέρος μας λόγω του φαρμάκου, μόλις του παρουσιάσω τις υπόλοιπες πληροφορίες που έχουμε συλλέξει, θα στραφεί σίγουρα εναντίον του Σκίρωνα και ας είναι το αφεντικό του» έλεγε ο Προμηθέας.

«Είναι ένα κατακάθι της κοινωνίας που τον ενδιαφέρουν μόνο τα λεφτά, όπως και κάθε άλλο μέλος του οργανωμένου εγκλήματος. Δεν έχει τη δική μας νοοτροπία και δεν μπορείς να τον πείσεις να κινηθεί με αλτρουιστικά κίνητρα. Έχει μάθει να φροντίζει μόνο τον εαυτό του και να αδιαφορεί για όλους τους άλλους» απάντησε η ηλεκτρονική φωνή.

«Ακόμα και το πιο άπληστο κάθαρμα ξεχνάει τα λεφτά, όταν του γεννιέται η επιθυμία για εκδίκηση» ανταπάντησε ο Προμηθέας. Ο Άργος του έκανε νόημα να σωπάσει, αφού αντιλήφθηκε ότι ο Μέμνων είχε συνέλθει και τους άκουγε. Ήταν δεμένος σε ένα μεταλλικό τραπέζι εργαστηρίου με ατσάλινα ελάσματα. Στάθηκαν από πάνω του απειλητικά, ενώ εκείνος συνέχιζε να αναρωτιέται ποια θα ήταν η επίδραση του περιεχομένου της ένεσης και πότε τα αποτελέσματά της θα γίνονταν ορατά.

«Σε βλέπω κάπως σαστισμένο, οπότε υποθέτω ότι το φάρμακο είχε αποτέλεσμα. Μετά από χρόνια δοκιμών, έχουμε φτάσει μάλλον στο σκοπό μας» είπε ο Προμηθέας, με την ικανοποίηση να χρωματίζει έντονα τη φωνή του.

«Για ποιο πράγμα μιλάς; Ποιο φάρμακο;» διερωτήθηκε ο ακινητοποιημένος Μέμνων.

«Μα φυσικά το φάρμακο για τον ιό της Αράς που έχει καταδικάσει όλη την ανθρωπότητα να περιορίζεται στην ασπρόμαυρη όραση. Το αντίδοτο είναι μετά από τόσο μόχθο επιτέλους στα χέρια μας».

«Αυτά που βλέπω είναι...;»

«Είναι χρώματα. Για πρώτη φορά στη ζωή σου, θα μπορέσεις να δεις την πραγματική εικόνα του κόσμου. Την εικόνα που από τη γέννησή μας είχαμε δικαίωμα να απολαμβάνουμε. Ένα δικαίωμα που μας στερήθηκε άδικα, αλλά τώρα ήρθε η στιγμή της δικαίωσης». Ο Μέμνων δε συνήθιζε να ξεμένει από λέξεις. Εκείνη τη στιγμή όμως, η συνειδητοποίηση της πληροφορίας που μόλις είχε λάβει, τον έκανε να βουβαθεί, κοιτάζοντας τα διάφορα αντικείμενα στο δωμάτιο, καθώς και τις δύο φιγούρες από πάνω του, με περιέργεια που άρμοζε περισσότερο σε μικρό παιδί που μαθαίνει τον κόσμο, παρά σε ενήλικα. Και κάτι τέτοιο δεν απείχε πολύ από την αλήθεια, αφού η νεοαποκτηθείσα αυτή ικανότητα ισοδυναμούσε με αναγέννηση για το μαφιόζο. Ήταν σαν να έβλεπε τον κόσμο για πρώτη φορά. Ο Προμηθέας θέλοντας να ενισχύσει την εμπειρία, έδωσε εντολή στο τραπέζι να μετακινηθεί σε όρθια θέση, φέρνοντας τον Μέμνονα απέναντι από μια οθόνη. Με μια δεύτερη εντολή, μια πλειάδα χρωματιστών εικόνων ξεπήδησε, για να κατακλύσει το μυαλό του δέσμιου άντρα. Παρακολουθούσε αποχαυνωμένος την οθόνη, απόλυτα προσηλωμένος στο μαγευτικό θέαμα από εικόνες της φύσης. Μιας φύσης από καιρό νεκρής και εξαφανισμένης, με το βίντεο εκείνο να αποτελεί τη μοναδική ευκαιρία που θα είχε να απολαύσει το μεγαλείο της.

Ακόμα και αυτό όμως ήταν αρκετό, αφού διανθιζόταν από αυτό το νέο χάρισμα που του είχε προσφέρει απλόχερα ο Προμηθέας. Βουτηγμένος ολόψυχα σε αυτήν την πανδαισία, έχασε ολοκληρωτικά την αίσθηση του χώρου και του χρόνου, αγνοώντας τους δύο δεσμώτες του τελείως. Ήρθε όμως η πραγματικότητα με τη μορφή του ήχου του συναγερμού, για να τον τραβήξει βάναυσα μέσα από τη λίμνη των χρωμάτων και να του θέσει ένα καίριο και επείγον ερώτημα. Ποια θα ήταν η επόμενή του κίνηση; Οι πανέμορφες χρωματιστές εικόνες χάθηκαν και αντικαταστάθηκαν από την εικόνα του παλαιοπωλείου, όπου ο Κόβαλος έχοντας εντοπίσει το σήμα που είχε εκπέμψει ο Μέμνων, είχε φτάσει στην τοποθεσία μαζί με την ομάδα του και ανέκρινε το γέροντα καταστηματάρχη, με τη συνηθισμένη του λεπτότητα. Ο Άργος, έχοντας επιδιορθώσει τη βλάβη στα μάτια του, κινήθηκε αμέσως για την επιφάνεια, για να σώσει το γέροντα από τα νύχια του ψυχωτικού μπράβου, ενώ ο Προμηθέας άρπαξε τον Μέμνονα από το γιακά και τον ρώτησε με βιάση: «Τώρα γνωρίζεις τι διακυβεύεται. Είσαι μαζί μας ή όχι;» Ο Μέμνων δίστασε για μερικά δευτερόλεπτα, μέχρι να επιστρέψει στον παλιό ωφελιμιστή εαυτό του.

«Σε άκουσα ενώ μιλούσες στο ρομπότ σου, να αναφέρεις κάποιες πληροφορίες που αφορούν εμένα και τον Σκίρωνα. Αν μου τις αποκαλύψεις, τότε θα έχω ένα σοβαρό κίνητρο να έρθω με το μέρος σας. Αν είναι βέβαια αξιόλογες». Ο Προμηθέας αγανακτισμένος έβγαλε ένα λέιζερ από τη ζώνη του.

«Υπάρχει πάντα και η επιλογή να σε καθαρίσω εδώ και τώρα και να απαλλάξω τον κόσμο μια για πάντα από την επιβλαβή σου παρουσία» είπε κολλώντας το όπλο στο μέτωπο του Μέμνονα. Εκείνος όμως γέλασε επιδεικνύοντας ολύμπια ψυχραιμία.

«Υπάρχει και αυτή η επιλογή βέβαια. Εσύ αποφασίζεις». Ο Προμηθέας αμφιταλαντευόταν διακατεχόμενος από αναποφασιστικότητα, ενώ ο Μέμνων τον κοιτούσε υπνωτιστικά με ένα σαρδόνιο χαμόγελο, που έκρυβε μια απειλή πολύ μεγαλύτερη από αυτή που αντιπροσώπευε το όπλο του Προμηθέα. Τελικά ο τελευταίος κατέβασε παραιτημένος το πιστόλι.

«Δεν έχουμε χρόνο τώρα, αλλά αν με ακολουθήσεις σου υπόσχομαι ότι θα μάθεις γεγονότα από το παρελθόν σου, που ούτε που τα φαντάζεσαι». Ο Μέμνων τον κοίταξε με απόλυτη σοβαρότητα για μια στιγμή και πήρε την απόφασή του με την ταχύτητα που επέβαλλαν οι περιστάσεις.

«Εντάξει, θα σε ακολουθήσω. Αλλά για το καλό σου καλύτερα να έχεις κάποια εναλλακτική έξοδο από αυτό το παλαιοπωλείο». Ο Προμηθέας τον έλυσε και αμέσως τράβηξε ένα μικροσκοπικό μοχλό στον τοίχο, ο οποίος άνοιξε την είσοδο σε μια καταπακτή. Έκανε νόημα στον Μέμνονα να τον ακολουθήσει και χώθηκαν και οι δύο μέσα, τη στιγμή που ακουγόταν μια έκρηξη από την επιφάνεια.

«Επάνω έχει ξεκινήσει κανονικός πόλεμος. Είσαι σίγουρος ότι θες να αφήσεις το ρομπότ σου μόνο του με τους δικούς μου; Αυτή τη φορά δεν έχει απέναντί του μόνο δύο άντρες και μάλιστα αιφνιδιασμένους, αλλά μια ολόκληρη δύναμη κρούσης της Χίμαιρας, καλά προετοιμασμένη».

«Μάλλον για τους δικούς σου θα πρέπει να ανησυχείς Μέμνονα. Και όσο για αυτό το κόλπο που χρησιμοποίησες νωρίτερα, ήταν πολύ έξυπνο αλλά τώρα που καταγράφηκε στη μνήμη του Άργου, δεν πρόκειται να μπορέσει κανείς να το ξαναχρησιμοποιήσει εναντίον του». Βγήκαν σε μια σήραγγα αρκετά μεγάλη για να χωρέσουν πέντε άτομα και καλά φωτισμένη από λάμπες, που ενεργοποιήθηκαν όλες μονομιάς από τη φωνή του Προμηθέα. Περπάτησαν βιαστικά για μερικά μέτρα, μέχρι που έφτασαν σε ένα μικρό διθέσιο όχημα, περίπου μισό σε μέγεθος σε σύγκριση με τα συνηθισμένα οχήματα που κυκλοφορούσαν στην αγορά. Ο Προμηθέας ένευσε στον Μέμνονα να επιβιβασθεί και μόλις εκείνος βολεύτηκε στη θέση του συνοδηγού, ο δολοφόνος του Μαχάονα έκατσε πίσω από το τιμόνι στην άλλη θέση. Στο μυαλό του μπράβου ο Προμηθέας είχε συνδεθεί άρρηκτα με εκείνο το έγκλημα, όχι για λόγους ηθικής, κάτι που έτσι και αλλιώς ο Μέμνων δε διέθετε, αλλά επειδή αυτός ο φόνος ήταν που είχε εκκινήσει όλη αυτήν την περιπέτεια. Μια περιπέτεια που είχε δώσει αφορμή στις δύο υπερδυνάμεις του υποκόσμου, να κονταροχτυπηθούν για ακόμα μια φορά. Τα λόγια του Προμηθέα είχαν κλονίσει όμως την πίστη του. Δεν ήταν πλέον τόσο σίγουρος ότι είχε την πλήρη εικόνα των γεγονότων.

Ο άνθρωπος που οδηγούσε το μικρό όχημα προς άγνωστη ακόμα κατεύθυνση, μιλούσε για τον Μαχάονα σαν να ήταν ακόμα ζωντανός. Ή λοιπόν είχε τρελαθεί ή τους είχε ξεγελάσει όλους, γνωρίζοντας πράγματα για τη μοίρα του γιατρού που κανείς άλλος δεν είχε αντιληφθεί.

«Πού πάμε» ρώτησε.

«Σε κάποιο άλλο κρησφύγετο, όσο πιο μακριά γίνεται από εδώ».

«Πόσα έχετε;»

«Έχουμε σε όλους τους Τομείς από ένα τουλάχιστον. Καταφέρνουμε έτσι και ξεφεύγουμε για χρόνια, χωρίς να τύχει να συλληφθεί κάποιος από εμάς. Όσες φορές και αν μας ανακαλύψουν, πάντοτε βρίσκουμε μια διέξοδο και μεταφέρουμε αλλού τις επιχειρήσεις μας. Τα αρχεία μας σε περίπτωση εισβολής αυτοκαταστρέφονται, ώστε να μην αποκαλυφθεί ποτέ η έρευνά μας».

«Σας έχει ξανατύχει κάποιος να ανακαλύψει κάποιο κρησφύγετό σας;»

«Ναι, αλλά συνήθως δεν ξέρουν τι βρίσκουν. Δεν αφήνουμε στοιχεία για την ταυτότητά μας και έτσι η αστυνομία υποθέτει ότι βρίσκει απλά μια μαφιόζικη κρυψώνα και αντίστοιχα οι συμμορίες νομίζουν ότι ανακαλύπτουν μια αποθήκη κάποιας ανταγωνίστριας. Η απάτη είναι εύκολη, αφού πολλά από τα μηχανήματά μας είναι κλεμμένα από εταιρείες όπως η Έμπουσα και η Χίμαιρα».

«Η Χίμαιρα;»

«Νόμιζες ότι δεν έχουμε δικά μας άτομα μέσα στην οργάνωσή σου. Ο αριθμός των συνεργατών μας πληθαίνει μέρα με τη μέρα και πολλοί κατέχουν καίριες θέσεις και προσφέρουν πολύτιμες υπηρεσίες στο σκοπό μας. Και χάρη στις προσπάθειες όλων, οι κόποι μας ευοδώνονται».

«Δηλαδή υπάρχει εδώ και χρόνια μια μυστική οργάνωση, η οποία έχει σκοπό τη δημιουργία αντιδότου για την Αρά και κανείς δεν έχει ανακαλύψει την ύπαρξή της;»

«Υπήρχαν κάποιοι που ήταν παραπάνω από όσο έπρεπε περίεργοι. Άνθρωποι που αναρωτήθηκαν πού εξαφανίστηκε κάποιο μηχάνημα ή που είχαν ακολουθήσει αργά τη νύχτα κάποιο δικό μας, μέχρι ενός σημείου συνάντησης. Κανείς δεν έζησε για να διαδώσει όσα έμαθε». Τα τελευταία λόγια τα είπε σφιγμένος, σαν να τον πονούσε και τον ίδιο ο φόνος των άλλων. Ακόμα και αν ήταν απαραίτητος για τη διαφύλαξη ενός τόσο σπουδαίου μυστικού.

«Όταν ο Άργος σε άρπαξε μέσα από τα χέρια μας, γιατί πήρε μαζί του και την αστυνομικό; Είναι και αυτή στο κόλπο;»

«Όχι. Ήταν δική μου ιδέα να έρθει μαζί μας. Το δήλωσα στον Άργο με μήνυμα πριν χάσω τις αισθήσεις μου και έτσι μας έσωσε και τους δύο. Ήθελα να της προτείνω να ενταχθεί στην οργάνωσή μας, αλλά τα μέλη αποφάσισαν το αντίθετο. Μερικοί μάλιστα πρότειναν τη θανάτωσή της, επειδή την είχαμε μεταφέρει σε ένα από τα κρησφύγετά μας και την αφήσαμε εκεί ναρκωμένη. Κατάφερα όμως να τους πείσω, ότι δε θα ήταν ούτε σωστό ούτε χρήσιμο, να σκοτώναμε ένα από τα ελάχιστα τίμια αστυνομικά όργανα που έχουν απομείνει και μια πιθανή σύμμαχο».

«Αν είσαι τόσο δίκαιος, τότε γιατί σκότωσες τον άνθρωπο που μπορεί να χαρακτηρισθεί ευεργέτης όλης της ανθρωπότητας; Τον άνθρωπο στου οποίου την έρευνα έχει βασίσει τις ελπίδες της μια ολόκληρη οργάνωση;»

«Σου είπα ότι δεν ξέρεις ούτε τη μισή αλήθεια, όπως δεν ήξερες και για το φάρμακο».

«Ήρθε η ώρα λοιπόν να μου αποκαλύψεις τα πάντα. Μη με κόβεις τώρα πάνω στο καλύτερο». Ο Προμηθέας τον κοίταξε προβληματισμένος, ενώ ο Μέμνων συνέχιζε να τον αντιμετωπίζει ατάραχος, παρά τις σπουδαίες αποκαλύψεις, με ένα αινιγματικό χαμόγελο που έκρυβε κάθε πραγματική του πρόθεση και σκέψη.

«Ο φόνος του Μαχάονα ήταν προσχεδιασμένος, μέσα στα πλαίσια των στόχων της οργάνωσης. Η Έμπουσα τον πίεζε ασφυκτικά για την παρασκευή του βιολογικού όπλου. Σύντομα θα έπρεπε να δείξει αποτελέσματα, πράγμα αδύνατον αφού είχε αφιερώσει όλο του το χρόνο και τους απεριόριστους πόρους της Έμπουσας, στη δημιουργία του φαρμάκου. Έπρεπε να κάνουμε κάτι για να τον γλιτώσουμε από την πίεση της εταιρείας».

«Και η σωτηρία που σκαρφιστήκατε ήταν ο θάνατος;»

«Ο θάνατος του σώματος. Η συνείδηση όμως ζει ακόμα. Επιβίωσε στο σώμα του Άργου Πανόπτη». Ο Μέμνων τον κοίταξε με έκδηλη απορία και για πρώτη φορά το ενοχλητικό του χαμόγελο σβήστηκε από το πρόσωπό του.

«Είναι λογικό όλα αυτά να σου φαίνονται παράλογα, αλλά είναι αλήθεια. Εκμεταλλευτήκαμε την έρευνα ενός επιστήμονα, του Κτησίβιου, ο οποίος πειραματιζόταν με τη μεταφορά συνείδησης από ένα σώμα σε άλλο. Αγοράσαμε μερικά από τα μηχανήματά του και αντίγραφα των αρχείων του και διεξαγάγαμε τα δικά μας πειράματα. Ανακαλύψαμε ότι υπάρχουν πολύ περισσότερες πιθανότητες επιτυχίας, όταν η μεταφορά της συνείδησης γίνεται σε βιονικό σώμα. Και έτσι πραγματοποιήθηκε η εμφύτευση της συνείδησης του Μαχάονα στο σώμα του Άργου Πανόπτη. Όταν θρυμμάτιζα το κρανίο του ήταν απλά ένα άχρηστο άδειο κουφάρι που μετέφερα λαθραία στην εταιρεία, στημένο όρθιο με μεταλλικά στηρίγματα τοποθετημένα μέσα από τα ρούχα, τα οποία μετά το φόνο αφαίρεσα φυσικά. Έτσι ο Μαχάων βρέθηκε ασφαλής μέσα σε ένα νέο πανίσχυρο σώμα. Ήταν πλέον ελεύθερος να ολοκληρώσει τα τελευταία στάδια της έρευνάς του. Το φάρμακο το πρωτοδοκίμασα εγώ επιτυχημένα και εσύ είσαι το δεύτερο άτομο που θεραπεύτηκε, έστω και άθελά σου».

«Αυτή η μηχανορραφία όμως, ενώ από τη μια απελευθέρωσε τον Μαχάονα, από την άλλη έστρεψε όλων την προσοχή σε εσένα, καθιστώντας σε ουσιαστικά στόχο ολόκληρου του υποκόσμου. Πώς δέχθηκες κάτι τέτοιο;»

«Η δική μου ζωή δεν έχει τόση σημασία, όσο η επίτευξη του στόχου μας, που θα είναι μια ευλογία για όλη την ανθρωπότητα». Ο Μέμνων αφού ξεπέρασε την αρχική του έκπληξη, στράφηκε σε πιο πρακτικά ζητήματα.

«Υπάρχει όμως ακόμα και το ζήτημα όσων δεν έχουν οργανικά μάτια αλλά βιονικά. Αυτοί πώς θα θεραπευθούν;»

«Ο ιός δεν είναι οργανικός αλλά αποτελείται από νανορομπότ, τα οποία εισβάλουν στα οπτικά νεύρα και καταστρέφουν την όραση, με το θύμα να παρουσιάζει το γνωστό σύμπτωμα. Όταν ο ξενιστής του ιού έχει βιονικά μάτια, τότε τα νανορομπότ προσαρμόζουν την επίθεσή τους και προκαλούν το ίδιο αποτέλεσμα και σε αυτήν την περίπτωση. Το αντίδοτο που δημιουργήσαμε συνδυάζει έναν ορό με δικά μας νανορομπότ, τα οποία αντιμετωπίζουν την αρνητική επίδραση της Αράς και αντιστρέφουν τη διαδικασία, επαναφέροντας τη φυσιολογική όραση στα μάτια».

«Άρα ο ιός δεν είναι οργανικός αλλά τεχνητός, που σημαίνει ότι δεν είναι θεόσταλτη τιμωρία ούτε το όπλο της εκδικητικής φύσης, όπως διακήρυτταν πολλοί όταν είχε πρωτοεμφανιστεί. Είναι μια συμφορά πλασμένη από ανθρώπινα χέρια, όπως όλες οι άλλες, με εμπνευστή κάποιον παρανοϊκό ο οποίος αποφάσισε να τα βάλει με όλη την ανθρωπότητα» είπε ο Μέμνων.

«Ακριβώς. Υποθέτουμε ότι πρόκειται για το ίδιο άτομο που παρασκευάζει και τον κυκεώνα. Είναι ο πρώτος ο οποίος βγάζει κέρδος από την πώληση του ναρκωτικού και ο οποίος επωφελείται από αυτήν την κατάρα που εξαπλώθηκε σε όλον τον πλανήτη».

«Μπορεί αυτός να είναι ο πρώτος, αλλά υπάρχουν εκατομμύρια άλλοι σε κάθε χώρα οι οποίοι ακολουθούν, που θα έχουν μεγάλη χασούρα αν διαδοθεί το αντίδοτο και ο κόσμος αρχίσει να αδιαφορεί για τον κυκεώνα. Θα γίνεις ένας πολύ μισητός άνθρωπος».

«Αυτός ήταν και ο λόγος για όλη αυτή τη μυστικότητα. Αν γνώριζαν τι προσπαθούσαμε να επιτύχουμε, θα ήθελαν να το κρατήσουν για τους εαυτούς τους και μυστικό από τα πλήθη, για να συνεχίζουν να πλουτίζουν από την εξάρτηση των άλλων. Αλλά όταν ο κόσμος θεραπευθεί και αφυπνισθεί, τότε δε θα έχει καμία σημασία τι επιθυμούν όλοι όσοι έφτιαξαν περιουσίες πάνω στη δυστυχία του». Ο Μέμνων έβρισκε τη σιγουριά του Προμηθέα κάπως αφελή, αλλά βαθιά μέσα του ένιωσε λίγο θαυμασμό για τον ανιδιοτελή μαχητή. Ίσως στην προηγούμενη του ζωή, αυτή που δε θυμόταν, να ήταν και ο Μέμνων ένας προστάτης των αδυνάτων ή μπορεί να ήταν ακόμα μεγαλύτερο κάθαρμα από ό,τι ήταν στην πιο πρόσφατη ζωή του. Η συννεφιά που κάλυπτε τις αναμνήσεις του όμως, δε θα του επέτρεπε ποτέ να βρει απάντηση. Ο Προμηθέας τον είδε σκεπτικό και του είπε: «Αν μετάνιωσες που ήρθες μαζί μου και σκέφτεσαι να με σκοτώσεις και να γυρίσεις στους δικούς σου, τότε πρέπει να ξέρεις ότι το λέιζερ στο βιονικό σου χέρι είναι απενεργοποιημένο και το κατάνα σου το αφήσαμε κάπου εκεί πίσω». Έδειξε με τον αντίχειρά του προς το κρησφύγετο που είχαν εγκαταλείψει.

«Ξεχνάς όμως ότι δε χρειάζομαι όπλα για να σε σκοτώσω. Τα χέρια μου αρκούν για να γίνει η δουλειά» είπε ο Μέμνων με αδιαφορία, σαν αντί να απειλούσε τη ζωή κάποιου, απλά να σχολίαζε τον καιρό.

«Είμαι σίγουρος ότι δε χρειάζεσαι παρά μόνο τα χέρια σου. Αν όμως κουνηθείς από τη θέση σου, τότε θα σε διαπεράσει αυτόματα ένα ηλεκτρικό φορτίο 400 βολτ». Ο Μέμνων χαμογέλασε διασκεδάζοντας με την προνοητικότητα του συνομιλητή του, που φαινόταν να μην τον εγκαταλείπει ποτέ. Χαμήλωσε το γείσο του καπέλου του και απόλαυσε σιωπηλός και πάνω από όλα ακίνητος, το υπόλοιπο της διαδρομής. Έτσι είχε χρόνο να σκεφτεί όλα όσα του είχε εκμυστηρευτεί ο Προμηθέας. Πώς είχε αποκαλύψει κάθε πτυχή του μυστηρίου, με κάθε του απάντηση και τον είχε εμπιστευτεί προκειμένου να τον πάρει με το μέρος του. Η εμπιστοσύνη του δεν ήταν απόλυτη βέβαια, σκέφτηκε καθώς ένιωθε το κάθισμα του οχήματος απειλητικό από κάτω του, αλλά του είχε διηγηθεί λεπτομέρειες που μπορεί ο ίδιος να μην ανακάλυπτε ποτέ με άλλον τρόπο. Φτάνοντας στο νέο κρησφύγετο, ανακάλυψε άλλο ένα κομμάτι από την ιστορία του φόνου, στο οποίο θα έπρεπε να ρίξει λίγο φως για λογαριασμό του ο Προμηθέας.

«Και πώς ακριβώς μπήκες στα γραφεία της Έμπουσας εκείνη την ημέρα, αγκαλιά με ένα άψυχο σώμα;»

«Στο κτίριο μπήκα μόνος μου, ενώ το σώμα το έστειλα με μια εταιρεία μεταφοράς ιατρικού υλικού στην Έμπουσα, με πλαστογραφημένα στοιχεία θανόντος. Πολλές φορές χρειάζονται ανθρώπινα σώματα για διάφορα πειράματα και έτσι η αποστολή του σώματος εκεί δεν ήταν κάτι το περίεργο. Ύστερα χρειάστηκε να κατέβω στο υπόγειο και να πάρω το σώμα του Μαχάονα από το ψυγείο, όπου φυλασσόταν με τα υπόλοιπα πτώματα. Φυσικά δεν είχα καμία δουλειά εκεί και έπρεπε να πλαστογραφήσω μια κάρτα εισόδου για το νεκροτομείο. Ο Αστυγίτης φρόντισε ώστε αυτή να γίνει αποδεκτή από το σύστημα και πείραξε και τις κάμερες ώστε να μη γίνω αντιληπτός. Το επόμενο στάδιο ήταν να ανεβάσω το σώμα στο εργαστήριο του Μαχάονα, σκεπασμένο ώστε να μην το αναγνωρίσει κάποιος και να προσποιηθώ ότι τον σκοτώνω».

«Και υποθέτω ότι αφού ο Μαχάων δε χτύπησε κάρτα εισόδου εκείνη την ημέρα, ο Αστυγίτης έκανε και πάλι τα μαγικά του ώστε να μην αντιληφθεί κανείς την απουσία του γιατρού μας» παρατήρησε ο Μέμνων.

«Στο σύστημα φαινόταν ότι είχε έρθει κανονικά για δουλειά. Κανείς δε θα τολμούσε να τον ενοχλήσει πηγαίνοντας στο εργαστήριό του, για να διαπιστώσει αν ήταν όντως εκεί. Τα μεγάλα κεφάλια στην Έμπουσα θεωρούσαν το έργο του ιερό και καμία διαταραχή δε γινόταν ανεκτή».

«Το φονικό όπλο;»

«Ένα σίδερο από τα μηχανήματα του εργαστηρίου. Το έλιωσα με ένα λέιζερ. Από τη στιγμή βέβαια που η Θέμις ανακάλυψε το βίντεο, όλα αυτά δεν είχαν καμία σημασία, αλλά δεν περίμενα ότι ο Αστυγίτης θα ήταν τόσο ανόητος ώστε να αφήσει το βίντεο στη μνήμη του υπολογιστή».

«Το σχέδιό σας ήταν αρκετά σύνθετο. Κάτι θα πήγαινε στραβά. Πάντα έτσι γίνεται».

«Και ο πρώτος ο οποίος ανακαλύπτει την αλήθεια είναι ένα κατακάθι του υποκόσμου. Ίσως θα έπρεπε να ανοίξεις γραφείο ερευνών τώρα που θα μείνεις άνεργος. Το εμπόριο κυκεώνα θα καταρρεύσει πολύ σύντομα».

«Ακόμα δεν είμαι με το μέρος σου, οπότε μην είσαι τόσο σίγουρος ότι θα σε αφήσω να διαδώσεις το νέο για το φάρμακο. Όλα θα εξαρτηθούν από το τι έχεις να μου πεις». Πέρα όμως από την πλευρά στην οποία θα τασσόταν ο Μέμνων, θεωρούσε ότι η αισιοδοξία του Προμηθέα ήταν υπερβολική και ότι βιαζόταν να θεωρήσει το υπάρχον κατεστημένο καταρριφθέν και νικημένο. Οι εταιρείες της μαφίας ήλεγχαν όλους τους τομείς του εμπορίου και εξασφάλιζαν κέρδη από μυριάδες επιχειρηματικών κινήσεων, που δεν είχαν σχέση με τον κυκεώνα. Η έλλειψη ζήτησης κυκεώνα που ο Προμηθέας αισιοδοξούσε ότι θα προκαλούσε το φάρμακο του Μαχάονα, δε σήμαινε αυτόματα και οικονομική καταστροφή για τη μαφία. Άλλωστε ο Μέμνων γνώριζε πως τα παλιά χρόνια πριν τον ιό της Αράς, ο κόσμος μόνο αγγελικά πλασμένος δεν ήταν. Οι περισσότεροι άνθρωποι ζούσαν στη φτώχεια για να ευημερούν οι λίγοι και παρά τη δυνατότητα που είχε ο καθένας να βλέπει τα χρώματα, δεν ξεχνούσε τα προβλήματά του τα οποία πολλές φορές τον κατέκλυζαν τόσο, ώστε να καταφεύγει σε ναρκωτικά παρόμοια με τον κυκεώνα. Όλα αυτά όμως δεν υπήρχε λόγος να τα πει στον Προμηθέα, τουλάχιστον μέχρι να αντλήσει τις πληροφορίες που ήθελε. Αν οι ισχυρισμοί του ήταν αληθινοί και είχε όντως κάτι να του αποκαλύψει.

Φτάνοντας σε μια πλατφόρμα ο Προμηθέας επιβράδυνε το μικροκαμωμένο όχημα και η ομαλή κίνησή του αργά και προοδευτικά σταμάτησε τελείως, ενώ το μπροστινό του μέρος κλείδωσε σε μια εγκοπή ασφαλείας. Βγήκαν έξω και κατευθύνθηκαν σε μια πόρτα που κατέληγε σε μια σκάλα, την οποία και ανεβήκαν για να καταλήξουν στο νέο κρησφύγετο. Το μέρος χαρακτηριζόταν από τη λιτότητα του προηγουμένου όσον αφορά τη διακόσμηση, αλλά και την πληρότητα σε εξοπλισμό. Υπολογιστές και πληθώρα οργάνων και εργαλείων, πλαισίωναν τους εργαστηριακούς χώρους, δίνοντας τη δυνατότητα στη μυστηριώδη σέκτα του Προμηθέα, να πειραματίζεται ελεύθερα και να μένει πάντα μπροστά από τις εξελίξεις και ενήμερη για τις κινήσεις των αντιπάλων. Και η αλήθεια ήταν πως υπήρχαν πολλοί αντίπαλοι τους οποίους έπρεπε να παρακολουθεί.

«Αν δεν κάνω λάθος αυτές οι ατέλειωτες σήραγγες αποτελούσαν στο παρελθόν, το αποχετευτικό σύστημα των διαφόρων πόλεων, πριν αυτές ενοποιηθούν σε Τομείς» παρατήρησε ο Μέμνων.

«Ακριβώς. Παλιά αυτοί οι χώροι ήταν πλημμυρισμένοι με λύματα, τον καιρό που ακόμα δεν είχε ανακαλυφθεί η μέθοδος της εξαΰλωσης με ακτινοβολία. Ήταν ένας από τους κυριότερους φορείς μόλυνσης για τις υδάτινες μάζες του πλανήτη. Τώρα πια δεν είναι χρήσιμοι σε κανέναν, αν εξαιρέσεις εμάς δηλαδή».

«Λοιπόν ανυπομονώ να μάθω το μεγάλο μυστικό, το οποίο θα με κάνει να αδιαφορήσω τελείως για τα πλούτη της Χίμαιρας και να δοθώ ολόψυχα στον αγώνα σας, για ένα καλύτερο αύριο» είπε ο Μέμνων ειρωνικά τρίβοντας τις παλάμες του μεταξύ τους.

«Πρέπει να καταλάβεις ότι αυτά που θα σου δείξω είναι πολύ σοβαρά και θα αλλάξουν εντελώς τη ζωή σου και την άποψη που έχεις για τα πράγματα. Δεν είναι κάτι που πρέπει να αντιμετωπίσεις ελαφρά τη καρδία». Ο Μέμνων δυσκολευόταν πολύ να πιστέψει ότι αυτό που θα του αποκάλυπτε ο Προμηθέας, θα έκανε μέσα του τη διαφορά, ώστε να αλλάξει εντελώς φιλοσοφία ζωής. Του φαινόταν μια υπόσχεση πολύ υπερβολική, που σκοπό είχε να τον εντυπωσιάσει και να τον φέρει ένα βήμα πιο κοντά στην οργάνωση του Προμηθέα. Η αλήθεια ήταν ότι συμφωνούσε εν μέρει με τις προσπάθειές τους. Από τη στιγμή που το φάρμακο είχε μπει στον οργανισμό του και είχε δει για πρώτη φορά την πραγματική εικόνα του κόσμου σε όλο του το μεγαλείο, ακόμα και οι καταθλιπτικές και μονότονες κατακόμβες του φαίνονταν σαν ένα μέρος μαγικό

200

και ξεχωριστό. Με την ασπρόμαυρη όραση ήταν σίγουρος ότι το μόνο που θα του προκαλούσε αυτός ο χώρος, θα ήταν κλειστοφοβία. Όσο όμως σημαντική και αν θεωρούσε την επιτυχημένη έρευνα ο Μέμνων, δε συμμεριζόταν τις ιδέες του Προμηθέα για ελεύθερη διανομή του φαρμάκου σε όλον τον κόσμο.

Το μυαλό του είχε ήδη αρχίσει να κάνει υπολογισμούς, σχετικά με το πόσο κέρδος θα μπορούσε να βγει από το αντίδοτο. Οποιοσδήποτε θα έδινε ό,τι είχε και δεν είχε, προκειμένου να θεραπευθεί και να μπορέσει να δει για πρώτη φορά στη ζωή του τα χρώματα. Αν μάλιστα γινόταν κάποια χημική επεξεργασία στο φάρμακο, ώστε η ίαση να ήταν μόνο προσωρινή, αναγκάζοντας τους ασθενείς να αγοράζουν το αντίδοτο ξανά και ξανά, προκειμένου να έχουν την έγχρωμη όραση όσο πιο συχνά τους επέτρεπε το φάρμακο, τότε τα κέρδη θα ξεπερνούσαν ακόμα και αυτά του κυκεώνα. Ο κυκεώνας το μόνο που έκανε ήταν να σε μαστουρώνει τόσο, ώστε να ξεχνάς τη μιζέρια σου. Αυτό το φάρμακο όμως έδινε την πραγματική λύση. Τα χρώματα δεν ήταν απλά μια ψευδαίσθηση, αλλά πραγματικότητα. Και φυσικά δεν υπήρχε κανένας λόγος να μοιραστεί τα χρήματα και τη δόξα με τον Σκίρωνα. Ο ξερόλας φαφλατάς μπορούσε να πάει να πνιγεί. Ο Μέμνων είχε το φάρμακο μέσα στα χέρια του και ο Σκίρωνας δε γνώριζε ούτε την ύπαρξή του ούτε πού βρισκόταν. Άρα μπορούσε να εκμεταλλευτεί την κατάσταση πλήρως προς όφελός του και να γίνει εκείνος ο επόμενος μεγάλος νονός του υποκόσμου.

«Δε μου είπες. Πώς σκοπεύει ο Μαχάων να ονομάσει το αντίδοτο;»

«Κίστο, από το φυτό που είχαν ευλογήσει οι θεοί με θεραπευτικές ικανότητες. Πιστεύουμε ότι είναι το πιο ταιριαστό όνομα για το βάλσαμο, ενάντια στη μεγαλύτερη κατάρα που έπληξε ποτέ το νεότερο κόσμο. Είναι η μόνη αρρώστια που δεν είχαν καταφέρει ακόμα οι επιστήμονες να αντιμετωπίσουν και μάλιστα μια αρρώστια η οποία δε σε σκοτώνει, αλλά σε κατατρώει σιγά-σιγά μέχρι να αποφασίσεις να αυτοκτονήσεις ή μέχρι να χάσεις τελείως τα λογικά σου».

«Υπάρχει και η τρίτη λύση βέβαια» παρατήρησε ο Μέμνων.

«Ο κυκεώνας; Αν θεωρείς ζωή μια ατελείωτη μαστούρα, τότε ναι είναι και αυτή μια λύση. Εγώ όμως θέλω να ζήσω, όχι απλά να επιβιώσω». Ο Μέμνων γέλασε βρίσκοντας την αρνητική στάση του Προμηθέα διασκεδαστική και ενέταξε και αυτήν του την άποψη, στη γενικότερη αφέλεια που πίστευε πως χαρακτήριζε τον επαναστάτη. Σίγουρα το να έχεις ανάγκη ένα ναρκωτικό για να βγάλεις τη μέρα δεν ήταν ό,τι καλύτερο, αλλά ο ίδιος δεν είχε χρειαστεί ποτέ να πληρώσει για την ημερήσια δόση του και αντίθετα έβγαζε πολλά χρήματα από το εμπόριο της ουσίας. Αναμφίβολα ήταν άπειρες οι φορές που είχε κινδυνεύσει η ζωή του από άλλες εταιρείες, μικροσυμμορίες ή ακόμα και από τους λίγους αστυνόμους που έβρισκαν ακόμα νόημα στο να κάνουν τη δουλειά τους, αλλά η διεστραμμένη του φύση τον έκανε να διασκεδάζει παίρνοντας τις ζωές των άλλων και η αλαζονεία του τον ωθούσε να πιστεύει, πως κανείς δεν ήταν ικανός να τον νικήσει στη μάχη και να του πάρει τη ζωή. Ήταν ειρωνικό το γεγονός ότι ο Προμηθέας πρότεινε συνεργασία σε ένα άτομο με εντελώς διαφορετικές απόψεις και οπτική γωνία των γεγονότων. Άλλο ένα δείγμα της αθωότητάς του.

«Και πού φυλάσσεται ο Κίστος; Ελπίζω να μην αφήσαμε πίσω μας τα τελευταία δείγματα και να αυτοκαταστράφηκαν μόλις εγκαταλείψαμε το καταφύγιο».

«Πολύ θα ήθελες να μάθεις πού βρίσκονται τα άλλα δείγματα, έτσι δεν είναι; Θα μου επιτρέψεις όμως να κρατήσω αυτήν την πληροφορία για τον εαυτό μου. Άλλωστε από τη στιγμή που εγώ και ο Μαχάων έχουμε τη φόρμουλα του Κίστου αποθηκευμένη στους επεξεργαστές μας, μπορούμε να αναπαράγουμε νέα δείγματα όποτε θέλουμε» είπε ο Προμηθέας χτυπώντας με το δείκτη του το κρανίο του, μέσα στο οποίο βρισκόταν κρυμμένος ο επεξεργαστής του.

«Λοιπόν, είσαι έτοιμος για όσα έχω να σου δείξω;» Ο Μέμνων κούνησε καταφατικά το κεφάλι, νιώθοντας ένα μικρό μούδιασμα μπροστά στην άγνωστη αλήθεια που περίμενε υπομονετικά να μαθευτεί. Για πρώτη φορά τρύπωσε στο μυαλό του η υποψία ότι μπορεί όντως το μυστικό που θα ξεσκεπαζόταν, να του άλλαζε τη ζωή. Και δεν ήταν σίγουρος ότι ήθελε η ζωή του να αλλάξει. Ο Προμηθέας, ίσως φοβούμενος ότι ο μαφιόζος θα άλλαζε γνώμη, έβγαλε βιαστικά το βύσμα από τον αυχένα του και το συνέδεσε με την υποδοχή στον αυχένα του άντρα απέναντί του. Έτσι η ροή των πληροφοριών ξεκίνησε αμείλικτα και τα δεδομένα διαχύθηκαν, χωρίς δυνατότητα επιστροφής, στον εγκέφαλο του Μέμνονα. Η όλη διαδικασία διήρκησε μόλις ένα δευτερόλεπτο, αλλά όπως είχε υποσχεθεί ο Προμηθέας, θα άλλαζε μια ολόκληρη ζωή. Τα μάτια του άκαρδου εκτελεστή άρχισαν να δακρύζουν. Είχε μείνει άφωνος και οι ανάσες του έβγαιναν κοφτές και με δυσκολία. Άρπαξε τα μπράτσα του Προμηθέα για να στηριχθεί, καθώς τα πόδια του υποχωρούσαν από κάτω του, μπροστά στο βάρος της συνειδητοποίησης. Μπροστά στην ανακάλυψη του μεγάλου ψέματος.

Έπεσε στα γόνατα και κοιτούσε το πάτωμα, αλλά στην πραγματικότητα μπροστά του έβλεπε άλλες εικόνες. Εικόνες εκδίκησης και αίματος. Και πλέον ήξερε από τα πλάνα που του είχε δείξει ο Προμηθέας, τι χρώμα είχε το αίμα. Ήταν ένα χρώμα που θα έκανε την εκδίκησή του πιο γλυκιά. Πιο απολαυστική. Η σαστιμάρα έδωσε τη θέση της στην οργή και η οργή έφερε την αποφασιστικότητα. Θα τασσόταν με το μέρος των επαναστατών. Ήταν η μόνη διέξοδος. Ο μόνος δρόμος που μπορούσε να ακολουθήσει, προκειμένου να επιτύχει το ποθούμενο. Άρπαξε το νέο του συνεργάτη από το γιακά. Εκείνος τον κοίταζε όλο κατανόηση και συμπάθεια. Ο μαφιόζος μη συνηθισμένος σε τέτοια συναισθήματα, ντράπηκε και εκνευρίστηκε.

«Δεν έχω ανάγκη από λύπηση! Ένα μόνο πες μου. Ποιος άλλος ξέρει;»

«Κανείς δεν έχει ιδέα, εκτός από εμένα και τον Άργο Πανόπτη».

«Ωραία. Φρόντισε να μην το μάθει ποτέ κανένας άλλος. Ακούς;» Ο Προμηθέας υποχώρησε μπροστά στο βλέμμα του Μέμνονα. Δεν είχε ξαναδεί έκφραση ανθρώπου τόσο παραμορφωμένη από λύσσα ποτέ στη ζωή του. Μόλις που ξεκινούσε να συνειδητοποιεί, τι φοβερό όπλο είχε καταφέρει να πάρει με το μέρος του. Ανησυχούσε όμως για το πόσο ανεξέλεγκτο θα γινόταν αυτό το όπλο, τυφλωμένο από παρανοϊκή μανία για φόνο και ανθρώπινες ζωές. Ο μαφιόζος τον πλησίασε και μπορούσε να δει με λεπτομέρεια το τσιτωμένο του δέρμα και τις φλέβες στα μάτια και το μέτωπό του, που πάλλονταν έτοιμες να εκραγούν.

«Κέρδισες επιστήμονα. Θα ταχτώ στο πλευρό σας και θα λιώσω όποιον στραφεί εναντίον σας. Αλλά θέλω να ξέρεις ότι δε μου καίγεται καρφάκι για το αν ο κόσμος θα ξαναδεί ποτέ τα χρώματα ή για το αν θα μείνει βυθισμένος μέσα στην τωρινή του κακομοιριά. Κάνε με τον Κίστο σου ό,τι θέλεις. Όταν όμως έρθει η στιγμή της πτώσης των εταιρειών, να θυμάσαι ένα πράγμα. Ο Σκίρωνας είναι δικός μου». Ο Προμηθέας συμφώνησε, χωρίς να νιώθει άλλωστε ότι είχε άλλη επιλογή. Έφυγε από την αίθουσα αφήνοντας το τέρας που δημιούργησε μόνο του με τους δαίμονές του, σαν σαρκοβόρο κτήνος κλεισμένο σε κλουβί. Βασανιζόταν και ο ίδιος όμως από δικές του σκέψεις. Ο Άργος Πανόπτης τον είχε προειδοποιήσει πως η ιδέα του να στρατολογήσουν τον Μέμνονα, ήταν το λιγότερο επικίνδυνη. Ο ίδιος στην αρχή ήταν σίγουρος για την ορθότητα της τακτικής του. Ρίχνοντας όμως μια ματιά στα βάθη της ψυχής του ανελέητου δολοφόνου είχε αρχίσει να αναρωτιέται, πώς ήταν δυνατόν να συμβαδίζει με έναν άνθρωπο που λαχταρούσε τόσο πολύ το θάνατο, όταν εκείνος το μόνο που ήθελε ήταν να προσφέρει ζωή.

κεφΑλΑΙο 11

Η κατάσταση είχε κλιμακωθεί αρκετά γρήγορα. Η Θέμις δε φανταζόταν ποτέ της, ότι ακολουθώντας τα στοιχεία της έρευνάς της που την οδηγούσαν σε ένα φαινομενικά αθώο παλαιοπωλείο, θα έμπλεκε σε μια σύρραξη η οποία θα ισοπέδωνε μισό οικοδομικό τετράγωνο. Περνώντας μπροστά από το κατάστημα εντόπισε τους μπράβους της Χίμαιρας. Στην αρχή βέβαια δεν ήξερε σε ποια εταιρεία ανήκαν, αλλά φαίνονταν από χιλιόμετρα μακριά για τσιράκια της μαφίας. Όταν ο Κόβαλος πετάχτηκε μαζί με το ρομπότ του Προμηθέα μέσα από τη βιτρίνα του μαγαζιού, κουτρουβαλώντας στο δρόμο, τότε κατάλαβε ότι είχε να κάνει με ανθρώπους της Χίμαιρας. Αν ο ημίτρελος αναμαλλιασμένος πολεμιστής, με τα χέρια που μεταμορφώνονταν σε κοφτερούς έλικες ήταν εκεί, τότε ο Μέμνων δε θα έπρεπε να ήταν μακριά. Ο Κόβαλος είχε πάρει το μάθημά του και φρόντιζε να μη μένει σε ένα σημείο πάνω από ένα δευτερόλεπτο, ώστε τα τεράστια χέρια του Άργου Πανόπτη να μην τον κομματιάσουν. Ο γίγαντας όμως δε σταματούσε να κάνει φιλότιμες προσπάθειες, γκρεμίζοντας με τα χτυπήματά του οτιδήποτε είχε την ατυχία να βρεθεί στο πέρασμά του. Οι άντρες του Κόβαλου σάστισαν για μερικά δευτερόλεπτα και μετά έβγαλαν τα όπλα τους για να βοηθήσουν τον αρχηγό τους.

Το πρόβλημα ήταν ότι δεν ήταν σίγουροι, ποιον από τους δύο μονομάχους θα πετύχαιναν σε περίπτωση που πυροβολούσαν. Η Θέμις τους έβγαλε από το δίλημμα. Έδωσε εντολή στον οδηγό της, τον Πορφυρίωνα, να πέσει επάνω τους με το αμάξι και αμέσως μετά βγήκε με το υποπολυβόλο που της είχε δώσει ο Δημοφώντας και άρχισε να ρίχνει στο ψαχνό, εναντίον όσων γλίτωσαν τη σύνθλιψη από το όχημα. Οι τρεις γιγαντόσωμοι οπλοφόροι που αποτελούσαν τη μικρή της ομάδα, δε θα ανέχονταν μια γυναίκα και μάλιστα αστυνομικός, να τους ξεπεράσει σε γενναιότητα. Έτσι πετάχτηκαν έξω από το όχημα χωρίς δισταγμό και ρίχτηκαν σαν σε μέθη, σε αυτό το βακχικό χορό της σφαγής. Ηγετικό ρόλο φαινόταν να έχει ο Αλκυονέας, δίνοντας εντολές και κατευθυντήριες οδηγίες, με τη βροντερή του φωνή να ακούγεται πάνω από τον ορυμαγδό της μάχης. Εκείνος και ο πιστός του σύντροφος Πορφυρίων πολεμούσαν πλευρό με πλευρό, είτε ρίχνοντας θανατηφόρες ακτίνες είτε τσακίζοντας με την τερατώδη ωμή τους δύναμη, τα κορμιά των αντιπάλων, βιονικά και σάρκινα. Παρά το εντυπωσιακό τους μέγεθος και την απαράμιλλη μυϊκή τους δύναμη όμως, δε φάνταζαν τόσο τρομακτικοί όσο ο Άλπος.

Ο τρίτος της παρέας δεν είχε τίποτα να ζηλέψει από τους συντρόφους του σε μέγεθος και ρώμη. Επιπλέον είχε τρία βιονικά χέρια σε κάθε του πλευρά, τα μαλλιά του ήταν μεταλλικά με οδοντωτές αποφύσεις, που πετάγονταν ξεσκίζοντας τους λαιμούς των εχθρών του και τα μεταλλικά του σαγόνια κομμάτιαζαν τους μπράβους της Χίμαιρας, τους οποίους μετά κατάπινε αχόρταγα, επιδιδόμενος σε ένα ανίερο κανιβαλιστικό όργιο. Άλλους τους άρπαζε από τα πόδια και τους κοπανούσε με δύναμη στο έδαφος, ζωγραφίζοντας την άσφαλτο με μυαλά και εντόσθια. Η Θέμις αναρωτήθηκε πώς ο Δημοφώντας με τέτοιο οπλοστάσιο, δεν είχε ξεκινήσει τον πόλεμο εναντίον των δύο μεγάλων του υποκόσμου νωρίτερα. Ίσως περίμενε για την κατάλληλη ευκαιρία. Και εκείνη του την είχε προσφέρει. Βλέποντας αυτό το μακελειό, θεωρούσε πλέον ότι έκανε χάρη σε όποιον σκότωνε, αφού τουλάχιστον τον γλίτωνε από μια τόσο μαύρη μοίρα. Τα τραγικά απομεινάρια από τη δύναμη κρούσης της Χίμαιρας, διαπίστωσαν τη ματαιότητα του να συνεχίσουν να μάχονται και υπολόγισαν ότι είχαν περισσότερες πιθανότητες να επιζήσουν από την οργή του αφεντικού τους. Έφυγαν τρέχοντας, αλλά δεν πήγαν μακριά. Με έναν εκκωφαντικό βρυχηθμό, ο Αλκυονεύς σήκωσε στους ώμους του το αυτοκίνητο που πριν από λίγη ώρα τους μετέφερε και το πέταξε με υπεράνθρωπη δύναμη εναντίον τους. Πολτοποιήθηκαν από τη σύγκρουση και τα ματωμένα κομμάτια τους έγιναν βορά της φωτιάς που ξέσπασε αμέσως μετά.

Πίσω τους η μάχη δεν είχε ακόμα κριθεί. Ο Κόβαλος, παρά το μέγεθός του, πολεμούσε γενναία ενάντια στο θηριώδη Άργο Πανόπτη. Η μεταλλική επιφάνεια του ρομπότ είχε αρκετές αμυχές από τα κοφτερά όπλα του μικρότερου του αντιπάλου, αλλά δεν είχε υποστεί κάποια ουσιαστική ζημιά. Αδυνατούσε όμως να ανακόψει τη φρενήρη πορεία του Κόβαλου, που έτρεχε γύρω του σαν δαιμονισμένος, χτυπώντας και υποχωρώντας με τέλειο συγχρονισμό. Η Θέμις δεν ήξερε ποιος τη συνέφερε να νικήσει. Αυτό που χρειαζόταν ήταν πληροφορίες και η αλήθεια ήταν ότι κανείς από τους δύο, δε θα ήταν διατεθειμένος να της αποκαλύψει όσα γνώριζε. Η πάλη ήταν τόσο αμφίρροπη και πεισματική, ώστε και ένα πούπουλο θα έφτανε για να γύρει τη ζυγαριά προς τη μια ή την άλλη πλευρά. Πόσο μάλλον τα τρία θεριά που είχε στη διάθεσή της. Η τύχη όμως δε θα της χαμογελούσε αφήνοντάς την να ελέγξει εκείνη τις εξελίξεις. Άκουσε πίσω της αυτοκίνητα να σταματούν και γυρίζοντας διαπίστωσε πως τρία οχήματα είχαν καταφθάσει στο πεδίο της μάχης.

Κατά πάσα πιθανότητα τους είχε τραβήξει την προσοχή ο ορυμαγδός του πολεμικού σκηνικού και είχαν έρθει να ερευνήσουν την κατάσταση. Δεν ήταν όμως αστυνομικοί, αλλά κάτι πολύ χειρότερο. Ήταν η Έμπουσα. Ο Αλάριχος με το επιβλητικό του παρουσιαστικό και το προσωπείο του αυστηρού στρατιωτικού, ανοιγόκλεινε τα νεοαποκτηθέντα χέρια που είχε χρειαστεί, μετά την ατυχή του μονομαχία με τον Μέμνονα. Οι μεταλλικές παλάμες κατέληγαν σε δάχτυλα αετού με μυτερά νύχια. Ένα αστείο του Πολυπήμονα που παρέπεμπε στη ναζιστική λατρεία του γερμανού μισθοφόρου. Ο ίδιος όμως δεν είχε ενημερωθεί για το ποια ακριβώς προσθετικά θα είχε στη διάθεσή του μετά την επέμβαση και όταν ξύπνησε από τη νάρκωση δεν είχε εκτιμήσει καθόλου τη φάρσα. Αφού όμως δεν μπορούσε να ξεσπάσει την οργή του στο τεράστιο πλαδαρό υποκείμενο που λεγόταν Πολυπήμονας, θα ξεσπούσε αλλού. Ένας από τους στρατιώτες του τον πλησίασε.

«Κύριε. Ποιες είναι οι εντολές σας;»

«Σκοτώστε τους».

«Ποιους;»

«Μα όλους φυσικά». Η ανταλλαγή πυρών ξεκίνησε αμέσως, ενώ ο γερμανός με το ένα του μάτι, σάρωνε την τοποθεσία ελπίζοντας να βρει κάπου τον Μέμνονα. Κινήθηκε με προσοχή προς το παλαιοπωλείο, με το ένστικτό του να του λέει πως εκεί θα ανακάλυπτε κάτι πολύ ενδιαφέρον. Η Θέμις όμως δε σκόπευε να τον αφήσει να φτάσει εκεί πριν από εκείνη. Ήξερε, από την ανάκριση του Κτησίβιου, ότι το κατάστημα εκείνο είχε σίγουρα κάποια σχέση με τον Προμηθέα. Ήταν πολύ πιθανό να έβρισκε εκεί κάποιο στοιχείο, που θα οδηγούσε στην ανακάλυψή του. Δεν υπήρχε περίπτωση να επιτρέψει στον Αλάριχο να της αρπάξει τη λεία μέσα από τα χέρια. Έτρεξε εναντίον του πυροβολώντας με το υποπολυβόλο. Ο Αλάριχος βρήκε κάλυψη πίσω από έναν κάδο σκουπιδιών και άρχισε να απαντά στα πυρά με το Luger του. Η Θέμις μη συνηθισμένη στα όπλα με σφαίρες, εξάντλησε γρήγορα

210

τους γεμιστήρες του UMP. Έβγαλε το πιστόλι της και άρχισε να ρίχνει ακτίνες λέιζερ εναντίον του μισθοφόρου της Έμπουσας. Αυτές διαπερνούσαν το μεταλλικό κάδο αλλά δεν πετύχαιναν τον Αλάριχο, περνώντας ξυστά από το σώμα του. Ο γερμανός έβγαλε από την τσέπη του ένα ραβδί, παρόμοιο με εκείνο που είχε χρησιμοποιήσει εναντίον του Μέμνονα. Εκείνο που ήταν κατασκευασμένο από ένα κράμα μετάλλων, που του έδινε τη δυνατότητα να αποκρούσει ακόμα και ριπές λέιζερ.

Άρχισε να το στριφογυρίζει μπροστά του με ταχύτητα και βγήκε από την κρυψώνα του. Η Θέμις συνέχισε να τον στοχεύει, αλλά έβλεπε με απελπισία τα πυρά της να εξοστρακίζονται. Ο Αλάριχος τότε πέρασε στην αντεπίθεση, αναγκάζοντας τη Θέμιδα να ψάξει για κάλυψη. Το λέιζερ που είχε στην άδεια κόγχη του ενός ματιού του ξεπετάχτηκε μπροστά, βγάζοντας από τη μέση την καλύπτρα που φορούσε. Η Θέμις βρήκε προστασία πίσω από ένα σχεδόν κατεστραμμένο και φλεγόμενο σταθμευμένο φορτηγάκι, ενώ ο Αλάριχος ελεύθερος πλέον, έτρεξε προς το παλαιοπωλείο. Οι τρεις γίγαντες του Δημοφώντα δε διέτρεχαν ιδιαίτερο κίνδυνο από τους στρατιώτες της Έμπουσας, οπότε η Θέμις τους άφησε και ακολούθησε το γερμανό κατά πόδας. Εκείνος έφτασε πρώτος έχοντας από προηγουμένως προβάδισμα και κοντοστάθηκε στην πόρτα για ένα δευτερόλεπτο, όταν με έκπληξη βρήκε τον ηλικιωμένο μαγαζάτορα, να χώνεται μέσα στην καταπακτή και να χάνεται στη γη. Ο εμφανώς ταλαιπωρημένος και πληγωμένος από τον Κόβαλο γέροντας, μόλις εντόπισε μια νέα απειλητική μορφή στο κατώφλι του μαγαζιού του, πήδηξε στο άνοιγμα και χάθηκε. Ο Αλάριχος τον μιμήθηκε ακολουθούμενος από τη Θέμιδα.

Άρχισαν να πέφτουν στο άγνωστο όπως νωρίτερα ο Μέμνονας και προσγειώθηκαν μάλλον άτσαλα μέσα στο σκοτάδι. Τα σίγουρα βήματα του γέροντα που μαρτυρούσαν πως ήξερε τα κατατόπια, ακούστηκαν μέσα στην καταχνιά να απομακρύνονται σταθερά, αφήνοντάς τους μόνους τους να αντιμετωπίσουν τη μαυρίλα και την απειλή που ο καθένας αντιπροσώπευε για τον άλλον. Για μερικά δευτερόλεπτα ακούγονταν μόνο οι κοφτές τους ανάσες. Είχαν τραυματιστεί ελαφρώς και οι δύο από την πτώση, αλλά δεν τολμούσαν να αφήσουν τον πόνο τους να ακουστεί και να προδώσουν τη θέση τους. Η Θέμις έψαχνε στο μπουφάν της για φακό, αλλά δεν είχε φροντίσει να προμηθευτεί έναν από το οπλοστάσιο του Δημοφώντα. Τότε θυμήθηκε το μαχαίρι λέιζερ. Το έβγαλε από τη θήκη του μαζί με το μικρό κύλινδρο που μετατρεπόταν σε ασπίδα και τα ενεργοποίησε και τα δύο. Η ενεργειακή λεπίδα φώτισε λίγο το χώρο και μπόρεσε να εντοπίσει τον αντίπαλο. Εκείνος μόλις αυτή εμφανίστηκε μπροστά του πυροβόλησε αμέσως, αλλά η Θέμις ήταν προετοιμασμένη. Σήκωσε την ασπίδα ψηλά και οι ριπές δεν την άγγιξαν.

Ο Δημοφώντας την είχε προειδοποιήσει ότι η προστασία της ασπίδας ήταν περιορισμένη, οπότε έπρεπε να βιαστεί πριν τα λέιζερ διαπεράσουν το μέταλλο και τη φτάσουν. Ούρλιαξε θυμίζοντας τις πολεμικές ιαχές της αρχαιότητας και εφόρμησε προς τον Αλάριχο. Τον χτύπησε με την ασπίδα βγάζοντάς τον εκτός ισορροπίας και τον κάρφωσε με το μαχαίρι, βλέποντας τη λεπίδα να χώνεται στην άδεια κόγχη του ματιού του, όπου ήταν τοποθετημένο το λέιζερ. Το όπλο αχρηστεύθηκε, ενώ από το τράνταγμα της ασπίδας, το Luger έφυγε από το χέρι του και έπεσε στο έδαφος, άχρηστο για εκείνον και αβλαβές για τη Θέμιδα. Ήταν πλέον οπλισμένος μόνο με το ραβδί και η Θέμις έβγαλε το πιστόλι της για να τον αποτελειώσει. Ψηλαφώντας όμως ο Αλάριχος τον τοίχο που βρισκόταν πίσω του, ανακάλυψε ένα κουμπί και πατώντας το βρήκε μια ανέλπιστη διαφυγή, στην πόρτα που άνοιξε ηλεκτρονικά. Η Θέμις πυροβόλησε αλλά μάταια. Είδε δύο τρύπες να καπνίζουν στον τοίχο όπου πριν από λίγο βρισκόταν εκείνος. Από το άνοιγμα που είχε χρησιμοποιήσει για να διαφύγει ο Αλάριχος, διέκρινε φως. Ακολούθησε λοιπόν και εκείνη την ίδια πορεία και βρέθηκε σε ένα διάδρομο με χαμηλό φωτισμό.

Προχώρησε με αμυντική στάση κρατώντας την ασπίδα ψηλά, γιατί παρόλο που είχε αφοπλίσει τον Αλάριχο, δεν μπορούσε πότε να είναι σίγουρη για το τι άλλο όπλο έκρυβε στο μανίκι του. Θυμήθηκε κάποιους συναδέλφους της που είχε βρει νεκρούς από το χέρι του μισθοφόρου. Ανάμεσα στα μάτια τους είχε βρει καρφωμένες μικρές αλλά θανατηφόρες σβάστικες. Μεταλλικές και απίστευτα κοφτερές. Το μέρος φαινόταν έρημο και εγκαταλελειμμένο από τους άγνωστους κατοίκους του. Η Θέμις βέβαια υποπτευόταν ποιοι ήταν αυτοί. Η λιτή διακόσμηση και η πληθώρα υπολογιστών, της θύμιζαν έντονα το μέρος όπου ο Προμηθέας και το ρομπότ του την είχαν αφήσει αναίσθητη και είχαν εξαφανιστεί. Πλησίασε τους υπολογιστές έχοντας πάντα στο νου της το ενδεχόμενο να δεχτεί επίθεση από πίσω, από τον Αλάριχο ή από κάποια άλλη άγνωστη απειλή. Τα τερματικά δε λειτουργούσαν και δεν μπορούσαν να της προσφέρουν την παραμικρή πληροφορία. Όπως ακριβώς είχε γίνει και όταν είχε ξυπνήσει από τη νάρκωση στο προηγούμενο κρησφύγετο. Άφησε τους υπολογιστές απογοητευμένη και συνέχισε την αναζήτηση του στόχου της. Αν δεν έβρισκε κάποιο ίχνος του Προμηθέα, τουλάχιστον θα συλλάμβανε τον Αλάριχο.

Ήξερε ότι αν τον συλλάμβανε, το τσιπάκι στον εγκέφαλό του ήταν ρυθμισμένο να του ψήσει το μυαλό. Ίσως όμως να ήταν ανέλπιστα τυχερή και να αντλούσε κάποια πληροφορία. Ακόμα όμως και ο θάνατος του μισθοφόρου, μπορεί να μην παρουσίαζε ιδιαίτερη χρησιμότητα, αλλά θα ήταν άκρως ικανοποιητικός. Απαλλαγμένη από τα δεσμά της γραφειοκρατίας και των αστυνομικών κανονισμών, μπορούσε να απαλλάξει τον κόσμο από όλα αυτά τα παράσιτα. Αργά μεν μεθοδικά δε. Θα απογοητευόταν όμως και πάλι. Ο γερμανός ήταν άφαντος και η Θέμις μετά από ενδελεχή έρευνα του χώρου για κάποιο στοιχείο, επανήλθε στην επιφάνεια μέσω ενός κρυφού ανελκυστήρα που ανακάλυψε, με άδεια χέρια και κυριευμένη από απελπισία. Όταν βγήκε όμως έξω από το παλαιοπωλείο, αυτό που είδε στο δρόμο τη γέμισε χαρά. Τα τρία θηρία του Δημοφώντα είχαν συλλάβει το ρομπότ του Προμηθέα. Ο τεράστιος Άργος Πανόπτης που είχε καταφέρει να εξοντώσει τόσους αντιπάλους, δεν μπορούσε να τα βάλει με τρεις άντρες ίδιου μεγέθους με εκείνον. Συνέχιζε να παλεύει, αλλά το συνολικό βάρος τους τον κρατούσε ακινητοποιημένο στο οδόστρωμα, αν και με δυσκολία. Τα μάτια του ρομπότ εκτελούσαν ακανόνιστες πτήσεις πάνω από αυτό το σύμπλεγμα των τεσσάρων σωμάτων, περιμένοντας μια ξεκάθαρη εντολή σχετικά με το τι να κάνουν.

Ένα από αυτά ξαφνικά ξεμάκρυνε από τα υπόλοιπα και πέταξε μακριά. Η Θέμις το παρατήρησε για λίγο, μέχρι να καταλάβει τι ακριβώς γινόταν. Το μάτι αυτό ήταν αγγελιοφόρος. Θα έσπευδε στον Προμηθέα να του αναγγείλει τα δυσάρεστα. Αυτό συνέφερε τη Θέμιδα. Μπορεί ο Προμηθέας να έκανε την ανοησία να προσπαθούσε να απελευθερώσει τον υπηρέτη του και τότε θα έπεφτε στα χέρια της. Επικοινώνησε με τον Δημοφώντα και το απρόσωπο κεφάλι του εμφανίστηκε πίσω από τα κλειστά της βλέφαρα. Ο τόνος του ισορροπούσε όπως πάντα, ανάμεσα στην ειρωνεία και μια προσποιητή ανεμελιά, που έκρυβε όμως μια αυτοπεποίθηση και μια δύναμη την οποία κανείς αρκετά έξυπνος και λογικός άνθρωπος δε θα υποτιμούσε.

«Θέμις, περίμενα με αγωνία να μου πεις τα νέα. Ελπίζω η πρώτη σου εξόρμηση να είχε επιτυχία. Πώς σου φάνηκαν τα παλικάρια μου; Ευχάριστοι τύποι, έτσι δεν είναι;»

«Οι κοινωνικές συναναστροφές δεν είναι το δυνατό τους σημείο, αλλά αποδείχθηκαν ανέλπιστα αποτελεσματικοί. Εξολόθρευσαν με ευκολία δύο ομάδες κρούσης, μια της Έμπουσας και μια της Χίμαιρας και αιχμαλώτισαν το ρομπότ του Προμηθέα, τον Άργο Πανόπτη. Πολύ καλή συγκομιδή για την πρώτη τους αποστολή. Μου φαίνεται ότι όλον αυτόν τον καιρό, υποτιμούσες τις δυνάμεις σου Δημοφώντα».

214

«Κάθε άλλο, αλλά στο δικό μας επικίνδυνο παιχνίδι, οφείλει κανείς να είναι προσεκτικός».

«Θα χρειαστούμε ένα νέο όχημα. Το προηγούμενο χρησιμοποιήθηκε για να πλακώσει κάποιους κακομοίρηδες και εκτός αυτού, με το νέο μας συνεπιβάτη θα χρειαζόμασταν έτσι και αλλιώς κάτι πιο ευρύχωρο».

«Στέλνω κάτι αμέσως. Καλύτερα όμως να μετακινηθείτε, γιατί η αστυνομία πλησιάζει προς το σημείο όπου βρίσκεστε».

«Καλώς. Θα αφήσω τη γραμμή επικοινωνίας ανοιχτή, για να μπορείς να εντοπίσεις τη νέα μου θέση. Στείλε το όχημα εκεί». Μόνο αφού ολοκληρώθηκε η συνομιλία, αναρωτήθηκε η Θέμις για το ποια ήταν η μοίρα του Κόβαλου. Πλησίασε τον Αλκυονέα και τον ρώτησε: «Εκείνος που πάλευε με τον Άργο τι απέγινε; Εκείνος με τα πεταχτά μαλλιά;»

«Ήταν πολύ γρήγορος για εμάς. Ξέφυγε μέσα στα στενά. Δε φαινόταν να έχει όρεξη να μας ενοχλήσει ξανά». Η Θέμις έχοντας συναντήσει ξανά το μαφιόζο με το σημαδεμένο πρόσωπο, ήξερε πολύ καλά ότι τα φαινόμενα απατούν. Ήταν σίγουρη ότι θα τον ξανάβρισκαν μπροστά τους και ότι θα τους επιφύλασσε κάποια δυσάρεστη έκπληξη. Η εκτίμησή της ήταν σωστή. Ο Κόβαλος δε φοβόταν, όχι λόγω γενναιότητας, αλλά περισσότερο λόγω της άγνοιας κινδύνου με την οποία τον εφοδίαζε ασταμάτητα, η ασταθής ψυχολογική του κατάσταση. Όταν όμως έπεσε πάνω του η απειλητική σκιά από τους τρεις γίγαντες του Δημοφώντα, σε μια σπάνια στιγμή πνευματικής διαύγειας, θυμήθηκε ένα βασικό κανόνα του πολέμου. Δε δίνεις μια μάχη που σίγουρα θα χάσεις. Έτσι υποχώρησε αφήνοντας τον Άργο Πανόπτη να βγάλει τα κάστανα από τη φωτιά, πράγμα που ο δεύτερος δεν έκανε με ιδιαίτερη επιτυχία. Επικοινώνησε αμέσως με τον Σκίρωνα για οδηγίες. Του εξέθεσε την κατάσταση, η οποία ήταν τουλάχιστον απελπιστική. Ήταν ο μοναδικός επιζών της ομάδας που είχε σταλεί στο παλαιοπωλείο, για να βρει τον Μέμνονα. Ο Μέμνων παρέμενε άφαντος, το σήμα εντοπισμού του δεν εξέπεμπε πια και ολόκληρη η ομάδα είχε αφανιστεί από τους μυώδεις βοηθούς της αστυνομικού, που τόσο συχνά μπλεκόταν στα πόδια τους.

Ο Σκίρων ήθελε απαντήσεις. Η λατρεία του για τις πληροφορίες δεν του επέτρεπε να μη γνωρίζει ποιοι ήταν οι νεοφερμένοι στο παιχνίδι και για ποιο λόγο βοηθούσαν τη Θέμιδα. Το ερώτημα της μοίρας του Μέμνονα ήταν επίσης πιεστικό, αλλά ο Σκίρων αποφάσισε να επικεντρωθεί αλλού. Διέταξε τον Κόβαλο να ακολουθήσει την ομάδα που μετέφερε τον αιχμάλωτο Άργο Πανόπτη και να μάθει ό,τι μπορούσε για τη δυναμική τετράδα. Ο δρόμος σιγά-σιγά άδειασε και ο πάταγος των συγκρούσεων έδωσε τη θέση του στη σιωπή. Οι κάτοικοι τρομοκρατημένοι έμειναν κλειδαμπαρωμένοι στα σπίτια τους. «Μπόρα είναι και θα περάσει» σκέφτηκαν, συνηθισμένοι στο πιστολίδι ανάμεσα στις οργανώσεις της μαφίας, ακόμα και μέρα μεσημέρι. Οι άρχοντες του εγκλήματος δεν είχαν ωράρια και δε σέβονταν τις ανάγκες των απλών πολιτών. Έπαιρναν αυτό που ήθελαν με τη βία ή σκοτώνονταν στην προσπάθεια. Και εκείνη τη μέρα το μακελειό ήταν πράγματι εντυπωσιακό. Οι αστυνόμοι που έφτασαν, με εσκεμμένη καθυστέρηση ώστε να είναι σίγουροι ότι δε θα έχουν δυσάρεστες συναντήσεις, αντίκρισαν δεκάδες πτώματα, καμένα, τεμαχισμένα, πολτοποιημένα και ανυπολόγιστες υλικές καταστροφές. Ήταν σαν εκείνη η γειτονιά να είχε χτυπηθεί από τυφώνα.

Θα είχαν πολλή δουλειά, πιθανότατα ως το βράδυ. Έπρεπε να καταγράψουν τα ευρήματα και να πάρουν μαρτυρίες. Αυτό θα ήταν βέβαια και το πιο δύσκολο. Κανείς δε θα είχε όρεξη να μιλήσει. Ήξεραν καλά τι συνέβαινε σε όποιον παραμίλαγε στην αστυνομία. Απασχολημένοι όπως ήταν, δε σκέφτηκαν να διερευνήσουν το άνοιγμα στο πάτωμα του παλαιοπωλείου. Εκεί όπου ο Αλάριχος είχε βρει τη μυστική πόρτα προς τη σήραγγα που ένωνε εκείνο με το επόμενο κρησφύγετο, κρυμμένος από τη

Θέμιδα. Θέλοντας να αποφύγει την επιφάνεια αποφάσισε να προχωρήσει μπροστά, διασχίζοντας χωρίς να το γνωρίζει με τα πόδια, τη διαδρομή που είχαν ακολουθήσει νωρίτερα ο Προμηθέας και ο Μέμνων με το μικροκαμωμένο όχημα. Ήταν οπλισμένος μόνο με τα ατσάλινα νύχια και το ραβδί του, αλλά δεν του έλλειπε η αυτοπεποίθηση και το θάρρος. Αναζητούσε μια ασφαλή έξοδο από εκείνον τον υπόγειο λαβύρινθο, αλλά αντί για αυτό κατευθυνόταν εν αγνοία του προς τον κίνδυνο, αφού στο τέλος του δρόμου θα τον περίμενε ο αρχιεχθρός του. Η ώρα πλησίαζε για άλλη μια από τις μνημειώδεις μονομαχίες τους και οι δύο πρωταγωνιστές δεν είχαν ιδέα για τα μελλούμενα.

∞

«Είσαι σίγουρος ότι ξέρεις τι κάνεις;»

«Ναι, το έχουμε ξαναδοκιμάσει. Δεν υπάρχει λόγος ανησυχίας».

«Μας είχαν πει ότι οποιαδήποτε προσπάθεια να το αφαιρέσουμε, θα κατέληγε στην ενεργοποίησή του και την εξαπόλυση του ηλεκτρικού φορτίου. Ότι μια τέτοια κίνηση θα σήμαινε σίγουρο θάνατο και πως θα ήταν βλακεία μας να δοκιμάζαμε».

«Τι περίμενες να σου πει η Χίμαιρα, ότι βγαίνει πανεύκολα και ότι δε συντρέχει ο παραμικρός κίνδυνος;»

«Δηλαδή είναι τόσο ασφαλής η αφαίρεσή του;»

«Ε, όχι ακριβώς. Αν κάνω κάποιο λάθος ο εγκέφαλός σου θα γίνει πουρές. Αλλά μην ανησυχείς. Συνήθως δεν κάνω λάθη».

«Τι εννοείς συνήθως;» Οποιαδήποτε άλλη διαμαρτυρία του Μέμνονα πνίγηκε, καθώς τα μεταλλικά πλοκάμια της συσκευής του Προμηθέα, χώνονταν στα ρουθούνια του και με μεθοδευμένες κινήσεις, ώστε να μην προκαλέσουν ζημιά, πλησίαζαν στον εγκέφαλο του Μέμνονα, έχοντας ως λεία το μικροτσίπ που αποτελούσε κοινό χαρακτηριστικό όλων των μαφιόζων. Το εξάρτημα το οποίο τους κρατούσε πειθήνιους απέναντι στα αφεντικά και εξασφάλιζε τη σιωπή τους σε περίπτωση σύλληψής τους. Άλλωστε οι νεκροί δε μιλάνε και οι καμένοι επεξεργαστές των εγκεφάλων δεν μπορούν να προσφέρουν καμία πληροφορία στην αστυνομία. Η αγωνία του, καθώς το ξένο σώμα παραβίαζε τη μύτη του, ήταν έκδηλη και αν ο Προμηθέας δεν είχε προνοήσει, δένοντάς τον στην καρέκλα από τους καρπούς και τους αστραγάλους, οι σπασμωδικές κινήσεις των άκρων του θα είχαν σίγουρα τραυματίσει και τους δύο.

«Το βλέπω στην οθόνη. Προσπάθησε να μην κουνιέσαι, γιατί όσα περισσότερα τα τραντάγματα, τόσο μεγαλύτερος και ο κίνδυνος να μου ξεφύγει κάτι και τότε ξέρεις...» Ο Μέμνων κατάπιε τον πόνο του και τα κοσμητικά επίθετα, με τα οποία επιθυμούσε διακαώς να στολίσει το νέο του συνεργάτη και έμεινε εντελώς ακίνητος, με τον ιδρώτα να ποτίζει τα ρούχα του και ένα ρυάκι αίμα να στάζει από τη μύτη στα χείλια του. Η λεπτεπίλεπτη δουλειά δεν προκαλούσε αγωνία μόνο στον καθισμένο στην καρέκλα ασθενή, αλλά και στο θεράποντα. Ο Προμηθέας δεν ήταν τόσο σίγουρος για την επέμβαση, όσο ήθελε να κάνει το μαφιόζο να πιστέψει. Το είχε ξαναδοκιμάσει με επιτυχία, αλλά παρέμενε μια διαδικασία τρομερά επικίνδυνη, η οποία είχε γίνει δυνατή μόνο χάρη στην ιδιοφυΐα του Μαχάονα. Θεωρούσε τον Μέμνονα ένα πολύτιμο εργαλείο για την οργάνωση και δεν του άρεσε που διακινδύνευε τη ζωή του έτσι. Αλλά δεν υπήρχε άλλη επιλογή. Μόλις ο Σκίρωνας αντιλαμβανόταν ότι κάτι δεν πήγαινε καλά με το κυνηγόσκυλό του, θα πατούσε το κουμπί για να είναι σίγουρος ότι τα ευαίσθητα δεδομένα που βρίσκονταν στον επεξεργαστή του Μέμνονα, θα έμεναν κρυφά.

«Τα πλοκάμια αγγίζουν το τσιπάκι. Ξεκινάω τη διαδικασία εξουδετέρωσης του μηχανισμού» είπε ο Προμηθέας με σφιγμένα χαρακτηριστικά και μέτωπο μουλιασμένο από τον ιδρώτα.

«Μην αναπνέεις καν. Βρισκόμαστε στην πιο σημαντική φάση». Η οδηγία ήταν περιττή. Ο Μέμνων είχε παγώσει στη θέση του με την ανάσα κομμένη, περιμένοντας με αγωνία να ακούσει τον Προμηθέα να του λέει ότι ο κίνδυνος είχε περάσει. Τα δευτερόλεπτα κυλούσαν βασανιστικά και ξαφνικά βγήκε ένας ψίθυρος από τα χείλη του Προμηθέα.

«Μου φαίνεται ότι κάτι δεν πάει καλά».

«Τι εννοείς; Τι συμβαίνει;» ρώτησε έντρομος ο Μέμνων.

«Α, τίποτα. Λάθος έκανα. Ο μηχανισμός εξουδετερώθηκε μια χαρά». Ο Μέμνων θα είχε συνθλίψει το λαιμό του με το βιονικό του χέρι, για να τον κάνει να πληρώσει για το βασανιστήριο. Όμως τα πλοκάμια από τη συσκευή εξουδετέρωσης ήταν ακόμα μέσα στο κεφάλι του και δεν μπορούσε να κουνηθεί, χωρίς να διακινδυνεύσει κάποια μόνιμη εγκεφαλική βλάβη.

«Μπορείς να βγάλεις αυτά τα πράγματα από το κεφάλι μου» ζήτησε όσο πιο ευγενικά μπορούσε.

«Αρκεί να υποσχεθείς ότι θα είσαι ευγνώμων μόλις σηκωθείς όρθιος. Θυμήσου ότι χάρη σε εμένα βλέπεις για πρώτη φορά στη ζωή σου χρώματα και απελευθερώθηκες από τη σκλαβιά του μικροτσίπ».

«Πίστεψέ με, μόλις σηκωθώ δε θα νιώθω τίποτα άλλο πέρα από ευγνωμοσύνη για σένα». Τα πλοκάμια ολοκλήρωσαν το οδυνηρό για τον Μέμνονα ταξίδι τους, μέσω των ρουθουνιών και βρέθηκαν έξω από το σώμα του, προς μεγάλη του ανακούφιση. Επιδόθηκε σε μια σειρά μορφασμών, σαν αντίδραση στην αίσθηση που του είχε αφήσει η εισβολή του μετάλλου στο κρανίο του. Ύστερα σηκώθηκε ανοιγοκλείνοντας τη μεταλλική του γροθιά και πλησίασε τον Προμηθέα, για να του δείξει έμπρακτα την

219

ευγνωμοσύνη του. Ευτυχώς για τον επαναστάτη, εκείνη τη στιγμή άνοιξε η πόρτα και ο σίφουνας των δραματικών εξελίξεων, έκανε τον Μέμνονα να αφήσει κατά μέρος τις βίαιες ορέξεις του. Ο Προμηθέας στράφηκε προς την πόρτα ανήσυχος, αλλά αυτό που είδε έκανε το πρόσωπό του να λάμψει από χαρά.

«Φίλωνα!! Είσαι καλά;» Στην είσοδο έστεκε ο περίλυπος ηλικιωμένος παλαιοπώλης, εμφανώς ταλαιπωρημένος από την έκφραση του προσώπου του, την κατάσταση των ρούχων του και το αίμα που είχε στάξει σε μερικά σημεία στο πρόσωπό του. Ο κατά πολύ νεότερος σύντροφός του έτρεξε κοντά του, πετώντας τη συσκευή εξουδετέρωσης στα χέρια του Μέμνονα. Στήριξε τον Φίλωνα με στοργή και τον βοήθησε να φτάσει μέχρι μια καρέκλα, στην οποία προσγειώθηκε με φόρα, μένοντας εντελώς ακίνητος, αφού δεν είχε το κουράγιο ούτε να κουνηθεί για να βολευτεί καλύτερα. Ήταν ιδρωμένος και λαχανιασμένος και προσπαθούσε ανεπιτυχώς μέσα από τις κοφτές του ανάσες να πει κάτι. Ο Προμηθέας τον παρότρυνε να ηρεμήσει και του έδωσε να πιει λίγο νερό. Μετά από μια γουλιά κατάφερε να πάρει αρκετές ανάσες ώστε να μιλήσει.

«Έρχεται...»

«Ποιος;» ρώτησε ο Προμηθέας γεμάτος ένταση. Ο Φίλων άνοιξε τα τρεμάμενα χείλη του για να σχηματίσει την επόμενη φράση. Μια άλλη φωνή τον διέκοψε όμως.

«Μάλλον εννοεί εμένα. Δεν είναι ο πρώτος άνθρωπος που καταλαμβάνεται από τρέμουλο όταν με βλέπει». Στράφηκαν όλοι προς την είσοδο, όπου βρισκόταν ο Αλάριχος ανοιγοκλείνοντας απειλητικά τα μεταλλικά του νύχια και περιστρέφοντας το ραβδί του.

«Δεν είσαι καθόλου προσεκτικός γέροντα. Δε με αντιλήφθηκες την ώρα που πατούσες τον κωδικό για να ανοίξει η πόρτα, ούτε είδες την μπότα μου να μπαίνει στο άνοιγμα ώστε αυτή να μην κλείσει. Έτσι η γεροντική σου απροσεξία, θα γίνει η αιτία για το θάνατο το δικό σου και των φίλων σου». Ο Προμηθέας ήταν ο μόνος από τους τρεις αμυνόμενους που ήταν οπλισμένος με λέιζερ. Ο Μέμνων είχε μόνο το μεταλλικό του χέρι, αφού το λέιζερ του είχε απενεργοποιηθεί και το σπαθί του ήταν χαμένο. Ο Φίλων ήταν εκτός μάχης και ούτως ή άλλως θα αποτελούσε μικρή βοήθεια. Έτσι ο νεαρός επαναστάτης άρπαξε το πιστόλι του και το έστρεψε αποφασισμένος εναντίον του Αλάριχου. Η ακτίνα εξαπολύθηκε από το όπλο με φονική ακρίβεια, ασυνήθιστη για τις σκοπευτικές ικανότητες του επιστήμονα. Ο γερμανός όμως ήταν πιο γρήγορος. Απέκρουσε τη ριπή με το μεταλλικό στέλεχος και με μια δεύτερη κίνηση που ο Προμηθέας δεν πρόλαβε καν να δει, τον χτύπησε στο κεφάλι και τον έριξε αναίσθητο στο πάτωμα. Η απάντηση του Μέμνονα ήταν άμεση. Με ένα άλμα βρέθηκε κοντά στο μισθοφόρο και του κατάφερε μια γροθιά με το βιονικό χέρι στο πρόσωπο. Ο Αλάριχος αλύχτησε, νιώθοντας κόκαλα να σπάνε. Αίμα ξεπετάχτηκε από τη μύτη του και το στόμα του και έχασε την ισορροπία του.

Ακόμα και έτσι όμως κατάφερε να αποκρούσει την επόμενη επίθεση του Μέμνονα και να τον πετύχει με το ραβδί του στο στομάχι. Ο πρώην μπράβος της Χίμαιρας διπλώθηκε στα δύο, αλλά κουτρουβάλησε μακριά από τον κίνδυνο, αφού το ραβδί κατέβηκε με δύναμη και χτύπησε το πάτωμα, στο σημείο όπου βρισκόταν προηγουμένως πεσμένος. Τα χτυπήματα του Αλάριχου ήρθαν πολλαπλά, αλλά ο Μέμνων τα απέφυγε ή τα απέκρουσε με το χέρι του. Ένα χτύπημα όμως από τα αετίσια νύχια τον πέτυχε στο στήθος, σκίζοντας σάρκα και ποτίζοντας τα ρούχα του με αίμα. Ο Αλάριχος ούρλιαξε από χαρά αναμεμειγμένη με λύσσα, για αυτή τη μικρή επιτυχία και προχώρησε με ανανεωμένο κουράγιο. Η αντίδραση όμως δεν άργησε ούτε δευτερόλεπτο. Ο Μέμνων άρπαξε το ραβδί του Αλάριχου με το βιονικό του χέρι, ακινητοποιώντας το αρκετά ώστε να βρει ένα άνοιγμα. Χτύπησε τότε δύο φορές με το σάρκινο χέρι τον εχθρό του στα πλευρά, κόβοντάς του την ανάσα.

Μετά κλείδωσε το δεξί χέρι του Αλάριχου σε μια ατσάλινη λαβή και άρχισε να πιέζει ανελέητα. Ο ήχος από το σπασμένο κόκαλο συνοδεύτηκε από τις εκφράσεις οδύνης και απογοήτευσης του γερμανού. Ο απελπισμένος ήχος που αντήχησε στο χώρο ήταν το σύνθημα της ήττας του. Ο Μέμνων έσκυψε από πάνω του για να του ψιθυρίσει κάτι.

«Δεν έπρεπε να αντικαταστήσεις μόνο τις γροθιές. Αν είχες και βιονικά μπράτσα θα την είχες γλιτώσει. Βέβαια εκεί που θα πας, το σημερινό μάθημα δε θα σου χρησιμεύσει σε τίποτα». Μάζεψε το πεσμένο ραβδί και το τοποθέτησε κάτω από το λαιμό του ηττημένου. Ύστερα άρχισε να τραβάει προς τα πάνω, ακούγοντας με ικανοποίηση το θύμα του να στραγγαλίζεται αργά και βασανιστικά.

«Σταμάτα!» ακούστηκε η φωνή του Προμηθέα, διακόπτοντας τη νοσηρή ιεροτελεστία του εκτελεστή.

«Πίστεψέ με. Αυτός ο άνθρωπος δεν αξίζει τον οίκτο σου. Απολαμβάνει το φόνο πιο πολύ και από εμένα. Και αυτό από μόνο του λέει πολλά. Είναι ένας κίνδυνος που πρέπει να αντιμετωπισθεί ριζικά. Θα κάνει την αποστολή μας πολύ πιο εύκολη».

«Δεν το λέω από οίκτο. Ζωντανός αξίζει πιο πολύ. Μπορούμε να τον χρησιμοποιήσουμε προς όφελός μας» επέμεινε ο λαβωμένος άντρας. Ο Μέμνων σκέφτηκε για λίγο τα λόγια αυτά, αν και όλο του το είναι τον ωθούσε να συνεχίσει τη φονική πράξη που ονειρευόταν τόσον καιρό. Συνέχισε να ασκεί σταθερή πίεση, ώστε ο Αλάριχος να χάσει τις αισθήσεις του, αλλά δεν τον αποτελείωνε. Τελικά με ένα ξεφύσημα που μαρτυρούσε την ενόχλησή του, άφησε το σώμα του αναίσθητου να πέσει με ένα γδούπο στο πάτωμα. Στράφηκε εκνευρισμένος προς τον Προμηθέα.

«Περιμένω να ακούσω την ιδέα σου».

∞

Όταν ο Αλάριχος ανέκτησε τις αισθήσεις του, μια πληθώρα οδυνηρών ερεθισμάτων ήρθαν σαν χείμαρρος να τον καλύψουν. Πονούσε σχεδόν παντού στο σώμα του, με εντονότερο τον πόνο του δεξιού του σπασμένου χεριού. Ήταν δεμένος χειροπόδαρα και τα δεσμά, φτιαγμένα από λεπτές αλλά πανίσχυρες μεταλλικές ίνες, έκοβαν το δέρμα του και διέκοπταν την κυκλοφορία του αίματος στα αγγεία. Το χειρότερο όμως από όλα, ήταν ότι ένιωθε κάτι να έχει εισβάλει στη μύτη του και να σκαλίζει το εσωτερικό του κρανίου του. Η παροιμιώδης ψυχραιμία του χάθηκε στη στιγμή και άρχισε να τραντάζεται εναγωνίως.

«Αν δε θες μόνιμη εγκεφαλική βλάβη, μην ξανακουνηθείς ούτε εκατοστό» είπε ο Μέμνων μιμούμενος τον Προμηθέα, που του είχε πει κάτι αντίστοιχο όταν και εκείνος περνούσε από την ίδια δοκιμασία λίγο νωρίτερα. Αφού ο αιχμάλωτος συνετίστηκε, ο Μέμνων απευθύνθηκε στο συνεργάτη του.

«Πώς πάμε;»

«Είναι ένα εγχείρημα ακόμα πιο δύσκολο από την απλή απενεργοποίηση και αφαίρεση του τσιπ. Πρέπει να επαναπρογραμματίσω το μικροσκοπικό σύστημα και όπως καταλαβαίνεις πρόκειται για λεπτεπίλεπτη εργασία. Αν αναλογιστείς και την πίεση του χρόνου, τα πράγματα γίνονται ακόμα χειρότερα. Από στιγμή σε στιγμή μπορεί ο Πολυπήμονας να αποφασίσει να ενεργοποιήσει το ηλεκτρικό φορτίο και τότε θα έχουμε στα χέρια μας ένα άχρηστο πτώμα» απάντησε ο Προμηθέας.

«Δε θα είχα ιδιαιτέρες αντιρρήσεις με ένα τέτοιο ενδεχόμενο» είπε ψυχρά ο Μέμνων, κοιτάζοντας με άσβεστο μίσος το πειραματόζωό τους. Ο Προμηθέας αγνόησε το σχόλιο και συνέχισε την επίπονα σχολαστική του προσπάθεια. Ο Αλάριχος προσπαθούσε κάθιδρος να καταλάβει τι του ετοίμαζαν. Ο Προμηθέας είχε πει κάτι για επαναπρογραμματισμό του μικροτσίπ. Τι σκοπό μπορεί να είχαν άραγε; Καθόταν ανήμπορος στην καρέκλα, χωρίς να μπορεί ούτε να ανασάνει καλά-καλά και κοίταζε κατάματα τις επιλογές που ανοίγονταν μπροστά του. Θάνατος από το ηλεκτρικό φορτίο του μικροτσίπ, αν ο Πολυπήμονας το ενεργοποιούσε ή αν ο Προμηθέας έκανε κάποιο λάθος. Θάνατος από τον Μέμνονα που τριγυρνούσε όπως κάποτε οι τίγρεις στα κλουβιά τους. Θάνατος από κάποια άλλη άγνωστη φρίκη που σχεδίαζαν αυτοί οι τρεις. Μέσα του όμως έτρεφε τη μικρή ελπίδα ότι ο Προμηθέας δε θα έμπαινε σε τόσον κόπο μόνο και μόνο για να τον σκοτώσει. Κάτι άλλο ετοίμαζε. Δεν ήξερε αν θα του άρεσε. Το πιο πιθανό ήταν πως όχι. Αλλά ό,τι και αν ήταν πιθανότατα δεν περιλάμβανε την εκτέλεσή του.

Μέσα στην παραζάλη του στραγγαλισμού του από τον Μέμνονα, δεν είχε ακούσει τα λόγια του Προμηθέα σχετικά με τη χρησιμοποίησή του. Έφτανε όμως σιγά-σιγά και από μόνος του στο ίδιο συμπέρασμα. Θα έπρεπε να τελειώσει το μαρτύριο στο οποίο τον υπέβαλλαν, ώστε να μάθει πώς ακριβώς θα τους φαινόταν χρήσιμος. Και καθώς ανακτούσε την ψυχραιμία του, ένα ακόμα ερωτηματικό έκανε δειλά-δειλά την εμφάνισή του στο πίσω μέρος του μυαλού του. Τι δουλειά είχε ο Μέμνων συνεργαζόμενος με τον Προμηθέα και το γέροντα παλαιοπώλη;

«Τα κατάφερα!» άκουσε τον Προμηθέα να λέει και αμέσως τα πλοκάμια άρχισαν να υποχωρούν από το κρανίο του και να βγαίνουν από τη μύτη του. Πήρε μια βαθιά ανάσα, γεμίζοντας τα πνευμόνια του με τον πολυπόθητο αέρα. Ένιωθε το εσωτερικό του γδαρμένο στα σημεία από όπου είχε περάσει η συσκευή, παραβιάζοντας τα εσωτερικά του όργανα. Έσκυψε μπροστά βήχοντας και το σάλιο καθώς και τα υγρά της μύτης του, έβγαιναν αναμεμειγμένα με αίμα. Μόλις ο παροξυσμός του βήχα πέρασε, μπόρεσε να αναπνεύσει ελεύθερος και να σχηματίσει κάποιες κουβέντες.

«Τι στο καλό μου κάνατε;» Ο Μέμνων κοίταξε με νόημα τον Προμηθέα, δίνοντάς του να καταλάβει ότι εφόσον ήταν δική του η ιδέα, θα έπρεπε να εξηγήσει εκείνος το σχέδιο στον Αλάριχο.

«Αποφασίσαμε να μη σε σκοτώσουμε, γιατί μπορείς να μας φανείς χρήσιμος σε κάτι. Θα σου αναθέσω μια αποστολή. Αν δεχθείς να μας εξυπηρετήσεις και φέρεις την αποστολή εις πέρας, τότε θα ζήσεις. Αν αρνηθείς ή αποτύχεις, τότε θα έχεις το τέλος που επιφύλασσε για σένα ο Πολυπήμονας. Με τη διαφορά ότι αυτή τη φορά το κουμπί με το οποίο θα σου ψηθεί ο εγκέφαλος, θα το πατήσω εγώ. Πειράξαμε λίγο το τσιπάκι σου. Πλέον είσαι ασφαλής από το αφεντικό σου, αλλά πολύ φοβάμαι ότι εμείς σε έχουμε στο χέρι». Ο Αλάριχος λάμβανε και επεξεργαζόταν τις νέες πληροφορίες ατάραχος, κάνοντας τους δικούς του υπολογισμούς σχετικά με το πώς θα ξέφευγε από αυτή τη στενωπό όπου είχε παγιδευτεί.

«Λοιπόν, δέχεσαι;» ρώτησε ο Προμηθέας προσπαθώντας να ερμηνεύσει τη σιωπή του αιχμαλώτου.

«Ακόμα δε μου έχεις πει ποια θα είναι η αποστολή».

«Θέλουμε να κάνεις κάτι που κάνεις έτσι και αλλιώς κάθε μέρα εδώ και χρόνια. Να μπεις από την κεντρική είσοδο των γραφείων της Έμπουσας, όπως όλοι οι υπόλοιποι εργαζόμενοι. Αυτό δε θα είναι τίποτα δύσκολο για σένα. Μετά όμως η ρουτίνα σου θα αλλάξει λίγο. Αντί να εκτελέσεις τις εντολές του Πολυπήμονα και καταδιώξεις κάποιον κακομοίρη ή κάποιο απόβρασμα του δικού σου βεληνεκούς, θα ακολουθήσεις ελαφρώς διαφορετική πορεία. Θα βρεις την αίθουσα όπου στεγάζεται ο πυρήνας του πληροφοριακού δικτύου της Έμπουσας και θα το καταστρέψεις ολοκληρωτικά. Ο Αστυγίτης είχε κάνει καλή δουλειά την προηγούμενη φορά στο να παρακάμψει κάποια όργανα ασφαλείας ώστε να δουλέψω ανενόχλητος, αλλά αυτή τη φορά χρειαζόμαστε κάτι παραπάνω. Ολική καταστροφή. Διακοπή κάθε επικοινωνίας των αντρών της Έμπουσας με τη βάση. Ουσιαστική απομόνωση του Πολυπήμονα, ο οποίος θα βρεθεί για μερικές ημέρες στο σκοτάδι, μέχρι εμείς να διεκπεραιώσουμε τις δικές μας υποθέσεις».

«Και πώς ακριβώς θα πετύχω αυτήν την ολική καταστροφή;» ρώτησε γελώντας ο Αλάριχος, με τη δυσχερή του κατάσταση να μην τον πτοεί αρκετά, ώστε να εγκαταλείψει το ειρωνικό του ύφος. Ο Προμηθέας του έδειξε ένα μεταλλικό κουτί.

«Με αυτή τη βόμβα. Την τοποθετείς και απλά πατάς το κουμπί. Ο χρόνος είναι προρυθμισμένος. Σε συμβουλεύω μόλις την ενεργοποιήσεις να βιαστείς να φύγεις από το χώρο. Τα πυροτεχνήματα δε θα αργήσουν να εμφανιστούν».

«Πιστεύεις πραγματικά ότι ο Πολυπήμονας δε θα αντιληφθεί την παρουσία μου από το πρώτο δευτερόλεπτο; Από το δωμάτιό του παρακολουθεί και ακούει τα πάντα. Και δε θα θεωρήσει ύποπτο το γεγονός, ότι ενώ ήδη θα έχει πατήσει το κουμπί για να με ξεφορτωθεί, εγώ θα περιδιαβαίνω τους διαδρόμους της Έμπουσας, σώος και αβλαβής;»

«Σίγουρα θα υποπτευθεί και σίγουρα θα λάβεις εντολή να παρουσιαστείς κατευθείαν ενώπιών του. Ακόμα και έτσι όμως, θα έχεις κερδίσει μερικά πολύτιμα δευτερόλεπτα. Δευτερόλεπτα που κανείς άλλος από την οργάνωσή μου δε θα έχει στη διάθεσή του. Επίσης ξέρεις καλά το χώρο. Δε θα χάσεις χρόνο ψάχνοντας. Θα κατευθυνθείς κατευθείαν προς το στόχο. Αν κινηθείς αρκετά γρήγορα, μέχρι να αρχίσουν να σε καταδιώκουν οι δικοί σου, θα είναι ήδη αργά για να σε σταματήσουν. Αν δεν κινηθείς αρκετά γρήγορα, θα είσαι ήδη νεκρός από το χέρι μου, πολύ πριν σε συλλάβουν. Οπότε σε συμβουλεύω να βιαστείς. Μια από τις τροποποιήσεις που έκανα στο τσιπάκι σου είναι η μετατροπή του σε πομποδέκτη. Θα παρακολουθώ κάθε σου κίνηση, οπότε μη σκεφτείς να μας προδώσεις γιατί θα το αντιληφθώ αμέσως».

Ο Αλάριχος βυθίστηκε σε μια βλοσυρή σιωπή, καταλαβαίνοντας ότι δεν μπορούσε να ξεφύγει από πουθενά. Είχε γλιτώσει προσωρινά από το θάνατο, αλλά το μέλλον δε διαγραφόταν καθόλου λαμπρό παρά την προσωρινή του σωτηρία. Κοίταξε με μίσος πρώτα τον Μέμνονα και μετά τον Προμηθέα, με μια έκφραση οργής αναμεμειγμένης με έκπληξη. Με κάποιο διεστραμμένο τρόπο, ο νεαρός είχε κερδίσει το σεβασμό του ανηλεούς μισθοφόρου. Δεν περίμενε ποτέ του να στριμωχθεί έτσι από ένα τέτοιο ανθρωπάκι. Ο επιστήμονας όμως αποδείχθηκε πιο άξιος αντίπαλος από ό,τι είχε αρχικά υπολογίσει.

«Εντάξει. Έτσι και αλλιώς δεν έχω άλλη επιλογή. Άλλωστε δεν τρέφω καμία αγάπη για τον Πολυπήμονα ώστε να έχω ηθικούς φραγμούς. Ευχαρίστως θα τον καταστρέψω. Αν όμως τα καταφέρω, θα μου βγάλεις αυτό το πράγμα από το κεφάλι μου. Σύμφωνοι;» Ο Προμηθέας δέχθηκε χωρίς δισταγμό, ενώ ο Μέμνων έμεινε αμέτοχος διαφωνώντας με τη συμφωνία των δύο αντρών. Αναγνώριζε ότι με το μικροτσίπ ο Αλάριχος δεν είχε καμία δυνατότητα να τους προδώσει, αλλά το μίσος του για το γερμανό δεν τον άφηνε να κρίνει αντικειμενικά αυτή τη συνεργασία. Δεν άντεχε καν να είναι παρών όταν ο Προμηθέας άφησε τον αιχμάλωτό τους ελεύθερο. Ίσως έφταιγε και ο ίδιος. Έπρεπε να είχε αγνοήσει τον Προμηθέα όταν τον διέκοψε τη στιγμή του στραγγαλισμού. Στο κάτω-κάτω εκείνο το σχέδιο εξυπηρετούσε το σκοπό της μυστικής οργάνωσης και όχι του ίδιου. Εκείνον τον ενδιέφερε να πάρει εκδίκηση από τον Σκίρωνα, ενώ η καταστροφή της Έμπουσας όχι μόνο δε θα τον βοηθούσε, αλλά αντίθετα θα ενδυνάμωνε ακόμα περισσότερο το πρώην αφεντικό του. Στάθηκε δίπλα στον Προμηθέα, ο οποίος παρακολουθούσε τον Αλάριχο να απομακρύνεται, για να γίνει ο δούρειος ίππος τους στη μάχη εναντίον του άπαρτου κάστρου της μαφιόζικης οργάνωσης.

«Το ξέρεις ότι ακόμα και αν ολοκληρώσει την αποστολή με επιτυχία, δε θα έχεις λύσει ακόμα όλα σου τα προβλήματα» είπε κοιτάζοντας σκυθρωπός την πλάτη του απελευθερωμένου αιχμαλώτου. Ο Προμηθέας χαμογέλασε.

«Η μοίρα της Χίμαιρας είναι συνυφασμένη με αυτήν της Έμπουσας. Δε θα μπορούσε λοιπόν η πρώτη να λείπει από τα σχέδιά μου».

«Σκοπεύεις να με στείλεις και εμένα σε μια αντίστοιχη αποστολή αυτοκτονίας; Κάτι τέτοιο θα διευκόλυνε τα πλάνα μου για το φόνο του Σκίρωνα. Θα με τοποθετούσε εκεί ακριβώς που θα ήθελα να είμαι. Κοντά στο θύμα μου».

«Όχι, δεν είναι αυτό το σχέδιο. Η πολεμική σου αξία δε μου επιτρέπει να σε χαραμίσω έτσι. Άλλωστε είμαι σίγουρος ότι μόλις βρισκόσουν μέσα στο κτίριο, θα ξεχνούσες την πραγματική σου αποστολή και θα πήγαινες καρφί στον Σκίρωνα. Αφελές βέβαια από μέρους σου, αφού είναι σίγουρο ότι η απόπειρά σου θα αποτύγχανε. Ο Σκίρωνας δεν εμπιστεύεται ούτε τη σκιά του, πόσο μάλλον τον εξαφανισμένο μπράβο του ο οποίος θα επέστρεφε στα καλά καθούμενα, με τον εγκέφαλό του ανέπαφο. Θα καταλάβαινε αμέσως ότι κάποιος πείραξε το τσιπάκι σου και αυτός ο κάποιος σίγουρα δε θα το έκανε για καλό. Θα γινόσουν σκόνη από καμιά εκατοσταριά λέιζερ, πριν καν προλάβεις να βγεις από τον ανελκυστήρα».

«Τότε, τι σκοπεύεις να κάνεις;»

«Η Χίμαιρα θα αντιληφθεί αμέσως την αδυναμία της Έμπουσας. Ο Σκίρωνας έχει πολλά από τα όργανα κατασκοπίας του στραμμένα και αφοσιωμένα μονίμως στον αρχιεχθρό του. Το να βρεθεί η αντίζηλη οργάνωση σε τόσο ευάλωτη θέση, θα αποτελέσει μια μοναδική ευκαιρία για το αφεντικό σου, την οποία θα αρπάξει χωρίς δισταγμό. Θα επιτεθεί με όλες του τις δυνάμεις, για να είναι σίγουρος ότι δε θα πέσει θύμα κάποιας ξαφνικής έκλαμψης του Πολυπήμονα. Άλλωστε το θηρίο είναι πιο επικίνδυνο και άγριο όταν είναι πληγωμένο και στριμωγμένο στη γωνία. Θα νικήσει. Γι' αυτό δεν υπάρχει αμφιβολία. Στο μεταξύ όμως εμείς θα έχουμε όλο το χρόνο στη διάθεσή μας, για να ξυπνήσουμε τον κόσμο από το λήθαργο του κυκεώνα. Και τότε θα έχουμε στα χέρια μας ένα στρατό, πιο ισχυρό από οποιαδήποτε μαφιόζικη οργάνωση ή μικρή εγκληματική ομάδα. Η λαοθάλασσα θα ξεσηκωθεί και θα τους πνίξει όλους, σαν την πιο οργισμένη τρικυμία».

«Ακόμα και αν υποθέσουμε ότι ο κόσμος θα ξεσηκωθεί έτσι απλά μόλις αποκτήσει την έγχρωμη όραση, για να προλάβουμε οποιαδήποτε αντίδραση από τη μαφία, θα πρέπει να διανεμηθεί το αντίδοτο μαζικά. Μέσα σε μερικές ώρες θα πρέπει όλος ο πληθυσμός της χώρας να έχει πιει τον Κίστο. Πώς σκοπεύεις να το πετύχεις αυτό;»

«Θα χρησιμοποιήσουμε τα Κέντρα Καθαρισμού και Ανατροφοδότησης Ύδατος. Θα ρίξουμε τον Κίστο στα υδάτινα αποθέματα που απολυμαίνονται και επιστρέφουν για εκ νέου χρήση στους Τομείς και έτσι η θεραπεία θα γίνει μαζικά».

«Για να γίνει αυτό χρειάζονται πολλά άτομα και μάλιστα οπλισμένα. Τα Κέντρα Καθαρισμού και Ανατροφοδότησης Ύδατος φυλάσσονται από οπλισμένους και εκπαιδευμένους άντρες».

«Έχουμε και τον απαραίτητο αριθμό ανθρώπων και όπλα. Η επίθεση θα γίνει συντονισμένα και ταυτόχρονα σε όλους τους Τομείς. Οι επιτιθέμενοι θα έχουν ακόμα και ενέσεις μαζί τους, για να εμβολιάσουν δια της βίας τους φύλακες. Μετά από αυτό, οι φύλακες θα έρθουν από μόνοι τους με το μέρος μας, νιώθοντας ευγνωμοσύνη για τη νεοαποκτηθείσα όρασή τους». Ο Μέμνων συνέχιζε να ακούει το σχέδιο με σκεπτικισμό. Πίστευε πως πολλά θα μπορούσαν να πάνε στραβά και τότε θα κατέρρεε όλο το οικοδόμημα με ευκολία. Ο Προμηθέας όμως δεν έχανε τον ενθουσιασμό του.

«Περιμέναμε χρόνια αυτή τη στιγμή και έχουμε οργανώσει τα πάντα μέχρι την τελευταία λεπτομέρεια. Με τη δική σου βοήθεια, οι πιθανότητες επιτυχίας μας εκτοξεύονται».

«Εμένα ποιος ακριβώς θα είναι ο ρόλος μου σε όλα αυτά;»

«Εσύ θα αναλάβεις τον Τομέα 1. Το Κέντρο εκεί είναι το πιο καλά φυλασσόμενο, επειδή τροφοδοτεί με νερό περισσότερο πληθυσμό από ό,τι το αντίστοιχο οποιουδήποτε άλλου Τομέα. Άρα είναι και το πιο σημαντικό. Αναλαμβάνεις το πιο νευραλγικό κομμάτι της αποστολής». Ο Μέμνων ανέλυε προσεκτικά όσα άκουγε και οργάνωνε ήδη τα δικά του σχέδια. Άλλωστε δε θα συμφωνούσε να συμμετάσχει, αν πρώτα δε γινόταν μια αναλυτική επισκόπηση, όλων των φάσεων των κινήσεων των επαναστατών. Αν το σχέδιο κρινόταν ικανοποιητικό από τον ίδιο, μόνο τότε θα επιφορτιζόταν με αυτήν την τόσο σημαντική ευθύνη. Ο Προμηθέας αντιλαμβανόταν τη δυσπιστία του, αλλά ήλπιζε ότι στο τέλος θα συμφωνούσε. Είχε ήδη άλλωστε δηλώσει ότι τασσόταν με το μέρος τους. Τα λόγια βέβαια ενός εγκληματία υστερούν σε φερεγγυότητα, αλλά θεωρούσε ότι το δόλωμα το οποίο είχε χρησιμοποιήσει για τον Μέμνονα, ήταν πολύ δελεαστικό.

«Πάω να ρίξω μια ματιά στον Φίλωνα και ύστερα θα συζητήσουμε πιο αναλυτικά για την επίθεσή μας» είπε και κινήθηκε να φύγει. Ξαφνικά όμως κοκάλωσε στη θέση του. Ο μαφιόζος γύρισε και τον κοίταξε με απορία. Κατάλαβε ότι ο εγκέφαλος του Προμηθέα είχε μόλις λάβει κάποιο μήνυμα. Και από την έκφραση του προσώπου του, συμπέραινε ότι δεν ήταν καλά τα νέα. Ο Προμηθέας έστειλε την απάντησή του και τον κοίταξε συντετριμμένος.

«Ένα από τα μάτια του Άργου Πανόπτη μόλις έφτασε σε μια από τις κρυψώνες μας. Το βρήκε ένας από τους συντρόφους και είδε τις τελευταίες εικόνες που βιντεοσκόπησε πριν διαφύγει. Ο Άργος Πανόπτης είναι αιχμάλωτος της Θέμιδας και μιας μυστηριώδους ομάδας».

κεφαλλιο 12

Η διαδρομή μέχρι το άντρο του Δημοφώντα δεν ήταν εύκολη. Το φορτηγάκι χώρεσε με δυσκολία τους τρεις δεσμοφύλακες και τον κρατούμενό τους, ενώ ο τελευταίος δε σταμάτησε στιγμή να παλεύει για την ελευθερία του, προκαλώντας κραδασμούς που πολλές φορές, έβγαλαν το όχημα εκτός πορείας. Η Θέμις που είχε αναλάβει την οδήγηση, αφού οι υπόλοιποι ήταν απασχολημένοι, φρόντισε η χαμηλή τους πτήση να είναι όσο επέτρεπαν οι περιστάσεις λιγότερο επεισοδιακή, καταφέρνοντας τελικά να σταθμεύσει με μαεστρία μπροστά από το μαγαζί του Δημοφώντα. Ο χορηγός της όπως αποκαλούσε αστειευόμενος τον εαυτό του, τους περίμενε στην είσοδο. Η ανέκφραστη μάσκα δε φανέρωνε κάποια ικανοποίηση βέβαια, αλλά το γεγονός ότι είχε αφήσει τα άδυτα της φωλιάς του για να βγει στο δρόμο, έλεγε πολλά. Σπάνια εμφανιζόταν σε κοινή θέα, άλλο ένα χαρακτηριστικό της παράνοιας ενός ανθρώπου, που ήθελε να ζήσει για πάντα και που έβλεπε παντού κινδύνους.

«Στην πρώτη σου μόλις εξόρμηση και έφερες λάφυρα. Πολύ εντυπωσιακό» της είπε μόλις εκείνη κατέβηκε από το φορτηγάκι.

«Αυτός είναι ο προστάτης του Προμηθέα. Με τη βοήθειά του έχει καταφέρει να ξεγλιστρήσει και από την αστυνομία και από τη μαφία. Ίσως τώρα που θα μείνει μόνος, να κάνει επιτέλους εκείνο το λάθος που θα τον ρίξει στα χέρια μας. Και από την ανάκρισή του, θα αντλήσουμε πολύτιμα στοιχεία για την υπόθεση που ερευνώ».

«Έξοχα! Φέρτε τον μέσα και εγώ θα ειδοποιήσω τον κατάλληλο άνθρωπο, για να ξεκλειδώσει τα μυστικά που κρύβει στο κεφάλι του ο καλεσμένος μας». Ο κατάλληλος άνθρωπος ειδοποιήθηκε και δεν ήταν άλλος από τον Αστυγίτη, ο οποίος μετά την περιπέτειά του με τον Μέμνονα και τον Κόβαλο, είχε εξετάσει σοβαρά το ενδεχόμενο να αποσυρθεί από την ενεργό δράση. Όμως κάπως πρέπει να πληρώνονται και οι λογαριασμοί. Έτσι ο δικτυοσκώληκας απάντησε θετικά στο κάλεσμα του Δημοφώντα και μετά από λίγη ώρα έφτασε στη διεύθυνση που του είχε δοθεί, όπου τον υποδέχτηκε ένας κατσούφης νεαρός άντρας, με πολύ εκκεντρική εμφάνιση και με ένα καινούργιο βιονικό χέρι, το οποίο ανοιγόκλεινε αμήχανα, προσπαθώντας να το συνηθίσει. Το δέρμα γύρω από τον καρπό του ήταν ερεθισμένο, κάτι που αποτελεί κλασικό σύμπτωμα κάθε πρόσφατης προσθετικής επέμβασης. Ο Αστυγίτης είχε και ο ίδιος πρόβλημα με ένα από τα δύο χέρια του. Εκείνο που του είχε θρυμματίσει τόσο βάναυσα ο Μέμνων. Φορούσε ένα ιατρικό βιονικό γάντι, το οποίο τον βοηθούσε να δέσουν σωστά τα κόκαλά του και παράλληλα του έδινε τη δυνατότητα να κινεί τα δάχτυλά του σαν να μην υφίστατο τραυματισμός.

Στο εσωτερικό τον υποδεχτήκαν καθισμένοι στο μπαρ ο Δημοφώντας και η Θέμις. Ο Αστυγίτης είχε ξαναβρεθεί πολλές φορές σε άλλα μαγαζιά του Δημοφώντα, άλλοτε για επαγγελματικούς λόγους και άλλοτε για ευχαρίστηση. Η Θέμις δεν είχε καμία σχέση με τα ημίγυμνα κορίτσια που συνήθιζε να βλέπει εκεί και έτσι του τράβηξε αμέσως την προσοχή, κεντρίζοντας την περιέργειά του. Ο Δημοφώντας ακολούθησε το βλέμμα του και μάντεψε τις σκέψεις του.

«Σε συμβουλεύω να μην πας πολύ κοντά στη συγκεκριμένη. Μπορεί να είναι ευχάριστο να τη θαυμάζει κανείς, αλλά το δάγκωμά της είναι αρκετά επώδυνο. Μόλις ολοκληρώσεις τη δουλειά για την οποία σε φώναξα, σου έχω κοπέλες που το γλυκό τους άγγιγμα είναι πολύ προτιμότερο». Αυτά τα λόγια βέβαια αντί να αποθαρρύνουν τον Αστυγίτη, ερέθισαν τη φαντασία του ακόμα περισσότερο, κάνοντάς τον να θέλει να μάθει πιο πολλά για τη μυστηριώδη γυναίκα. Ακολούθησε όμως τον πελάτη του σε ένα άλλο δωμάτιο και αυτό που είδε εκεί τον έκανε να ξεχάσει τη Θέμιδα μονομιάς. Το ξάφνιασμά του τον έκανε να αναπηδήσει προς τα πίσω, κάτι που ο Δημοφώντας αντιλήφθηκε αμέσως.

«Δεν υπάρχει λόγος να φοβάσαι. Είναι καλά δεμένο. Δεν μπορεί να σε πειράξει. Πρόσεχε μόνο τα μάτια του. Κάνουν συνεχώς κύκλους πάνω από τα κεφάλια μας και αν δεν προσέξεις μπορεί να σε χτυπήσει κανένα». Δεν ήταν όμως το φοβερό ανάστημα του Άργου Πανόπτη που έκανε τον Αστυγίτη να τιναχθεί, αλλά το γεγονός ότι τον ήξερε. Ήταν το ρομπότ του Προμηθέα και γνώριζε για τη συνεργασία του με το αφεντικό του. Ο Αστυγίτης δεν ήθελε σε καμία περίπτωση να κυκλοφορήσει στον υπόκοσμο το γεγονός, ότι είχε παραβιάσει τα συστήματα της Έμπουσας. Ήταν ήδη αρκετά κακό που το γνώριζαν ο Μέμνων και ο Κόβαλος, δεν ήταν ανάγκη να το μάθουν και άλλοι. Αν λοιπόν το ρομπότ μαρτυρούσε τη σχέση του Προμηθέα με τον Αστυγίτη, ο Δημοφώντας θα χρησιμοποιούσε την πληροφορία αυτή για να τον εκβιάσει. Έτσι θα ήταν χαμένος από χέρι. Ο Δημοφώντας είχε αρχίσει να βρίσκει

233

τη σιωπή του δικτυοσκώληκα ύποπτη, αλλά δεν έκανε κάποια νύξη για αυτό. Αποφάσισε να προχωρήσει στο ζητούμενο.

«Θέλουμε να μπεις στον ηλεκτρονικό εγκέφαλο του φίλου μας από δω, να παραβιάσεις το λογισμικό ασφαλείας του και να αντιγράψεις ό,τι αρχεία βρεις εκεί. Θέλουμε να μάθουμε για αυτόν και για τους συνεργάτες του τα πάντα». Ο Αστυγίτης ένευσε καταφατικά και στρώθηκε στη δουλειά. Έβγαλε από την τσάντα του μια Φορητή Μονάδα Διασύνδεσης, την οποία επιχείρησε να συνδέσει με την υποδοχή βύσματος που είχε ο Άργος στον αυχένα του. Θα ήταν πιο εύκολο για εκείνον να παραβιάσει την άμυνα του ρομπότ χρησιμοποιώντας τον επεξεργαστή του εγκεφάλου του, όπου κάθε του σκέψη θα μετουσιωνόταν κατευθείαν σε πράξη. Όμως κάτι τέτοιο ενείχε πολλούς κινδύνους για τον ίδιο, σε περίπτωση που η άμυνα του αντιπάλου γινόταν ιδιαίτερα επιθετική. Θα μπορούσε να τον αφήσει φυτό ή ακόμα και να τον σκοτώσει επί τόπου. Έτσι δε συνέδεε ποτέ τον εγκέφαλό του με άλλους επεξεργαστές και προτιμούσε να χρησιμοποιεί φορητά τερματικά. Πλησιάζοντας όμως το βύσμα στον αυχένα του Άργου διαπίστωσε ότι το ρομπότ αν και δεμένο, δε θα παραδινόταν τόσο εύκολα. Άρχισε να χτυπιέται και για να καταφέρει να κάνει τη σύνδεση ο μικροκαμωμένος δικτυοσκώληκας, χρειάστηκε η παρέμβαση του Αλκυονέα, ο όποιος συγκράτησε με τιτάνια δύναμη το μαχητικό ρομπότ, μέχρι ο Αστυγίτης να κάνει ό,τι έπρεπε.

Μόλις η σύνδεση πραγματοποιήθηκε, ξεκίνησε το δεύτερο στάδιο της μάχης. Ο Άργος ύψωσε με σθένος τα ψηφιακά τείχη του επεξεργαστή του, ενώ ο Αστυγίτης σάρωνε όλη του την άμυνα, ψάχνοντας να βρει κάπου να τρυπώσει, όπως υποδήλωνε ο τίτλος του επαγγέλματός του. Ο συνήθως φοβισμένος δικτυοσκώληκας, ο όποιος στον πραγματικό κόσμο δε γέμιζε το μάτι, στον ψηφιακό μεταμορφωνόταν σε ατρόμητο μονομάχο, ενώ παράλληλα το μέγεθος του αντιπάλου του που συνήθως προκαλούσε δέος, πλέον δεν είχε καμία βαρύτητα στην εξίσωση. Στο δωμάτιο εκτός από το πρωταγωνιστικό δίδυμο, βρίσκονταν ο Δημοφώντας και ο Αλκυονεύς και αργότερα εμφανίστηκε και η Θέμις, παρακολουθώντας ανήμπορη την πρόοδο της παραβίασης. Ο Άργος Πανόπτης έτρεμε σύγκορμος, ενώ μεγάλες σταγόνες ιδρώτα κυλούσαν στο μέτωπο του Αστυγίτη, ο οποίος δαγκώνοντας το χείλος του και γουρλώνοντας τα μάτια του, συνέχιζε την προσπάθεια όντας πλήρως επικεντρωμένος στο στόχο και έχοντας χάσει την επαφή με τον υπόλοιπο κόσμο. Τα μάτια του τρεμόπαιζαν καθώς παρακολουθούσε τα δεδομένα στην οθόνη του και μετά από λίγο τα χείλια του άρχισαν να ανοιγοκλείνουν, προφέροντας λόγια που δεν ακούγονταν και που ούτε ο ίδιος συνειδητοποιούσε ότι έβγαιναν ψιθυριστά από το στόμα του. Ήταν οι υπολογισμοί που έκανε στο μυαλό του, αναλύοντας όσα του παρουσίαζε η συσκευή του, καθώς μέσω αυτής εισχωρούσε βαθύτερα στον πυθμένα πληροφοριών του Άργου.

Ξαφνικά τινάχτηκε όρθιος, σαν να τον είχε χτυπήσει ηλεκτρικό ρεύμα και φώναξε: «Τα κατάφερα!»

Άρχισε αμέσως να μεταφέρει δεδομένα από τη μνήμη του Άργου Πανόπτη, μέσω ασύρματης σύνδεσης σε έναν υπολογιστή του Δημοφώντα που βρισκόταν στο δωμάτιο. Η Θέμις πλησίασε πιο κοντά ενθουσιασμένη, παρακολουθώντας στην οθόνη του Δημοφώντα τα δεδομένα που φόρτωνε ο Αστυγίτης. Όντας όλοι προσηλωμένοι εκεί, κανείς δεν πρόσεξε το σώμα του ρομπότ που έμεινε ξαφνικά ακίνητο, σταματώντας την αγωνιώδη και πεισματική μάχη που έδινε μέχρι εκείνη τη στιγμή. Ήταν σαν να πήρε μια βαθιά ανάσα, πριν βουτήξει για πάντα στα βάθη του θανάτου. Αυτή η ακινησία κράτησε μόλις ένα δευτερόλεπτο. Τόσο χρειάστηκε ο Μαχάων που βρισκόταν μέσα στο τεράστιο μεταλλικό σώμα, για να αποφασίσει ότι ο μόνος τρόπος για να διασώσει τις πληροφορίες της οργάνωσής του, ήταν να θυσιαστεί. Το ηλεκτρικό φορτίο τινάχτηκε από μέσα του και έκαψε πρώτα τον ηλεκτρονικό του εγκέφαλο και μετά πέρασε μέσα από το καλώδιο και χτύπησε σαν κεραυνός τη Φορητή Μονάδα Διασύνδεσης και τον Αστυγίτη που την κρατούσε ανύποπτος. Ακούστηκε ένας εκκωφαντικός θόρυβος που έκανε τον Δημοφώντα, τον Αλκυονέα και τη Θέμιδα να γυρίσουν απότομα τα κεφάλια τους και να καρφώσουν τα βλέμματά τους στο δράμα που ξαφνικά εκτυλισσόταν εκεί.

Ο χώρος πλημμύρισε από τη μυρωδιά καμένων καλωδίων, σιλικόνης, δέρματος και μαλλιών. Ο Άργος Πανόπτης, ο κάποτε επιβλητικός προστάτης του Προμηθέα, στηριζόταν μόνο από τα μεταλλικά ελάσματα με τα οποία τον είχαν δέσει, όντας πεσμένος εμπρός με το κεφάλι σκυμμένο, χωρίς ίχνος ζωής. Καπνός έβγαινε από το κεφάλι του, ενώ τα μάτια του είχαν διακόψει απότομα τις τρελές πτήσεις τους και είχαν σωριαστεί όλα ταυτόχρονα στο πάτωμα. Λίγα μέτρα πιο πέρα, ο Αστυγίτης βρισκόταν και αυτός πεσμένος και ακίνητος, με τα σημάδια του θανάτου πολύ πιο έντονα επάνω του. Τα χέρια του και το πρόσωπό του είχαν παραμορφωθεί και το δέρμα του φαινόταν έτοιμο να φύγει από τους μύες του. Τα μαλλιά του ήταν όρθια και καψαλισμένα και όλο το πτώμα ανέδιδε μια μυρωδιά που προκαλούσε στην εμβρόντητη Θέμιδα αναγούλα. Είχε καλύψει με τα χέρια της το στόμα της, αφενός από την ταραχή της και αφετέρου επειδή φοβόταν πως θα έκανε εμετό. Οι σκέψεις είχαν αρχίσει ένα φρενήρη και άτακτο χορό στο νου της και δεν αποφάσιζαν να πειθαρχήσουν, όση προσπάθεια και αν κατέβαλε. Μέσα από το στρόβιλο των εικόνων και των λέξεων που ταλάνιζαν τον εσωτερικό της κόσμο, μια κατηγορία ορθωνόταν υψηλότερα από όλα τα άλλα, δεσπόζοντας πάνω από το συνονθύλευμα. Η κατηγορία ότι οι δικές της πράξεις είχαν οδηγήσει το ρομπότ στην αυτοκτονία, παίρνοντας μαζί του και το βασανιστή του. Ένα ρομπότ το οποίο μπορεί να δούλευε για έναν επικηρυγμένο εγκληματία, αλλά της είχε σώσει κάποτε τη ζωή.

Αισθανόταν λύπη ακόμα και για τον Αστυγίτη. Μπορεί να μην τον ήξερε, αλλά της φαινόταν άδικο να πεθάνει για μια δική της υπόθεση και μάλιστα τόσο ξαφνικά και απρόβλεπτα. Τα πράγματα όμως θα γίνονταν πολύ χειρότερα και οι τύψεις της θα χειροτέρευαν, μόλις άκουγε τα λόγια του Δημοφώντα.

«Θέμις, μάλλον πρέπει να το δεις αυτό. Μου φαίνεται πως θα σε ενδιαφέρει». Στεκόταν μπροστά από τον υπολογιστή του, ο οποίος είχε προλάβει να λάβει λίγα δεδομένα από τη συσκευή του Αστυγίτη, πριν σταματήσει τη ροή τους τόσο απότομα ο Άργος. Πλησίασε και κοίταξε την οθόνη, ενοχλημένη από την αταραξία του Δημοφώντα για το συμβάν. Ο Δημοφώντας της έδειξε ένα συγκεκριμένο σημείο στην οθόνη και όταν διάβασε την πληροφορία, πάγωσε στη θέση της, αδυνατώντας να ξεκολλήσει τα μάτια της από αυτό που μόλις της είχε αποκαλυφθεί. Ξαφνικά όλα έμπαιναν στη θέση τους και γίνονταν ξεκάθαρα. Το ενδιαφέρον του Μαχάονα και του Προμηθέα για την έρευνα του Κτησίβιου, ο φόνος του ενός συνεργάτη από τον άλλον, η παραγγελία του ρομπότ που πραγματοποίησαν οι δύο τους από τον Ήρωνα, χρησιμοποιώντας τα μέσα που τους παρείχε η Έμπουσα. Όλα έβγαζαν νόημα. Δεν είχε σκοτώσει ο Προμηθέας τον Μαχάονα. Ένα θέατρο ήταν απλά. Είχαν επιτύχει εκεί που είχε αποτύχει ο Κτησίβιος. Απλά αντί να μεταφέρουν τη συνείδηση του Μαχάονα στο σώμα άλλου ανθρώπου, την είχαν μεταφέρει σε ένα ρομπότ. Το πτώμα που είχε βρεθεί στην Έμπουσα, δεν ήταν παρά ένα άδειο τσόφλι. Δεν είχαν σταματήσει ποτέ να είναι συνεργάτες και μέχρι εκείνη την ημέρα, ο Μαχάων ζούσε ακόμα. Μέχρι που ανακατεύτηκε εκείνη και τον είχε οδηγήσει στο θάνατο.

Προσπαθούσε να κρατηθεί από κάπου, καθώς ένιωσε την ισορροπία της να χάνεται. Την είχε λούσει κρύος ιδρώτας, συνειδητοποιώντας το μέγεθος του λάθους της. Την ίδια ώρα που εκείνη έχανε τη γη κάτω από τα πόδια της, ο καταραμένος ο Δημοφώντας συνέχιζε να κοιτάζει ατάραχος την οθόνη, προσπαθώντας να βγάλει νόημα από τα διασκορπισμένα κομμάτια των στοιχείων και το χάος των ελλιπών πληροφοριών. Οι λέξεις και τα αρχεία καθρεφτίζονταν στη μάσκα του και έμοιαζε και ο ίδιος με έναν ανθρωπόμορφο υπολογιστή, που επεξεργαζόταν δεδομένα για να βρει την αλήθεια. Για να ξεμπερδέψει τον κόμπο από τα νήματα του μυστηρίου, που δεν έλεγαν να πειθαρχήσουν στις προσπάθειές του.

«Υπάρχει μια λέξη η οποία επαναλαμβάνεται στα αρχεία που πρόλαβε να μεταφέρει ο Αστυγίτης. Κίστος. Ποια μπορεί να είναι η σημασία αυτής της λέξης; Λες να έχει σχέση με το βιολογικό όπλο που αναζητούμε;» Η Θέμις δεν είχε απολύτως καμία διάθεση να σκεφτεί τι μπορεί να σήμαινε, ούτε και να συζητήσει οτιδήποτε άλλο με τον Δημοφώντα. Θεωρούσε ότι την είχε παρασύρει σε μια αποτρόπαια πράξη και το γεγονός ότι ο Άργος Πανόπτης είχε επιλέξει ο ίδιος την αυτοκτονία, δεν ανακούφιζε καθόλου τη συνείδησή της. Ο Δημοφώντας την κοίταξε απορημένος.

«Τι συμβαίνει; Αναγνωρίζω ότι είναι ψίχουλα οι πληροφορίες που αντλήσαμε, αλλά είναι καλύτερες από το τίποτα. Μπορούμε να βασιστούμε σε αυτές και να αρχίσουμε να επεκτείνουμε το πεδίο της γνώσης μας. Ακόμα και αν στείλω τους δικούς μου να αρχίσουν να ρωτάνε στην πιάτσα για τον Κίστο, όλο και κάτι θα ανακαλύψουμε. Μην απογοητεύεσαι». Η Θέμις τον κοίταξε αδυνατώντας να πιστέψει αυτά που άκουγε.

«Πώς είναι δυνατόν να είσαι τόσο αναίσθητος. Δύο αθώοι άνθρωποι μόλις πέθαναν στα χέρια μας. Έχω ξανασκοτώσει, αλλά βρισκόμουν πάντα σε αυτοάμυνα και το θύμα ήταν κάποιος εγκληματίας ή διεφθαρμένος αστυνομικός. Αυτοί οι δύο δε μας είχαν κάνει τίποτα. Και πέθαναν γιατί τους πιέσαμε παραπάνω από όσο έπρεπε!» Ο Δημοφώντας έμεινε ακίνητος για λίγο κοιτάζοντάς την και μετά ξέσπασε σε ένα από τα σπάνια γέλια του. Η Θέμις μπορούσε να φανταστεί τα μάτια του να δακρύζουν πίσω από τη μονοτονία της μάσκας του.

«Ο Αστυγίτης αθώος; Έχεις ιδέα πόσα ηλεκτρονικά εγκλήματα έχει διαπράξει; Και δε μιλάω για το είδος των εγκλημάτων, όπου απλά έκλεβε πληροφορίες ή μετέφερε κεφάλαια λαθραία από ένα λογαριασμό σε έναν άλλον. Στην εποχή μας με ένα πληκτρολόγιο και αρκετή τεχνογνωσία, μπορείς να προκαλέσεις το θάνατο κάποιου πολύ άνετα. Και ο Αστυγίτης δε δίσταζε να το κάνει αυτό, αρκεί η αμοιβή να ήταν ικανοποιητική. Όσο για τον άλλο αθώο, τον Μαχάονα, αν οι υποθέσεις μας είναι σωστές, θα έχει κατασκευάσει ένα πανίσχυρο βιολογικό όπλο. Σίγουρα είχε την εμπειρία από την προϋπηρεσία του στο στρατό. Αν το προϊόν του το πουλούσε σε κάποιον παρανοϊκό, πόσοι άνθρωποι θα πέθαιναν εξαιτίας του; Θα λυπηθώ λοιπόν τέτοιου είδους ανθρώπους; Δεν έχω αυτήν την πολυτέλεια και ούτε εσύ την έχεις. Σήκω λοιπόν από το πάτωμα και βοήθησέ με να βγάλουμε μια άκρη».

Η Θέμις χρειαζόταν χρόνο για να επεξεργαστεί όσα είχαν γίνει και όσα της είχε μόλις πει. Μέχρι να αποφασίσει όμως αν έπρεπε να συνεχίσει ή όχι τη συνεργασία της με τον Δημοφώντα, θα έπρεπε να επιδείξει κάποια κινητικότητα, αλλιώς οι εξελίξεις θα την προσπερνούσαν. Έτσι χωρίς ιδιαίτερη σκέψη, σχεδόν μηχανικά, σηκώθηκε όρθια και γύρισε το βλέμμα της στην οθόνη. Αν ανακάλυπταν κάτι εκεί, ίσως και να έβγαινε κάποιο όφελος από αυτήν την τραγική ιστορία.

«Το άλλο στοιχείο που παρουσιάζει ιδιαίτερο ενδιαφέρον, πέρα από την επανάληψη της λέξης Κίστος, είναι αυτό το σχεδιάγραμμα που αν κρίνω από τον τρόπο που διακόπτεται απότομα, προλάβαμε να ανακτήσουμε μονάχα ένα μέρος του. Η πρώτη μου σκέψη ήταν ότι πρόκειται για χάρτη, αλλά κανένας Τομέας δεν έχει αυτή τη διαμόρφωση. Οι δρόμοι φαίνονται πολύ στενοί και κοίτα πόσο σύνθετα μπλέκονται μεταξύ τους, με πάρα πολλές διακλαδώσεις και αμβλυμμένες γωνίες. Δε μου θυμίζει καμία οικοδομημένη περιοχή που να ξέρω. Εσύ τι συμπέρασμα βγάζεις;»

Η Θέμις παρατήρησε το σχεδιάγραμμα με περιέργεια που επισκίασε τον αποτροπιασμό που ένιωθε, για το θάνατο των δύο αντρών. Το ένστικτο του ερευνητή πήρε και πάλι τα ηνία, αφήνοντας όλες τις υπόλοιπες σκέψεις παραγκωνισμένες στο παρασκήνιο. Ακολούθησε με τα δάχτυλά της τις γραμμές στην οθόνη και προσπάθησε να βυθιστεί στη λογική τους. Δεν έμοιαζαν με κάποιο ηλεκτρικό κύκλωμα, αν και η ίδια δεν ήταν ειδικός πάνω στο θέμα, ώστε να μπορεί να κρίνει με ασφάλεια. Θα μπορούσε να είναι κάποιο συγκρότημα χτισμένο με την παλιά τεχνοτροπία, πριν κυριαρχήσουν οι τεράστιες ευθείες των δρόμων και τα τετράγωνα κυκλώπεια κτίρια, από τόνους τσιμέντου και μετάλλων. Όμως οι παλαιές πόλεις είχαν όλες γκρεμιστεί, μέχρι και η τελευταία παράγκα. Δεν είχε μείνει τίποτα που να θυμίζει τις γραφικές γειτονιές του παρελθόντος. Ακόμα και το παλαιοπωλείο στο οποίο είχε αναζητήσει τον Προμηθέα, ήταν μια ιδιότροπη παραφωνία στο γενικότερο γκρίζο σύνολο. Κάτι που ξεχάστηκε κατά λάθος και αποτελούσε μουντζούρα στην επιφάνεια της φουτουριστικής και ομοιόμορφης τελειότητας. Τότε ξαφνικά θυμήθηκε. Στο παλαιοπωλείο είχε βρει ένα πέρασμα σε ένα υπόγειο κρησφύγετο. Ήταν το μοναδικό ή μήπως υπήρχαν και άλλα τέτοια;

«Τι υπάρχει κάτω από τους Τομείς;» ρώτησε με έξαψη τον Δημοφώντα.

«Δεν ξέρω. Έδαφος κορεσμένο από τα απόβλητα, φαντάζομαι». Η Θέμις ένευσε αρνητικά με το κεφάλι, δείχνοντας ότι δε συμφωνούσε. Θα έπρεπε να υπάρχει και κάτι ακόμα. Κάτι που να τους έδινε τη λύση του γρίφου. Έψαξε στο διαδίκτυο και μετά από λίγα λεπτά είχε την απάντησή της.

«Οι παλιοί υπόνομοι, τα αρχαία υδραγωγεία, τα σπήλαια και τα πολεμικά καταφύγια του παρελθόντος! Ένα τεράστιο υπόγειο δίκτυο που έχει εγκαταλειφθεί εδώ και αιώνες. Κάποτε ήταν γεμάτο με νερά και λύματα από τις πόλεις, αλλά πλέον είναι αποξηραμένο και στεγανοποιημένο. Κατάλληλο για όποιον θέλει να κρυφτεί από τα ηλεκτρονικά μάτια που σαρώνουν την επιφάνεια. Όταν έπεσα μέσα από το πάτωμα εκείνου του παλαιοπωλείου βαθιά στη γη, βρέθηκα χωρίς να το γνωρίζω σε ένα κομμάτι του εγκαταλελειμμένου αυτού δικτύου. Η πρώτη μου εντύπωση ήταν ότι το είχαν κατασκευάσει ειδικά για τους σκοπούς τους, οι άνθρωποι του Προμηθέα. Αλλά έκανα λάθος. Προϋπήρχε και μαζί με αυτό υπάρχουν και αμέτρητοι ακόμα διάδρομοι και χώροι, όπου μάλλον κρύβονται οι συνεργάτες του Προμηθέα».

«Πώς είσαι τόσο σίγουρη ότι έχει και άλλους συνεργάτες;»

«Έχει καταφέρει τόσα πολλά εναντίον τόσο μεγαλύτερων δυνάμεων, που πλέον είμαι πεπεισμένη ότι ο Άργος Πανόπτης ήταν μόνο ένας από τους βοηθούς του. Στον υπόγειο χώρο κάτω από το παλαιοπωλείο, βρήκα εργαστήρια και μηχανήματα που χρειάζονται πολλές ώρες για συντήρηση και είναι φτιαγμένοι για να χωρούν πολλά άτομα ταυτόχρονα. Τώρα που το σκέφτομαι πιο καθαρά, είμαι σίγουρη. Δεν μπορεί να είναι μόνος».

«Αυτοί οι κύκλοι πάνω στις γραμμές τι είναι;» ρώτησε ο Δημοφώντας. Η Θέμις συμβουλεύτηκε τις εικόνες που είχε βρει στο διαδίκτυο.

«Πρέπει να είναι οι αψίδες κάτω από τις οποίες διασταυρώνονται οι διάφορες υπόγειες οδοί των υπονόμων. Οι χώροι αυτοί που βρίσκονται κάτω από τα πόδια μας και που οι περισσότεροι τους αγνοούμε, είναι τεράστιοι και μπορεί να κρύβουν αμέτρητα άτομα και μηχανήματα. Όλος αυτός ο εξοπλισμός από κάπου προέρχεται και δε νομίζω ότι δύο μόνο άνθρωποι θα είχαν την οικονομική δυνατότητα ή άλλα μέσα για να τον αποκτήσουν».

«Πώς πιστεύεις ότι τα κατάφεραν τότε;»

«Είναι άλλο ένα στοιχείο που ενισχύει τη θεωρία μου ότι ο Μαχάων και ο Προμηθέας έχουν μια στρατιά από βοηθούς και συνεργάτες. Άτομα με διασυνδέσεις σε διάφορες εταιρείες, που είχαν τη δυνατότητα είτε να κλέψουν κάποια μηχανήματα, είτε να κλέψουν τα κατάλληλα εξαρτήματα, ώστε να τα συναρμολογήσουν μόνοι τους στους υπονόμους. Ίσως ακόμα κάποιοι να τους προσφέρουν και οικονομική βοήθεια και να μπορούν έτσι να αγοράζουν κάποια από τα όργανα που χρειάζονται».

«Τι είδους συμμορία είναι αυτή που αφεντικά είναι ένας γιατρός και ένας υπάλληλος εργαστηρίου και οι οποίοι αντί να έχουν δικό τους κεφάλαιο, παίρνουν χρήματα από τους υφισταμένους τους; Στην εποχή μας, ποιος σε σέβεται και σε υπακούει, αν δεν έχεις χρήματα και εξουσία;» αναρωτήθηκε ο Δημοφώντας.

«Μάλλον έχουν βρει κάποιον άλλον τρόπο για να πείθουν τον κόσμο να τους ακολουθεί. Κάτι που δεν έχει να κάνει ούτε με εκφοβισμό ούτε με εκμετάλλευση της ανθρώπινης απληστίας. Ίσως εργάζονται όλοι από κοινού για κάποιον ανώτερο σκοπό. Ένα σκοπό που δε θα μπορούσατε να κατανοήσετε εσύ ή ο Σκίρωνας και ο Πολυπήμονας».

«Ποιος μπορεί να είναι ο ανώτερος σκοπός; Να βγάλουν φράγκα πουλώντας το βιολογικό όπλο και να καλύψουν έτσι και τη χασούρα που θα έχουν μέχρι τότε ή να εξαπολύσουν το όπλο εναντίον της ανθρωπότητας και να σκοτώσουν χιλιάδες ή εκατομμύρια. Στην πρώτη περίπτωση είναι άπληστοι και στη δεύτερη παρανοϊκοί. Δε διαφέρουν δηλαδή σε τίποτα από το μέσο μαφιόζο». Η Θέμις έμεινε σιωπηλή, θυμίζοντας στον εαυτό της ότι το συμπέρασμα πως ο Κίστος ήταν βιολογικό όπλο, το είχε βγάλει βασισμένη σε φήμες και σε δικές της υποθέσεις. Υποθέσεις που στηρίζονταν σε μια εικόνα που είχε για τον Προμηθέα, που κάθε φορά αποδεικνυόταν όλο και πιο αναληθής. Δεν ήταν δολοφόνος όπως όλοι νόμιζαν αρχικά και μάλιστα είχε ενδιαφερθεί αρκετά ώστε να σώσει και την ίδια, χωρίς να έχει κανένα όφελος. Ο Μαχάων πριν από μερικά λεπτά είχε δώσει τέλος στη ζωή του και στο ρομποτικό κορμί όπου ήταν εγκλωβισμένος, για να μην προδώσει άθελά του τους συντρόφους του. Οι πράξεις αυτές φανέρωναν ανθρωπιά και αυτοθυσία. Ήταν δυνατόν αυτοί οι άνθρωποι, να πάσχιζαν τόσο για να καταστρέψουν την ανθρωπότητα ή να δώσουν τη δυνατότητα σε κάποιον πελάτη τους να την καταστρέψει; Η ιστορία είχε δείξει ότι ακόμα και αν μια δύναμη κρατούσε ένα όπλο μαζικής καταστροφής, μόνο για εκφοβισμό, οι εξελίξεις ήταν απρόβλεπτες.

«Απ' ό,τι καταλαβαίνω αυτό μας είναι τελείως άχρηστο. Αν είναι οι υπόνομοι τόσο αχανείς, δε θα μπορέσουμε ποτέ να τους βρούμε και το παλαιοπωλείο φυλάσσεται από την αστυνομία, άρα δεν είναι δυνατή η πρόσβαση» συνέχισε ο Δημοφώντας.

«Έτσι και αλλιώς δε θα ξαναπάνε εκεί. Αφού το έχουμε ανακαλύψει, δε θα ξαναχρησιμοποιήσουν το συγκεκριμένο κρησφύγετο. Πιστεύω όμως ότι ο Μαχάων δε θα είχε λόγο να διατηρεί ένα αντίγραφο όλου του αποχετευτικού δικτύου, αλλά μόνο των κομματιών που παρουσιάζουν ενδιαφέρον για την οργάνωση. Ακόμα και αυτό το μικρό κομμάτι που έχουμε, μπορεί να μας οδηγήσει σε κάποιο σημείο κατειλημμένο από τους ανθρώπους του Προμηθέα. Αυτό που χρειάζεται να κάνουμε είναι να δώσουμε εντολή στον υπολογιστή, να συγκρίνει το σχεδιάγραμμα του Μαχάονα με αυτό των υπόνομων. Ίσως μπορέσει να το ταιριάξει και να μας πει κάτω από ποιο Τομέα και σε ποιο σημείο του, βρίσκεται η τοποθεσία που ανακαλύψαμε στη μνήμη του Μαχάονα».

Ο Δημοφώντας κούνησε το κεφάλι του με ικανοποίηση, βλέποντας τη Θέμιδα να συνέρχεται από την ταραχή της και να βάζει και πάλι την οξύνοιά της σε δράση.

«Ωραία. Ειδοποίησέ με μόλις έχεις αποτελέσματα. Εγώ στο μεταξύ πρέπει να ξεφορτωθώ το πτώμα του Αστυγίτη και να αποθηκεύσω κάπου το ρομπότ. Θα πιάσει καλή τιμή για ανταλλακτικά». Η Θέμις μπόρεσε να συγκρατήσει την αγανάκτησή της και να μη σχολιάσει το γεγονός, ότι ακόμα και από δύο ατυχείς

243

και απρόσμενους θανάτους, εκείνος είχε βρει τον τρόπο να βγάλει κέρδος. Έπρεπε να συνηθίσει την απληστία των συνεργατών της, τουλάχιστον για όσον καιρό τους είχε ανάγκη. Αν αντιδρούσε μάλλον θα έθετε τον εαυτό της σε κίνδυνο, αντί να αποκομίσει κάποιο όφελος. Θα ερχόταν όμως η ώρα, που όλοι οι άπληστοι θα πλήρωναν για τα κρίματά τους.

κεφΑΛΑΙΟ 13

Ο Αλάριχος στάθηκε μπροστά από το κτίριο της Έμπουσας και το περιεργάστηκε από μια νέα οπτική, διαφορετική από αυτή των προηγούμενων χρόνων. Για πρώτη φορά θα έμπαινε σε αυτό το κτίριο ως εισβολέας. Σταθεροποίησε τους σφυγμούς του και θωράκισε τον εαυτό του για όσα θα ακολουθούσαν. Ήξερε ότι μέσω του τσιπ που βρισκόταν εμφυτευμένο στον εγκέφαλό του, ο Μέμνων και ο Προμηθέας έβλεπαν την κάθε του κίνηση και άκουγαν ακόμα και τον αέρα που ανέβαινε από τα πνευμόνια του και έβγαινε από τη μύτη του. Ένα ηλεκτρονικό μήνυμα παραδόθηκε στον επεξεργαστή του εγκεφάλου του, με αποστολέα τον Προμηθέα.

«Μην καθυστερήσεις καθόλου. Μόλις μπεις μέσα, κατευθύνσου αμέσως προς τον πυρήνα του πληροφοριακού συστήματος». Ο Αλάριχος μόρφασε ενοχλημένος και δεν καταδέχτηκε να δώσει απάντηση. Με ποιον νόμιζε ότι μιλούσε αυτός ο επιστήμονας και ένιωθε την ανάγκη να επαναλάβει το σκοπό της αποστολής; Προχώρησε στην είσοδο όπου οι φύλακες τον χαιρέτισαν τυπικά, αναγνωρίζοντάς τον, ενώ εκείνος τοποθέτησε την παλάμη του στον αισθητήρα ταυτοποίησης, με το υπόλοιπο χέρι να είναι καλυμμένο από ένα βιονικό μανίκι του Προμηθέα που κρατούσε το σπασμένο κόκαλο στη θέση του. Το μεταλλικό χέρι με τα νύχια αετού, έμεινε ακίνητο πάνω στη λεία επιφάνεια, ενώ μια φωτεινή γραμμή ανεβοκατέβαινε κατά μήκος της. Ο ήχος της έγκρισης ακούστηκε και οι πόρτες άνοιξαν, γεμίζοντάς τον ανακούφιση. Ένα κομμάτι του εαυτού του πίστευε ότι θα είχαν γίνει οι κατάλληλες ρυθμίσεις, ώστε να μην αναγνωρίζεται η παλάμη του και να μην του επιτρέπεται πια η είσοδος. Το τσιπάκι του Προμηθέα μπλόκαρε όλες τις επικοινωνίες από και προς τον εγκέφαλό του. Μόνο ο Προμηθέας μπορούσε να του μιλήσει ή να του στείλει μήνυμα. Αυτό όμως δε θα εμπόδιζε κάποιον που θα τον συναντούσε στους διαδρόμους, να του μιλήσει δια ζώσης και να αρχίσει ίσως να κάνει αδιάκριτες ερωτήσεις. Θα έπρεπε να αποφύγει αυτό το ενδεχόμενο πάση θυσία, γιατί κάθε δευτερόλεπτο που θα καθυστερούσε θα βάραινε εναντίον της επιτυχίας της αποστολής και κατ' επέκταση εναντίον των δικών του πιθανοτήτων για επιβίωση.

Ήξερε ότι από την πρώτη στιγμή που είχε μπει μέσα στο κτίριο, οι κάμερες τον είχαν εντοπίσει και ο Πολυπήμονας είχε αντιληφθεί την παρουσία του. Ο αποκρουστικός εργοδότης του θα απαιτούσε, όπως πάντα, να παρουσιασθεί αμέσως μπροστά του και να του δώσει αναφορά. Μόλις διαπίστωνε ότι ο Αλάριχος δεν είχε τέτοιο σκοπό, θα του γεννιόντουσαν αμέσως υποψίες και τότε θα έστελνε κάποιον να τον φέρει μπροστά του εσπευσμένα. Μπορεί ήδη κάποιοι να κινούνταν προς το μέρος του, για να τον οδηγήσουν στην αίθουσα όπου ήταν απλωμένο το σώμα του Πολυπήμονα. Αυτές οι δυσάρεστες σκέψεις τον έκαναν να ταχύνει το βήμα του ακόμα περισσότερο. Έφερε στο μυαλό του το χώρο που αποτελούσε το άντρο των ειδικών της πληροφορικής. Οι περισσότεροι ήταν δικτυοσκώληκες που κάποτε δούλευαν μόνοι, αλλά καταπατώντας τον άγραφο κώδικα τιμής του κύκλου τους, είχαν ενταχθεί στο μόνιμο προσωπικό της Έμπουσας, εξασφαλίζοντας σταθερό μισθό και σταθερή προμήθεια κυκεώνα. Εκεί διεξαγόταν ένα άλλο επίπεδο πολέμου. Ο ηλεκτρονικός πόλεμος της πληροφορίας, κατά τον οποίον οι άνθρωποι αυτοί πάσχιζαν να ανακαλύψουν τις αδυναμίες του αντιπάλου και είτε να τον πλήξουν ηλεκτρονικά είτε να μεταφέρουν την πληροφορία στις ομάδες κρούσης, οπότε και αναλάμβαναν εκείνες από εκεί και πέρα την εξουδετέρωσή του. Είχε ξαναβρεθεί εκεί άλλη μια ή δύο φορές. Θυμόταν όμως καθαρά τον τεράστιο πυρήνα, κάτω από τον οποίον οι τεχνικοί και οι χειριστές έμοιαζαν τόσο μικροί και ασήμαντοι.

Έπρεπε να φτάσει οπωσδήποτε μέχρι εκεί πριν παρουσιαστούν εμπόδια. Να ανατινάξει τον πυρήνα και να τρέξει προς τη σωτηρία του. Και όλα αυτά αν ο Προμηθέας κρατούσε το λόγο του. Δεν είχε κανέναν τρόπο να βεβαιωθεί για αυτό. Καμία δικλείδα ασφαλείας σε περίπτωση που αφού τον χρησιμοποιούσε για τη δουλειά του και δεν τον χρειαζόταν πια, απλά τον ξεφορτωνόταν ύστερα. Δε θα πετούσε απλά στα σκουπίδια κάτι που θα του ήταν άχρηστο. Θα έβγαζε από το παιχνίδι οριστικά έναν από τους πιο επικίνδυνους παράγοντες. Αυτή θα ήταν η πιο λογική κίνηση για τον Προμηθέα. Ακόμα και ο ίδιος ο Αλάριχος σε μια αντίστοιχη περίπτωση, το ίδιο θα έκανε. Είχε ψυχολογήσει όμως τον Προμηθέα. Δε σκεφτόταν κυνικά. Θα έβαζε την τιμή του πάνω από το συμφέρον του και την κοινή λογική και θα τον άφηνε ελεύθερο. Ο κίνδυνος προερχόταν από τον Μέμνονα, ο οποίος δε θα δίσταζε στιγμή να παραβιάσει τη συμφωνία τους. Μια συμφωνία στην οποία ήταν από την αρχή αντίθετος και που είχε δεχτεί με μεγάλη πίεση από τον Προμηθέα. Αν ο Μέμνων έπαιρνε την κατάσταση στα χέρια του, τότε η μοίρα του Αλάριχου θα εξαρτάτο από εκείνον και αυτό ουσιαστικά θα σήμαινε θάνατο. Το ποιος θα είχε στα χέρια του το διακόπτη όμως δεν ήταν κάτι που μπορούσε ο Αλάριχος να ελέγξει. Το μόνο που μπορούσε να κάνει από την πλευρά του ήταν να ανατινάξει τον πυρήνα, ώστε να δώσει στον εαυτό του μια ευκαιρία παραπάνω.

Έφτασε στην πόρτα της αίθουσας και σταμάτησε, αφού ήξερε ότι δεν υπήρχε περίπτωση να τον αφήσουν να προχωρήσει προς τα μέσα, χωρίς εξουσιοδότηση από τα ανωτέρα κλιμάκια, την οποία όμως δεν είχε. Θα έπρεπε απλά να περιμένει μέχρι κάποιος να την ανοίξει και τότε να χρησιμοποιήσει βία για να κερδίσει το εισιτήριο προς το στόχο του. Παρέμεινε τελείως ακίνητος με σφιγμένες γροθιές και έδιωξε από το μυαλό του κάθε σκέψη για χρόνο που τελείωνε, το τσιπάκι στον εγκέφαλό του ή για συναδέλφους του που τον πλησίαζαν από το διάδρομο με άγριες διαθέσεις. Η υπομονή του και η ψυχραιμία του ανταμείφθηκαν, όταν η πόρτα άνοιξε και βγήκε από μέσα ένας ανύποπτος υπάλληλος. Τον άρπαξε και του έκοψε το λαιμό με το μοναδικό όπλο που του είχαν αφήσει. Τα ατσάλινα νύχια του. Ένας πίδακας αίματος ξεπετάχτηκε από το λαιμό του άμοιρου εργαζόμενου, καταβρέχοντας τους τοίχους αλλά και τον ίδιο του το φονιά. Άρπαξε το σώμα και το κράτησε μπροστά του, καθώς έμπαινε στην αίθουσα. Με μια γρήγορη ματιά εντόπισε τέσσερις φύλακες, οι οποίοι ακόμα δεν είχαν συνειδητοποιήσει τι συνέβαινε. Ο Αλάριχος έκλεισε την πόρτα πίσω του και ακούμπησε το πτώμα στο πάτωμα.

«Κάποιος να με βοηθήσει γρήγορα! Αυτός ο άνθρωπος χρειάζεται γιατρό!» Όπως είχε υποθέσει, οι τέσσερις φρουροί έτρεξαν γρήγορα κοντά του για να διαπιστώσουν τη σοβαρότητα της κατάστασης και να κάνουν τις απαραίτητες κινήσεις για να βοηθήσουν τον τραυματία. Μόλις τον πλησίασαν, τα νύχια του άστραψαν στο φως των προβολέων και ένας ανεμοστρόβιλος αίματος και κομματιών σάρκας, ξεχύθηκε μέσα στην αίθουσα. Τα κομματιασμένα κορμιά έπεσαν με έναν ανατριχιαστικό γδούπο στο πάτωμα και οι μπότες του Αλάριχου άρχισαν να βγάζουν έναν ήχο πλατσουρίσματος, καθώς περπατούσε μέσα στη λίμνη αίματος. Οι υπάλληλοι που είχαν γίνει μάρτυρες της σφαγής, είχαν κοκαλώσει στις θέσεις τους, πολύ τρομαγμένοι έστω και για να ανασάνουν. Ο Αλάριχος οπλίστηκε με τα λέιζερ των σκοτωμένων αντρών και προχώρησε ανενόχλητος προς τον πυρήνα, όπου τοποθέτησε τη βόμβα. Μετά γύρισε με ένα ανατριχιαστικό χαμόγελο και κοίταξε τον υπόλοιπο κόσμο. Οι κυνόδοντές του έλαμψαν αιχμηροί, ταιριάζοντας τέλεια με τα γαμψά του νύχια.

«Προτείνω να φύγετε όλοι από εδώ μέσα και μάλιστα γρήγορα. Σε μερικά λεπτά αυτό το μέρος θα ανατιναχθεί». Άρχισαν να ουρλιάζουν και να τρέχουν πανικόβλητοι προς την έξοδο, πατώντας ο ένας πάνω στον άλλον και ρίχνοντας κάτω με σκουντήματα τους πιο αδύναμους. Ο Αλάριχος γελούσε με την κατάντια τους και πυροβόλησε μερικές φορές στον αέρα για να επιδεινώσει την κατάσταση του πανικού. Το σχέδιό του απέφερε αποτελέσματα. Η πόρτα εκείνη ήταν η μόνη από την οποία μπορούσε κάποιος να μπει ή να βγει. Έτσι οι φρουροί που είχαν ειδοποιηθεί να σπεύσουν εκεί για να τον συλλάβουν, βρήκαν το άνοιγμα φρακαρισμένο από δεκάδες ανθρώπους που προσπαθούσαν όλοι να βγουν ταυτόχρονα έξω, προς τη σωτηρία. Ο Πολυπήμονας που τα έβλεπε όλα αυτά από τις κάμερες, ούρλιαζε έχοντας βγει εκτός εαυτού. Διέταζε τους φρουρούς του να αδειάσουν το άνοιγμα από τα σώματα που το είχαν φρακάρει, ακόμα και αν αυτό σήμαινε να τα βγάλουν νεκρά από τη μέση. Ο αρχηγός της ομάδας των ενόπλων, δε θα διακινδύνευε ποτέ το τομάρι του για να σώσει τις ζωές κάποιων άλλων. Άλλωστε η ανθρώπινη ζωή για τις εταιρείες είχε μικρή σημασία και φτηνά εργατικά χέρια βρίσκονταν πολύ εύκολα για να αντικαταστήσουν τους προηγούμενους. Δέκα λέιζερ υψώθηκαν και πυροβόλησαν ταυτόχρονα με επαναληπτικές ριπές. Οι υπάλληλοι κατατρυπήθηκαν και έπεσαν νεκροί, μετατρέποντας την κινούμενη ομάδα σε μια στοίβα από ακίνητα άψυχα κουφάρια. Έπεσαν όλοι μέχρι τον τελευταίο, διαπιστώνοντας ότι οι φρουροί δεν ήταν ποτέ εκεί για τη δική τους ασφάλεια, αλλά για την ασφάλεια των μηχανημάτων.

Οι ένοπλοι άρχισαν να απομακρύνουν τα πτώματα από την είσοδο, αλλά μόλις ο αρχηγός πάτησε το πόδι του μέσα στην αίθουσα, μια εκτυφλωτική λάμψη ξεπετάχτηκε από το εσωτερικό μαζί με έναν εκκωφαντικό βρόντο. Το κτίριο σείστηκε, ενώ η ομάδα που είχε εκτελέσει τους υπαλλήλους, βρήκε το ίδιο τέλος από το ωστικό κύμα και τα θραύσματα που διαπερνούσαν μύες και οστά με ιλιγγιώδη ταχύτητα και ασταμάτητη ορμή. Ο Πολυπήμονας βρισκόταν στα πρόθυρα του εγκεφαλικού, βλέποντας την εικόνα να έχει χαθεί από τις οθόνες του, τα μηνύματά του να μη φτάνουν στους άντρες του και να αδυνατεί και ο ίδιος να λάβει οτιδήποτε. Διαπίστωσε επίσης ότι το δωμάτιό του το οποίο ήταν πλήρως αυτοματοποιημένο και στο οποίο μπορούσε να ελέγξει κάθε λειτουργία με τον εγκέφαλό του, πλέον ήταν σαν νεκρό. Κώφευε πεισματικά σε κάθε του εντολή, γεγονός που σήμαινε ότι και ο ίδιος ήταν ουσιαστικά αβοήθητος, αφού τα μεταλλικά στηρίγματα του παραμορφωμένου του σώματος έμεναν ακίνητα, καταδικάζοντας και τον ίδιο σε αυτήν την ακινησία. Σε όλο το κτίριο παρατηρούνταν αντίστοιχα φαινόμενα με όσα μηχανήματα ήταν συνδεδεμένα με το κεντρικό εταιρικό δίκτυο και επομένως η λειτουργία τους εξαρτάτο από αυτό. Άνθρωποι βρίσκονταν εγκλωβισμένοι σε ακινητοποιημένους ανελκυστήρες, η επικοινωνία με τον έξω κόσμο ήταν αδύνατη, τα κανονικά φώτα είχαν αντικατασταθεί από τα χαμηλότερου φωτισμού φώτα ασφαλείας, ακόμα και οι πόρτες έπρεπε να παραβιαστούν για να ανοίξουν. Η Έμπουσα ήταν τυφλή, κουφή και ανήμπορη και πολύ σύντομα θα είχε επισκέψεις.

Στα συντρίμμια της αίθουσας όπου κάποτε στεγαζόταν ο πυρήνας του πληροφοριακού συστήματος, μια πεσμένη μεταλλική πόρτα αναδεύτηκε για να παραμεριστεί λίγο αργότερα, από τον άνθρωπο που είχε προφυλαχθεί από πίσω της. Ο Αλάριχος ήταν σκονισμένος από την κορφή ως τα νύχια, ενώ αιμορραγούσε από αμέτρητες πληγές και το δέρμα του ήταν καλυμμένο από εκδορές. Όμως ακόμα και αν στην αρχή φαινόταν αδύνατον, είχε καταφέρει να επιβιώσει προφυλαγμένος από τη μεταλλική πόρτα της αποθήκης, όπου φυλάσσονταν τα εργαλεία και τα ανταλλακτικά, καθώς και πολύτιμα όργανα. Για να αποτραπεί το ενδεχόμενο κλοπής, η συγκεκριμένη πόρτα είχε ενισχυμένη θωράκιση και μπορούσε να αντέξει ακόμα και μια έκρηξη τόσο ισχυρή, όσο αυτή που είχε προκαλέσει ο Αλάριχος. Το αρχικό του σχέδιο ήταν να βγει από τη μοναδική έξοδο, ανοίγοντας πυρ σε όποιον έβλεπε μπροστά του και αποφασισμένος αν πέθαινε να έπαιρνε μαζί του πολύ κόσμο.

Όταν όμως παρατήρησε ότι κάποιος εργαζόμενος, μέσα στον πανικό που είχε δημιουργηθεί, ξέχασε την αποθήκη ανοιχτή, αποφάσισε να αλλάξει σχέδιο δράσης. Κλείστηκε στην αποθήκη και βάσισε όλες του τις ελπίδες στη θωρακισμένη πόρτα, την οποία γράπωσε με όλη του τη δύναμη, την πολλαπλασιασμένη από απελπισία. Τα είχε καταφέρει και ήξερε ότι εκείνη τη στιγμή οι άνθρωποι της Έμπουσας, θα είχαν πολλά δικά τους προβλήματα για να ασχοληθούν μαζί του. Παραμέριζε μπάζα και πτώματα, καθώς και διάφορους έντρομους εργαζόμενους που έτρεχαν πέρα-δώθε και τον σκουντούσαν ενοχλητικά. Βγήκε απ' την κεντρική είσοδο και σκέφτηκε ότι παραδόξως είχε επιβιώσει από την πρώτη απειλή. Έμενε ακόμα όμως το δεύτερο σκέλος της περιπέτειας. Έμενε ο Προμηθέας να κρατούσε την υπόσχεσή του.

Στο κρησφύγετό του ο Προμηθέας παρακολουθούσε με αγωνία τις εξελίξεις. Είχε νιώσει το αίσθημα του θριάμβου, βλέποντας την έκρηξη και την αλυσιδωτή αντίδραση που αυτή προκάλεσε και την ελπίδα ότι τα γεγονότα θα τον γλίτωναν από το δίλημμά του. Ήλπιζε ότι η βόμβα θα έπαιρνε τη ζωή και του ίδιου του ανθρώπου που την είχε οπλίσει, απαλλάσσοντάς τον από την υπόσχεση που είχε δώσει. Όταν όμως είδε μέσα από τα μάτια του Αλάριχου, ότι ο γερμανός μισθοφόρος σηκώθηκε ζωντανός μέσα από τα χαλάσματα, τότε ήξερε πως θα αναγκαζόταν να συγκρουστεί με τον Μέμνονα, για τη μοίρα του εκβιασμένου βομβιστή τους. Εκείνος είχε ξεκαθαρίσει από την αρχή πως δεν ένιωθε δεσμευμένος από την υπόσχεση του Προμηθέα και πως μόλις ο Αλάριχος ολοκλήρωνε την αποστολή του, θα απαιτούσε τη θανάτωσή του. Ο μηχανισμός με το κουμπί του θανάτου βρισκόταν στην τσέπη του και πίεζε το δέρμα του ασφυκτικά, θυμίζοντάς του κάθε στιγμή πως έπρεπε να πάρει μια απόφαση. Ο Μέμνων βρισκόταν πιο πίσω του κατά τη διάρκεια της περιπέτειας του Αλάριχου. Μόλις όμως ο τελευταίος άνοιξε τα βλέφαρά του μετά την έκρηξη, στέλνοντας εικόνα στον υπολογιστή του Προμηθέα, ο Μέμνων βρέθηκε δίπλα του παρακολουθώντας βλοσυρός την οθόνη. Η στάση του σώματός του και το βλέμμα μίσους του, έστελναν ένα ξεκάθαρο μήνυμα. Ήθελε τον παλαιό εχθρό του νεκρό και δε θα δίσταζε να πάρει το μηχανισμό εκπυρσοκρότησης του τσιπ, με τη βία από τον Προμηθέα.

«Τώρα που η Έμπουσα είναι αδύναμη, πρέπει να χτυπήσουν οι υπόλοιπες εταιρείες για να την αποτελειώσουν. Θα διαδώσω ανώνυμα στο διαδίκτυο το νέο σχετικά με την κατάσταση του εσωτερικού της δικτύου και τότε θα ορμήσουν όλοι σαν όρνια στο πτώμα» είπε ο Προμηθέας προσπαθώντας να κατευθύνει αλλού τη συζήτηση. Ήταν όμως άδικος κόπος.

«Πριν από οτιδήποτε άλλο πρέπει να τελειώσει η υπόθεση του Αλάριχου. Πάτα το κουμπί τώρα και μετά μπορείς να αφοσιωθείς στα υπόλοιπα σχέδιά σου. Η εκτέλεσή του όμως πρέπει να γίνει άμεσα. Δεν μπορεί να περιμένει λεπτό, αφού όσο παραμένει ζωντανός, δε σταματάει να αποτελεί κίνδυνο για όλους».

«Μα σε τι είναι επικίνδυνος; Δε θα τολμήσει να πειράξει ούτε εμάς ούτε κανέναν από την οργάνωση, εφόσον ξέρει ότι ανά πάσα στιγμή μπορώ να τερματίσω τη ζωή του. Βλέπουμε ό,τι βλέπει, ακούμε ό,τι ακούει και γνωρίζουμε πάντα τη θέση του. Δεν μπορεί να μας αιφνιδιάσει, ούτε να μας κρυφτεί. Είναι υποχείριό μας».

«Θα απαιτήσει όμως να του αφαιρέσεις το τσιπ όπως συμφωνήσατε και αν του αρνηθείς είναι σίγουρο ότι θα στραφεί εναντίον σου, οπότε θα αναγκαστείς έτσι και αλλιώς να τον σκοτώσεις».

«Μπορούμε να τον κρατήσουμε αιχμάλωτο εδώ».

«Θα βρει τρόπο να δραπετεύσει. Δεν κρατάς έναν τέτοιο άνθρωπο ζωντανό μέσα στο λημέρι σου. Τον σκοτώνεις και ησυχάζεις μια για πάντα!» Ο Μέμνων με αυτά τα λόγια έκανε ένα απειλητικό βήμα μπροστά. Ο Προμηθέας απομακρύνθηκε αμέσως και έβγαλε έξω το πιστόλι του, στοχεύοντας με τρεμάμενο χέρι.

«Δεν μπορώ να τον εκτελέσω εν ψυχρώ. Μόλις μας έδωσε μια πολύτιμη βοήθεια με κίνδυνο της ζωής του. Έστω και αν ήταν εξαναγκασμένος να το κάνει, κατάφερε μέσα σε μερικά λεπτά ό,τι δεν έχουν καταφέρει άλλοι εδώ και χρόνια. Δεν μπορώ να του το ξεπληρώσω έτσι».

«Αν ήξερες μόνο τι εγκλήματα έχει διαπράξει, δε θα ένιωθες καμία ενοχή προδίδοντάς τον».

«Και εσύ ως τι μιλάς; Ως καλύτερος; Από το ίδιο σκάρτο υλικό είστε φτιαγμένοι, αλλά αυτό δε σημαίνει ότι πρέπει να γίνω σαν και εσάς, αλλά απλά ότι θα σας χρησιμοποιώ όπως με βολεύει. Τώρα κάνε πίσω γιατί αλλιώς θα πυροβολήσω».

«Ώστε εμένα δε διστάζεις να με σκοτώσεις;»

«Δε χρειάζεται να φτάσουμε ως εκεί. Μια ριπή λέιζερ στο γόνατο θα είναι αρκετή για να σε τιθασεύσει. Δε με συμφέρει να είσαι σακατεμένος αλλά πίστεψέ με, θα το κάνω». Η απειλή φάνηκε να πιάνει, γιατί ο Μέμνων έμεινε ακίνητος στη θέση του. Δε θα άφηνε όμως την εσφαλμένη αίσθηση δικαίου του αθώου συμμάχου του, να τους καταστρέψει όλους. Κοίταξε την οθόνη και είδε πού βρισκόταν ο Αλάριχος και σε ποιο σημείο κατευθυνόταν. Μπορεί να άλλαζε κατεύθυνση μέχρι να τον βρει ο Μέμνων στην επιφάνεια, αλλά ο τελευταίος ήλπιζε ότι θα αποδεικνυόταν για μια φορά τυχερός. Έφυγε από το δωμάτιο αποφασισμένος και κατευθύνθηκε προς την έξοδο του κρησφύγετου. Δεν έριξε ούτε μια ματιά στον Προμηθέα, ο οποίος ανάσανε ανακουφισμένος και έκατσε στο πάτωμα, σφίγγοντας τις γροθιές του και παίρνοντας βαθιές ανάσες. Μόλις σιγουρεύτηκε ότι ο Μέμνων είχε φύγει, συνδέθηκε με τον εγκέφαλό του στο διαδίκτυο για να διαδώσει το μήνυμά του. Ήδη είχαν γίνει αρκετές αναρτήσεις σχετικά με την έκρηξη, η οποία είχε γίνει αισθητή και στα παρακείμενα κτίρια, αλλά κανείς δε γνώριζε τίποτα για το πραγματικό πλήγμα που είχε δεχτεί η μεγάλη κυρία του υποκόσμου. Ο Προμηθέας ανέβασε την πληροφορία και την άφησε να παρασυρθεί από το ατελείωτο ψηφιακό ρυάκι και να ταξιδέψει σε άλλες νησίδες και άλλους αλιείς δεδομένων, που με τις μετέπειτα ενέργειές τους θα εξυπηρετούσαν άθελά τους το δικό του σκοπό.

Μόλις η Χίμαιρα και οι μικρότερες συμμορίες εξαπέλυαν την επίθεσή τους, οι δικές του ομάδες θα εφορμούσαν στα Κέντρα Καθαρισμού και Ανατροφοδότησης Ύδατος και η θεραπεία θα εξαπλωνόταν σε όλους τους τομείς. Έβλεπε με τη φαντασία του τον κόσμο να ξυπνάει από το λήθαργο και να αρχίζει να ζει πραγματικά τη ζωή του. Ήταν τόσο ενθουσιασμένος που ένιωθε ότι δεν μπορούσε πλέον τίποτα να τον σταματήσει. Ένα μήνυμα όμως έμελε να του διαλύσει το αίσθημα της υπεροχής που τον είχε κατακλύσει και να τον εκτοπίσει βίαια από το βάθρο της επιτυχίας, όπου ονειρευόταν τον εαυτό του. Τον καλούσαν από το κρησφύγετο, όπου είχε καταφύγει το μάτι του Άργου Πανόπτη. Απάντησε στην κλήση έχοντας ένα κακό προαίσθημα.

«Τι συμβαίνει;» ρώτησε με τρεμουλιαστή φωνή που πρόδιδε το άγχος του.

«Προμηθέα, το μάτι του Άργου που είχε έρθει σε εμάς, εδώ και λίγη ώρα έχει πέσει στο πάτωμα ακίνητο. Δε δείχνει κανένα σημάδι λειτουργίας. Τι μπορεί να σημαίνει αυτό;» Ο Προμηθέας έκλεισε τα μάτια του και προσπάθησε να αντλήσει κάπου από μέσα του δύναμη. Ήξερε ότι πλέον ήταν μόνος στην ηγεσία της οργάνωσης. Κάτι που αποτελούσε μια δυσβάσταχτη ευθύνη, την οποία αμφέβαλλε ότι μπορούσε να αναλάβει αποτελεσματικά.

«Σημαίνει ότι ο Άργος Πανόπτης και ο Μαχάων είναι νεκροί» είπε και διέκοψε τη σύνδεση. Δεν ήθελε να μιλήσει σε κανέναν και προτίμησε να αφήσει τους άντρες και τις γυναίκες του άλλου κρησφύγετου, να αντιμετωπίσουν μόνοι τους τα θλιβερά νέα. Ο Μαχάων ήταν νεκρός και η μεγάλη του ελπίδα για την επερχόμενη μάχη, ο Μέμνων, είχε μόλις εξαφανισθεί, κυνηγώντας ένα άχρηστο τρόπαιο. Δεν μπορούσε όμως να καθυστερήσει την κίνησή του για κανέναν. Ούτε καν για τον Μέμνονα. Σύντομα όλα τα βλέμματα θα στρέφονταν στην Έμπουσα και το πεδίο θα ήταν ελεύθερο για τους δικούς του ανθρώπους. Το σχέδιο θα εφαρμοζόταν κανονικά. Και αν ο Μέμνων θεωρούσε πιο σημαντικό το θάνατο του Αλάριχου από την αποστολή τους, τότε θα ηγείτο ο ίδιος ο Προμηθέας της ομάδας που θα χτυπούσε στον Τομέα 1. Εκείνη την ώρα μπήκε ο Φίλων στο δωμάτιο. Κοίταξε την τραγική όψη του Προμηθέα και κατάλαβε ότι κάτι δυσάρεστο είχε συμβεί.

«Τι έχεις; Είχαμε κανένα νέο;»

«Ο Μαχάων είναι νεκρός. Είμαι πλέον ο μοναδικός αρχηγός της οργάνωσης και σε μερικές ώρες θα το αποδείξω. Δεν αλλάζει τίποτα. Προχωράμε όπως είχαμε σχεδιάσει. Σαν να ήταν και εκείνος ακόμα μαζί μας».

∞

Ο Πολυπήμονας είχε ματώσει το λαιμό του φωνάζοντας απεγνωσμένα για βοήθεια. Δεν μπορούσε να κινηθεί και ήξερε ότι ακόμα και αν τον έβρισκαν οι άντρες του, δε θα μπορούσαν να τον μετακινήσουν. Όλη του η διατήρηση στη ζωή εξαρτάτο από τα μηχανήματα που βρίσκονταν μέσα στην αίθουσα. Τα απελπιστικά ακίνητα και άχρηστα μηχανήματα, που το μόνο στο οποίο εξυπηρετούσαν πλέον, ήταν να του θυμίζουν τι είχε χάσει και πόσα θα έχανε ακόμα μέχρι το οριστικό τέλος. Δεν ήθελε να τον σώσουν λοιπόν. Αυτό ήταν χαμένος κόπος. Είχε όμως ένα σχέδιο. Μια τελευταία αποστολή να αναθέσει σε όποιον εμφανιζόταν πίσω από την ερμητικά κλειστή πόρτα, που τον απέκλειε από τον υπόλοιπο κόσμο. Μια αποστολή που σκοπό είχε ένα τελευταίο δώρο στη Χίμαιρα. Στην οργάνωση που εσφαλμένα πίστευε ότι είχε οργανώσει αυτήν την πολύ αποτελεσματική δολιοφθορά. Δε θα έφευγε έτσι απλά και ήσυχα από το παρασκήνιο. Θα βούλιαζε αλλά θα έπαιρνε και ό,τι περισσότερο μπορούσε μαζί του στην απύθμενη άβυσσο του θανάτου. Ξαφνικά άκουσε έναν ήχο τριγμού και σίδερο να χτυπάει σε σίδερο. Κάποιος προσπαθούσε να ανοίξει την πόρτα με λοστό. Οι ελπίδες του αναπτερώθηκαν. Δε θα πέθαινε χωρίς να πάρει την εκδίκησή του. Η πόρτα άνοιγε εκατοστό-εκατοστό με βασανιστική δυσκολία, αλλά όποιος και αν ήταν από πίσω επέμενε.

Όταν τελικά υποχώρησε αρκετά ώστε να μπορεί ένα σώμα να περάσει από μέσα, ο Πολυπήμονας αναγνώρισε έναν από τους στρατιώτες του, τον Ευχίδα. Μπήκε μέσα κάθιδρος και πλησίασε τον Πολυπήμονα.

«Αφεντικό τι θα κάνουμε; Έχουν νεκρώσει τα πάντα. Όσοι έχουν τη δυνατότητα να συνδεθούν μέσω κάποιου εναλλακτικού δικτύου με τον εγκέφαλό τους, διαβάζουν στο διαδίκτυο λεπτομερείς αναφορές για το τι συνέβη εδώ σήμερα. Η Χίμαιρα και όλοι οι υπόλοιποι εχθροί μας, ξέρουν πόσο ευάλωτοι είμαστε και θα είναι εδώ από στιγμή σε στιγμή».

«Το ξέρω. Την πατήσαμε και δε θα έχουμε το χρόνο που χρειαζόμαστε για να σταθούμε στα πόδια μας. Θα μας χτυπήσουν ανελέητα. Όμως υπάρχει κάτι που μπορούμε ακόμα να κάνουμε. Ένα τελευταίο όπλο που μπορούμε να χρησιμοποιήσουμε, χωρίς να χρειαζόμαστε το δίκτυο. Το πρόσωπο της Έμπουσας πρέπει να λάμψει πυρφόρο και να χτυπήσει αυτούς που την πλήγωσαν».

«Και πώς θα γίνει αυτό;» ρώτησε ο Ευχίδας.

«Θα χρησιμοποιήσεις την ταχύτητά σου για να φτάσεις στην κορυφή του κτιρίου. Μέσα στο κεφάλι. Εκεί θα βρεις μια κονσόλα με μοχλούς και αυτόνομη τροφοδοσία ενέργειας. Το σύστημα αυτό είναι χειροκίνητο και το είχα εγκαταστήσει εκεί, για την περίπτωση που θα παθαίναμε μια βλάβη τόσο ολοκληρωτική, όσο η σημερινή. Δεν είχα χρησιμοποιήσει αυτό το τρομερό όπλο ποτέ μέχρι σήμερα, γιατί μπορεί κανείς να το χρησιμοποιήσει μόνο για μια βολή και μετά θέλει ημέρες για να επαναφορτίσει. Πάντα είχα το φόβο ότι αν δεν κατέστρεφα τη Χίμαιρα ολοκληρωτικά με την πρώτη βολή, τότε και ο Σκίρων θα χρησιμοποιούσε το δικό του υπερόπλο για αντίποινα. Με αυτήν την ισορροπία του τρόμου ζούσαμε τόσα χρόνια και περιοριζόμασταν σε αψιμαχίες. Αλλά πλέον δεν έχω να χάσω τίποτα και θα φροντίσω να χάσει και ο Σκίρων τα πάντα. Πήγαινε. Εσύ θα προλάβεις πριν έρθουν εδώ. Είσαι ο πιο γρήγορος και ο πιο έμπιστος από τους άντρες μου».

Ο Ευχίδας κοίταξε τα βιονικά του πόδια. Ήταν ειδικά σχεδιασμένα για τρέξιμο και τον καθιστούσαν έναν από τους γρηγορότερους ανθρώπους στον πλανήτη. Ο Πολυπήμονας δεν τόνιζε τυχαία αυτήν του την ικανότητα. Σίγουρα η ταχύτητα θα έπαιζε σημαντικό ρόλο στην αποστολή του, αλλά το αφεντικό κυρίως ήθελε να θυμίσει στον άντρα σε ποιον χρωστούσε αυτά τα πόδια. Ο Ευχίδας είχε χάσει και τα δύο του πόδια σε μια μάχη με την αστυνομία. Οι σύντροφοί του πρόλαβαν και τον έσυραν μακριά από το πεδίο πυρός. Αντί να τον πετάξει στα σκουπίδια, όπως θα έκανε σε οποιαδήποτε άλλη περίπτωση, ο Πολυπήμονας αποφάσισε να επενδύσει στον τραυματία. Ίσως είδε κάτι στο βλέμμα του. Κάτι που να μαρτυρούσε μια ψυχή πιστή που θα του χρωστούσε αιώνια ευγνωμοσύνη και που δε θα ξεχνούσε τον ευεργέτη της την επόμενη στιγμή. Εκείνη η μέρα αποδείκνυε ότι το ένστικτο του Πολυπήμονα δεν είχε πέσει έξω. Ο Ευχίδας θα έκανε ό,τι του είχε ζητήσει. Φαινόταν από την έκφραση του προσώπου του.

«Αφεντικό, εσύ τι θα κάνεις;»

«Εγώ θα παραδώσω αυτό το κατεστραμμένο κορμί στη μοίρα του. Ίσως είναι καλύτερα έτσι. Έχω κουραστεί από τα βλέμματα τρόμου και αηδίας που έχω να αντιμετωπίσω καθημερινά. Όσο και αν με φοβούνται οι άνθρωποι, δεν μπορούν να κρύψουν αρκετά καλά αυτό που νιώθουν. Αποστροφή για ένα έκτρωμα. Η εξουσία με κράταγε στη ζωή, αλλά τώρα πάει και αυτή. Μόνο η εκδίκηση έμεινε. Πήγαινε Ευχίδα. Κάνε μου αυτό το τελευταίο δώρο». Ο Ευχίδας βλέποντας το αφεντικό του αποφασισμένο, κατάλαβε ότι δεν υπήρχε τίποτα άλλο να ειπωθεί. Εξαφανίστηκε σαν την αστραπή μέσα σε μια θολούρα, αφήνοντας το μελλοθάνατο μόνο του στη μισοσκότεινη αίθουσα. Βγαίνοντας στάθηκε για μια στιγμή, γιατί κάποιοι ήχοι τράβηξαν την προσοχή του. Άκουγε ουρλιαχτά και πυροβολισμούς και ανθρώπους να τρέχουν ή να εκλιπαρούν για τη ζωή τους. Οι άντρες της Χίμαιρας είχαν φτάσει και επιδίδονταν ήδη σε σφαγή, ακόμα και του απλού υπαλληλικού προσωπικού που δεν είχε καμία σχέση με τις υποθέσεις της μαφίας, αλλά εξυπηρετούσε μόνο τη λειτουργία της νόμιμης εταιρείας, που ήταν η βιτρίνα του σκοτεινού οργανισμού. Ο Ευχίδας ένιωσε κάτι να τον ωθεί να σπεύσει και να πολεμήσει τους εισβολείς. Αισθανόταν σαν κάποιοι να έμπαιναν στο σπίτι του. Η αλήθεια ήταν ότι δεν είχε άλλη ζωή πέρα από τη δουλειά του και από τη στιγμή που η Έμπουσα κατέρρεε, δεν είχε ιδέα τι θα έκανε από εκεί και πέρα.

Αυτό όμως που μπορούσε να κάνει σίγουρα εκείνη τη στιγμή, ήταν να στρέψει το φλεγόμενο πρόσωπο της Έμπουσας εναντίον της Χίμαιρας και έτσι με μια κίνηση να καταφέρει ό,τι δε θα κατάφερνε ούτε και ολόκληρος στρατός. Άφησε τον ορυμαγδό του φονικού πίσω του και άρχισε να ανεβαίνει τα σκαλοπάτια με την υπερφυσική του ταχύτητα. Σύντομα ήταν μπροστά από την κονσόλα με τους μοχλούς και προσπαθούσε να καταλάβει τη λειτουργία τους. Το γιγάντιο πρόσωπο της Έμπουσας άρχισε να φωτίζεται από τους εκατοντάδες προβολείς που ήταν εγκατεστημένοι σε αυτό. Η ενέργεια από πίσω τους άρχισε να συσσωρεύεται απειλητική και θανατηφόρα. Δεν είχαν ενεργοποιηθεί ποτέ αυτοί οι προβολείς και όλοι πίστευαν ότι ο ρόλος τους ήταν αυτός του φωτισμού. Ο Πολυπήμονας όμως είχε κρατήσει καλά το μυστικό του όλα αυτά τα χρόνια. Δεν επρόκειτο για απλούς προβολείς, αλλά για εκτοξευτές ενεργειακών δεσμών τόσο ισχυρών, που θα έκαναν τη Χίμαιρα στάχτη με ένα χτύπημα. Ο Ευχίδας κατάφερνε σιγά-σιγά να ανακαλύψει το ρόλο του κάθε μοχλού. Μια μικρή οθόνη στην κονσόλα του έδειχνε το στόχο του, χιλιόμετρα μακριά. Το κτίριο της Χίμαιρας με τους ανύποπτους ανθρώπους που κυκλοφορούσαν στους διαδρόμους και τα δωμάτια του τερατώδους συγκροτήματος, μην έχοντας ιδέα για το θάνατο που σύντομα θα ερχόταν να τους κατακεραυνώσει στη μορφή μιας πανίσχυρης φλόγας. Μια φλόγα που σαν τιμωρός θα καταδίκαζε στην πυρά, αυτούς που τόλμησαν να ρίξουν την Έμπουσα από την κορυφή του υποκόσμου.

Άρπαξε τον κατάλληλο μοχλό και με τα δύο χέρια και ετοιμάστηκε να σπείρει την καταστροφή. Κατέβασε το μοχλό την ίδια ώρα που ένα σπαθί διαπερνούσε την πλάτη του και ξεπρόβαλλε ματωμένο από το στήθος του. Έπεσε μπροστά παρασέρνοντας τους μοχλούς με το πληγωμένο του κορμί. Είδε το στόχο στην οθόνη να μετακινείται, καθώς οι ρυθμίσεις που είχε εισάγει είχαν ακυρωθεί από την αλλαγή της θέσης των χειριστηρίων. Προσπάθησε απεγνωσμένα να κρατηθεί από την κονσόλα, για να επαναφέρει το πρόσωπο της Έμπουσας στη σωστή θέση και να πετύχει το αντίπαλο κτίριο ακριβώς στο σημείο που

259

έπρεπε. Ήταν τόσο αφοσιωμένος στην αποστολή του, που δεν έδινε καν σημασία στο μεταλλικό έμβολο που ξεπεταγόταν μέσα από το στήθος του και που έκανε την αναπνοή του αδύνατη, ενώ ταυτόχρονα προκαλούσε μια ακατάσχετη αιμορραγία που τον απομάκρυνε από τη ζωή όλο και περισσότερο, με κάθε δευτερόλεπτο που περνούσε. Έπιασε και πάλι τους μοχλούς αλλά μια σκιά έπεσε πάνω του. Ήταν η σκιά του φονιά του, ο οποίος σήκωσε κάτι στον αέρα και το κατέβασε αδίστακτα με φονική δύναμη στα χέρια του. Ήταν ένας πέλεκυς που έπεσε στους καρπούς του, κόβοντάς τους και τους δύο και αφήνοντας τις γροθιές του να μείνουν γραπωμένες ανήμπορα, πάνω στους μοχλούς.

Η ακτίνα ξεπετάχτηκε πανίσχυρη κάνοντας όλον τον ουρανό να φεγγοβολάει. Όμως παρά τη δύναμή της δεν κατάφερε να πραγματοποιήσει το σκοπό της. Χτύπησε τη φιδίσια ουρά της Χίμαιρας, σκοτώνοντας δεκάδες υπαλλήλους, αλλά αφήνοντας το κτίριο όρθιο και τον Σκίρωνα σώο και αβλαβή. Ο Ευχίδας δεν είδε πού κατέληξε η ακτίνα, όντας πεσμένος στο πάτωμα, αιμόφυρτος, ανήμπορος και ακρωτηριασμένος. Αλλά ήξερε ότι είχε αποτύχει και καθώς έχανε σιγά-σιγά τις αισθήσεις του και πλησίαζε προς το τέλος, καταλάβαινε ότι άφηνε τον επίγειο κόσμο ηττημένος. Ο φονιάς του στάθηκε από πάνω του. Ήταν μια γυναίκα. Δεν την είχε ξαναδεί ποτέ στη ζωή του, αλλά είχε ακούσει περιγραφές της και την αναγνώρισε. Ήταν διαβόητη στον υπόκοσμο, όπως και τα υπόλοιπα μέλη της ομάδας της. Την έλεγαν Ενυώ και ήταν μια από τις πιο βίαιες και αιμοδιψείς υπάρξεις που περπατούσαν στους δρόμους των Τομέων εκείνη την εποχή. Ήταν ζωσμένη με κάθε λογής όπλο, μοντέρνο και μη. Τα μαλλιά της πετούσαν άναρχα προς διάφορες κατευθύνσεις, σαν μαύρα σύννεφα καταιγίδας πάνω από το κεφάλι της και το δέρμα γύρω από τα μάτια της ήταν βαμμένο με φούμο, το οποίο είχε πασαλείψει όσο πιο πρόχειρα μπορούσε, ώστε να της δίνει μια αρρωστημένη όψη.

Ένας χιλιοτρυπημένος κεφαλόδεσμος κρατούσε το μέτωπό της ελεύθερο από την αγριωπή της κόμη.

Κοίταξε την οθόνη της κονσόλας με απάθεια και η κατανόηση έλαμψε στις ίριδες των ματιών της. Χαμηλώνοντας το βλέμμα στον πεσμένο στο πάτωμα Ευχίδα, φάνηκε περισσότερο να διασκεδάζει παρά να αγχώνεται με τη συνειδητοποίηση ότι η εταιρεία για την οποία εργαζόταν, παραλίγο να καταστραφεί.

«Πήγες να μας κάνεις μεγάλη ζημιά έτσι;» Ο Ευχίδας δεν ήταν σε θέση να απαντήσει και απλά έφτυσε αίμα, στολίζοντας το ελαφρώς αξύριστο πηγούνι του με το σκουρόχρωμο υγρό. Η Ενυώ συνέχισε τον εμπαιγμό της, απολαμβάνοντας τις επιθανάτιες στιγμές του θύματός της.

«Ήταν καλή προσπάθεια δε λέω. Ήσουν όμως άτυχος γιατί σε πρόλαβα. Το μόνο που κατάφερες ήταν να καψαλίσεις την ουρά της Χίμαιρας. Μάλλον είσαι τυχερός, γιατί αν σκότωνες τον εργοδότη μας και μέναμε εγώ και οι δικοί μου απλήρωτοι, ο θάνατός σου δε θα ήταν ούτε τόσο γρήγορος, ούτε τόσο εύκολος». Με την απειλή το πρόσωπό της σκοτείνιασε και το μειδίαμα εξαφανίστηκε από την έκφρασή της, ενώ αντικαταστάθηκε από μια αυστηρή γραμμή αποφασιστικότητας, που σχημάτισε με τα χείλη της. Ο Ευχίδας πήρε μια τελευταία κοφτή ανάσα και το κεφάλι του έγειρε στο πλάι, με τα ανοιχτά του μάτια να κοιτάζουν στο κενό. Η Ενυώ γύρισε στην αίθουσα του Πολυπήμονα, όπου την περίμεναν οι υπόλοιποι. Ο Δείμος και ο Φόβος, τα δύο αδέλφια, η Έρις, ο Κυδοιμός και οι δύο Κήρες. Στέκονταν μπροστά από τον ακίνητο και παραιτημένο αρχηγό της Έμπουσας. Ο Δείμος την κοίταξε με νόημα και εκείνη έδωσε απάντηση στη σιωπηλή του ερώτηση.

«Αυτός που είδαμε να φεύγει τρέχοντας, κατευθυνόταν προς ένα όπλο που φαίνεται πως ήταν το τελευταίο πράγμα που λειτουργούσε εδώ μέσα. Θα ισοπέδωνε ολόκληρη τη Χίμαιρα αν δεν τον σταματούσα». Ο Δείμος στράφηκε εντυπωσιασμένος στον Πολυπήμονα.

«Αγωνιστής έως το τέλος λοιπόν. Μπορείς πλέον να ηρεμήσεις. Δεν υπάρχει τίποτα που να μπορείς να κάνεις πια. Όλα έχουν χαθεί για την Έμπουσα και εμείς είμαστε εδώ για να σου πούμε το τελευταίο αντίο». Ο βλοσυρός Φόβος ακούμπησε τον ομιλητικότερο αδελφό του στον ώμο, δείχνοντάς του ότι είχε έρθει η στιγμή να ολοκληρώσουν την αποστολή τους. Τα δύο αδέλφια ήταν ντυμένα με στρατιωτική φόρμα και αρβύλες και οπλισμένα με πιστόλια και καραμπίνες λέιζερ. Το τρομερότερό τους όπλο όμως, ήταν ένα γυάλινο ημισφαίριο που είχε ο καθένας εγκατεστημένο στο μέτωπό του. Επρόκειτο για πομπό ο οποίος έστελνε υποσυνείδητα μηνύματα στον ανθρώπινο εγκέφαλο, προκαλώντας στα θύματά τους ακατανίκητο τρόμο και φρίκη. Κάτι αντίστοιχο στόλιζε και το μέτωπο της Έριδας, της οποίας όμως ο πομπός αντί για τρόμο προκαλούσε ανεξέλεγκτη οργή και επιθυμία για βία. Ο Δείμος όμως είχε στο μυαλό του μια πολύ πιο ωμή εκτέλεση για τον Πολυπήμονα. Κάτι που θα τον έκανε να υποφέρει και να είναι ταυτόχρονα εντυπωσιακό. Άλλωστε θα επέστρεφε στη Χίμαιρα με βίντεο της σκηνής, για την τέρψη του Σκίρωνα. Κάλεσε τις δύο Κήρες και τους έδωσε τις οδηγίες του. Οι δύο έφηβες κοπέλες βρίσκονταν σε ημιάγρια κατάσταση, προτιμώντας να γρυλίζουν παρά να μιλούν. Διέθεταν μακριά μεταλλικά νύχια και κυνόδοντες από το ίδιο υλικό, οι οποίοι εξείχαν από το πάνω χείλος τους. Τα ακούρευτα μαλλιά τους έπεφταν μπροστά, καλύπτοντας τα μάτια τους και πολλές φορές περπατούσαν στα τέσσερα σαν τα ζώα.

Αφού άκουσαν προσεκτικά τον Δείμο, στράφηκαν γλείφοντας τα χείλη τους προς τον Πολυπήμονα. Ο έκπτωτος αρχιμαφιόζος τις κοίταξε με αηδία, προσβεβλημένος που θα έβρισκε το τέλος του από δύο αηδιαστικά πλάσματα όπως αυτά.

«Πες στον Σκίρωνα ότι και το δικό του τέλος θα έρθει σύντομα. Μπορεί να μην έχω εγώ τη χαρά να του λιώσω το κεφάλι, αλλά σίγουρα κάποιος από όλους αυτούς που εποφθαλμιούν τη θέση του θα τον αιφνιδιάσει την πιο αναπάντεχη στιγμή» είπε στον Δείμο.

«Είμαι σίγουρος ότι θα εκτιμήσει την προειδοποίηση. Εύχομαι να περάσεις καλά με την παρέα που σου αφήνω. Εμείς οι υπόλοιποι έχουμε να αποτελειώσουμε την υπόλοιπη οργάνωσή σου». Τα δύο αδέλφια μαζί με την υπόλοιπη ομάδα αποχώρησαν, αφήνοντας πίσω τις Κήρες έτοιμες να κατασπαράξουν το μελλοθάνατο και μια φορητή κάμερα για την απαθανάτιση της στυγερής εκτέλεσης. Ενώ ο αρχηγός τους κομματιαζόταν, οι άντρες της Έμπουσας προσπαθούσαν να ξεφύγουν από τη γενική επίθεση που είχε εξαπολύσει η Χίμαιρα, όχι μόνο στο κεντρικό κτίριο της αντιπάλου οργάνωσης, αλλά και σε κάθε γνωστό στέκι και καταφύγιο σε όλα τα μήκη και τα πλάτη των Τομέων. Εφόσον η επικοινωνία είχε διακοπεί, οι περισσότεροι δεν είχαν ενημέρωση για τα δραματικά γεγονότα που εκτυλίσσονταν στη βάση τους και παγιδεύονταν στις εφόδους των υπόλοιπων μαφιόζων και των πληρωμένων αστυνομικών τους. Εκτός από τη Χίμαιρα, είχαν μπει στο παιχνίδι και οι μικρότερες οργανώσεις και συμμορίες, χτυπώντας από όλες τις γωνίες του εγκλήματος και κάνοντας την Έμπουσα να μοιάζει με πτώμα θηρίου, παραδομένο στις ορέξεις των όρνεων.

Επικρατούσε πανικός στις τάξεις των μπράβων, διακινητών και εκτελεστών της ομάδας που μόλις είχε σβηστεί από το χάρτη της μαφίας. Και ο άνθρωπος που ήταν υπεύθυνος για όλα αυτά, έτρεχε και εκείνος να κρυφτεί, έκπληκτος που ζούσε ακόμα και φοβούμενος πως θα συναντούσε κάποια ομάδα της Χίμαιρας και η τύχη του θα τον εγκατέλειπε. Ο Αλάριχος ένιωθε ευγνωμοσύνη για την τήρηση της υπόσχεσης του Προμηθέα, αλλά εκκρεμούσε ακόμα η αφαίρεση του τσιπ. Εκείνη τη στιγμή όμως ήταν φοβερά επικίνδυνο να κατευθυνθεί προς το κρησφύγετο. Οι δρόμοι γέμιζαν σιγά-σιγά με κόσμο που ήθελε να πιάσει στα χέρια του οποιονδήποτε είχε παρτίδες με την Έμπουσα. Έπρεπε να εξαφανιστεί μέχρι να ηρεμήσουν τα πράγματα και να πάει μετά στον Προμηθέα, για να απελευθερωθεί μια για πάντα. Από εκεί και πέρα θα ανοίγονταν νέες προοπτικές για εκείνον. Θα έφτιαχνε τη δική του συμμορία και δε θα ξανακολουθούσε κανενός τις διαταγές. Πλέον δεν ήταν ξένος. Μετά από τόσα χρόνια ήξερε τη χώρα καλά και είχε γίνει ειδικός στο πώς λειτουργούν τα υπόγεια και παράνομα κυκλώματα. Άφησε το μέλλον προσωρινά και συγκεντρώθηκε στο παρόν. Κατευθύνθηκε προς ένα μπαράκι όπου πήγαινε συχνά και είχε πιάσει γνωριμία με τον ιδιοκτήτη. Μπήκε μέσα ελέγχοντας το χώρο με το βλέμμα για κάποιον κίνδυνο.

Το μαγαζί ήταν άδειο και ο ιδιοκτήτης στεκόταν όρθιος πίσω από την μπάρα, κοιτάζοντας το κενό. Προφανώς είχε συνδεθεί με το μυαλό του στο διαδίκτυο και παρακολουθούσε τις ειδήσεις. Οι υπόλοιποι θαμώνες ίσως είχαν διανύσει τη σύντομη απόσταση μέχρι την Έμπουσα, για να παρακολουθήσουν από κοντά τις συγκλονιστικές εξελίξεις. Χτύπησε τον ιδιοκτήτη στον ώμο και εκείνος αποσυνδέθηκε και τον κοίταξε έκπληκτος.

«Αλάριχε. Εσύ εδώ; Δεν ήσουν στο κτίριο όταν έγινε η έκρηξη;»

«Ήμουν, αλλά μπόρεσα να ξεφύγω. Είμαι όμως πληγωμένος. Πρέπει να έχω σπάσει ένα-δύο πλευρά. Θέλω να με κρύψεις κάπου γιατί με κυνηγάνε».

«Μα πού να σε κρύψω; Αν σε βρουν εδώ, θα βρω το μπελά μου. Θα μου το κάψουν το μαγαζί». Ο Αλάριχος τον άρπαξε με τα νύχια του και τον πίεσε αρκετά, ώστε λίγο αίμα να στάξει στα μάγουλά του.

«Ξέρω πολύ καλά ότι έχεις ένα κρυφό δωμάτιο, όπου αποθηκεύεις τον κυκεώνα που πουλάς. Ξέρω επίσης ότι δεν έδινες ποσοστά στην Έμπουσα ως όφειλες. Δε σε είχα καρφώσει, γιατί μπορεί κάποια μέρα να σε χρειαζόμουν. Λοιπόν αυτή η ημέρα ήρθε. Πήγαινέ με στο δωμάτιο τώρα, πριν σου κάνω τη μούρη ρίγε». Ο ιδιοκτήτης κατάπιε το σάλιο του με δυσκολία και ξεκίνησε για το κρυφό δωμάτιο, αλλά πριν κάνει δύο βήματα, η πόρτα ξανάνοιξε και μπήκε μέσα ο Μέμνων. Ο Αλάριχος στράφηκε να τον κοιτάξει και τα αποφασισμένα για θάνατο βλέμματά τους, συναντήθηκαν όπως δεκάδες άλλες φορές. Ο συνετός μαγαζάτορας εξαφανίστηκε διακριτικά, αφήνοντας τους δύο φονιάδες να λύσουν μόνοι τους τις διαφορές τους. Ο Μέμνων κρατούσε ένα καινούργιο κατάνα και το πτυσσόμενο μεταλλικό ραβδί που είχε αρπάξει από τον Αλάριχο.

«Βλέπω πρόλαβες να εξοπλιστείς κατάλληλα. Κάποιο κρυμμένο οπλοστάσιο εδώ κοντά;»

«Ναι. Δεν είναι τόσο καλό σπαθί όσο το παλιό μου, αλλά βιαζόμουν. Έφερα και για σένα κάτι». Πέταξε στον Αλάριχο τον κύλινδρο που μετατρεπόταν σε ραβδί. Περιεργάστηκε το αναπάντεχο δώρο, αναλύοντας στο μυαλό του την κατάσταση και τις επιλογές που είχε για να πλήξει τον Μέμνονα.

«Υποθέτω πως δεν ήρθες ως εδώ για να μου αφαιρέσεις το τσιπάκι».

«Δεν είμαι τόσο αφελής όσο ο Προμηθέας. Εντόπισα την πορεία σου από το τσιπάκι και κατάλαβα ότι ερχόσουν εδώ, στο αγαπημένο σου στέκι. Ήρθα για να τελειώσουμε μια για πάντα με αυτή τη διαμάχη». Έβγαλε το κατάνα από τη θήκη του, απολαμβάνοντας το σφύριγμα του μέταλλου καθώς ξεπρόβαλλε, ψυχρό και θανατηφόρο.

«Θα μπορούσες να φέρεις ένα λέιζερ και να τελειώνεις μια ώρα αρχύτερα» είπε ο Αλάριχος, πατώντας το κουμπί του κυλίνδρου για να ξεπεταχτεί το ραβδί.

«Σε πολεμάω αρκετόν καιρό για να ξέρω ότι τίποτα δε σε σκοτώνει εύκολα. Αποφάσισα λοιπόν να χρησιμοποιήσω τουλάχιστον, ένα ευγενές όπλο». Ο Αλάριχος χίμηξε ενώ ακόμα ο Μέμνων μιλούσε. Εκείνος όμως δεν ξαφνιάστηκε. Απέκρουσε το κάθετο χτύπημα με το σπαθί του σε οριζόντια θέση και απέφυγε την κλωτσιά που ακολούθησε. Ο Αλάριχος συνέχισε τα απανωτά χτυπήματα, κρατώντας με το δεξί χέρι το ραβδί και προσπαθώντας να γραπώσει με το αριστερό τον αντίπαλό του, με τα αετίσια του νύχια. Ο Μέμνων ήταν επαρκώς γρήγορος για να ξεφεύγει, αλλά σε μια στιγμή στάθηκε άτυχος, καθώς σκόνταψε σε μια καρεκλά που βρισκόταν πίσω του και την οποία δεν είχε δει. Έπεσε ανάσκελα στο πάτωμα, με τον Αλάριχο να δράττει την ευκαιρία για να βρεθεί από πάνω του και να προσπαθήσει να σφηνώσει το ραβδί του στο θώρακά του. Ο Μέμνων άρπαξε την άκρη του ραβδιού με το βιονικό του χέρι και σταμάτησε την επίθεση εγκαίρως, χιλιοστά μόλις από το απροστάτευτο στήθος του. Την ίδια στιγμή προσπάθησε να κόψει με το σπαθί του το πόδι του Αλάριχου. Εκείνος όμως διέκοψε την επίθεσή του εγκαίρως και πήδηξε, αποφεύγοντας την κοφτερή λεπίδα. Ενώ όμως βρισκόταν ακόμα στον αέρα, ο Μέμνων τον κλώτσησε και τον έστειλε να προσγειωθεί μερικά μέτρα πιο πέρα, με έναν εντυπωσιακό γδούπο.

Το τραπέζι όπου έπεσε έγινε κομμάτια, τα οποία ήταν αρκετά μυτερά για να του τρυπήσουν τα ρούχα και το δέρμα. Σηκώθηκε όρθιος χωρίς να δίνει σημασία στο αίμα, που είχε αρχίσει να στάζει μέσα από τη ναζιστική στολή του. Βρήκε και πάλι τον Μέμνονα μπροστά του, επιτιθέμενο σαν μαινόμενο ταύρο. Στριφογύρισε το ραβδί αποκρούοντας το κατάνα, που έψαχνε με τη θανατηφόρα αιχμή του για σάρκα. Ο Μέμνων είχε ανεβάσει ρυθμό, εξαπολύοντας καταιγισμό χτυπημάτων και στερώντας ανάσες από τον αντίπαλο. Κατάφερε να βρει δύο ανοίγματα στην ατσάλινη προστασία του ραβδιού, προκαλώντας όμως μόνο επιπόλαια χτυπήματα στα μπράτσα. Αντίθετα ο Αλάριχος βλέποντάς τον απορροφημένο στην επίθεση, του κατάφερε ένα δυνατό χτύπημα σπάζοντάς του τη μύτη. Τα μάτια του Μέμνονα δάκρυσαν και μετά βίας μπόρεσε να αποκρούσει μέσα από ένα θολερό πέπλο, τις απόπειρες του γερμανού να του τσακίσει το κρανίο. Κατάφερε να αρπάξει το ραβδί, ακινητοποιώντας το και έσκισε τον αέρα με το κατάνα, στοχεύοντας για το λαιμό του Αλάριχου, συναντώντας όμως τελικά τα ατσάλινα νύχια του. Ο Αλάριχος άρπαξε και αυτός με τη σειρά του το εχθρικό όπλο και έτσι μπλέχτηκαν και οι δύο, αδυνατώντας να ξεφύγουν από τον κίνδυνο που αντιπροσώπευε ο ένας για τον άλλον.

Με τα χέρια και των δύο δεσμευμένα, κατέληξαν να χτυπιούνται με πόδια και κεφάλια, με μια λύσσα που δεν ταίριαζε σε επαγγελματίες φονιάδες. Η υπόθεση όμως ανάμεσα σε αυτούς τους δύο, είχε γίνει από καιρό προσωπική. Τα λακτίσματα του Μέμνονα αποδείχθηκαν πιο αποτελεσματικά. Ή αυτό ή απλά είχε σταθεί τυχερός. Δεν ήξερε τι από τα δύο και δεν είχε και ιδιαίτερη σημασία. Αυτό που μετρούσε ήταν ο ήχος σπασίματος οστού που άκουσε, όταν κατάφερε ένα δυνατό χτύπημα με το πόδι του, στο κέντρο του αριστερού καλαμιού του Αλάριχου. Το πόδι διπλώθηκε στα δύο στο σημείο όπου είχε χτυπηθεί, στερώντας του τη στήριξη που είχε ανάγκη και αναγκάζοντάς τον να πέσει στο πάτωμα, με δόντια σφιγμένα και πρόσωπο παραμορφωμένο από την ένταση. Το κατάνα αμέσως απελευθερώθηκε και πετάχτηκε πεινασμένο για να δαγκώσει ένα κομμάτι από το θύμα του, που τόσην ώρα του ξέφευγε. Πέτυχε τον Αλάριχο στον ώμο και τον κάρφωσε στο σημείο όπου βρισκόταν πεσμένος, ακινητοποιώντας τον. Το χέρι του άνοιξε παρά τη θέλησή του, ωθούμενο από αβάσταχτο πόνο. Το ραβδί του κύλησε ακίνδυνο μακριά και το μόνο που του είχε απομείνει πλέον ήταν τα νύχια του άλλου του χεριού.

Ο Μέμνων χωρίς να βιάζεται, σήκωσε από το πάτωμα το πεσμένο ραβδί. Ύστερα πήγε κοντά στον αντίπαλό του που έκανε απεγνωσμένες κινήσεις για να τον γρατζουνίσει, με το μοναδικό του ελεύθερο χέρι. Κατέβασε αμείλικτα και με δύναμη το ραβδί στο μπράτσο, σπάζοντάς το. Ο Αλάριχος ούρλιαξε απεγνωσμένα, αλλά τίποτα πλέον δεν τον έσωζε. Ήταν εντελώς ανυπεράσπιστος και το σώμα του είχε καταληφθεί από σπασμούς. Ο Μέμνων έκλεισε το ραβδί και έσκυψε πάνω από το κεφάλι του Αλάριχου. Του άνοιξε το στόμα και σφήνωσε το μικρό μεταλλικό κύλινδρο μέσα. Μετά έχωσε το δάχτυλό του στο στόμα, αναζητώντας το κουμπί. Ο άνθρωπος που είχε καταστρέψει την Έμπουσα, άρχισε να μουγκρίζει και να χτυπιέται, αρνούμενος να πεθάνει. Ήταν κάτι που ο εγωισμός του δεν μπορούσε να δεχτεί. Αυτό το τέλος δεν ήταν υποφερτό για εκείνον. Ο Μέμνων όμως είχε διαφορετική άποψη. Κράτησε τον κύλινδρο σταθερό στο στόμα του Αλάριχου με το βιονικό χέρι, ενώ με το σάρκινο πάτησε το κουμπί. Το ραβδί ξεπετάχτηκε όπως ήταν σχεδιασμένο να κάνει. Πιεσμένο όμως από το βιονικό χέρι, στράφηκε με όλη του τη φόρα προς το λαιμό του ναζιστή μισθοφόρου, ξεσκίζοντας τα πάντα στο διάβα του. Ξεφύτρωσε από την πλάτη του και διαπέρασε το πάτωμα, στολισμένο με σάρκα, αίμα και κομματάκια οστών. Ο Μέμνων αφαίρεσε το κατάνα από τον ώμο του πτώματος και στάθηκε για λίγο να θαυμάσει το έργο του, σκουπίζοντας το σπαθί του από το εχθρικό αίμα. Ύστερα στράφηκε προς την έξοδο και χάθηκε, αφήνοντας το κατάστημα διαλυμένο και το πτώμα σαν νοσηρό ενθύμιο της επίσκεψής του.

ΚΕΦΑΛΑΙΟ 14

Ο Προμηθέας έλεγξε τον εξοπλισμό του για μια τελευταία φορά. Φορούσε μια ζώνη με δύο πιστόλια λέιζερ και είχε περασμένη στην πλάτη του μια καραμπίνα λέιζερ. Το ογκώδες δοχείο με το φάρμακο βρισκόταν σε μια εσοχή του παλτού του, προφυλαγμένο μέσα σε μια μεταλλική θήκη. Κοίταξε τον εαυτό του στον καθρέφτη και γέλασε με την παράταιρη εικόνα. Έχοντας συνηθίσει την εμφάνιση με τη λευκή ρόμπα του εργαστηρίου, δυσκολευόταν να συνηθίσει τον οπλισμένο και έτοιμο για όλα άντρα που αντίκριζε στο είδωλο. Ήταν όμως όντως έτοιμος για όλα; Αυτό ήθελε να πιστεύει. Πώς αλλιώς θα δικαιολογούσε την απόφασή του να συνεχίσει την αποστολή, χωρίς τη μεγάλη του ελπίδα. Χωρίς τον Μέμνονα. Ο Φίλων τον παρακολουθούσε περίλυπος και σκεπτικός.

«Είναι λάθος αυτό που πας να κάνεις».

«Ακόμα μεγαλύτερο λάθος θα ήταν να καθυστερούσαμε την επίθεση, μέχρι να ευαρεστηθεί ο Μέμνων να γυρίσει πίσω. Το γεγονός ότι εγκαταλείπει έναν τόσο σημαντικό σκοπό για όλη την ανθρωπότητα, μόνο και μόνο για να λύσει τη βεντέτα του, δείχνει πόσο έξω έπεσα όταν αποφάσισα να τον εμπιστευτώ».

«Σε αυτό συμφωνώ απόλυτα. Όμως ποτέ δεν ήταν στο σχέδιο να ηγηθείς εσύ της επίθεσης. Είσαι ο ιθύνων νους πίσω από το όλο κίνημα και δεν έχουμε την πολυτέλεια να σε χάσουμε».

«Αυτό ίσχυε όταν είχαμε ακόμα μαζί μας τον Άργο Πανόπτη» είπε ο Προμηθέας και η ανάσα του κόπηκε στη θύμηση του νεκρού του φίλου. Βρήκε όμως τη δύναμη να συνεχίσει μετά από λίγο την κουβέντα.

«Με αυτόν απόντα, δεν υπάρχει άλλος να ηγηθεί της επίθεσης στον Τομέα 1. Αν οι υπόλοιπες ομάδες μάθουν ότι εγώ κάθομαι ασφαλής, χωμένος στο λαγούμι μου, μπορεί να λιποψυχήσουν ή να χάσουν την πίστη τους στο σκοπό. Δεν υπάρχει άλλη λύση. Πρέπει να πάω». Ο Φίλων κατσούφιασε νιώθοντας διχασμένος ανάμεσα στην πραγματοποίηση του ονείρου τους και την ασφάλεια του Προμηθέα, που τον έβλεπε σαν γιό του. Η θεραπεία κατά του ιού και η καταπολέμηση του εμπορίου του κυκεώνα, ήταν ένας ιερός σκοπός που τους είχε ενώσει σε ένα κοινό μέτωπο κατά της μαφίας και της διεφθαρμένης κυβέρνησης. Άνθρωποι από διαφορετικούς κύκλους, επαγγέλματα και εμπειρίες, είχαν βρει κοινό έδαφος στην ελπίδα τους για ένα καλύτερο αύριο και ένα λαό που θα ξυπνούσε από την ασπρόμαυρη ύπνωση. Είχαν ορκιστεί ότι ήταν διατεθειμένοι να χάσουν τα πάντα, ακόμα και τη ζωή τους, για την επιτυχία. Ο Προμηθέας αποδείκνυε εκείνη τη στιγμή ότι το εννοούσε, κάνοντας τον Φίλωνα να ντρέπεται για τους δικούς του δισταγμούς. Ο νεαρός τον παρατήρησε μαντεύοντας τις σκέψεις του και έσπευσε να τον καθησυχάσει.

«Σε ευχαριστώ για το ενδιαφέρον σου. Είναι απόλυτα κατανοητό να ανησυχείς για μένα και δε θα περίμενα τίποτα διαφορετικό. Όλα θα πάνε καλά όμως. Θα είμαι μαζί με φίλους που θα με βοηθήσουν αν κάτι πάει στραβά». Αγκάλιασε το γέροντα και έφυγε αποφασισμένος χωρίς να κοιτάξει πίσω του. Ο Φίλων του έστειλε μια σιωπηλή ευχή για επιτυχία, εκσφενδονίζοντας ταυτόχρονα κατάρες στον Μέμνονα που δεν ήταν εκεί για να αναλάβει το ρόλο του. Ένα ρόλο πολύ πιο κατάλληλο για το μαφιόζο παρά για τον αθώο ιδεαλιστή που μόλις είχε φύγει.

Ο Προμηθέας έφτασε στο προκαθορισμένο σημείο της συνάντησης χωρίς προβλήματα. Όπως είχε προβλέψει, όλοι ήταν απασχολημένοι με την Έμπουσα, αφήνοντας το πεδίο ελεύθερο για εκείνον. Αφού συνάντησε την ομάδα που θα πραγματοποιούσε την επίθεση στον Τομέα 1, επικοινώνησε και με τις υπόλοιπες ομάδες, που του ανέφεραν πως ήταν έτοιμες για δράση και πως δεν είχαν ούτε έναν απόντα από όσους είχαν κληθεί από τον ίδιο, για αυτήν την τόσο επικίνδυνη αλλά και μείζονος σημασίας αποστολή. Ένιωσε ακόμα πιο σίγουρος για την απόφασή του να παραστεί στην επίθεση. Όλοι οι υπόλοιποι είχαν αποδειχθεί πιστοί σε εκείνον και τον Κίστο. Είχε υποχρέωση να ολοκληρώσει την προσπάθεια αυτοπροσώπως. Επικοινώνησε μέσω του εγκεφάλου του με τους υπόλοιπους και οι επεξεργαστές τους έλαβαν το μήνυμα για την έναρξη της επίθεσης. Όρμησαν μπροστά πυροβολώντας στα πόδια τους δύο φύλακες που περιπολούσαν στην περίφραξη. Έπεσαν κάτω ρίχνοντας και τα όπλα τους μαζί. Περικυκλώθηκαν αμέσως από τους άντρες του και δεν προέβαλλαν καμιά απολύτως αντίσταση. Ο τραυματισμός τους τους είχε εξουδετερώσει.

Ο Προμηθέας ήξερε ότι μέσα στον πόνο τους δε θα εκτιμούσαν το δώρο του, αλλά παρόλα αυτά δεν παρέλειψε να τους κάνει από μια ένεση με τον Κίστο. Τους είδε να σαστίζουν και τα βογγητά τους να ελαττώνονται σε ένταση. Άρχισαν να κοιτάζουν τριγύρω τους αμήχανα. Ευχόταν να είχε χρόνο να τους εξηγήσει τι είχε μόλις συμβεί. Να τους καθησυχάσει ότι ήταν κάτι καλό. Μια ευλογία. Δεν υπήρχε όμως χρόνος. Ένας από τους δικούς του τον χτύπησε στον ώμο και του είπε να βιαστεί. Τοποθέτησαν έναν εκρηκτικό μηχανισμό στην πύλη και η μικρή έκρηξη την παραβίασε αμέσως.

271

Γενικώς ούτε η περίφραξη ούτε η ασφάλεια ήταν σοβαρού επιπέδου. Το νερό δεν ήταν στόχος για τους εγκληματίες και δύσκολα θα φανταζόταν κανείς, ότι κάποιος θα έμπαινε σε τέτοιον κόπο, να οργανώσει δεκάδες ανθρώπων σε μια ταυτόχρονη επίθεση στα Κέντρα Καθαρισμού και Ανατροφοδότησης Ύδατος όλων των Τομέων. Διέσχισαν την αυλή παίρνοντας όλες τις απαραίτητες προφυλάξεις. Μέσα στο κτίριο υπήρχαν άλλοι δύο φύλακες, όπως είχαν διαπιστώσει από τις παρακολουθήσεις που είχαν κάνει. Άλλος ένας εκρηκτικός μηχανισμός και η πόρτα του κτιρίου υποχώρησε με την ίδια ευκολία. Έπρεπε να κινηθούν πλέον με ακόμα μεγαλύτερη προσοχή, αφού σίγουρα οι δύο εσωτερικοί φύλακες θα είχαν αντιληφθεί την παρουσία τους έως εκείνη τη στιγμή.

Εισερχόμενοι αντίκρισαν σκοτάδι. Οι δύο εναπομείναντες φρουροί είχαν δώσει φωνητική εντολή για συσκότιση, ελπίζοντας να έχουν το πλεονέκτημα στη μάχη που θα ακολουθούσε. Η έμπνευσή τους όμως δε θα τους προσέφερε κάποιο όφελος, αφού οι εισβολείς φόρεσαν αμέσως ειδικά γυαλιά νυχτερινής όρασης. Προχώρησαν αργά, κολλημένοι στον τοίχο, κρυμμένοι από τις σκάλες και τα πατώματα των υψηλότερων ορόφων, κάνοντας τον εντοπισμό τους από τους υπερασπιστές της εγκατάστασης δύσκολο. Κινούνταν αργά και όσο αθόρυβα μπορούσαν, αλλά μέσα στο σκοτάδι οι ήχοι πολλαπλασιάζονταν και μεγεθύνονταν. Ο Προμηθέας είχε στήσει το αυτί του ελπίζοντας να ακούσει κάποια κίνηση από το ζευγάρι με το οποίο ήταν αντιμέτωποι, όπως ήταν σίγουρος ότι θα έκαναν και εκείνοι. Κρατούσε την ανάσα του και ένιωθε τον ιδρώτα να κυλάει στο μέτωπό του, προκαλώντας του ένα ενοχλητικό γαργαλητό. Το αγνόησε και συνέχισε να βαδίζει όσο πιο αθόρυβα του ήταν δυνατόν. Οι σόλες από τις μπότες του τρίβονταν στο πάτωμα με κάθε του βήμα και είχε την αίσθηση ότι ο κάθε τριγμός, ακουγόταν εκκωφαντικός σε όλο το κτίριο, κάνοντας τη θέση του φανερή στους δύο κρυμμένους οπλοφόρους.

Κανείς δεν άνοιγε ακόμα πυρ εναντίον του όμως και έτσι καταλάβαινε ότι η αγωνία του ήταν που μεγέθυνε στο μυαλό του τον ήχο των βημάτων του.

Μάζεψε όσο θάρρος διέθετε και έκανε ακόμα ένα βήμα προς τη δεξαμενή όπου σκόπευε να ρίξει τον Κίστο. Προχώρησαν όσο μπορούσαν υπό την κάλυψη των υψηλότερων πατωμάτων, αλλά αναγκάστηκαν να σταματήσουν λίγα μέτρα μακριά από τη δεξαμενή, τον πολυπόθητο στόχο τους, αφού πλέον έπρεπε να βγουν σε ανοιχτό χώρο, ευάλωτοι στα πυρά των φυλάκων που καραδοκούσαν με το δάχτυλο στη σκανδάλη. Ένας από τους άντρες του επικοινώνησε μέσω του επεξεργαστή του και η φωνή του ακούστηκε στο μυαλό του Προμηθέα, οργισμένη και ανυπόμονη.

«Δεν έχουμε χρόνο για κρυφτούλι. Με δύο σκαντζόχοιρους μπορούμε να ξεπαστρέψουμε κάθε κίνδυνο στους επάνω ορόφους μέσα σε δευτερόλεπτα. Να προχωρήσω;»

«Όχι, περίμενε» του απάντησε βιαστικά ο Προμηθέας, θέλοντας να αποφύγει το μακελειό, σχεδόν όσο ήθελε και να πετύχει η αποστολή.

«Παραδοθείτε και δε θα σας πειράξουμε! Το μόνο που θέλουμε είναι να πλησιάσουμε στη δεξαμενή» φώναξε. Το κάλεσμά του δεν εισακούστηκε και τα μέλη της ομάδας του άρχισαν να κοιτάζονται ενοχλημένοι μεταξύ τους. Ο Προμηθέας φανταζόταν τα βλέμματά τους κάτω από τα γυαλιά νυχτερινής όρασης, γεμάτα αγωνία και επίκριση για τη διστακτικότητα του αρχηγού τους. Κοίταξε, στην άκρη του οπτικού του πεδίου στο εσωτερικό του ματιού του, την ώρα με τους αριθμούς να σέρνονται απειλητικά προς τη στιγμή που είχε θέσει ως χρονικό όριο για την ολοκλήρωση της αποστολής.

«Ρίξε τους σκαντζόχοιρους» είπε ξεπερνώντας τους ενδοιασμούς του. Οι δύο σφαίρες εμφανίστηκαν και ενεργοποιήθηκαν, φέγγοντας μέσα στο σκοτάδι και πετάχτηκαν από δύο μέλη της

273

ομάδας του στους υψηλότερους ορόφους. Τα αγκάθια από λέιζερ ξεπετάχτηκαν καλύπτοντας ολόκληρο το χώρο του Κέντρου Καθαρισμού και Ανατροφοδότησης Ύδατος του Τομέα 1. Θαύμασε τον τρόπο με τον οποίον τα αγκάθια προσπερνούσαν την ομάδα του αφήνοντάς την άθικτη, οδηγημένα από το ηλεκτρονικό περιβραχιόνιο ενός από τους δύο χειριστές των σκαντζόχοιρων. Η μαγεία όμως χάθηκε όταν ακούστηκαν τα ουρλιαχτά των δύο φυλάκων, που ένιωσαν τις πυρφόρες βελόνες να τους διαπερνούν τη σάρκα, τρυπώντας τα ζωτικά τους όργανα και προκαλώντας τους ακατάσχετη αιμορραγία. Ο Προμηθέας είχε κλείσει τα μάτια του σφιχτά και προσπαθούσε να πείσει τον εαυτό του, πως το κακό που γινόταν εκείνη τη στιγμή θα εξυπηρετούσε το γενικό καλό. Η βροχή θανάτου από τους σκαντζόχοιρους σταμάτησε και η σιωπή έπεσε βάρια μέσα στο κτίριο. Τα αυτιά του Προμηθέα βούιζαν από τη δράση του αποτελεσματικού όπλου και φαινόταν χαμένος στις σκέψεις του.

Ένας από τους άντρες του, βλέποντας πως η αναμονή για εντολές από τον αρχηγό ήταν μάταιη, άρχισε να ανεβαίνει προσεκτικά τα σκαλιά, για να σιγουρευτεί για το θάνατο των δύο φυλάκων. Μόλις εντόπισε τα δύο πεσμένα κορμιά, η ανάσα του κόπηκε. Ο ένας από τους δύο άντρες, με το τελευταίο ίχνος ζωής που είχε μέσα του, άφησε μια χειροβομβίδα να πέσει από το χέρι του, η οποία άρχισε να κατρακυλάει προς την άκρη του επιπέδου. Μόλις έφτασε εκεί έπεσε στο κενό, κατευθυνόμενη προς τον Προμηθέα και τους υπολοίπους. Ο άνθρωπος που είχε προπορευτεί για να διαπιστώσει την κατάσταση των αντιπάλων τους, είδε το θάνατο να κατευθύνεται γοργά προς τους συνεργάτες του και το μόνο που πρόλαβε να κάνει, ήταν να τους φωνάξει τη λέξη χειροβομβίδα. Όλοι πάγωσαν βλέποντας το στρογγυλό αντικείμενο να πέφτει προς το μέρος τους, γνωρίζοντας τι θα γινόταν μόλις έφτανε στο δάπεδο. Ο Προμηθέας κινήθηκε μπροστά χωρίς να σκεφτεί καν. Δεν είχε χρόνο να βρει άλλη λύση, ούτε να αναλογιστεί τις συνέπειες της απόφασής του. Το μόνο που ήξερε με σιγουριά και που κυριαρχούσε στο νου του εκείνα τα δευτερόλεπτα, ήταν ότι έπρεπε να σώσει οπωσδήποτε τους συντρόφους του. Τους το χρωστούσε αφού τον είχαν βοηθήσει τόσο πιστά και δε θα τους πρόδιδε στην πιο κρίσιμη στιγμή, δείχνοντας αγνωμοσύνη. Έπεσε πάνω στη χειροβομβίδα, καλύπτοντάς τη με το σώμα του.

Οι άντρες του ξυπνώντας ξαφνικά από το λήθαργο της κατάπληξης, προσπάθησαν να τρέξουν κοντά του για να τον σταματήσουν. Ήταν όμως αργά. Η έκρηξη που ακολούθησε κομμάτιασε το σώμα του Προμηθέα και μαζί με αυτόν το δοχείο του Κίστου και τη μεταλλική του θήκη, που είχε σκοπό να ρίξει στο νερό. Τα κομμάτια του αρχηγού τους βρίσκονταν πάνω τους μαζί με το αίμα του. Έχοντας καταναλώσει και οι ίδιοι νωρίτερα τον Κίστο, μπορούσαν πλέον να δουν σε όλο τους το χρωματιστό μεγαλείο, τα ματωμένα απομεινάρια του Προμηθέα. Κάποιοι έκαναν εμετό, κάποιοι άλλοι έπεσαν στα γόνατα κλαυθμυρίζοντας, οι περισσότεροι απλά κοίταζαν με μάτια γουρλωμένα το αποτρόπαιο θέαμα. Οι δύο άντρες που είχαν πετάξει τους σκαντζόχοιρους, παίρνοντας και πάλι την πρωτοβουλία άρχισαν να φωνάζουν στους υπολοίπους να συνέλθουν, ώστε η ομάδα να κινηθεί μακριά από την περιοχή, για να αποφύγει τα χειρότερα. Σίγουρα κάποιος θα είχε ακούσει την έκρηξη και θα είχε ειδοποιήσει την αστυνομία.

Σαν επιβεβαίωση της προειδοποίησής τους, ακούστηκαν από μακριά οι σειρήνες της αστυνομίας, δίνοντάς τους την ώθηση που χρειάζονταν για να κινηθούν τα πόδια τους προς την έξοδο. Βγήκαν έξω και διαπίστωσαν ότι ακόμα η αστυνομία δεν είχε φτάσει στο σημείο. Οι μόνοι μάρτυρες της φυγής τους ήταν μερικοί ντόπιοι, οι οποίοι ακούγοντας τους πυροβολισμούς και την έκρηξη που ακολούθησε, έτρεξαν ανήσυχοι να μάθουν τι είχε συμβεί. Ευτυχώς κανείς δεν προσπάθησε να τους σταματήσει, γιατί αν αναγκάζονταν να ανοίξουν πυρ εναντίον αθώων πολιτών, απλά θα μεγέθυναν την ήδη τεράστια αποτυχία του εγχειρήματος. Ήλπιζαν οι υπόλοιπες ομάδες να είχαν καλύτερη τύχη στους αντίστοιχους Τομείς τους και σκέφτονταν ήδη πώς θα ανακοίνωναν το θάνατο του αγαπημένου τους αρχηγού στους άλλους. Χάθηκαν ιδρωμένοι και λαχανιασμένοι στις σκιές των κυκλώπειων κτιρίων, χωρίς να γνωρίζουν πλέον προορισμό και αποστολή.

Ο Μέμνων αγνοώντας τα τεκταινόμενα επέστρεψε στο κρησφύγετο, περιμένοντας να βρει εκεί έναν πολύ εκνευρισμένο Προμηθέα. Αντί για αυτό βρήκε έναν εξίσου εκνευρισμένο Φίλωνα. Ο ηλικιωμένος μάστορας τον κοίταξε με μάτια που πετούσαν φλόγες και ο Μέμνων κατάλαβε ότι κάτι δεν είχε πάει καθόλου καλά.

«Πού είναι ο Προμηθέας;»

«Έφυγε για να κάνει τη δουλειά που κανονικά εσύ ήσουν υποχρεωμένος να κάνεις! Ήσουν από τους πρώτους που δοκίμασαν την ευεργετική επίδραση του Κίστου και η ευχαριστία σου ήταν να παρατήσεις τον άνθρωπο που σε θεράπευσε στην τύχη του και μάλιστα την πιο κρίσιμη στιγμή του αγώνα!»

«Γέρο, η αλήθεια είναι ότι η ευγνωμοσύνη δεν ήταν ποτέ μια από τις αρετές μου. Άλλωστε ο φίλος σου αν ήθελε να με κρατήσει κοντά του, δεν είχε παρά να πατήσει ένα κουμπάκι και να ξεφορτωθεί μια για πάντα τον Αλάριχο. Το πείσμα του μας έφερε σε αυτό το σημείο, όχι εγώ».

«Όπως και να χει αυτή τη στιγμή ο Προμηθέας παίζει το κεφάλι του στον Τομέα 1. Και εσύ εδώ είσαι εντελώς άχρηστος».

«Ας γίνω χρήσιμος λοιπόν. Πόσο γρήγορα μπορείς να μου επιδιορθώσεις το λέιζερ του βιονικού μου χεριού. Ο Προμηθέας μου το έχει μπλοκάρει». Ο Φίλων εξέτασε με δυσαρέσκεια το μεταλλικό βραχίονα.

«Δε χρειάζομαι παρά μόνο μερικά λεπτά. Αν όμως το κάνω θα τσακιστείς να βοηθήσεις τον Προμηθέα».

«Βιάσου λοιπόν». Ο συνήθως αργοκίνητος και μονίμως κουρασμένος ηλικιωμένος άντρας, μόλις έπαιρνε τα εργαλεία του και στρωνόταν στη δουλειά, μεταμορφωνόταν σε έναν ευκίνητο, έμπειρο και αποτελεσματικό τεχνίτη. Ο Μέμνων είδε εντυπωσιασμένος το κανονάκι του λέιζερ, να πετάγεται μέσα από το χέρι του μετά από μερικά λεπτά. Όπως του είχε υποσχεθεί ο μαστροχαλαστής. Ήταν με το ένα πόδι έξω από την πόρτα, όταν ο υπολογιστής στην αίθουσα φωτίστηκε και στην οθόνη του εμφανίστηκε το πρόσωπο του Προμηθέα. Οι δύο άντρες στάθηκαν μπροστά από το τερματικό, περιμένοντας να ακούσουν κάποιο μήνυμα. Τα χείλη του Προμηθέα άρχισαν να κουνιούνται και η φωνή του μεταφέρθηκε ως τα αυτιά τους μέσα από τα ηχεία.

«Χαιρετώ όλους τους συντρόφους με τους οποίους έχουμε συνεργαστεί τα τελευταία χρόνια, για να καταπολεμήσουμε τη μάστιγα του ιού. Αυτό το μήνυμα είναι μαγνητοσκοπημένο και προβάλλεται ταυτόχρονα σε όλα τα κρησφύγετα της οργάνωσής μας. Αν το παρακολουθείτε, σημαίνει ότι είμαι νεκρός. Είχα φροντίσει αν η καρδιά μου σταματούσε να χτυπάει, να αποσταλεί αυτό το μήνυμα αυτόματα σε όλους. Δυστυχώς ο θάνατός μου δεν είναι η μόνη ούτε η πιο σημαντική απώλεια της ομάδας μας. Ο εμπνευστής και δημιουργός του Κίστου, ο άνθρωπος στον οποίον χρωστάμε τα πάντα, είναι επίσης νεκρός. Το περίβλημα του Άργου Πανόπτη το οποίο φιλοξενούσε το πνεύμα του Μαχάονα, έχει πια χαθεί. Ο σπουδαίος αρχηγός μας όμως πριν πεθάνει, μας άφησε μια σπουδαία κληρονομιά. Τον Κίστο. Η φόρμουλα για το φάρμακο υπάρχει ακόμα και μπορείτε να απευθυνθείτε στον Φίλωνα για την παρασκευή του. Με αυτό το μήνυμα δεν ήθελα απλά να σας αποχαιρετίσω και να σας ευχαριστήσω για όσα έχει ο καθένας σας προσφέρει. Ο σκοπός αυτού του μηνύματος είναι να σας ωθήσω με όλη μου την καρδιά, να συνεχίσετε τον αγώνα.

Άλλωστε ο σκοπός μας είναι τόσο σημαντικός, που η σημασία του κάθε ατόμου ξεχωριστά χάνεται μπροστά στο μεγαλείο του. Ήθελα να κάνω ένα δώρο στην ανθρωπότητα και να τη βγάλω από το σκοτάδι. Να της δώσω τη δυνατότητα να αναδημιουργηθεί και να δημιουργήσει. Δεν τα κατάφερα, αλλά αυτό δεν έχει σημασία. Τώρα είναι η σειρά σας. Πάρτε τη σκυτάλη και τρέξτε ως το τέρμα. Εκεί θα σας περιμένουν εκατομμύρια ευγνωμονούντων ανθρώπων. Εύχομαι σε όλους καλή τύχη και δύναμη».

Η εικόνα χάθηκε και η οθόνη του υπολογιστή μαύρισε και πάλι. Από τα ηχεία έβγαινε μόνο ένα χαμηλό βουητό, υπενθύμιση ότι μερικές στιγμές πριν έβγαινε ήχος από εκεί. Ήχος που μετέφερε ένα θλιβερό και φοβερό μήνυμα. Φοβερό από την άποψη των συνεπειών που θα είχαν αυτά τα λόγια και της επίδρασης σε δεκάδες μέλη της οργάνωσης, διεσπαρμένα σε όλους τους Τομείς. Ένας φυσιολογικός άνθρωπος θα κυριευόταν από τύψεις εκείνη τη στιγμή. Ο Μέμνων όμως, μερικώς υπεύθυνος για το θάνατο του μεγάλου οραματιστή, είχε πετάξει τέτοια μη πρακτικά συναισθήματα στον κάλαθο των αχρήστων από καιρό, με τον εγκέφαλό του να αποδεικνύεται για ακόμα μια φορά πραγματιστής και έτοιμος να αδράξει μια ευκαιρία. Γιατί ακόμα και μέσα από τους δύο τραγικούς αυτούς θανάτους, διέβλεπε ένα άνοιγμα προς την επιτυχία. Πρώτον, είχαν πεθάνει οι δύο από τους τρεις ανθρώπους που ήξεραν το μυστικό του, αφήνοντας πίσω μόνο τον Σκίρωνα. Δεύτερον, βρισκόταν στην καρδιά μιας οργάνωσης που μόλις είχε μείνει ακέφαλη. Έχοντας ο ίδιος όλα εκείνα τα χαρακτηριστικά του αδίστακτου ηγέτη, που δε σταματάει σε κανένα εμπόδιο μέχρι να επιτύχει, αποτελούσε την ενδεδειγμένη λύση για το νέο αρχηγό. Την άποψη αυτή όμως που σε εκείνον φαινόταν τόσο λογική, έπρεπε να ενστερνιστούν και οι υπόλοιποι. Πλησίασε τον Φίλωνα και τον σκούντηξε στον ώμο.

«Τι συνέβη με τον Μαχάονα;» Ο Φίλων ήταν συντετριμμένος, αδυνατώντας να αρθρώσει λέξη. Είχε δει μέσα σε μερικές ώρες τα σχέδια χρόνων να χαντακώνονται, λόγω των διαφόρων αστάθμητων παραμέτρων που είχαν παρουσιαστεί ξαφνικά και τους δύο ανθρώπους που είχε πιστέψει και από τους οποίους είχε παρακινηθεί για αυτό το τόλμημα, να χάνουν τη ζωή τους πρόωρα και άδικα.

«Δεν ξέρω. Ο Προμηθέας μου είπε ότι είναι νεκρός. Μόνο αυτό». Ο Μέμνων γνώριζε ότι η Θέμις είχε απαγάγει τον Άργο, βοηθούμενη από μια τριάδα υπερμεγεθών και βιονικά ενισχυμένων μπράβων, ενώ εξακολουθούσε να είναι κυνηγημένη από την αστυνομία. Ο Μέμνων υπέθετε ότι βρήκε βοήθεια από κάπου εκτός των πλαισίων του νόμου. Όμως ο θάνατος του Άργου δεν έβγαζε νόημα. Εκτός από τους ηθικούς φραγμούς της Θέμιδας, που ούτως ή άλλως δεν είχε κανένα λόγο να καταστρέψει το ρομπότ που της είχε σώσει τη ζωή, δεν ήταν και καθόλου πρακτικό. Γιατί να μην τον ανακρίνει, ώστε να ανακαλύψει τα πάντα για την οργάνωσή του; Και αν είχε καταφέρει να αποσπάσει από το επιβλητικό ρομπότ στοιχεία, τότε γιατί να μην τον κρατήσει όμηρο, έχοντας έτσι ένα διαπραγματευτικό χαρτί; Κάτι είχε πάει στραβά. Ίσως ο Άργος να είχε σκοτωθεί σε μια απόπειρα απόδρασης. Αυτό όμως που ενδιέφερε τον Μέμνονα εκείνη τη στιγμή, ήταν πόσα ήξερε η Θέμις και όποιος άλλος κρυβόταν από πίσω της. Θα έπρεπε να αντιμετωπίσει βέβαια πιο πιεστικά ζητήματα, πριν ασχοληθεί με την πρώην αστυνομικό. Στράφηκε και πάλι στον Φίλωνα.

«Οι υπόλοιπες ομάδες τα κατάφεραν; Πού βρίσκονται τώρα όσοι πήραν μέρος στην ομάδα του Προμηθέα;» Ο γέροντας ανασήκωσε παραιτημένος τους ώμους του, δείχνοντας ότι δεν ήξερε και ούτε ενδιαφερόταν να μάθει. Ο Μέμνων τον πέταξε οργισμένος στην άκρη και κάρφωσε το βλέμμα του στον υπολογιστή. Ήλπιζε εκεί να έβρισκε τα ονόματα των μελών των ομάδων ανά Τομέα ευθύνης και τρόπο επικοινωνίας. Η αναζήτησή του στέφθηκε με επιτυχία και άρχισε να επικοινωνεί με τις ομάδες μια προς μια. Ο Προμηθέας πάνω στη βιασύνη του να προλάβει τις εξελίξεις, είχε κάνει σοβαρά λάθη τακτικής και εκτός αυτού, οι άνθρωποι που είχε στείλει στην πιο σημαντική αποστολή της ζωής τους, ήταν απλοί καθημερινοί βιοπαλαιστές, με ελάχιστη ή και μηδαμινή εμπειρία στη χρήση όπλων και στη μάχη. Η εκπαίδευση των τελευταίων χρόνων και τα λιγοστά μέλη με στρατιωτική εμπειρία, άμβλυναν λίγο την έλλειψη ετοιμότητας και καταλληλότητας του συνόλου, αλλά όχι αρκετά ώστε η επιχείρηση να στεφθεί με απόλυτη επιτυχία. Ο Μέμνων αισθανόταν σίγουρος ότι αν βρισκόταν έστω και για μερικούς μήνες στην οργάνωση, θα μπορούσε να σουλουπώσει κάπως αυτό το συνονθύλευμα και να τους καθοδηγήσει στη νίκη. Ακόμα και αν επέλεγε να αφήσει τον Αλάριχο να ξεφύγει και πήγαινε εκείνος στον Τομέα 1, απλά θα απέτρεπε το θάνατο του Προμηθέα και θα εξασφάλιζε την επιτυχία σε εκείνον τον Τομέα.

Παρά όμως τα αρνητικά αυτά δεδομένα, το στοιχείο του αιφνιδιασμού και ο φανατισμός των πιστών στο σκοπό, τους έδωσε τη δυνατότητα για κάποιες επιτυχίες. Το 30% των Τομέων είχε πληγεί με επιτυχία, αφήνοντας όμως εκατοντάδες ακόμα που έπρεπε επίσης να θεραπευθούν από τον Κίστο. Το άμεσο πρόβλημα που έπρεπε να λυθεί ήταν η υποχώρηση και ανασύνταξη των ομάδων, ειδικά όσων είχαν αποτύχει, έχοντας συναντήσει σθεναρή αντίσταση από τους φύλακες και είχαν θύματα ανάμεσά τους. Ο Μέμνων χρησιμοποίησε το ψέμα, ότι είχε λάβει εντολή από τον Προμηθέα να αναλάβει την ηγεσία, σε περίπτωση που πέθαινε εκείνος. Η μπλόφα δεν ήταν ιδιαίτερα πιστευτή, αλλά υπήρχαν άνθρωποι που τον είχαν ανάγκη εκείνη τη στιγμή και το τελευταίο πράγμα που ήταν σε θέση να κάνουν, ήταν να αμφισβητήσουν τα λεγόμενά του. Άρχισε να τους δίνει οδηγίες στηριζόμενος στην εμπειρία χρόνων διαφυγής από την αστυνομία και άλλες συμμορίες. Οχήματα επιβολής της τάξης κατέφθαναν σωρηδόν στα Κέντρα Καθαρισμού και Ανατροφοδότησης Ύδατος και πολλοί από τους άντρες της οργάνωσης είχαν πανικοβληθεί. Το σημαντικό για τον Μέμνονα όμως ήταν πως τον υπάκουαν. Και αυτό ήταν αναμφισβήτητα μια καλή αρχή. Ο αδίστακτος εκτελεστής βολεύτηκε μπροστά από τον υπολογιστή και με ολύμπια ψυχραιμία, άρχισε να εδραιώνει τη βασιλεία του.

ΚΕΦΑΛΛΙΟ 15

Οι εικόνες ήταν εντυπωσιακές και όποιος τις παρακολουθούσε δεν μπορούσε να μη νιώθει δέος και την αίσθηση πως ήταν παρών στο τέλος μιας εποχής. Άλλωστε η Έμπουσα υπήρχε και κυριαρχούσε μαζί με τη Χίμαιρα σε υπόκοσμο και όχι μόνο, από τότε που η Θέμις θυμόταν τον εαυτό της και πιθανόν ακόμα πιο παλιά. Καταδιωκόμενη πλέον από τους ανθρώπους που κάποτε θεωρούσε φίλους και συναδέλφους, αναγκαζόταν να παρακολουθεί τις εξελίξεις κρυμμένη σε ένα υπόπτου φήμης κατάστημα του Δημοφώντα, αναλογιζόμενη όλο και πιο πολύ με την κάθε μέρα που περνούσε, αν είχε κάνει ένα τρομερό λάθος. Μετά τους θανάτους του Μαχάονα και του Αστυγίτη, κατάλαβε ότι δεν είχε νόημα να μένει κολλημένη σε ένα γεγονός που δεν μπορούσε πια να αλλάξει, όσο τραγικό και αν ήταν. Αντίθετα, είχε προσηλωθεί στην απάντηση των καυτών ερωτημάτων του τι ήταν ο

Κίστος και πώς θα προχωρούσαν σε σχέση με την οργάνωση του Προμηθέα, που υπέθετε πως κρυβόταν κάτω από τις κατοικημένες περιοχές. Ο υπολογιστής, έχοντας συγκρίνει το σχεδιάγραμμα των υπονόμων με αυτό που ανέκτησαν από τη μνήμη του Μαχάονα, τους είχε πληροφορήσει αναλυτικά, για το ποιους Τομείς θα έπρεπε να ερευνήσουν για να βρουν τα κρησφύγετα. Αν υπήρχαν λοιπόν άνθρωποι κρυμμένοι στους υπονόμους, κατά πάσα πιθανότητα θα τους έβρισκαν εκεί που τους υποδείκνυε ο υπολογιστής. Αν τους έβρισκαν όμως πώς έπρεπε να τους αντιμετωπίσουν;

Η Θέμις πίστευε πως έπρεπε πρώτα να διερευνήσουν τη φύση του Κίστου. Να επαληθεύσουν ότι ήταν βιολογικό όπλο και όχι κάτι άλλο. Ίσως έπρεπε να διαπραγματευτούν μαζί τους και να μάθουν τους σκοπούς τους. Ίσως να τους συνέφερε να συνεργαστούν. Ακόμα όμως και αν η σιγουριά της Θέμιδας είχε κλονιστεί, δεν ίσχυε το ίδιο και στην περίπτωση του Δημοφώντα. Ήταν πεπεισμένος ότι ο Κίστος ήταν κάποιο πανίσχυρο όπλο και σκόπευε να επιτεθεί με τις δυνάμεις του εναντίον του Προμηθέα και να του το αρπάξει από τα νεκρά παγωμένα του δάχτυλα. Και σαν να μην έφταναν όλα αυτά, ξαφνικά είχε καταστραφεί η Έμπουσα μέσα σε μια στιγμή, ενώ κάποιες ομάδες οπλοφόρων επιτέθηκαν για άγνωστο λόγο στα Κέντρα Καθαρισμού και Ανατροφοδότησης Ύδατος. Η κατάσταση είχε περιπλακεί επικίνδυνα και ο Δημοφώντας αντί να ανησυχεί, έβλεπε την εξαφάνιση της Έμπουσας από το προσκήνιο, σαν ένα ακόμα σκαλί στο δρόμο προς την απόλυτη κυριαρχία, αρνούμενος να ακούσει τη Θέμιδα που προσπαθούσε να τον συνετίσει. Συνέχιζε λοιπόν να αναζητά στοιχεία και να προσπαθεί να βρει την αλήθεια μόνη της, πεπεισμένη ότι τα πράγματα δεν ήταν όπως φαίνονταν. Εκείνη η υπόθεση με τις επιθέσεις στα αποθέματα νερού, είχε ερεθίσει το ένστικτο του λαγωνικού που ήταν βαθιά ριζωμένο μέσα της.

Παρακολουθούσε ζωντανή εικόνα από το Κέντρο Καθαρισμού και Ανατροφοδότησης Ύδατος του Τομέα 1, όπου ο δημοσιογράφος έκανε λόγο για τρομοκρατική επίθεση που σκοπό είχε τη δηλητηρίαση εκατομμυρίων ανθρώπων στους διάφορους Τομείς. Οι πληροφορίες ήταν συγκεχυμένες και η αστυνομία ακόμα δεν είχε κάνει κάποια δήλωση σχετικά με το αν η επίθεση ήταν επιτυχημένη ή όχι. Η τροφοδοσία νερού πάντως είχε διακοπεί προσωρινά και οι αρχές συμβούλευαν το κοινό να καταναλώνει τις επόμενες ώρες μόνο εμφιαλωμένο. Οι μάρτυρες των επιθέσεων είχαν όλοι οδηγηθεί από την αστυνομία στα τμήματα και τους είχε απαγορευθεί να μιλήσουν σε δημοσιογράφους ή οποιονδήποτε άλλον, για όσα είχαν δει. Ορισμένοι Τομείς μάλιστα είχαν αποκλειστεί από την αστυνομία και κανείς δεν μπορούσε να βγει ή να μπει στις περιοχές αυτές. Ο Τομέας 1 παρέμενε πάντως ανοιχτός. Η Θέμις αναρωτιόταν τι το ιδιαίτερο είχαν οι Τομείς που είχαν αποκλειστεί και γιατί η αστυνομία διακατεχόταν από τόση μυστικότητα. Άρχισε να ψάχνει για πληροφορίες στο διαδίκτυο από ανεπίσημες μη δημοσιογραφικές πηγές. Ως συνήθως είχαν βρει διάφοροι την ευκαιρία να σπεύσουν και να αναλύσουν, για άλλη μια φορά, τις θεωρίες συνομωσίας τους και να καταθέσουν τη δική τους άποψη για το τι είχε συμβεί, χωρίς στοιχεία ή κάποια λογική αιτιολόγηση.

Η Θέμις έκανε ένα ξεσκαρτάρισμα από το σωρό των πληροφοριών και προσπάθησε να κρατήσει κάτι χρήσιμο μέσα από όλα τα σκουπίδια. Δοκίμασε να βρει κάτι που να παρουσίαζε κάποια συνέπεια και που να επαληθευόταν από πολλούς διαφορετικούς μάρτυρες. Αυτό που θέριεψε τις υποψίες της ακόμα περισσότερο ήταν το γεγονός πως συγγενείς και φίλοι των αποκλεισμένων κατοίκων, που ζούσαν σε άλλους, ανοιχτούς ακόμα, Τομείς ανέφεραν ότι δεν μπορούσαν να επικοινωνήσουν με τους δικούς τους. Άρα οι συγκεκριμένοι Τομείς δεν είχαν αποκλειστεί μόνο στο φυσικό κόσμο, αλλά και στον ψηφιακό.

Πλέον η Θέμις ήταν σίγουρη ότι η αστυνομία και η κυβέρνηση, γνώριζαν πολλά περισσότερα από όσα άφηναν να διαρρεύσουν και ότι αυτή η τρομοκρατική επίθεση, έκρυβε κάτι ακόμα πιο σημαντικό από τη δηλητηρίαση του νερού που ανέφεραν οι δημοσιογράφοι. Ο κόσμος πάντως είχε αρχίσει να αναστατώνεται για όλα αυτά και πολλές φωνές καλούσαν το λαό να εξεγερθεί για αυτήν την καταπάτηση των δικαιωμάτων του και για τη μυστικοπάθεια των αρχών. Η Θέμις φανταζόταν ότι αντίστοιχες αντιδράσεις θα υπήρχαν και εντός των αποκλεισμένων Τομέων, με τη δικαιολογημένη αγανάκτηση των κατοίκων να τους οδηγεί ακόμα και εναντίον της αστυνομίας.

Μέσα στα τόσα οργισμένα μηνύματα, διάβασε και μια ανάρτηση ενός κατοίκου από κάποιον αποκλεισμένο Τομέα. Το μήνυμα είχε ανέβει λίγο πριν διακοπούν οι επικοινωνίες. Ανέφερε ότι είχε πιει νερό πριν κοπεί η τροφοδοσία και φοβόταν πλέον για τις επιπτώσεις του δηλητηρίου. Ήδη η όρασή του παρουσίαζε προβλήματα και βίωνε ένα φαινόμενο πρωτόγνωρο που δεν μπορούσε να το εξηγήσει. Έβλεπε τον κόσμο όπως δεν τον είχε ξαναδεί ποτέ και παρομοίαζε την εμπειρία ως δέκα φορές πιο ισχυρή από την επίδραση του κυκεώνα. Θα μπορούσε αυτή η ουσία που είχε καταναλώσει αυτός ο άντρας, να ήταν ο Κίστος του Προμηθέα; Θα μπορούσαν αυτές οι ομάδες που μόλυναν το νερό, να ήταν καθοδηγούμενες από εκείνον; Δυστυχώς με την επικοινωνία αποκλεισμένη, η Θέμις δεν είχε κανέναν τρόπο να μιλήσει με τον κάτοικο εκείνου του Τομέα, που είχε πιει το νερό και βίωνε αυτά τα συμπτώματα.

Ίσως ήταν ήδη νεκρός, οπότε δε θα μπορούσε ούτως ή άλλως να τη βοηθήσει. Όμως δε θα ήταν ο μόνος που είχε πιει νερό ανάμεσα σε τόσους ανθρώπους. Η Θέμις ήταν σίγουρη ότι θα υπήρχαν και άλλα θύματα, που μαθαίνοντας τα νέα για την τρομοκρατική επίθεση, θα αγωνιούσαν εκείνες τις στιγμές για τη ζωή τους και η επίδραση της ουσίας θα τους ξένιζε και θα τους τρόμαζε. Δεν υπήρχε όμως άλλη μαρτυρία από τους αποκλεισμένους Τομείς. Η αστυνομία είχε κάνει καλά τη δουλειά της στην προσπάθεια φίμωσης και άλλωστε όταν μαθαίνεις ότι έχεις δηλητηριαστεί, το πρώτο πράγμα που κάνεις συνήθως δεν είναι να το ανακοινώσεις στο διαδίκτυο.

Σηκώθηκε όρθια έχοντας πάρει την απόφασή της. Θα πήγαινε στο συγκεκριμένο Τομέα και θα προσπαθούσε να εισέλθει παράνομα μέσα, χωρίς να εντοπιστεί από την αστυνομία. Αρπάζοντας το μπουφάν της από την πλάτη της καρέκλας, κινήθηκε βιαστικά προς την πόρτα. Ξαφνικά εμφανίστηκε μπροστά της ο Δημοφώντας, εμποδίζοντάς την από το να προχωρήσει. Η Θέμις είχε την αίσθηση ότι παρακολουθούσε την κάθε της κίνηση και ένιωθε εγκλωβισμένη από τον έλεγχό του, ο οποίος είχε αρχίσει να αγγίζει τα όρια της μονομανίας. Μάλλον είχε αρχίσει να τη θεωρεί πολύτιμη για την υλοποίηση των σχεδίων του, για να έχει αποκτήσει τέτοιο ενδιαφέρον για εκείνη.

«Πηγαίνεις κάπου;» τη ρώτησε με την απειλητική και μυστηριώδη χροιά του. Σκέφτηκε να του πει ψέματα, αλλά μάλλον δεν είχε νόημα. Είχε τον τρόπο να μάθει την αλήθεια και η σχέση τους ήταν ήδη αρκετά ταραγμένη, για να την επιδεινώσει και άλλο.

«Πρέπει να ερευνήσω αυτήν την υπόθεση με τη δηλητηρίαση του νερού. Έχω την υποψία ότι πρόκειται για τον Κίστο και ότι αυτοί που έριξαν την ουσία στις δεξαμενές δουλεύουν για τον Προμηθέα. Αν καταφέρω να μπω σε έναν από τους αποκλεισμένους Τομείς, ίσως μπορέσω να σου φέρω και ένα δείγμα του δηλητηρίου».

«Τι σε κάνει να πιστεύεις ότι η λύση βρίσκεται στους αποκλεισμένους Τομείς;»

«Τι άλλο λόγο έχει η αστυνομία για να κρατήσει τους κατοίκους παγιδευμένους έτσι στα ίδια τους τα σπίτια; Κάτι ύποπτο συμβαίνει σε αυτές τις περιοχές και υπάρχει και άνθρωπος που ήπιε από το μολυσμένο νερό και πρόλαβε να κάνει ανάρτηση στο διαδίκτυο.

Μπορεί να βρω θύματα που να είναι ακόμα ζωντανά και να μπορέσω να τους μιλήσω. Ή κάποιος να έχει κρατήσει το νερό σε κάποιο δοχείο, για να το δώσει αργότερα για ανάλυση. Μπορεί να κρύβονται πολλές απαντήσεις εκεί πέρα». Ο Δημοφώντας φαινόταν σκεπτικός. Σαν κάτι να τον ενοχλούσε στην ξαφνική της απόφαση να φύγει.

«Ετοιμαζόμαστε να εισβάλουμε στα σημεία που μας υπέδειξες ως κρησφύγετα της ομάδας του Προμηθέα. Δε νομίζεις ότι είναι ακατάλληλη η στιγμή για να φύγεις;»

«Σου έχω πει ότι δε συμφωνώ με τη μέθοδο που έχεις αποφασίσει να χρησιμοποιήσεις. Η βία θα κάνει τον Προμηθέα εχθρό μας και αν έχει ένα τόσο ισχυρό όπλο όσο νομίζουμε, είναι καλύτερο να μάθουμε περί τίνος πρόκειται και να κινηθούμε μετά. Μπορεί η διαπραγμάτευση να μας συμφέρει περισσότερο».

«Καλώς. Φρόντισε όμως να γυρίσεις γρήγορα, γιατί δε σκοπεύω να αναβάλω την επίθεσή μου επ' αόριστον για χάρη σου. Και φυσικά δε θα πας μόνη. Αυτό θα ήταν επικίνδυνο και για την υγεία σου και για τα συμφέροντά μου» είπε ο Δημοφώντας όλο νόημα.

«Θα έρθει μαζί σου ο Αλκυονεύς». Η Θέμις αναγνωρίζοντας ότι από εκείνη τη μάχη είχε καταφέρει να κερδίσει όσα περισσότερα μπορούσε, δέχτηκε. Άλλωστε δε σκόπευε να το σκάσει, όπως ίσως υποπτευόταν ο Δημοφώντας και ο Αλκυονεύς ήταν αρκετά ικανός ώστε όχι μόνο να μην της προκαλέσει προβλήματα, αλλά να φανεί και χρήσιμος. Το μέγεθός του όμως θα ήταν μειονέκτημα, στην προσπάθειά τους να τρυπώσουν απαρατήρητοι στον αποκλεισμένο Τομέα.

«Εντάξει. Πες του όμως ότι πρέπει να φύγουμε αμέσως. Όσο πιο πολύ αργούμε τόσο πιο απίθανο είναι να βρω ζωντανό κάποιον που ήπιε το δηλητηριασμένο νερό». Μετά από μερικά λεπτά, ένα από τα αυτοκίνητα του Δημοφώντα ξεχυνόταν βιαστικά στους δρόμους, κάτω από τη σκιά των κυκλώπειων κτιρίων που έκρυβαν ανθρώπους τρομαγμένους αλλά και παραξενεμένους, από την

288

τροπή των εξελίξεων. Η Θέμις οδηγούσε με το βλέμμα καρφωμένο μπροστά, το νου της να κατακλύζεται από τα διάφορα σενάρια που είχε σκαρώσει, ερμηνεύοντας τις λίγες πληροφορίες που είχε και το σώμα της σφιγμένο από την ανυπομονησία. Ο Αλκυονεύς καθόταν δίπλα της βλοσυρός και σιωπηλός. Διαφωνούσε με την ξαφνική αλλαγή πλεύσης και την ανάθεση αυτής της νέας αποστολής, που συνέπιπτε με την ταυτόχρονη αναβολή της επίθεσης στον Προμηθέα. Όμως ήταν επαγγελματίας και όσο πληρωνόταν απλά ακολουθούσε διαταγές, χωρίς να τον ενδιαφέρει ιδιαίτερα τίποτα άλλο. Είχε συμβιβαστεί παράλληλα με την ιδέα, ότι η γυναίκα που είχε δίπλα του και που τόσο ξαφνικά είχε μπει στη ζωή τους, είχε τον τρόπο να επηρεάζει και να πείθει το αφεντικό του, να βλέπει τα πράγματα από τη δική της οπτική. Τον ίδιον όμως δε θα τον επηρεάζε έτσι εύκολα και ήταν αποφασισμένος να μην την αφήσει να παρεκτραπεί εξαιτίας του ασίγαστου πάθους για την αποστολή της, θέτοντας και τους δύο τους σε κίνδυνο.

«Μείωσε ταχύτητα. Οι δρόμοι είναι γεμάτοι μπάτσους με όλα αυτά που έχουν γίνει και έτσι που οδηγείς τραβάς την προσοχή» είπε σπάζοντας τη σιωπή. Η Θέμις συνειδητοποιώντας ότι είχε αναπτύξει άθελά της υπερβολική ταχύτητα, την ελάττωσε αμέσως. Τα έβαλε με τον εαυτό της για την ανυπομονησία της, η οποία θα μπορούσε να την οδηγήσει σε κάποιο μοιραίο λάθος. Όμως ήταν σίγουρη ότι θα ανακάλυπτε κάτι τόσο σημαντικό, που άξιζε το ρίσκο να βρεθεί τόσο κοντά στην αστυνομία, κινδυνεύοντας να συλληφθεί. Ο Αλκυονεύς έθεσε άλλο ένα ζήτημα για το οποίο η Θέμις ακόμα αναζητούσε λύση.

«Αφού φτάσουμε εκεί πώς σκοπεύεις να διαπεράσεις τον αστυνομικό κλοιό, χωρίς να γίνεις εσύ, και κατ' επέκταση εγώ, σουρωτήρι από τα λέιζερ;»

«Δεν ξέρω ακόμα. Θα πρέπει να φτάσουμε πρώτα και να εκτιμήσω την κατάσταση από κοντά. Οι δυνάμεις της αστυνομίας έχουν απλωθεί πάρα πολύ σήμερα, με αποτέλεσμα κάθε άντρας να είναι υπεύθυνος για ένα δυσανάλογο κομμάτι της κάθε περιοχής. Σε αυτές τις περιπτώσεις συνήθως γίνονται λάθη και αφήνονται κενά στην περίμετρο». Ο Αλκυονεύς δε φάνηκε να πείθεται από τις διαβεβαιώσεις της.

«Να ξέρεις πάντως ότι σε περίπτωση που διαπιστώσω ότι είναι αδύνατον να περάσουμε, θα σε πάρω και θα γυρίσουμε πίσω έστω και με το ζόρι. Διαταγές του αφεντικού». Η Θέμις δεν απάντησε και απλά έκανε μια νοερή σημείωση στον ατέλειωτο κατάλογο με τα προβλήματα που είχε να αντιμετωπίσει, ότι έπρεπε να αντέξει και στην επίβλεψη ενός ογκόλιθου, καθόλου ικανοποιημένου που τον έστελναν σε μια αποστολή, που κατά πάσα πιθανότητα θεωρούσε χαμένο χρόνο. Οδηγώντας λοιπόν προσέθεσε και αυτήν την παράμετρο στο σχεδιασμό των επόμενών της κινήσεων. Ένα σχεδιασμό που λάμβανε χώρα με πυρετώδεις ρυθμούς στον εγκέφαλό της, ενώ προσέγγιζε μηχανικά τον προορισμό τους. Καθώς πλησίαζαν κάλυψε το κεφάλι της με μια κουκούλα, για να μην την αναγνωρίσει κάποιος γνωστός από τα όργανα που βρίσκονταν στην περιοχή. Πάρκαραν αρκετά μακριά από τον κλοιό και άρχισαν να περπατούν σε κάποια απόσταση από τα οδοφράγματα, παρατηρώντας τις κινήσεις των αστυνομικών και αναζητώντας κάποιο άνοιγμα. Η Θέμις προχωρούσε αργά με τα χέρια στις τσέπες και το πρόσωπό της κρυμμένο, ανακατεμένη με το υπόλοιπο πλήθος που είχε συγκεντρωθεί με απορία στην περιοχή.

Παρακολουθούσε και εκείνη τα οχήματα που πηγαινοέρχονταν ξερνώντας ενόπλους και τις αυτόματες μπάρες που με ένα πάτημα του κουμπιού, καρφώνονταν στην άσφαλτο, υψώνονταν μερικά μέτρα και ενώνονταν μεταξύ τους, δημιουργώντας ένα αδιαπέραστο ατσάλινο πλέγμα. Από την εσωτερική πλευρά του κλοιού, όπου βρίσκονταν οι αποκομμένοι από τον υπόλοιπο κόσμο κάτοικοι, ακούγονταν ιαχές από τις διαμαρτυρίες των ανθρώπων και τα συνθήματα κατά της αστυνομίας. Στην πλευρά όπου βρισκόταν η Θέμις, η κατάσταση ήταν ακόμα σχετικά ήρεμη, με μια μόνο μικρή ομάδα παρευρισκόμενων να έχουν ενώσει τις φωνές τους με αυτές των αποκλεισμένων κατοίκων. Ο υπόλοιπος κόσμος ήταν ακόμα σαστισμένος και προσπαθούσε να καταλάβει, ποιος ήταν ο σκοπός αυτών των ενεργειών στις οποίες είχαν προχωρήσει οι αρχές. Ο Αλκυονεύς στεκόταν αρκετά μέτρα μακρύτερα από τη Θέμιδα, η οποία δεν ήθελε να αντιληφθεί κανείς ότι είχαν έρθει μαζί. Άλλωστε ο σωματοφύλακάς της ξεχώριζε επικίνδυνα μέσα στο πλήθος, λόγω μεγέθους και λόγω του αψεγάδιαστου κουστουμιού που φορούσε, μια ενδυματολογική επιλογή που αποτελούσε χαρακτηριστικό των περισσότερων μαφιόζων. Προτιμούσε λοιπόν να τον χρησιμοποιεί σαν πόλο έλξης της προσοχής του κόσμου, έχοντας έτσι η ίδια τη δυνατότητα να κινείται απαλλαγμένη από αδιάκριτα βλέμματα.

Όσο περνούσε η ώρα ένιωθε την ένταση στο πλήθος να μεγαλώνει και προέβλεπε ότι σύντομα θα ξεσπούσαν επεισόδια. Όλο και περισσότεροι πολίτες αναρωτιούνταν μεγαλόφωνα και με εκνευρισμό, γιατί οι αστυνομικοί είχαν λάβει τόσο ακραία μέτρα και ποιος θα τους ενημέρωνε επιτέλους για την τρομοκρατική επίθεση. Η μικρή ομάδα που φώναζε συνθήματα και απειλές εναντίον των αστυνομικών, που απαντούσαν στα πλήθη με σιωπή και ένα απαθές βλέμμα, είχε αρχίσει να μεγαλώνει, ενώ ταυτόχρονα μέσα από τον κλοιό οι αποκλεισμένοι είχαν χάσει τελείως την υπομονή τους και οι φωνές τους ακούγονταν όλο και πιο δυνατά, με την ιαχή να θυμίζει στρατό προελαύνοντα στο πεδίο της μάχης. Ξαφνικά ακούστηκε μια έκρηξη και η Θέμις είδε φλόγες να ξεπηδούν από την άσφαλτο, μπροστά στα πόδια των αστυνομικών. Κάποιος είχε ρίξει μια μολότοφ, με εύφλεκτα υλικά σίγουρα κλεμμένα, αφού το πετρέλαιο και τα παράγωγά του ήταν τόσο σπάνια πλέον, που μόνο οι πλούσιοι μπορούσαν να αγοράσουν κάποιες μικροποσότητες. Κανένας από τους ένστολους δεν άρπαξε φωτιά, αλλά η πρόθεση από μόνη της ήταν αρκετή, ώστε η ήδη τεταμένη κατάσταση να φτάσει στα άκρα. Οι αστυνομικοί ρύθμισαν τα λέιζερ τους σε ισχύ ικανή μόνο για αναισθητοποίηση του θύματος και προχώρησαν αποφασισμένοι να διαλύσουν τα συγκεντρωμένα πλήθη και από τις δύο πλευρές των μπαρών.

Οι συγκεντρωμένοι πολίτες ξέσπασαν την οργή και αγανάκτηση που συγκρατούσαν όλη αυτήν την ώρα μέσα τους. Ρίχτηκαν σε μια απέλπιδα μάχη με ό,τι αυτοσχέδιο όπλο μπορούσαν να βρουν ή ακόμα και με γυμνά χέρια, εναντίον των ένοπλων εκπροσώπων της τάξης. Κάποιοι έτρεξαν έντρομοι προς την αντίθετη κατεύθυνση για να ξεφύγουν από τη συμπλοκή. Όμως το μεγαλύτερο και ογκωδέστερο κομμάτι του κόσμου, κινήθηκε σαν ένα κύμα μπροστά, παρασέρνοντας μαζί του και τη Θέμιδα. Ο Αλκυονεύς σκουντούσε στην αρχή διακριτικά και μετά εκσφενδόνιζε αποκάλυπτα κορμιά στην άκρη, ανοίγοντας δρόμο για να φτάσει την προστατευόμενή του. Εκείνη αντίθετα, αντί να προσπαθεί να τον προσεγγίσει, άφηνε το κύμα να την παρασύρει προς τον κλοιό, διαβλέποντας μια μοναδική ευκαιρία να τρυπώσει στον αποκλεισμένο Τομέα, ενώ γύρω της μαίνονταν οι ταραχές. Άνθρωποι άρχισαν να πέφτουν στο έδαφος αναίσθητοι από τα λέιζερ, ενώ ένας αστυνομικός που είχε χάσει το κράνος του, έπιανε το μέτωπό του που αιμορραγούσε. Οι πιο μικροκαμωμένοι άρχισαν να ποδοπατούνται από τους γύρω τους, κάθε λογής αντικείμενο έπεφτε πάνω στους αστυνομικούς αλλά και στους διαδηλωτές, καθώς οτιδήποτε εκείνη τη στιγμή μπορούσε να χρησιμοποιηθεί σαν όπλο και να εκσφενδονιστεί στον αέρα, προς άγνωστη πολλές φορές κατεύθυνση.

Τα φορτηγάκια της αστυνομίας κινήθηκαν για να ενισχύσουν τα οδοφράγματα και να εμποδίσουν τον κόσμο που κινείτο αποφασισμένος. Τα κορμιά έπεσαν πάνω στα οχήματα με φωνές και σπρωξίματα και κατάφεραν να αναποδογυρίσουν δύο. Τα πυρά των αστυνομικών εντάθηκαν σε ρυθμό και ισχύ, το ίδιο όμως και η μανία των επιτιθέμενων. Η μάχη μαινόταν εξίσου έντονη και στην πλευρά των αποκλεισμένων, με τη γενικευμένη σύρραξη να έχει τραβήξει πλέον τα βλέμματα των τηλεοπτικών συνεργείων, τα οποία πρόβαλλαν τις σκληρές εικόνες σε όλη τη χώρα. Η Θέμις είχε τραβήξει την μπλούζα της στο ύψος της μύτης της, για να την καλύψει όσο περισσότερο μπορούσε από τους καπνούς που έκαναν την ατμόσφαιρα αποπνικτική, σε συνδυασμό με την πίεση που δεχόταν από τα δεκάδες κορμιά που έπεφταν επάνω της. Δέχτηκε ένα δυνατό σκούντημα και έπεσε κάτω. Κάποιος της πάτησε το χέρι και εκείνη ούρλιαξε σαστισμένη. Με το ελεύθερό της χέρι χτύπησε το πόδι που την πατούσε και ελευθερώθηκε, με τον πόνο να της δίνει την ώθηση που χρειαζόταν, για να σπρώξει προς τα εμπρός και να ξεφύγει από το υπόλοιπο πλήθος. Ένας αστυνομικός αντιλήφθηκε την προσπάθειά της να περάσει μέσα από τον κλοιό και τη σημάδεψε με το όπλο του.

Η Θέμις έβγαλε από την τσέπη της το μεταλλικό κύλινδρο και πάτησε το κουμπί. Η ασπίδα ξεπετάχτηκε για να την προστατεύσει και η ακτίνα αναισθητοποίησης, χτύπησε αβλαβώς στην ατσάλινη επιφάνεια. Έβγαλε το πιστόλι της και με μια ριπή λέιζερ κατέστρεψε το τουφέκι του αστυνομικού. Εκείνος όμως δεν παραιτήθηκε. Οπλίστηκε με το ραβδί του και κινήθηκε εναντίον της, παρόλο που η Θέμις είχε το πλεονέκτημα λόγω του πιστολιού της. Ένα πλεονέκτημα που δεν εκμεταλλεύτηκε όμως, αποφασίζοντας να τον αντιμετωπίσει επί ίσοις όροις. Απέφυγε το ραβδί του και έσκυψε χτυπώντας τον με την ασπίδα στα γόνατα. Πριν σωριαστεί στην άσφαλτο, του κατάφερε άλλο ένα χτύπημα με το ατσάλινο αμυντικό της όπλο στα πλευρά. Ο αέρας χάθηκε από τα πνευμόνια του, με τον πόνο να μοιάζει με κεραυνό που του θέριζε τα σωθικά. Έμεινε πεσμένος παίρνοντας κοφτές και οδυνηρές ανάσες, που μετά βίας τροφοδοτούσαν τα πνευμόνια του με το απαραίτητο οξυγόνο. Τον άφησε στη δυστυχία του και άρχισε να τρέχει προς τις μπάρες. Πατώντας ξανά το διακόπτη, η ασπίδα μετατράπηκε και πάλι στο μικρό κύλινδρο και με τα χέρια ελεύθερα πλέον, άρχισε να σκαρφαλώνει το μεταλλικό φράγμα. Ξαφνικά ένιωσε ένα τράνταγμα και οι μπάρες κουνήθηκαν συθέμελες. Κοίταξε προς τα κάτω και είδε το φοβερό όγκο του Αλκυονέα, να σκαρφαλώνει και αυτός ακολουθώντας τη.

Του έκανε νόημα να βιαστεί και πέρασε το σώμα της από την άλλη μεριά του οδοφράγματος. Κατέβηκε λίγα εκατοστά και ύστερα πήδηξε προς το έδαφος, καλύπτοντας έτσι πιο γρήγορα την υπόλοιπη απόσταση. Έμεινε γονατιστή και επιθεώρησε γύρω της την κατάσταση. Επικρατούσε χάος, κάτι που μπορούσε να εκμεταλλευτεί στο έπακρο. Άκουσε ένα γδούπο και κατάλαβε ότι ο Αλκυονεύς την είχε φτάσει. Του έδειξε την κατεύθυνση προς την οποία ήθελε να κινηθούν. Θα ακολουθούσαν το δρόμο πίσω από μερικά φλεγόμενα και αναποδογυρισμένα αμάξια, που θα τους έδιναν την απαραίτητη κάλυψη για να χωθούν στα στενά του Τομέα και να χαθούν από τα μάτια της αστυνομίας. Άρχισαν να προχωρούν σκυφτοί, με το τσιράκι του Δημοφώντα να κινείται με αναπάντεχη ευελιξία, για έναν άνθρωπο του μεγέθους του. Σταμάτησαν για λίγο πίσω από έναν κάδο για να πάρουν μερικές ανάσες και να σχεδιάσουν την επόμενή τους κίνηση. Ανάμεσα στο σημείο όπου βρίσκονταν και τη σχετική ασφάλεια ενός στενού, μεσολαβούσαν μερικά μέτρα ακάλυπτης έκτασης, όπου θα ήταν έκθετοι στα βλέμματα και τα όπλα μερικών δεκάδων αρκετά εκνευρισμένων αστυνομικών, καθώς και εκατοντάδων απρόβλεπτων διαδηλωτών. Η Θέμις έβγαλε την ασπίδα της και κοίταξε με ανησυχία τον Αλκυονέα, ο οποίος θα ήταν ακάλυπτος. Ο ίδιος όμως δε φάνηκε να αγχώνεται και της έκανε νόημα να προχωρήσει.

«Αν ανοίξουν πυρ οι αστυνομικοί εναντίον μας, εμείς απλά θα προσπαθήσουμε να αποφύγουμε τις βολές, χωρίς να τους προκαλέσουμε κακό. Απλά τη δουλειά τους κάνουν. Εντάξει;» του είπε με ανησυχία. Εκείνος μειδίασε ειρωνικά.

«Όπως έκανες προηγουμένως με τον άλλον αστυνομικό;»

«Ένα σπασμένο πλευρό έχει μόνο, του οποίου η θεραπεία είναι ζήτημα μερικών ωρών σε ένα νοσοκομείο. Αναφερόμουν σε πιο μόνιμες βλάβες. Ανεπανόρθωτες» απάντησε τονίζοντας την τελευταία λέξη. Ο Αλκυονεύς συγκατένευσε, χωρίς όμως να την πείθει ιδιαίτερα. Ξεπετάχτηκαν μπροστά, μακριά από την κάλυψή τους και χρειάστηκαν μερικά μόνο δευτερόλεπτα μέχρι να τους εντοπίσουν. Εκείνη ένιωθε την ασπίδα της να τραντάζεται και να θερμαίνεται από τα λέιζερ, ενώ ο μαφιόζος δέχτηκε ξυστά μερικές ριπές, οι οποίες δε στάθηκαν αρκετές για να διακόψουν τη φρενήρη πορεία του, καθώς ορμούσε ασταμάτητος σαν ρινόκερος προς το στόχο του. Τα τελευταία μέτρα η Θέμις τα κάλυψε πέφτοντας στην ασπίδα της και κατρακυλώντας πίσω από έναν τοίχο. Η σκιά του συνεργάτη της έπεσε μετά από λίγο επάνω της και συνειδητοποίησε ότι τα είχαν καταφέρει, σε αυτό το πρώτο σκέλος του ταξιδιού. Ο Αλκυονεύς όμως κοιτούσε προς το μέρος των αστυνομικών, οι οποίοι ακόμα έβαλλαν εναντίον τους. Η Θέμις δίπλωσε την ασπίδα της και τον τράβηξε από το μανίκι.

«Τι συμβαίνει;»

«Τίποτα. Απλά θέλω να τους αφήσω ένα μικρό δωράκι». Πριν προλάβει η Θέμις να αντιδράσει, σήκωσε το όπλο του και πυροβόλησε ένα από τα αστυνομικά οχήματα. Η ριπή ήταν ρυθμισμένη στη μέγιστη ισχύ και πέτυχε ακριβώς το σημείο, όπου βρισκόταν η γεννήτρια ενέργειας, χάρη στην οποία λειτουργούσε το όχημα. Η έκρηξη που ακολούθησε ήταν ισχυρότατη και σχεδόν τους κούφανε, ενώ παντού γύρω τους άρχισαν να πέφτουν κόκκοι σκόνης και τσιμέντου. Μόλις υποχώρησε λίγο ο καπνός, η Θέμις είδε γύρω στους δέκα αστυνομικούς πεσμένους στο έδαφος να σφαδάζουν. Ήταν όμως ακόμα ζωντανοί. Γύρισε με πρόσωπο αλλοιωμένο από αγανάκτηση να τον αντιμετωπίσει.

«Αυτό ήταν εντελώς περιττό!» του φώναξε.

«Είμαι σίγουρος ότι ο οποιοσδήποτε τραυματισμός προκλήθηκε, μπορεί να αντιμετωπιστεί μέσα σε μερικές ώρες στο νοσοκομείο» της απάντησε κλείνοντας το μάτι με κακία, αναφερόμενος στα προηγούμενά της λόγια.

«Άλλωστε έπρεπε να σιγουρευτούμε ότι δε θα μας ακολουθούσαν». Έσφιξε τις γροθιές της και δεν είπε τίποτα άλλο. Μέσα της όμως πήρε μια απόφαση. Αν ο Αλκυονεύς έφτανε στο σημείο να απειλήσει τη ζωή κάποιου αθώου, θα τον σκότωνε προκειμένου να αποτρέψει έναν τέτοιο θάνατο. Αν μπορούσε.

«Τι κάνουμε τώρα;»

«Προχωράμε όσο πιο μακριά γίνεται από το κέντρο των ταραχών και ψάχνουμε να βρούμε στα πιο ήρεμα τμήματα του Τομέα, για ανθρώπους οι οποίοι μπορεί να έχουν πιει το μολυσμένο νερό. Επίσης ψάχνουμε για δείγμα του νερού. Αν δε βρούμε, ίσως χρειαστεί να πάρουμε μαζί μας κάποιον που έχει πιει ή το πτώμα του» απάντησε εκείνη με αποφασιστικότητα. Άρχισαν να περπατούν, ρίχνοντας συνεχώς ματιές προς όλες τις κατευθύνσεις, για να εντοπίσουν κάποιον πιθανό κίνδυνο. Όσο όμως απομακρύνονταν από τον κλοιό της αστυνομίας, όπου επικεντρώνονταν οι ταραχές, τόσο οι ήχοι της μάχης αντικαθίσταντο από μια παγερή σιωπή. Φαινόταν ότι όσοι κάτοικοι δεν ήθελαν να εμπλακούν στα επεισόδια, είχαν κρυφτεί στα σπίτια τους, κατατρομαγμένοι από την άγνωστη απειλή και τις συγκεχυμένες φήμες. Βλέποντας την ασυνήθιστη ερημιά, η Θέμις αντιμετώπιζε το γκρίζο αστικό τοπίο σαν κάτι πιο τρομακτικό από ό,τι συνήθως. Εντελώς αποστερημένο από την ανθρώπινη παρουσία, αυτό το άχρωμο μείγμα μετάλλου και τσιμέντου έμοιαζε πιο απειλητικό, έτοιμο να καταπιεί με το κενό του οποιαδήποτε σκέψη, συναίσθημα ή ομορφιά. Ο άνεμος έφερνε στα ρουθούνια της τη μυρωδιά του καπνού, από τις φωτιές που είχαν ανάψει λόγω της μάχης και σε συνδυασμό με το συννεφιασμένο ουρανό, ένα δυσοίωνο προαίσθημα αναδυόταν από μέσα της.

Απογοητευμένη από τα όσα είχε να της προσφέρει η περιπλάνηση στους δρόμους, αποφάσισε να αλλάξει τακτική. Διάλεξε μια πολυκατοικία στην τύχη και άρχισε να χτυπάει τα κουδούνια. Το στρογγυλό μάτι της κάμερας πάνω από τον πίνακα με τα κουμπιά, εκτελούσε μικρές περιστροφικές κινήσεις, καθώς την εξέταζε αδιάκριτα για λογαριασμό των ενοίκων. Μάλλον το παρουσιαστικό της δεν ενέπνεε εμπιστοσύνη, γιατί κανείς δεν της άνοιγε. Κοίταξε πίσω της για να σιγουρευτεί ότι ο Αλκυονεύς με την τρομακτική του όψη, βρισκόταν εκτός του οπτικού πεδίου της κάμερας και δοκίμασε ένα ψέμα.

«Είμαι γιατρός. Αν έχετε κάποιο συγγενή ή φίλο ο οποίος ήπιε νερό πριν τη διακοπή, παρακαλώ ανοίξτε μου. Μπορώ να σας βοηθήσω». Πέρασαν μερικά δευτερόλεπτα, χωρίς να γίνει κάτι. Η Θέμις εξέταζε άλλες μεθόδους εισόδου και το χέρι της είχε αρχίσει να κατευθύνεται ασυναίσθητα στο ένα από τα δύο πιστόλια της. Ξαφνικά όμως ακούστηκε μια φωνή. Τρεμάμενη και σιγανή, αλλά μια φωνή που αμέσως γέννησε την ελπίδα στη Θέμιδα. Τη ρωτούσε αν ήταν όντως γιατρός. Η φωνή ανήκε σε μια γυναίκα και ακουγόταν πολύ τρομαγμένη και απελπισμένη. Η Θέμις επανέλαβε το ψέμα της και τη διαβεβαίωσε ότι μπορούσε να τη βοηθήσει. Στο τέλος τη ρώτησε αν είχε πιει η ίδια νερό. Η απάντηση ήρθε διστακτική και με λυγμούς.

«Όχι εγώ. Το παιδί μου».

Βγαίνοντας από τον ανελκυστήρα στο διάδρομο του δεκάτου ορόφου, διέκρινε τα σημάδια του πανικού, που είχε προκαλέσει η είδηση για το δηλητηριασμένο νερό. Αντικείμενα πεταμένα στο πάτωμα, πόρτες διάπλατα ανοιχτές και διαμερίσματα εγκαταλελειμμένα από τους ενοίκους τους, κομμάτια από σπασμένα γυαλιά, ακόμα και ένα πεσμένο παιδικό παπούτσι, παρατημένο από κάποιους γονείς που έψαχναν απεγνωσμένα ένα δρόμο προς την ασφάλεια για το παιδί τους, μακριά από το σπίτι τους και προς άγνωστη κατεύθυνση. Αυτό που ακόμα δεν είχε δει η Θέμις, ούτε στους δρόμους αλλά ούτε και μέσα στο κτίριο, ήταν κάποιος νεκρός. Ο κόσμος ήταν τρομαγμένος, οργισμένος, επιθετικός, αλλά μέχρι στιγμής έσφυζε από υγεία. Και είχε επιτέλους την ευκαιρία να εξετάσει ένα άτομο, που ήξερε σίγουρα πως είχε δοκιμάσει το δηλητηριασμένο νερό και που από όσα κατάλαβε μέσα από τους λυγμούς της μητέρας του, ζούσε ακόμα. Προχώρησε προς την πόρτα που της είχαν υποδείξει και χτύπησε το κουδούνι. Η πόρτα άνοιξε μερικά εκατοστά, αφήνοντας να φανεί μια νεαρή γυναίκα με μάτια πρησμένα από το κλάμα. Κοίταξε τη Θέμιδα εξεταστικά και μετά από λίγη περίσκεψη, αποφάσισε να την αφήσει να περάσει. Η πρώην αστυνομικός είχε κουμπώσει το μπουφάν της, για να είναι σίγουρη ότι δε θα φαίνονταν τα πιστόλια και το μαχαίρι της, ενώ είχε αφήσει το UMP που ήταν πιο ογκώδες πίσω στο μαγαζί του Δημοφώντα.

Μπήκε μέσα σε ένα λιτό διαμέρισμα που φαινόταν να έχει μόνο τα απαραίτητα και μαρτυρούσε την κακή οικονομική κατάσταση της οικογενείας. Παρόλα αυτά η Θέμις ένιωθε μια σπιτική θαλπωρή, που το δικό της διαμέρισμα ποτέ δεν είχε. Ή τουλάχιστον ποτέ από την ημέρα που έμεινε μόνη. Η μητέρα αν και είχε αποφασίσει να την εμπιστευτεί, συνέχιζε να κρατάει τις αποστάσεις της, κάτι που η Θέμις σεβάστηκε μη θέλοντας να την τρομάξει. Στεκόταν με τα χέρια διπλωμένα και έριχνε κάθε τόσο κλεφτές ματιές πίσω της. Δεν ήταν έτοιμη να πει κάτι, οπότε ανέλαβε η Θέμις το καθήκον να ξεκινήσει τη συζήτηση.

«Είστε μόνο εσείς και το παιδί σας εδώ;»

«Ναι».

«Ο σύζυγος;»

Με μια νευρική κίνηση του κεφαλιού και μια σύσπαση του προσώπου, η μητέρα έδωσε στη Θέμιδα να καταλάβει ότι είτε δεν υπήρχε σύζυγος ή ήταν ένα θέμα για το οποίο δεν ήθελε καθόλου να μιλήσει. Διαπιστώνοντας ότι η άλλη πλευρά δεν ήταν ιδιαίτερα πρόθυμη για διάλογο, αποφάσισε να επικεντρωθεί στο λόγο για τον οποίο βρισκόταν εκεί.

«Το παιδί πού βρίσκεται; Όσο πιο γρήγορα το εξετάσω τόσο πιο πολλές πιθανότητες έχουμε να προλάβουμε την επίδραση της ουσίας που κατανάλωσε».

«Είναι ήδη αργά» είπε η μητέρα και ξέσπασε και πάλι σε λυγμούς. Με χέρι που τρανταζόταν από τα κλάματά της, έδειξε στη Θέμιδα το δωμάτιο στο οποίο θα έπρεπε να μπει. Εκείνη άνοιξε την πόρτα περιμένοντας να αντικρύσει το χειρότερο, αλλά το μόνο που είδε ήταν ένα μικρό αγοράκι, το οποίο δεν παρουσίαζε κανένα σύμπτωμα δηλητηρίασης. Αντίθετα φαινόταν κεφάτο και υγιέστατο. Η Θέμις δεν μπορούσε να καταλάβει τι προκαλούσε στη μητέρα τέτοια οδύνη. Το μόνο περίεργο που πρόσεξε, ήταν πως το παιδάκι φαινόταν κάπως αφηρημένο. Έπαιρνε διάφορα αντικείμενα στα χέρια του και τα κοιτούσε σαν να τα έβλεπε για πρώτη φορά. Αυτή η συμπεριφορά βέβαια δεν ήταν ιδιαίτερα περίεργη για ένα μικρό παιδί. Αλλά η Θέμις θεώρησε ότι έπρεπε να το λάβει υπ' όψιν, σαν ένα πιθανό στοιχείο, ακόμα και αν στην πορεία αποδεικνυόταν ασήμαντο. Το πλησίασε και στην αρχή δεν της έδωσε καμία σημασία, συνεχίζοντας την ενδελεχή εξερεύνηση του δωματίου του. Μόλις όμως την αντιλήφθηκε, άρχισε να της τραβάει τα ρούχα και να τα εξετάζει με την ίδια ζέση με την οποία περιεργαζόταν νωρίτερα τα πράγματά του. Η Θέμις γονάτισε μπροστά του και τότε το αγόρι πήρε στα χέρια του τούφες από τα μαλλιά της και είτε κοιτούσε αυτές είτε τα μάτια της, σαν να αναζητούσε κάτι.

«Τι κοιτάς με τόση περιέργεια;»

«Έχουν αλλάξει όλα» της απάντησε.

«Δηλαδή;»

«Δεν ξέρω. Απλά φαίνονται διαφορετικά. Σαν κάποιος να τα άλλαξε από πάνω». Η Θέμις δεν ήταν σίγουρη ότι καταλάβαινε, αλλά υπέθετε ότι το παιδί εννοούσε πως κάτι είχε αλλάξει στην επιφάνεια των αντικειμένων. Ο μικρός βλέποντας ότι η χαζή κυρία δεν καταλάβαινε τι της έλεγε, αποφάσισε να γίνει πιο συγκεκριμένος και να της δείξει τι εννοούσε. Πήρε δύο κυβάκια από συνθετικό ξύλο και τα εναπόθεσε μπροστά της. Το παιχνίδι ήταν κατάλοιπο άλλης εποχής και ίσως ανήκε σε κάποιον πρόγονο του παιδιού, αφού οι περισσότεροι συνομήλικοί του έπαιζαν με υπολογιστές που ήταν υπεύθυνοι για τη διαπαιδαγώγηση και τη διασκέδασή τους.

«Αυτά πριν ήταν ίδια. Τώρα είναι διαφορετικά απ' έξω» της είπε με πείσμα και φρύδια σμιγμένα, εξαντλώντας το λεξιλόγιό του. Η Θέμις σήκωσε τα κυβάκια απορημένη. Γυρνώντας τα από όλες τις πλευρές, διαπίστωσε ότι ήταν ολόιδια. Το παιδί όμως υποστήριζε ότι κάτι τέτοιο δεν ίσχυε πλέον. Είχαν αλλάξει απ' έξω. Αν το σχήμα τους ήταν ακόμα ολόιδιο, τότε η μόνη αλλαγή που θα μπορούσε να έχει γίνει στην επιφάνεια των σχημάτων, η οποία δε θα μπορούσε να γίνει αντιληπτή από τη Θέμιδα θα ήταν... Η Θέμις έμεινε παγωμένη κρατώντας τα κυβάκια. Ήταν δυνατόν; Μπορούσε ξαφνικά αυτό το παιδί να βλέπει αυτά που πριν από γενιές ολόκληρες, οι άνθρωποι αποκαλούσαν χρώματα; Και αν κάτι τέτοιο ήταν αλήθεια, οφειλόταν στο δηλητηριασμένο νερό; Τα αναπάντητα ερωτήματα την κατέκλυσαν για άλλη μια φορά. Οι ομάδες που είχαν δηλητηριάσει το νερό ήταν του Προμηθέα; Η μυστική δημιουργία του Μαχάονα ήταν βιολογικό όπλο ή φάρμακο για τη μάστιγα της ανθρωπότητας; Οι υποψίες της ότι τόσον καιρό, δεν κυνηγούσε έναν εγκληματία αλλά ένα φιλάνθρωπο, είχαν αρχίσει να γίνονται βεβαιότητα. Άκουσε τη μητέρα να κινείται από το σαλόνι προς την πόρτα του δωματίου, για πρώτη φορά από τη στιγμή που η Θέμις βρέθηκε εκεί. Ήταν σαν να ένιωθε τέτοια φρίκη, που να μην άντεχε να βλέπει το παιδί της.

«Από την ώρα που ήπιε το νερό, φέρεται έτσι περίεργα. Νόμιζα ότι απλά παίζει ή μου κάνει νάζια, αλλά μετά άκουσα στις ειδήσεις για το δηλητηριασμένο νερό και ξαφνικά κόπηκε η σύνδεση στο δίκτυο και αποκοπήκαμε τελείως από τον έξω κόσμο. Στα αυτιά μου έφταναν φωνές πανικού και μάχης και ήχοι από εκρήξεις. Άκουσα από το παράθυρο κάποιον να φωνάζει ότι όλη η περιοχή ήταν περικυκλωμένη από την αστυνομία και ότι δεν άφηναν κανέναν ούτε να βγει, ούτε να μπει. Ούτε καν ασθενοφόρα. Μας κλείδωσαν μέσα στα ίδια μας τα σπίτια, αγκαλιά με το θάνατο». Άρχισε πάλι να κλαίει, ακόμα πιο γοερά από ό,τι προηγουμένως. Η Θέμις την αγκάλιασε και προσπάθησε να την παρηγορήσει.

«Άκουσέ με. Δεν είμαι ακόμα απόλυτα σίγουρη, αλλά νομίζω ότι το παιδί σου δεν έχει τίποτα. Αντίθετα, μπορεί να είναι πιο τυχερό από όλους μας. Για να σιγουρευτώ όμως, πρέπει να εξετάσω το νερό που ήπιε. Χρειάζομαι ένα δείγμα. Μήπως έχεις κρατήσει λίγο από το υγρό;» Η μητέρα την κοίταξε πονεμένη, με ένα ελάχιστο ίχνος ελπίδας να εμφανίζεται δειλά στο πρόσωπό της.

«Μόλις έμαθα για το δηλητήριο, πήρα το ποτήρι και το πέταξα στο νεροχύτη. Είχε λίγο ακόμα μέσα, αλλά το ποτήρι έσπασε και ίσως έχει χυθεί όλο». Έτρεξαν και οι δύο στην κουζίνα. Ο νεροχύτης ήταν γεμάτος γυαλιά από το σπασμένο ποτήρι, αλλά ένα κομμάτι αρκετά μεγάλο, είχε κρατήσει στην κοιλότητά του μερικές σταγόνες. Η Θέμις το σήκωσε με προσοχή και με κομμένη την ανάσα. Έβγαλε από την τσέπη της ένα φιαλίδιο και έριξε το περιεχόμενο από το κομμάτι του γυαλιού μέσα. Ανέπνευσε ξανά μόνο όταν το πώμα του φιαλιδίου είχε μπει και πάλι στη θέση του, φυλάσσοντας με ασφάλεια την πολύτιμη ουσία. Έσφιξε το μικρό τρόπαιο στα χέρια της, με την καρδιά της να χτυπάει δυνατά και το στόμα της να κυρτώνεται σε ένα χαμόγελο θριάμβου. Έπιασε τη μητέρα από τους ώμους και την ταρακούνησε.

«Όλα θα πάνε καλά. Μόλις μάθω περισσότερα θα επικοινωνήσω μαζί σου. Αν το δίκτυο είναι ακόμα πεσμένο, θα ξανάρθω εδώ η ίδια να σε καθησυχάσω. Τώρα όμως πρέπει να φύγω, όσο πιο γρήγορα γίνεται». Η μητέρα κατένευσε δίχως κουβέντα, αφού ακόμα οι λέξεις κολλούσαν στο λαιμό της, από την ξαφνική εναλλαγή των συναισθημάτων. Φεύγοντας η Θέμις έσκυψε και φίλησε στο μέτωπο το μικρό παιδί, ενώ αυτό μόρφασε απορημένο από την ξαφνική επίδειξη τρυφερότητας της άγνωστης. Ενώ όμως η Θέμις περνούσε το κατώφλι, ακούστηκε μια έκρηξη και ένας μικρός τριγμός έφτασε μέχρι τους τοίχους του δέκατου ορόφου. Με την έκφρασή της χαραγμένη από την ανησυχία, έτρεξε στο θυροτηλέφωνο και κοίταξε από την κάμερα. Η πόρτα είχε ανατιναχθεί και έξι αστυνομικοί έμπαιναν στο κτίριο, οδηγημένοι από έναν ηλικιωμένο με πολιτικά. Ο Αλκυονεύς δε φαινόταν πουθενά και ήταν λογικά κρυμμένος. Δεν είχε όμως τρόπο να επικοινωνήσει μαζί του, με το δίκτυο κομμένο. Θα έπρεπε να ξεφύγει στηριζόμενη στις δικές της δυνάμεις.

«Ποιος είναι αυτός ο άντρας μαζί με τους αστυνομικούς; Τον ξέρεις;»

«Μένει στο ισόγειο. Μάλλον σε είδε από την κάμερα να μπαίνεις και θα φοβήθηκε. Θα βγήκε στους δρόμους ψάχνοντας για κάποιον αστυνομικό για να σε καταγγείλει». Η Θέμις δεν μπορούσε να πιστέψει στην ατυχία της, ότι δηλαδή είχε προδοθεί από έναν ιδιότροπο και φοβισμένο γέροντα, τον οποίον δεν είχε καν ενοχλήσει. Προσπάθησε να σκεφτεί μια οδό διαφυγής. Κοίταξε την εικόνα από τη δεύτερη κάμερα, η οποία ήταν στραμμένη προς το εσωτερικό του ισογείου. Ο ηλικιωμένος και τέσσερις από τους αστυνομικούς έμπαιναν στον ανελκυστήρα, ενώ δύο έμεναν στην έξοδο για να τη φυλάξουν. Κοίταξε γύρω της απεγνωσμένα καθώς το μυαλό της γυρνούσε χίλιες στροφές το δευτερόλεπτο, εξετάζοντας όλα τα πιθανά σενάρια και τις πιθανότητες διαφυγής. Το βλέμμα της έπεσε σε ένα πεσμένο ρομποτάκι. Βρισκόταν παρατημένο στη μέση του σαλονιού, ξαπλωμένο ανάσκελα και κοιτούσε με παράπονο το ταβάνι. Η Θέμις σκούντηξε τη μητέρα δείχνοντάς το.

«Τι είναι αυτό; Κάποιο παιχνίδι;» Η μητέρα την κοίταξε με απορία.

«Είναι η νταντά του παιδιού. Το φροντίζει όταν έχω δουλειές και δεν έχω χρόνο να ασχοληθώ μαζί του. Μάλλον μέσα στον πανικό το ρίξαμε κάτω και δεν το καταλάβαμε». Πήγε και το σήκωσε όρθιο, αλλά το μηχανικό ανθρωπάκι δεν αντιδρούσε.

«Ίσως από το τράνταγμα να πειράχθηκε κάτι μέσα στο μηχανισμό και να διεκόπη η λειτουργία του». Του έδωσε ένα χαστούκι στο πίσω μέρος του κεφαλιού. Ξαφνικά τα μάτια του φωτίστηκαν και άρχισε να κουνάει το κεφάλι του και τα υπόλοιπα μέλη του. Η μητέρα κοίταξε τη Θέμιδα με μια μικρή ικανοποίηση.

«Ενεργεί αυτόνομα δηλαδή;»

«Συνήθως με βολεύει να το ρυθμίζω στην αυτόματη λειτουργία, αλλά υπάρχει ρύθμιση με την όποια υπακούει σε φωνητικές εντολές. Αρκεί να είναι συντονισμένο στη φωνή του χειριστή».

∞

Οι αστυνομικοί είχαν αρχίσει να ελέγχουν έναν-έναν τους ορόφους και αυτό έδωσε το χρόνο στη Θέμιδα, να ρυθμίσει το μικρό ρομπότ στη φωνή της. Όταν οι διώκτες της έφτασαν στο δέκατο όροφο, είχε ήδη κατέβει τις σκάλες και κατευθυνόταν προς το ισόγειο, όπου ήξερε πως την περίμεναν άλλοι δύο αντίπαλοι. Κατέβαινε τα σκαλιά όσο πιο αργά και αθόρυβα μπορούσε, ώστε να μην την αντιληφθεί η ομάδα που εκείνη την ώρα, έβγαινε από τον ανελκυστήρα στο δέκατο όροφο. Κρατώντας την ανάσα της και το ρομπότ αγκαλιά, συνέχισε την αγωνιώδη καθοδική της πορεία. Κάθε τόσο έβαζε το χέρι της στην τσέπη, για να σιγουρευτεί ότι το φιαλίδιο με το νερό ήταν ακόμα εκεί. Το κεφάλι της πήγαινε να σπάσει, καθώς παλλόταν από ενθουσιασμό για την πιθανή της ανακάλυψη, αλλά και από την αγωνία για τη δύσκολη κατάσταση στην οποία βρισκόταν. Φτάνοντας στο ισόγειο, κρυφοκοίταξε κρυμμένη πίσω από τον τοίχο προς την εξώπορτα. Αποτραβήχτηκε αμέσως, όταν είδε ότι ο ένας από τους δύο αστυνομικούς είχε στραμμένο το βλέμμα του προς τα μέσα, ενώ ο δεύτερος ήλεγχε το χώρο για κάποιον κίνδυνο από το εξωτερικό της πολυκατοικίας.

Ακούμπησε την πλάτη της στον τοίχο και προσπάθησε να πάρει μερικές ανάσες, χωρίς ο ήχος από το λαχάνιασμά της να την προδώσει στους δύο φρουρούς. Μερικές σταγόνες ιδρώτα έσταξαν από το μέτωπό της στα μάτια της, τσούζοντάς την. Σκούπισε το πρόσωπό της ενοχλημένη και έπιασε με αποφασιστικότητα το οικιακό ρομπότ. Μετά από μερικά δευτερόλεπτα, ο πρώτος αστυνομικός το είδε να ξεπροβάλει από τις σκάλες και να έρχεται προς το μέρος του. Πέρασε από δίπλα του και τον προσπέρασε, κατευθυνόμενο προς την έξοδο και σύντομα είχε τραβήξει την προσοχή και του δεύτερου αστυνομικού. Εκείνα τα λιγοστά δευτερόλεπτα που και οι δύο άντρες κοιτούσαν παραξενεμένοι το μηχανικό υπηρέτη, ήταν αρκετά για τη Θέμιδα. Πετάχτηκε από τις σκάλες και με δύο άλματα κάλυψε την απόσταση μέχρι την έξοδο, με ασπίδα και μαχαίρι λέιζερ έτοιμα για μάχη. Κοπάνησε τον πρώτο αστυνομικό στο πρόσωπο με την ασπίδα και τον είδε να προσκρούει από την ώθηση του χτυπήματος στον τοίχο αιμόφυρτος και το τουφέκι να φεύγει από τα χέρια του. Ο δεύτερος ξαφνιασμένος από την επίθεση, πυροβόλησε χωρίς να στοχεύσει σωστά. Η ακτίνα πέρασε δίπλα από τη Θέμιδα χωρίς να τη βλάψει, ενώ εκείνη πετάχτηκε μπροστά τρυπώντας με το μαχαίρι το δεξί του μπράτσο.

Εκείνος αναγκάστηκε να ρίξει το τουφέκι του και να οπισθοχωρήσει, χωρίς να είναι όμως αρκετά γρήγορος. Δέχτηκε απανωτές γροθιές και γονατιές από τη μαινόμενη γυναίκα και έπεσε στην άσφαλτο έξω από το κτίριο, ημιλιπόθυμος. Εκείνη γύρισε αμέσως πίσω στην πολυκατοικία για να ελέγξει τον άλλο φρουρό. Σερνόταν στο πάτωμα προσπαθώντας να φτάσει το τουφέκι του, αφήνοντας πίσω του μια γραμμή αίματος από τη σπασμένη του μύτη και τα σχισμένα του χείλια. Σταμάτησε την πονεμένη πορεία του μπροστά στις μπότες της Θέμιδας, μια εκ των οποίων στεκόταν επάνω στο όπλο του, στερώντας του οποιαδήποτε ελπίδα να το ξαναχρησιμοποιήσει. Την κοίταξε με μίσος μέσα από μάτια μελανιασμένα.

«Ειδοποίησα τους υπολοίπους. Σε λίγο θα είναι εδώ και θα σε κανονίσουν». Η Θέμις δεν είχε αμφιβολία ότι η αστυνομία θα είχε δυνατότητα επικοινωνίας, σε αντίθεση με όλους τους άλλους. Είχε όμως ξεμπερδέψει πολύ γρήγορα με τους δύο φρουρούς και ήξερε ότι οι άλλοι τέσσερις δε θα την προλάβαιναν. Μάζεψε σιωπηλά τα δύο τουφέκια από το πάτωμα και έφυγε, ρίχνοντας κάθε τόσο κλεφτές ματιές πίσω της, για να δει αν την ακολουθούσαν. Χάθηκε γρήγορα μέσα στα στενά και μόλις σιγουρεύτηκε ότι ήταν ασφαλής, ξεφορτώθηκε τα τουφέκια και έκρυψε τα δικά της όπλα στις τσέπες της. Το επόμενο βήμα ήταν να βρει τον Αλκυονέα και μετά να εξαφανίζονταν από τη γεμάτη κινδύνους περιοχή. Μόλις άκουσε πίσω της βαριά πατήματα από μια κολοσσιαία φιγούρα, κατάλαβε ότι η αναζήτησή της είχε λάβει πρόωρο τέλος.

«Τη βρίσκεις να μπλέκεις σε φασαρίες; Γιατί αν θες να πεθάνεις τόσο πολύ, μπορώ να σε βοηθήσω» είπε ο Αλκυονεύς εκνευρισμένος.

«Πέτυχα το σκοπό για τον οποίο ήρθαμε εδώ πέρα και διακινδυνεύσαμε το τομάρι μας. Έχω δείγμα του νερού. Αντί να γκρινιάζεις λοιπόν, άρχισε να σκέφτεσαι τρόπους να ξανασπάσουμε τον αστυνομικό κλοιό. Αυτή τη φορά προς τα έξω». Την κοίταξε αγριεμένος, αναλογιζόμενος σοβαρά το ενδεχόμενο να την παρατήσει και να φύγει. Όμως η αλήθεια ήταν ότι η αποστολή τους είχε πετύχει, έστω και με αυτόν τον καθόλου διακριτικό τρόπο. Θα έφευγαν από εκεί, μεταφέροντας αυτό για το οποίο είχαν έρθει, διακινδυνεύοντας τόσο. Αν έφευγαν ζωντανοί και όχι πάνω σε φορείο. Αποφάσισε για άλλη μια φορά να πιστέψει, ότι το αφεντικό του ήξερε τι έκανε και προχώρησε, κάνοντάς της νόημα να τον ακολουθήσει.

Άρχισαν να κινούνται με προσοχή, κρυμμένοι στις σκιές των τεράστιων οικοδομικών συγκροτημάτων, όπου στοιβάζονταν εκατοντάδες ανθρώπων, που δεν είχαν την πολυτέλεια να νοικιάσουν μια αποκλειστική ή τουλάχιστον πιο ευρύχωρη κατοικία. Οι σειρήνες της αστυνομίας ηχούσαν παντού γύρω τους και η Θέμις γνωρίζοντας την ψυχολογία των πρώην συναδέλφων της, ήταν σίγουρη ότι θα είχαν πάρει το ζήτημα προσωπικά. Πρώτα η βίαιη είσοδός τους, σπάζοντας τον αστυνομικό κλοιό και μετά ο ξυλοδαρμός των δύο άντρων στην είσοδο της πολυκατοικίας, αποτελούσαν ενέργειες που έθεταν και τους δύο στην κορυφή των προτεραιοτήτων των οργάνων ασφαλείας. Μια διόλου αξιοζήλευτη διάκριση. Το μόνο που τους έσωζε από το να περικυκλωθούν από οργισμένους ένστολους, ήταν η επιμονή των διαδηλωτών, οι οποίοι απαιτώντας ενεργά να λήξει άμεσα ο αποκλεισμός τους, κρατούσαν τις δυνάμεις επιβολής της τάξης απασχολημένες. Πολλές φορές χρειάστηκε να κρυφτούν πίσω από κάποιο αυτοκίνητο ή κάδο, βλέποντας με αγωνία κάποιο περιπολικό να τους προσπέρνα ή κάτω από κάποιο στέγαστρο, όταν αντιλαμβάνονταν κάποιο όχημα να ίπταται πάνω από τα κεφάλια τους, σαρώνοντας την περιοχή. Τελικά κατάφεραν να φτάσουν στο συγκεντρωμένο όχλο και να ανακατευτούν με το πλήθος, φωνάζοντας συνθήματα κατά της εξουσίας και υψώνοντας τις γροθιές τους σε ένδειξη διαμαρτυρίας, ώστε να μην ξεχωρίζουν από τους υπολοίπους. Η αστυνομία δεν έκανε ακόμα κίνηση για να διασπάσει τη μάζα των συγκεντρωμένων, φοβούμενη όξυνση της κατάστασης και απλά τους συγκρατούσε από το να περάσουν τα όρια του Τομέα τους.

Αυτό έδινε στους δύο φυγάδες λίγο χρόνο ακόμα, καθιστώντας τους προσωρινά ασφαλείς.

Αυτή η εύθραυστη ισορροπία όμως δεν έμελε να κρατήσει για πολύ και οι δύο αντίπαλες ομάδες έκαναν η καθεμία ένα βήμα μπροστά, απαιτώντας περισσότερα από όσα είχαν εξασφαλίσει μέχρι εκείνη τη στιγμή. Τα νεύρα ήταν τεταμένα από την πλευρά των αστυνομικών, καθώς στον επεξεργαστή του καθενός είχε φτάσει το μήνυμα ότι δύο συνάδελφοί τους είχαν βρεθεί τραυματισμένοι. Αυτή η είδηση σε συνδυασμό με το κατεστραμμένο όχημα, του οποίου τα υπολείμματα ακόμα κάπνιζαν, θυμίζοντάς τους το πρόσφατό τους πάθημα, δε συνδυαζόταν καθόλου καλά με τη χλεύη από τις πρώτες γραμμές των διαδηλωτών και τα διάφορα αντικείμενα που εκείνοι εκσφενδόνιζαν, εναντίον οποιουδήποτε φορούσε στολή. Η πίεση συσσωρευόταν και σύντομα θα αναζητούσε εκτόνωση. Κανείς από τους αστυνομικούς δε θυμόταν, μετά τα γεγονότα, ποιος είχε δώσει τη διαταγή ή έστω αν είχε δοθεί κάποια διαταγή για την επίθεση. Όλοι όμως είχαν κινηθεί με προθυμία για να διαλύσουν τη διαδήλωση και να πάρουν το αίμα τους πίσω, για την ταπείνωση που είχαν ανεχτεί μέχρι εκείνη τη στιγμή. Η ενέργεια αυτή όμως ήταν σαν το σπίρτο που πέφτει στο βαρέλι με το μπαρούτι. Η αγανάκτηση των πολιτών μετατράπηκε σε μια έκρηξη θυμού και ξαφνικά όλοι, ανεξάρτητα από επάγγελμα, προσωπικότητα ή κοινωνική θέση, ένιωθαν την άσβεστη επιθυμία να σπάσουν κεφάλια.

Η οργή και η δίψα για βία αποδείχθηκε μεταδοτική και σύντομα δεν υπήρχε άνθρωπος που να μην κρατάει στα χέρια του κάποιο είδος όπλου. Οι πολίτες έπεφταν κάτω αναίσθητοι ο ένας μετά τον άλλον από τις ακτίνες αναισθητοποίησης, ενώ η άλλη πλευρά μετρούσε ήδη αρκετούς άντρες με ανοιχτές πληγές στα σώματά τους ή ακόμα και στα κεφάλια όσων είχαν χάσει τα κράνη τους στη συμπλοκή. Στο επίκεντρο των αλαλαγμών, του σκισίματος της σάρκας και του σπασίματος των οστών, μέσα από σύννεφα καπνού από τις διάφορες εστίες φωτιάς και από την ηχώ των βημάτων των αρβυλών, από τις ένστολες ομάδες που οργανώνονταν για να περικυκλώσουν τα τμήματα που προήλθαν από τη διάσπαση του όχλου, ο Αλκυονεύς και η Θέμις αγωνίζονταν για να κρατηθούν κόντρα στο ρεύμα των σωμάτων, που τους παρέσυρε προς την αστυνομία, κάνοντάς τους άθελά τους συμμάχους σε μια διαμάχη, που ήθελαν πάση θυσία να αποφύγουν. Ο Αλκυονεύς αποφάσισε να μην κρατήσει άλλο τα προσχήματα, αφού η κατάσταση απαιτούσε ακραία μέτρα. Άρχισε με γροθιές και αγκωνιές να δημιουργεί ελεύθερο χώρο γύρω από εκείνον και τη Θέμιδα, φτάνοντας στο σημείο να αρπάξει ένα νεαρό που επέμενε να τον σπρώχνει προς τα εμπρός και να τον εκσφενδονίσει πάνω από τα κεφάλια των συντρόφων του, σε μια πτήση που θα είχε σίγουρα οδυνηρή κατάληξη.

Ακόμα όμως και τα υπεράνθρωπα σωματικά προσόντα του Αλκυονέα, δεν μπορούσαν να αντισταθμίσουν με ευκολία το μαινόμενο πλήθος. Ειδικά ένα πλήθος διχασμένο, καθώς υπήρχαν εκείνοι που έσπευδαν φοβισμένοι να βρουν καταφύγιο και εκείνοι οι οποίοι είχαν πεισμώσει και ήθελαν να συνεχίσουν. Έτσι είχαν δημιουργηθεί δύο ρεύματα. Και αν ο Αλκυονεύς ήταν ο αμετακίνητος βράχος σε αυτή τη θάλασσα ανθρώπων, η Θέμις ήταν το κούτσουρο που παρασέρνεται από το κύμα. Μέσα στη φρενίτιδα κατά την οποία εξακόντιζε κορμιά, αμέλησε να κρατήσει κοντά του την προστατευόμενή του και εκείνη χάθηκε κάπου ανάμεσα στα σώματα. Την έπιασε ασφυξία και κατέβαλε απεγνωσμένες προσπάθειες να στηριχθεί σε κάποιον ώμο και να αναρριχηθεί στην επιφάνεια. Όταν ένιωσε ότι είχε αρχίσει να τα καταφέρνει, ένα κομμάτι τσιμέντο, αποκολλημένο από κάποιο κτίριο και χρησιμοποιούμενο ως βλήμα από κάποιον από τους διαδηλωτές, την πέτυχε στο μέτωπο. Το αίμα πλημμύρισε τα μάτια της και ο κόσμος άρχισε να γυρίζει. Έπεσε προς τα πίσω, αλλά το πλήθος ήταν τόσο πυκνό που δεν έφτασε ποτέ στο έδαφος.

Συνέχισαν να την κουβαλούν άθελά τους στους ώμους τους, οι υποχωρούντες από τη διαδήλωση. Ο Αλκυονεύς εξοργισμένος και αμήχανος για την αποτυχία του, άρχισε να δέρνει αστυνομικούς και διαδηλωτές αδιακρίτως. Ίσως αν πήγαινε στο αφεντικό του μερικά κεφάλια σαν τρόπαιο, να τον συγχωρούσε.

Η Θέμις έβλεπε τα σύννεφα του μολυσμένου ουρανού να κινούνται από πάνω της και καταλάβαινε ότι και η ίδια βρισκόταν εν κινήσει. Η εικόνα σταδιακά μαύριζε καθώς τα βλέφαρά της έκλειναν και οι ήχοι που έφταναν στα αυτιά της γίνονταν όλο και πιο απόμακροι. Η βοή μετατράπηκε σε ένα λεπτό σύριγμα και η Θέμις χάθηκε κάπου στα βάθη της συνείδησής της, όπου και έμεινε εγκλωβισμένη για ώρα. Το πρώτο ερέθισμα που αισθάνθηκε όταν ανέκτησε τις αισθήσεις της, ήταν μια έντονη δυσοσμία. Άνοιξε τα μάτια της και αμέσως το μετάνιωσε. Το τσούξιμο ήταν έντονο ακόμα από τον καπνό και τα δακρυγόνα. Ανακάλυψε ότι η μυρωδιά προερχόταν από τα σκουπίδια, τα οποία της είχαν καλύψει ολόκληρο το σώμα. Την είχαν πετάξει κάτω από έναν κάδο, ο οποίος είχε σπάσει από άγνωστη αιτία, λούζοντάς την με τα βρωμερά του περιεχόμενα. Κοίταξε την ώρα στον επεξεργαστή του εγκεφάλου της και ανακάλυψε ότι είχε μείνει αναίσθητη για μια ώρα. Το αίμα από την πληγή της είχε στεγνώσει και το δέρμα της είχε τσιτωθεί γύρω από το σημείο, πρησμένο και μελανιασμένο. Τα πόδια της την κρατούσαν με δυσκολία και έκανε τα πρώτα δοκιμαστικά βήματα, στηριζόμενη στον τοίχο.

Ξαφνικά μια σκέψη την τίναξε σαν ηλεκτρικό φορτίο. Άρχισε να ψάχνει με μανία τα ρούχα της και όταν βρήκε το φιαλίδιο, ξεφύσηξε με ανακούφιση. Γενικώς δεν είχε χάσει κανένα από τα αντικείμενά της. Δεν είχαν ασχοληθεί καν να την ψάξουν και απλά την είχαν παραπετάξει στα σκουπίδια. Η αδιαφορία τους της είχε φανεί πολύ βολική. Οι δρόμοι έλεγαν με ευδιάκριτα σημάδια την ιστορία των τελευταίων ωρών. Κομμάτια από σπασμένα αντικείμενα, μικρές εστίες φωτιάς, μικρά προσωπικά είδη και μερικά πεσμένα κορμιά, μαρτυρούσαν την εξέγερση που είχε ξεσπάσει και τη σύγκρουση που είχε ακολουθήσει. Προσπαθούσε να βρει ρυθμό στο βηματισμό της καθώς και να προσανατολιστεί. Στα πρώτα λεπτά δεν είχε ιδιαίτερη επιτυχία σε κανένα από τα δύο. Άνοιξε στον επεξεργαστή της ένα χάρτη του Τομέα και κατάφερε να βρει το σημείο από το οποίο είχαν εισβάλλει μαζί με τον Αλκυονέα. Εκεί που νωρίτερα υπήρχαν ισχυρές αστυνομικές δυνάμεις, για να συγκρατήσουν τα κύματα των πολιτών και επικρατούσε πανδαιμόνιο, κυριαρχούσε πλέον μια νεκρική σιγή και όλοι ήταν άφαντοι. Ανεμπόδιστη κατάφερε να περάσει τα όρια του Τομέα και να κατευθυνθεί προς το αυτοκίνητό της, ελπίζοντας ότι ο Αλκυονεύς δεν την είχε παρατήσει αλλά την περίμενε.

Προχωρώντας άκουσε από μακριά ιαχές και εκρήξεις και κατάλαβε ότι οι διαδηλωτές είχαν απωθήσει τους πρώην συναδέλφους της και είχαν μεταφέρει τη μάχη στο γειτονικό Τομέα, ο οποίος δεν είχε αποκλειστεί. Η μάχη πλέον βρισκόταν μακριά της, αλλά αυτό δε σήμαινε απαραίτητα ότι δε θα έπεφτε τυχαία πάνω σε κάποιο περιπολικό που μπορεί να τη σταματούσε για έλεγχο. Με την ταλαιπωρημένη αυτή εμφάνιση, δύσκολα θα έπειθε κάποιον ότι δεν είχε μπλέξει στις ταραχές. Ο Αλκυονεύς, πιστός στις επιταγές του Δημοφώντα, την περίμενε στο αμάξι και την υποδέχτηκε με εμφανή ανακούφιση, η οποία διήρκησε μόνο δύο δευτερόλεπτα, για να αντικατασταθεί αμέσως από τη συνηθισμένη γοητευτική συμπεριφορά του.

«Κάτσε στη θέση του συνοδηγού. Θα οδηγήσω εγώ» της είπε στραβώνοντας τη μύτη του εξαιτίας της ευωδίας που αυτή ανέδιδε, λόγω του ατυχούς περιστατικού με τα σκουπίδια. Εκείνη σωριάστηκε στο κάθισμα, χωρίς να έχει το κουράγιο να ασχοληθεί με τους τρόπους του Αλκυονέα. Την αντιπαθούσε και αυτό δε θα άλλαζε ποτέ. Για αυτόν και το σινάφι του θα ήταν πάντα μια μπατσίνα, ακόμα και αν δεν είχε πια ούτε σήμα, ούτε υπηρεσιακό όπλο, ούτε εξουσιοδότηση για τις ενέργειες τις οποίες έκανε. Αυτό που την ευχαριστούσε όμως, ήταν ότι αναγκαζόταν να την υπακούει, έστω και απρόθυμα. Έστω και αν σιχαινόταν κάθε στιγμή που περνούσε πλάι της. Και αυτό γιατί το αφεντικό του την είχε ανάγκη, για να πραγματοποιήσει και αυτός τα μεγαλεπήβολα αν και ματαιόδοξα σχέδιά του.

Σχέδια, ο καρπός των οποίων υπήρχε πάντα στο μυαλό του Δημοφώντα και που η Θέμις είχε προσφέρει το λίπασμα για να φυτρώσουν λίγο πιο γρήγορα, χρησιμοποιώντας τον εγωισμό του μαφιόζου προς όφελός της. Προσωρινά τουλάχιστον. Ας την αγριοκοίταζε όσο ήθελε λοιπόν ο Αλκυονεύς. Στην τσέπη της βρισκόταν η ανταμοιβή των προσπαθειών της και ξαφνικά αποκτούσαν νόημα όλες οι θυσίες που είχε κάνει μέχρι εκείνη τη στιγμή. Η περιέργειά της για το σκοτεινό αντικείμενο της συνομωσίας του Προμηθέα και του Μαχάονα, θα έβρισκε απάντηση και αν η ερμηνεία της για τα συμπτώματα του μικρού παιδιού που είχε πιει το νερό ήταν σωστή, τότε θα γινόταν μάρτυρας γεγονότων που θα έγραφαν ιστορία και θα άλλαζαν τις ζωές όλων τους για πάντα. Μέσα στη χαρά της όμως, δεν πρόσεξε το αυτοκίνητο που τους ακολουθούσε, οδηγημένο από τον Κόβαλο.

κεφΑΛΛΙΟ 16

Ο Μέμνων καθόταν στην καρέκλα του στη μεγάλη αίθουσα συσκέψεων και προσπαθούσε να αντλήσει από κάπου υπομονή, προκειμένου να υπομείνει την εκνευριστική διαδικασία. Έσβησε άλλο ένα τσιγάρο στο σταχτοδοχείο, το οποίο ήταν ήδη ξεχειλισμένο από τα υπόλοιπα αποτσίγαρά του και με δυσκολία προσπάθησε να καταπολεμήσει τον εκνευρισμό και την ανία του, αφήνοντας μερικά λεπτά να περάσουν μέχρι να ανάψει το επόμενο. Άλλωστε τα τεχνητά πνευμόνια κόστιζαν αρκετά, οπότε έπρεπε να διατηρήσει τα φυσικά του υγιή, όσο περισσότερο μπορούσε. Δυστυχώς ήταν ένας άνεργος μαφιόζος πλέον και τα χρήματα ήταν ένα θέμα που τον απασχολούσε πια. Δεν είχε πιστέψει ποτέ ότι θα ήταν εύκολη υπόθεση, να επιβάλει τη θέλησή του στην οργάνωση του Προμηθέα. Αλλά αυτό που συνέβαινε τις τελευταίες ώρες ήταν γελοίο και χάσιμο χρόνο. Ενώ οι εξελίξεις έτρεχαν, τα μέλη της οργάνωσης, σε μια αποθέωση της δημοκρατίας, άκουγαν τις απόψεις όποιου επιθυμούσε να ανέβει στο βήμα (και δεν ήταν λίγοι), για να ψηφίσουν στο τέλος αν θα ανέθεταν την αρχηγία των επιχειρήσεων στον Μέμνονα ή αν απλά θα τον πετούσαν έξω με τις κλωτσιές.

Ο ίδιος δεν ήταν ιδεολογικά αντίθετος με τη διαδικασία. Ήταν όμως ιδεολογικά αντίθετος με οτιδήποτε έβλαπτε το συμφέρον του. Και εκείνη τη στιγμή αισθανόταν πως καθυστερούσαν αδικαιολόγητα, να αποφασίσουν κάτι το οποίο ήταν ούτως ή άλλως μονόδρομος. Από όσα είχε δει, ήταν ο μόνος ικανός να τους οδηγήσει στη νίκη και αυτό έπρεπε να το καταλάβουν. Χωρίς αυτόν θα τους κατάπινε η μαφία ή η αστυνομία για λογαριασμό της κυβέρνησης. Μιας κυβέρνησης που μάλλον είχε καταλάβει, μετά από τόσες μέρες, ποιος ήταν ο σκοπός των επιθέσεων στα Κέντρα Καθαρισμού και Ανατροφοδότησης Ύδατος και φαινόταν αμήχανη και μάλλον δυσαρεστημένη από την τροπή των γεγονότων. Το θετικό ήταν ότι επικρατούσε αναβρασμός σε όλη τη χώρα και έτσι όλοι ήταν αλλού απασχολημένοι. Αυτό τους έδινε λίγο χρόνο για αναδιοργάνωση, αλλά όχι πολύ. Σύντομα κάποιος θα έστρεφε την προσοχή του στη μυστηριώδη ομάδα ευεργετών για κάποιους, τρομοκρατών για κάποιους άλλους και όταν γινόταν αυτό ο Μέμνων θα έπρεπε να είναι έτοιμος να δράσει και να έχει την υποστήριξη ενός υπάκουου συνόλου. Ένας νεαρός ήρθε δίπλα του και τον κοίταξε με απέχθεια επειδή κάπνιζε. Ο Μέμνων χάιδεψε απαλά τη λαβή του κατάνα του και ο άντρας πράττοντας με σοφία, απομακρύνθηκε εσπευσμένα.

Οι εκπρόσωποι της οργάνωσης από τους διάφορους Τομείς, είχαν χωριστεί κυρίως σε δύο μερίδες. Η πρώτη με επικεφαλής τον Κλεομένη, θεωρούσε τον Μέμνονα παρείσακτο και δεδομένου του παρελθόντος του, άτομο αναξιόπιστο που θα έπρεπε να λογοδοτήσει για τις εγκληματικές του πράξεις. Οπωσδήποτε κάποιος με τον οποίον δεν έπρεπε να συνδεθεί η οργάνωση και το ιερό της εγχείρημα. Η δεύτερη μερίδα με προεξάρχοντα τον Δημάρατο, θεωρούσε ότι έπρεπε να παραδώσουν την ηγεσία στον

Μέμνονα, λόγω της εμπειρίας του και της πολεμικής του δεινότητας. Απλά έθετε την προϋπόθεση, να πλαισιωνόταν αυτός από μια επιτροπή από παλαιά μέλη της οργάνωσης, η οποία θα τον συμβούλευε και θα τον ήλεγχε για τυχόν παρεκτροπές. Ο Μέμνων είχε διακρίνει μια βαθιά αντιπάθεια ανάμεσα στους δύο άντρες, με τους φλογερούς λόγους τους να ξεφεύγουν πολλές φορές από το βασικό θέμα και να ολισθαίνουν σε ανούσιες προσωπικές επιθέσεις. Ειδικά για τον Δημάρατο, είχε την υποψία ότι διαφωνούσε μόνο και μόνο για να έρθει σε αντίθεση με τον Κλεομένη. Αυτή η έριδα τον βόλευε πάρα πολύ και θα τη χρησιμοποιούσε για να εδραιώσει την εξουσία του. Ο Κλεομένης ίσως θα έπρεπε να βγει από τη μέση, μέσω κάποιου ατυχήματος. Ήταν μια προοπτική προς εξέταση.

Κάποια στιγμή η ρητορική μονομαχία τους έλαβε τέλος, με το κοινό να μην είναι ακόμα σίγουρο προς τα πού έκλινε. Υπήρχαν βέβαια διάφοροι υποστηρικτές του καθενός από τους δύο διαφωνούντες, οι οποίοι είχαν συγκεντρωθεί και προσκολληθεί πάνω τους σαν βδέλλες, επιβεβαιώνοντας την επιρροή που ασκούσαν οι ηγετικές αυτές φυσιογνωμίες στους υπολοίπους. Οι περισσότεροι όμως ήταν ακόμα αναποφάσιστοι. Κάτι χειρότερο ίσως από αναποφάσιστοι. Ήταν φοβισμένοι. Αυτό ήταν πολύ θετικό για τον Μέμνονα. Του άρεσε να χρησιμοποιεί το φόβο των ανθρώπων σαν λαβή εναντίον τους. Είχε μάθει από τον Σκίρωνα, πόσο πιο εύκολα χειραγωγείται ένας άνθρωπος φοβισμένος, με τη θέλησή του να καταρρέει υπό το βάρος των αμφιβολιών του και του δισταγμού. Είχε μάθει πολλά από το αφεντικό του. Αυτό έπρεπε να του το αναγνωρίσει. Κρίμα που όσα έμαθε θα τα χρησιμοποιούσε για να τον καταστρέψει. Ο Δημάρατος προλείανε το έδαφος για την έλευσή του στο βήμα.

«Ας μας πει ο ίδιος ο Μέμνων τι έχει να προσφέρει στην οργάνωσή μας και μόλις έχουμε όλα τα δεδομένα, τότε θα μπορούμε να λάβουμε τη σωστή απόφαση και να ψηφίσουμε με γνώμονα το καλό της οργάνωσης». Τα λόγια του Δημάρατου ο Κλεομένης τα υποδέχθηκε με έναν καγχασμό.

«Αν νομίζεις ότι θα κάτσω εδώ να δηλητηριαστώ από τα λόγια ενός κοινού εγκληματία, τότε είσαι πιο ανόητος από ό,τι πίστευα. Εσύ μπορεί να είσαι έτοιμος να ξεπουληθείς στον οποιονδήποτε, αλλά εγώ δεν πρόκειται ποτέ να ανεχτώ αυτό το άτομο στην οργάνωσή μας. Ακούστε με καλά όλοι. Αν ψηφίσετε υπέρ αυτής της παράλογης πρότασης, τότε εγώ και όσοι με ακολουθούν θα αποχωρήσουμε. Θα συνεχίσουμε μόνοι μας αν χρειαστεί, στο ίδιο πνεύμα και με τις ίδιες αρχές που έθεσαν ο Προμηθέας και ο Μαχάων. Οι δύο ηγέτες μας, τη μνήμη των οποίων επιχειρείτε να βεβηλώσετε σήμερα».

Ξεστομίζοντας την απειλή του έφυγε από την αίθουσα, χωρίς να κοιτάξει πίσω, με την ακολουθία του να τρέχει να τον προλάβει. Ο Μέμνων είδε τους υπόλοιπους αντιπροσώπους να κοιτάζονται μεταξύ τους με αγωνία. Αποδεικνυόταν ότι δεν ήταν ο μόνος, ο οποίος ήξερε να διαχειρίζεται σωστά το φόβο των άλλων. Δεν έπρεπε βέβαια να του κάνει εντύπωση, το πόσο εύκολα μπορούσε να τους χειραγωγήσει. Έχοντας χάσει τους αρχηγούς τους, ένιωθαν παραδομένοι στο έλεος της μοίρας. Αναζητούσαν εναγωνίως λοιπόν κάποιον, ο οποίος θα έπαιρνε τα ηνία. Ο Κλεομένης είχε το προβάδισμα, γιατί ήταν και αποφασισμένος και γνωστός τους εδώ και χρόνια. Ο Μέμνων από την άλλη, δεν ενέπνεε εμπιστοσύνη και δε θα ενέπνεε ακόμα και αν δε γνώριζαν ότι ήταν μαφιόζος. Σηκώθηκε από την καρέκλα και προχώρησε, χωρίς να βιάζεται, για να σταθεί μπροστά από τους αντιπροσώπους. Όλα τα βλέμματα ήταν στραμμένα πάνω του και τα αυτιά ήταν τεντωμένα για να ακούσουν τι είχε να τους πει. Είχε τραβήξει την προσοχή τους και αυτό τον ικανοποιούσε. Πολλοί μπορεί και να τον έβλεπαν σαν αξιοθέατο.

Όποιος και αν ήταν ο λόγος, το σημαντικό ήταν ότι βρίσκονταν στην   κατάλληλη   διάθεση   για   να   επηρεαστούν   και   να χειραγωγηθούν, όπως αυτός ήθελε. Υπό την επιρροή του. Πριν αρχίσει να μιλάει, τους κοίταξε με βλέμμα που πρόδιδε θυμό και αγανάκτηση. Βέβαια στα γρανάζια του μυαλού του, δεν υπήρχε τίποτα από τα δύο, αλλά μόνο πολύ προσεγμένοι υπολογισμοί. Είχε όμως αποφασίσει να παίξει το χαρτί του θιγμένου ευεργέτη, που ερχόταν αντιμέτωπος με την αχαριστία των ευεργετημένων. Και η αλήθεια ήταν ότι πολλοί σε εκείνη την αίθουσα, του χρωστούσαν τις ζωές τους. Γιατί οι οδηγίες που τους είχε δώσει, όταν οι επιθέσεις είχαν ξεφύγει από τον αρχικό σχεδιασμό και η όλη επιχείρηση κινδύνευσε να εκτροχιαστεί, έκαναν τη διαφορά ώστε να βρίσκονται ελεύθεροι και ζωντανοί στις κατακόμβες, αντί για το νεκροτομείο ή το κελί.

«Πριν μερικές μέρες κάνατε μια μεγάλη προσπάθεια. Μια επιχείρηση συντονισμένη, με ομάδες σε όλους τους Τομείς. Χρησιμοποιώ τη λέξη συντονισμένη όντας επιεικής, γιατί στην πραγματικότητα μόνο συντονισμένη δεν ήταν αυτή η επιχείρηση. Ορμήσατε γενναία προς το σκοπό σας, χωρίς ξεκάθαρο σχέδιο, χωρίς εναλλακτικές σε περίπτωση που κάτι πήγαινε στραβά, χωρίς καν ένα αξιοπρεπές σχέδιο διαφυγής από την αστυνομία. Και όταν βρεθήκατε με την πλάτη στον τοίχο, ακούστηκε ξαφνικά στους εγκεφάλους σας μια φωνή, που σας καθοδήγησε και σας έσωσε από τα χειρότερα. Η φωνή αυτή ήταν η δική μου. Αυτό που έγινε πριν από μερικές ημέρες, μπορώ να το ξανακάνω. Έχω τη δυνατότητα να σας λέω τι να κάνετε και πότε να το κάνετε, ώστε να επιτυγχάνετε πάντα το σκοπό σας. Αν γίνω αρχηγός σας, ποτέ δε θα βρεθείτε ξανά αντιμέτωποι με δυσάρεστες εκπλήξεις, με ελλιπή οπλισμό και πληροφόρηση και χωρίς να ξέρετε ακριβώς αν και πώς να αντιμετωπίσετε τον αντίπαλο. Ο Προμηθέας είχε ένα σπουδαίο όραμα, αλλά δεν είχε τις απαραίτητες ικανότητες για να οργανώσει μια μάχιμη οργάνωση. Γιατί αυτό πρέπει να γίνετε».

«Ο Μαχάων αν και είχε διατελέσει στρατιωτικός, ήταν βυθισμένος πάντοτε στην ειδικότητά του για να ασχοληθεί με εκπαίδευση, προετοιμασία και σχεδιασμό επιχειρήσεων. Είχε αφοσιωθεί στη δημιουργία του Κίστου και αυτό θα του το χρωστάμε για πάντα. Αλλά ούτε εκείνος έκανε για ηγέτης σας. Το φάρμακο πλέον υπάρχει. Αυτό που χρειάζεται είναι η διάδοσή του, τομέας στον οποίον επίσης έχω εμπειρία. Δεν έχει καμία διαφορά το να πουλάς ένα ναρκωτικό, από ένα απαγορευμένο από την κυβέρνηση φάρμακο. Βέβαια, ενώ για τον κυκεώνα ο πελάτης έρχεται ξανά και ξανά, τον Κίστο θα τον αγοράζουν μια και μόνη φορά. Όμως με κάθε θεραπευμένο άντρα ή γυναίκα, θα έχουμε και ένα νέο μέλος στην οργάνωσή μας. Και αυτό θα μας δώσει αστείρευτη δύναμη, κόντρα στην πολιτική εξουσία και στην εξουσία του υποκόσμου, που άλλωστε είναι αλληλένδετες. Ξέρω τα κυκλώματα και έχω τις διασυνδέσεις, για να φτάσει ο Κίστος στα χέρια και του τελευταίου πολίτη αυτής της χώρας. Γνωρίζω τις μεθόδους. Με μένα στο τιμόνι, το έργο του Προμηθέα θα συνεχιστεί συστηματικά και αποτελεσματικά, όχι με βεβιασμένες και σπασμωδικές κινήσεις».

«Το φάρμακο το δημιουργήσαμε για να το δώσουμε δωρεάν στον κόσμο και εσύ θες να το πουλάς για να βγάλεις κέρδος;» τον διέκοψε κάποιος. Ήταν ο Φίλων. Αν και συντετριμμένος από το θάνατο του Προμηθέα και του Μαχάονα και παραμένοντας σιωπηλός και απαθής τις τελευταίες μέρες, είχε βρει τη δύναμη για να υψώσει το ανάστημά του, ενάντια στην προσωποποίηση του κακού, όπως θεωρούσε τον Μέμνονα. Ο ομιλητής όμως σίγουρος για τον εαυτό του, γέλασε και συνέχισε ακάθεκτος.

«Στο λογαριασμό μου δε θα μπει ούτε μια ψηφιακή δραχμή. Όλα τα έσοδα θα πάνε στην αγορά όπλων!» Τα λόγια του ξεσήκωσαν ένα σούσουρο στην αίθουσα και έμεινε για λίγα δευτερόλεπτα σιωπηλός, αξιολογώντας την επίδραση που είχαν τα λόγια του στο κοινό. Όταν όμως οι ψίθυροι κατασίγασαν, τα βλέμματά τους του έλεγαν ότι περίμεναν να ακούσουν και άλλα.

«Οι εχθροί μας αν δεν έχουν καταλάβει ήδη τι έχουμε στα χέρια μας, θα το καταλάβουν πολύ σύντομα. Η χρήση του κυκεώνα ήταν ένας τρόπος για να μένει ο λαός πειθήνιος. Με τη διακοπή της εξάρτησης, οι άνθρωποι μπορεί να αρχίσουν πάλι να σκέπτονται και αυτό θα είναι ένα πολύ επικίνδυνο φαινόμενο για τα συμφέροντα των κρατούντων. Η μαφία από την άλλη θα χάσει ανυπολόγιστα κέρδη. Θα πέσουν λοιπόν και οι δύο επάνω μας προκειμένου να μη διαδοθεί ο Κίστος. Και θα πέσουν με όλες τους τις δυνάμεις. Θα μας κατασπαράξουν και θα θάψουν όχι μόνο τα κορμιά μας, αλλά ακόμα και την ανάμνησή μας. Οτιδήποτε μαρτυρά την ύπαρξη της οργάνωσης θα σβηστεί και τελικά θα καταλήξουμε ένας αστικός μύθος. Σε αυτήν την ορμητική επίθεση θα πρέπει να αμυνθούμε σκληρά. Να είμαστε έτοιμοι να σκοτώσουμε και έτσι χρειαζόμαστε οπλισμό πολύ καλύτερο από ό,τι διαθέτουμε ήδη. Επομένως ναι, ο Κίστος θα έχει αντίτιμο. Χαμηλό για να είναι προσιτός σε όλους. Αλλά θα πρέπει να βγάζουμε κέρδος, αν θέλουμε να επιζήσουμε. Αυτό είναι το σχέδιό μου και είναι για εσάς μονόδρομος. Μπορείτε να τα παρατήσετε βέβαια όλα και να πάτε σπίτια σας. Θεραπευμένοι και χωρίς να έχετε ανάγκη τον κυκεώνα. Κανείς δε θα σας κατηγορήσει. Αν όμως θέλετε να πολεμήσετε, οι ερασιτέχνες δεν έχουν χώρο στην κεφαλή ενός τόσο σημαντικού οικοδομήματος ανθρώπινων ψυχών. Σκεφτείτε όσα σας είπα καλά. Θα περιμένω την απάντησή σας».

Έφυγε από την αίθουσα αφήνοντάς τους εμβρόντητους. Αυτά που τους είχε πει δεν τα περίμεναν και είχαν μείνει όλοι παγωμένοι στις θέσεις τους. Η πρόταση που τους έκανε ήταν εξωφρενική για την ηθική τους. Τους έλεγε ουσιαστικά να γίνουν όμοιοι με τους εμπόρους ναρκωτικών. Ενώ είχαν ξεκινήσει να σώσουν την ανθρωπότητα, τους ζητούσε ξαφνικά να γίνουν έμποροι, εκβιάζοντας τον κόσμο να τους πληρώνει, για να αποκτήσει την πραγματική του όραση. Όσο όμως εξωφρενικό και αν ακουγόταν, με λίγη σκέψη παραπάνω ανακάλυπταν ότι παρουσίαζε κάποια λογική. Μπορεί να μην ήταν μια πορεία σύμφωνη με την ιδεολογία τους, αλλά ήταν πιο πρακτική και τους προσέφερε περισσότερες πιθανότητες επιτυχίας. Επίσης, η σιγουριά με την οποία μιλούσε, τον έκανε πιστευτό στις συνειδήσεις τους, σχετικά με τις δυνατότητες που είχε να διαδώσει το φάρμακο και να το προμηθευτούν όσο περισσότεροι άνθρωποι γινόταν, κάτω από τη μύτη των αρχών που παραμόνευαν. Κανείς δεν μπορούσε να αμφισβητήσει την εμπειρία του σε τέτοια θέματα. Όλοι ήξεραν ή είχαν μάθει πλέον, την ιστορία του. Για ποιον εργαζόταν όλα αυτά τα χρόνια και τι ακριβώς έκανε. Αν μπορούσε να διακινεί κυκεώνα και να μένει ασύλληπτος από την αστυνομία, τότε μπορούσε να κάνει το ίδιο και με τον Κίστο. Αφού το σχέδιο με τα Κέντρα Καθαρισμού και Ανατροφοδότησης Ύδατος είχε αποτύχει, χρειάζονταν μια καλή εναλλακτική. Και η εναλλακτική του Μέμνονα δεν ήταν απλά καλή, αλλά και η μόνη. Αφού κανείς άλλος, συμπεριλαμβανομένου του Κλεομένη, δεν είχε αποσαφηνίσει ποια θα ήταν η επόμενή τους κίνηση.

Πέρασε αρκετή ώρα περιμένοντας, κάτι για το οποίο ήταν προετοιμασμένος. Είχε δει την αμφιβολία στα μάτια τους και καταλάβαινε πόσο διχασμένοι ήταν. Θα δυσκολεύονταν πολύ να πάρουν την απόφασή τους και να επιλέξουν ανάμεσα στην πίστη σε ένα σύντροφο της παράταξης και στην πιο πρακτική λύση της ανάθεσης της ηγεσίας σε έναν έμπειρο άντρα, που όμως για πολλούς ήταν παρείσακτος και τα ελατήρια του ήταν τουλάχιστον ύποπτα. Είχε συνδεθεί με τον εγκέφαλό του στο διαδίκτυο και αναζητούσε ειδήσεις σχετικά με τους αντιπάλους του. Η Έμπουσα δεν υπήρχε πια. Όσοι είχαν σωθεί από τη σφαγή είχαν εξαφανιστεί από προσώπου γης, φοβούμενοι για τις ζωές τους. Η Χίμαιρα κυνηγούσε ακόμα και τους υπαλλήλους της νόμιμης βιτρίνας της εγκληματικής οργάνωσης, σε μια ανούσια επίδειξη εκδικητικής μανίας. Και οι επιζώντες πάντως δεν έμεναν όλοι με τα χέρια σταυρωμένα και τρεμάμενοι σε κάποια σκοτεινή γωνιά. Είχαν αρχίσει να δημιουργούν νέες συμμορίες, μικρότερες από την Έμπουσα, που ήταν όμως και πιο δύσκολο να εντοπιστούν. Άλλοι πουλούσαν τα μυστικά της διαλυμένης εταιρείας στα διάφορα αφεντικά της μαφίας. Έτσι είχε αρχίσει το πλιάτσικο σε κρυφές αποθήκες, όπου βρίσκονταν όπλα μηχανήματα και κυκεώνας.

Ο Μέμνων προβληματίστηκε με το γεγονός, διότι ήλπιζε να πάρει και εκείνος μέρος στο ξεκοκάλισμα της περιουσίας της Έμπουσας. Η διαδικασία όμως της επιλογής ηγέτη από την οργάνωση του Προμηθέα τον καθυστερούσε σημαντικά, κάνοντάς τον να φοβάται ότι όταν θα ήταν πλέον έτοιμος να δράσει, δε θα είχε μείνει τίποτα για εκείνον. Εκεί βέβαια που το πλιάτσικο είχε πάρει γιγαντιαίες διαστάσεις, ήταν στο ίδιο το κτίριο της Έμπουσας. Ο περισσότερος τεχνολογικός και εξοπλιστικός πλούτος φυλασσόταν εκεί. Στο μέρος που αφελώς ο Πολυπήμονας θεωρούσε το ασφαλέστερο της οργάνωσής του. Η αστυνομία είχε πάρει τη μερίδα του λέοντος, αλλά μόνο ένας μέρος από τα πολύτιμα αντικείμενα θα πήγαινε στα τμήματα για την καταπολέμηση του εγκλήματος. Ένα σημαντικό κομμάτι θα χρησίμευε για τον πλουτισμό ορισμένων, που δεν είχαν ηθικούς ενδοιασμούς να πουλήσουν τα ευρήματα σε όποιον έδινε τα περισσότερα. Έτσι, έστω και πλαγίως, πάλι κάποια όπλα και μηχανήματα έβρισκαν το δρόμο τους προς τη μαφία. Φυσικά αυτήν την πληροφορία δεν τη βρήκε στην επίσημη ειδησεογραφία, αλλά από ανεξάρτητους αρθρογράφους, που έπαιζαν το κεφάλι τους γράφοντας τέτοιες κατηγορίες.

Το πιο σημαντικό στοιχείο και η μεγαλύτερη επιτυχία για την αστυνομία, ήταν η ανακάλυψη της φόρμουλας για ένα νέο πανίσχυρο κράμα μετάλλων, το οποίο μπορούσε να αντέξει στις ριπές των λέιζερ. Όχι μόνο για μερικά λεπτά, όπως κάποια άλλα κράματα, αλλά για πάντα. Το μυαλό του Μέμνονα πήγε αμέσως στο ραβδί του Αλάριχου, το οποίο βρισκόταν καρφωμένο στο σώμα του πρώην ιδιοκτήτη του. Μάλλον θα έπρεπε να το είχε πάρει μαζί του, αλλά τώρα ήταν αργά για κάτι τέτοιο. Πάντως η αστυνομία θα αποκτούσε ένα σημαντικό πλεονέκτημα εναντίον της μαφίας, ίσως για πρώτη φορά εδώ και αιώνες. Ένιωσε ανήμπορος. Όλοι οι αντίπαλοί του, ακόμα και η αστυνομία, εξοπλίζονταν και προετοιμάζονταν για τη μάχη που θα ακολουθούσε, ενώ εκείνος περίμενε την απόφαση ανθρώπων που δεν είχαν καμία σχέση με τον πόλεμο και κανονικά θα έπρεπε να βρίσκονται κρυμμένοι στα σπίτια τους, όντας ανίκανοι για οτιδήποτε άλλο. Μετά όμως διάβασε κάτι που τον έκανε να αλλάξει γνώμη. Οι κοινοί άνθρωποι που τόσο πολύ υποτιμούσε, είχαν ξεσηκωθεί σε όλους τους Τομείς εναντίον των αρχών, απαιτώντας δικαιοσύνη και απαντήσεις. Στην αρχή ήθελαν μόνο απαντήσεις για το νερό. Σιγά-σιγά όμως άρχισαν να απαιτούν περισσότερα και ξαφνικά ετίθεντο ερωτήματα τα οποία θα έπρεπε να είχαν εξεταστεί από παλιά και που οι απαντήσεις τους, θα δημιουργούσαν μια κοινωνική χιονοστιβάδα.

Η αστυνομία βρισκόταν σε αμηχανία, καθώς είχε σταθεί αδύνατο να καταπνίξει τις κατά τόπους εξεγέρσεις, με το φαινόμενο να γενικεύεται και με τις επιτυχίες των μαζών, να δίνουν θάρρος και σε άλλους πολίτες που προηγουμένως δίσταζαν, να εντάσσονται και αυτοί στο κύμα διαμαρτυρίας. Όλη η χώρα βρισκόταν σε αναβρασμό με την κυβέρνηση να έχει λουφάξει, ενώ όλες οι υπόλοιπες δυνάμεις κινούνταν για να πάρει η καθεμία το μερίδιό της από την πίτα. Και μιλώντας για δυνάμεις, δε θα μπορούσε να βρίσκεται έξω από το παιχνίδι η θριαμβεύτρια Χίμαιρα. Η κατάρρευση μέρους του κτιρίου της από το λέιζερ της Έμπουσας, λίγο είχε ανησυχήσει τον Σκίρωνα. Η απώλεια ανθρώπινων ζωών ήταν κάτι που ποτέ δεν άξιζε την προσοχή του, ειδικά τη στιγμή του θριάμβου του. Είχε έρθει η ώρα να δρέψει τους καρπούς της νίκης. Μιας νίκης που ο Μέμνων ήταν σίγουρος ότι ο Σκίρων ακόμα θα αναρωτιόταν πώς προέκυψε. Βέβαια δεν είχε μείνει αδρανής και διερωτώμενος για το επιτυχημένο σαμποτάζ στην Έμπουσα. Αμέσως είχε απλώσει τα πλοκάμια του, για να καλύψει το κενό που είχε αφήσει ο νεκρός του αντίπαλος στην αγορά, συνθλίβοντας ταυτόχρονα τις μικρές συμμορίες που τολμούσαν να μπλέκονται στα πόδια του. Αυτές ας βολεύονταν με τα ψίχουλα που θα περίσσευαν, από το μεγάλο φαγοπότι της ισχυρότερης εταιρείας του υποκόσμου. Ο Μέμνων είχε πολύ δρόμο να καλύψει και ακόμα και αν έφτανε στο τέλος αυτού του δρόμου, δεν ένιωθε ιδιαίτερα σίγουρος ότι θα κατάφερνε να πάρει την εκδίκησή του από τον πανούργο και αδίστακτο Σκίρωνα.

Η τελική αυτή αναμέτρηση ήταν ένα θέμα που θα έπρεπε να περιμένει, αφού ο Δημάρατος του χτυπούσε την πόρτα για να του ανακοινώσει την απόφαση των εκπροσώπων. Κατάλαβε αμέσως ότι τα νέα δεν ήταν καλά. Ο υποστηρικτής του και φανατικός πολέμιος του Κλεομένη, ήταν περίλυπος και δίσταζε να του μιλήσει ξεκάθαρα. Ο Μέμνων τον έβγαλε από τη δύσκολη θέση.

«Εξέλεξαν τον Κλεομένη για αρχηγό, έτσι δεν είναι;» Ο Δημάρατος ένευσε καταφατικά.

«Είναι τρομοκρατημένοι και το ενδεχόμενο να φύγει ο Κλεομένης και όσοι τον ακολουθούν, τους έκανε να τρέμουν γιατί αυτό θα προκαλούσε διάσπαση στην οργάνωση και θα αποδυναμωνόταν ακόμα περισσότερο. Σε αυτήν την κρίσιμη φάση δεν υπάρχει περιθώριο για μια τέτοια εξέλιξη. Έτσι υπέκυψαν. Και όλα αυτά με τις ευλογίες του Φίλωνα. Μπορεί να είναι ένας αδύναμος γέρος, αλλά η γνώμη του μετράει και έχει διαδώσει ότι είσαι εμμέσως υπεύθυνος για το θάνατο του Προμηθέα».

«Η βιασύνη του και η έλλειψη προετοιμασίας έστειλαν τον Προμηθέα στον τάφο. Για το μόνο που είμαι εγώ υπεύθυνος, είναι που δε θέλησα να τον ακολουθήσω στο μοιραίο μονοπάτι που επέλεξε».

«Δυστυχώς πολλοί δεν το βλέπουν έτσι. Μου ζήτησαν να σου μεταφέρω και ένα μήνυμα. Σε ευχαριστούν για τη βοήθειά σου, αλλά η πρόθεσή σου να εμπορευτείς τον Κίστο καθώς και οι εγκληματικές σου πράξεις, σε καθιστούν ακατάλληλο για μέλος της οργάνωσης και σου ζητούν να φύγεις από τις εγκαταστάσεις μας». Ο Μέμνων γέλασε.

«Τι συμβαίνει;» ρώτησε ο Δημάρατος.

«Ο Κλεομένης ακόμα δεν έγινε αρχηγός και παρουσιάζει τα ίδια ανησυχητικά συμπτώματα με τον προκάτοχό του. Εγώ στη θέση του θα με σκότωνα, αντί να με αφήσω ελεύθερο και με τόσα μυστικά για την οργάνωση στη φαρέτρα μου».

«Θα μας καταστρέψεις για να πάρεις εκδίκηση;» ρώτησε τρέμοντας ο Δημάρατος και αμφιβάλλοντας ξαφνικά για το στρατόπεδο που είχε επιλέξει.

«Όχι ακριβώς. Μπορεί να φανεί έτσι στην αρχή, αλλά στο τέλος θα αποδειχθώ ευεργέτης σας για μια ακόμα φορά. Πες τους ότι φεύγω και δήλωσε πίστη στον Κλεομένη όσο και αν τον απεχθάνεσαι. Θα αφήσω λίγο καιρό να περάσει, αλλά κάποια στιγμή θα έχεις νέα μου. Η υπόθεση δεν έχει τελειώσει ακόμα. Γι' αυτό να είσαι σίγουρος». Έβαλε το καπέλο του και έφυγε χωρίς δισταγμό, αλλά με τη σιγουριά ότι θα επέστρεφε σε εκείνο το μέρος, θριαμβευτής.

Τις επόμενες ημέρες δεν έχασε λεπτό. Ήρθε σε επαφή με τις διασυνδέσεις του, οι οποίες δεν είχαν σχέση με τη Χίμαιρα, με τη μανία του για αυτή τη μικρή μορφή ανεξαρτησίας από τον εργοδότη του, να αποδεικνύεται ξαφνικά σωτήρια. Ήθελε να μάθει πληροφορίες που οι δημοσιογράφοι δεν μπορούσαν να αποκαλύψουν, ακόμα και όσοι δεν ήταν στην υπηρεσία κάποιου κόμματος, απλούστατα γιατί κάποια πράγματα ο υπόκοσμος τα κρατούσε προσεκτικά φυλαγμένα για τον εαυτό του. Από το διαδίκτυο είχε πάρει τη γενική εικόνα και πλέον επιδίωκε να συμπληρώσει το παζλ των εξελίξεων, με τα κομματάκια που έλειπαν από τις σκοτεινές γωνιές και παρουσίαζαν και το μεγαλύτερο ενδιαφέρον. Αυτό που τον ικανοποίησε, ήταν ότι ακόμα κανείς δεν ήξερε με σιγουριά ποιοι είχαν δηλητηριάσει το νερό και ποια ακριβώς ουσία είχαν χρησιμοποιήσει. Υπήρχαν πολλές φήμες για συνομωσία στους ενδότερους κύκλους της κυβέρνησης, αλλά τέτοια πράγματα πάντοτε ακούγονταν με περίσσια ευκολία, χωρίς να συνοδεύονται από αποδείξεις. Αυτό που έκαιγε τον Μέμνονα, ήταν τι είχε αντλήσει η Θέμις από τον Άργο Πανόπτη και επίσης ποιος την υποστήριζε. Άρχισε λοιπόν να ρωτάει επίμονα για εκείνη και σύντομα ανακάλυψε τον ευεργέτη της. Οι τρεις άντρες που την είχαν συνοδεύσει έως το παλαιοπωλείο και που είχαν απαγάγει τον Άργο για λογαριασμό της, δούλευαν για τον Δημοφώντα.

Στην αρχή νόμιζε ότι τον ενέπαιζαν. Τι λόγο είχε ο Δημοφώντας να βοηθήσει τη Θέμιδα; Οι επιχειρήσεις του δεν είχαν καν σχέση με το εμπόριο του κυκεώνα και δεν είχε την ισχύ για να χτυπήσει τη Χίμαιρα. Μπορεί όμως η Θέμις να του είχε κάνει αποκαλύψεις, οι οποίες να του άνοιξαν την όρεξη και να τον είχαν ωθήσει να κινητοποιήσει όσες δυνάμεις διέθετε. Και ήδη αυτές οι δυνάμεις είχαν σημειώσει την πρώτη τους επιτυχία. Την απαγωγή του Άργου Πανόπτη και τη σύνθλιψη μιας ομάδας κρούσης της Χίμαιρας. Ο Μέμνων ήταν κάτω από την επιφάνεια όταν συνέβησαν αυτά, αλλά ήταν γεγονότα που είχαν διαδοθεί και τα συζητούσε όλος ο υπόκοσμος και είχαν φτάσει έτσι και στα δικά του αυτιά. Αμέσως ένα σχέδιο άρχισε να σχηματίζεται στο μυαλό του. Είχε σκοπό να ασκήσει πίεση στην οργάνωση του Προμηθέα, για να αναγκαστούν να τον χρήσουν αρχηγό τους. Όμως δεν τολμούσε να στρέψει την πανίσχυρη Χίμαιρα εναντίον τους. Αυτό που χρειαζόταν ήταν μια μικρή συμμορία, που μόλις συγκρουόταν με τον Κλεομένη και τον έβγαζε εκτός μάχης, μετά θα μπορούσε ο Μέμνων να την απωθήσει, γεμίζοντας χαρά και ευγνωμοσύνη τους υπόλοιπους επαναστάτες. Το επιπλέον θετικό στην περίπτωση του Δημοφώντα, ήταν ότι θα εξόντωνε μια συμμορία που ίσως ήξερε πολύ περισσότερα από όσα έπρεπε, λόγω της Θέμιδας.

Επικοινώνησε με τον Δημοφώντα και τον κάλεσε σε μια μυστική συνάντηση, συμβουλεύοντάς τον να έρθει μόνος του, καθώς η καινούργια του φίλη δε συμπαθούσε καθόλου τον Μέμνονα και έτσι θα δημιουργούνταν περιττές εντάσεις. Ο Δημοφώντας εμφανίστηκε καχύποπτος, όπως ήταν φυσικό. Όμως όταν ο Μέμνων του αποκάλυψε το θάνατο του Προμηθέα και του είπε πως είχε πληροφορίες για τη δηλητηρίαση του νερού και πως ήξερε πού μπορούσε κάποιος να βρει και άλλη από τη μυστηριώδη ουσία, ο Δημοφώντας έδειξε ιδιαίτερο ενδιαφέρον και συμφώνησε να τον συναντήσει. Κανείς από τους δύο δεν ήξερε ότι και ο άλλος γνώριζε τις πραγματικές ιδιότητες της ουσίας και πως αυτό το κρυφτούλι που έπαιζαν μεταξύ τους, χρησιμοποιώντας μισές αλήθειες και κρύβοντας λόγια, δεν είχε κανένα νόημα. Δε θα ρίσκαραν ποτέ να αποκαλύψουν οικιοθελώς ο ένας στον άλλον, την αλήθεια που κρυβόταν πίσω από τον Κίστο. Ο Δημοφώντας, χάρη στις προσπάθειες της Θέμιδας, είχε στα χέρια του δείγμα του Κίστου, το οποίο είχε παραδώσει ήδη σε ειδικούς, που έκπληκτοι διαπίστωσαν πως όσα έλεγε η Θέμις ήταν αλήθεια. Ο Κίστος θεράπευε την Αρά. Και έχοντας επίσης το σχεδιάγραμμα των κρησφύγετων του Προμηθέα και των ακολούθων του, ήταν έτοιμος να εξαπολύσει επίθεση και να αρπάξει όλον τον Κίστο για λογαριασμό του, ώστε να γίνει ο απόλυτος άρχοντας του εμπορίου αυτής της ουσίας, η οποία θα κουκούλωνε τον κυκεώνα και οποιονδήποτε τον εμπορευόταν, προσφέροντας στο νέο κυρίαρχο του παιχνιδιού δόξα και αμύθητα πλούτη.

Ο Μέμνων φεύγοντας από τους υπονόμους είχε πάει στο σπίτι του, στο οποίο είχε μέρες να πατήσει. Πήρε τις προφυλάξεις του και διαπίστωσε ότι το φυλούσαν δύο άντρες του Σκίρωνα, ο οποίος ακόμα τον αναζητούσε. Άρα το αφεντικό του αν και δε γνώριζε ότι το τσιπάκι στον εγκέφαλο του Μέμνονα είχε αφοπλιστεί και πως η έκρηξη που θα του έκαιγε τον εγκέφαλο δεν έγινε ποτέ, είχε στείλει για καλό και για κακό τους άντρες του στο σπίτι του πρώην πρωτοπαλίκαρού του, καλύπτοντας έτσι κάθε ενδεχόμενο. Έκανε μεταβολή και απομακρύνθηκε από το διαμέρισμα, χωρίς να αντιληφθεί κανείς τον ερχομό του. Κατευθύνθηκε στην τοποθεσία όπου είχε αφήσει το Austin παρκαρισμένο και διαπίστωσε με χαρά ότι δεν το είχε πειράξει κανείς. Έκανε έναν έλεγχο για βόμβες ή άλλες δυσάρεστες εκπλήξεις, αλλά μάλλον το αυτοκίνητο είχε διαφύγει τελείως της προσοχής της Χίμαιρας, γιατί δε βρήκε τίποτα. Ενεργοποίησε τον κινητήρα και έφυγε, με κατεύθυνση ένα παρακμιακό ξενοδοχείο, όπου ήλπιζε ότι θα χανόταν ανάμεσα στην πλέμπα και δε θα τον ενοχλούσε κανείς, όσο κατέστρωνε τα σχέδιά του και συνέλλεγε τις πληροφορίες του. Η νύχτα της συνάντησης έφτασε και το σημείο που είχε οριστεί ήταν κάτω από μια παλιά γέφυρα κοντά στη θάλασσα. Ο Μέμνων φτάνοντας εκεί αναγκάστηκε να διώξει μερικά πρεζόνια που λυμαίνονταν το χώρο, για να σιγουρευτεί ότι η συνομιλία θα γινόταν μέσα σε άκρα μυστικότητα.

Οι πεζοί που διέσχιζαν τη γέφυρα εκείνη την ώρα ήταν ελάχιστοι, ενώ τα αυτοκίνητα με την ικανότητα πτήσης που διέθεταν, την προσπερνούσαν αγνοώντας τη. Η θάλασσα βρωμούσε μόλυνση και θάνατο και οι οσμές που έφερνε ο αέρας έτσουζαν τα ρουθούνια και τα μάτια του. Λίγα λεπτά αργότερα από την προκαθορισμένη ώρα, το αυτοκίνητο του Δημοφώντα φώτισε τη σκοτεινιά και ο άντρας με την ιδιότροπη εμφάνιση που του χάριζε η στολή της αθανασίας του, αποβιβάστηκε και πλησίασε τον Μέμνονα με καχυποψία που πρόδιδαν οι κινήσεις του. Στο βάθος, τρεις ογκώδεις σκοτεινές μορφές παρακολουθούσαν τη συνάντηση, έτοιμοι να δράσουν οποιαδήποτε στιγμή. Ήταν αναμφισβήτητα οι τρεις γίγαντες που είχαν απαγάγει τον Πανόπτη, σκέφτηκε ο Μέμνων. Αυτοί για τους οποίους πολλοί του είχαν μιλήσει εντυπωσιασμένοι. Έστρεψε την προσοχή του στον Δημοφώντα, ο οποίος μάλλον περίμενε από εκείνον να κάνει την αρχή.

«Ο υπόκοσμος έχει βουίξει από τα κατορθώματά σου. Πολλοί κυνηγούσαν εκείνο το ρομπότ και τελικά το τρόπαιο το άρπαξες εσύ. Βέβαια δεν το φρόντισες και πολύ καλά».

«Τέθηκε εκτός λειτουργίας εξαιτίας ενός ατυχήματος. Ήταν η κακιά στιγμή. Όμως έστω και έτσι μου έδωσε αυτά που ήθελα. Εσύ όμως πώς ήξερες για τη μοίρα του;»

«Ξέρω αυτό και πολλά ακόμα, γιατί ήμουν για λίγο μέλος της ομάδας του Προμηθέα και του Άργου Πανόπτη, που ήταν απλά το κέλυφος που φιλοξενούσε το νου του Μαχάονα. Αλλά μάλλον και αυτό το ξέρεις. Ίσως ξέρεις ακόμα και τι είναι ο Κίστος και σίγουρα θα τον έχεις βάλει στο μάτι. Αυτό που δεν ξέρεις όμως είναι το μυστικό της παρασκευής του. Ένα μυστικό που το φυλούν ζηλότυπα οι διάδοχοι του Μαχάονα και του Προμηθέα, οι οποίοι ετοιμάζουν ήδη τις επόμενες κινήσεις τους. Πριν με διώξουν, κατάφερα να μάθω ότι σκοπεύουν να εξαφανιστούν για λίγο μέχρι να κοπάσει η καταδίωξή τους. Αφελές σαν σχέδιο, αλλά σίγουρα θα κάνει τον εντοπισμό τους πιο δύσκολο για σένα και οποιονδήποτε άλλον. Ευτυχώς για σένα μπορώ να σου δώσω το προβάδισμα που χρειάζεσαι, για να προλάβεις τη Χίμαιρα ή την αστυνομία. Μπορώ να σου δώσω τις ακριβείς τοποθεσίες όπου πρέπει να χτυπήσεις, για να εξοντώσεις τα μέλη της οργάνωσης και να κλέψεις το μυστικό του Κίστου. Με το αζημίωτο φυσικά».

«Πώς ξέρεις ότι δεν έμαθα από τον Άργο Πανόπτη πού κρύβονται ή τη φόρμουλα για τον Κίστο;»

«Θα είχες ήδη κινηθεί για να κλέψεις τη φόρμουλα ή αν την είχες ήδη, για να τους κλείσεις για πάντα τα στόματα και να μη μάθει το μυστικό κανείς άλλος. Έτσι άλλωστε δεν έκανες και με τη στολή που φοράς; Εξάλλου το γεγονός ότι είσαι εδώ απόψε, μαρτυράει από μόνο του ότι δεν έχεις όλες τις πληροφορίες. Είσαι όμως πολύ κοντά. Και αν με πληρώσεις, θα αρπάξεις τον πολυπόθητο Κίστο μέσα από τα χέρια των ανταγωνιστών σου, όπως έκανες και με το ρομπότ».

«Και μόλις λάβεις την πληρωμή σου, τι σκοπεύεις να κάνεις; Εσύ δε θα θελήσεις ένα μερίδιο από τα κέρδη του Κίστου;»

«Δε χρειάζεται να ανησυχείς για μένα. Έχω πολλούς ανοιχτούς λογαριασμούς εδώ και το κλίμα δε με σηκώνει πλέον. Με τα λεφτά που θα μου δώσεις, θα φύγω από τη χώρα και δε θα με ξαναδείς ποτέ σου. Θα μπορείς ανενόχλητος να εξαπλώσεις την κυριαρχία σου στο εμπόριο του φαρμάκου. Λοιπόν; Τι λες;»

Ο Δημοφώντας δεν απάντησε αμέσως στον Μέμνονα. Τον κοίταζε μέσα από την απρόσωπη μάσκα της στολής αθανασίας, χωρίς να του αποκαλύπτει τίποτα, ενώ ο Μέμνων έστελνε σύννεφα καπνού στο νυχτερινό ουρανό. Είχε φορέσει το προσωπείο της χαλαρότητας, αλλά στην πραγματικότητα ένιωθε στο πετσί του την ένταση της στιγμής. Μπορεί ο Δημοφώντας να τον θεωρούσε πολύ επικίνδυνο, για να τον αφήσει να ζήσει και όχι άδικα. Χρειαζόταν ένα κλάσμα του δευτερολέπτου για να ενεργοποιήσει το λέιζερ στο βιονικό του χέρι και κάτι παραπάνω για να ξεθηκαρώσει το σπαθί. Η ταχύτητα και η πονηριά ήταν τα μόνα του πλεονεκτήματα, απέναντι στα θηρία του Δημοφώντα και ίσως να μην αποδεικνύονταν αρκετά. Όσο η σιωπή παρατεινόταν, τόσο οι αμφιβολίες γέμιζαν το κεφάλι του και είχε αρχίσει να έχει την αλλόκοτη αίσθηση, ότι κάποιος τον πλησίαζε αθόρυβα από πίσω. Ο συνομιλητής του όμως βρισκόταν μόλις μερικά μέτρα μακριά του. Ήταν εύκολη λεία για αυτόν.

«Ακόμα και αν με φάνε τα τσιράκια σου, θα σε πάρω μαζί μου στον τάφο, φρικιό» σκέφτηκε και για ένα δευτερόλεπτο αναρωτήθηκε αν είχε πει την τελευταία πρόταση δυνατά.

«Εντάξει. Με ενδιαφέρει η πρότασή σου και αν η τιμή σου είναι λογική, τότε θα προχωρήσουμε στη συνεργασία μας. Όταν όμως μου πεις όσα θέλω και έχω βεβαιωθεί ότι αυτοί που ψάχνω είναι όντως εκεί που θα μου έχεις υποδείξει, θέλω να σε δω με τα ίδια μου τα μάτια να αφήνεις αυτόν τον τόπο για πάντα. Εντάξει;» Ο Μέμνων χαμογέλασε και έσφιξε το ψυχρό χέρι του Δημοφώντα. Ήξερε ότι αν όλα πήγαιναν όπως τα σχεδίαζε, δε θα χρειαζόταν να κρατήσει ποτέ την υπόσχεσή του. Όπως ήξερε ότι και ο

Δημοφώντας θα τον ξεπλήρωνε για τις πληροφορίες του, με μια βολική θέση στον πάτο της θάλασσας, όπου τα απόβλητα θα του έλιωναν τη σάρκα και τα κόκαλα.

∞

«Γιατί παίρνεις τόσο βιαστικές αποφάσεις; Μπορούμε να μιλήσουμε μαζί τους και να συνεργαστούμε. Μπορεί ο Προμηθέας να μην είναι καν νεκρός και ο πληροφοριοδότης σου να σου λέει ψέματα».

«Και σε τι θα χρησίμευε ένα ψέμα για το θάνατο του Προμηθέα; Τι θα άλλαζε στα σχέδιά μου;»

«Ο άνθρωπος αυτός προφανώς υποπτευόταν την πρόθεσή σου να αναλάβεις τον έλεγχο της οργάνωσης και σκέφτηκε ότι με τον Προμηθέα εκτός παιχνιδιού, θα είχες ένα κίνητρο παραπάνω να επιτεθείς και να του δώσεις τα χρήματα που σου ζητάει, για να καρφώσει τους δικούς του. Τι εγγύηση έχεις ότι είναι όντως προδότης και ότι όλα αυτά δεν είναι παγίδα, για να σε εκδικηθούν για το θάνατο του Μαχάονα; Μπορεί να θέλουν να σε παρασύρουν στις κατακόμβες, όπου θα έχουν τον έλεγχο γνωρίζοντας την περιοχή καλά, ενώ εσύ θα αναρωτιέσαι από πού σου έρχεται το κάθε χτύπημα».

«Ο πληροφοριοδότης μου θα με οδηγήσει προσωπικά στη βάση των συνεργατών του Προμηθέα και στα μηχανήματα παραγωγής του Κίστου. Αν κάτι πάει στραβά ή διαπιστώσω κάτι ύποπτο, τότε θα βάλω τον Άλπο να του ξεριζώσει το κεφάλι με τα δόντια».

«Μπορεί να είναι τόσο αφοσιωμένος στην ομάδα του, ώστε να είναι διατεθειμένος να δώσει και τη ζωή του».

«Πίστεψέ με. Ο συγκεκριμένος άνθρωπος δε θα θυσίαζε τη ζωή του ούτε για την ίδια του τη μάνα».

«Πώς είσαι τόσο σίγουρος; Τον ξέρεις από παλιά;»

«Έχω την ευχέρεια να ψυχολογώ τα άτομα που έχω απέναντί μου. Ο άντρας με τον οποίο θα συνεργαστούμε, δεν έχει τη στόφα του μάρτυρα. Διαβλέπει ότι χωρίς τον Μαχάονα και τον Προμηθέα, η οργάνωση καταρρέει και θέλει να σώσει το τομάρι του, βγάζοντας στην πορεία και κανένα φράγκο».

Η Θέμις που για αρκετή ώρα πίεζε τον Δημοφώντα να ακυρώσει την επίθεσή του, δεν πείστηκε από τις δικαιολογίες του και άρχισε να υποπτεύεται ότι κάτι της έκρυβε. Ένιωθε ότι ήξερε περισσότερα για το μυστηριώδη πληροφοριοδότη που τόσο ξαφνικά είχε εμφανιστεί, δίνοντάς τους απλόχερα το κλειδί για όλα όσα επιθυμούσε ο Δημοφώντας. Και αυτό που δεν μπορούσε και κυρίως δεν ήθελε να πιστέψει, ήταν η αναγγελία του θανάτου του Προμηθέα. Πάνω που είχε ανακαλύψει πόσο άδικο είχε για εκείνον και πώς από αδίστακτος δολοφόνος, είχε μεταμορφωθεί στο μυαλό της σε φιλάνθρωπο ευεργέτη, ξαφνικά εκείνος έχανε τη ζωή του και εκείνη την ευκαιρία να τον βοηθήσει. Όμως ο θάνατος του Προμηθέα, προς το παρόν, δεν μπορούσε να επιβεβαιωθεί και ο Δημοφώντας ήταν αποφασισμένος να μην της αποκαλύψει τίποτα για τον πληροφοριοδότη. Ίσως όμως κατάφερνε να καθυστερήσει κάπως την επίθεσή του.

«Με αυτήν την κατά μέτωπο επίθεση, θα προκαλέσεις περισσότερη ζημιά απ' ό,τι θα έχεις κέρδος. Αν τους στριμώξεις, μπορεί μέσα στην απελπισία τους να καταστρέψουν τα μηχανήματα, ώστε να μην έχεις την ικανοποίηση ότι τους τα έκλεψες. Αν γίνει αυτό, θα έχεις διακινδυνεύσει τη ζωή τη δική σου και των αντρών σου για το τίποτα. Σε συμφέρει να με αφήσεις να τους μιλήσω και να προσπαθήσω να διαπραγματευτώ, με σκοπό κάποια συνεργασία. Αν αποτύχω, τότε ξαμόλησε τα κυνηγόσκυλά σου εναντίον τους».

«Θα τους χτυπήσουμε τόσο γρήγορα και τόσο δυνατά, που δε θα προλάβουν καν να αντιδράσουν. Τα μηχανήματα και η φόρμουλα του Κίστου θα είναι ασφαλή και υπό την κατοχή μου. Άλλωστε, μη με παρεξηγήσεις αν σου πω ότι δε σε εμπιστεύομαι καθόλου. Το πιο πιθανό αν σε στείλω για να διαπραγματευτείς, είναι να συμμαχήσεις κρυφά μαζί τους και να είσαι εσύ αυτή που τελικά θα με παγιδεύσει. Αν σε δεχτούν στις τάξεις τους, δε θα με έχεις πια ανάγκη και αυτό όπως καταλαβαίνεις δεν μπορώ να το επιτρέψω».

Η Θέμις έσφιξε τις γροθιές της όντας στα όρια και έτοιμη να ξεσπάσει την αγανάκτησή της, επάνω στον αμετάπειστο μικροκακοποιό που νόμιζε ότι μπορούσε να κατακτήσει όλον τον κόσμο, με τη γελοία συμμορία του. Και αυτό που εξόργιζε τη Θέμιδα πιο πολύ απ' όλα, ήταν πως μπορεί και να τα κατάφερνε, έχοντας πλέον το πολύτιμο πλεονέκτημα του να γνωρίζει πού ακριβώς να χτυπήσει. Αν δεν ήταν ο καταραμένος αυτός άγνωστος άντρας, εκείνη θα μπορούσε να στέλνει τους άντρες του Δημοφώντα να σέρνονται μάταια στους υπονόμους, χωρίς να πλησιάζουν καν κοντά στα κρησφύγετα της οργάνωσης. Στο μεταξύ θα μπορούσε να βρει έναν τρόπο επικοινωνίας με τους κρυμμένους αγωνιστές και να συντονίζονταν για να βρουν μια λύση για τον κίνδυνο. Όμως ο χρόνος της είχε πια τελειώσει. Οι τρεις γίγαντες του Δημοφώντα μαζί με δεκάδες άλλα αποβράσματα, που είχε μαζέψει από το δρόμο για να συμπληρώσουν το στρατό του, είχαν εφοδιαστεί με τα όπλα από την αποθήκη του αρχηγού τους και ετοιμάζονταν να κάψουν ό,τι έβρισκαν στο διάβα τους. Και φυσικά δεν της έδινε καμία σημασία πλέον. Είχε αυτό που ήθελε, οπότε μια ξεπεσμένη αστυνομικός του ήταν πλέον περιττή. Πήρε τα όπλα της και άρχισε να ετοιμάζεται, αλλά ο Δημοφώντας τη σταμάτησε.

«Εσύ δε θα έρθεις μαζί μας. Θα μείνεις εδώ να φυλάς τα μετόπισθεν».

«Τι φοβάσαι, μη σου κλέψει κανείς τις κοπέλες;» ρώτησε αγανακτισμένη, χωρίς να πάρει απάντηση. Την αγνόησε τελείως και συνέχισε τις ετοιμασίες του, ενώ εκείνη κατέθεσε τα όπλα. Τι θα μπορούσε άλλωστε να της πει; Ότι θα του ήταν εμπόδιο και δεν την ήθελε μέσα στα πόδια του, με τις συνεχείς αντιρρήσεις της; Αυτό το καταλάβαινε και η ίδια. Σίγουρα θα άφηνε κάποιον πίσω για να τη συγκρατήσει και να μην της επιτρέψει να ακολουθήσει το κύριο σώμα της επίθεσης. Οπότε θα έμενε ανήμπορη στο κατάστημα του Δημοφώντα, χωρίς να γνωρίζει πού κρύβεται η οργάνωση του Προμηθέα, ώστε να τους ειδοποιήσει, ενώ αντίθετα ο άσπονδος συνεργάτης της όδευε προς την επιτυχία. Θα έπαιρνε κάτι ιερό όπως ήταν η θεραπεία του ιού και θα το μετέτρεπε σε εμπόριο, γιατρεύοντας μόνο όσους είχαν την οικονομική δυνατότητα και αφήνοντας τους υπόλοιπους στη μιζέρια. Ό,τι γινόταν δηλαδή και με τα όλα τα υπόλοιπα φάρμακα, εδώ και αιώνες. Οι υποψίες της επαληθεύτηκαν και όταν ο μικρός στρατός έφυγε από τη βάση του, τρεις άντρες έμειναν πίσω για να τη φυλούν. Ο ένας από αυτούς, ήταν εκείνος ο νεαρός ο οποίος είχε προσπαθήσει να την εμποδίσει απ' το να συναντήσει τον Δημοφώντα και το είχε πληρώσει με μερικές μελανιές και ένα χέρι λιγότερο. Εκείνη τη μέρα φαινόταν να έχει το πλεονέκτημα όμως και ανοιγόκλεινε τη νέα βιονική του γροθιά απειλητικά, καθώς στεκόταν απέναντί της, καρφώνοντάς τη με ένα βλέμμα γεμάτο δίψα για εκδίκηση.

Δεν είχαν προσπαθήσει να της πάρουν τα όπλα, μάλλον γιατί μια τόσο ύποπτη ενέργεια, θα αποτελούσε περίτρανη απόδειξη ότι προσπαθούν να την ξεφορτωθούν. Προτιμούσαν να έχουν το πλεονέκτημα του αιφνιδιασμού και να την αφήσουν οπλισμένη. Η επιλογή του προσωπικού που είχε μείνει πίσω, δεν μπορούσε να είναι τυχαία. Η Θέμις κατάλαβε ότι η συνεργασία της με τον Δημοφώντα είχε τελειώσει και μάλιστα όχι σε χρονικό σημείο που τη βόλευε. Άρχισε να εξερευνά τις επιλογές της, για να ξεφύγει από εκείνο το μέρος ζωντανή. Δυστυχώς αυτές ήταν πολύ λίγες. Αυτό που δεν ήξερε όμως ήταν ότι εκτός από το στρατό του Δημοφώντα, υπήρχαν και άλλες δυνάμεις οι οποίες κινητοποιούνταν εκείνη την ώρα. Από την ταράτσα της απέναντι πολυκατοικίας, ο Κόβαλος παρακολουθούσε με κιάλια και αμείωτο ενδιαφέρον, τις κινήσεις των ανθρώπων που του είχε ανατεθεί να παρακολουθεί. Μόλις είδε τις ομάδες των αποφασισμένων και σκληροτράχηλων αντρών να βγαίνουν από την πόρτα, κατάλαβε ότι κάτι σημαντικό συνέβαινε και κάλεσε αμέσως τον Σκίρωνα. Εκείνος άκουσε όσα του είπε το τσιράκι του με μεγάλη προσοχή και πήρε αμέσως τις αποφάσεις του.

«Θα ακολουθήσεις τον Δημοφώντα και τους υπόλοιπους, για να μάθεις πού πηγαίνουν».

«Και η μπατσίνα; Είναι ευκαιρία τώρα που τη φυλάνε λίγοι, να την αρπάξω» είπε ρουφώντας αέρα μέσα από τα δόντια του, ενθουσιασμένος με την προοπτική.

«Όχι. Εσύ μείνε κολλημένος στον Δημοφώντα, αλλά διακριτικά. Την αστυνομικό θα την αναλάβει άλλος». Ο Κόβαλος γρύλισε δυσαρεστημένα και οι κυνόδοντές του άστραψαν απ' τις ακτίνες του ήλιου. Τα κελεύσματα του Σκίρωνα όμως δεν αποτελούσαν ποτέ αντικείμενο διαπραγμάτευσης. Έτσι έχωσε τα κιάλια σε μια τσέπη στο παλτό του και εγκατέλειψε το υπερυψωμένο παρατηρητήριό του, πριν το θήραμά του απομακρυνθεί επικίνδυνα. Μετά τη βιαστική αποχώρηση του Κόβαλου, δεν πέρασε πολλή ώρα μέχρι ένα αμάξι να σταματήσει μπροστά από το άντρο του Δημοφώντα. Από μέσα βγήκε η Έρις της συμμορίας του Δείμου και του Φόβου, που προσέφεραν εκείνη την εποχή, τις υπηρεσίες τους στον Σκίρωνα. Το γυάλινο ημισφαίριο που στόλιζε το μέτωπό της, λαμπύριζε δυσοίωνα, καθώς ετοιμαζόταν να εξαπολύσει την κακόβουλη ενέργειά του. Μέσα στο κτίριο η Θέμις είχε απομονωθεί στο δωμάτιο που της είχε παραχωρηθεί, αφού δεν απολάμβανε ιδιαίτερα τη συντροφιά των αντρών που τη φυλούσαν.

Είχε όμως στραμμένη την προσοχή της στους ήχους από το σαλόνι, όπου περνούσαν την ώρα τους οι τρεις δεσμοφύλακες.

Ήθελε να ακούει τις φωνές και τα βήματά τους, ώστε να ξέρει πάντα πού βρίσκονταν και είχε το νου της για κάποια ύποπτη σιωπή. Όταν ξέσπασαν φωνές από το διπλανό χώρο, πήρε αμέσως τα όπλα της ανήσυχη. Ακούμπησε το αυτί της στην πόρτα με κομμένη την ανάσα και προσπάθησε να βγάλει κάποιο νόημα από τις οργισμένες κραυγές που έφταναν μέχρι το δωμάτιό της. Οι τρεις φύλακες διαπληκτίζονταν, αλλά οι προτάσεις τους ήταν τόσο συγκεχυμένες και ασύντακτες, ώστε αδυνατούσε να καταλάβει το λόγο της παρεξήγησης. Σαν να ήταν τόσο εξαγριωμένοι, που είχαν χάσει τα λογικά τους. Η Θέμις τινάχτηκε έντρομη μακριά από την πόρτα, όταν ακούστηκε ο πρώτος πυροβολισμός. Αμέσως μετά ακολούθησε ένα πανδαιμόνιο εκπυρσοκροτήσεων, με τον ήχο των δολοφονικών ριπών λέιζερ να γεμίζει τον αέρα, στέλνοντας ανατριχίλες στο σώμα της. Μια ακτίνα διαπέρασε την πόρτα του δωματίου της και άνοιξε μια μαύρη τρύπα στον τοίχο, όπου είχε ακουμπισμένη την πλάτη της, μερικά εκατοστά πάνω από το κεφάλι της. Ξαφνικά η χλαπαταγή σταμάτησε και πέρασαν μερικές εφιαλτικές στιγμές, κατά τις οποίες η Θέμις προσπαθούσε να αποφασίσει αν έπρεπε να ρισκάρει να βγει έξω ή όχι.

Από τις κραυγές αγωνίας και θανάτου που είχαν φτάσει στα αυτιά της, μπορούσε να υποθέσει ότι ήταν όλοι νεκροί. Πώς όμως θα σιγουρευόταν; Η μόνη λύση ήταν να ανοίξει την πόρτα και να διαπιστώσει το μέγεθος της καταστροφής. Ετοιμαζόταν να δώσει τη φωνητική εντολή για να ανοίξει η πόρτα και να αντιληφθεί αν υπήρχε κίνδυνος. Η φωνή κόλλησε στο λαιμό της όμως και δε βγήκε ποτέ. Κάποιος κοπανούσε με τις γροθιές του την πόρτα και τη διέταζε να ανοίξει μέσα από βρισιές και κατάρες. Ήταν ο θιγμένος πορτιέρης που ζητούσε ακόμα εκδίκηση για τον εξευτελισμό του. Η Θέμις χωρίς δεύτερη σκέψη πυροβόλησε με το λέιζερ τρεις φορές στο κέντρο της πόρτας. Τα χτυπήματα

335

σταμάτησαν και αφού άφησε ένα με δύο δευτερόλεπτα να περάσουν, άνοιξε την πόρτα. Το νεκρό σώμα του πορτιέρη στηριζόταν πάνω της γονατισμένο και καθώς αυτή άνοιξε, το πτώμα έπεσε σαν σακί μέσα στο δωμάτιο. Το ένα του χέρι ήταν κομμένο και όχι από τον καρπό αυτή τη φορά, αλλά από το μπράτσο. Είχε δεκάδες εγκαύματα από λέιζερ και το ένα του αυτί κρεμόταν από μια πέτσα στο πλάι του κεφαλιού του. Το ένα του γόνατο ήταν σμπαραλιασμένο και πρέπει να είχε φτάσει στο δωμάτιό της κουτσαίνοντας.

Άραγε ήταν τέτοια η λύσσα του για εκδίκηση που τον είχε ωθήσει να αψηφήσει τον πόνο και να φτάσει μέχρι εκεί, απλά για να σκοτωθεί; Ή ήταν κάτι άλλο; Η Θέμις βγήκε με το πιστόλι της προτεταμένο από το δωμάτιο και αντίκρισε εικόνες καταστροφής. Τα σημάδια στα πτώματα των άλλων δύο αντρών και οι υλικές ζημιές στο χώρο, μαρτυρούσαν μια μανιώδη μάχη που άγγιζε τα όρια της τρέλας. Τι θα μπορούσε να είχε οδηγήσει τους τρεις άντρες που ανήκαν στην ίδια συμμορία, να αλληλοσκοτωθούν έτσι; Ποια αιτία θα μπορούσε να δικαιολογήσει αυτήν την έξαρση βίας; Η εξώπορτα του καταστήματος άνοιξε πίσω της και στριφογύρισε ξαφνιασμένη και επηρεασμένη από το θανατικό που είχε πέσει ξαφνικά γύρω της. Μια γυναίκα στεκόταν και την παρατηρούσε με περιέργεια. Είχε μακριά σκούρα μαλλιά, αρκετά πυκνά και εντυπωσιακά, τα οποία κάλυπταν την πλάτη της και τους ώμους της. Ήταν ψηλή και αδύνατη και το βλέμμα της μαζί με τη στάση του κορμιού της, απέπνεαν μια βεβαιότητα για τον εαυτό της. Εκείνο όμως που τράβηξε περισσότερο την προσοχή της Θέμιδας, ήταν το γυάλινο ημισφαίριο στο μέτωπό της. Η άγνωστη την πλησίασε χωρίς να πτοείται από το λέιζερ που ήταν στραμμένο επάνω της.

«Είμαι η Έρις και αν αναρωτιέσαι τι συνέβη σε αυτούς τους τρεις, θα πρέπει να ξέρεις ότι ο θάνατός τους οφείλεται σε εμένα. Εκπέμποντας συχνότητες οι οποίες μετέφεραν υποσυνείδητα μηνύματα, μπόρεσα να φουντώσω την οργή και τη διάθεση για φόνο που κρύβουμε όλοι οι άνθρωποι μέσα μας, στους εγκεφάλους τους και τους έστειλα να αλληλοσκοτωθούν, παραδομένοι στα πιο κτηνώδη τους ένστικτα. Βολικό έτσι;» είπε και χτύπησε με το δείκτη της τη λεία επιφάνεια πάνω από τα φρύδια της.

«Επίσης θα αναρωτιέσαι γιατί τα έκανα όλα αυτά. Ένας πολύ σημαντικός άνθρωπος σε θέλει ζωντανή και γι' αυτό θα πρέπει να θεωρείς τον εαυτό σου τυχερό. Αν η βούλησή του ήταν διαφορετική, μπορεί να σε είχα αναγκάσει και σένα να φας τις σάρκες σου μαζί με τους φίλους σου. Ο Σκίρωνας όμως πιστεύει ότι έχεις πληροφορίες και θέλει να παίξει με το μυαλουδάκι σου και να το στύψει, μέχρι να πέσει στα χέρια του και το τελευταίο στοιχείο. Τώρα που το ξανασκέφτομαι, ίσως και να ήταν καλύτερα για σένα αν είχες πεθάνει εδώ σήμερα. Αλλά τι να κάνουμε;»

Το χέρι της τινάχτηκε με αστραπιαία ταχύτητα και χτύπησε τον καρπό της Θέμιδας, προκαλώντας της έντονο πόνο και στέλνοντας το πιστόλι να κροταλίσει πέφτοντας στο πάτωμα. Ακολούθησε μια μπουνιά με το άλλο χέρι στο στομάχι της Θέμιδας, το οποίο της στέρησε την ανάσα και την έκανε να πέσει στα γόνατα αγκομαχώντας. Προσπάθησε να σταθεί αλλά μια κλωτσιά της Έριδας την έστειλε μερικά μέτρα μακριά. Κατέληξε σε έναν τοίχο και ένιωσε όλα τα της τα κόκαλα να τραντάζονται από την πρόσκρουση. Πάλευε με αγωνία να πάρει μια ανάσα, αλλά ο πόνος δεν επέτρεπε στα πνευμόνια της να λειτουργήσουν κανονικά. Άκουσε τα βήματα της Έριδας η οποία την πλησίαζε και ετοιμάστηκε να νιώσει ακόμα περισσότερο πόνο. Το επόμενο χτύπημα όμως δεν ήρθε ποτέ. Η μάχη είχε χαθεί και η αντίπαλός της δεν είχε λόγο να μοχθήσει άλλο για να την υποτάξει. Το είχε ήδη καταφέρει μια χαρά. Στην πλάτη της η ηττημένη είχε κρεμασμένο το UMP, με τον αορτήρα του περασμένο χιαστί στο στήθος της. Η Έρις άρπαξε το υποπολυβόλο και το σήκωσε στον αέρα μαζί με την κάτοχό του. Η Θέμις ένιωσε τον αορτήρα να μπαίνει βαθιά στο πετσί της και να κόβει την κυκλοφορία του αίματος, ενώ ταυτόχρονα της δυσκόλευε ακόμα περισσότερο την αναπνοή.

Η Έρις κατευθύνθηκε προς το αυτοκίνητό της, κρατώντας κρεμασμένη τη Θέμιδα με ευκολία στο πλευρό της, σαν να ήταν κάποιο γυναικείο αξεσουάρ. Η ημιλιπόθυμη γυναίκα τέντωσε το χέρι της προς τα πίσω, αναζητώντας τη σκανδάλη του υποπολυβόλου, που είχε τη σύνεση να απασφαλίσει νωρίτερα, πριν βρεθεί σε εκείνη την απελπιστική θέση. Ψηλάφιζε το όπλο με βιασύνη και ταυτόχρονα όσο πιο διακριτικά μπορούσε, για να μην αντιληφθεί την κίνησή της η θανάσιμη αντίπαλος. Η Έρις όμως δε φαινόταν να της δίνει ιδιαίτερη σημασία, αφού η ευκολία με την οποία την είχε νικήσει, της στερούσε κάποιο λόγο για ανησυχία. Όταν ο αντίχειράς της σκάλωσε επιτέλους στη σκανδάλη, άκουσε το γλυκό θόρυβο της εκπυρσοκρότησης και τις δονήσεις που διαπερνούσαν το όπλο. Τις ίδιες δονήσεις που έκαναν την Έριδα να αφήσει το όπλο ξαφνιασμένη, απελευθερώνοντας το θύμα της. Η Θέμις κατρακύλησε στο οδόστρωμα, περνώντας το UMP πάνω από το κεφάλι της και αρπάζοντάς το και με τα δύο χέρια, στόχευσε προς την εφορμούσα Έριδα. Οι σφαίρες την πέτυχαν σε διάφορα σημεία και όχι μόνο διέκοψαν την επίθεσή της, αλλά και την τίναξαν προς τα πίσω αιμόφυρτη.

Έπεσε με το ένα της χέρι πλακωμένο από το υπόλοιπο σώμα, χωρίς να έχει τη δύναμη να σηκωθεί για να το απεγκλωβίσει. Ήταν ολόκληρη καλυμμένη από αίμα και νιώθοντας το θάνατο να πλησιάζει, κατέφυγε στην ενστικτώδη άμυνά της. Στον πομπό των υποσυνείδητων μηνυμάτων που εξόργιζαν τα θύματά της μέχρι τρέλας. Σε αυτήν την περίπτωση όμως δε θα της χρησίμευε καθόλου. Η Θέμις πλησιάζοντας την ετοιμοθάνατη, ένιωσε την επήρεια των συχνοτήτων που εκπέμπονταν και η οργή της φούντωσε ξαφνικά και ανεξέλεγκτα. Έχασε τον έλεγχο των σκέψεών

338

και των κινήσεών της και το μόνο που ήταν ικανή να κάνει, ήταν να προκαλέσει πόνο. Έβγαλε το μαχαίρι της από τη θήκη του και κάρφωσε τη λεπίδα από λέιζερ, δεκάδες φορές στο πρόσωπο της Έριδας. Μόνο όταν το κακόβουλο γυάλινο ημισφαίριο είχε θρυμματιστεί και το πρόσωπό της είχε μετατραπεί σε μια άμορφη μάζα, η παράξενη επήρεια του όπλου σταμάτησε και η Θέμις βρήκε και πάλι τα λογικά της. Κοίταξε τα αίματα και τα κομμάτια σάρκας που είχαν γεμίσει τα ρούχα της, τα χέρια και το πρόσωπο. Κοίταξε τη λεπίδα που λαμπύριζε φονική και συνειδητοποίησε τη βαρβαρότητα στην οποία είχε επιδοθεί.

Πάτησε το διακόπτη και η λεπίδα από λέιζερ χάθηκε, αφήνοντας μόνο τη λαβή. Ένιωθε ενοχλημένη και αηδιασμένη με τον εαυτό της. Όσο διαρκούσε αυτή η ιστορία βυθιζόταν όλο και περισσότερο σε μια απάνθρωπη αγριότητα, που δεν τη χαρακτήριζε παλιότερα. Έτρεξε στο μπάνιο και πλύθηκε βιαστικά. Δεν ήξερε αν η αστυνομία θα έδινε σημασία στο συμβάν, όταν όλοι οι Τομείς βρίσκονταν σε αναβρασμό, αλλά θα ήταν καλύτερα να έφευγε από εκεί έτσι και αλλιώς. Δε γνώριζε πού βρισκόταν το δείγμα και αυτό ήταν μια μεγάλη απώλεια, ειδικά όταν αναλογιζόταν τι είχε περάσει για να το πάρει στα χέρια της. Τουλάχιστον το εργαστήριο στο οποίο το είχε στείλει ο Δημοφώντας, είχε επιβεβαιώσει ότι θεράπευε την Αρά. Θα μπορούσε να το είχε πιει η ίδια και να θεραπευθεί, μαθαίνοντας ταυτόχρονα την αλήθεια. Δεν είχε τολμήσει να το κάνει όμως, αφού οι αμφιβολίες της υπερίσχυσαν. Αλλά η απώλεια αυτή δεν ήταν και ολοκληρωτικά καταστροφική. Οι Τομείς στους οποίους είχε φτάσει το φάρμακο από την υδροδότηση, έσπαγαν τους αστυνομικούς κλοιούς ο ένας μετά τον άλλον και η αλήθεια σιγά-σιγά διαδιδόταν. Οι εξαγριωμένοι πολίτες θα έβρισκαν και άλλα δείγματα με το θεραπευτικό υγρό και ακόμα περισσότεροι θα γιατρεύονταν.

Η καρδιά της λύσης όμως χτυπούσε κάτω από το έδαφος, στις εγκαταστάσεις της οργάνωσης του νεκρού πια Προμηθέα. Εκεί που κατευθυνόταν ο Δημοφώντας και όπου έπρεπε εκείνη να ακολουθήσει. Όταν ξαναβγήκε στο δρόμο δεν υπήρχε ούτε ίχνος αστυνομικού, αλλά μερικοί περαστικοί κοίταζαν με αποτροπιασμό το πτώμα της Έριδας. Μόλις είδαν την πάνοπλη Θέμιδα όμως, διασκορπίστηκαν τρομαγμένοι. Εκείνη μπήκε στο αυτοκίνητο της Έριδας και έψαξε για κάποιο στοιχείο. Η οθόνη στον πίνακα ελέγχου έδειχνε μια φωτεινή βούλα να κινείται και η Θέμις καταλαβαίνοντας ότι πρόκειται για το στίγμα κάποιου πομπού παρακολούθησης, αποφάσισε να το ακολουθήσει, ελπίζοντας ότι θα την οδηγούσε κάπου κοντά στο στόχο της. Μερικά χιλιόμετρα πιο μακριά ο Κόβαλος έτρεχε στο κατόπι του Δημοφώντα, χωρίς να γνωρίζει ότι ο εταιρικός του πομπός, αντί να πληροφορεί τους συμμάχους του για τη θέση του, τον πρόδιδε σε μια επίμονη διώκτρια.

κεφλλλιο 17

Η μεγάλη στιγμή είχε φτάσει για τον Μέμνονα. Ήταν έτοιμος να οδηγήσει την οργάνωση στο χείλος της καταστροφής, μόνο και μόνο για να τη σώσει και να χριστεί αδιαφιλονίκητος ηγέτης. Είχε αποθηκεύσει στον επεξεργαστή του τα σημεία στους υπονόμους, όπου η οργάνωση είχε τοποθετήσει κάμερες ασφαλείας. Θα φρόντιζε να σταματήσει πριν από εκείνο το σημείο, ώστε να μη γίνει ορατός από τα μελλοντικά του πιόνια και αντιληφθούν έτσι την προδοσία του. Σκόπευε να εξαφανιστεί εγκαίρως, έτσι ώστε να φανεί ότι οι εισβολείς δρούσαν μόνοι τους, χωρίς εσωτερική βοήθεια. Το σενάριο αυτό θα γινόταν πιστευτό πιο εύκολα, εξαιτίας του γεγονότος ότι οι επιτιθέμενοι ήταν οι ίδιοι που είχαν απαγάγει τον Άργο Πανόπτη και μπορούσαν κάλλιστα να είχαν παραβιάσει τον εγκέφαλό του και να είχαν βρει όλα τα κρίσιμα στοιχεία για την οργάνωση. Από εκεί και περά θα συνέχιζαν μόνοι τους και θα τους άφηνε ανενόχλητους μέχρι να ακολουθήσει η αναπόφευκτη σύγκρουση με τον Κλεομένη. Τότε, όταν τα άπειρα στην ανταλλαγή πυρών μέλη της οργάνωσης διαπίστωναν πως δεν είχαν ελπίδα και το έβαζαν στα πόδια, θα παρουσίαζε τη δεύτερη έκπληξη που είχε προετοιμάσει για τον Δημοφώντα και θα αναδεικνυόταν σε ήρωα και σωτήρα των παρασκευαστών του Κίστου.

Ο Κλεομένης μπορεί να αποδεικνυόταν ρίψασπις και να έτρεχε να σώσει τη ζωούλα του, ή μπορεί και να σκοτωνόταν στη σύγκρουση, κάτι που επίσης θα βόλευε τον Μέμνονα. Το σχέδιο ήταν καλό, αλλά εξαρτιόταν σε μεγάλο βαθμό από το αν ο Δημάρατος θα ακολουθούσε πιστά τις οδηγίες του και χωρίς να τον αντιληφθούν οι υπόλοιποι. Ήταν σχετικά αισιόδοξος πως ο σύμμαχός του θα τα κατάφερνε, γιατί ήταν αρκετά πονηρός, ακόμα περισσότερο φιλόδοξος και η αντιζηλία του με τον Κλεομένη του έδινε απίστευτη ώθηση. Κάτι που άλλαξε τα δεδομένα και που δεν το περίμενε, ήταν ο αριθμός των άντρων του Δημοφώντα. Περίμενε μια ολιγομελή ομάδα και αντί αυτού, στο σημείο της συνάντησης εμφανίστηκε ένας μικρός στρατός. Υπήρχε κίνδυνος να γίνουν αντιληπτοί πολύ νωρίτερα απ' όσο υπολόγιζε. Πρότεινε στον Δημοφώντα να αφήσει τους μισούς τουλάχιστον πίσω, αλλά εκείνος δε θα διακινδύνευε να χαλάσει η στιγμή της δόξας του. Ήθελε να είναι βέβαιος για τη νίκη. Έτσι χώθηκαν στους υπονόμους, χωρίς να αποφύγουν τα περίεργα βλέμματα. Ο Μέμνων καταπίεσε τον εκνευρισμό του για αυτήν την κακή αρχή και οδήγησε ψύχραιμα και μεθοδικά, το στίφος των πληρωμένων φονιάδων στη διπλή παγίδα. Μια για τους ίδιους και μια για τα θηράματά τους.

Προχώρησαν μέσα στον υπόγειο κόσμο, τρυπώντας το σκοτάδι με τους φακούς τους ή χρησιμοποιώντας, όσοι διέθεταν, τα βιονικά τους μάτια για να κινηθούν ανενόχλητοι μέσα στη μαυρίλα. Πού και πού ακούγονταν μερικά μουρμουρητά αλλά και αυτά κόβονταν απότομα από τις οξείς παρατηρήσεις του Δημοφώντα, που δεν επιθυμούσε να χάσει το στοιχείο του αιφνιδιασμού, εξαιτίας κάποιου πολυλογά μισθοφόρου. Έτσι η φάλαγγα συνέχισε την πορεία της στη σκοτεινή και αφιλόξενη σήραγγα, με σχετική ησυχία. Το πάτημα της μπότας, οι κόφτες ανάσες, το τρίξιμο των όπλων συνέθεταν ένα ηχητικό σύνολο που είχε αντικαταστήσει τις ανθρώπινες ομιλίες, κάνοντας την πορεία μονότονη σαν το ατελείωτο σκοτάδι που τους περιέβαλλε. Ο Μέμνων που προπορευόταν, ένιωθε δεκάδες ζευγάρια μάτια στραμμένα πάνω του και αντιλαμβανόταν ότι θα έπρεπε να βάλει όλη του τη μαεστρία, για να μπορέσει να ξεφύγει από την ομάδα του Δημοφώντα. Δε θα δέχονταν έτσι απλά την εξαφάνισή του και θα έψαχναν να τον βρουν, με τις αγριότερες των διαθέσεων. Η στιγμή πλησίαζε που θα έφτανε στην πρώτη κάμερα, πριν από την οποία θα έπρεπε να διακόψει την πορεία του, για να μην αποκαλυφθεί. Ένιωθε τον ιδρώτα να κυλάει στην πλάτη του και στο μέτωπό του, συγκρατώντας όμως την αγωνία του από το να γίνει ορατή στους υπόλοιπους, έχοντας χρόνια εμπειρίας στις δύσκολες καταστάσεις. Συμβουλεύτηκε το χάρτη στον επεξεργαστή του. Η όρασή του μοιραζόταν ανάμεσα στο τι έβλεπε μπροστά του και στο σχεδιάγραμμα που έστελνε ο επεξεργαστής του στα μάτια του. Ήταν πια κοντά.

Έβγαλε τη συσκευή από τις πτυχές του παλτού του και την πέταξε με δύναμη στον τοίχο. Αμέσως μαύρος καπνός κάταπιε τον κλειστό χώρο, ενώ ταυτόχρονα ένας ηλεκτρομαγνητικός παλμός διέκοψε προσωρινά τη λειτουργία όλων των προσθετικών μελών, έτσι ώστε να γίνει ο φυγάς αόρατος και στα βιονικά μάτια. Η μυστική καταπακτή ήταν πραγματικά εκεί που του είχε υποδείξει ο Δημάρατος. Χώθηκε στο λαγούμι σερνόμενος, με το βιονικό του χέρι νεκρωμένο εξαιτίας του ηλεκτρομαγνητικού παλμού. Ήξερε όμως ότι αυτό θα κρατούσε για μερικά μόνο λεπτά. Πίσω στη σήραγγα επικρατούσε πανικός, με τους παλικαράδες του Δημοφώντα να φωνάζουν και να σκοντάφτουν ο ένας πάνω στον άλλον. Όταν επανέκτησαν τον έλεγχο των βιονικών τους μελών και ο καπνός είχε αρχίσει να διαλύεται, ο Μέμνων ήταν άφαντος και κατάλαβαν ότι τους είχε εξαπατήσει. Ο Δημοφώντας, ο όποιος είχε κινδυνεύσει περισσότερο από όλους, μιας και η ζωή του εξαρτιόταν εξολοκλήρου από τη μηχανική υποστήριξη της στολής, άρχισε πάλι να αναπνέει, μαζεύοντας αρκετή δύναμη για να ουρλιάξει με μανία, στρεφόμενη εναντίον του απατεώνα που τον είχε οδηγήσει έως εκεί. Ο Αλκυονεύς ήταν εκείνος που προσπάθησε να τον ηρεμήσει και να τον πιέσει να αντιληφθεί την πραγματικότητα.

«Αφεντικό, πρόκειται προφανώς για παγίδα. Καλύτερα να φύγουμε από εδώ όσο ακόμα μπορούμε, αλλιώς θα έχουμε δυσάρεστες εκπλήξεις. Ο Δημοφώντας όμως οραματιζόταν αυτοκρατορίες και δε θα παραιτείτο από το όνειρό του τόσο εύκολα.

«Όχι!! Τώρα που είμαστε τόσο κοντά δεν τα παρατάω. Θα συνεχίσουμε μόνοι μας. Αν ψάξουμε με επιμονή, θα τους βρούμε. Είμαι σίγουρος». Οι υπόλοιποι κοιτάζονταν μεταξύ τους με αμηχανία. Ο Δημοφώντας φαινόταν να είναι ο μόνος ο οποίος δεν έβλεπε την αλήθεια μπροστά του. Όμως ακόμα δεν είχαν πληρωθεί και έτσι αντί να κάνουν αυτό που πραγματικά ήθελαν, δηλαδή να φύγουν από τον κλειστοφοβικό εκείνο χώρο το συντομότερο δυνατό, ακολούθησαν με δισταγμό τον Δημοφώντα στην αναζήτησή του. Οι πιο διστακτικοί χρειάστηκαν λίγη ενθάρρυνση παραπάνω, με τη μορφή των άγριων βλεμμάτων του Άλπου και του Πορφυρίωνα, ενώ ακόμα και ο πάντα πιστός Αλκυονεύς ακολούθησε απρόθυμα, προσπαθώντας να κρύψει από το πρόσωπό του τη δυσαρέσκεια που ένιωθε, για την αφέλεια του αφεντικού του. Δεν επρόκειτο όμως για αφέλεια. Δεν επιβιώνεις τόσες δεκαετίες στον υπόκοσμο, όπως ο Δημοφώντας, όντας αφελής. Ήταν τύφλωση. Προσωρινή μεν αλλά τύφλωση. Το όνειρο της εξουσίας ήταν τόσο μεγαλεπήβολο που κάλυπτε τη δραματική αλήθεια. Και ο Δημοφώντας όδευε ολοταχώς προς τον τραγικό επίλογο.

Μια πόρτα τυχαία αφημένη ανοιχτή από τον Δημάρατο, έδωσε τέλος στην έρευνά τους. Ο Δημοφώντας κοίταξε θριαμβευτικά τους δύσπιστους άντρες του και τους έκανε νόημα να ετοιμάσουν τα όπλα τους. Στις τάξεις της οργάνωσης επικρατούσε πανικός. Ο Κλεομένης, ως νέος αρχηγός, προσπαθούσε να επιβάλει την τάξη και έδινε τις κατάλληλες εντολές για τον οπλισμό των μελών και την κατάλληλη τοποθέτησή τους σε θέσεις άμυνας, για να αντιμετωπίσουν τους εισβολείς. Ο Δημάρατος έστελνε από τη γραμμή άμυνας, αδιάκοπα μηνύματα στον Μέμνονα ενημερώνοντάς τον για τις εξελίξεις. Ο μαφιόζος από τη μεριά του πάλευε με τα σχεδιαγράμματα και τους χάρτες που του είχε παράσχει ο συνέταιρός του, για να κινηθεί μέσα από τις δαιδαλώδεις σήραγγες και να βρεθεί στο κατάλληλο μέρος την κατάλληλη στιγμή. Ο Δημοφώντας όρμησε μπροστά οδηγώντας την επίθεση. Μια αχρείαστη ένδειξη γενναιότητας, αφού σε περίπτωση θανάτου του όλα αυτά θα αποδεικνύονταν μάταια και οι άντρες του απλούστατα θα έφευγαν, γιατί δε θα είχαν τίποτα να κερδίσουν από τη μάχη. Ο Αλκυονεύς όμως βρισκόταν πάντα δίπλα του για να τον προστατεύει και τα πράγματα έδειχναν από την αρχή θετικά για τους μαφιόζους.

Όπως είχε προβλέψει ο Μέμνων, η απειρία της οργάνωσης και η έλλειψη ψυχραιμίας έπαιξαν καταλυτικό ρόλο και τα μέλη της βρέθηκαν να υποχωρούν μπροστά στους εισβολείς, αν και μάχονταν στην ίδια τους τη βάση. Φωτεινές εξαιρέσεις ο Κλεομένης και ο Δημάρατος, με τον πρώτο να θέλει να δώσει το καλό παράδειγμα με την ανδρεία του και το δεύτερο να μη θέλει να κινήσει υποψίες προς το άτομό του. Πολεμούσαν με περίσσιο θάρρος, αλλά ήταν απελπιστικά μόνοι. Ο γενναίος Κλεομένης διέκρινε το φάσμα της καταστροφής και άρχιζε να σκέφτεται τρόπους να σώσει όσους περισσότερους συντρόφους του μπορούσε, με τη θέα των πτωμάτων γύρω του να κάνει την καρδιά του να σπαράζει. Ο Δημάρατος έκρινε ότι είχε έρθει η στιγμή να εφαρμόσει το επόμενο βήμα του σχεδίου του Μέμνονα. Έστειλε μήνυμα στον Κλεομένη, ενώ ταυτόχρονα πάλευε να κρατηθεί ζωντανός και να απωθήσει την επέλαση των δυνάμεων του Δημοφώντα.

«Κλεομένη, δεν έχουμε ελπίδα νίκης. Πρέπει να υποχωρήσουμε και να οχυρωθούμε κάπου. Η καλύτερη λύση είναι να κλειστούμε πίσω από την ατσάλινη πόρτα στην ανατολική πτέρυγα». Ο Κλεομένης που αναζητούσε εναγωνίως μια λύση, δέχθηκε την πρόταση και ας προερχόταν από το νούμερο ένα αντίπαλό του μέσα στην οργάνωση. Έδωσε αμέσως τη σιωπηλή εντολή, η οποία μεταδόθηκε από επεξεργαστή σε επεξεργαστή, μέχρι που όλοι οι αμυνόμενοι γνώριζαν προς τα πού να κατευθυνθούν. Έτσι σαν ένα σώμα κινήθηκαν προς τα πίσω, αναζητώντας τη σωτηρία στα βάθη του άντρου τους. Εν τω μεταξύ είχε σταλεί ειδοποίηση στους υπόλοιπους θύλακες της οργάνωσης, να συγκλίνουν με ενισχύσεις. Όμως ο Κλεομένης δεν ήξερε αν θα έφταναν εγκαίρως και αν ο οπλισμός τους θα ήταν αρκετός, για να υπερνικήσουν τους μαφιόζους. Ο Δημοφώντας βλέποντάς τους να υποχωρούν, ένιωσε το θρίαμβό του να πλησιάζει και κάλεσε τους πολεμιστές του να πιέσουν ακόμα περισσότερο. Όταν κατάλαβε ότι ετοιμάζονταν να κρυφτούν πίσω από την ογκώδη ατσάλινη πόρτα, ούρλιαξε με μανία νιώθοντας ότι τον είχαν ξεγελάσει. Οι δικοί του προσπάθησαν να προλάβουν τα μέλη της οργάνωσης, πριν αυτά χωθούν στην ανατολική πτέρυγα. Όμως τα πυρά της πλευράς του Δημάρατου και του Κλεομένη τους κράτησαν μακριά, με τους δύο ηγέτες να καταφέρνουν να συνεργάζονται αρμονικά για πρώτη φορά, στην πιο σκοτεινή στιγμή της κοινής τους πορείας.

Οι αγριεμένοι κακοποιοί έμειναν αποκομμένοι από τη λεία τους και ξέσπασαν την οργή τους στο ατσάλινο τείχος που τους εμπόδιζε. Ιδιαίτερα εντυπωσιακές ήταν οι προσπάθειες του Αλκυονέα, του Άλπου και του Πορφυρίωνα, που με τα τεράστια χέρια τους, γρονθοκοπούσαν την πόρτα ανελέητα. Οι σοβάδες έπεφταν από τους τοίχους, καθώς οι δονήσεις μεταφέρονταν στον υπόλοιπο χώρο και τα χτυπήματά τους έφερναν αποτελέσματα, με την πόρτα να έχει αρχίσει να υποχωρεί. Πολύ αργά όμως για το ανυπόμονο αφεντικό τους, που είχε μεταμορφωθεί σε έναν τελείως διαφορετικό άνθρωπο, έχοντας χάσει την παροιμιώδη ψυχραιμία του και τη δυνατότητα για ψυχρούς υπολογισμούς. Χαρακτηριστικά που στο παρελθόν του είχαν χαρίσει νίκες απέναντι σε ισχυρότερους αντιπάλους. Διέκοψε την πρόοδο των τριών γιγάντων και διέταξε τους υπόλοιπους άντρες να παραβιάσουν την πόρτα με ακτίνες λέιζερ. Και αυτή όμως ήταν μια διαδικασία που θα ήθελε το χρόνο της. Άλλοτε ο Δημοφώντας θα αναπαυόταν και θα άφηνε την αναμονή να δουλέψει υπέρ του, με την παραβίαση της πόρτας να είναι απλά θέμα χρόνου. Στη νέα του όμως φρενήρη κατάσταση, αδυνατούσε να συγκρατήσει τα νεύρα του, βρίζοντας τους πάντες και κλωτσώντας ό,τι έβρισκε μπροστά του.

Οι πληρωμένοι φονιάδες αντιμέτωποι με τις ασταμάτητες προσβολές του ιδιότροπου εργοδότη, είχαν αρχίσει να νιώθουν ότι τα χρήματα που τους είχε υποσχεθεί δεν ήταν αρκετά για να δικαιολογούν την ανοχή τους και θα του είχαν επιτεθεί, βγάζοντάς τον από τη μέση για λογαριασμό του Κλεομένη και του Δημάρατου. Όμως οι σκέψεις τους αυτές δε μετουσιώθηκαν σε πράξη, αφού ένας περίεργος ήχος τράβηξε την προσοχή ολόκληρης της ομάδας, κάνοντάς τους να στρέψουν τα βλέμματα μακριά από την ατσάλινη πόρτα, προς την αντίθετη κατεύθυνση. Ο ήχος προερχόταν από την κύλιση μιας μικρής δεξαμενής, επάνω σε τέσσερις τροχούς. Από την μπροστινή της πλευρά εξείχε μια μάνικα, κατασκευασμένη από κάποιο ελαστικό αλλά ανθεκτικό ταυτόχρονα μέταλλο, η οποία κατέληγε στα χέρια του Μέμνονα. Ο Δημοφώντας βλέποντάς τον θυμήθηκε πόσο γελοίος είχε νιώσει, όταν πριν από λίγη ώρα τους είχε παρατήσει στα κρύα του λουτρού, να περιπλανιούνται μόνοι τους σε εκείνο το λαβύρινθο, και χωρίς να περιμένει εξηγήσεις έστρεψε το όπλο του εναντίον του. Ο Μέμνων αντιδρώντας αστραπιαία γύρισε το μοχλό της μάνικας, απελευθερώνοντας το υγρό της φορητής δεξαμενής, το οποίο εκτοξεύτηκε και τίναξε τον Δημοφώντα προς τα πίσω με αποτέλεσμα να πέσει επάνω στους υπολοίπους, παρασέρνοντάς τους κατά την πτώση του.

Το σημαντικό όμως ήταν ότι η μάνικα συνέχιζε να τους λούζει όλους με το υγρό και σύντομα τα ουρλιαχτά τους έκαναν φανερό, ότι η έκπληξη που είχε σχεδιάσει ο Μέμνων για αυτούς ήταν όχι απλά δυσάρεστη, αλλά θανατηφόρα. Το οξύ άρχισε να κατατρώει σάρκα, μέταλλο, γυαλί και κόκαλα, με τις τσιριχτές φωνές των θυμάτων να παγώνουν το αίμα των κλειδαμπαρωμένων ανθρώπων από την άλλη μεριά της πόρτας. Ο μόνος ο οποίος φαινόταν να μην επηρεάζεται από το θέαμα των λιωμένων σωμάτων ήταν ο ίδιος ο εκτελεστής, ο οποίος συνέχιζε να ξερνάει το θανατηφόρο υγρό του εναντίον τους, χαμογελώντας με ικανοποίηση. Το θέαμα ήταν σίγουρα αηδιαστικό, αλλά αυτή η ιστορία θα κυκλοφορούσε στον υπόκοσμο, κάνοντας το θρύλο του ακόμα μεγαλύτερο. Άλλωστε η φήμη του ήταν ένα όπλο στο οποίο πάντοτε υπολόγιζε. Κάποιες σπασμωδικές προσπάθειες από την ομάδα του Δημοφώντα να τον πυροβολήσουν, αποτύγχαναν απελπιστικά, αφού τα μάτια τους είχαν κυλήσει έξω από τις κόγχες τους σε ρευστή μορφή και τα κυκλώματά τους είχαν παρόμοια μοίρα, κάνοντας την όραση αδύνατη και τη στόχευση μια μάταιη προσπάθεια. Οι γαργαριστές φωνές τους που θύμιζαν κοχλάζον νερό, έσβηναν σιγά-σιγά, με τις γλώσσες τους και τις φωνητικές τους χορδές να χάνονται στο σύνολο των υγροποιημένων οργάνων και μελών.

Ο Δημοφώντας φαινόταν να αντιστέκεται περισσότερο από τους υπόλοιπους, οι οποίοι είχαν ήδη ενωθεί μεταξύ τους μέσα σε μια ανθρώπινη λίμνη που κάπνιζε, αποπνέοντας τοξικές αναθυμιάσεις και θάνατο. Η στολή δεν είχε εξαφανιστεί τελείως αλλά το οξύ την είχε διαπεράσει, καταστρέφοντας το σώμα που τόσα χρόνια αυτή προστάτευε και στερώντας έτσι από τον κάτοχό της οποιαδήποτε φιλοδοξία αθανασίας. Σύρθηκε προς τον Μέμνονα, τυφλωμένος και παραδομένος στον πόνο και την ολοκληρωτική ήττα. Σήκωσε μια σκελετωμένη γροθιά σε κάποια αόρατη μορφή. Ίσως προσευχόταν στους θεούς και ζητούσε συγχώρεση για τα εγκλήματά του. Ο Μέμνων αμφέβαλε ότι θα ικανοποιούσαν την επιθυμία του, είτε υπήρχαν είτε όχι. Τελικά το χέρι υποχώρησε κάτω από το ίδιο του το βάρος και αποκόπηκε από το υπόλοιπο σώμα, πέφτοντας στο πάτωμα όπου σύντομα το ακολούθησε το υπόλοιπο κορμί, για να ενωθούν όλα τα μέλη σε μια αηδιαστική μάζα. Η ομάδα του Δημοφώντα αποτελούσε παρελθόν, όπως και όλες του οι φιλοδοξίες για κυριαρχία στον υπόκοσμο. Είχε φανεί κατώτερος των περιστάσεων και είχε γίνει εύκολα το θύμα της παγίδας του Μέμνονα, ο οποίος έβλεπε το σχέδιό του να ολοκληρώνεται και ετοιμαζόταν να λάβει τα εύσημα για τη σωτηρία της οργάνωσης και μαζί με αυτά την αρχηγία.

Όμως ακόμα και για τον πολυμήχανο Μέμνονα, τα πράγματα δεν πήγαιναν πάντοτε σύμφωνα με το σχέδιο. Στους υπολογισμούς του δεν είχε συμπεριλάβει τον Κόβαλο, που παρακολουθούσε για καιρό τον Δημοφώντα, ο οποίος άθελά του είχε οδηγήσει την πανίσχυρη Χίμαιρα στο κεντρικότερο κρησφύγετο του Κλεομένη και του Δημάρατου. Ο Δείμος και ο Φόβος μαζί με τη συμμορία τους πλην της Έριδας, οδηγούμενοι από τον Κόβαλο και ακολουθούμενοι από είκοσι στρατιώτες του Σκίρωνα, όδευαν με γρήγορους ρυθμούς προς το σημείο όπου βρισκόταν ο Μέμνων, μπροστά από τα υπολείμματα που μαρτυρούσαν τον πιο πρόσφατο ομαδικό του φόνο. Οι συναγερμοί ήχησαν ειδοποιώντας τους ταμπουρωμένους πίσω από την ατσάλινη πόρτα πολεμιστές, για τη νέα εισβολή. Όταν πέρασαν μπροστά από τις κάμερες ασφαλείας και έγιναν ορατοί στις οθόνες των υπολογιστών, ο Δημάρατος έσπευσε να επικοινωνήσει με τον Μέμνονα και να τον ενημερώσει για τη νέα εξέλιξη, ρωτώντας αν ήταν και αυτοί μέρος του σχεδίου. Όταν ο Μέμνων, βρίζοντας και τους δώδεκα ολύμπιους θεούς, απάντησε ότι δεν τους περίμενε, τότε ο Δημάρατος ένιωσε για πρώτη φορά άκρατο φόβο και αβεβαιότητα. Μέχρι εκείνη τη στιγμή ήξερε πως έπρεπε απλά να ακολουθήσει τις οδηγίες του επίδοξου αρχηγού του. Από εκεί και πέρα τίποτα δεν ήταν σίγουρο και δεν υπήρχε καμία εγγύηση για την ασφάλεια όλων τους.

«Πες τους να ανοίξουν την πόρτα» είπε ο Μέμνων στον Δημάρατο και όταν ο δεύτερος έδωσε την εντολή, ούτε καν ο Κλεομένης δεν έφερε αντίρρηση, με το φόβο να έχει συρθεί με πονηριά μέσα στα κόκκαλά του, κάνοντας την αντίσταση πολύ δύσκολη πλέον. Ειδικά μπροστά σε έναν Μέμνονα αποφασισμένο, ο οποίος χώθηκε φουριόζος στην ανατολική πτέρυγα, μοιράζοντας διαταγές και αναλαμβάνοντας εξ ολοκλήρου και με περίσσια σιγουριά, τον έλεγχο της κατάστασης.

«Λοιπόν, σας το λέω από τώρα. Με την ομάδα του Δημοφώντα σταθήκαμε τυχεροί και μπόρεσα να τους εξοντώσω όλους με τη μια. Εδώ έχουμε να κάνουμε με άλλου είδους τέρας. Ο Δείμος και ο Φόβος σκοτώνουν και καταστρέφουν με τρομακτική αποτελεσματικότητα, εδώ και αρκετά χρόνια και θα μας κάνουν όλους μια χαψιά, αν προσπαθήσουμε να τους αντιμετωπίσουμε κατά μέτωπο. Δεν είναι τυχαίο που τους προσέλαβε ο Σκίρωνας, ο οποίος παίρνει στη δούλεψή του μονάχα τους καλύτερους. Η μόνη μας ελπίδα είναι ο κλεφτοπόλεμος. Ξέρουμε τις σήραγγες καλά και μπορούμε να παρακάμψουμε με ευκολία το δρόμο που ακολουθούν αυτοί και να βρεθούμε ταυτόχρονα πίσω τους και μπροστά τους. Θα τους χτυπάμε αιφνιδιαστικά για μερικά δευτερόλεπτα και μετά θα εξαφανιζόμαστε. Σκοπός μας είναι να τους παρενοχλούμε και να τους απομακρύνουμε από τα μηχανήματα παραγωγής του Κίστου. Κατανοητό;»

Κάποιοι κούνησαν απλά τα κεφάλια τους και κάποιοι άλλοι μουρμούρισαν ό,τι συμφωνούν, χωρίς όμως να είναι σίγουροι σε τι συμφωνούσαν ακριβώς. Ο Μέμνων όμως ήξερε πως συναινούσαν στο να πάνε σαν πρόβατα στη σφαγή. Γιατί ακόμα και με την τακτική του κλεφτοπολέμου και του πολέμου φθοράς, ήξερε ότι οι περισσότεροι θα πέθαιναν τις επόμενες στιγμές. Ενώ ήταν έτοιμος να τους χωρίσει σε ομάδες όμως, ακούστηκε το ερώτημα το οποίο δεν ήθελε σε καμία περίπτωση να αντιμετωπίσει εκείνες τις δύσκολες ώρες.

«Εσύ πώς βρέθηκες εδώ;» είπε κάποιος. Γυρίζοντας ο Μέμνων προς τη φωνή, αντίκρισε τον Φίλωνα να τον κοιτάζει με άσβεστο μίσος, ακόμα και την ώρα της κρίσης, όπου η ζωή τους κρεμόταν από μια κλωστή. Ο γέροντας δε θα υποχωρούσε ούτε καν τότε και δε θα ξεχνούσε πως η εκδικητική μανία του μαφιόζου, άφησε τον Προμηθέα αβοήθητο να πεθάνει στην απελπισμένη αποστολή του.

«Από τότε που με διώξατε δε σταμάτησα να σας παρακολουθώ. Ήξερα ότι κάποια στιγμή τα προβλήματα θα σας κατάπιναν και ότι δε θα είχατε τις απαιτούμενες ικανότητες για να τα αντιμετωπίσετε. Σας το είχα πει εκείνη την ημέρα που ψηφίσατε υπέρ του Κλεομένη και τώρα επαληθεύομαι».

«Πράγματι, αποδεικνύεσαι προφητικός. Σε σημείο μάλιστα που εγείρει υποψίες» απάντησε ο Φίλων με νόημα. Όμως ο διάλογος χάθηκε μέσα στα αγχώδη μουρμουρητά που προκάλεσε η ανακοίνωση από κάποιον, ότι ο Δείμος και ο Φόβος απείχαν μόλις μερικά λεπτά από το κρησφύγετο. Ο Μέμνων τους χώρισε γρήγορα σε ομάδες και τους έστειλε έξω από την ανατολική πτέρυγα, με οδηγίες να κάνουν το παν ώστε να αλλάξουν την πορεία της ομάδας που συνέκλινε προς το κρησφύγετο και να τους οδηγήσουν προς μια κατεύθυνση μακριά από τα μηχανήματα. Έφυγαν υπάκουα προς το καθήκον, έτοιμοι να πεθάνουν αν χρειαστεί, για να προστατεύσουν το θησαυρό τους. Τον Κίστο. Ο Μέμνων έπιασε τον Δημάρατο από το μπράτσο.

«Πού έχετε όπλα και εκρηκτικά;» Ο Δημάρατος τον οδήγησε στο οπλοστάσιο, όπου ο μαφιόζος ξεκίνησε να εξετάζει τις επιλογές του, οι οποίες ήταν αρκετά περιορισμένες. Όμως με συνδυασμό μερικών υλικών και αυτοσχεδιασμό, έκρινε ότι θα πετύχαινε το αποτέλεσμα που επιδίωκε.

«Μόλις έλαβα μήνυμα ότι έρχονται ενισχύσεις από τα υπόλοιπα κρησφύγετα. Να τους κατευθύνω εναντίον του Δείμου και του Φόβου;» ρώτησε ο Δημάρατος. Ο Μέμνων όμως απάντησε αρνητικά, με έξαψη φανερή στη φωνή του.

«Όχι! Πες τους να έρθουν εδώ. Πρέπει να μεταφέρουμε τα μηχανήματα μακριά από αυτό το μέρος. Δε θα μπορέσουμε να κρατήσουμε την τοποθεσία. Το μόνο που μπορούμε να κάνουμε είναι να τους κρατήσουμε αρκετή ώρα μακριά, μέχρι να εξαφανίσουμε τα μηχανήματα, ώστε να μην πέσουν στα χέρια του Σκίρωνα ή σε όποιου άλλου μανιακού εμφανιστεί εδώ σήμερα». Ο Δημάρατος σκέφτηκε ότι έτσι θα άφηναν στην τύχη τους όσους είχαν ήδη σταλεί για να πολεμήσουν, οι οποίοι δεν είχαν καμία ελπίδα χωρίς τις πολυαναμενόμενες ενισχύσεις. Όμως παρά τις αντιρρήσεις του, διαβίβασε την εντολή στους συντρόφους που προσέγγιζαν για να βοηθήσουν, ενώ ο Μέμνων άρπαζε χημικά, καλώδια και εκρηκτικές ύλες από το οπλοστάσιο και τα εργαστήρια, συγκεντρώνοντάς τα για να διαδραματίσουν το δικό τους ρόλο στη μάχη που είχε ήδη ξεσπάσει, μερικές σήραγγες μακριά τους. Ο Κλεομένης με κεκτημένη ταχύτητα από την αναμέτρηση με τον Δημοφώντα, τέθηκε επικεφαλής και έριξε τα πρώτα πυρά. Η απάντηση όμως ήταν τρομερή και δυσανάλογη της ανίσχυρης άμυνας των ομάδων, που ξεπετάχτηκαν από σήραγγες και κρυφά περάσματα.

Ο Κυδοιμός άνοιξε το στόμα του φανερώνοντας μια μεταλλική συσκευή με ραβδωτά ανοίγματα, από τα οποία ξεπετάχτηκε ο πιο ισχυρός και ανυπόφορος ήχος, που είχαν ακούσει ποτέ στη ζωή τους ο Κλεομένης και οι συμπολεμιστές του. Τύμπανα έσπασαν και πολλοί λιποθύμησαν, ενώ κάποιοι είδαν αίμα να τρέχει από τη μύτη τους και έπεσαν κάτω, για να μην ξανασηκωθούν ποτέ. Ακολούθησαν οι Κήρες με κτηνώδη λύσσα, έτοιμες για σφαγή, μαζί με την Ενυώ, η οποία μπορεί να μην υιοθετούσε το ζωώδη τρόπο κίνησης και πολέμου των δύο κοριτσιών, όμως με τα δεκάδες θανατηφόρα όπλα της, με τα οποία έσπερνε νεκρούς και ακρωτηριασμένους σε κάθε πλευρά του πεδίου της μάχης, αποτελούσε και αυτή ένα τρομερό κτήνος. Ο Κόβαλος έχοντας επιστρατεύσει το υστερικό του γέλιο και τις θανατηφόρες περιστρεφόμενες λεπίδες του, έδειχνε ότι δεν ήταν διατεθειμένος να μείνει έξω από αυτό το γλέντι αίματος και αθώων ζωών. Λίγα πράγματα έμεναν για τους στρατιώτες του Σκίρωνα, οι οποίοι ακολουθούσαν τους πρωτοστατούντες και εκτελούσαν με απάθεια όποιον τύχαινε να γλιτώσει. Τελευταίοι έρχονταν ο Δείμος και ο Φόβος, που έκριναν ότι μέχρι εκείνη τη στιγμή δε χρειαζόταν να κοπιάσουν προσωπικά, αφού οι υποτακτικοί τους τα κατάφερναν μια χαρά. Ο Δείμος απολάμβανε το θέαμα, ενώ ο βλοσυρός Φόβος αξιολογούσε την κατάσταση με ψυχρότητα και σχεδίαζε ήδη τα επόμενα βήματα.

Ο Κλεομένης έδωσε γρήγορα εντολή να υποχωρήσουν στα κρυφά περάσματα και να χαθούν από το οπτικό πεδίο των ισχυρότερων αντιπάλων, προσπαθώντας να σώσει όσους περισσότερους συντρόφους μπορούσε. Σύμφωνα με το σχέδιο του Μέμνονα, η επόμενη ομάδα έπρεπε σε εκείνο το σημείο να επιτεθεί από τα μετόπισθεν της δύναμης του Δείμου και του Φόβου και να προκαλέσει όσες περισσότερες απώλειες μπορούσε, πριν κρυφτεί και εκείνη με τη σειρά της μέσα στα λαγούμια του υπόγειου εκείνου κόσμου. Έτσι και έγινε. Η επόμενη ομάδα πραγματοποίησε την έφοδό της και υποχώρησε τάχιστα, μετρώντας όμως αρκετές απώλειες και χωρίς να έχει καταφέρει κάτι αξιόλογο, εναντίον των αντιπάλων. Πάντως οι επιτιθέμενοι είχαν διακόψει την πορεία τους, για να ασχοληθούν με τους ενοχλητικούς απεσταλμένους του Μέμνονα, δίνοντάς του έτσι χρόνο να μετακινήσει τα μηχανήματα. Η μεταφορά είχε ξεκινήσει, αλλά η θυσία του Κλεομένη και των υπολοίπων θα έπρεπε να συνεχιστεί, ώστε να προλάβει να τα σώσει όλα. Πολεμούσαν το φόβο τους και τον υπέρτερο αντίπαλο. Όμως ήταν τραγικά αδύναμοι και οι ενισχύσεις που τους είχαν υποσχεθεί, δε φαίνονταν πουθενά.

Ο Φόβος ξαφνικά γρύλισε εκνευρισμένος και απευθύνθηκε στον αδερφό του.

«Κάτι σκαρώνουν με αυτή τη γελοία προσπάθεια. Δεν μπορεί να ελπίζουν ότι θα μας νικήσουν. Θέλουν απλά να μας καθυστερήσουν».

«Μέχρι να γίνει τι;» αναρωτήθηκε ο Δείμος.

«Δεν ξέρω, αλλά για να το μάθουμε θα πρέπει να προχωρήσουμε. Αρκετά με αυτή τη φάρσα!!» Προχώρησαν μπροστά και έδωσαν εντολή στους δικούς τους να φυλαχθούν από πίσω τους. Τα γυαλιστερά ημικύκλια στα μέτωπά τους άρχισαν να λαμπιρίζουν και να ξερνούν τον ίδιο τον τρόμο. Οι συχνότητες που εξέπεμπαν, έφτασαν σε κλάσματα του δευτερολέπτου τους μαχητές των σηράγγων και τότε φρικιαστικά ουρλιαχτά άρχισαν να ακούγονται μέσα από τους τοίχους, καθώς η ανίερη δύναμη άρχισε να παίζει με το μυαλό τους και να εκμεταλλεύεται τους βαθύτερους φόβους που έκρυβαν στα μύχια της ψυχής τους. Έτρεχαν πανικόβλητοι χωρίς συγκεκριμένη κατεύθυνση και έπεφταν στους τοίχους ή στα χέρια των αμείλικτων εχθρών τους. Οι σκέψεις ξέφευγαν από το μυαλό τους, όπως και τα σωματικά υγρά από το κορμί τους και οι ενέργειές τους κυριαρχούνται από την απόλυτη φρίκη, παρά από την ανθρώπινη λογική. Το ένστικτο της αυτοσυντήρησης είχε καλύψει τόσο πολύ κάθε άλλη παρόρμηση, ώστε ακυρωνόταν αφού στερούσε από τους ανθρώπους τη δυνατότητα, να ακολουθήσουν μια λογική οδό μακριά από τον κίνδυνο και απλά τους έστελνε να πέφτουν σαν ζώα στην παγίδα του κυνηγού.

Τα μέλη της ομάδας των δύο αδερφών σκότωναν με την ησυχία τους τα θύματά τους, τα οποία αδυνατούσαν να κρυφτούν και ξεσπούσαν σε γέλια ευχαριστημένοι με τη συγκομιδή πτωμάτων. Σύντομα το πάτωμα του πρώην υπονόμου, είχε γεμίσει αίμα και η αποφορά έτσουζε τα ρουθούνια και ζάλιζε τα μυαλά. Μόνο ο Κλεομένης και μια χούφτα από τους άντρες που τον είχαν ακολουθήσει, ζούσαν ακόμα. Είχαν χωθεί σαν τα ποντίκια σε ένα μυστικό πέρασμα και κατευθύνονταν τρομοκρατημένοι και ηττημένοι πίσω στο κρησφύγετο, για να αναγγείλουν τα νέα της σφαγής σε όσους έβρισκαν εκεί. Όταν έφτασαν τους περίμενε μια δυσάρεστη έκπληξη. Οι άνθρωποι οι οποίοι υποτίθεται θα πρόστρεχαν σε βοήθειά τους, μετέφεραν τα μηχανήματα μακριά από τον κίνδυνο και σε νέα τοποθεσία. Ο Κλεομένης δεν είχε ενημερωθεί για κάτι τέτοιο και δε γνώριζε ούτε τον προορισμό των μηχανημάτων, ούτε το λόγο που τους είχαν παρατήσει μόνους, να σφαγιαστούν από τα καθάρματα του υποκόσμου. Ήξερε όμως ποιος θα είχε τις απαντήσεις. Άρχισε να αναζητά οργισμένος τον Μέμνονα, έτοιμος να ξεσπάσει την οργή του και να αντλήσει απαντήσεις, έστω και δια της βίας. Αντί αυτού βρήκε τον Δημάρατο και τον Φίλωνα να έχουν εμπλακεί με ζέση στη δική τους διαφωνία και ήταν σίγουρος ποια ήταν η αιτία του καυγά.

«Το γνωρίζατε ότι είχε σκοπό να μας αφήσει να σκοτωθούμε αβοήθητοι; Κάνατε κάτι για να τον σταματήσετε;» Ο Δημάρατος δε μίλησε, αλλά τον κοίταξε με ένα ενοχλητικό μειδίαμα, το οποίο γέννησε ένα άσχημο προαίσθημα στον Κλεομένη. Ο Φίλων ήταν εκείνος που έδωσε την απάντηση, όντας εξίσου αγανακτισμένος με το νεότερο φίλο του που είχε κινδυνεύσει να πεθάνει.

«Ήταν ιδέα του Μέμνονα να καθυστερήσετε τον Δείμο και τον Φόβο μέχρι να μεταφέρουν όσοι ήρθαν για ενίσχυση, τα μηχανήματα σε άλλα κρησφύγετα. Ήλπιζα ότι οι σύντροφοί μας θα διαφωνούσαν και θα έτρεχαν να σας υποστηρίξουν στη μάχη που είχε ξεκινήσει. Ο Μέμνων όμως υποστήριξε ότι ο Κίστος είναι πιο σημαντικός από τη ζωή του καθένα από εμάς, γιατί είναι το όργανο της σωτηρίας όλης της ανθρωπότητας. Μετά από έναν αρχικό δισταγμό, οι δικοί μας συμφώνησαν». Η τελευταία πρόταση βγήκε με δυσκολία από τα γέρικά του χείλη, αφού εξέφραζε το βάρος της απογοήτευσης που ένιωθε. Ο Κλεομένης είχε και αυτός το δικό του βάρος να διαχειριστεί, αφού μόνο ως προδοσία θα μπορούσε να χαρακτηρίσει αυτήν την εξέλιξη. Μπορεί ο σκοπός να ήταν ιερός, το ίδιο όμως ιερός ήταν ο δεσμός και η αδελφοσύνη των μελών της οργάνωσης, που εκδηλωνόταν μέσα από την αφοσίωση και την αλληλοβοήθεια. Αυτός ο δεσμός είχε πια διαρραγεί, αφού είχαν προτιμήσει τα αδέρφια του να σώσουν άψυχα μηχανήματα, παρά εκείνον και τους υπόλοιπους θυσιασθέντες. Ξαφνικά καταλάβαινε το πονηρό χαμόγελο του Δημάρατου και ένιωθε να χάνει την αυτοσυγκράτησή του. Άρπαξε τον αντίπαλό του από το γιακά.

«Εσύ φταις για όλα!! Έφερες αυτό το καρκίνωμα στις τάξεις μας και τώρα μολύνει σιγά-σιγά την ομάδα, μέχρι αυτή να σαπίσει και να γίνει το ίδιο απαίσια με τις συμμορίες που πουλάνε προστασία και κυκεώνα στα στέκια της νύχτας. Είσαι ικανοποιημένος τώρα;»

«Δεν καταλαβαίνω ποιο είναι το πρόβλημά σου; Ορκιστήκαμε όλοι ότι θα δίναμε και τη ζωή μας για να πετύχουμε. Και μόλις κινδύνευσες εσύ, ξαφνικά ο όρκος αυτός σταμάτησε να ισχύει;»

«Είναι εύκολο να μου μιλάς για όρκους όταν μένεις ασφαλής στα μετόπισθεν με τον καινούργιο σου φίλο, ενώ εγώ έβλεπα τους ανθρώπους μας να σκοτώνονται από αυτά τα σαδιστικά κτήνη!»

«Δεν έχω δειλιάσει ποτέ σε μάχη και θα άλλαζα θέση με εσένα στη στιγμή. Τη μέρα που θα πεθάνω οι πληγές μου θα είναι στο στήθος και όχι στην πλάτη. Αντίθετα, εσύ ήσουν αυτός που έβαλε τον εγωισμό του πάνω από το σύνολο και απείλησες ότι θα μας εγκατέλειπες, αν δε σου δίναμε την αρχηγία».

«Σας πίεσα τόσο πολύ, γιατί ήξερα πού θα καταντούσαμε αν ακολουθούσαμε αυτόν και τις συμβουλές του. Και είχα δίκιο. Πού είναι τώρα;»

«Πήρε μερικά κιλά εκρηκτικών και πήγε να αντιμετωπίσει τους επιτιθέμενους. Όπως βλέπεις δε μένει απλά στα μετόπισθεν για να γλιτώσει τη ζωή του. Έχει πάντα ένα σχέδιο. Μακάρι να μπορούσαμε να πούμε το ίδιο και για εσένα». Ο Κλεομένης τον αγνόησε και έστρεψε αλλού την προσοχή του. Έπρεπε να τιθασεύσει τα νεύρα του και να αξιολογήσει την κατάσταση αντικειμενικά. Αφού ο Μέμνων είχε φύγει έχοντας μάλλον άγριες διαθέσεις, κρίνοντας από το φορτίο που κουβαλούσε μαζί του, έπρεπε κάποιος να συντονίσει τους άντρες και τις γυναίκες που είχαν ξεκινήσει τη μεταφορά των μηχανημάτων. Εκείνος θα αναλάμβανε αυτήν την υποχρέωση, συνεχίζοντας να υπηρετεί την οργάνωση, ακόμα και αν οι υπόλοιποι τον είχαν εγκαταλείψει την πιο κρίσιμη στιγμή.

Οι απεσταλμένοι του Σκίρωνα, έχοντας βγει αλώβητοι από την πρόσφατη σύγκρουση, προχωρούσαν στους διαδρόμους του σκοτεινού εκείνου κόσμου, αγέρωχοι και νικητές. Δεν το γνώριζαν, αλλά κινούνταν πολύ κοντά στο κέντρο των επιχειρήσεων του Κλεομένη και το πολυπόθητο τρόπαιο του Κίστου βρισκόταν μερικά μόλις μέτρα μακριά τους. Παρά τη συντριβή των αντιπάλων τους όμως, προχωρούσαν με σταθερό και προσεκτικό ρυθμό, αφού η πείρα και η σύνεση τους απαγόρευαν να βιαστούν υποπίπτοντας σε λάθη, ειδικά σε έδαφος άγνωστο και εχθρικό. Ο Μέμνων τους παρακολουθούσε κρυμμένος και έκανε στο μυαλό του υπολογισμούς, συγκρίνοντας την ταχύτητα με την οποία κινούνταν οι μαφιόζοι, με το ρυθμό μεταφοράς των μηχανημάτων. Και είχε πειστεί ότι παρά την ηρωική προσπάθεια των μελών της οργάνωσης, των οποίων τα ουρλιαχτά είχε ακούσει νωρίτερα, η πορεία του Δείμου και του Φόβου δεν είχε επιβραδυνθεί αρκετά, ώστε να έφταναν στο κρησφύγετο, αφού η εκκένωση θα είχε ολοκληρωθεί. Αυτό σήμαινε ότι έπρεπε να βρει μια λύση. Μια εκρηκτική λύση. Ήθελε να αποφύγει τη χρήση των εκρηκτικών, φοβούμενος ότι μια έκρηξη μπορεί να τα γκρέμιζε όλα, θάβοντας τους όλους κάτω από τόνους τσιμέντου. Όμως δε γινόταν διαφορετικά. Έπρεπε να ρισκάρει.

Χρησιμοποίησε τα μυστικά περάσματα που του είχε μάθει ο Δημάρατος και βγήκε πίσω από τη λεία του. Εκείνοι προχωρούσαν έχοντας τις άμυνές τους έτοιμες και ικανοί να αντιμετωπίσουν οποιονδήποτε κίνδυνο. Μίλησε κρυμμένος πίσω από μια πτυχή του διαδρόμου, από τις άφθονες που προσέφερε ο υπόγειος κόσμος. Η αντήχηση της φωνής του όμως ακούστηκε σαν να στεκόταν δίπλα τους.

«Περίεργο μέρος διαλέξατε για να πεθάνετε. Είμαι σίγουρος ότι έχετε πολύ καλύτερες επιλογές στη διάθεσή σας». Ο Κόβαλος πετάχτηκε μπροστά αναγνωρίζοντας τη φωνή και το υστερικό του βλέμμα άρχισε να αναζητά μέσα στις σκιές για το στόχο του.

«Εσύ είσαι εκείνος που κάνει περίεργες επιλογές και αγνοεί τις εντολές του αφεντικού του, παρατώντας την εταιρεία του για άγνωστο λόγο. Δε θα έπρεπε καν να είσαι ζωντανός. Αποκλείεται ο Σκίρωνας να σε λυπήθηκε και να μην ενεργοποίησε το τσιπάκι. Πώς τα κατάφερες;»

«Τα κατάφερα γιατί δεν ήμουν γεννημένος για να μείνω για πάντα τσιράκι της Χίμαιρας. Αυτή η μοίρα προορίζεται για σένα». Με αυτά τα λόγια ο Μέμνων στόχευσε με το λέιζερ του βιονικού του χεριού, εναντίον του παλιού του συνεργάτη. Η ακτίνα διέγραψε τη σωστή πορεία, αλλά ο Κόβαλος είχε τα κατάλληλα αντανακλαστικά για να την αποφύγει και να στείλει στον τάφο αντί για τον ίδιο, έναν από τους άντρες του Σκίρωνα, ο οποίος είχε την ατυχή έμπνευση να στέκεται πίσω του. Επιτέθηκε ουρλιάζοντας μπροστά, με τους έλικές του να σκίζουν το σκοτάδι και να υπόσχονται να κάνουν το ίδιο και στον Μέμνονα. Η αντιπαλότητα ήταν κάτι που χαρακτήριζε ανέκαθεν την προβληματική τους συνεργασία, αφού ένιωθαν και οι δύο μια αυθόρμητη αντιπάθεια, ο ένας για τον άλλον. Όμως η ηγετική φυσιογνωμία του Σκίρωνα, μαζί με το φόβο της τιμωρίας σε περίπτωση που δεν υπάκουαν στις επιταγές του, συγκρατούσε τους δύο εχθρούς από τη σύγκρουση. Ο Κόβαλος όμως είχε πια την άδεια του αρχιμαφιόζου, να κατασπαράξει τον Μέμνονα σε περίπτωση που τον έβρισκε ζωντανό. Μια άδεια που ο μανιακός άντρας θα εκμεταλλευόταν με απόλυτη ευχαρίστηση.

Η ορμή του συμπαρέσυρε τους υπόλοιπους και ξεκίνησε έτσι ένα άγριο ανθρωποκυνηγητό. Ακριβώς αυτό που ήθελε ο Μέμνων, που είδε τους εχθρούς του να τρώνε το δόλωμα και να απομακρύνονται εν αγνοία τους, από τον πραγματικό τους στόχο, για να κυνηγήσουν εκείνον, ο οποίος είχε δευτερεύουσα σημασία. Όχι ότι είχε σκοπό να θυσιαστεί. Ο ρόλος του μάρτυρα δεν του ταίριαζε. Οι διώκτες του θα δοκίμαζαν μια πικρή έκπληξη, νομίζοντας ότι τον είχαν στο χέρι και ανακαλύπτοντας μια αλήθεια εντελώς διαφορετική. Χώθηκε στα βάθη του λαβύρινθου, διασκεδάζοντας με τις φωνές αγανάκτησης του Κόβαλου, που τον ένιωθε να του ξεγλιστρά μέσα από τα δάχτυλα. Η ομάδα ακολούθησε την αντίστροφη πορεία από την αρχική της και έπεσε με ζήλο στην καταδίωξη. Μετά από μερικά λεπτά όμως ο Φόβος άγγιξε τον ώμο του αδελφού του σταματώντας τον.

«Κάτι δεν πάει καλά με αυτήν την ιστορία». Δεν είχε προλάβει να τελειώσει τη φράση του όταν ακούστηκαν δύο εκρήξεις. Η μια μπροστά τους και η άλλη πίσω τους. Χωρίστηκαν με τον Φόβο να γυρίζει πίσω για να δει τι είχε συμβεί και τον Δείμο να σπεύδει να φτάσει τους συντρόφους του που είχαν προχωρήσει μπροστά, για να διαπιστώσει τι τους είχε συμβεί. Όταν αντιλήφθηκαν την παγίδα στην οποία είχαν παρασυρθεί, ήταν πια αργά. Η αποτίμηση της ζημιάς έδειξε πως οι μισοί στρατιώτες του Σκίρωνα ήταν νεκροί και ο Κόβαλος σοβαρά τραυματισμένος, αλλά ζωντανός. Η σήραγγα ήταν φραγμένη και από τις δύο κατευθύνσεις και θα χρειάζονταν μερικές ώρες σκαψίματος με βιονικά χέρια και θρυμματισμού των μπαζών με λέιζερ, για να μπορέσουν να απελευθερωθούν. Εκτός αν ανακάλυπταν κάποιο από τα κρυφά περάσματα και παρέκαμπταν έτσι τα εμπόδια. Και σε αυτήν την περίπτωση όμως ο Μέμνων είχε φροντίσει να παγιδεύσει όσα περάσματα πρόλαβε με εκρηκτικά, δημιουργώντας γύρω τους ένα θανατηφόρο κλοιό. Εξασφάλιζε έτσι άφθονο χρόνο για την οργάνωση να μετακινήσει τα μηχανήματα και να εξαφανιστεί. Όταν επέστρεψε στο κρησφύγετο το βρήκε σχεδόν άδειο, με πολλούς από τους συντρόφους να τον περιμένουν με αγωνία. Ο Δημάρατος του απηύθυνε την ερώτηση που δέσποζε στο μυαλό όλων.

«Ακούσαμε τις εκρήξεις. Τι συνέβη; Είναι νεκροί;»

«Κάποιοι σίγουρα σκοτώθηκαν, αλλά και όσοι επέζησαν θα μείνουν εγκλωβισμένοι για ώρες εκεί πίσω». Τα νέα έφεραν χαρά και ανακούφιση στους παριστάμενους και πολλοί ήταν εκείνοι που ξέσπασαν σε πανηγυρισμούς για τη σωτηρία. Οι μόνοι που φαίνονταν δυσαρεστημένοι ήταν ο Φίλων και ο Κλεομένης, κάτι που ήταν αναμενόμενο, οι οποίοι τον κοιτούσαν βλοσυρά. Αν όμως στο νου τους τριγυρνούσαν σκέψεις μίσους και ανήμπορης οργής, δεν τις εξέφρασαν και έμειναν σιωπηλοί, αντιλαμβανόμενοι ίσως την ήττα τους και υποσχόμενοι να επιστρέψουν δριμύτεροι με την επόμενη ευκαιρία που θα τους δινόταν. Ο Μέμνων δεν ανησυχούσε. Αντίθετα θα τους περίμενε και θα τους ταπείνωνε και πάλι με χαρά.

Η εκκένωση του αρχηγείου συνεχίστηκε απρόσκοπτα και άφησαν το χώρο πίσω τους για πάντα, αφού σύντομα θα έπεφτε στα χέρια του Σκίρωνα, ο οποίος θα διέταζε τους άντρες του να κάνουν εξονυχιστικό έλεγχο για ανεύρεση κάποιου στοιχείου, που ίσως πρόδιδε τη νέα θέση της οργάνωσης. Ο Μέμνων μην μπορώντας να είναι σίγουρος ότι δεν είχαν αφήσει κάτι τέτοιο κατά τη φυγή τους, είχε κρατήσει έναν ακόμα εκρηκτικό μηχανισμό, ο οποίος ισοπέδωσε τα πάντα, καίγοντας οτιδήποτε θα μπορούσε να βοηθήσει τους διώκτες τους. Αποχώρησε νικητής και νομίζοντας ότι είχε προβλέψει τα πάντα. Αυτό που δε γνώριζε όμως, ήταν ότι κάπου ανάμεσα στα συντρίμμια που είχαν τραυματίσει τον Κόβαλο και είχαν θερίσει τις ζωές αρκετών στρατιωτών της μαφίας, βρισκόταν και η Θέμις.

κεφαλαιο 18

Όταν άκουσε την πρώτη έκρηξη σταμάτησε ξαφνιασμένη και τέντωσε τα αυτιά της προσπαθώντας να διακρίνει και άλλους ήχους που θα της έδιναν κάποιο στοιχείο, σχετικά με το τι είχε συμβεί. Ήξερε ότι είχε ξεσπάσει μάχη, από τις φωνές και τους πυροβολισμούς που ταξίδευσαν μέσα από τις σήραγγες ως τα αυτιά της νωρίτερα. Όμως οι θόρυβοι αυτοί είχαν διακοπεί απότομα και για λίγη ώρα είχε ακολουθήσει ησυχία. Οι εχθροπραξίες όμως είχαν ξαναρχίσει από ό,τι έδειχναν τα πράγματα και μεγαλύτερες σε κλίμακα από πριν. Όταν ακολουθούσε τον Κόβαλο σε αυτό το υπόγειο ξεχασμένο κομμάτι του παρελθόντος, δεν περίμενε βέβαια κάτι λιγότερο. Άλλωστε κάπου εκεί υπολόγιζε ότι βρίσκονταν και οι πληρωμένοι φονιάδες του Δημοφώντα, έτοιμοι να δώσουν τον πόλεμο που είχε κηρύξει εκείνος. Όλα αυτά τα στοιχεία μαζί έκαναν έναν ιδιαίτερα εκρηκτικό συνδυασμό, που προμήνυε την καταστροφή. Το θέμα ήταν για ποιον. Άρχισε να προχωρεί πιο βιαστικά και το μετάνιωσε αμέσως. Η δεύτερη έκρηξη ακούστηκε πολύ πιο κοντά και μαζί ένιωσε τον τσιμεντένιο λαβύρινθο γύρω της να τρέμει. Ένα σύννεφο από κονιορτό πετάχτηκε από το σκοτάδι μπροστά της και την έπνιξε, την ίδια στιγμή που ένα τμήμα της σήραγγας μερικά μέτρα μακριά της κατέρρεε. Έπεσε κάτω και άρχισε να βήχει, ενώ τα αυτιά της βούιζαν ακόμα από την έκρηξη. Μόλις συνήλθε ψηλάφισε το πάτωμα για να βρει το φακό της. Της είχε πέσει και είχε σβήσει. Ευχόταν να μην είχε σπάσει, γιατί τότε θα έπρεπε να βολευτεί με την αχνή λάμψη που εξέπεμπε το ενεργειακό της μαχαίρι.

Μετά από μερικά λεπτά αναζήτησης, μέσα στο πυκνό σκοτάδι και σερνόμενη στη σκόνη που είχε καλύψει τα πάντα μετά την έκρηξη, τα δάχτυλά της κουλουριάστηκαν με ανακούφιση γύρω από το κυλινδρικό σχήμα του φακού. Λειτουργούσε ακόμα και έστειλε μια δέσμη φωτός που αποκάλυψε ένα μέρος από τα συντρίμμια. Τόνοι χώματος και τσιμέντου στέκονταν στο δρόμο της, κάνοντας οποιοδήποτε σχέδιο παρακολούθησης του Κόβαλου ανέφικτο. Η μόνη επιλογή που της έμενε ήταν η επιστροφή στην επιφάνεια. Θα έπρεπε να καταστρώσει κάποιο νέο σχέδιο από εκεί. Όσο όμως εκείνη θα έχανε χρόνο επιστρέφοντας εκεί από όπου είχε ξεκινήσει, θα λάμβαναν χώρα σημαντικές εξελίξεις από τις οποίες θα απουσίαζε. Της ήταν δύσκολο να γυρίσει την πλάτη της στην κατεύθυνση που ήξερε πως έπρεπε κανονικά να ακολουθήσει και στεκόταν αναποφάσιστη μπροστά από το φραγμένο διάδρομο. Την ησυχία διέκοψε για άλλη μια φορά ένας ήχος. Δεν ήταν ο εκκωφαντικός ήχος μιας έκρηξης, αλλά ο συριγμός από σκουριασμένο μεντεσέ πόρτας που ανοίγει. Έσβησε αμέσως το φακό της και κρύφτηκε στις σκιές. Είδε έκπληκτη να δημιουργείται ένα άνοιγμα στο τοίχωμα της σήραγγας και από μέσα να ξεπετάγονται δέσμες φωτός και αντρικές φωνές. Τρία σώματα ξεπρόβαλαν το ένα μετά το άλλο από το μυστικό πέρασμα και δεν έμοιαζαν με τους βιονικούς πιστολάδες της μαφίας, που θα χρησιμοποιούσε ο Σκίρωνας ή ο Δημοφώντας. Ήταν συνηθισμένοι άνθρωποι, που κοιτούσαν γύρω τους λίγο φοβισμένα και δε φαίνονταν σίγουροι για το τι έπρεπε να κάνουν.

Ακόμα δεν την είχαν αντιληφθεί, άλλο ένα στοιχείο ότι δεν ανήκαν στην κάστα των άρτια εκπαιδευμένων και εξοπλισμένων κυνηγόσκυλων του εγκλήματος. Εκείνων που βάδιζαν στους δρόμους με τη σιγουριά του ισχυρού, που κρατάει στα χέρια του την τύχη του κόσμου και που καμία απειλή δεν τον πτοεί ή απασχολεί ιδιαίτερα. Το ακριβώς αντίθετο δηλαδή από την ομάδα που στεκόταν εκτεθειμένη μπροστά της, τα απρόσεκτα μέλη της οποίας θα μπορούσε αν ήθελε να είχε εξοντώσει άνετα. Θα είχε όμως μεγαλύτερο κέρδος από την παρακολούθηση, παρά από την εξόντωσή τους.

«Εγώ ακόμα πιστεύω ότι πρόκειται για χάσιμο χρόνου. Δεν πρόκειται να βρούμε κανέναν εδώ πέρα. Έχουν εγκλωβιστεί όλοι στα συντρίμμια και ακόμα και αν κάποιος είναι ελεύθερος, εμείς τι μπορούμε να κάνουμε εναντίον του; Θα τα βάλουμε με κάποιον από τη μαφία;»

«Ορκιστήκαμε να ακολουθούμε τον Κλεομένη και να υπακούμε στις διαταγές του. Αν αυτό σημαίνει να πολεμήσουμε τη μαφία, αυτό θα κάνουμε. Ακόμα και αν το τίμημα είναι οι ζωές μας, όλος ο κόσμος πρέπει να εφοδιασθεί με τον Κίστο». Μια τρίτη φωνή προστέθηκε στη συζήτηση, για να κάνει ένα σχόλιο που προκάλεσε στη Θέμιδα ανατριχίλα.

«Μην ξεχνάτε ότι πρέπει να είμαστε ετοιμοπόλεμοι απέναντι στη μαφία. Ειδικά τώρα που έχουμε έναν εκπρόσωπό της στο κεφάλι μας, με την αρχηγία του Μέμνονα». Η δεύτερη φωνή αγανάκτησε με αυτά τα λόγια.

«Εσύ πιστεύεις ότι ο Κλεομένης θα δεχθεί κάτι τέτοιο; Στο επόμενο συμβούλιο που θα γίνει θα ζητήσει να εκδιωχθεί εκ νέου ο μαφιόζος και μαζί του ο Δημάρατος, για να ξεμπερδέψουμε με όλα τα καθίκια μια και καλή».

«Κουταμάρες! Ας μην ονειροβατούμε και ας κοιτάξουμε την αλήθεια κατάματα. Το χάσαμε το παιχνίδι. Σήμερα οι περισσότεροι άγονταν και φέρονταν από τον Μέμνονα. Μας έσωσε τη ζωή και ακόμα και ο ίδιος ο Κλεομένης, δέχθηκε με ανακούφιση την εμφάνισή του. Στο επόμενο συμβούλιο, ο Δημάρατος θα είναι θριαμβευτής και η παράταξή μας θα παραδώσει τα ηνία. Η μαφία θα γαντζωθεί από την οργάνωσή μας και πολύ δύσκολα θα την αφήσει».

«Η δεινή κατάσταση της οργάνωσής σας δε δικαιολογεί την απροσεξία σας απέναντι σε έναν πιθανό εχθρό» είπε η Θέμις και ταυτόχρονα άναψε το φακό της. Η λάμψη τύφλωσε τους τρεις άντρες, που άρχισαν με σπασμωδικές κινήσεις να ψάχνουν για τα όπλα τους. Τρεις κραυγές πόνου ακούστηκαν από τρία διαφορετικά στόματα και όταν ανέκτησαν την όρασή τους, κρατώντας τα πονεμένα τους χέρια, είδαν όρθια μπροστά τους την αιτία του πόνου τους να τους κοιτάζει αποδοκιμαστικά, κρατώντας επιδεικτικά τα πιστόλια τους.

«Είσαι του Σκίρωνα ή του Δημοφώντα;» είπε ο πιο γενναίος, βλέποντας τους άλλους δύο να έχουν βουβαθεί από τον τρόμο.

«Δεν ανήκω κάπου αυτήν την εποχή και σίγουρα όχι σε αυτούς τους δύο που ανέφερες. Δουλεύω μόνη μου και θέλω να μου κανονίσετε μια συνάντηση με τον Κλεομένη. Απ' ό,τι άκουσα έχουμε κάποιους κοινούς εχθρούς, οπότε έχουμε αμοιβαίο συμφέρον να συναντηθούμε και να ανταλλάξουμε απόψεις για κάποια θέματα. Εσύ, ο πιο ομιλητικός θα μείνεις εδώ μαζί μου, για να έχουν έτσι οι δύο φίλοι σου κίνητρο να επιστρέψουν. Και φυσικά τσιμουδιά για μένα στον Μέμνονα. Όσα σας είπα είναι εμπιστευτικά και μόνο για τον Κλεομένη. Φύγετε τώρα και γυρίστε γρήγορα με καλά νέα».

Όταν η Θέμις με τον άντρα έμειναν μόνοι τους, απομακρύνθηκαν από το σημείο, φοβούμενοι ότι ανά πάσα στιγμή οι πολεμιστές του Σκίρωνα θα αναδύονταν μέσα από το φράγμα του χώματος και του τσιμέντου. Στη διάρκεια της αναμονής τους, η Θέμις ενημερώθηκε για όσα είχαν συμβεί τις τελευταίες ώρες, αλλά και για άλλα ζητήματα όπως λεπτομέρειες για την οργάνωση, για την πρόοδο της έρευνας για τον Κίστο, για τα ποσοστά επιτυχίας των επιθέσεων στα Κέντρα Καθαρισμού και Ανατροφοδότησης Ύδατος και επαλήθευσε τη φήμη ότι ο Προμηθέας είχε σκοτωθεί στο καθήκον. Ο Ιξίων, όπως ήταν το όνομά του, της είπε ακόμα και για τον Μαχάονα, αλλά αυτό ήταν κάτι που η Θέμις ήξερε ήδη, αν και η ντροπή της δεν την άφησε να το αποκαλύψει στο συνομιλητή της. Δεν καταλάβαινε αν όλα αυτά της τα έλεγε γιατί φοβόταν για τη ζωή του ή γιατί έψαχνε να πιαστεί από έναν ισχυρό σύμμαχο. Κάποιον που ο αρχηγός του ο Κλεομένης, θα μπορούσε να χρησιμοποιήσει ως αντίβαρο κόντρα στον Μέμνονα. Το σίγουρο ήταν ότι και εκείνος και οι σύντροφοί του που είχαν σταλεί ως αγγελιοφόροι στον Κλεομένη, φαίνονταν απελπισμένοι και είχαν ανάγκη από στήριξη. Αυτή η ανάγκη ήταν η ευκαιρία που θα έδραττε η Θέμις, για να παρακολουθεί τις κινήσεις του Μέμνονα και να τον χτυπήσει την πιο ανύποπτη στιγμή.

Άκουσε ακόμα με ενδιαφέρον τις ιδέες του Μέμνονα για την προώθηση του Κίστου και τη φιλοδοξία του να γίνει η ουσία που θα αντικαθιστούσε προσωρινά, μέχρι τη θεραπεία και του τελευταίου πάσχοντος, τον κυκεώνα. Παραδεχόταν μέσα της, ότι αν και τον μισούσε και ήθελε να τον δει νεκρό όσο τίποτα άλλο στον κόσμο, αν κάποιος είχε τις διασυνδέσεις για την προώθηση του Κίστου, τότε αυτός ήταν σίγουρα ένας μαφιόζος του βεληνεκούς του Μέμνονα. Θα έφερνε όπλα στην οργάνωση, κλέβοντας, απειλώντας και φυσικά σκοτώνοντας. Θα τους συντόνιζε και θα τους εκπαίδευε, ώστε από όχλος να μετατραπούν σε μια οργανωμένη μάχιμη ομάδα. Θα γινόταν ένας αδίστακτος αλλά ικανός αρχηγός, ενάντια στο πρώην αφεντικό του και τη διεφθαρμένη κυβέρνηση, που θα επιχειρούσε να θάψει τη θεραπεία για τον ιό για πάντα. Τα κέρδη από τον κυκεώνα έφταναν μέχρι τα υψηλότερα κλιμάκια της πολιτείας και ο Κίστος θα τους ενδιέφερε μόνο για προσωπική κατανάλωση. Όχι για διανομή στο λαό. Συλλογιζόμενη τα νέα δεδομένα, έφτανε σταδιακά στη δυσάρεστη συνειδητοποίηση ότι ο Μέμνων, αν ήταν ειλικρινής, αποτελούσε τη μεγαλύτερη ελπίδα για την οργάνωση.

Τα κίνητρά του ήταν άγνωστα, όπως και ο λόγος που είχε εγκαταλείψει τη Χίμαιρα, αν όμως αφοσιωνόταν στο σκοπό τους, τότε θα είχε περισσότερες πιθανότητες από οποιονδήποτε άλλον να τα καταφέρει. Και για να γίνει αυτό θα έπρεπε να μείνει ζωντανός. Θα έπρεπε η Θέμις, να καταπνίξει την ορμητική επιθυμία της για εκδίκηση και να μην επιχειρήσει να τον σκοτώσει. Τουλάχιστον μέχρι όλη αυτή η ιστορία να έφτανε στο τέλος της. Μια ιστορία που μπορεί να διαρκούσε μήνες ή και χρόνια. Ένιωθε την προοπτική να την πνίγει και τις εξελίξεις να παίρνουν μια αναπάντεχη και περίεργη τροπή. Τι είχε συμβεί ανάμεσα στον Μέμνονα και τον Σκίρωνα, ώστε να βρεθούν ξαφνικά αντίπαλοι; Ήταν απλά η φιλοδοξία ενός μικροκακοποιού που ήθελε να γίνει αφεντικό της μαφίας ή υπήρχε κάτι βαθύτερο. Ίσως αυτός ο Κλεομένης να γνώριζε κάτι παραπάνω, αν και πολύ αμφέβαλλε. Δεν είχε ψυχολογήσει τον Μέμνονα για άνθρωπο που ανακοινώνει τα κίνητρά του και το κέρδος που επιδιώκει με τις ενέργειές του. Ίσως ήταν συνέπεια της γενικότερης αλλαγής των ισορροπιών, που προκάλεσε η ηχηρή πτώση της Έμπουσας. Όποιος και αν ήταν ο λόγος, αυτή η αλλαγή ρόλων δεν της άρεσε καθόλου και ανέτρεπε τα σχέδιά της.

Επίσης ετοιμαζόταν να μπει σε άλλη μια συμμαχία, κάτι που την έκανε καχύποπτη, μετά τη δυσάρεστη εμπειρία της με τον Δημοφώντα. Ήλπιζε ότι αν τελικά συνεργάζονταν με τον Κλεομένη, δε θα έληγε και αυτή η συνεργασία σε μια απόπειρα δολοφονίας της, όπως είχε γίνει με την προηγούμενη. Σταμάτησε να εξετάζει τις διάφορες πιθανότητες όταν ο αιχμάλωτός της σήκωσε ξαφνικά το κεφάλι και κοίταξε στο κενό, σημάδι ότι είχε λάβει κάποιο μήνυμα.

«Ο Κλεομένης λέει ότι η θέση μας είναι επικίνδυνη και μου είπε να σε οδηγήσω σε κάποιο άλλο σημείο, όπου θα σε περιμένει για να μιλήσετε». Η Θέμις συμφώνησε και έχοντας πάντα το πιστόλι της έτοιμο, ακολούθησε τον Ιξίωνα προς την καθορισμένη τοποθεσία. Όταν έφτασαν εκεί είδε τα άλλα δύο μέλη της ομάδας που είχε συναντήσει νωρίτερα, τα οποία κοίταξαν τον τρίτο της παρέας με εμφανή ανακούφιση. Στη συνάντηση παρίσταντο ακόμα δύο άντρες. Ένας ηλικιωμένος και ένας νεότερος. Ο ηλικιωμένος ήταν ο Φίλων και όταν είχε κυνηγηθεί στο παλαιοπωλείο του από τον Αλάριχο, καταφεύγοντας τελικά στα έγκατα της γης για να σωθεί, η Θέμις βρισκόταν μερικά βήματα πίσω του, ακολουθώντας και εκείνη με τη σειρά της το Γερμανό εκτελεστή. Είχαν βρεθεί μερικά μέτρα ο ένας από τον άλλον, χωρίς να συναντηθούν ποτέ. Ο Φίλων όμως τη γνώριζε αφού του είχε μιλήσει για εκείνη ο Προμηθέας, δείχνοντάς του κιόλας μια φωτογραφία της. Η εμπιστοσύνη που της είχε δείξει ο Προμηθέας, διακινδυνεύοντας μάλιστα και τη ζωή του για να τη σώσει, ήταν το καλύτερο διαπιστευτήριο, που έκανε εκείνη τη συνάντηση με τον Κλεομένη και τον Φίλωνα δυνατή. Η Θέμις όμως αντιλήφθηκε ότι δεν ήταν μόνοι.

«Είμαι ο Κλεομένης και αυτός είναι ο Φίλων. Μάθαμε ότι έχεις να μας προτείνεις κάτι σχετικά με τον Μέμνονα».

«Αληθεύει. Θέλω όμως πρώτα οι δύο οπλοφόροι που έχεις κρύψει να φανερωθούν και να χαμηλώσουν τα όπλα τους, αλλιώς οι διαπραγματεύσεις μας θα έχουν ατυχή κατάληξη». Ο Κλεομένης έσφιξε το σαγόνι του και έτριξε τα δόντια του. Προφανώς αυτή ήταν μια κατάσταση στην οποία δεν μπορούσε να έχει τον έλεγχο. Και δεν ήταν η πρώτη τέτοια περίπτωση εκείνη την ημέρα. Με ένα μήνυμα από τον επεξεργαστή του οι δικοί του φανερώθηκαν με τα όπλα χαμηλωμένα και ένα βλέμμα κάπως ντροπιασμένο και ενοχλημένο. Θεωρούνταν άλλωστε από τα ικανότερα μέλη της οργάνωσης και η νεοφερμένη τους είχε ανακαλύψει από το πρώτο δευτερόλεπτο.

«Λοιπόν, σε ακούμε» είπε ο Κλεομένης με αυταρχικό ύφος, προσπαθώντας να περισώσει κάποιο ίχνος αξιοπρέπειας.

«Αφήσατε ένα κατακάθι να αρπάξει την ηγεσία της οργάνωσής σας και έχετε χάσει πλήρως τον έλεγχο. Δεν ξέρω γιατί ο Μέμνων δε σας σκότωσε όλους και δεν κράτησε απλά τον Κίστο για τον εαυτό του. Να θεωρείτε πάντως τους εαυτούς σας τυχερούς που μάλλον τον συμφέρει να ζήσετε. Προς το παρόν τουλάχιστον. Η κατάσταση δεν είναι μη αναστρέψιμη. Αντίθετα, πιστεύω ότι ο μαφιόζος έχει να προσφέρει πολλά στην οργάνωσή σας». Ο Κλεομένης τη διέκοψε αγανακτισμένος.

«Αυτός έχει να μας προσφέρει; Που θέλει να παρεκκλίνουμε από τον ιερό σκοπό μας και να καταντήσουμε μια συμμορία που θα πουλάει τον Κίστο σαν να είναι ο κυκεώνας;»

«Έχετε ανάγκη από χρήματα. Αυτό είναι γεγονός. Φαντάζομαι ότι τώρα συντηρείστε από τις χορηγίες των μελών σας. Αν θέλετε να διεξάγετε πόλεμο σε μεγάλη κλίμακα, τα χρήματα αυτά δε φτάνουν. Αν γίνεται αυστηρός έλεγχος και όλα τα έσοδα χρησιμοποιούνται αυστηρά για τις ανάγκες σας, τότε θα επωφεληθείτε. Αν βάλει χέρι στα κέρδη, τότε θα τον ξεμπροστιάσετε και θα έχετε την αφορμή που ζητάτε για να τον διώξετε μια και καλή. Μπορείτε να τον αφήσετε προσωρινά να ηγηθεί και να δράσετε σαν αντιπολίτευση. Να παρακολουθείτε στενά τις κινήσεις του και να ενημερώνετε τους υπολοίπους για πιθανά του λάθη. Αν οι ενέργειές του ισχυροποιήσουν την οργάνωση, αυτό σας συμφέρει. Μπορείτε και εσείς να κάνετε αντιπροτάσεις και να έλκετε δυνάμεις προς το σκοπό σας, οι οποίες θα αποδεικνύουν ότι δεν είναι ο Μέμνων ο μόνος ο οποίος μπορεί να προσφέρει».

«Τι δυνάμεις;» ρώτησε καχύποπτα ο Φίλων, μιλώντας για πρώτη φορά.

«Έχω στο μυαλό μου μερικές ιδέες. Αλλά θα πρέπει πρώτα να διερευνήσω πόσο εφικτές είναι. Εγώ θα είμαι ο σύνδεσμός σας με τον έξω κόσμο. Θα πηγαίνω σε μέρη που δεν μπορείτε να πάτε εσείς, αφού ο Μέμνων θα σας παρακολουθεί. Δεν ξέρει όμως πού βρίσκομαι εγώ και έτσι έχω ελευθερία κινήσεων».

«Και αν αποδειχθεί ο μεγάλος μας ευεργέτης; Αν όλα όσα κάνει είναι σωστά και μας οδηγήσει στη δόξα; Τότε πώς θα πείσουμε τα υπόλοιπα μέλη, ότι πρέπει να του αφαιρεθεί η εξουσία;»

«Αν πετύχει θα έχετε πετύχει και εσείς το σκοπό σας. Η διάδοση του Κίστου είναι κάτι που θέλουμε όλοι. Αν όμως νιώσει ότι είναι πανίσχυρος τότε θα γίνει απρόσεκτος. Εκείνη θα είναι η κατάλληλη στιγμή για να χτυπήσουμε. Και αν εσείς φοβάστε αντιδράσεις από τα υπόλοιπα μέλη, μην ξεχνάτε ότι εγώ δεν έχω καμία τέτοια δέσμευση. Αν μου δοθεί η ευκαιρία, θα τον εκτελέσω χωρίς δισταγμό». Για λίγη ώρα επικράτησε σιωπή, καθώς οι δύο επικεφαλής συλλογίζονταν την προσφορά της δυναμικής ηρωίδας, ενώ οι τρεις άντρες που την είχαν συναντήσει τυχαία νωρίτερα, παρακολουθούσαν βουβοί και γεμάτοι αγωνία τις εξελίξεις. Όμως υπήρχε ακόμα ένα θέμα το οποίο έπρεπε να ξεκαθαριστεί. Η Θέμις το ήξερε και περίμενε το επόμενο ερώτημα που της έγινε, σαν λογική συνέχεια της συζήτησης. Την πρωτοβουλία πήρε ο Φίλων, ο οποίος ήταν και ο πιο συντετριμμένος από όλους, για το θάνατο των δύο προηγούμενων αρχηγών.

«Πριν συνεργαστούμε πρέπει πρώτα να γνωρίζουμε κάτι. Ένα από τα μάτια του Άργου Πανόπτη που έφτασε σε εμάς, μας μετέφερε εικόνες όπου εσύ μαζί με τρεις μεγαλόσωμους άντρες, απαγάγατε το ρομπότ. Μέσα σε αυτό το ρομπότ ήταν αποθηκευμένη η συνείδηση του Μαχάονα. Του ανθρώπου που δημιούργησε τον Κίστο. Λίγο αργότερα ο Μαχάων ήταν νεκρός. Θέλουμε να μας πεις τι ακριβώς συνέβη και ποια ήταν η συμμετοχή σου στο φόνο του». Η Θέμις διατήρησε την ψυχραιμία της και απάντησε χωρίς δισταγμό.

«Οι άντρες αυτοί ήταν του Δημοφώντα που σας επιτέθηκε σήμερα και σκοτώθηκε μαζί με όλη του τη συμμορία από τον Μέμνονα. Τουλάχιστον έτσι μου είπε ο όμηρός μου». Όλοι γύρισαν και κοίταξαν τον Ιξίωνα. Σήκωσε τα χέρια του απολογητικά, σαν απάντηση στα άγρια βλέμματα του Φίλωνα και του Κλεομένη.

«Σε αυτόν το μαφιόζο στράφηκα μετά τη δίωξή μου από την αστυνομία για βοήθεια. Γνωριζόμασταν από παλιά, όταν αστυνόμευα την περιοχή του και μου είχε δώσει αρκετές χρήσιμες πληροφορίες. Νόμιζα ότι μπορούσα να συνεργαστώ μαζί του και να τον εμπιστευτώ. Έκανα λάθος. Με πρόδωσε και έβαλε τους δικούς του να με σκοτώσουν, όταν σταμάτησα να του είμαι χρήσιμη. Όσο για τον Μαχάονα, ο θάνατός του επήλθε από δική του απόφαση. Προκειμένου να εμποδίσει ένα δικτυοσκώληκα, τον Αστυγίτη, από το να μπει στον εγκέφαλό του και να αντιγράψει όλα τα δεδομένα που υπήρχαν εκεί, εξαπέλυσε ένα ηλεκτρικό φορτίο που σκότωσε τον ίδιο και το δικτυοσκώληκα. Η απαγωγή του ήταν απόφαση του Δημοφώντα και όχι δική μου. Ήμουν κι εγώ όμηρος των τριών αντρών και δεν μπορούσα να κάνω τίποτα για να τους εμποδίσω. Επίσης ο Δημοφώντας ήταν υπεύθυνος που πιέσαμε τον Μαχάονα τόσο πολύ, ώστε στο τέλος να αναγκαστεί να αυτοθυσιαστεί για να σώσει όλους εσάς. Είμαι υπεύθυνη που συνεργάστηκα με ένα τέτοιο άτομο, αλλά για όλα τα υπόλοιπα δε φταίω εγώ. Μακάρι ο Μαχάων να ζούσε ακόμα».

Σιχάθηκε τον εαυτό της για τα ψέματα που έλεγε, ακόμα περισσότερο και από τη μέρα που οι δύο άντρες είχαν πεθάνει από το ηλεκτρικό φορτίο, μπροστά στα μάτια της. Όμως αν τους αποκάλυπτε ότι ήταν συνυπεύθυνη για την απαγωγή και το θάνατο του Μαχάονα, δε θα τη συγχωρούσαν ποτέ και κάθε συνεργασία θα ήταν αδύνατη.

«Θα συσκεφθούμε και θα σου απαντήσουμε. Δώσε μας τα στοιχεία του επεξεργαστή σου, για να μπορέσουμε να επικοινωνήσουμε μαζί σου όταν έρθει η ώρα. Αν δεν έρθουμε εμείς σε επαφή μαζί σου, μην προσπαθήσεις εσύ να μας ξαναβρείς. Μπορεί κάποιος να σε παρακολουθήσει και να μας θέσεις όλους σε κίνδυνο». Η Θέμις συμφώνησε και την οδήγησαν στην πλησιέστερη έξοδο προς την επιφάνεια. Ύστερα χάθηκαν στο δαιδαλώδες υπόγειο βασίλειο που είχαν επιλέξει για βάση τους και η Θέμις απέμεινε μόνη να αναρωτιέται αν θα τους ξανάβλεπε πότε. Επέστρεψε στο αυτοκίνητο που είχε κλέψει από την Έριδα και συνειδητοποίησε ξαφνικά ότι δεν είχε κάπου να πάει για να περάσει τις μέρες της, μέχρι να λάβει απάντηση από την οργάνωση. Η έλλειψη στέγης δεν την άγχωσε όμως και ήταν σίγουρη ότι θα έβρισκε λύση, σε ένα πρόβλημα που ήταν πολύ πιο ασήμαντο από τα υπόλοιπα που έπρεπε να επιλύσει. Είχε πει ότι είχε να προσφέρει ιδέες στην οργάνωση, για να αντισταθμίσει τους άσους που θα έβγαζε από το μανίκι του ο Μέμνων. Το πρόβλημα ήταν ότι ήταν απλά ιδέες και δεν είχε κάτι ουσιαστικό στα χέρια της εκείνη τη στιγμή. Θα έπρεπε να χρησιμοποιήσει το χρόνο της αναμονής της, για να διαπιστώσει ποιες από τις σκέψεις της μπορούσαν να μετουσιωθούν σε πράξεις.

Αναλογίστηκε τα πρόσφατα γεγονότα. Ο Πολυπήμονας και η Έμπουσα είχαν βγει από το παιχνίδι. Ο Δημοφώντας και η μικρή του συμμορία χάθηκαν πριν προλάβουν να πετύχουν κάτι σπουδαίο. Μια οργάνωση κάτω από τους δρόμους των Τομέων πάλευε να αλλάξει τις ζωές όλων τους και ο Σκίρων βοηθούμενος από το καθεστώς, θα χρησιμοποιούσε τα ατελείωτα αποθέματα δυνάμεων της Χίμαιρας για να αποτρέψει αυτήν την αλλαγή. Ο κόσμος είχε ξεσηκωθεί και οι δρόμοι είχαν γεμίσει αίμα, θάνατο και καταστροφή. Οι απλοί πολίτες αντί να υποχωρήσουν φοβισμένοι καταλάμβαναν τον έναν Τομέα μετά τον άλλον και πολλοί αστυνόμοι αηδιασμένοι από την πολιτεία, πήγαιναν με το μέρος τους. Ο στρατός αποκλεισμένος έξω από τα τεράστια τείχη της χώρας, όπως όριζε ο νόμος, παρακολουθούσε αμέτοχος ενώ το χάος εξαπλωνόταν. Και εκείνη αναρωτιόταν πώς είχαν φτάσει τα πράγματα ως εκεί.

∞

Όταν άνοιξε τα μάτια του για πρώτη φορά, σκέφτηκε ότι όλα όσα τους έλεγαν οι ιερείς ήταν αλήθεια. Η ψυχή όταν πέθαινε πήγαινε στα Ηλύσια Πεδία, σε έναν κόσμο με απέραντα λιβάδια γεμάτα άνθη, όπου επικρατούσε η αιώνια γαλήνη και η απέραντη ομορφιά, όπου η άνοιξη κυριαρχούσε εξαφανίζοντας όλες τις άλλες εποχές και οι πηγές ανάβλυζαν νέκταρ ώστε οι νεκροί να γλυκαίνονται και να ξεχνούν τους πόνους της προηγούμενης ζωής τους. Άκουγε μελωδίες από λύρα που του συνέπαιρναν το νου και στα ρουθούνια του έφταναν μεθυστικές ευωδίες που τον ζάλιζαν και τον έκαναν να ανατριχιάσει. Κοίταξε το σώμα του. Ήταν γυμνός και τα πόδια του ήταν φυσικά, όπως τον καιρό πριν την άτυχη εκείνη μάχη και την εγχείριση που τον είχε εφοδιάσει με τα βιονικά εκείνα μέλη, που του επέτρεπαν να τρέχει με ιλιγγιώδεις ταχύτητες, ξεπερνώντας τα περισσότερα οχήματα. Τα πόδια που του είχαν επιτρέψει να γίνει ο πιστός αγγελιοφόρος του Πολυπήμονα, τον οποίον είχε υπηρετήσει πιστά μέχρι τις τελευταίες στιγμές και των δύο στη γη των ανθρώπων. Ξαφνικά όμως μια αμφιβολία ήρθε σαν καυτή ακίδα να τρυπήσει την αγαλλίαση του Ευχίδα, στις πρώτες στιγμές της μετά θάνατον ζωής του. Τα Ηλύσια Πεδία ήταν ο προορισμός για τους ήρωες και τους ενάρετους.

Πώς είχε βρεθεί εκείνος εκεί; Εκείνος που η τελευταία του πράξη πριν τον κομματιάσει η Ενυώ, ήταν να σκοπεύσει με ένα πανίσχυρο όπλο εναντίον εκατοντάδων ανθρώπων, πολλοί από τους οποίους ήταν αθώοι και δεν τον είχαν βλάψει ποτέ. Ήταν αρκετή η αφοσίωση στον αρχηγό του, για να τον δεχτούν σε εκείνο το παραδείσιο τοπίο; Ήταν η τήρηση του όρκου του αρκετή, ώστε να παραγραφούν όλα του τα εγκλήματα και να μπορεί να βαδίζει ανάμεσα στους αναμάρτητους για μια αιωνιότητα; Δεν μπορούσε να το πιστέψει. Ήταν ένας εγκληματίας και φονιάς, έχοντας ζήσει μια ζωή για την οποία ποτέ δεν είχε μετανιώσει. Κάτι άλλο συνέβαινε, αλλά δεν μπορούσε να φανταστεί ποια δύναμη, πέρα από τη θεϊκή, θα μπορούσε να αποκαταστήσει τα πόδια που είχε χάσει εξαιτίας της αστυνομίας και τα χέρια που του είχε κόψει η Ενυώ. Όταν οι λύρες σταμάτησαν να του χαϊδεύουν τα αυτιά, οι πηγές στέρεψαν από νέκταρ και τα λουλούδια έχασαν τα μαγευτικά και φωτεινά τους χρώματα, κατάλαβε ότι η ψευδαίσθηση είχε φτάσει στο τέλος της.

Είδε ένα σχίσιμο να δημιουργείται στον αέρα και από μέσα να εμφανίζεται ένας άνθρωπος, τον οποίον είχε μάθει σε όλη του τη ζωή να μισεί. Ο Σκίρων με αργά και υπολογισμένα βήματα, με την άνεση και τη σιγουριά που μόνο αυτός πλέον διέθετε σε όλη τη χώρα, λόγω της ισχύος που είχε συγκεντρώσει, πλησίασε τον Ευχίδα, με ένα χαμόγελο σχεδόν πατρικό. Το ένστικτο του Ευχίδα του έλεγε να χτυπήσει το πανίσχυρο αφεντικό της μαφίας, αλλά κάτι ισχυρότερο μέσα του κρατούσε τα χέρια του ακίνητα στα πλευρά του. Φόβος ή αναπάντητα ερωτήματα στα οποία μόνο ο άρχοντας των πληροφοριών θα μπορούσε να απαντήσει;

«Σίγουρα αναρωτιέσαι αν είσαι νεκρός ή ζωντανός και σε περίπτωση που ισχύει το δεύτερο, πώς είναι δυνατόν να είσαι αρτιμελής. Η αλήθεια κρύβεται κάπου στη μέση. Το κορμί σου βρίσκεται σε ένα εργαστήριο στις εγκαταστάσεις της Χίμαιρας. Στο κομμάτι που δεν κατέστρεψες με την πύρινη οργή της Έμπουσας. Η Ενυώ ενήργησε λίγο απερίσκεπτα και έτσι το κορμί σου βρίσκεται σε πολύ άσχημη κατάσταση. Το μόνο που σε κρατάει στη ζωή είναι η τεχνική υποστήριξη και το αν θα συνεχίσεις να κρατιέσαι στη ζωή, θα εξαρτηθεί από το πώς θα εξελιχθεί η συζήτησή μας. Η συνείδησή σου όπως και η δική μου, βρίσκονται σε μια εικονική πραγματικότητα που ομοιάζει με τα μυθικά Ηλύσια Πεδία. Είναι ένα μέρος όπου προσφεύγω για να χαλαρώσω και να ξεφύγω για λίγο, από τα άγχη της εξουσίας του υποκόσμου. Αν και κάποτε ήμασταν εχθροί, δεν μπορώ να πετάξω έτσι απλά στα σκουπίδια τα δώρα που σου έκανε η επιστήμη. Η δουλειά που έχει γίνει στα πόδια σου είναι αριστοτεχνική και σπάνια υπάρχει τόσο καλή συμβατότητα ανάμεσα σε έναν ασθενή και το βιονικό του μόσχευμα.

Η φυσικότητα κίνησης που έχεις πετύχει και η ταχύτητα που φτάνεις, είναι χαρακτηριστικά αξιοζήλευτα. Έτσι θέλω να ξεχάσουμε το παρελθόν και να ξεπλύνουμε τις εχθρικές πράξεις που λερώνουν τη σχέση μας, ώστε να ξεκινήσουμε μια συνεργασία κερδοφόρα και για τους δύο. Εσύ θα κερδίσεις λίγο χρόνο ζωής ακόμα. Πού ξέρεις; Με την ευκαιρία αυτή που σου δίνω, μπορεί να καταφέρεις να φτάσεις μέχρι τα βαθιά γεράματα. Θα χρειαστείς βέβαια μια σειρά από επεμβάσεις και καινούργια προσθετικά, για να μπορέσεις να γίνεις και πάλι λειτουργικός. Καινούργια χέρια, ενίσχυση του κρανίου, μεταλλικό θώρακα... Το κορμί σου έχει πάθει εκτεταμένη ζημιά. Αλλά έχω τους πόρους και το προσωπικό, για να σου προσφέρω όλα όσα χρειάζεσαι προκειμένου να συνεχίσεις να αναπνέεις, σαν η ατυχής σου συνάντηση με την Ενυώ να μην έλαβε χώρα ποτέ».

«Και τι πρέπει να κάνω για να ξεχρεώσω αυτή τη φιλανθρωπία;» ρώτησε ο Ευχίδας, χρωματίζοντας τη φωνή του με όση ειρωνεία μπορούσε να επιστρατεύσει, αναλογιζόμενος ότι ήταν παραδομένος πλήρως, στα χέρια και τις ορέξεις ενός αδίστακτου εχθρού.

«Να ξεχρεώσεις; Φοβάμαι ότι παρεξήγησες. Δεν πρόκειται να επενδύσω τόσα επάνω σου, για να εκτελέσεις για μένα μια-δύο αποστολές και μετά να πάρεις το δρόμο σου. Αν συμφωνήσεις τότε δεσμεύεσαι να με υπακούς και να με υπηρετείς αδιαμαρτύρητα, μέχρι το θάνατό σου ή μέχρι να αποφασίσω ότι δε μου είσαι πια χρήσιμος, κάτι που επίσης θα οδηγήσει στο θάνατό σου. Μπορεί να ακούγομαι κάπως σκληρός, αλλά η αλήθεια είναι ότι έχω το πάνω χέρι στη μεταξύ μας διαπραγμάτευση και εσύ πολύ περιορισμένες επιλογές. Άλλωστε ήσουν τσιράκι του αρχιεχθρού μου και η συγχώρεση και η γενναιοδωρία, έχουν τα όριά τους». Με αυτά τα λόγια πλησίασε το πρόσωπό του απειλητικά σε αυτό του Ευχίδα και τα μάτια του είχαν στενέψει σε δύο χαραμάδες, τονίζοντας την απειλή που μόλις είχε ξεστομίσει, εναντίον του ανθρώπου που επιθυμούσε να στρατολογήσει. Όμως εκείνος δε φάνηκε να πτοείται. Αντίθετα, με απρόσμενο θάρρος, απέρριψε την προσφορά του Σκίρωνα και προτίμησε το θάνατο.

«Έμαθα μια ζωή να σε πολεμώ και τώρα ξαφνικά μου λες να σκύψω το κεφάλι στη Χίμαιρα; Μπορεί οι υπόλοιποι μισθοφόροι να ενδιαφέρονται μόνο για τα λεφτά και να δέχονταν να αυτομολήσουν στη στιγμή. Εγώ όμως δε θα άντεχα να σε έχω για αφεντικό μου. Εξαιτίας σου έχουν πεθάνει τόσοι άνθρωποι της Έμπουσας. Άτομα με τα οποία συνεργαζόμουν καθημερινά και με κάποιους είχα φτάσει στο σημείο να είμαστε ακόμα και φίλοι. Έπρεπε να τους δω να γυρίζουν στην εταιρεία κομματιασμένοι από τα τσιράκια σου ή και να μη γυρίζουν καθόλου. Και είμαι σίγουρος ότι είχες ανάμειξη και στην τελική πτώση της εταιρείας. Μπορεί να είμαστε φονιάδες, αλλά όταν χάνουμε κάποιο σύντροφο, πονάμε το ίδιο όπως και οι υπόλοιποι άνθρωποι. Άσε με λοιπόν στην ησυχία μου. Θέλω να πεθάνω και να λυτρωθώ, ξεχνώντας όσα έχω κάνει στη ζωή μου και ελπίζοντας μετά το θάνατο, να υπάρχει χώρος για μένα στα πραγματικά Ηλύσια Πεδία και όχι στην ψευδαίσθηση που έχεις δημιουργήσει με τα μηχανήματά σου». Ο Σκίρων δεν εξοργίστηκε με το θράσος του Ευχίδα. Ενός ανθρώπου που ανήκε στην ηττημένη πλευρά και όφειλε να επιδεικνύει περισσότερη ταπεινοφροσύνη, μπροστά στον αδιαμφισβήτητο θριαμβευτή της εγκληματικής κονίστρας. Αντίθετα ο αρχηγός της Χίμαιρας δέχτηκε την απόρριψη της πρότασής του με αναπάντεχη ψυχραιμία, παίρνοντας μια έκφραση συλλογισμένη, ακόμα και θλιμμένη.

«Ήλπιζα ότι θα μπορούσαμε να διευθετήσουμε αυτό το θέμα πολιτισμένα, χωρίς να χρειαστεί να καταφύγουμε σε πιέσεις και εντάσεις. Θα με αναγκάσεις να χρησιμοποιήσω μια τακτική η οποία θα είναι δυσάρεστη και οδυνηρή και για τους δύο μας και στην οποία έχω χρόνια να καταφύγω. Την τελευταία φορά είχα πάλι στα χέρια μου ένα άτομο με εξαιρετικές δυνατότητες, το οποίο δε θα ήθελα να χάσω για κανένα λόγο. Ήταν αρνητικός όπως εσύ, αλλά στο τέλος πείστηκε όπως θα πειστείς και εσύ άλλωστε».

«Ποτέ!!» ούρλιαξε απηυδισμένος ο Ευχίδας από τη σιγουριά του συνομιλητή του. Πριν όμως καλά-καλά η κραυγή του κατασιγάσει, ο Σκίρων είχε αρπάξει με μια αστραπιαία κίνηση το κεφάλι του αιχμαλώτου του, με τα δάχτυλά του να μεταμορφώνονται σε βύσματα, που άνοιγαν διόδους στο κρανίο του Ευχίδα και χώνονταν βαθιά στον εγκέφαλό του σαν αχόρταγα σκουλήκια. Τα μάτια και των δύο είχαν γυρίσει ανάποδα, αποκαλύπτοντας ένα λευκό και κενό βλέμμα. Τα πρόσωπά τους χαρακώνονταν από αόρατα μαχαίρια και η σάρκα υποχωρούσε πίσω από το δέρμα τους, αφήνοντάς τους αποστεωμένους σαν πτώματα. Τα ουρλιαχτά τους γέμισαν το χώρο, αντικαθιστώντας τη θεϊκή γαλήνια μουσική που ακουγόταν λίγο νωρίτερα. Το τοπίο άρχισε να διασπάται σε μικροσκοπικά κομματάκια και να καταρρέει τριγύρω τους, ενώ οι φωνές τους έφταναν σε ένα δαιμονισμένο κρεσέντο. Μια εκτυφλωτική λάμψη κάλυψε τα πάντα και ο Σκίρων άνοιξε τα μάτια του. Βρισκόταν στον πραγματικό κόσμο ξαπλωμένος αναπαυτικά, με το βύσμα διασύνδεσης να βρίσκεται ακόμα στον αυχένα του. Γύρω του βρίσκονταν οι παλλακίδες του που δεν άφηναν ποτέ το πλευρό του και τον φρόντιζαν οποιαδήποτε ώρα της ημέρας. Άσθμαινε και ήταν κάθιδρος. Ήταν ακόμα πιο δύσκολο από ό,τι θυμόταν, αλλά πίστευε πως τα είχε καταφέρει.

Σηκώθηκε με δυσκολία και κατευθύνθηκε υποβασταζόμενος προς το κρεβάτι του τραυματία Ευχίδα. Εκεί τον περίμενε ένας γιατρός που παρακολουθούσε την κατάσταση του ασθενή. Ο Σκίρων τον κοίταξε με ερωτηματικό ύφος, χωρίς να χρειάζεται να διατυπώσει την ερώτηση προφορικά. Ο γιατρός συμβουλεύτηκε τα δεδομένα από έναν υπολογιστή πριν κάνει τη γνωμάτευσή του.

«Θα είμαστε πιο σίγουροι όταν ξυπνήσει, αλλά μάλλον η πλύση εγκεφάλου ήταν επιτυχημένη. Μπορούμε να ξεκινήσουμε την αποκατάσταση των μελών και των οργάνων του». Ο Σκίρων γρύλισε ικανοποιημένος.

«Ξεκινήστε άμεσα. Τον θέλω έτοιμο το συντομότερο δυνατό».

ΚΕΦΑΛΑΙΟ 19

Οι φρουροί έκαναν τους συνηθισμένους τους γύρους, όπως κάθε νύχτα την τελευταία εβδομάδα. Οι κάμερες βρίσκονταν στις θέσεις όπου τις είχε εντοπίσει τα προηγούμενα βράδια και οι κρυφές παγίδες λέιζερ, στρατηγικά τοποθετημένες στην περίμετρο της εγκατάστασης, δεν ήταν πια και τόσο κρυφές, ύστερα από την επιτυχημένη αποστολή αναγνώρισης που είχε διεξάγει. Λογικά η αποθήκη δεν έκρυβε άλλα μυστικά και στο βαθμό που εξαρτιόταν από εκείνον, όλα είχαν προβλεφθεί και σχεδιαστεί στην εντέλεια. Βέβαια κανείς δεν μπορούσε να του εγγυηθεί ότι κάποιο από τα μέλη της ομάδας, που είχε σχηματίσει προσωπικά, δε θα έκανε το μοιραίο λάθος που θα τους κατέστρεφε όλους. Ποτέ δε θα μπορούσε να είναι απόλυτα σίγουρος ότι η εντατική εκπαίδευση των επιλεγμένων αυτών μελών της οργάνωσης, θα αποδεικνυόταν επαρκής και πως δε θα υπέπιπταν σε κάποιο σφάλμα, λόγω έλλειψης ψυχραιμίας, απειρίας ή ακόμα και κακοτυχίας. Ο Μέμνων χαμήλωσε τα κιάλια και αποφάσισε ότι η τέλεια στιγμή δε θα ερχόταν ποτέ. Θα έπρεπε εκείνος απλά να πάρει την απόφαση και να ξεκινήσει την επιχείρηση. Ευχήθηκε να μπορούσε να κάνει ένα τσιγάρο, αλλά δεν τολμούσε από φόβο μην προδοθεί η θέση του, στην ταράτσα της απέναντι πολυκατοικίας.

Είχε και μια βαθύτερη επιθυμία για κάτι άλλο. Η σκοτεινή δίψα για τον κυκεώνα δεν είχε εξαφανιστεί με τη χορήγηση του Κίστου στον οργανισμό του. Θα ήταν άλλωστε αφελές να πιστεύει, ότι το φάρμακο θα τον απάλλασσε έτσι εύκολα από ένα χρόνιο εθισμό. Ήταν όμως μια απόλαυση που την είχε απαγορεύσει στον εαυτό του, όντας υποχρεωμένος να διατηρεί τη διαύγειά του συνεχώς, είτε βρισκόταν ανάμεσα σε φίλους, είτε ανάμεσα σε εχθρούς, με το διαχωρισμό ανάμεσα στις δύο κατηγορίες να γίνεται ολοένα και πιο δύσκολος και τον κίνδυνο να χτυπηθεί πισώπλατα να είναι πάντα ορατός. Όταν είχε αναπτύξει το σχέδιό του στο συμβούλιο, η μερίδα του Κλεομένη είχε εκφράσει φυσικά τις αντιρρήσεις της, θεωρώντας την ιδέα ριψοκίνδυνη και την ανταμοιβή δυσανάλογη της μεγάλης προσπάθειας. Ο Μέμνων είχε απαντήσει καυστικά ότι το εγχείρημα θα απαιτούσε άτομα με θάρρος και αυτοθυσία. Ευχαρίστως λοιπόν θα εξαιρούσε τον Κλεομένη και τον κύκλο του, από την επιλογή για τη σύσταση της δύναμης κρούσης. Χρειαζόταν άτομα απολύτου εμπιστοσύνης, όπως ο Δημάρατος, για να είναι σίγουρος ότι δε θα του σαμπόταρε κάποιος την αποστολή, πάνω στην πιο κρίσιμη στιγμή.

Έδωσε το σήμα για την έναρξη της εφόδου και εννιά μαυροντυμένα άτομα, όπως και ο ίδιος, άρχισαν να συγκλίνουν προς τη φυλασσόμενη περιοχή. Οι εφαρμοστές στολές που φορούσαν τους έκαναν ένα με το σκοτάδι, αποκρύπτοντάς τους από όποια τεχνολογία μπορεί να διέθεταν τα βιονικά μάτια των φρουρών. Τα μέλη της οργάνωσης είχαν καταφέρει να κλέψουν από τη μαφία, μια τέτοια στολή στο παρελθόν και ο Φίλων με τις πολύτιμες γνώσεις του, είχε αναπαράγει την τεχνολογία, προσφέροντας στους συντρόφους του νέες στολές. Πού να ήξερε ότι ο κόπος του θα βόλευε τελικά τα σχέδια του Μέμνονα. Ήταν μια σκέψη που έφερνε ένα αυθόρμητο χαμόγελο στα χείλη του πρώην μαφιόζου, αν και ήταν αφανές πίσω από τη μαύρη ολοπρόσωπη κουκούλα του. Η δεκάδα που συμπληρωνόταν από τον Μέμνονα δεν ήταν μόνη. Κρυμμένοι στη γειτονιά ήταν άλλοι τόσο συμπολεμιστές εφοδιασμένοι κατάλληλα, ώστε να προστρέξουν σε ενίσχυσή τους σε περίπτωση που η προσπάθεια δεν ακολουθούσε την προσχεδιασμένη εξέλιξη. Για να επιτύχουν την αθόρυβη επίθεση που απαιτούσε η αποστολή, χρησιμοποίησαν χορδές για στραγγαλισμό των φρουρών και μαχαίρια τα οποία τα κάρφωναν και τα έστριβαν στα πνευμόνια τους, σκοτώνοντάς τους έτσι χωρίς τα θύματα να βγάλουν άχνα. Οι λεπίδες δεν ήταν λέιζερ αλλά κατασκευασμένες από ανθρακούχο ατσάλι και με μαύρο χρωματισμό, ώστε να μην υπάρξει η παραμικρή λάμψη ή αντανάκλαση φωτός μέσα στο σκοτάδι.

Ο Μέμνων εξουδετέρωσε τους πρώτους αντιπάλους, δίνοντας θάρρος και στους υπόλοιπους να προχωρήσουν και είδε με ικανοποίηση τους μαθητές του να ακολουθούν κατά γράμμα τις οδηγίες του και τους άντρες του Σκίρωνα, στον οποίον ανήκε η αποθήκη, να πέφτουν ανύποπτοι στην αγκαλιά του θανάτου. Τα μέλη της οργάνωσης που τον ακολουθούσαν πιστά, βραχυκύκλωσαν με ταχύτητα και αποτελεσματικότητα τις παγίδες της εγκατάστασης και την ηλεκτροφόρο περίφραξη. Σειρά είχαν οι κάμερες και οι αισθητήρες κίνησης και σύντομα ο Μέμνων, με τον Δημάρατο στο πλευρό του και την υπόλοιπη ομάδα, προσέγγιζαν χωρίς να γίνουν αντιληπτοί το γκρίζο κτίριο της αποθήκης με τη θολωτή οροφή. Διασχίζοντας την απόσταση από την περίφραξη μέχρι το στόχο τους, θα έπρεπε να διανύσουν μια μικρή ανοιχτή έκταση, που δεν τους προσέφερε καμία κάλυψη. Προχωρούσαν σκυφτοί με γρήγορα βήματα, όταν ένας προβολέας έστειλε μια ακτίνα φωτός, η οποία άρχισε να σαρώνει όλη την περιοχή. Έπεσαν αμέσως κάτω και έγιναν ένα με το έδαφος. Οι στολές τους φρόντισαν και πάλι ώστε ο χειριστής του προβολέα να μην τους ξεχωρίσει από το υπόλοιπο περιβάλλον. Μόλις η δέσμη πέρασε από επάνω τους και συνέχισε τη νωχελική της πορεία στην υπόλοιπη αυλή, σηκώθηκαν και έτρεξαν μέχρι την αποθήκη, για να κρυφτούν με ασφάλεια πίσω από τον τσιμεντένιο όγκο της.

Ο Δημάρατος έβγαλε από το σακίδιό του μια Φορητή Μονάδα Διασύνδεσης και συνέδεσε τα βύσματα στον ηλεκτρονικό πίνακα ελέγχου της κλειδαριάς και του συναγερμού, ενώ οι υπόλοιποι επόπτευαν το χώρο για να εντοπίσουν κάποια πιθανή απειλή. Το δεξί χέρι του Μέμνονα δεν ήταν δικτυοσκώληκας και έτσι κάτι που θα ήταν απλή διαδικασία για έναν επαγγελματία, αποδείχθηκε χρονοβόρα υπόθεση για τον ερασιτέχνη Δημάρατο. Όμως τα κατάφερε και η πόρτα άνοιξε χωρίς να χτυπήσει συναγερμός. Ο Μέμνων έκανε τη φευγαλέα σκέψη ότι θα έπρεπε κάποια στιγμή να στρατολογήσει κάποιον από τους συναδέλφους του νεκρού πλέον Αστυγίτη, αλλά εκείνη την ώρα είχε βεβαίως άλλες προτεραιότητες. Χώθηκαν βιαστικά στο εσωτερικό της κατασκευής, ρίχνοντας κλεφτές ματιές προς τα πίσω. Το πρώτο σκέλος της επιχείρησης ήταν επιτυχημένο. Βρέθηκαν στην προσωρινή ασφάλεια του περιτριγυρισμένου από τοίχους χώρου και τους τύλιξε αμέσως το πυκνό σκοτάδι. Φόρεσαν τα γυαλιά νυχτερινής όρασης και άρχισαν να εποπτεύουν τα αντικείμενα που τους περικύκλωναν.

Όταν το βλέμμα του Μέμνονα εντόπισε το στόχο της νυχτερινής τους επιδρομής, χαμογέλασε ικανοποιημένος για μια μόνο στιγμή, πριν σφίξει αποφασιστικά το σαγόνι του και κατευθυνθεί προς τα αμφίβια σκάφη που αποτελούσαν το διακαή του πόθο. Οι Τελχίνες ήταν ένα από τα ισχυρότερα όπλα στο οπλοστάσιο της Χίμαιρας. Ο Μέμνων είχε τονίσει στην οργάνωση τη σημασία της απόκτησής τους, για τις επιθέσεις που σκόπευαν να εξαπολύσουν στους μεταφορείς κυκεώνα της Χίμαιρας και σε διάφορα κρησφύγετα ουσιώδη για την εύρυθμη λειτουργία του κολοσσού των ναρκωτικών. Οι Τελχίνες είχαν τη δυνατότητα να κινηθούν με την ίδια άνεση σε ξηρά, επιφάνεια της θάλασσας και υποβρυχίως. Το ατσάλινο κουβούκλιό τους χαρακτηριζόταν από υψηλού βαθμού αντοχή σε ακτίνες λέιζερ και ήταν ουσιαστικά άτρωτοι στα υπόλοιπα όπλα. Τράβηξαν τα καλύμματα που σκέπαζαν το κάθε σκάφος και απόλαυσαν για μια στιγμή το υδροδυναμικό σχέδιο, με τα πτερύγια ψαριού και το εμπρόσθιο τμήμα το οποίο είχε σχεδιαστεί να μοιάζει με κεφάλι σκύλου.

Ο Μέμνων χάιδεψε με τα δάχτυλά του την ψυχρή ατσάλινη επιφάνεια των αμφίβιων κατασκευασμάτων και έκατσε στη θέση του οδηγού του πρώτου στη σειρά σκάφους. Ο κινητήρας λειτουργούσε και ενεργοποιήθηκε αθόρυβα, στέλνοντας μόνο μια ελάχιστα αισθητή δόνηση κατά μήκος του μεταλλικού σώματος. Οι υπόλοιποι Τελχίνες λειτουργούσαν εξίσου καλά, χωρίς να παρουσιάζουν κανένα πρόβλημα. Ο Μέμνων κάλεσε τη δεύτερη ομάδα των δέκα, που βρίσκονταν ακόμα διεσπαρμένοι στην κατοικημένη περιοχή που αγκάλιαζε την εγκατάσταση της μαφίας. Τους έδωσε εντολή να πραγματοποιήσουν τον αντιπερισπασμό, όπως είχαν συνεννοηθεί. Η νύχτα ήταν ήρεμη και ίσως σε άλλες εποχές να μπορούσε κάποιος να τη χαρακτηρίσει και όμορφη. Εποχές που ο ουρανός δεν ήταν κατάμαυρος από την ατμοσφαιρική ρύπανση, η οποία έκρυβε τα άστρα και τη σελήνη από όποιον τύχαινε να στρέψει τα μάτια και τις σκέψεις του προς τα εκεί. Την ησυχία διέκοψε βάναυσα ο εκκωφαντικός θόρυβος από την έκρηξη, που κατέστρεψε ολοσχερώς τους κοιτώνες όπου στεγάζονταν όσοι φρουροί δεν είχαν σκοπιά. Η ρουκέτα που εκτοξεύθηκε από τους ανθρώπους του Μέμνονα, γκρέμισε το κτίριο το οποίο καταπλάκωσε τους άτυχους άντρες που βρίσκονταν εκείνη τη στιγμή μέσα.

Όσοι δεν πέθαναν ακαριαία στάθηκαν ακόμα πιο άτυχοι, καθώς τους ανέλαβαν οι φλόγες, χαρίζοντάς τους έναν αργό και φρικιαστικό θάνατο. Προκλήθηκε αμέσως ο αναμενόμενος πανικός, με ανθρώπους και ρομπότ να τρέχουν στο προαύλιο με πυροσβεστήρες και τις φωνές των διασωστών να αναμειγνύονται μακάβρια με τα ουρλιαχτά των ετοιμοθάνατων. Όπως προέβλεψε ο Μέμνων, μια ομάδα φρουρών έλαβε οδηγίες να χτενίσει την περιοχή, για να βρει τους επιτιθέμενους. Άφησε μερικά λεπτά ώστε να απομακρυνθεί η ομάδα έρευνας και έδωσε εντολή στους δικούς του, να ξεπεταχθούν με τους Τελχίνες έξω από την αποθήκη. Δημιούργησαν ανοίγματα στους τοίχους του κτιρίου και ξεχύθηκαν προς την περίφραξη, η οποία υποχώρησε εύκολα μπροστά στην υψηλή δύναμη πυρός των οχημάτων. Κάποιοι από τους φρουρούς που είχαν αναλάβει την κατάσβεση της πυρκαγιάς στο ισοπεδωμένο κτίριο, δοκίμασαν να τους καταδιώξουν, αλλά ήταν πολύ αργοί σε σχέση με την ταχύτητα που είχαν αναπτύξει τα αμφίβια σκάφη. Ο Μέμνων βρέθηκε μέσα σε δευτερόλεπτα στην πλάτη της ομάδας, που είχε επωμισθεί το καθήκον να ανακαλύψει την προέλευση της ρουκέτας.

Δεν τους άφησε περιθώρια αντίδρασης, αφού μόλις αντιλήφθηκαν την παρουσία εκείνου και της ομάδας του, έπεσαν αμέσως νεκροί από λέιζερ ή από το οξύ που εκτοξεύθηκε κατά πάνω τους από το οπλοστάσιο των Τελχίνων. Λιωμένη σάρκα ανακατεμένη με αίμα έθαψε τα χαρακτηριστικά τους, μετατρέποντας τους ανθρώπους που ήταν κάποτε, σε ένα συνονθύλευμα οργάνων σε υγροποιημένη κατάσταση. Ο Μέμνων καθοδηγούσε μέσω του επεξεργαστή του τους υπολοίπους, οι οποίοι συναντούσαν κάποιες δυσκολίες, οδηγώντας για πρώτη φορά τα συγκεκριμένα οχήματα. Ήταν όμως οι επίλεκτοί του και επιδείκνυαν τις ικανότητες που τους καθιστούσαν άξιους της εμπιστοσύνης του. Προσαρμόζονταν γρήγορα στα νέα δεδομένα και με το πανίσχυρο όπλο που είχαν στα χέρια τους, εκμηδένισαν κάθε αντίσταση των φρουρών. Απομακρύνθηκαν από την εγκατάσταση της Χίμαιρας νικητές, αλλά ο Μέμνων δεν άργησε να λάβει μήνυμα από τη δευτερεύουσα ομάδα, ότι σύντομα θα είχαν παρέα. Τέσσερα αυτοκίνητα έσπευδαν να τους συναντήσουν και κατά πάσα πιθανότητα μετέφεραν ενισχύσεις για να βοηθήσουν τους σαστισμένους φρουρούς και να αποτρέψουν την κλοπή των Τελχίνων. Ο Μέμνων δεν ανησύχησε. Τα συμβατικά αυτοκίνητά τους δε θα τους έφταναν ποτέ. Σκέφτηκε όμως ότι έπρεπε να στείλει ένα μήνυμα. Κάτι για να ταρακουνήσει λίγο τον παλιό του εργοδότη.

«Δημάρατε, πάρε τους άλλους και γυρίστε πίσω. Προσέξτε να μη σας ακολουθήσει κανείς. Αν και με τα νέα μας λάφυρα, δε νομίζω να έχετε πρόβλημα».

«Εσύ;» ρώτησε ο Δημάρατος.

«Έχω μια τελευταία υποχρέωση». Όταν οι υπόλοιποι είχαν απομακρυνθεί με ασφάλεια, έκανε μεταβολή και κατευθύνθηκε με ορμή εναντίον των νεοφερμένων. Τα παράθυρα των αυτοκινήτων άνοιξαν και ξεπρόβαλλαν τα πολυβόλα των μαφιόζων. Τα πυρά έπεσαν σαν καταιγίδα γύρω του, αλλά τα απέφυγε με ευκολία και οι λίγες ριπές που έξυσαν το σώμα του Τελχίνα, δεν του άφησαν ούτε σημάδι. Εκτόξευσε δύο ρουκέτες και είδε τα δύο πρώτα αυτοκίνητα να απογειώνονται μέσα σε φλόγες και να γίνονται κομμάτια στην άσφαλτο. Με ακτίνες λέιζερ σκόπευσε στους κινητήρες των άλλων δύο, αναγκάζοντας την αιώρησή τους να διακοπεί απότομα και τα μεταλλικά τους σώματα να ξύσουν για μερικά μέτρα το οδόστρωμα, μέχρι να σταματήσουν την ακανόνιστη πορεία τους. Αμέσως οι ζαλισμένοι οπλοφόροι πετάχτηκαν έξω, χωρίς να είναι σίγουροι προς τα πού έπρεπε να πυροβολήσουν. Ο Μέμνων δεν τους έδωσε την ευκαιρία να συνέλθουν και να προσανατολιστούν. Δημιούργησε ένα προπέτασμα καπνού από τους εκτοξευτήρες του σκάφους, ο υπολογιστής του οποίου τον ενημέρωσε ποιοι από τους αντιπάλους του είχαν βιονικά μάτια και μπορούσαν ακόμα να τον δουν. Αυτοί ήταν και οι πρώτοι που πέθαναν από τα πυρά του, με τους υπόλοιπους που ήταν ακόμα τυφλωμένοι να ακολουθούν λίγο αργότερα.

Όταν ο καπνός καθάρισε, φάνηκαν τα καταστροφικά αποτελέσματα των προσπαθειών του. Φλογισμένα κομμάτια από ατσάλι στόλιζαν την άσφαλτο, δίπλα σε κομματιασμένα άψυχα κορμιά. Ο Μέμνων αξιολόγησε το έργο του και έμεινε ικανοποιημένος. Ο Σκίρων θα λάμβανε κακά μαντάτα εκείνο το βράδυ και ίσως έχανε για λίγο τον ύπνο του, μαθαίνοντας ότι υπήρχε μια νέα δύναμη στον υπόκοσμο, η οποία μπορούσε όχι μόνο να αντισταθεί στους στρατιώτες του, αλλά επιπλέον διέθετε και ένα από τα δικά του φονικά όπλα, το οποίο σκόπευε να εκμεταλλευθεί στο έπακρο. Ο κάποτε αρχηγός του ήταν άνθρωπος αλαζόνας και υπερήφανος. Είχε ψευδαισθήσεις μεγαλείου και ο μόνος αντίπαλος που αναγνώριζε ως αρκετά ικανό για να ασχοληθεί σοβαρά μαζί του, ήταν ο Πολυπήμονας. Έχοντας βγάλει αυτόν τον τόσο σημαντικό παράγοντα από την εξίσωση, σίγουρα θα θεωρούσε τον εαυτό του αήττητο και η κατάπληξη που θα ένιωθε για την ήττα εκείνης της βραδιάς, θα ήταν μεγάλη. Όμως ο Μέμνων δεν ήθελε να τον αφήσει να ξεχάσει το γεγονός, πως η νίκη του εναντίον της Έμπουσας, δεν ήταν αποκλειστικά δικό του κατόρθωμα. Αντίθετα, οι δικοί του απλά είχαν διεξάγει εκκαθαριστικές επιχειρήσεις, ενώ ο αγώνας είχε ήδη κριθεί, από ενέργειες τρίτων.

Αυτό το σαράκι θα συνέχιζε να του τσιγκλάει μια γωνία του μυαλού του, ώστε να μην τον αφήνει να ευχαριστηθεί εντελώς το θρίαμβό του. Οι πιέσεις σίγουρα θα εντείνονταν στο εξής και η οργάνωση, έχοντας κάνει την παρουσία της ιδιαίτερα αισθητή, θα έπρεπε να είναι πολύ πιο προσεκτική. Όμως, η απόκτηση των Τελχίνων και η αλλαγή της ισορροπίας δυνάμεων που θα ανησυχούσε κάπως τη Χίμαιρα, έκαναν το τίμημα που θα πλήρωναν όλοι τους, να αξίζει και με το παραπάνω. Οι αισθητήρες του Τελχίνα εντόπισαν δονήσεις από άντρες και οχήματα που πλησίαζαν στο σημείο. Είχε φτάσει η ώρα να φύγει, έχοντας προκαλέσει αρκετή ζημιά στη μαφία για μια νύχτα. Καθώς απομακρυνόταν με ταχύτητα όμως, δεν άντεξε στον πειρασμό και άφησε ένα αποχαιρετιστήριο δώρο στους διώκτες του. Με το πάτημα ενός κουμπιού, ένας μεταλλικός δίσκος έπεσε από τον Τελχίνα στο δρόμο.

Μέσω μιας κάμερας που ήταν εγκατεστημένη σε αυτόν, έβλεπε πόσο κοντά βρίσκονταν οι φρουροί που έσπευδαν να τον προλάβουν. Μόλις πέρασαν πεζοί και οχήματα πάνω από το στρογγυλό αντικείμενο, έδωσε την εντολή. Η έκρηξη που ακολούθησε, ταρακούνησε τους τοίχους σε απόσταση χιλιομέτρων, ενώ ο απόηχος έφτασε ακόμα πιο μακριά, μεταφέροντας το μακάβριο μήνυμά του.

Ένιωθε πανίσχυρος και η δύναμη που κρατούσε στα χέρια του τον έκανε να ανατριχιάζει από ενθουσιασμό και ικανοποίηση. Ήταν μια μικρή πρώτη νίκη, αλλά ήταν σίγουρος ότι θα ακολουθούσαν και άλλες, σημαντικότερες. Ξεχύθηκε στους δρόμους της πόλης, που εκείνη την ώρα φωτίζονταν μόνο από τα δημοτικά φανάρια. Ανενόχλητος, αφού οι διώκτες του ήταν απασχολημένοι αλλού. Ανέβασε ταχύτητα για να δοκιμάσει τα όρια του οχήματος. Θα προτιμούσε να το οδηγήσει στη θάλασσα, που ήταν και το δυνατό του στοιχείο, λόγω κατασκευής. Όμως θα έπρεπε να κάνει υπομονή για μια άλλη μέρα. Προς το παρόν αρκέστηκε να βλέπει τα κτίρια να χάνονται από το οπτικό του πεδίο, μέσα σε μια θολούρα, καθώς συνέχιζε ιλιγγιωδώς τη φρενήρη πορεία του, φτάνοντας και ξεπερνώντας τα όρια της ασφάλειας και της λογικής. Διέκοψε με το πέρασμά του μια νυχτερινή οδομαχία, από τις αμέτρητες που ξεσπούσαν εκείνη την εποχή. Οι άγρυπνοι πολεμιστές κυβερνητικοί και αντικαθεστωτικοί, σάστισαν για λίγο προσπαθώντας να επεξεργαστούν αυτό που μόλις είχαν δει.

Η αλήθεια όμως ήταν ότι δεν είχαν προλάβει να δουν και πολλά και έτσι αδυνατώντας να λύσουν το μυστήριο, αποφάσισαν να συνεχίσουν τον αλληλοσκοτωμό, με τους αστυνομικούς να παλεύουν να διαλύσουν το πλήθος και τους πολίτες να κρατούν πεισματικά τη θέση τους. Σε πολύ λίγο χρόνο είχε φτάσει στην τοποθεσία όπου θα στεγάζονταν προσωρινά οι Τελχίνες. Φρέναρε μπροστά από έναν τοίχο και πάτησε το κουμπί ενός τηλεχειριστηρίου που είχε στην τσέπη του. Ο τοίχος άρχισε να χωρίζεται στα δύο, αποκαλύπτοντας το κρυφό πέρασμα που θα τον οδηγούσε στις υπόγειες εγκαταστάσεις της οργάνωσης. Κατασκευασμένος για μικρότερα οχήματα, ο φιδογυριστός διάδρομος δοκίμασε τις οδηγικές ικανότητες του Μέμνονα. Κατάφερε όμως να κατευθύνει το μεταλλικό όγκο μέχρι τα βάθη του οικοδομήματος, που είχε εγκαταλειφθεί από κάποια χρεοκοπημένη εταιρεία και είχε πέσει σε αχρηστία, δίνοντας την ευκαιρία στους επίδοξους σωτήρες της ανθρωπότητας, να το καταλάβουν σαν αρουραίοι για τον ιερό τους σκοπό. Ήταν η καθιερωμένη πλέον τακτική της οργάνωσης, αφού τα κονδύλια ήταν δραματικά περιορισμένα, να δανείζονται από άλλους, χωρίς να έχουν απαραίτητα τη συγκατάθεσή τους ή να οικειοποιούνται εγκαταλελειμμένες εγκαταστάσεις όπως εκείνη.

Η ομάδα που είχε πραγματοποιήσει την επιδρομή και την κλοπή των Τελχίνων, ήταν ήδη εκεί και τον περίμενε. Η υποστηρικτική ομάδα θα ερχόταν αργότερα, μετακινούμενη με σαφώς βραδύτερα οχήματα. Το κλίμα ήταν εορταστικό και οι άντρες του πανηγύριζαν θορυβωδώς για την επιτυχία τους. Ο Δημάρατος τον πλησίασε με έκδηλο ενθουσιασμό.

«Η επιχείρηση στέφθηκε με απόλυτη επιτυχία. Μπορούμε τώρα να σχεδιάσουμε επιθετικές επιχειρήσεις εναντίον των πλοίων που μεταφέρουν κυκεώνα από το εξωτερικό».

«Όχι ακόμα. Πρέπει να ελέγξουμε προσεκτικά τα οχήματα, για να βρούμε και αφαιρέσουμε τους πομπούς εντοπισμού που σίγουρα θα έχουν. Αυτό πρέπει να γίνει άμεσα, ώστε να μην εντοπιστεί η μυστική τοποθεσία μας. Μετά θα αρχίσουμε την εκπαίδευση των οδηγών των οχημάτων και όταν θα είμαι ικανοποιημένος με τις επιδόσεις τους, τότε μόνο θα τολμήσουμε επίθεση στα φορτία κυκεώνα. Ακόμα και με τους Τελχίνες όμως, θα χρειάζεται ενδελεχής σχεδιασμός και προσοχή στην εκτέλεση. Τα πλοία είναι πάνοπλα και τα άτομα που τα επανδρώνουν γνωρίζουν ότι αν χάσουν τον κυκεώνα, θα είναι καλύτερο να μην εμφανιστούν καν στη Χίμαιρα για να αναγγείλουν το γεγονός. Θα πολεμούν λυσσασμένα, γιατί θα πολεμούν για τις ζωές τους. Επομένως, ας αναβάλουμε τους πανηγυρισμούς για αργότερα. Υπάρχουν ακόμα πολλές υποχρεώσεις».

Ο Δημάρατος έσπευσε να διαβιβάσει τις εντολές, αντικαθιστώντας το χαμόγελο της επιτυχίας με μια έκφραση ανησυχίας. Ο έλεγχος άρχισε χωρίς χρονοτριβή. Οι πομποί καθώς και οι συσκευές απομακρυσμένης οδήγησης, εντοπίστηκαν και αφαιρέθηκαν, ενώ πρώτα διαπιστώθηκε ότι δεν είχαν ενεργοποιηθεί. Ο Μέμνων όμως δεν ήταν διατεθειμένος να ρισκάρει.

«Επιβιβαστείτε και κατευθυνθείτε προς την εφεδρική αποθήκη. Εκεί θα είμαστε απόλυτα σίγουροι ότι δε θα μας ακολουθήσουν. Ειδοποιείστε και τους υπόλοιπους για την αλλαγή του σχεδίου».

Οι άντρες του υπάκουσαν έκπληκτοι και οι ίδιοι από την ξαφνική αλλαγή. Ήταν αυτό ακριβώς που επιδίωκε ο Μέμνων, αφού δεν έδειχνε σε κανέναν τυφλή εμπιστοσύνη και ήθελε να βρίσκεται ένα βήμα μπροστά, ακόμα και από τους συνεργάτες του, αποκαλύπτοντας μόνο τις πληροφορίες που έπρεπε και κρατώντας μόνο για τον ίδιο, την πλήρη εικόνα. Κάποιος από την ομάδα του θα μπορούσε να είναι βαλτός από τον Κλεομένη και να προσποιείται ότι υποστηρίζει τη μερίδα του Δημάρατου, για να μπορεί να κατασκοπεύει. Ίσως αυτός και ο Φίλων έφταναν ακόμα και στο σημείο να αποκαλύψουν τη θέση της ομάδας του στον

Σκίρωνα, για να τους καταστρέψουν. Ο ίδιος δε θα δίσταζε να τους πετάξει στα δόντια της Χίμαιρας, αν του δινόταν η ευκαιρία. Θα το έκανε όμως μόνο αν ήταν σίγουρος, ότι δε θα διακινδύνευε η υπόλοιπη οργάνωση, για την επιβίωση της οποίας είχε κοπιάσει πολύ. Ήταν σίγουρος ότι εύχονταν την αποτυχία κάθε εγχειρήματός του και πως τα νέα για την κλοπή των Τελχίνων, θα τους αναστάτωναν ιδιαίτερα. Εκείνος όμως έβγαινε νικητής και εξασφάλιζε για την οργάνωση εφόδια, που εκείνοι ούτε καν τα ονειρεύονταν.

Πίσω στη βάση της οργάνωσης, η κατάσταση δεν ήταν καθόλου ευχάριστη, παρόλο που ο Μέμνων ακόμα δεν είχε γνωστοποιήσει την επιτυχία του. Το γεγονός ότι τα δύο τρίτα της οργάνωσης δρούσαν πλέον αγνοώντας πλήρως τον Κλεομένη, αναλαμβάνοντας αποστολές επικίνδυνες, οι οποίες θα μπορούσαν να κατακρημνίσουν ολόκληρο το οικοδόμημά τους, ήταν αρκετό ώστε ο ηττημένος αρχηγός και ο πιστός του σύμβουλος Φίλων, να νιώθουν απελπιστικά ανήμποροι να σταματήσουν την παλίρροια των εξελίξεων.

«Ακόμα και αν αποτύχουν, αυτό δε θα είναι απαραίτητα καλό. Μπορεί να χαθούν σύντροφοί μας που το μόνο κακό που έχουν κάνει, είναι να πιστέψουν στις μεγαλοστομίες ενός παρανοϊκού. Και το πιο πιθανό είναι ότι ενώ τα δικά μας παιδιά θα θερίζονται, αυτός ο αλήτης θα επιζήσει! Δεν μπορούν να δουν την αλήθεια; Δε χρειαζόμαστε όπλα για να διαδώσουμε τον Κίστο, ούτε υπάρχει λόγος να τα βάζουμε με την πανίσχυρη Χίμαιρα. Η κλοπή των Τελχίνων εξυπηρετεί τα δικά του σχέδια και μόνο. Θέλει να εκδικηθεί τον Σκίρωνα για κάποιο μυστηριώδη λόγο και τον αφήνουμε να χρησιμοποιεί τις δικές μας εγκαταστάσεις και το έμψυχο δυναμικό μας. Τι ομαδική τρέλα τους έχει πιάσει όλους;»

Ο Κλεομένης τελειώνοντας το μονόλογό του γύρισε με απελπισία προς τον Φίλωνα, αλλά ο μάστορας δεν είχε τις απαντήσεις που έψαχνε και απλά ανασήκωσε τους ώμους και τα πυκνά του φρύδια καταβεβλημένος.

«Ίσως τελικά πρέπει να δεχτούμε τη βοήθεια εκείνης της αστυνομικού».

«Της Θέμιδας; Μα δεν είπες ότι είναι ύποπτη για το φόνο του Μαχάονα;»

«Μπορεί να λέει αλήθεια όταν ισχυρίζεται ότι για όλα φταίει ο Δημοφώντας. Ο Προμηθέας τη θεωρούσε τίμια και την ήθελε για σύμμαχό του. Ίσως πρέπει να εμπιστευτούμε το ένστικτο του παλιού μας αρχηγού».

«Ακόμα και αν ο Προμηθέας είχε δίκιο και είναι αξιόπιστη, τι μπορεί να κάνει μια γυναίκα ενάντια σε ό,τι αντιμετωπίζουμε;»

«Είπε ότι έχει κάποιες ιδέες. Ίσως πρέπει να επικοινωνήσουμε μαζί της ώστε να μας πει περισσότερα. Την τελευταία φορά η συζήτηση έγινε κάπως βιαστικά και ήμασταν όλοι ταραγμένοι».

«Το γεγονός ότι κρατούσε ένα δικό μας για όμηρο δε μας γέμισε με εμπιστοσύνη!»

«Τον απελευθέρωσε χωρίς ούτε μια αμυχή Κλεομένη. Αν ήθελε να μας κάνει ζημιά θα μπορούσε. Εκείνη όμως απλά επιθυμούσε να μας μιλήσει. Φαίνεται ιδιαίτερα ικανή και όσο και αν απεχθάνομαι το σχέδιό της, ίσως είναι η μοναδική λύση. Να κρατήσουμε τον Μέμνονα για όσο μας συμφέρει και να καραδοκούμε για τη στιγμή που θα χαλαρώσει τις άμυνές του».

Ο Κλεομένης έμεινε αμίλητος, σφίγγοντας και ξεσφίγγοντας το σαγόνι του, καθώς εξέταζε τις λιγοστές επιλογές του. Ξαφνικά σήκωσαν και οι δύο τα κεφάλια τους και κοίταξαν στο κενό, καθώς οι επεξεργαστές τους λάμβαναν ταυτόχρονα το ίδιο μήνυμα. Ο Κλεομένης ενεργοποίησε την οθόνη του δωματίου, ώστε να παρακολουθήσουν μαζί το βίντεο. Το πρόσωπο του Μέμνονα εμφανίστηκε, εκπέμποντας από ένα χώρο με χαμηλό φωτισμό. Η έκφρασή του διακατεχόταν από τη συνηθισμένη του βλοσυρότητα, αλλά στα μάτια του έκαιγε μια φλόγα που μαρτυρούσε πολλά.

«Σύντροφοι, απόψε εγώ και άλλοι δεκαεννέα γενναίοι εθελοντές, ξεκινήσαμε για μια επιχείρηση φοβερά ριψοκίνδυνη. Μια επιχείρηση η οποία στέφθηκε με απόλυτη επιτυχία, εφοδιάζοντας την οργάνωσή μας με ένα σημαντικό μέσο, το οποίο θα αποτελέσει την αιχμή του δόρατος στις μελλοντικές μας επιχειρήσεις. Όλοι όσοι πήραν μέρος στο εγχείρημα είναι ασφαλείς, ενώ αντίθετα προκαλέσαμε στους εχθρούς μας σημαντικές απώλειες. Τα αμφίβια οχήματα γνωστά ως Τελχίνες, βρίσκονται σε ασφαλή τοποθεσία και θα τα χρησιμοποιήσουμε πολύ σύντομα. Σας είχα υποσχεθεί επιτυχίες αν μου εμπιστευόσασταν την αρχηγία. Τα αποψινά γεγονότα είναι μόνο ένα μικρό δείγμα».

Η εικόνα έσβησε απότομα καθώς η μετάδοση του μηνύματος ολοκληρώθηκε. Δεν είχε ανάγκη από πολλά λόγια ο Μέμνων. Οι πράξεις του ήταν πολύ πιο ηχηρές από οτιδήποτε θα μπορούσε να πει. Ο Κλεομένης κοίταζε την κενή οθόνη, στα χρώματα της οποίας έβρισκε παρηγοριά και αγαλλίαση, τις πρώτες μέρες που του είχε χορηγηθεί ο Κίστος και είδε για πρώτη φορά τον κόσμο στην πραγματική του διάσταση. Όμως εκείνη τη στιγμή, βυθισμένος στην απελπισία και συνειδητοποιώντας την ήττα του, δεν έβρισκε ούτε χαρά ούτε λύσεις μέσα στα στενά πλαίσια του φωτεινού ορθογωνίου. Ο Φίλων τον ακούμπησε με ανησυχία στον ώμο, ταραγμένος από το άδειο του βλέμμα. Σαν το άγγιγμα να τον επανέφερε στην πραγματικότητα, ο Κλεομένης ανοιγόκλεισε τα μάτια του και αποφάσισε να αντιμετωπίσει την κατάσταση, όπως αυτή είχε διαμορφωθεί με τα νέα δεδομένα. Ο δισταγμός που είχε δείξει στο παρελθόν ίσως ήταν και ο λόγος που η οργάνωσή του, γλιστρούσε σιγά-σιγά από τα χέρια του και χανόταν μακριά. Θα έπαιζε το τελευταίο του χαρτί αδιαφορώντας για τον κίνδυνο. Δεν είχε και πολλά να χάσει πλέον.

«Φίλωνα, ας επικοινωνήσουμε με τη Θέμιδα και ας κανονίσουμε μια συνάντηση. Χρειαζόμαστε μια διέξοδο, οπουδήποτε και αν βρίσκεται αυτή».

κεφΑΛΛΙΟ 20

Οι μέρες περνούσαν χωρίς να τις αντιλαμβάνεται, καθώς αγνοούσε την ανατολή και τη δύση του ηλίου, καθώς και τα λεπτά και τις ώρες που αναγράφονταν με φωτεινά ψηφία στο εσωτερικό του ματιού της, εκεί όπου κανονικά θα εμφανίζονταν όλα τα δεδομένα του επεξεργαστή της. Τα είχε απενεργοποιήσει όλα ώστε το οπτικό της πεδίο να είναι καθαρό και απερίσπαστο, για να μπορεί να χωράει ολόκληρη την εικόνα του πραγματικού κόσμου, στις γωνίες του οποίου περιδιάβαινε, αναζητώντας όπως έκανε μια ζωή, κάποιον ή κάτι. Σε γωνιές του κόσμου όπου οι ακτίνες του ήλιου δύσκολα έφταναν, η ευεργετική επίδραση της τεχνολογίας έδινε με την απουσία της μια θλιβερή όψη, βγαλμένη από άλλες εποχές, οι νόμοι της πολιτείας έχαναν κάθε ισχύ και ουσία και που ακόμα και οι πρόσφατες εξεγέρσεις δεν είχαν ρίξει τη φλόγα τους για να ξεσηκώσουν τους ανθρώπους από τις εστίες τους, για να συμμετέχουν στο μεγάλο αγώνα για τη δικαιοσύνη και την αλήθεια. Ήταν οι γωνιές όπου η κοινωνία παραπέταγε τους άπορους και αρρώστους, τους πολύ αδύναμους για να πετύχουν την καλυτέρευση της ζωής τους. Αυτούς που το μόνο που μπορούσαν να κάνουν ήταν να συρθούν στη βρωμιά αβοήθητοι και να περιμένουν το αναπόδραστο τέλος.

Ήταν ένα μέρος γεμάτο από ζητιάνους, ρακένδυτους, πληγωμένους, ασθενείς, εξαρτημένους από διάφορες ουσίες, που δεν είχαν πια τα μέσα για να τις εξασφαλίσουν. Σε αυτές τις εικόνες έβλεπε τα αποτελέσματα του κυκεώνα και ενός κράτους που απλά δε νοιαζόταν. Τα είχε δει και άλλες φορές στο παρελθόν, αλλά όντας πλέον ελεύθερη από τα αστυνομικά της καθήκοντα, μπόρεσε να περιπλανηθεί πιο βαθιά στο λαβύρινθο του κοινωνικού τέλματος και να οσμιστεί την αποφορά των αποτελεσμάτων, διαβολικών πράξεων και καθόλου τυχαίων παραλείψεων. Αναρωτιόταν αν όλα αυτά τα χρόνια, είχε πετύχει ποτέ κάτι καλό με τις καθημερινές της προσπάθειες ή αν ήταν όλα μάταια. Δεν μπορούσε όμως να πιστέψει κάτι τέτοιο. Αν το πίστευε, θα έπεφτε και αυτή στο πεζοδρόμιο και θα άφηνε τη σκόνη του δρόμου να την καλύψει και το χρόνο να περάσει από πάνω της και να την ξεχάσει, όπως όλους εκείνους τους δυστυχισμένους που έβλεπε περιδιαβαίνοντας τους Τομείς. Όμως το αρνιόταν πεισματικά. Δεν ήταν όλα ανώφελα! Δεν έπεφταν όλες της οι προσπάθειες στο κενό! Έπρεπε να συνεχίσει να πολεμάει για να κάνει τη ζωή των ανθρώπων καλύτερη. Γιατί υπήρχε ελπίδα. Υπήρχαν περιθώρια για καλό. Αρκεί να μην τα παρατούσε. Συνέχισε με σθένος την έρευνα, αγνοώντας τις διαμαρτυρίες των κουρασμένων της ποδιών.

Άλλωστε είχε να διορθώσει ένα σφάλμα. Ένα σφάλμα που ίσως είχε στοιχίσει πολλές ζωές ανυπεράσπιστων ανθρώπων. Μέσα στη μανία της να βρει τον Προμηθέα, είχε ξεχάσει το βασικό της ρόλο σε αυτόν τον κόσμο. Να προστατεύει τους πολίτες. Έτσι είχε κάνει το ανεπίτρεπτο. Είχε αφήσει τον Κτησίβιο ελεύθερο. Τον είχε απειλήσει ότι αν ξανάρχιζε τα πειράματά του σε ανθρώπους, θα τον έβρισκε και θα τον τιμωρούσε πολύ αυστηρά. Όμως η μεγαλομανία του επιστήμονα, ενός ανθρώπου που οι συνάδελφοί του θεωρούσαν τρελό και επικίνδυνο και τον είχαν εκδιώξει από την κλειστή τους κοινότητα, τον είχε ωθήσει να αψηφήσει τις απειλές για τη ζωή του και να συνεχίσει να επιδιώκει τη μεταφορά της ανθρώπινης συνείδησης από ένα ανθρώπινο σώμα σε άλλο. Η Θέμις ήξερε πλέον ότι ήταν δυνατή η μεταφορά της συνείδησης από άνθρωπο σε ρομπότ, αν και η επιτυχία του Μαχάονα δεν αποτελούσε απαραίτητα μια γενική αλήθεια. Θα μπορούσε να είναι απλά μια μεμονωμένη περίπτωση, μοναδική στα χρονικά που να μην μπορούσε να επαναληφθεί ποτέ και να αποδεικνυόταν απλά ένα επιστημονικό παράδοξο. Όποια και αν ήταν η αλήθεια, η προτεραιότητα της Θέμιδας ήταν να σταματήσει τις ανεξέλεγκτες δραστηριότητές του, ο ευφυής αλλά σχιζοφρενής άντρας και το δεύτερο βήμα θα ήταν να τον χρησιμοποιήσει για τους δικούς της σκοπούς.

Ανακρίνοντας τους αστέγους, είχε ανακαλύψει ότι πολλοί από την τάξη εκείνων που η ζωή τους είχε καταστραφεί με τον έναν ή τον άλλον τρόπο, συνέχιζαν να εξαφανίζονται. Κάποιος, του οποίου η περιγραφή ταίριαζε πολύ με τη μορφή του Κτησίβιου, τους πλησίαζε με υποσχέσεις για φαγητό και όλες τις ανέσεις ενός σπιτικού. Όσοι τον ακολουθούσαν, άφηναν για πάντα πίσω τους τους δρόμους και δεν εμφανίζονταν ποτέ ξανά. Οι άνθρωποι που έδιναν αυτές τις πληροφορίες στη Θέμιδα δεν ήξεραν κάτι περισσότερο, αλλά εκείνη γνώριζε τη θλιβερή συνέχεια. Αντί για μια φιλόξενη στέγη, οι άνθρωποι αυτοί έβρισκαν μόνο φρίκη και θάνατο, ενώ μετά από λίγο καιρό, τα πτώματά τους κατέληγαν στα σκουπίδια και εξαϋλώνονταν μαζί με τα υπόλοιπα απορρίμματα της πόλης.

Οι μαρτυρίες των ανθρώπων αυτών δεν ήταν πάντα συνεπείς και ούτε είχαν τη συνοχή που θα ήθελε. Πολλοί της έλεγαν ψέματα για να αποκομίσουν κάποια αμοιβή. Άλλοι ζώντας υπό την επήρεια του κυκεώνα, σύγχυζαν την πραγματικότητα με τις παραισθήσεις. Όμως αυτό που ήξερε με σιγουριά ήταν ότι πολλοί άνθρωποι είχαν εξαφανιστεί και κανείς δεν τους είχε αναζητήσει. Ούτε καν οι συνάδελφοί τους στην ανέχεια. Όμως όσο και αν συγχρωτιζόταν με τους παρίες, δεν έβρισκε κάποιο ίχνος του Κτησίβιου και πολλές φορές φοβόταν μήπως την παρακολουθούσε από κάπου, να συνεχίζει τις μάταιες προσπάθειές της, ενώ εκείνος απομυζούσε τη ζωή από τη φτωχική κοινότητα για να συνεχίζει τα απάνθρωπα πειράματά του. Όταν συνάντησε μια μητέρα που είχε χάσει την έφηβή της κόρη, πείσμωσε περισσότερο από κάθε άλλη φορά και αποφάσισε ότι θα έκανε το οτιδήποτε, για να βρει τον απάνθρωπο εγκληματία, που είχε ανταλλάξει την ψυχή του και την ανθρωπιά του με έναν ψυχρό υπολογιστικό εγκέφαλο, ικανό να βλέπει μόνο το αποτέλεσμα των προσπαθειών του.

∞

Η νεοφερμένη στη γειτονιά ήταν κουκουλωμένη με μια κουβέρτα, η οποία πάλευε να κρατήσει όση θερμότητα της επέτρεπαν οι δεκάδες τρύπες της. Προχωρούσε ανάμεσα στους παλαιότερους θαμώνες, αναζητώντας μια γωνία για να ξαπλώσει και αυτή στη βρωμιά και στο κρύο. Ακόμα όμως και αυτές οι ταπεινές επιδιώξεις, φαίνονταν δύσκολο να ικανοποιηθούν, αφού όποτε πλησίαζε κάποιον για να ξαποστάσει δίπλα του, ερχόταν αντιμέτωπη με ύβρεις ή ενοχλημένα μουγκρίσματα. Έτσι συνέχιζε στωικά και χωρίς να ξεστομίσει το παραμικρό παράπονο, να αναζητά τη δική της θέση σε εκείνο το διαφορετικό κόσμο, ο οποίος είχε τους δικούς του κανόνες, όπως γινόταν και οπουδήποτε αλλού. Κούτσαινε και τα χέρια της καλύπτονταν από βρώμικους επιδέσμους, που έκρυβαν κάποιες πληγές από άγνωστη αιτία. Το μηχανικό έντομο όμως δεν αποθαρρύνθηκε από αυτήν την εμφάνιση. Η σοδειά εκείνη τη μέρα ήταν φτωχή, καθώς οι περισσότεροι άστεγοι που είχε σαρώσει με τους αισθητήρες του, υπέφεραν από ασθένειες οι οποίες τους καθιστούσαν ακατάλληλους για τα πειράματα του κυρίου του. Δε θα άντεχαν ούτε λεπτό πάνω στο μηχάνημα με τόσο αδύναμους οργανισμούς. Έτσι πλησίασε τη νεοφερμένη για να εξετάσει τις ζωτικές της λειτουργίες, με την ελπίδα ότι θα έβρισκε στο πρόσωπό της μια υποψήφια που θα ικανοποιούσε το δημιουργό του.

Όταν την άρπαξε με τις δαγκάνες του εκείνη ούρλιαξε τρομαγμένη, αλλά αυτό δεν είχε καμία σημασία. Κανένας δε θα πρόστρεχε σε βοήθειά της. Κανείς δε θα ενδιαφερόταν για τη μοίρα της. Όλοι όσοι βρίσκονταν εκεί, ήταν πολύ εξαντλημένοι και κατανικημένοι από τα δικά τους προβλήματα, για να μπορέσουν να ασχοληθούν με την απαγωγή της. Ήταν και αυτός ένας από τους σκληρούς κανόνες του κόσμου εκείνου. Μερικά μόνο κεφάλια σηκώθηκαν απορημένα και κοίταξαν τη σκηνή, μόνο και μόνο για να ξαναστρέψουν με απάθεια το βλέμμα τους στο κενό, όπου αγνάντευαν συνήθως. Η νεοφερμένη κουνούσε με αγωνία τα πόδια της καθώς το έντομο τη σήκωνε στον αέρα. Οι σπασμωδικές της κινήσεις αποδείχθηκαν αναποτελεσματικές και αποτυγχάνοντας, παρέμεινε έρμαιο του μηχανικού απαγωγέα, ενώ αυτός σάρωνε με τις κεραίες του τη λεία του. Η φυσική της κατάσταση ήταν κάτι παραπάνω από ικανοποιητική. Για κάποιον που έμενε στους δρόμους και υποσιτιζόταν, ενώ παράλληλα δεν είχε πρόσβαση σε φάρμακα ή οποιουδήποτε είδους περίθαλψη, το υποκείμενο ήταν υγιέστατο. Το ρομπότ άνοιξε το στόμα του και από μέσα πετάχτηκαν μεταλλικές ταινίες, οι οποίες τύλιξαν την άστεγη, ακινητοποιώντας και φιμώνοντάς την.

Αφού την είχε ασφαλίσει και ήταν σίγουρη ότι της είχε στερήσει κάθε ελπίδα διαφυγής, χάθηκε από εκείνους τους δρόμους της δυστυχίας, με το κροτάλισμα των μεταλλικών του ποδιών στην άσφαλτο, να σβήνει σιγά-σιγά καθώς απομακρυνόταν. Το καινούργιο εργαστήριο του Κτησίβιου δε διέφερε πολύ από το προηγούμενο. Διέθετε όλα τα χαρακτηριστικά που επιθυμούσε η διεστραμμένη του μεγαλοφυΐα. Βρισκόταν σε απομονωμένη τοποθεσία, για τα δεδομένα της εποχής, όπου κάθε τετραγωνικό εκατοστό ήταν χτισμένο, είχε αρκετά απειλητική όψη ώστε να αποθαρρύνει τους περίεργους και ήταν περιτριγυρισμένο από φτωχικές γειτονιές, από τις οποίες μπορούσε να αντλεί πειραματόζωα ανενόχλητος. Το έντομο κούνησε τις κεραίες του μπροστά από τον ηλεκτρονικό πίνακα της εισόδου και η πόρτα άνοιξε, για να αποκαλύψει ένα χώρο ακατάστατο, γεμάτο μυστήρια μηχανήματα, μηχανικούς εργάτες να κατακλύζουν τους τοίχους τρέχοντας να ικανοποιήσουν κάθε επιθυμία του επιστήμονα και όλα αυτά καλυμμένα από ένα παχύ στρώμα σκόνης. Στο κέντρο του λαβύρινθου αυτού της ακαταστασίας, βρισκόταν ο πρωταγωνιστής εκείνης της παράνοιας, απορροφημένος όπως πάντα από την προσπάθειά του να δημιουργήσει τη σπουδαιότερη εφεύρεση των τελευταίων αιώνων και να αφήσει το αποτύπωμά του στην ανθρώπινη ιστορία. Σίγουρα όταν έχεις έναν τόσο φιλόδοξο στόχο, μερικές ζωές έστω και ανθρώπινες, έχουν πολύ λίγη σημασία μπροστά στην επίτευξη του μεγαλείου.

Δε γύρισε να κοιτάξει το μηχανικό του υπηρέτη, ο οποίος του έδειχνε υπερήφανος τη λεία του. Με ένα νεύμα ενόχλησης, του έδειξε πού να αποθέσει τη γυναίκα. Το έντομο υπάκουσε και η άτυχη κοπέλα σύντομα βρισκόταν ανάμεσα σε άλλα άτομα, δεμένα με τις ίδιες μεταλλικές ταινίες, που την κοιτούσαν έντρομα, καταλαβαίνοντας τι περνούσε από το μυαλό της, αφού και εκείνοι έκαναν τις ίδιες σκέψεις τρόμου και απελπισίας. Το αρθρωτό μηχανικό πλάσμα είχε εντοπίσει ένα αντικείμενο σε μια από τις τσέπες του θύματός του, τη στιγμή της σάρωσης, όταν αναζητούσε κάποια ασθένεια. Τότε δεν είχε δώσει σημασία, αλλά αφού πλέον την είχε φέρει στο εργαστήριο, έπρεπε να κατασχέσει οποιοδήποτε προσωπικό αντικείμενο, πριν την ετοιμάσει για τη διαδικασία, όπως συνήθιζε ο Κτησίβιος να αποκαλεί την κάθε αποτυχημένη του απόπειρα. Την έλυσε από τα ισχυρά δεσμά του και άρχισε να την ψαχουλεύει, για να βρει ό,τι είχαν εντοπίσει νωρίτερα οι κεραίες του. Ξαφνικά όμως το χέρι της άστεγης πετάχτηκε αστραπιαία και άρπαξε το περιεχόμενο της τσέπης, πριν το ρομπότ.

«Αυτό ψάχνεις;» είπε στη μηχανή πατώντας το διακόπτη της λαβής. Μια φωτεινή λεπίδα άστραψε στο ημίφως και καρφώθηκε ανάμεσα στα μάτια του κατασκευάσματος. Σπίθες και καπνός ξεπετάχτηκαν από το κεφάλι του και οι δαγκάνες του άρχισαν να ανοιγοκλείνουν σαν να χτυπούσαν κάποιον αόρατο αντίπαλο. Τα πόδια του γρατζούνιζαν το έδαφος καθώς πάλευαν να το κρατήσουν όρθιο. Οι λειτουργίες όμως, μην παίρνοντας εντολές από τον εγκέφαλο, σταματούσαν η μια μετά την άλλη και τελικά όλο το σύστημα κατέρρευσε ηττημένο από το ισχυρό πλήγμα που είχε δεχτεί. Το μεταλλικό σώμα έπεσε με θόρυβο στο έδαφος και ύστερα από ένα τρεμούλιασμα, το αντίστοιχο ίσως των ανθρώπινων επιθανάτιων σπασμών, έμεινε ακίνητο. Δε θα ξαναέκανε κακό σε κανέναν, για να ικανοποιήσει τις εγωμανείς ορέξεις του Κτησίβιου. Όμως αν και ο πρώτος σκόπελος είχε ξεπεραστεί, υπήρχαν ακόμα μερικές δεκάδες μηχανικών εντόμων, που θα έσπευδαν να επιβάλλουν την τάξη, στους απείθαρχους αιχμαλώτους. Η ηρωική κοπέλα χρησιμοποίησε το μαχαίρι της για να κόψει τα δεσμά των υπολοίπων, οι οποίοι την κοιτούσαν με ευγνωμοσύνη.

«Ποια είσαι;» ρώτησε ένας αδύναμος ηλικιωμένος, μην μπορώντας να πιστέψει στην τύχη του.

«Με λένε Θέμιδα και ήρθα να σας απελευθερώσω. Ελάτε γρήγορα!» Τους κατηύθυνε μακριά από το κέντρο των δραστηριοτήτων του φανατισμένου επιστήμονα, αναζητώντας αρχικά κρυψώνα και στη συνέχεια κάποια έξοδο. Τα έντομα ακόμα δεν τους είχαν αντιληφθεί, αλλά αυτό ήταν θέμα χρόνου. Όσο για τις εξόδους, θα ήταν σίγουρα όλες εξοπλισμένες με συναγερμό ή ακόμα και με θανατηφόρες παγίδες. Έκρυψε τους απαχθέντες όσο καλύτερα μπορούσε στα υπόλοιπα δωμάτια του κτιρίου, το οποίο συνειδητοποιούσε ότι ήταν στην πραγματικότητα πολύ μεγαλύτερο από ό,τι φαινόταν με την πρώτη ματιά εξωτερικά. Ήταν γεμάτο αποθηκευτικούς χώρους, όπου τα κατασκευάσματα του Κτησίβιου, είχαν στοιβάξει ό,τι δεν του χρειαζόταν προς το παρόν. Αντικείμενα από τους προηγούμενους ενοίκους του κτιρίου, στέκονταν δίπλα σε περίεργα όργανα και δημιουργήματα του εφευρέτη. Τα τελευταία η Θέμις μπορούσε άνετα να τα ξεχωρίσει, αφού η αλλόκοτη κατασκευή τους φανέρωνε ένα έντονα διαταραγμένο μυαλό και μαρτυρούσαν από μακριά ποιανού τα χέρια τα είχαν σμιλέψει. Η Θέμις παρατηρούσε σιωπηλά τις περίεργες μορφές τους και προσπαθούσε να κατανοήσει ποια ήταν η χρησιμότητά τους. Η φαντασία της όμως δεν μπορούσε να την πάει τόσο μακριά και έστρεψε την προσοχή της σε πιο γνώριμα αντικείμενα, τα οποία μπορεί να τη βοηθούσαν στη δύσκολη κατάσταση που είχε θέσει για άλλη μια φορά τον εαυτό της.

Η αλήθεια ήταν ότι το να θέσει τον εαυτό της σε τέτοιον κίνδυνο και να βρεθεί σε τόσο ευάλωτη θέση, ήταν η μόνη λύση για να ξετρυπώσει τον Κτησίβιο. Δεν μπορούσε να έχει πάνω της περισσότερα όπλα, αφού κάτι τέτοιο θα κινούσε υποψίες και αν δεν υιοθετούσε το παρουσιαστικό της ανυπεράσπιστης και αδύναμης γυναίκας, το ρομπότ δε θα είχε ρισκάρει να την αρπάξει. Αυτή η τακτική όμως είχε το σημαντικό μειονέκτημα, ότι την έριχνε στο λάκκο με τα φίδια, με ένα μόνο μαχαίρι λέιζερ. Για να αντιμετωπίσει τη μεταλλική στρατιά του εφευρέτη, θα χρειαζόταν κάτι περισσότερο. Κάτι πολύ περισσότερο. Και καθώς κρατούσε την ανάσα της και με αθόρυβες μετρημένες κινήσεις ψαχούλευε τα ράφια, η αναζήτησή της αποδεικνυόταν αποθαρρυντική. Οι όμηροι την κοιτούσαν γεμάτοι αγωνία και με τις ελπίδες τους να αργοσβήνουν όσο περνούσε η ώρα και διέκριναν την αμηχανία στο πρόσωπό της. Τους έκανε νόημα να μην ξεπροβάλουν από τις γωνιές στις οποίες τους είχε κρύψει και ότι όλα θα πήγαιναν καλά. Δεν είχαν λόγο να ανησυχούν. Κάθε φορά όμως που κάποιος από τους μηχανικούς εργάτες περνούσε από το δωμάτιο όπου είχαν βρει καταφύγιο, τα έχαναν και νόμιζαν ότι είχε φτάσει το τέλος τους.

Η Θέμις έριχνε κλεφτές ματιές τη μια προς την πόρτα και την άλλη προς τους προστατευόμενούς της, φοβούμενη ότι θα έχαναν την ψυχραιμία τους και θα αποκάλυπταν τη θέση τους. Μέσα στην αγωνία της, χωρίς να το συνειδητοποιεί, άρχισε να οπισθοχωρεί από την πόρτα, ενώ τα δάχτυλά της άγγιζαν φευγαλέα τα σκονισμένα αντικείμενα στα ράφια. Τότε το χέρι της ένιωσε κάτι που της τράβηξε την προσοχή. Γύρισε να κοιτάξει και αντίκρισε το κεφάλι ενός λιονταριού, σμιλεμένου σε σκούρο μέταλλο, με το στόμα ανοιχτό να επιδεικνύει τα φονικά του δόντια. Άρχισε να το περιεργάζεται και ανακάλυψε ότι το εσωτερικό του ήταν κούφιο. Ήταν ένα κράνος. Το φόρεσε χωρίς να ξέρει το λόγο. Δε θα της προσέφερε ιδιαίτερη προστασία. Το πρόσωπό της ξεπρόβαλλε μέσα από το απειλητικό στόμα και το κράνος εφάρμοσε στο κεφάλι της σχετικά καλά. Έμεινε για λίγα δευτερόλεπτα ακίνητη, νιώθοντάς το γύρω από το κρανίο της. Της ήταν άνετο αλλά όταν θυμήθηκε πού βρισκόταν και υπό ποιες συνθήκες, ένιωσε γελοία και προσπάθησε να το βγάλει. Τότε πάτησε κατά λάθος ένα κουμπί, το οποίο έθεσε κάποιον εσωτερικό μηχανισμό σε κίνηση. Μπορούσε να ακούσει κάποια αφανή γρανάζια να κινούνται δίπλα στα αυτιά της, ενώ διάφορες μικρές λυχνίες άναψαν ταυτόχρονα στο εσωτερικό. Είδε μεταλλικά ελάσματα να ξεπετάγονται γύρω από το λαιμό της και να τυλίγουν ολόκληρο το σώμα της σαν φίδια. Άρχισε να ασφυκτιά και να τα χτυπάει με τα χέρια της τρομαγμένη.

Στάθηκε αδύνατον να τα τραβήξει από πάνω της. Ήταν αμέτρητα και πολύ δυνατότερα από εκείνη. Ενώ ήταν κατασκευασμένα από κάποιο ευέλικτο και μαλακό στην αφή υλικό, ήταν αδύνατον να σκιστούν ή να υποχωρήσουν στη μυϊκή της δύναμη. Ενώ έδιναν την εντύπωση λεπτών και ευαίσθητων ταινιών, στην πραγματικότητα ήταν άφθαρτα. Κάλυψαν ολόκληρο το κορμί της δίχως να χάνουν έστω και ένα εκατοστό και τότε αλλάζοντας τη μοριακή τους δομή, μετατράπηκαν σε σκληρά ατσάλινα κομμάτια. Όταν η Θέμις χαμήλωσε το βλέμμα, διαπίστωσε ότι βρισκόταν μέσα σε έναν εξωσκελετό. Τα ελάσματα είχαν σταματήσει τις κινήσεις τους και αποτελούσαν όλα πλέον κομμάτι της ψυχρής ατομικής θωράκισης, η οποία πρέπει να της έδινε τρομακτική όψη, αφού οι άνθρωποι που είχε σώσει νωρίτερα, την κοιτούσαν με γουρλωμένα από κατάπληξη μάτια. Έκανε ένα βήμα μπροστά και πριν προλάβει να καταλάβει τι είχε συμβεί, βρισκόταν έξω από το δωμάτιο έχοντας γκρεμίσει στο διάβα της μια πόρτα και αρκετά ράφια. Ο θόρυβος ήταν αρκετός ώστε να σημάνει συναγερμός στο άντρο του Κτησίβιου και μέσα σε δευτερόλεπτα ήταν περικυκλωμένη από ρομπότ, που την πλησίαζαν απειλητικά με τις δαγκάνες τους. Κινήθηκε πρώτη εναντίον τους αισθανόμενη πιο ασφαλής με τον εξωσκελετό. Για ακόμα μια φορά όμως, οι κινήσεις της ήταν ανεξέλεγκτες, όπως όταν προσπάθησε να βγει από το δωμάτιο. Άλλη εντολή έστελνε ο εγκέφαλος στα άκρα της και άλλη εκτελούσε ο εξωσκελετός.

Πολεμούσε με σπασμωδικά τυχαία χτυπήματα, χωρίς να μπορεί να προβλέψει ποιο θα ήταν το επόμενό της βήμα. Οι λακέδες του επιστήμονα όμως δεν μπορούσαν να την αντιμετωπίσουν, ακόμα και αν η ίδια δεν ήξερε τι έκανε. Αρκούσε μόνο να προσπαθήσει να κινηθεί και η στολή αναλάμβανε όλα τα υπόλοιπα για εκείνη. Τα σώματα των μηχανικών εντόμων διαλύονταν ή υποχωρούσαν μπροστά στην ορμητική της επίθεση και τα πράγματα έγιναν ακόμα χειρότερα για τους υπηρέτες του Κτησίβιου, όταν ο θώρακας του εξωσκελετού άνοιξε για να ξεπροβάλλει ένα ατσάλινο ρόπαλο. Το χέρι της Θέμιδας τινάχτηκε αθέλητα και άρπαξε το όπλο, με το οποίο σύντομα έσπειρε τον όλεθρο στη στρατιά των αντιπάλων της. Η μάχη σύντομα μεταφέρθηκε από τους εσωτερικούς χώρους στο εργαστήριο του επιστήμονα, αν και όχι από πρωτοβουλία της Θέμιδας, η οποία παρέμενε έρμαιο της στολής. Αμέσως δημιουργήθηκε χάος, με τα ευαίσθητα μηχανήματα και όργανα που χρησίμευαν στις έρευνες του Κτησίβιου, να εξαφανίζονται μέσα στον ανεμοστρόβιλο της καταστροφής, στο κέντρο του οποίου βρισκόταν η Θέμις. Κομμάτια από τον πανάκριβο εξοπλισμό άρχισαν να εκσφενδονίζονται προς όλες τις κατευθύνσεις, μαζί με τα πόδια, τα κεφάλια και τις δαγκάνες των εντόμων.

Η Θέμις ένιωθε την αγωνία της να κορυφώνεται, αφού βρισκόταν ουσιαστικά εγκλωβισμένη και χωρίς τον έλεγχο του εαυτού της. Όμως συναισθανόταν ότι δεν μπορούσε να σταματήσει εκείνη τη στιγμή, που φαινόταν να πετυχαίνει μια αλλόκοτη όσο και αναπάντεχη νίκη. Αντί λοιπόν να κρατήσει τα μέλη της ακίνητα, πράγμα το οποίο αποτελούσε και το μοναδικό στοιχείο ελέγχου που διέθετε, έδωσε ώθηση στον εαυτό της και στον εξωσκελετό, να συνεχίσει να περιστρέφεται σαν μαινάδα, σκορπώντας την καταστροφή στα δημιουργήματα του μισητού φονιά που είχε έρθει να συλλάβει, για το καλό της ανθρωπότητας. Πέρασε ώρα μέχρι να ακούσει τα ουρλιαχτά απόγνωσης του διεστραμμένου δημιουργού και να τον δει με πρόσωπο συσπασμένο από οδύνη και χέρια και πόδια να πραγματοποιούν κινήσεις παρόμοιες με πνιγμένου στη θάλασσα, να την ικετεύει με δάκρυα να σταματήσει το καταστροφικό της έργο. Μετά από μερικές αποτυχημένες προσπάθειες η Θέμις κατάφερε να στρέψει τον εξωσκελετό προς το μέρος του, ώστε να μπορούν να κοιταχθούν πρόσωπο με πρόσωπο. Τα μάτια του γούρλωσαν, συνειδητοποιώντας ποια είχε μπροστά του.

«Εσύ εδώ; Πώς είναι δυνατόν; Και πού βρήκες τη λεοντή;»

«Στο είχα πει ότι θα σε ξαναέβρισκα αν συνέχιζες να βλάπτεις τους ανυπεράσπιστους ανθρώπους. Προφανώς θεώρησες κούφια την απειλή μου. Αυτό ήταν λάθος σου. Όσο για τη λεοντή, αν εννοείς αυτό το μαραφέτι, το βρήκα στις αποθήκες σου, στις οποίες απέκτησα πρόσβαση, αφήνοντας ένα από τα ρομπότ σου να με συλλάβει. Ήμουν για σένα ένας ακόμα παρίας που θα χρησιμοποιούσες και θα πέταγες σαν ένα οποιοδήποτε αντικείμενο. Δε μου έδωσες σημασία και έτσι πέρασα κάτω από τη μύτη σου. Αυτό ήταν το δεύτερό σου λάθος. Ελπίζω να μην κάνεις και τρίτο».

«Δηλαδή;»

«Θα κάνεις μεγάλο λάθος αν δεν ακολουθήσεις κατά γράμμα τις οδηγίες μου. Αυτές που θα σου δώσω τώρα και όλες όσες ακολουθήσουν στο μέλλον».

«Στο μέλλον; Για πόσον καιρό;» ψέλλισε έντρομος ο Κτησίβιος.

«Μπορεί και για πάντα. Να εύχεσαι να σε χρειαστώ τόσο πολύ, γιατί αν σταματήσεις να μου είσαι χρήσιμος, θα σου φερθώ και εγώ όπως έχεις φερθεί εσύ σε όλους αυτούς τους κακόμοιρηδες. Και το πτώμα σου δε θα το εξαϋλώσω στα σκουπίδια, αλλά θα το αφήσω να σαπίζει σε κοινή θέα, ώστε να το βλέπουν όλοι όσοι θα έχουν γλιτώσει από τα νύχια σου».

«Μα η έρευνά μου...»

«Θα τη συνεχίσεις! Αλλά με μερικές αλλαγές. Τα πειράματά σου πλέον θα τα διεξάγεις μόνο σε ανθρώπους οι οποίοι είναι ετοιμοθάνατοι και δεν έχουν καμία ελπίδα σωτηρίας».

«Πού θα βρω τέτοιες περιπτώσεις! Δεν έχω πρόσβαση σε νοσοκομεία και χρειάζομαι πληθώρα σωμάτων για τα πειράματά μου...»

«Σιωπή! Δεν έχεις δικαίωμα να διαμαρτύρεσαι ύστερα από όσα έχεις κάνει. Άλλωστε είσαι τόσο αδιάφορος για την ανθρωπότητα γύρω σου, που δεν έχεις αντιληφθεί ότι έχει ξεσπάσει ένας πόλεμος. Ένας πόλεμος που μαίνεται σε δύο μέτωπα. Το ένα μέτωπο είναι στην επιφάνεια, ανάμεσα στο λαό και την κυβέρνηση και το άλλο, το πιο σκοτεινό, ανάμεσα σε δυνάμεις που θέλουν να διατηρήσουν ή να καταρρίψουν την κυριαρχία του κυκεώνα. Θα έχεις πολλές ευκαιρίες να δοκιμάσεις τα μηχανήματά σου.

Δυστυχώς το αίμα δε θα σταματήσει να κυλάει σύντομα. Θα δοκιμάζεις όμως και μια δεύτερη επιλογή. Τη μεταφορά της συνείδησης από άνθρωπο σε ρομπότ». Ο Κτησίβιος πήγε ενστικτωδώς να αντιδράσει, αλλά το σκέφτηκε καλύτερα και σώπασε. Συνέχισε να ακούει πειθήνια όσα του έλεγε η Θέμις.

«Το έχω δει να γίνεται άρα είναι εφικτό. Δυστυχώς οι δύο άνθρωποι που το κατάφεραν είναι νεκροί. Αλλά υπάρχει και ένας τρίτος ο οποίος ίσως ξέρει κάτι παραπάνω για τη μέθοδο που χρησιμοποίησαν. Θα συνεργαστείς μαζί του». Για τον αντικοινωνικό και μισάνθρωπο Κτησίβιο η τελευταία δήλωση ήταν μαχαιριά στην καρδιά. Δεν μπορούσε να φανταστεί πώς θα άντεχε να ανακατεύεται κάποιος άλλος στα πόδια του και να κινείται ελεύθερα μέσα στο εργαστήριό του. Έπρεπε οπωσδήποτε να μηχανευτεί κάτι, ώστε να ξεγελάσει την ενοχλητική κυνηγό του, που δεν έλεγε να τον αφήσει σε ησυχία, εντοπίζοντάς τον ακόμα και στο νέο του καταφύγιο. Είχε όμως το πάνω χέρι. Δεν μπορούσε να την αντιμετωπίσει όσο φορούσε τη λεοντή. Το ελαττωματικό αυτό όπλο, τις εργασίες για το οποίο είχε διακόψει εδώ και καιρό, ήταν ένα ανεξέλεγκτο όργανο καταστροφής. Ακόμα και αν η Θέμις δεν μπορούσε να το διαχειριστεί, αρκούσε απλά να του δώσει το έναυσμα, για να το στείλει σε μια αποστολή πλήρους καταστροφής του εργαστηρίου. Ο Κτησίβιος δεν μπορούσε να ρισκάρει να χαθεί μέσα σε μερικές στιγμές, το έργο εξαντλητικής μελέτης χρόνων. Αποφάσισε να παραδοθεί άνευ όρων στην αστυνομικό.

«Σύμφωνοι. Θα κάνω ό,τι μου ζητήσεις. Μην κάνεις όμως την παραμικρή κίνηση με τον εξωσκελετό. Ακόμα και ένα εκατοστό να κινηθείς, μπορεί να σταθεί αρκετό ώστε η λεοντή να αφηνιάσει και να τα ρημάξει όλα».

«Δεν τελείωσα με τους όρους μου. Μόλις ξεκαθαρίσουμε και το τελευταίο κομμάτι της συμφωνίας μας, τότε θα βγάλω τον εξωσκελετό και τα μηχανήματά σου θα είναι και πάλι ασφαλή». Ο Κτησίβιος αναστέναξε παραδομένος στις εξελίξεις.

«Τι άλλο θέλεις;»

«Τον έλεγχο των μηχανικών εντόμων».

«Αυτό δε γίνεται! Είναι συνδεδεμένα με το μυαλό μου και υπακούουν κάθε νοητική μου εντολή. Θα πρέπει να σου κάνω εγχείρηση στον εγκέφαλο και να κάνω μετατροπές στον επεξεργαστή σου για να πετύχω το ίδιο αποτέλεσμα».

«Δε θα σε άφηνα να με πλησιάσεις, ακόμα και αν πέθαινα και ήσουν η τελευταία μου ελπίδα για σωτηρία. Θα χρειαστεί να γίνει χωρίς την παραμικρή επέμβαση στον επεξεργαστή μου. Είμαι σίγουρη ότι μια ιδιοφυΐα σαν εσένα θα βρει τον τρόπο. Δε χρειάζεται ο έλεγχος να γίνεται νοητικά. Μου αρκεί και η προφορική μέθοδος». Ο Κτησίβιος συλλογίστηκε για λίγο τη νέα απαίτηση και ένευσε καταφατικά, παραδίδοντας εξ ολοκλήρου το οπλοστάσιό του στη Θέμιδα. Ήταν όμως τέτοια η μονομανία του, ώστε ακόμα και τη στιγμή της ήττας του και της ουσιαστικής απώλειας της ελευθερίας του, το μόνο που μπορούσε να σκεφτεί ήταν πότε θα επέστρεφε στις έρευνές του. Ξεκίνησε αμέσως λοιπόν τις εργασίες στο πιο πιεστικό και άμεσο αίτημα. Τη μεταβίβαση του ελέγχου των μηχανικών εντόμων στη Θέμιδα. Το αίτημα που θα την έπειθε να αφαιρέσει από το κεφάλι της τη λεοντή, κάνοντας τον υπόλοιπο εξωσκελετό να συμπτυχθεί και πάλι στη θέση του.

Πέρασαν ώρες. Ώρες που η Θέμιδα στεκόταν ακίνητη μέσα στην ατσάλινη φυλακή της, υπομένοντας την ακινησία και νιώθοντας τις σταγόνες του ιδρώτα να κυλούν βασανιστικά πάνω στο κορμί της. Ο Κτησίβιος δούλευε βιαστικά και με αγωνία και πολλές φορές υπέπιπτε σε σφάλματα και καταριόταν τον εαυτό του φωναχτά, ενώ από μέσα του καταριόταν τη δεσμοφύλακά του. Όταν επιτέλους ολοκλήρωσε τη μυστηριώδη κατασκευή, πλησίασε ικανοποιημένος τη Θέμιδα, αποδεικνύοντας στον εαυτό του πόσο σπουδαίος επιστήμονας ήταν, ακόμα και τη στιγμή της ήττας του. Κρατούσε με υψωμένο το ένα του φρύδι ένα βραχιόλι, το οποίο η Θέμις κατάλαβε ότι προοριζόταν για εκείνη.

«Είναι λίγο τραχύ το σχέδιο, αλλά δεν είχα τον απαραίτητο χρόνο για κάτι πιο εκλεπτυσμένο. Λειτουργικά όμως θα είναι άψογο, όπως θα διαπιστώσεις». Η Θέμις πήγε να το πάρει και ο επιστήμονας το τράβηξε γρήγορα μακριά της.

«Ακόμα και αυτή η μικρή κίνηση μπορεί να αποβεί μοιραία. Βγάλε αυτό το φονιά από πάνω σου και μετά θα σου δώσω το βραχιόλι, με το οποίο θα έχεις τον απόλυτο έλεγχο των ρομπότ μου». Η Θέμις υπάκουσε. Ψηλαφίζοντας το κράνος, βρήκε το διακόπτη που είχε πατήσει κατά λάθος νωρίτερα και απενεργοποίησε τη λεοντή. Τα κομμάτια από σκληρό ατσάλι πήραν την αρχική τους μορφή και ως ευέλικτα μεταλλικά ελάσματα, χάθηκαν στο εσωτερικό της εντυπωσιακής κεφαλής λέοντα. Η Θέμις χωρίς να χάσει δευτερόλεπτο, άρπαξε το μαχαίρι της και έστρεψε τη λεπίδα προς τον Κτησίβιο. Εκείνος της παρέδωσε το βραχιόλι και η πρώην αστυνομικός το φόρεσε διστακτικά.

«Τώρα τι κάνω;»

«Θα δίνεις προφορικές εντολές στο βραχιόλι και το αντίστοιχο ρομπότ θα υπακούει. Τα έχω ρυθμίσει να απαντούν σε νούμερα. Εγώ λόγω της απευθείας σύνδεσης που είχα μαζί τους, γνώριζα αμέσως ποιο ρομπότ είχα μπροστά μου. Εσύ θα πρέπει να καλείς τα νούμερα και να βλέπεις ποιο σου απαντάει. Τουλάχιστον μέχρι να βρω ένα καινούργιο σύστημα με το οποίο θα μπορείς να τα αναγνωρίζεις. Συνολικά είναι εκατόν δύο έντομα». Η Θέμις κοίταξε με περιέργεια τη μορφή της παραποιημένης έκδοσης των ακρίδων, που είχε αποφασίσει ο Κτησίβιος να δώσει στα δημιουργήματά του. Μια εικόνα αλλόκοτη, που αντικατόπτριζε τον τρόπο που δούλευε το μυαλό του επιστήμονα. Σήκωσε το βραχιόλι μέχρι τα χείλη της και είπε:

«Νούμερο δέκα, σκότωσε τον Κτησίβιο». Ο παρανοϊκός άντρας την κοίταξε έντρομος και αμέσως μετά το βλέμμα του στράφηκε στο έντομο που είχε κληθεί να τον εκτελέσει. Πλησίαζε με γοργά βήματα και οι φονικές του δαγκάνες περιστρέφονταν με αποφασιστικότητα. Όταν το ρομπότ εκτόξευσε τα μέλη του για το τελικό χτύπημα, το θύμα άφησε μια κραυγή αγωνίας βλέποντας ολοκάθαρο μπροστά του το τέλος. Όμως ακούστηκε και άλλη μια φωνή, πιο ψύχραιμη και συνάμα αποφασισμένη. Μια φωνή που είχε τον απόλυτο έλεγχο.

«Δέκα, σταμάτα». Οι δαγκάνες πάγωσαν στη θέση τους ένα εκατοστό πριν από τα μάτια του Κτησίβιου. Ο τρομαγμένος άντρας συνειδητοποιώντας ότι ζούσε ακόμα, έπεσε στα γόνατα και ξέσπασε σε λυγμούς. Η Θέμις αδυνατώντας να νιώσει λύπηση για ένα τέτοιο υποκείμενο, στάθηκε από πάνω του και τον κοίταξε με απέχθεια, καθώς έτρεμε σύγκορμος.

«Έλα τώρα Κτησίβιε. Μην κάνεις έτσι. Έπρεπε να ελέγξω αν μου έλεγες την αλήθεια και ο μόνος τρόπος ήταν αυτός. Τώρα ξέρω ότι δεν ελέγχεις πια τα δημιουργήματά σου, αλλιώς θα είχες σταματήσει το δέκα από την πρώτη στιγμή. Ήταν ένα μικρό πείραμα. Ένας επιστήμονας σαν και εσένα μπορεί να εκτιμήσει τη χρησιμότητά του». Ο ηττημένος άντρας μόλις ανέκτησε την ψυχραιμία του, την κοίταξε με ένα βλέμμα γεμάτο μίσος. Ήταν ένα συναίσθημα που τον ξυπνούσε από ένα λήθαργο στον οποίο ζούσε για χρόνια. Τόσον καιρό είχε να νιώσει κάποιο συναίσθημα, το οποίο να του υπενθυμίζει ότι είναι άνθρωπος και όχι απλά ένα πλάσμα βυθισμένο στις έρευνές του, το οποίο δεν έχει την οποιαδήποτε επαφή με τους ομοίους του. Άλλωστε δεν τους θεωρούσε ομοίους του αλλά κατώτερες μορφές ζωής. Υπάρξεις που μπορούσαν να του χρησιμεύσουν μόνο σαν πειραματόζωα. Όμως εκείνη τη στιγμή θυμόταν πάλι πώς είναι να νιώθεις, να μισείς και να ανέχεσαι την ανθρώπινη παρουσία, χάνοντας την πολύτιμη απομόνωση και τον απόλυτο έλεγχο του περιβάλλοντός σου. Ήταν μια κατάσταση που απεχθανόταν και ήδη στο μυαλό του επικρατούσε μια φουρτούνα δεκάδων διαφορετικών σεναρίων, καθώς αναζητούσε ένα δρόμο προς την εκδίκηση.

410

Η Θέμις εν τω μεταξύ είχε αφήσει το δέκα να τον φυλάει και αγνοώντας πλήρως το βλέμμα μίσους με το οποίο την κάρφωνε, είχε στρέψει την προσοχή της στα θύματά του. Οι περισσότεροι άστεγοι ήταν καλά στην υγεία τους, αλλά δύο από αυτούς βρίσκονταν δεμένοι επάνω στα μηχανήματά του και δεν παρουσίαζαν κανένα σημάδι ζωής. Τότε αναρωτήθηκε κάτι άλλο. Της ήρθε στο μυαλό μια ανάμνηση από την πρώτη της συνάντηση μαζί του. Τον είχε ρωτήσει αν είχε επιτύχει ποτέ το σκοπό του και της είχε απαντήσει ότι σε αρκετές περιπτώσεις τα πειράματα ήταν επιτυχημένα. Όταν ο νους της επέστρεψε στο παρόν και τον ρώτησε σχετικά με τη μοίρα αυτών των ανθρώπων, της απάντησε ότι τους είχε αφήσει ελεύθερους, να περιπλανώνται στους δρόμους μέσα στα νέα τους σώματα, χωρίς έστω μια εξήγηση για το τι τους είχε συμβεί. Όταν αναλογίστηκε την τραγικότητα της κατάστασης την έπιασε σύγκρυο. Αυτοί οι κακομοίρηδες θα έβλεπαν την αντανάκλασή τους και αντί για το γνώριμο πρόσωπό τους, θα αντίκριζαν απέναντί τους έναν άγνωστο. Ένιωσε και πάλι την οργή της να θεριεύει αλλά έσφιξε τις γροθιές της και συγκρατήθηκε. Τι θα έβγαινε αν τον χτυπούσε; Ένας τρελός ήταν χωρίς ελπίδα να κατανοήσει ποτέ τα εγκλήματά του. Σε εκείνον φαίνονταν όλα φυσιολογικά. Δε θα ρίσκαρε να τον σκοτώσει κατά λάθος, ξεσπώντας την αγανάκτησή της πάνω του. Θα τον κρατούσε ζωντανό και θα φρόντιζε να δουλεύει μέρα και νύχτα ασταμάτητα, μέχρι να αποζημιώσει με το έργο του την ανθρωπότητα, για τα δεινά που της είχε προκαλέσει.

Το πρώτο της μέλημα, αφού είχε υποτάξει τον αντίπαλό της, ήταν η φροντίδα των απαχθέντων. Έστρωσε κατευθείαν τα ρομπότ στη δουλειά, ώστε να τους φέρουν τρόφιμα και να φροντίσουν όσους είχαν πληγές ή έπασχαν από κάποια ασθένεια. Σε δεύτερη φάση διέταξε τα έντομα να διαμορφώσουν τις ευρύχωρες αίθουσες του κτιρίου, έτσι ώστε να μπορούν να φιλοξενήσουν ανθρώπους και σύντομα οι άτυχες ψυχές, ένιωθαν για πρώτη φορά μετά από καιρό, τι σημαίνει καλοσύνη. Η Θέμις δε θα σταματούσε εκεί. Θα έβγαινε στους δρόμους τους οποίους περιπολούσε τις τελευταίες εβδομάδες, αναζητώντας τον Κτησίβιο και θα προσπαθούσε να σβήσει όσο μπορούσε τον πόνο από τις ζωές όλων αυτών των παραπεταμένων ατόμων. Ή τουλάχιστον να τον απαλύνει.

Θα συγκέντρωνε όσους κατάφερνε εκεί, στο άντρο του μεγαλομανούς ερευνητή. Αυτά που εκείνος τους είχε ψευδώς υποσχεθεί, για να τους προσελκύσει για τους δόλιους σκοπούς του, εκείνη θα τα προσέφερε ειλικρινά και απλόχερα. Όταν έκανε επιτέλους διάλειμμα από τη φροντίδα των προστατευόμενών της και ενεργοποίησε το ρολόι στο εσωτερικό του ματιού της, συνειδητοποίησε ότι είχαν περάσει ώρες. Τότε έλαβε ένα μήνυμα που της υπενθύμισε και τις άλλες υποθέσεις που είχε αναλάβει, καθώς και τον αρχικό σκοπό για τον οποίον είχε φτάσει ως εκεί. Κάλεσε αμέσως τον αποστολέα, χαμογελώντας με τη χρονική συγκυρία της παραλαβής του μηνύματος. Άλλωστε και ο Κλεομένης και η υπόλοιπη οργάνωση, θα έβρισκαν εξαιρετικά ενδιαφέροντα τα όσα είχε να τους πει.

κεφΛΛΛιο 21

Το πλοίο πλησίαζε αργά το λιμάνι, στέλνοντας κυματισμούς στα θανατηφόρα από τη μόλυνση θαλάσσια ύδατα. Ερχόταν τη συνηθισμένη του ώρα, λίγο μετά τα μεσάνυχτα, όταν υποτίθεται γίνονται και οι περισσότερες παράνομες πράξεις, που θέλουν να μείνουν κρυφές από την υπόλοιπη κοινωνία. Η μαφία βέβαια δε διακατεχόταν πλέον από τέτοιες ντροπές και ούτε φοβόταν ότι υπήρχε κάποιος να τη σταματήσει. Η αστυνομία είχε πολλά στο κεφάλι της και άλλωστε ακόμα και παλαιότερα, δεν ήταν ιδιαίτερα αποτελεσματική. Εκείνη η ώρα της εβδομαδιαίας συνάντησης όμως διατηρήθηκε, αφού έκανε τα πράγματα αρκετά πιο εύκολα. Άλλωστε το ακριβοθώρητο και ευαίσθητο φορτίο που μετέφερε και το οποίο περίμενε όλη η χώρα με ανυπομονησία, δεν ήταν κάτι που θα έπρεπε ο κάθε περαστικός να έχει δικαίωμα να κοιτάξει, έστω και από μακριά. Διεξάγοντας τη συναλλαγή μέσα στα σκοτάδια, οι γίγαντες του υποκόσμου, διατηρούσαν ακμαίο το μυστήριο γύρω από τη θαυματουργή ουσία που ονομαζόταν κυκεώνας. Ένα μυστήριο το οποίο εξυψωνόταν από την ουσία αυτή

413

καθαυτή, για να περιβάλει με την αίγλη του και τους προμηθευτές, οι οποίοι το έφερναν στη χώρα και το διέθεταν στους χρήστες για υψηλό αντίτιμο.

Οι εκπρόσωποι της Χίμαιρας ανέμεναν υπομονετικά για τη γνωστή ιεροτελεστία. Οι παλαιότεροι την ήξεραν καλά και οι καινούργιοι ένιωθαν τον ενθουσιασμό ενός πρωτάρη, για αυτήν την ιερή στιγμή. Στέκονταν ατρόμητοι και αγέρωχοι. Ήταν οι μεγάλοι θριαμβευτές ενός πολέμου χρόνων. Η Έμπουσα ήταν νεκρή και οι υπόλοιπες ασήμαντες συμμορίες δε θα τολμούσαν να σηκώσουν χέρι εναντίον τους. Η σιγουριά τους και η άνεση του βαδίσματός τους έφταναν στην ύβρη. Άλλωστε μόνο ένας θεός έχει δικαίωμα να μη φοβάται τίποτα. Ούτε καν το θάνατο. Και η τιμωρία ίσως ήταν πολύ πιο κοντά από όσο νόμιζαν τα παλικάρια του Σκίρωνα. Ο σκοτεινός όγκος απείχε μερικά μόλις μέτρα και ετοιμάζονταν να ρίξει άγκυρα. Τότε η νύχτα φωτίστηκε από τις απανωτές εκρήξεις και ο μεταλλικός γίγαντας σείστηκε ολόκληρος, αναταράσσοντας τη θάλασσα γύρω του. Φλόγες ξεπετάχτηκαν από το κατάστρωμα, ενώ τεράστια ανοίγματα στο εξωτερικό του επέτρεψαν στο νερό να ορμήσει στο αμπάρι και να αρχίσει να καταστρέφει το πολυπόθητο εμπόρευμα. Καμένα κορμιά πετάχτηκαν από το πλοίο στη θάλασσα ουρλιάζοντας, ενώ και στο λιμάνι όσοι είχαν πλησιάσει πολύ κοντά στη θάλασσα, είχαν εκσφενδονιστεί σαν φτιαγμένοι από άχυρο, καταλήγοντας στους απέναντι τοίχους, όπου θρυμμάτιζαν κρανία και ραχοκοκαλιές και έβρισκαν γρήγορο θάνατο. Οι βιονικοί που ήταν και πιο ανθεκτικοί, είχαν επιζήσει αλλά μετρούσαν και αυτοί αρκετές βλάβες από την έκρηξη.

Το πλοίο είχε αρχίσει να γέρνει καθώς βυθιζόταν από τη βίαιη εισροή του νερού στο εσωτερικό του. Οι ναύτες βουτούσαν με τις σωσίβιες λέμβους στη θάλασσα, αλλά αντί να βρουν τη σωτηρία έβρισκαν το θάνατο, καθώς τους θέριζαν ακτίνες λέιζερ και πίδακες οξέος. Ο Κυδοιμός, επικεφαλής της ομάδας παραλαβής, που ακόμα μάζευε τα κομμάτια της στο λιμάνι, μετά από την εκκωφαντική έκρηξη, έδινε φωνάζοντας εντολές για να επαναφέρει τους άντρες του σε μια τάξη. Όμως λίγοι ήταν αυτοί που τον άκουγαν, οδηγώντας τον στο σημείο να χρησιμοποιήσει την υπερφυσική φωνή του για να τους συνετίσει. Τα ηχητικά κύματα που εξαπέστειλε, ήταν ρυθμισμένα απλά να τους πονέσουν αρκετά ώστε να τους τραβήξουν την προσοχή και να επικεντρωθούν στα λόγια του αρχηγού. Μια επίδραση πολύ πιο μειωμένη από τη φονική που χρησιμοποιούσε συνήθως. Πρώτα απ' όλα έπρεπε να εντοπίσουν από πού προέρχονταν τα πυρά. Στο μυαλό του Κυδοιμού ήρθε η πρόσφατη ληστεία της αποθήκης και συνδέοντας τα γεγονότα κατάλαβε τι αντιμετώπιζε. Έδωσε εντολή στους άντρες του να ανοίξουν πυρ κατά του βυθού. Αν και κάπως διστακτικά υπάκουσαν στην αλλόκοτη εντολή και οι ακτίνες τους φώτισαν τα σκοτεινά νερά του λιμανιού. Η ενέργειά τους αποκάλυψε τον κίνδυνο που ελλόχευε κάτω από την επιφάνεια του νερού.

Τέσσερις Τελχίνες ξεπετάχτηκαν από τα βάθη, σαν τα αρπακτικά σκυλόψαρα που τους περασμένους αιώνες τρομοκρατούσαν το υδάτινο βασίλειο. Τρεις στράφηκαν εναντίον των οπλοφόρων που έβαλλαν εναντίον τους, ενώ ο τέταρτος κινήθηκε για να αποτελειώσει το βυθιζόμενο πλοίο, που έχυνε το φορτίο του στη θάλασσα, όπου θα χανόταν για πάντα. Οι ακτίνες των λέιζερ έκαναν ελάχιστη ζημιά στα αμφίβια οχήματα, αλλά μια ομοβροντία ηχητικών κυμάτων από το στόμα του Κυδοιμού, προκάλεσε προσωρινή διακοπή στη λειτουργία του κεντρικού συστήματος του Τελχίνα, που χειριζόταν ο αρχηγός των επιτιθεμένων. Ο Μέμνων έχασε τελείως τον έλεγχο του οχήματος και μετά από μια ανώμαλη πορεία, συγκρούστηκε σφοδρά με έναν τοίχο τον οποίον διαπέρασε και κατέληξε στην άσφαλτο, αφήνοντας πίσω του γραμμές που μαρτυρούσαν τη φρενήρη διαδρομή του. Ο υπολογιστής του Τελχίνα έδωσε αυτόματα τις οδηγίες για την επαναφορά του συστήματος, αλλά η διαδικασία θα διαρκούσε μερικά λεπτά. Ο Μέμνων πάτησε το κουμπί για να ανοίξει η κυλιόμενη πόρτα η οποία υποχώρησε στην υποδοχή της, αφήνοντας το χώρο πάνω από το κεφάλι του ελεύθερο. Πήδηξε έξω βγάζοντας λέιζερ και κατάνα για να αντιμετωπίσει σε μονομαχία τον Κυδοιμό, που ήταν και ο επικινδυνότερος από όσους βρίσκονταν εκείνη τη στιγμή στο χώρο της σύγκρουσης.

Ο Δαμναμενέας, ένας από τους τρεις οδηγούς της οργάνωσης που τον είχαν ακολουθήσει εκείνη τη νύχτα, έσπευσε στο πλευρό του για να τον βοηθήσει. Ο Μέμνων όμως είχε σκοπό να αντιμετωπίσει τον κίνδυνο μόνος του.

«Πήγαινε να βοηθήσεις τον Ακταίο και τον Μεγαλήσιο εναντίον των υπολοίπων. Μην πλησιάσει κανείς σας τον Κυδοιμό» είπε με έμφαση στο φωνητικό μήνυμα που έστειλε μέσω του επεξεργαστή του. Δε σκόπευε να αφήσει τα πολύτιμα οχήματα να πάθουν κάποια ανεπανόρθωτη βλάβη ή να σκοτωθούν οι οδηγοί που με τόσο κόπο εκπαίδευσε. Ο Κυδοιμός εξαπέλυσε πάλι εναντίον του τα θανατηφόρα ηχητικά του κύματα, αλλά ο Μέμνων ήταν πολύ μακριά για να αποβεί το χτύπημα μοιραίο. Διατήρησε την απόστασή του από τον αντίπαλο, ώστε να εξουδετερώσει το δυνατό του σημείο. Έτσι οπισθοχωρούσε συνεχώς, ενώ ταυτόχρονα με το κανονάκι λέιζερ του βιονικού του μπράτσου, κρατούσε σε απόσταση το τσιράκι του Δείμου και του Φόβου καθώς και την υπερφυσική φωνή του. Ο Κυδοιμός είχε αποφασίσει να καταστρέψει αν χρειαστεί ολόκληρο το λιμάνι, μέχρι να πετύχει το σκοπό του. Το φόνο του Μέμνονα, για το κεφάλι του οποίου ο Σκίρωνας ήταν διατεθειμένος να δώσει πλουσιοπάροχη ανταμοιβή. Άλλωστε δεν είχε σκοπό να καταντήσει σαν τον Κόβαλο, στον οποίον είχαν προσθέσει ακόμα περισσότερα βιονικά όργανα, μετά την ατυχή συνάντησή του με τη βόμβα του προδότη της Χίμαιρας, ώστε να μπορέσει να επιβιώσει. Όταν ένας από τους δικούς του προσπάθησε να τον σταματήσει, πριν μετατρέψει όλη την περιοχή σε συντρίμμια, εκείνος εξαπέλυσε την οργή του σε ηχητική μορφή, στέλνοντας τον άτυχο άντρα στην κατάρρευση, με αιμορραγία από τα μάτια, το στόμα και τη μύτη.

Ήταν αυτή ακριβώς η ευκαιρία που έψαχνε ο Μέμνων. Με τη διάσπαση της προσοχής του Κυδοιμού, πρόλαβε να σημαδέψει προσεκτικά και να εξαπολύσει εναντίον του το λέιζερ. Η ακτίνα βρήκε τον αντίπαλο του Μέμνονα στο λαιμό και του κατέστρεψε τις φωνητικές χορδές. Ο θορυβώδης κακοποιός έπιασε με αγωνία το λαιμό του, προσπαθώντας να συγκρατήσει την αιμορραγία και να ενεργοποιήσει το φοβερό του όπλο. Το μόνο όμως που ακουγόταν ήταν ένα μουγκρητό απελπισίας, πολλαπλασιασμένο από τον ενισχυτή που είχε εγκατεστημένο στο στόμα του. Κοίταξε τον Μέμνονα με μίσος και αγνοώντας το αίμα που έρεε από το λαιμό του και είχε ποτίσει τα ρούχα του, όρμησε με ένα μαχαίρι εναντίον του. Ο Μέμνων πυροβόλησε με το λέιζερ, αλλά οι πληγές που άνοιξε στο κορμί του Κυδοιμού, δεν αποδείχθηκαν αρκετές για να μετριάσουν τη μανία και την ορμή του. Συγκρούστηκαν σώμα με σώμα, με την ατσάλινη λεπίδα του κατάνα να συναντάει την ενεργειακή του μαχαιριού, προσφέροντας ένα εντυπωσιακό θέαμα από σπίθες.

Αμυνόμενος με το κατάνα, χρησιμοποίησε το βιονικό του χέρι για να απαντήσει στις αντίπαλες μαχαιριές με το δικό του χτύπημα. Η μεταλλική γροθιά βρήκε τον Κυδοιμό στο σαγόνι, καταστρέφοντας τον ενισχυτή ήχου και θρυμματίζοντας το κόκαλο. Ο πόνος τον ζάλισε και τον οδήγησε σε λάθη. Αστοχώντας σε τρία συνεχόμενα χτυπήματα με το μαχαίρι, άφησε την άμυνά του ανοιχτή και ο Μέμνων του άνοιξε την κοιλιά με ένα πλάγιο χτύπημα. Τα έντερά του ξεχύθηκαν στην άσφαλτο και σέρνονταν από πίσω του, καθώς εκείνος συνέχισε να προχωράει χαμένος από τον πόνο, μη συνειδητοποιώντας τι είχε συμβεί. Έπεσε στα γόνατα και ένας θλιβερός ήχος ξέφυγε από το κατεστραμμένο του στόμα. Χωρίς τον ενισχυτή ακούστηκε αδύναμος και συριστός, κατάλληλο κύκνειο άσμα για έναν ηττημένο ετοιμοθάνατο. Έγειρε μπροστά και το πρόσωπό του συγκρούστηκε με το έδαφος. Ήταν η τελευταία του κίνηση. Ο Μέμνων έστρεψε αμέσως την προσοχή του μακριά από το πτώμα και εποπτεύσε τη συνεχιζόμενη σύγκρουση. Οι δικοί του τα είχαν καταφέρει μια χαρά. Το πλοίο με τον κυκεώνα συνέχιζε τη δραματική του πορεία προς το βυθό και οι άντρες του Σκίρωνα υποχωρούσαν αντιλαμβανόμενοι την ήττα τους.

Το σύστημα λειτουργίας του Τελχίνα του είχε επανέλθει και μπορούσε και εκείνος να ριχτεί ξανά στη μάχη. Δεν πέρασε πολλή ώρα όμως μέχρι να καταλάβει ότι είχαν πετύχει το σκοπό τους και περαιτέρω αιματοκύλισμα δεν είχε νόημα. Οι μπράβοι του Σκίρωνα έτσι και αλλιώς δεν είχαν τελειωμό και όσοι είχαν σκοτωθεί εκείνο το βράδυ, θα αναπληρώνονταν άμεσα. Αυτό όμως που πολύ δύσκολα θα αναπλήρωνε το παλιό του αφεντικό, ήταν η ποσότητα του ναρκωτικού που χανόταν στη θάλασσα, μπροστά στα θλιμμένα βλέμματα των διακινητών του. Διέταξε υποχώρηση, επιδεικνύοντας πειθαρχία που δεν τον χαρακτήριζε συνήθως, αλλά που του ήταν επιβεβλημένη από τον ανώτερο σκοπό του. Την πτώση μιας αυτοκρατορίας του εγκλήματος. Έμεινε πίσω για να καλύψει τη φυγή του Δαμναμενέα, του Ακταίου και του Μεγαλήσιου. Όταν βεβαιώθηκε ότι ήταν ασφαλείς και τους ακολούθησε στη φυγή, οι εχθροί δεν τους κυνήγησαν, νιώθοντας μάλλον ότι μια τέτοια εξέλιξη δε θα τους έβγαινε σε καλό. Κατευθύνθηκαν προς την κρυφή αποθήκη, όπου φυλάσσονταν οι Τελχίνες. Ένα μέρος που δεν είχαν αποκαλύψει ούτε καν στην υπόλοιπη οργάνωση και που αποτελούσε το αρχηγείο της ομάδας του Μέμνονα, όταν ήθελαν να συζητήσουν θέματα, μακριά από τα αδιάκριτα αυτιά του Κλεομένη και του Φίλωνα.

Όταν βγήκαν από τα αμφίβια οχήματα, είχαν όλοι τους την έκφραση του θριάμβου χαραγμένη στα πρόσωπά τους. Όμως τα χαμόγελά τους έσβησαν μόλις διαπίστωσαν την αγωνία του Δημάρατου, ο οποίος έσπευσε να τους ανακοινώσει ανησυχητικά νέα.

418

«Μόλις είχαμε νέα από το αρχηγείο της οργάνωσης. Οι άντρες του Κλεομένη και του Φίλωνα ανακάλυψαν το κρησφύγετο ενός επιστήμονα του Κτησίβιου, ο οποίος είναι διαβόητος για τα απάνθρωπα πειράματά του. Τον συνέλαβαν και έτσι έχει πέσει στα χέρια τους ολόκληρο το απόθεμα των εφευρέσεών του, πολλές από τις οποίες μπορούν να χρησιμοποιηθούν ως όπλα. Επίσης θα χρησιμοποιήσουν τις γνώσεις του για να επιχειρήσουν τη μεταφορά της συνείδησης όσων δικών μας τραυματίζονται θανάσιμα, σε ρομπότ. Αν το καταφέρουν θα είναι σαν να πετυχαίνουν την αθανασία».

«Και ο Μαχάων αυτό νόμιζε όταν μετέφερε τη συνείδησή του στον Άργο Πανόπτη, αλλά τελικά δε γλίτωσε και αυτός από το τέλος του» είπε ο Μέμνων πιο ψύχραιμος και ενώ η περιέργειά του είχε κεντριστεί ιδιαίτερα. Το βλέμμα του έπεσε στην οθόνη και στα αντικείμενα που εξέθεταν με υπερηφάνεια οι αντίζηλοί του για την αρχηγεία της οργάνωσης. Του τράβηξε την προσοχή ένα κράνος σε σχήμα κεφαλής λιονταριού που θύμιζε τη θρυλική λεοντή του Ηρακλή. Κούνησε το κεφάλι του με δυσπιστία.

«Δεν μπορώ με τίποτα να πιστέψω ότι ο Κτησίβιος έπεσε στα χέρια τους έτσι απλά. Η ομάδα τους πολύ δύσκολα αποφασίζει να βγει στην επιφάνεια, από φόβο πως κάποιος θα τους ανακαλύψει. Πώς ξαφνικά ξετρύπωσαν τον Κτησίβιο και διεξήγαγαν μια επιχείρηση τέτοιας εμβέλειας, που θα μπορούσε να τραβήξει ανεπιθύμητη προσοχή. Δε συνάδει με τις συνηθισμένες πρακτικές τους».

«Τότε πώς τα κατάφεραν;» αναρωτήθηκε ο Δημάρατος.

«Έχουν βοήθεια. Και πρέπει οπωσδήποτε να μάθουμε από ποιον».

∞

Η Θέμις χτύπησε για άλλη μια φορά το χέρι της στο τραπέζι, προσπαθώντας να επιβάλει την τάξη στους συνομιλητές της, οι οποίοι είχαν χάσει κάθε έλεγχο. Ακούγονταν διάφορες φωνές που καλούσαν τον Κλεομένη να ξεκινήσει κατευθείαν μια ολομέτωπη επίθεση εναντίον του μισητού Μέμνονα, τώρα που υπήρχαν πια τα μέσα για την κατατρόπωσή του. Φέρονταν σαν να είχαν ξεχάσει τελείως τη μαφία η οποία ήταν ο κυριότερος κίνδυνος και εναντίον της οποίας είχε συσταθεί εξ αρχής η οργάνωση. Λίγες ήταν οι φωνές της σωφροσύνης που προειδοποιούσαν πως μια τέτοια απόφαση θα οδηγούσε στην αποδυνάμωση της μερίδας τους, αν όχι στην καταστροφή και πως ακόμη και αν νικούσαν τον Μέμνονα, ο τελικός νικητής από τη διαμάχη θα ήταν ο Σκίρωνας και χωρίς μάλιστα να έχει κοπιάσει στο ελάχιστο. Ο Κλεομένης αναγκάστηκε να ζητήσει από τους οπαδούς του να τον αφήσουν μόνο του με τον Φίλωνα και τη Θέμιδα, ώστε να σκεφτεί ήσυχος τις επιλογές του και να λάβει τη σωστή απόφαση. Όταν η οχλοβοή καταλάγιασε και έμειναν οι τρεις τους, η Θέμις στράφηκε εναντίον του εξαγριωμένη.

«Δεν ήταν αυτή η αρχική μας συμφωνία και το ξέρεις! Έχω προσωπικούς λόγους να μισώ τον Μέμνονα πιο πολύ από οποιονδήποτε άλλον, αλλά η αποστολή μας είναι πιο σημαντική από τα συναισθήματα του καθενός. Πρέπει να σταματήσουμε τον κυκεώνα. Γι' αυτό σας διέθεσα όλο το οπλοστάσιο του Κτησίβιου. Μη με κάνεις να το μετανιώσω!»

«Συμφωνώ ότι αυτή είναι η προτεραιότητά μας, αλλά αν ηττηθεί ο Σκίρωνας κατά πάσα πιθανότητα ο Μέμνων θα προσπαθήσει να πάρει τη θέση του. Ακόμα και τον Κίστο τον πουλάει σαν ναρκωτικό. Μπορεί να πολεμάει εναντίον της μαφίας, αλλά δεν έχει σταματήσει να σκέπτεται σαν ένας αδίστακτος έμπορος. Βασίζει τους υπολογισμούς του στο γεγονός ότι υπάρχει κόσμος, ο οποίος ακόμα και αν θεραπευθεί από τον Κίστο, θα συνεχίσει να αποζητά τον κυκεώνα λόγω του ακατανίκητου εθισμού του.

Σκέφτεται το κέρδος και την εξουσία και όχι τη σωτηρία των ανθρώπων».

«Όλα αυτά ισχύουν. Όμως τον χρειαζόμαστε. Μόνοι μας δεν μπορούμε να νικήσουμε τον Σκίρωνα. Νομίζεις ότι ακόμα και με τα μαραφέτια του Κτησίβιου έχουμε καμία ελπίδα ενάντια στα μέσα που διαθέτει η Χίμαιρα; Δεν υπάρχει περίπτωση να τα καταφέρουμε. Ο Μέμνων όμως έχει τις απαραίτητες πληροφορίες. Ξέρει πού να χτυπήσει και πότε. Όταν χρειάζεται εφόδια ξέρει ποια είναι τα κατάλληλα κανάλια του υποκόσμου, στα οποία πρέπει να απευθυνθεί για να αποκτήσει αυτό που θέλει. Και όταν δεν μπορεί να κλείσει κάποια συμφέρουσα συμφωνία απειλεί, εκβιάζει ή σκοτώνει και παίρνει αυτό που ζητάει χωρίς δισταγμό».

«Αν χρειαζόμαστε κάποιον αδίστακτο για αυτές τις δουλειές, πιστεύω πως πλέον τον έχουμε» επενέβη ο Φίλων. Η Θέμις τον κοίταξε με απορία, αν και μέσα της υποπτευόταν τι εννοούσε.

«Χωρίς να θέλω να σε προσβάλλω, εσύ και ο Μέμνων μοιάζετε σε κάτι. Δε σταματάτε πουθενά και δεν έχετε κανέναν ηθικό φραγμό, προκειμένου να πετύχετε το σκοπό σας. Η διαφορά σας είναι ότι εσύ είσαι με το μέρος μας». Η Θέμις αγνόησε το διόλου κολακευτικό σχόλιο, έχοντας έτοιμη την απάντηση.

«Ακόμα και έτσι δεν έχω τις διασυνδέσεις του. Οι πηγές μου στον υπόκοσμο δε με εμπιστεύονται και μετά την εμπειρία μου με τον Δημοφώντα, δεν είμαι διατεθειμένη να ρισκάρω ξανά μια τέτοια συνεργασία. Τουλάχιστον με τον Μέμνονα διατηρούμε ακόμα το στοιχείο του αιφνιδιασμού. Δεν ξέρει για μένα και όσο έχει την προσοχή του στραμμένη πάνω σας, εγώ μπορώ να τον χτυπήσω από εκεί που δεν το περιμένει». Ο Κλεομένης τα άκουγε όλα αυτά σκεπτικός και διχασμένος ανάμεσα στους οπαδούς του και τη Θέμιδα. Τους μεν τους είχε ανάγκη γιατί διατηρούσαν μια ισορροπία μέσα στην οργάνωση κόντρα στον Μέμνονα και η Θέμις όμως του ήταν απαραίτητη χάρη στις απαράμιλλες ικανότητές της, που ήδη είχαν καταφέρει να χαρίσουν στην οργάνωση ένα ανέλπιστο δώρο. Ήλπιζε στη συμβουλή του Φίλωνα, αλλά και εκείνος φαινόταν να αμφιταλαντεύεται ανάμεσα στο μίσος του για τον άνθρωπο που θεωρούσε υπεύθυνο για το θάνατο του Προμηθέα και στο καθήκον που είχαν δώσει όλοι κάποτε όρκο ότι θα υπηρετούν πάση θυσία. Ίσως η απάντηση βρισκόταν εκεί λοιπόν. Στον όρκο που είχαν δώσει και στο καθήκον που δεν έπρεπε ποτέ να ξεχνούν.

«Εντάξει Θέμιδα. Θα προχωρήσουμε όπως είχαμε συμφωνήσει. Πρώτα θα εξαφανίσουμε τον κυκεώνα από τους δρόμους της χώρας και μετά θα επιλύσουμε τις εσωτερικές μας διαφορές. Αλλά να ξέρεις ότι παίρνουμε μεγάλο ρίσκο με αυτήν την απόφαση και γι' αυτό πρέπει και εσύ να δεσμευτείς ότι θα μείνεις στο πλευρό μας μέχρι τέλους». Οι δύο συνεργάτες έδωσαν τα χέρια σφραγίζοντας τη συμφωνία. Ο πρώτος μεγάλος σκόπελος στη σχέση τους είχε ξεπεραστεί. Έμεναν ακόμα όμως πολλά εμπόδια στο δρόμο τους.

Οι επόμενες εβδομάδες διαμόρφωσαν μια πιο σταθερή λειτουργία για την οργάνωση, με τα δύο τμήματά της να έχουν βρει πλέον και σκοπό αλλά και μέσα κατάλληλα για να τον πετύχουν. Ο Μέμνων και ο Δημάρατος συνέχισαν τις χερσαίες και θαλάσσιες επιθέσεις εναντίον των δυνάμεων της Χίμαιρας, σακατεύοντας το δίκτυο διανομής της, προκαλώντας έλλειψη κυκεώνα που έγινε έντονα αισθητή στην αγορά και στην κοινωνία, ακόμα και μέσα στις ταραγμένες συνθήκες του εμφυλίου. Η εκπαίδευση των στρατιωτών συνεχιζόταν με επιτυχία, δίνοντας στον Μέμνονα τη δυνατότητα να εξαπολύει εναντίον του εχθρού, επιθέσεις με ομάδες μεγαλύτερες από τις αρχικές, που αποτελούντο μόνο από αυτόν και τους οδηγούς των Τελχίνων. Η δύναμή τους πλέον αποτελούσε φόβητρο, κάνοντας το μεγάλο θηρίο να αιμορραγεί και να αδυνατεί να αγνοήσει άλλο την απειλή. Τα ηλεκτρονικά μάτια του Σκίρωνα, ο οποίος με τον εγκέφαλό του συνδεδεμένο παρακολουθούσε όλο το δίκτυο εικόνας και ήχου, που ήταν διαθέσιμο από τις κάμερες που βρίσκονταν εγκατεστημένες στους

Τομείς, σάρωναν τον αστικό λαβύρινθο για κάποιο σημάδι. Ήξερε ότι οι εχθροί του κρύβονταν υπογείως, αλλά εκεί ήταν τυφλός, αφού η σύγχρονη κοινωνία είχε ξεχάσει εκείνο το απομεινάρι του παρελθόντος, αμελώντας επομένως να το εξοπλίσει κατάλληλα.

Ήλπιζε όμως ότι αν κάποια στιγμή έβγαιναν στην επιφάνεια, θα εντόπιζε το σημείο εξόδου και αυτό θα τον οδηγούσε στην κρυψώνα τους. Όσο όμως αυτή του η προσπάθεια δεν καρποφορούσε, διέταζε τις ομάδες του να οργώνουν τα υπόγεια περάσματα, για να ξετρυπώσουν τους ενοχλητικούς αρουραίους. Παρακολουθούσε ακόμα το σύνολο των επικοινωνιών σε όλη την επικράτεια, αγωνιζόμενος να αλιεύσει κάποια πληροφορία από κάποιο απρόσεκτα γραμμένο ή ηχογραφημένο μήνυμα. Χρησιμοποιούσε φίλτρα ώστε να μπορέσει μέσα από την αχανή μάζα των δεδομένων, να ξεχωρίσει εκείνο το πολύτιμο στοιχείο που θα του έδινε την απάντηση που αναζητούσε. Αποκωδικοποιούσε μηνύματα, μόνο και μόνο για να ανακαλύψει με απογοήτευση ότι ανήκαν στην αστυνομία ή στους επαναστάτες που αντιμάχονταν για τον έλεγχο της χώρας. Οι αρουραίοι ήταν πιο προσεκτικοί στο τι άφηναν να διαρρεύσει στο δίκτυο. Έτσι ο άρχων του υποκόσμου, με καλώδια να τρυπούν όλο του το σώμα και εκατοντάδες υπολογιστές να τον περιβάλλουν, συνέχιζε αγόγγυστα την αναζήτηση, με τα μάτια του να τρεμοπαίζουν από την εισροή των πληροφοριών και ακατάληπτους ψιθύρους να ξεφεύγουν από τα χείλη του.

Οι αντίζηλοι του Μέμνονα έχοντας βγει από το τέλμα στο οποίο είχαν καθηλωθεί, ασχολούντο πυρετωδώς με την εκμετάλλευση της αιχμάλωτης διάνοιας. Του Κτησίβιου. Ο Φίλων είχε αναπόδραστα την πιο στενή συνεργασία μαζί του, όσο δυσάρεστη και αν ήταν και για τους δύο. Παρά τις προσωπικές αντιθέσεις όμως, το δίδυμο μπορούσε ήδη να περηφανεύεται για μια πρώτη σημαντική επιτυχία. Η λεοντή είχε επιδιορθωθεί και μπορούσε να λειτουργήσει υπό τον απόλυτο έλεγχο του χειριστή. Έτσι από ένα ασταθές και απρόβλεπτο όργανο καταστροφής θα μεταμορφωνόταν στα χέρια τους σε ένα πολύτιμο εργαλείο. Ο Φίλων είχε προσθέσει στο στόμα του λιονταριού που έχασκε απειλητικά, μια μαύρη προσωπίδα που κάλυπτε πλήρως το πρόσωπο του χειριστή, αφήνοντάς τον παράλληλα να βλέπει τα πάντα μπροστά του ανεμπόδιστα. Η Θέμις είχε εγκαινιάσει τη στολή με μια επιδρομή λεηλασίας σε αποθήκη όπλων της Χίμαιρας, συνοδευόμενη από μερικά από τα έντομα του Κτησίβιου.

Ακολουθώντας τα χνάρια του βασικού αντιπάλου τους του Μέμνονα, είχαν κάνει μια καλή αρχή για την ενίσχυση του ταπεινού τους οπλοστασίου, πλήττοντας ταυτόχρονα την παντοδυναμία της εταιρείας. Όσο όμως η κλίμακα των επιχειρήσεων μεγάλωνε, τόσο μεγαλύτερη θα ήταν και η ανάγκη να προστεθεί το ανθρώπινο στοιχείο στις μαχητικές ομάδες, επικουρούμενο από τα ρομπότ, οδηγώντας αναπόφευκτα και στις πρώτες απώλειες σε έμψυχο υλικό. Και οι θανάσιμα τραυματισμένοι θα οδηγούνταν σε ρόλο πειραματόζωου στις εφιαλτικές καρέκλες του Κτησίβιου. Η Θέμις έτρεμε τη στιγμή εκείνη, αλλά ήταν συνέπεια των όσων αγωνίζονταν να πετύχουν και ήταν υποχρεωμένη να το αποδεχτεί. Τα δύο σκέλη της οργάνωσης άκμαζαν λοιπόν συνεχώς και οι δυνατότητές τους αυξάνονταν καθημερινά. Όσο υπήρχε μεταξύ τους ειρήνη θα μπορούσαν να αντιμετωπίσουν τη Χίμαιρα ακόμα και ως ίσος προς ίσο. Αυτός άλλωστε ήταν ο κοινός προορισμός τους, παρόλο που ακολουθούσαν διαφορετικά μονοπάτια για να φτάσουν σε αυτόν.

∞

Ο Ιξίων έβλεπε με αγωνία τα λεπτά να περνούν και κάθε μορφή που έμπαινε στο σοκάκι της κακόφημης συνοικίας, τον έκανε να τινάζεται με ανησυχία. Η τσάντα του κρεμόταν από τον ώμο του και ακουμπούσε στο πλευρό του, καίγοντάς τον με το πολύτιμο περιεχόμενο. Ήξερε ότι η αίσθηση δεν ήταν πραγματική, αλλά απλά ένα παιχνίδι του μυαλού, που μετέτρεπε την ανησυχία του σε κάψιμο. Η κακή του ψυχολογική κατάσταση οφειλόταν σε δύο παράγοντες. Ο ένας ήταν η επίγνωση ότι αν κάποιος ανακάλυπτε τι μετέφερε, θα μπορούσε κάλλιστα να τον σκοτώσει για να του το αρπάξει. Όπως άλλωστε είχε κάνει και ο ίδιος ο Ιξίων για να το αποκτήσει. Ο δεύτερος παράγοντας ήταν η συνειδητοποίηση του εγκλήματός του, που σιγά-σιγά εμποτιζόταν στο νου του και τον ανάγκαζε να καταλάβει τη φρικτή του πράξη και να έλθει πρόσωπο με πρόσωπο με τις συνέπειες και τις ενοχές. Κάθε σκιά, κάθε βήμα που ακουγόταν, κάθε βούισμα περαστικού αυτοκινήτου μπορούσε να κρύβει το θάνατο. Την εκδίκηση για το φόνο που είχε διαπράξει και την κλοπή που είχε πραγματοποιήσει, προδίδοντας συντρόφους και φίλους. Ήξερε ότι η οργάνωση θα τον καταδίωκε αλύπητα για τις αμαρτίες του και αν τον συλλάμβαναν, τίποτα δε θα μπορούσε να τον σώσει.

Αυτή ήταν και η αιτία της βιασύνης του. Έπρεπε να ξεφορτωθεί τα φιαλίδια με τον Κίστο που είχε κλέψει και να φύγει από τη χώρα. Να εξαφανιστεί για πάντα από εκείνον τον τόπο, αφού πλέον δε θα ήταν απλά ένας απόβλητος της κοινωνίας, αλλά ένας επικηρυγμένος. Θα μοσχοπουλούσε την πολύτιμη ουσία και με τα χρήματα θα μπορούσε να ζήσει άνετα για μερικά χρόνια, μέχρι να βρει κάποια άλλη ευκαιρία γρήγορου πλουτισμού. Το σημαντικό ήταν ότι θα ξέφευγε από εκείνη την κόλαση των υπονόμων. Δεν άντεχε πια εκείνο το κλειστοφοβικό περιβάλλον και τους συνεχείς κινδύνους που διέτρεχαν, όσοι είχαν κάνει το λάθος να γίνουν μέλη της οργάνωσης, χωρίς μάλιστα κανένα προσωπικό κέρδος. Η έγχρωμη όραση ήταν ένα θαύμα που δεν περίμενε να ζήσει ποτέ στη ζωή του, όταν όμως οι αρχηγοί αποφασίζουν ολομέτωπο πόλεμο εναντίον της μαφίας, τότε ξέρεις ότι το αποτέλεσμα δεν μπορεί να είναι καλό και καταλαβαίνεις ότι ήρθε η ώρα να ακολουθήσεις το δικό σου δρόμο. Ούτως ή άλλως ο Κίστος θα πωλείτο γιατί αυτό που ενδιέφερε την οργάνωση ήταν να φτάσει σε όσους περισσότερους ανθρώπους ήταν δυνατόν, μέχρι που κάποια στιγμή όλοι θα έβλεπαν τον κόσμο στην πραγματική του διάσταση και όχι τη φαλκιδευμένη εικόνα που τους εξανάγκαζε να αντικρίζουν ο ιός.

Δεν ήταν λοιπόν και τόσο εγκληματικές οι πράξεις του. Όποτε όμως προσπαθούσε να ξεγελάσει τη συνείδησή του με αυτό το ψέμα, η εικόνα του νεκρού Δηϊονέα εμφανιζόταν μπροστά του, στοιχειώνοντάς τον. Γιατί είχε εμφανιστεί εκείνη τη στιγμή μπροστά του; Γιατί είχε επιχειρήσει να τον σταματήσει; Πόσο πιο απλά θα μπορούσαν να ήταν τα πράγματα και πόσο δραματικά είχαν εξελιχθεί! Νόμιζε ότι αν έκλεβε μερικά από τα ατέλειωτα φιαλίδια του Κίστου που γέμιζαν τις αποθήκες της οργάνωσης, η ζημιά θα ήταν πολύ μικρή, αμελητέα μάλλον, για την ιερή τους αποστολή. Για εκείνον όμως και τα όνειρά του θα ήταν υπεραρκετά. Δε σκόπευε να βλάψει ποτέ κανέναν και μάλιστα όχι τον Δηϊονέα που του είχε φερθεί όχι απλά σαν φίλος αλλά σαν πατέρας. Έσφιξε τα χέρια του σε γροθιές και κοπάνησε τον τοίχο πίσω του. Τα έβαζε με την ατυχία του αν και κατά βάθος γνώριζε, ότι όλα ήταν αποτέλεσμα της απληστίας του. Ένιωσε μια νέα παρουσία στο δρομάκι και σηκώνοντας το βλέμμα αντίκρισε το βαποράκι που περίμενε εδώ και ώρα.

«Άργησες! Είπες στο αφεντικό σου για το εμπόρευμα; Ενδιαφέρεται;» εκτόξευσε με μανία τις απανωτές ερωτήσεις, θέλοντας να μπουν τα χρήματα στο λογαριασμό του και να εξαφανιστεί όσο πιο γρήγορα γινόταν. Ο ναρκομανής με τον οποίον προσπαθούσε να κλείσει τη συμφωνία, έτρεμε ολόκληρος και πάλευε με σπασμωδικές κινήσεις να ισιώσει τα τσαλακωμένα και βρώμικα ρούχα του. Ήταν φανερό ότι δεν είχε πάρει πρόσφατα τη δόση του από κυκεώνα και η στέρηση είχε αρχίσει να τον τιμωρεί για την παράλειψη. Πιθανότατα το αφεντικό του τον είχε αφήσει στεγνό, μέχρι να ολοκληρώσει τη συμφωνία με τον Ιξίωνα και μετά θα του προσέφερε την προσωρινή ανακούφιση, σίγουρος ότι την επομένη μέρα ο κακομοίρης, έρμαιο του εθισμού του, θα έσπευδε να ξαναζητιανέψει για την επόμενη δόση, με αντάλλαγμα όποια χαμαλοδουλειά του ανέθετε ο έμπορος. Ήταν από τους ανθρώπους που είχαν βυθιστεί τόσο πολύ στην εξάρτηση, που ακόμα και ο Κίστος δε θα τους έσωζε. Ένα αποστεωμένο χέρι έκανε στον Ιξίωνα νόημα να τον ακολουθήσει. Ο προδότης της οργάνωσης άρπαξε το βαποράκι από τον ώμο.

«Τι συμβαίνει; Πού με πας;»

«Το αφεντικό θέλει να τα πείτε πρόσωπο με πρόσωπο» είπε ο εξαρτημένος υπηρέτης, χωρίς καν να διακόψει το βασανιστικό βηματισμό του, που πρόδιδε τον πόνο σε όλο του το σώμα. Ο Ιξίων τον κοίταξε εκνευρισμένος, αγγίζοντας την τσάντα και νιώθοντας μέσα από το ύφασμα τα φιαλίδια, τα οποία θα του άνοιγαν νέους δρόμους μέσω των οποίων θα ξέφευγε από το τέλμα που ένιωθε να τον καταπνίγει. Είχε συγχυστεί, μην μπορώντας να καταλάβει γιατί δεν ολοκλήρωναν τη συναλλαγή επί τόπου και γιατί έπρεπε να μιλήσει με το αφεντικό. Αν ήθελε ας ερχόταν εκείνος στο στενό για να ελέγξει το εμπόρευμα. Δεν υπήρχε λόγος να πάνε αλλού. Σκεφτόταν να αρνηθεί και να σηκωθεί να φύγει. Θα έβρισκε έναν πελάτη λιγότερο ύποπτο και θα έκανε την πώληση με τους δικούς του όρους.

Στράφηκε προς την αντίθετη κατεύθυνση, ενώ πίσω του το βαποράκι άρχισε να διαμαρτύρεται μουρμουρώντας, αφού αδυνατούσε να φωνάξει εξαιτίας της κακής κατάστασης της υγείας του, απόρροια των χρόνιων καταχρήσεων. Ο Ιξίων δεν έδωσε καμία σημασία και τάχυνε το βήμα απτόητος. Με κάθε του δρασκελιά όμως ένιωθε όλο και πιο έντονα μια περίεργη αίσθηση. Ξεκίνησε με μια εσωτερική ανησυχία, η οποία ήταν αναμενόμενη λόγω των συνθηκών. Το δυσοίωνο αίσθημα όμως γινόταν όλο και χειρότερο με κάθε δευτερόλεπτο. Τα χέρια του άρχισαν να τρέμουν, οι σφυγμοί του αυξήθηκαν και τα πόδια του λύγιζαν κάτω από το βάρος του ίδιου του του σώματος.

Έπεσε στο έδαφος ασθμαίνοντας, μέσα σε μια λίμνη από ούρα που κατάλαβε ότι ήταν δικά του. Με τον κρόταφο ακουμπισμένο στο σκληρό τσιμέντο, αδυνατώντας να σηκώσει το βλέμμα του, είδε δύο ζευγάρια αρβύλες να έρχονται προς το μέρος του. Κάποιος του πήρε την τσάντα που είχε κρεμασμένη στον ώμο του και άκουσε το κροτάλισμα που έκαναν τα φιαλίδια του Κίστου, καθώς ο άγνωστος τα επεξεργαζόταν. Δύο δυνατά χέρια τον άρπαξαν και τον σήκωσαν ψηλά. Είδε για πρώτη φορά τους μυστηριώδεις άντρες που, μάλλον όχι τυχαία, είχαν βρεθεί στο σημείο τη στιγμή της κατάρρευσής του. Οι φυσιογνωμίες τους ήταν παρόμοιες σαν να ήταν αδέρφια. Στο μέτωπο του καθενός δέσποζε από ένα γυάλινο ημισφαίριο, εκπέμποντας έντονο φως. Η λάμψη σταδιακά υποχωρούσε και μαζί της εξαφανίζονταν και τα περίεργα συμπτώματα που τον είχαν καθηλώσει. Πλέον καταλάβαινε με ποιους είχε να κάνει. Είχε πέσει θύμα των πανίσχυρων ψυχολογικών δυνάμεων του Δείμου και του Φόβου. Ο τρόμος που ένιωθε πλέον δεν ήταν αποτέλεσμα κάποιας μυστηριώδους τεχνολογίας, αλλά ο αγνός και δικαιολογημένος τρόμος, που νιώθει όποιος έρχεται αντιμέτωπος με το θάνατο.

«Πάρτε τα όλα... αρκεί να με αφήσετε να φύγω» ψέλλισε. Ο ένας αδελφός γέλασε.

«Αδελφέ, αυτός ο τύπος νομίζει ότι μπορεί να διαπραγματευτεί. Δεν είναι αστείο;» Ο Δείμος κοίταξε με το σκοτεινό του βλέμμα τον Ιξίωνα και το χαμόγελό του ξαφνικά χάθηκε.

«Βασικά θα κάνουμε ό,τι θέλουμε και σε σένα και στον Κίστο σου. Γιατί όποιος είναι τόσο χαζός, ώστε να προσπαθεί να πουλήσει κάτι κάτω από τη μύτη του Σκίρωνα και να ελπίζει ότι θα τη βγάλει καθαρή, απλά δεν αξίζει να ζει».

Ο Ιξίων συνειδητοποιώντας τη μοίρα του άρχισε να κλαυθμυρίζει, αλλά κανείς δε θα του έδειχνε οίκτο. Ο Δείμος τον πέταξε σαν σακί στο χώρο αποσκευών ενός αυτοκινήτου και η τελευταία σκηνή που είδε πριν τα πάντα σκοτεινιάσουν, ήταν το βαποράκι που έπαιρνε μια δόση κυκεώνα από τον Φόβο και έτρεχε να χωθεί σε κάποια τρύπα, για να απολαύσει το μοναχικό του ταξίδι.

∞

Ένιωθε να τον έχουν αρπάξει και να τον μεταφέρουν βιαστικά σε κάποια τοποθεσία. Τον κρατούσαν από τα πλαστικά νήματα με τα οποία τον είχαν δέσει και τα ένιωθε να χώνονται αλύπητα στη σάρκα του και να του κόβουν την κυκλοφορία του αίματος αλλά και την ανάσα. Κατά τη μεταφορά του έδειχναν την ίδια ευαισθησία που θα έδειχναν και σε ένα πτώμα ή άψυχο αντικείμενο. Δεν ήταν λίγες οι φορές που τον κοπάνησαν σε τοίχους ή γωνίες επίπλων από απροσεξία ή από νοσηρή ευχαρίστηση. Από αυτό το γεγονός κατάλαβε ότι βρισκόταν σε κάποιο εσωτερικό χώρο, καθώς επίσης και επειδή άκουγε βήματα να αντηχούν σε κάποιο διάδρομο και τον ηλεκτρονικό ήχο από πόρτες που ανοιγόκλειναν. Αφού του είχαν δέσει τα μάτια από τη στιγμή που τον έβγαλαν από το αυτοκίνητο, έπρεπε να στηριχθεί στις υπόλοιπες αισθήσεις του για να καταλάβει τι συνέβαινε και πού τον πήγαιναν. Ο Δείμος είχε πει κάτι για τον Σκίρωνα. Πιθανότατα λοιπόν θα τον παρουσίαζαν στο μεγάλο αφεντικό. Η σκέψη τον γέμιζε τρόμο. Περισσότερο ακόμα και από το ενδεχόμενο να μείνει μόνος του με τα δύο αδέρφια και τις εξαιρετικά βίαιες έξεις τους.

Το άκουσμα και μόνο του ονόματος του άρχοντα των ναρκωτικών, θα γέμιζε δέος οποιονδήποτε κοινό θνητό, πόσο μάλλον η προοπτική μιας συνάντησης μαζί του, υπό τις χειρότερες δυνατές συνθήκες. Ο Ιξίων ήταν ουσιαστικά εχθρός του αφεντικού της Χίμαιρας. Ήταν μέλος της επαναστατικής οργάνωσης που προσπαθούσε να καταστρέψει το εμπόριο κυκεώνα και ο ίδιος προσωπικά είχε τολμήσει να πουλήσει Κίστο στην περιοχή εξουσίας του. Τόσες απανωτές προσβολές δε θα τις συγχωρούσαν ούτε άνθρωποι με μεγαλύτερη ανεκτικότητα. Όχι ο ανελέητος αυτός φονιάς που δεν είχε δείξει πότε του οίκτο, ούτε καν για τους συνεργάτες του. Όντας ανήμπορος να χρησιμοποιήσει το σώμα του, καθώς ήταν σφιχτοδεμένος και υπό την αυστηρή επιτήρηση των χειροδύναμων αδερφών, αποφάσισε να χρησιμοποιήσει το μυαλό του. Το μοναδικό του διαθέσιμο όπλο. Άρχισε να εξετάζει τα διάφορα ενδεχόμενα. Πώς θα μπορούσε να φανεί χρήσιμος στον Σκίρωνα, ώστε να τον κρατήσει ζωντανό και να μη διατάξει την εκτέλεσή του. Για να ήταν ακόμα ζωντανός σήμαινε ότι ο Σκίρωνας υπολόγιζε στις πληροφορίες που θα αντλούσε από την ανάκρισή του.

Ο Ιξίων λοιπόν θα του έλεγε τα πάντα, πριν καν ο μαφιόζος αρχίσει τις ερωτήσεις. Θα του έδινε τις τοποθεσίες των κρησφύγετων της οργάνωσης, τα μέρη στα οποία κινούνταν οι διακινητές του Κίστου, τις διασυνδέσεις που είχαν με λιγότερο επιφανή μέλη του υποκόσμου, με σκοπό την από κοινού διάδοση του φαρμάκου και το μοίρασμα των κερδών. Θα του έλεγε τα πάντα και όταν δε θα είχε πια τι να του πει, θα σκαρφιζόταν κάτι ανύπαρκτο, αρκεί να του έδινε την εντύπωση ότι θα του ήταν πιο χρήσιμος ζωντανός παρά νεκρός. Θα γινόταν ο πιο πιστός του υπηρέτης. Θα έκανε οτιδήποτε για να σωθεί από ένα μαρτυρικό θάνατο. Άλλη μια πόρτα άνοιξε και τα βήματα των δεσμοφυλάκων του σταμάτησαν. Ένιωσε να πετάει καθώς τα χέρια τον απελευθέρωσαν και το πάτωμα ήρθε με φόρα να συναντήσει το πρόσωπό του. Αισθάνθηκε τη μύτη του να αιμορραγεί από τη σύγκρουση και τα μπροστινά του δόντια να κουνιούνται. Ουσιαστικά όμως δεν ένιωσε πόνο, αφού η ανησυχία του για το τι θα γινόταν στα επόμενα λεπτά, κάλυπτε οποιοδήποτε άλλο συναίσθημα.

Το κομμάτι ύφασμα που κάλυπτε τα μάτια του αφαιρέθηκε από κάποιον από τους αδελφούς και με ένα μορφασμό εξαιτίας της ξαφνικής επίθεσης του φωτός, ατένισε με αμφιβολία το σκηνικό που απλωνόταν μπροστά του. Οι παλλακίδες του Σκίρωνα, που φήμες έλεγαν ότι δεν άφηναν ποτέ το πλευρό του, κοίταζαν το νεοφερμένο με απέχθεια. Ο ίδιος ο αφέντης τους αντίθετα, φαινόταν να μην έχει καν αντιληφθεί την παρουσία του, καθώς το κενό του βλέμμα φαινόταν χαμένο κάπου αλλού. Πιθανότατα στον ψηφιακό κόσμο των πληροφοριών. Μια από τις καλλονές που τον υπηρετούσαν, τον άγγιξε απαλά στον ώμο και του ψιθύρισε κάτι στο αυτί. Σαν να ξύπνησε από όνειρο, ανοιγόκλεισε τα βλέφαρα ζαλισμένος, αλλά όταν τελικά εντόπισε το δώρο των μπράβων του, ένα χαμόγελο ικανοποίησης φώτισε το πρόσωπό του, παγώνοντας ταυτόχρονα το αίμα του Ιξίωνα.

«Εσύ είσαι λοιπόν ο μικρός προδότης, που αποφάσισε να επιδοθεί σε ατομικές δραστηριότητες, κρυφά από τους συντρόφους του, για να βγάλει κάτι παραπάνω; Αλλά μάλλον η κρυφή σου αυτή πρωτοβουλία, δε σου βγήκε σε καλό ε;»

Ο Ιξίων ήθελε να μιλήσει, αλλά ο λαιμός του είχε κλείσει τελείως και ένιωθε τη γλώσσα του σαν μια πέτρα που του βάραινε το στόμα. Δέος, τρόμος και αβεβαιότητα τον καθιστούσαν ανήμπορο, με μια ισχύ πολύ μεγαλύτερη από τα πλαστικά δεσμά που τον κρατούσαν ακίνητο. Έπρεπε όμως με κάποιον τρόπο να σπάσει τη σιωπή και να πείσει τον Σκίρωνα, ότι μπορούσε να τον εφοδιάσει με πολύτιμες πληροφορίες. Πληροφορίες που θα ακύρωναν τη θανατική ποινή στην οποία τον είχε καταδικάσει η πλεονεξία του.

«Ξέρω πού κρύβονται. Ο Κλεομένης, ο Φίλων, όλοι. Πού έχουν αποθηκεύσει τα όπλα που έχουν κλέψει, την τοποθεσία του εργαστηρίου του Κτησίβιου. Θα στα πω όλα. Σε παρακαλώ, μη με σκοτώσεις. Μπορώ να βοηθήσω». Ο Σκίρων είχε ακουστά τον Κτησίβιο, η περιστασιακή παρακολούθηση του οποίου αποτελούσε ένα είδος εκκεντρικής διασκέδασης. Τα υπόλοιπα ονόματα όμως δεν του έλεγαν τίποτα. Αμέσως η περιέργειά του κεντρίστηκε και έδωσε στον Ιξίωνα άδεια να μιλήσει. Ο εκφοβισμένος άντρας έπαιζε το τελευταίο του χαρτί και έτσι τα μαρτύρησε όλα. Πρόσωπα, τοποθεσίες, μελλοντικά χτυπήματα, τα πάντα. Όταν ολοκλήρωσε την αναφορά του προδίδοντας την οργάνωση με κάθε δυνατή λεπτομέρεια, ο Σκίρων τον κοίταξε με ένα σπάνιο για εκείνον συναίσθημα. Έκπληξη. Πώς είχε αφήσει αυτό το απόστημα να μεγαλώσει μέσα στην αυτοκρατορία του και να απειλεί την εξουσία του; Και πώς είχαν καταφέρει αυτοί οι καθημερινοί άνθρωποι τόσα πολλά, ακόμα και πριν ενταχθεί στις τάξεις τους ο Μέμνων; Η σκέψη αυτή θύμισε στον Σκίρωνα ένα σημαντικό στοιχείο, το οποίο ο Ιξίων είχε αποφύγει να αναφέρει στην κατά τα άλλα ενδελεχή ανάλυσή του.

«Ο Μέμνων πού έχει κρύψει τους Τελχίνες;» Το πρόσωπο του Ιξίωνα που είχε αναθαρρήσει κάπως, συννέφιασε και πάλι απότομα.

«Δεν ξέρω, αλλά αν με αφήσεις ελεύθερο μπορώ να μάθω. Θα γυρίσω πίσω και θα ζητήσω συγχώρεση και αν με δεχτούν θα τους παρακολουθώ για λογαριασμό σου και θα σου μεταφέρω τα πάντα. Θα μάθω πού έχουν κρύψει τους Τελχίνες αλλά και τα υπόλοιπα σχέδια του Μέμνονα...». Ακόμα και ενώ μιλούσε, καταλάβαινε και ο ίδιος πόσο ανεφάρμοστο ήταν το σχέδιό του. Δε θα τον δέχονταν ποτέ πίσω και ακόμα και αν υπήρχε μια τέτοια πιθανότητα, δε θα κατάφερνε ποτέ να ανακαλύψει την κρυψώνα του Μέμνονα. Είχαν προσπαθήσει και άλλοι με κυριότερο τον Κλεομένη. Όλοι είχαν αποτύχει. Ο Σκίρων τον πλησίασε κρατώντας ένα βύσμα. Το συνέδεσε στην υποδοχή στον αυχένα του Ιξίωνα και αντέγραψε όλες τις πληροφορίες που τα λόγια από μόνα τους θα αδυνατούσαν να του μεταφέρουν.

Εικόνες από τα μέλη της οργάνωσης και από τις εγκαταστάσεις που χρησιμοποιούσαν, καταγεγραμμένες από τα μάτια του Ιξίωνα ακούσια κατά την καθημερινή του διαβίωση στον κόσμο των υπονόμων. Συνδυάζοντας τα στοιχεία ο Σκίρων, είχε τις συντεταγμένες για τα διάφορα κρησφύγετα της οργάνωσης, τα οποία βρίσκονταν διασπαρμένα στους διάφορους Τομείς. Μπορούσε επιτέλους να εξαπολύσει εναντίον τους την τεράστια δύναμή του και να κάνει αυτά τα αδύναμα ανθρωπάκια που είχαν τολμήσει να τον αψηφήσουν, να νιώσουν την οργή του. Κοίταξε τον αιχμάλωτό του και διέκρινε στην έκφρασή του μια νότα ελπίδας, μέσα στον τρόμο και την απελπισία. Δεν του άρεσε αυτό. Οποιοδήποτε ίχνος ελπίδας είχε αυτός ο άντρας, έπρεπε να εξαφανιστεί. Όπως άλλωστε μόλις είχε εξαφανιστεί και η οποιαδήποτε χρησιμότητά του.

«Πηγαίνετέ τον στον τροχό» είπε απευθυνόμενος στον Φόβο.

Καθώς τον έσερναν μακριά ούρλιαζε εκλιπαρώντας για έλεος, υποσχόμενος ότι θα μπορέσει να βρει και άλλες πληροφορίες για τον Σκίρωνα. Φυσικά κανείς δεν τον πίστεψε και το σκληρόκαρδο αφεντικό δεν πτοήθηκε στο ελάχιστο, από τις ικεσίες του αδύναμου άντρα. Κατευθύνθηκαν προς μια άλλη αίθουσα, όπου πιθανότατα βρισκόταν ο τροχός που είχε αναφέρει ο αρχιμαφιόζος. Ο Ιξίων δεν είχε ιδέα τι ακριβώς ήταν αυτό το πράγμα, αλλά το ύφος του Σκίρωνα τα έλεγε όλα. Τον έστελνε για εκτέλεση, οπότε η σύντομη αυτή διαδρομή ήταν βέβαιο ότι δε θα είχε ευτυχή κατάληξη. Άρχισε να κλαίει και τα δάκρυα ανακατεύονταν με τα σάλια που ξέφευγαν από τα τρεμάμενα χείλη του. Καταλάβαινε ότι θα πλήρωνε για το έγκλημά του και μάλλον με κάποιο βασανιστικό τρόπο.

Όχι απλά είχε σκοτώσει ένα σύντροφό του από την οργάνωση, αλλά είχε προσφέρει στο πιάτο και όλα τα μυστικά των υπολοίπων, υπογράφοντας έτσι την καταδίκη τους. Βέβαια από τη στιγμή που ο Σκίρων είχε αποκτήσει δια της βίας πρόσβαση στον επεξεργαστή του, ό,τι και να του είχε πει δε θα είχε σημασία. Είχε ρουφήξει με ευκολία και ακόρεστη δίψα, όλες τις πληροφορίες που ήθελε. Όμως ήταν του ίδιου το λάθος που πιάστηκε σαν κορόιδο στα δίχτυα της μαφίας, αφήνοντας την προστασία της οργάνωσης, για τον ευκαιριακό πλούτο και τη φυγή. Αντί για αυτά όμως είχε προκαλέσει το χαμό το δικό του και όλης της υπόλοιπης οργάνωσης. Τον είχε κυριεύσει ντροπή, αλλά ήταν πολύ αργά πια για να επανορθώσει. Του είχε δοθεί η ευκαιρία να προσφέρει στην κοινωνία του μέσα από τις πράξεις του και την είχε πετάξει στα σκουπίδια, κυνηγώντας προσωπικό όφελος. Όταν εισήλθαν σε μια παρακείμενη αίθουσα, εντόπισε το αντικείμενο, που έμελε να του πάρει τη ζωή. Του έσκισαν τα ρούχα και τον τοποθέτησαν επάνω του, με την πλάτη προς το ψυχρό μέταλλο, το οποίο άρχισε να του παγώνει τη σάρκα. Του τράβηξαν με αχρείαστη δύναμη και χωρίς οίκτο τα χέρια και τα πόδια, για να τα δέσουν στους κρίκους που περίμεναν το επόμενό τους θύμα.

Του ξέφυγε μια φωνή διαμαρτυρίας από τον ξαφνικό πόνο και ανταμείφθηκε αμέσως με μια σφαλιάρα στο πίσω μέρος του κεφαλιού. Τα δεσμά του σφίχτηκαν επιμελώς γύρω από καρπούς και αστραγάλους, ενώ η στάση του σώματός του είχε πάρει το κυρτό σχήμα του τροχού, δυσκολεύοντας την αναπνοή του καθώς ήταν τοποθετημένος ανάσκελα. Τον άφησαν εκεί για λίγη ώρα μόνο του στο μισοσκόταδο. Τέντωσε τα αυτιά του με την ελπίδα να ακούσει κάτι, αλλά ο μόνος ήχος που του έκανε συντροφιά, ήταν η κοφτή του ανάσα και οι χτύποι της καρδιάς του. Τον είχε λούσει κρύος ιδρώτας και ένιωθε τις σταγόνες να κατρακυλούν στο κορμί του. Το μέταλλο στο οποίο ακουμπούσε είχε αρχίσει να ζεσταίνεται, δανειζόμενο τη δική του θερμότητα. Αυτό όμως που παρέμενε ήταν η παγωμάρα του θανάτου, που τον ένιωθε να πλησιάζει με γοργά βήματα. Όμως τα λεπτά περνούσαν και δε γινόταν τίποτα. Μήπως ο Σκίρων είχε αλλάξει γνώμη; Μήπως είχε σκεφτεί έναν τρόπο να τον χρησιμοποιήσει τελικά; Είχε βρεθεί η λύση που θα οδηγούσε στη σωτηρία του; Η ελάχιστη εκείνη ελπίδα που γεννήθηκε μέσα του, έκανε ακόμα πιο οδυνηρό αυτό που ακολούθησε.

Ακούστηκε ένας μηχανικός ήχος και ο τροχός άρχισε να γυρίζει. Αρχικά οι περιστροφές ήταν αργές, σχεδόν νωχελικές. Όσο όμως περνούσε η ώρα, η ταχύτητα αναπτυσσόταν και ο Ιξίων έμπαινε στα πρώτα στάδια του ιλίγγου. Έκλεισε τα μάτια του όσο πιο σφιχτά μπορούσε, ενώ ένιωθε όλα του τα εσωτερικά όργανα να μετακινούνται με τη φορά του τροχού. Έκανε εμετό, με το περιεχόμενο του στομαχιού του να περιχύνεται στον ίδιο, στον τροχό και στο πάτωμα. Προσπάθησε να καθαρίσει το λαιμό του από τα υγρά και να πάρει μια ολόκληρη ανάσα. Ήδη όμως ένιωσε τις αισθήσεις του να υποχωρούν και να χάνονται στο βάθος της συνείδησής του. Αν λιποθυμούσε, θα αποτελούσε για αυτόν λύτρωση. Έτσι δέχτηκε με ανακούφιση το σκοτείνιασμα της όρασης και την απομάκρυνση από την αντίληψη των εγκοσμίων. Ο βασανιστής του όμως, δε θα τον άφηνε να του ξεγλιστρήσει τόσο εύκολα. Ο Ιξίων δεν ήταν σε θέση να το αντιληφθεί, αλλά η λεία επιφάνεια του τροχού άρχισε να διακόπτεται από μικρές οπές. Ο Ιξίων απέκτησε και πάλι μια αμυδρή επαφή με την πραγματικότητα, όταν η θερμοκρασία άρχισε να ανεβαίνει αισθητά.

Όταν οι φλόγες ξεπετάχτηκαν από τις οπές, επανήλθε απότομα στην πραγματικότητα και προσέκρουσε στην οδυνηρή σκληρότητά της. Οι γλώσσες φωτιάς συνέχισαν να εξερευνούν βάναυσα το σώμα του, αφήνοντας πίσω τα ίχνη τους με σχολαστικότητα. Αρχικά τον γέμισαν φουσκάλες και σύντομα η επιμονή τους ανάγκασε ολόκληρα κομμάτια σάρκας, να αποκολλώνται και να πέφτουν στο πάτωμα, μαζί με τσουρουφλισμένες τούφες μαλλιών. Τα ουρλιαχτά του οδηγούσαν τη φωνή του μακριά, σε μέρη που εκείνος δεν μπορούσε να ακολουθήσει. Τη μοναχική της απόδραση απολάμβανε μόνο ο Σκίρων, ο οποίος από το υπερυψωμένο του παρατηρητήριο, ρουφούσε το θέαμα με ηδονή και καθώς ακουμπούσε το αυτί του στο τζάμι του παραθύρου, για να ακούσει την απόγνωση του Ιξίωνα ακόμα καλύτερα, ένιωθε μια ευχάριστη και σπάνια διέγερση να απλώνεται σε όλο του το είναι. Έβλεπε τις φωτιές να καταπίνουν τον Ιξίωνα και ονειρευόταν την ίδια μοίρα και για την υπόλοιπη οργάνωση. Και μέσα στο μυαλό του, ανάμεσα στα σχέδια και τις σημαντικές για το μέλλον αποφάσεις, είχε αφήσει ελεύθερη μια μικρή γωνιά, ειδικά αφιερωμένη στο βασανιστικό τρόπο θανάτου που επιφύλασσε για τον Μέμνονα.

κεφαλλιο 22

Η επίθεση άρχισε ξαφνικά, σαν ένα μπουρίνι που ξεσπά εν μέσω καλοκαιρίας και σαρώνει τα πάντα με την ορμή του. Η πρώτη από τις δύο ομάδες του Σκίρωνα χτύπησε τα κρησφύγετα στους υπονόμους. Ήταν η μεγαλύτερη από τις δύο και είχε το απαραίτητο προσωπικό, για να χτυπήσει ταυτόχρονα σε όλα τα σημεία του δικτύου της οργάνωσης, που απλωνόταν αθέατο στον υπόγειο κόσμο. Οι αγωνιστές του Κίστου θυμήθηκαν την αποφράδα ημέρα, που ο κακοποιός Δημοφώντας είχε επιτεθεί μαζί με τη συμμορία του εναντίον τους. Τότε η γενναιότητα του Κλεομένη και του Δημάρατου, μαζί με την έγκαιρη επέμβαση του Μέμνονα, έσωσαν την κατάσταση. Όμως εκείνη ήταν μια μεμονωμένη επίθεση και όχι η γενικευμένη και πολύ καλά συντονισμένη επιχείρηση, που γινόταν εκείνη την ημέρα. Οι εχθρικές δυνάμεις υπερτερούσαν κατά πολύ σε αριθμό και εξοπλισμό της ομάδας του Δημοφώντα, που κάποτε στρίμωξε στη γωνία και παραλίγο να ξεκληρίσει ολόκληρη την οργάνωση. Οι άντρες του Σκίρωνα προέλαυναν αγέρωχα και πειθαρχημένα, εκκαθαρίζοντας τη μια σήραγγα μετά την άλλη, στοιβάζοντας τα πτώματα σαν μνημεία της απανθρωπιάς τους.

Ο Κλεομένης μόλις που πρόλαβε να ειδοποιήσει τη Θέμιδα και τον Φίλωνα στο άντρο του Κτησίβιου, ότι οι θέσεις τους είχαν ανακαλυφθεί και πως ήταν πολύ πιθανό να δέχονταν σύντομα και εκεί επίθεση. Χωρίς να περιμένει την απάντηση του εμβρόντητου παλαιού του φίλου και της καινούργιας πολύτιμης συμμάχου του, ο Κλεομένης ρίχτηκε στη μάχη όπως έκανε πάντα. Με αυτοθυσία και με στόχο τη διαφύλαξη των συντρόφων του. Ο Φίλων προσπάθησε να επικοινωνήσει με τους υπόλοιπους επικεφαλής τμημάτων, αλλά η επαφή δεν ήταν με κανέναν τρόπο εφικτή. Κοίταξε με απελπισία τη Θέμιδα, η οποία χωρίς να χάνει χρόνο, διέταξε τα μηχανικά έντομα να δημιουργήσουν μια περίμετρο φρούρησης, ενώ η ίδια έσπευδε να φορέσει τη λεοντή. Ο μόνος ο οποίος φαινόταν να μην αντιλαμβάνεται την καταστροφή ήταν ο Κτησίβιος, αιωνίως απορροφημένος από την εργασία του. Η δεύτερη ομάδα που είχε αναλάβει την κατάληψη του άντρου του Κτησίβιου, δεν άργησε να κάνει την εμφάνισή της γύρω από το ρημαγμένο κτίριο, το οποίο παρά τη θλιβερή του όψη, έκρυβε μέσα του ανυπολόγιστο τεχνολογικό πλούτο. Η Θέμις που γνώριζε αυτή τη λεπτομέρεια, σκόπευε να πολεμήσει μέχρις εσχάτων για να σώσει τα σπουδαία επιτεύγματα του παρανοϊκού αλλά ευφυούς Κτησίβιου.

Επικεφαλής της επίθεσης ήταν η Ενυώ. Είχε μαζί της τις ημιάγριες Κήρες και μερικές δεκάδες στρατιωτών του Σκίρωνα. Βγήκε από το όχημά της και η εντυπωσιακή της παρουσία με το περήφανο ανάστημα και την πληθώρα όπλων που στόλιζαν το κορμί της, θα είχε σαν αποτέλεσμα τον εκφοβισμό των αντιπάλων της, αν είχε να κάνει με ανθρώπους. Τα μηχανικά έντομα του Κτησίβιου όμως απλά κούνησαν τις κεραίες τους αδιάφορα και ετοιμάστηκαν να υπερασπίσουν την περίμετρο που τους είχε ανατεθεί ή να πέσουν μαχόμενα. Η Ενυώ κοίταξε πέρα από τους

438

μεταλλικούς φρουρούς προς το κτίριο και προσπάθησε να διακρίνει κάτι ή κάποιον μέσα από τα παράθυρα. Δεν εντόπισε τίποτα αλλά οι πληροφορίες της έλεγαν πως στο κτίριο πέρα από τον ιδιότροπο επιστήμονα, υπήρχαν και μέλη της οργάνωσης. Θα σκόρπιζε στους πέντε ανέμους τα ενοχλητικά ρομποτάκια και θα ξέσκιζε τις σάρκες των θηραμάτων που κρύβονταν στο κτίριο, με τα ίδια της τα χέρια. Οι Κήρες ανυπομονούσαν να ξεχυθούν, έχοντας και εκείνες παρόμοιες βλέψεις με την Ενυώ. Εκείνη έδωσε το σύνθημα και τα δύο νεαρά κορίτσια όρμησαν με λύσσα στην αριστερή πλευρά του εχθρού, ενώ ταυτόχρονα μια ομοβροντία από λέιζερ των αντρών της Χίμαιρας, εξαπολύθηκε κατά της δεξιάς πλευράς.

Τα έντομα απέφυγαν με δεξιοτεχνία τις ριπές με λίγες εξαιρέσεις και πέρασαν στην αντεπίθεση. Οι θανατηφόρες δαγκάνες τους ξεπετάχτηκαν με ταχύτητα εναντίον των ανθρώπων, σε απόσταση αρκετών μέτρων μακριά από το υπόλοιπο μηχανικό σώμα των κατασκευασμάτων. Συνδέονταν με ένα συρματόσχοινο με τους μεταλλικούς βραχίονες των εντόμων και αφού θέριζαν κεφάλια και κορμούς κατά το σύντομο ταξίδι τους, επέστρεφαν με ακρίβεια στην αρχική τους θέση. Το ατσάλινό τους περίβλημα αποδείχθηκε αρκετά σκληρό για τα νύχια και δόντια των Κήρων. Οι κοπέλες βλέποντας την ανθεκτικότητά τους, λύσσαγαν ακόμα περισσότερο και πολλαπλασίαζαν την επιθετικότητά τους. Το αποτέλεσμα ήταν ένα από τα έντομα που πιάστηκε στις δαγκάνες της συνδυασμένης τους επίθεσης, να σκιστεί στα δύο μέσα σε μια έκρηξη σπινθήρων και καπνού. Η μυρωδιά καμένων κυκλωμάτων έφτασε μέχρι τα ρουθούνια της αιμοδιψούς αρχηγού και η Ενυώ χαμογέλασε ικανοποιημένη. Οι Κήρες ξέσπασαν σε ζωώδη ουρλιαχτά θριάμβου και δεν αντιλήφθηκαν το τεράστιο ρόπαλο που κατέπεσε σαν θεϊκή τιμωρία επάνω τους. Το κεφάλι της μιας πολτοποιήθηκε, ενώ η δεύτερη έμεινε εμβρόντητη στη θέση της, καθώς την περιέλουζαν αίματα και κομμάτια από το μυαλό και το κρανίο της φονευμένης συντρόφου της.

Το μεταλλικό σαγόνι της σκοτωμένης εκσφενδονίστηκε μερικά μέτρα μακριά και κροτάλισε στην άσφαλτο, αποτελώντας ένα μακάβριο αναμνηστικό μιας ζωής που μόλις είχε χαθεί και που λίγοι θα τη θρηνούσαν. Η Θέμις σήκωσε το ρόπαλο για το επόμενο χτύπημα. Η αντίπαλός της τράβηξε πίσω τα χείλη και αποκάλυψε τα δόντια της απειλητικά. Πήδηξε προς τη Θέμιδα αποφεύγοντας το ρόπαλο και πετυχαίνοντάς την στο στήθος. Έπεσαν και οι δύο προς τα πίσω, κουτρουβαλώντας σε ένα θανάσιμο εναγκαλισμό. Η Κήρα προσπαθούσε να διαπεράσει τη θωράκιση της Θέμιδας, αλλά ανακάλυψε ότι ήταν ακόμα πιο σκληρή και αδιαπέραστη, από αυτήν των εντόμων. Της είχε αρπάξει το χέρι με το οποίο κράδαινε το ρόπαλο και την εμπόδιζε να το χρησιμοποιήσει εναντίον της. Για αυτό το λόγο η Θέμις κατέφυγε στις γροθιές του ελεύθερού της χεριού, των οποίων η ισχύς πολλαπλασιαζόταν από το γάντι της στολής, το οποίο δημιουργούσε βαθουλώματα στο μεταλλικό σαγόνι της Κήρας και ξέσκιζε τη σάρκα που κάλυπτε την επιφάνειά του. Έβλεπε τα κοφτερά νύχια και δόντια της Κήρας να προσπαθούν να διαπεράσουν τη διάφανη προσωπίδα της, αλλά ο Φίλων είχε κάνει πολύ καλή δουλειά και το πρόσωπο της Θέμιδας ήταν προσωρινά ασφαλές, κάτι το οποίο τη γέμιζε ευγνωμοσύνη για τις σπουδαίες ικανότητες του γηραιού εφευρέτη.

Η λυσσασμένη γυναίκα ούρλιαξε από απογοήτευση και έχασε τη συγκέντρωσή της για ένα δευτερόλεπτο. Αυτό ήταν αρκετό για να αποσπάσει η Θέμις το οπλισμένο της χέρι από τη μέγγενη που το κρατούσε ακινητοποιημένο και να στρέψει το ογκώδες ρόπαλο εναντίον της αντιπάλου της. Την πέτυχε στα πλευρά, με έναν εκκωφαντικό ήχο σπασίματος να ακολουθεί την επαφή του όπλου με το σώμα. Η Κήρα πετάχτηκε μακριά, αφήνοντας ελεύθερη τη Θέμιδα να σηκωθεί και διπλώθηκε στα δύο από τον πόνο. Ακόμα και χωλαίνοντας όμως όρμησε εναντίον του στόχου της, πεισματάρα και θαρραλέα. Η Θέμις στριφογύρισε το τρομερό της όπλο για να αποτελειώσει το ημιάγριο κορίτσι, αλλά αστόχησε. Η Κήρα έσκυψε εγκαίρως πριν της θεριστεί το κεφάλι και βούτηξε για να αρπάξει τα πόδια της Θέμιδας και να τη ρίξει κάτω. Εκείνη όμως πήδηξε εγκαίρως, αποφεύγοντας τα γαμψώνυχα και κατεβαίνοντας πάτησε τον αυχένα της επίδοξης εκτελέστριας, συνθλίβοντάς τον. Η Κήρα τραντάχτηκε από μερικούς επιθανάτιους σπασμούς και άφησε ηττημένη τον κόσμο των ζωντανών.

Η Ενυώ καθοδηγούσε τους άντρες της εναντίον των εντόμων, αλλά παρόλο που η μάχη δεν πήγαινε ιδανικά, προτίμησε να τους αφήσει μόνους τους και να αντιμετωπίσει τη μεγαλύτερη απειλή για την ομάδα της. Όποιος και αν κρυβόταν μέσα σε αυτήν την πανοπλία έπρεπε να πεθάνει, για να ακολουθήσουν ύστερα και τα μηχανικά τερατάκια που τον υποστήριζαν. Έτρεξε στο αυτοκίνητό της και διάλεξε από το οπλοστάσιό της ένα κράνος και μια ασπίδα, για να αντισταθμίσει κάπως την αμυντική θωράκιση του αντιπάλου. Έβγαλε από μια από τις άπειρες θήκες της στολής της μια καραμπίνα και πλησιάζοντας με την ασπίδα προτεταμένη, άρχισε να πυροβολεί εναντίον της Θέμιδας. Η υπερασπίστρια της βάσης του Κτησίβιου γύρισε προς το μέρος από όπου προέρχονταν οι ακτίνες και ετοιμάστηκε για μια νέα μονομαχία μέχρι θανάτου.

∞

Ο Δημάρατος παρακολουθούσε το μακελειό από την οθόνη του υπολογιστή και κυριευόταν σταδιακά από ένα ακατανίκητο τρέμουλο. Όσο ασφαλής και αν ένιωθε στο κρησφύγετο του Μέμνονα, άγνωστο στα περισσότερα μέλη της οργάνωσης, δεν μπορούσε να διώξει από μέσα του την αμφιβολία. Άλλωστε και οι σύντροφοί του που σφάζονταν αλύπητα μπροστά στα μάτια του, μέχρι μερικές στιγμές πριν, ένιωθαν ασφαλείς και κρυμμένοι από κάθε κίνδυνο. Είχαν αποδειχθεί αφελείς στη σιγουριά τους και το είχαν πληρώσει με αίμα και οδύνη. Αυτό που τον εξέπληττε τόσο πολύ, ήταν η θλίψη που είχε νιώσει όταν ο Δείμος είχε κουνήσει μπροστά στην κάμερα το κομμένο κεφάλι του Κλεομένη, σαν να τους περιέπαιζε και να τους υποσχόταν ότι σύντομα θα ερχόταν και η σειρά τους. Ο φρικιαστικός θάνατος του βασικού του αντιπάλου τον είχε χτυπήσει, σαν να επρόκειτο για το χαμό κάποιου φιλικού ή συγγενικού προσώπου. Δεν μπορούσε να χαρεί ξέροντας ότι θα μπορούσε να του επιφυλάσσει κάλλιστα την ίδια μοίρα ο μπράβος του Σκίρωνα και πως με τη μισή και ίσως παραπάνω οργάνωση χαμένη, η μικρή ομάδα του Μέμνονα είχε ελάχιστες ελπίδες να αντιμετωπίσει το θεριό που λεγόταν Χίμαιρα.

Εικόνες σφαγής έφταναν ασταμάτητα από όλα τα κρησφύγετα των συντρόφων τους και το συμπέρασμα που έβγαινε χωρίς αμφιβολία, ήταν ότι η μαφία θα κατήγαγε εκείνη τη μέρα περίλαμπρη νίκη εναντίον του τελευταίου υπολογίσιμου αντιπάλου της. Έδωσε εντολή στον υπολογιστή να του δείξει την εικόνα από την κάμερα που είχαν τοποθετήσει, απέναντι από το εργαστήριο του Κτησίβιου. Του φάνηκε ειρωνικό πως είχαν εγκαταστήσει την κάμερα, με σκοπό την παρακολούθηση μιας αντίπαλης φράξιας, για να εντοπίσουν αδυναμίες που θα αποδεικνύονταν χρήσιμες στο μέλλον, όταν θα έφτανε η στιγμή του εσωτερικού ξεκαθαρίσματος. Αντί για αυτό πλέον έβλεπε τις εικόνες με ελπίδα και ευχόταν ο μυστηριώδης άντρας που φορούσε τη λεοντή, να συνεχίσει να μάχεται επιτυχημένα, μαζί με τα αλλόκοτα κατασκευάσματα του Κτησίβιου. Ήταν το μόνο κομμάτι της οργάνωσης που είχε δεχθεί επίθεση και στεκόταν ακόμα όρθιο. Ξαφνικά μια ηλιαχτίδα τρύπησε το μαύρο πέπλο της απελπισίας του Δημάρατου. Αν επιβιβάζονταν στους Τελχίνες και έσπευδαν να βοηθήσουν τους δύο επιστήμονες και τον πολεμιστή τους, θα μπορούσαν να αποκρούσουν την επίθεση και ενώνοντας τις δυνάμεις τους να έσωζαν τις εφευρέσεις του Κτησίβιου και να ανασυντάσσονταν σε ένα καινούργιο κρησφύγετο, ξεκινώντας την προσπάθεια αναγέννησης της οργάνωσης.

Όμως ο ενθουσιασμός του καταλάγιασε αμέσως, όταν σκέφτηκε ότι δεν ήταν εκείνος που θα έπαιρνε την απόφαση. Οι μαχητές της μικρής τους κλίκας είχαν χαρίσει σε κάποιον άλλον την υπακοή τους και ο ίδιος θεωρείτο, στην καλύτερη περίπτωση, υπαρχηγός. Βλέποντας όμως τα άτομα με τα οποία πριν από μερικά χρόνια ξεκίνησαν την πορεία προς έναν τόσο ευγενή σκοπό, να κείτονται κομματιασμένα στους υπόγειους διαδρόμους, έχανε κάθε όρεξη για εξουσία και ενδιαφερόταν μόνο για τη συνέχιση της ύπαρξης του δημιουργήματός τους και παράλληλα για εκδίκηση. Ο Μέμνων, σαν να είχε διαβάσει τις σκέψεις του Δημάρατου, μπήκε στο δωμάτιο και του ζήτησε αναφορά για τα τεκταινόμενα. Ο Δημάρατος πολύ αδύναμος από τη λύπη του για να πει το οτιδήποτε, απλά έδειξε την οθόνη. Ήταν χωρισμένη σε τετράγωνα και το καθένα έδειχνε και μια διαφορετική σκηνή μακελειού. Ο Δημάρατος ακολούθησε το βλέμμα του αρχηγού του και όταν το είδε να στέκεται στο τετραγωνίδιο όπου απεικονιζόταν το άντρο του Κτησίβιου, άδραξε την ευκαιρία να κάνει την πρότασή του. Τι λόγο θα είχε άλλωστε ο Μέμνων να αρνηθεί; Είχε προσφέρει πολλά στην οργάνωση και δε θα ήθελε να τα δει να πηγαίνουν όλα στράφι. Έδειξε τον πολεμιστή με τη λεοντή.

«Πρέπει να τον βοηθήσουμε. Κρατάει μόνος του μαζί με τα ρομπότ του Κτησίβιου τις δυνάμεις της Χίμαιρας. Αν τον υποστηρίξουμε, θα νικήσουμε σίγουρα και όλες οι εφευρέσεις του Κτησίβιου θα γίνουν όπλα για τον αγώνα μας». Ο Μέμνων συλλογίστηκε την πρόταση συνοφρυωμένος, ενώ τα μάτια του δεν έφευγαν στιγμή από το δράμα που εκτυλισσόταν μπροστά του. Ο άνθρωπος που ουσιαστικά του είχε ανοίξει το πέρασμα που αναζητούσε για τα ενδότερα της οργάνωσης, περίμενε με αγωνία την απάντησή του. Τελικά ο Μέμνων μίλησε, όχι όμως για να συμφωνήσει με τα σχέδια του Δημάρατου, αλλά για να προτείνει μια δική του εξωφρενική ιδέα.

«Θα επιτεθούμε στο αρχηγείο της Χίμαιρας». Ο Δημάρατος δεν μπορούσε να πιστέψει στα αυτιά του.

«Είσαι τρελός; Βρισκόμαστε στο χείλος της καταστροφής και αντί να προσπαθήσουμε να επιβιώσουμε, θα επιτεθούμε στον Σκίρωνα, για να μας αποτελειώσει μια ώρα αρχύτερα; Τουλάχιστον αν είναι να πεθάνουμε, ας έχουμε την ικανοποίηση ότι κόπιασε λίγο μέχρι να μας βρει». Ο Μέμνων ένευσε αρνητικά.

«Όλα τα τμήματα της οργάνωσης δέχονται αυτή τη στιγμή επίθεση. Αυτό σημαίνει ότι ο Σκίρωνας έχει μοιράσει τις δυνάμεις του σε πολλούς διαφορετικούς Τομείς. Γνωρίζοντας τον αριθμό των στρατιωτών που είχε στη διάθεσή του, όταν εργαζόμουν ακόμα για αυτόν, υπολογίζω ότι όλες σχεδόν οι δυνάμεις του βρίσκονται μακριά από την έδρα της Χίμαιρας. Η κεφαλή του τέρατος είναι ευάλωτη, προστατευμένη από λιγοστούς μόνο μπράβους. Άρα τώρα είναι η ευκαιρία μας να χτυπήσουμε!» Ο Δημάρατος δε φάνηκε να πείθεται όμως.

«Ουσιαστικά επιλέγεις τη δική σου ικανοποίηση αντί για την επιβίωση της οργάνωσης. Βάζεις την εκδίκηση πάνω από όλους εμάς» τον κατηγόρησε με αγανάκτηση.

«Όταν ο Προμηθέας μου πρότεινε συμμαχία, του ξεκαθάρισα από την πρώτη στιγμή, ότι ο βασικός μου σκοπός θα ήταν η πτώση του Σκίρωνα. Ήταν κάτι στο οποίο πόνταρε εξαρχής και για αυτό συμφώνησε με τους όρους μου. Άλλωστε αν πέσει το ισχυρότερο προπύργιο της μαφίας, η οργάνωση δε θα είναι πλέον απαραίτητη. Η κυβέρνηση είναι απασχολημένη με την επανάσταση και εμείς θα μπορούμε να βγούμε στην επιφάνεια και να διανείμουμε Κίστο ανενόχλητοι». Ο Δημάρατος προσπάθησε να απαντήσει αλλά ο Μέμνων τον διέκοψε.

«Θα πω στα παιδιά να ετοιμάσουν τα οχήματα. Αν θες έρχεσαι. Δε θα σε αναγκάσω να ακολουθήσεις. Όμως αποφάσισε εγκαίρως». Έφυγε χωρίς δισταγμό ή την παραμικρή πρόθεση να ακούσει τις αντιρρήσεις του Δημάρατου. Πάντα αποφασισμένος. Πάντα σίγουρος για τον εαυτό του. Πάντα ασταμάτητος. Ο Δημάρατος κοίταξε αναποφάσιστος την οθόνη, όπου μόνο θλίψη μπορούσε να βρει και όχι απαντήσεις. Ο Φίλων και ο Κτησίβιος χρειάζονταν τη βοήθειά του και ήταν οι μόνοι που είχαν ελπίδα να επιβιώσουν από τη σαρωτική επίθεση της Χίμαιρας. Όφειλε να τρέξει κοντά τους.

Η πικρή αλήθεια όμως ήταν πως αν υπήρχε κάποιος που να μπορούσε να σταθεί απέναντι στον Σκίρωνα με αξιώσεις, αυτός ήταν ο άντρας που μόλις είχε φύγει από το δωμάτιο. Και αν υπήρχε έστω και μια στο εκατομμύριο πιθανότητα να ξεφορτωθούν τον Σκίρωνα μια για πάντα, τότε όφειλαν να την εκμεταλλευτούν για το καλό όλων τους. Πήρε μια βαθιά ανάσα και ακολούθησε τον Μέμνονα, στέλνοντας τις ευχές του σιωπηλά, στο μοναχικό υπερασπιστή με τον εξωσκελετό. Όταν έφτασε στο υπόστεγο όπου ήταν σταθμευμένοι οι Τελχίνες, οι άντρες του Μέμνονα είχαν αρχίσει ήδη να συγκεντρώνονται. Ο Δημάρατος, ο Μέμνων και άλλα οκτώ άτομα θα οδηγούσαν τα καταπληκτικά αυτά οχήματα. Οι υπόλοιποι πενήντα ένοπλοι θα ακολουθούσαν με άλλα οχήματα και λόγω του συμβατικού οπλισμού τους, θα είχαν ρόλο κυρίως υποστηρικτικό για την αρχική δεκάδα. Ο Μέμνων δε φείσθηκε λεπτομερειών και τους είπε όλα όσα ήξερε για το χαμό της υπόλοιπης οργάνωσης και τον απελπισμένο αγώνα που έδιναν οι σύντροφοι στο εργαστήριο του Κτησίβιου.

Πολλοί ήταν ενήμεροι για τα τραγικά γεγονότα. Άλλοι τα πληροφορούνταν μόλις εκείνη τη στιγμή και η ανησυχία αυλάκωνε τα πρόσωπά τους. Τέλος ο Μέμνων τους ανακοίνωσε τη σκληρή απόφασή του και ότι περίμενε ο καθένας τους να τηρήσει την υπόσχεσή του και να τον ακολουθήσει στην επερχόμενη κρίσιμη και ίσως τελική μάχη. Η αίθουσα έμεινε για λίγο σιωπηλή και ο Δημάρατος κράτησε την αναπνοή του, αγωνιώντας για την απάντηση των μελών της ομάδας. Τότε, έτσι ξαφνικά, σαν να είχε δοθεί κάποιο σιωπηλό σύνθημα, άρχισαν να φορτώνονται με όπλα και να επιβιβάζονται ο καθένας στο όχημα που του είχε ανατεθεί. Επιβεβαίωναν έτσι αυτό που πίστευε και ο ίδιος ο Δημάρατος, ότι αν υπήρχε κάποια ελπίδα, αυτή βρισκόταν στην ηγεσία ενός πρώην μαφιόζου, αδίστακτου και άκαρδου, αλλά αποτελεσματικού. Ο Μέμνων εντόπισε τον Δημάρατο μέσα στο πλήθος και ήρθε κοντά του. Το βλέμμα του πρόδιδε την ικανοποίηση που ένιωθε. Ο στρατός του μπορεί να ήταν μικρός, αλλά του ήταν πιστός και θα τον ακολουθούσε ακόμα και εκεί που η κοινή λογική υπαγόρευε διαφορετικά. Είχε έρθει η στιγμή του. Ή θα θριάμβευε ή θα καταστρεφόταν ολοκληρωτικά. Και οι υπόλοιποι μαζί του. Έσφιξε τον ώμο του Δημάρατου και χωρίς να πει κουβέντα κατευθύνθηκε προς τον Τελχίνα του.

∞

Ο πέλεκυς πέτυχε τη Θέμιδα στον κρόταφο και εκείνη ένιωσε τον πόνο να της σουβλίζει το κρανίο. Οι ενδείξεις από τον υπολογιστή που ήταν εγκατεστημένος στη λεοντή τρεμόπαιξαν, για να σταθεροποιηθούν ξανά, δείχνοντας με έντονα γράμματα την έκταση της ζημιάς. Η Ενυώ είχε καταφέρει να ραγίσει το κράνος του εξωσκελετού και να προκαλέσει τέτοια ζαλάδα στη Θέμιδα, ώστε ένιωθε σαν να μην είχε στο κεφάλι της καμία προστασία. Της ήρθαν στη μνήμη τα άπειρα χτυπήματα που είχε δεχτεί στο κεφάλι, τα χρόνια που περιπολούσε τις πιο κακόφημες γωνιές των Τομέων, όπου συχνά της έστηναν ενέδρες μικροκακοποιοί και βαποράκια. Άτομα που παρά την αρχική της έκπληξη μπορούσε τελικά να αντιμετωπίσει με σχετική ευκολία. Δεν μπορούσε όμως να πει το ίδιο και για την αντίπαλο που ηγείτο της επίθεσης εναντίον του εργαστηρίου του Κτησίβιου. Ήταν άρτια εκπαιδευμένη στη μάχη σώμα με σώμα και μπορούσε να χρησιμοποιήσει κάθε λογής όπλο σαν να ήταν η προέκταση του χεριού της. Επιπλέον, ενώ εξωτερικά δε φαινόταν να έχει κάποιο βιονικό μέλος, η Θέμις υπέθετε ότι οι μύες της ήταν γεμάτοι από εμφυτεύματα που της χάριζαν υπερφυσική δύναμη και ταχύτητα. Ήταν μια μαχήτρια που μπορούσε να σταθεί επάξια απέναντι στη θωρακισμένη στολή της Θέμιδας και το θράσος με το οποίο εξαπέλυε τις επιθέσεις της, τόνιζε αυτήν την αλήθεια με το σκληρότερο τρόπο.

Οι αναμφισβήτητες πολεμικές ικανότητες της πολεμίστριας του Σκίρωνα, ενισχύονταν και από μια λύσσα, η οποία δε φαινόταν να πηγάζει από κάποιο εμφύτευμα αλλά από την ίδια της τη διεστραμμένη ψυχή. Ορμούσε εναντίον της Θέμιδας με πραγματικό μίσος, σαν να γνωρίζονταν χρόνια και να ήταν δύο προαιώνιες αντίπαλοι, που εκείνη τη μέρα θα έλυναν μια για πάντα τις διαφορές τους, σε αυτήν την τελική αναμέτρηση. Το σχίσιμο που είχε προκληθεί στο κεφάλι της Θέμιδας παρά την προστασία της λεοντής, πότιζε με ρυάκια αίματος τα βλέφαρά της, δυσχεραίνοντας την όρασή της. Χρειαζόταν ένα δευτερόλεπτο για να ανεβάσει την προσωπίδα της και να σκουπίσει το πηχτό υγρό που της έκρυβε το οπτικό πεδίο. Η Ενυώ όμως δεν ήταν διατεθειμένη να την αφήσει να πάρει έστω και μια ανάσα, χτυπώντας ακούραστα κάθε εκατοστό του κορμιού της.

Στην αρχή είχε προσπαθήσει να διαπεράσει τη θωράκιση με ακτίνες λέιζερ, με αποτέλεσμα η πανοπλία να καπνίζει από τα διάφορα σημεία στα οποία είχε υπερθερμανθεί. Η Θέμις απέφευγε όμως επιδέξια τις περισσότερες ακτίνες, αφού ακόμα και η λεοντή είχε τα όριά της, αναγκάζοντας την αγανακτισμένη Ενυώ να πλησιάσει και ορμώντας να σπάσει την καραμπίνα που κρατούσε στην πλάτη της ευκίνητης ανταγωνίστριας. Μετά είχε ξεθηκαρώσει έναν πέλεκυ, διπλάσιο σε μέγεθος από αυτούς που μπορούσε να δει κανείς στα μουσεία, για να συνεχίσει το ακατάπαυστο σφυροκόπημα. Η Θέμις στηριζόταν αναγκαστικά στους αισθητήρες της λεοντής για να αποφεύγει τα χτυπήματα, οπότε αν δεν καθάριζε σύντομα το αίμα από τα μάτια της, δεν είχε ελπίδα να βγει ζωντανή από τη μονομαχία.

Πήρε μια βαθιά ανάσα και έμεινε εντελώς ακίνητη. Απέκλεισε οτιδήποτε άλλο συνέβαινε γύρω της και επικεντρώθηκε πλήρως στα δεδομένα των αισθητήρων. Χρειαζόταν μόνο μια στιγμή για να εντοπίσει ξεκάθαρα τη θέση της αντιπάλου. Πριν ο πέλεκυς κατέβει και πάλι στο κράνος της έκανε την κίνησή της, ελάχιστα πριν δεχτεί το χτύπημα. Τίναξε με δύναμη το τεράστιο ρόπαλο και πέτυχε την Ενυώ στο πρόσωπο, στέλνοντάς την να κατρακυλήσει ζαλισμένη. Το κράνος της θα την προστάτευε από το θάνατο αλλά όχι από τη ζαλάδα, η οποία θα είχε σαν συνέπεια, τα πολύτιμα δευτερόλεπτα που χρειαζόταν η Θέμις για να καθαρίσει τα μάτια της. Ενώ η Ενυώ κινείτο στα τέσσερα και προσπαθούσε να ανακτήσει την ισορροπία της, η Θέμις κατέβασε την προσωπίδα και σκίζοντας ένα κομμάτι ύφασμα από τα ρούχα ενός πεσμένου στρατιώτη της Χίμαιρας, σκούπισε τα μάτια της και μετά σφήνωσε το κουρέλι ανάμεσα στο κράνος και την πληγή της, για να εμποδίσει νέες στάλες αίματος από το να πέσουν στα μάτια της. Κατέβασε βιαστικά την προσωπίδα και σήκωσε το ρόπαλο σε θέση άμυνας. Η Ενυώ την κοιτούσε με ενδιαφέρον και ένα ανατριχιαστικό χαμόγελο που ξεκινούσε από το σημείο όπου τέλειωνε η καλύπτρα της μύτης.

«Είσαι εκείνη η μπατσίνα που είχαμε στείλει την Έριδα να συλλάβει. Δε γύρισε ποτέ και αργότερα τη βρήκαμε κατακρεουργημένη. Εσύ το έκανες αυτό;» Η Θέμις έμεινε σιωπηλή, καθώς σκεφτόταν την επόμενή της κίνηση και άφηνε την Ενυώ να σπαταλά δυνάμεις σε ανούσιο κουβεντολόι.

«Αν το έκανες εσύ, έχεις το σεβασμό μου. Δεν την πήγαινα ποτέ αυτή τη σκύλα να σου πω την αλήθεια. Ήταν όμως φοβερή στη δουλειά της και για να κατάφερες να τη σκοτώσεις, σημαίνει ότι έχεις και εσύ αξιοζήλευτες ικανότητες. Αυτό το γεγονός θα μου δώσει μεγαλύτερη χαρά και ικανοποίηση, όταν θα σε σκοτώσω».

Έτρεξε εναντίον της Θέμιδας, διατρανώνοντας την πολεμική της δίψα με μια ιαχή βγαλμένη από τους θρύλους του παρελθόντος. Η ανταγωνίστριά της όμως στεκόταν μπροστά της απερίσπαστη πια και την περίμενε με ψυχρό αίμα, σε αντιδιαστολή με τη δική της ορμητική τακτική και τις απερίσκεπτες, σε κάποια σημεία, ενέργειες. Πέλεκυς και ρόπαλο συναντήθηκαν σε μια εκκωφαντική σύγκρουση και η δημιουργούμενη ταλάντωση ήταν τόσο ισχυρή, ώστε αναγκάστηκαν και οι δύο γυναίκες να αφήσουν τα όπλα τους να πέσουν, όντας αδύνατον να τα συγκρατήσουν. Η Ενυώ δίχως να χάσει στιγμή, χίμηξε επάνω στη Θέμιδα και γαντζώθηκε από τους ώμους της σαν γεράκι. Έβγαλε ένα πιστόλι και άρχισε να πυροβολεί εξ επαφής την προσωπίδα, αναζητώντας την ευαίσθητη σάρκα που κρυβόταν πίσω της. Η Θέμις για άλλη μια φορά τυφλώθηκε, αυτή τη φορά από τη λάμψη των ακτίνων. Ο εχθρός όμως βρισκόταν κοντά πλέον.

Άρπαξε την Ενυώ ξεριζώνοντάς την από τους ώμους της και την κοπάνησε με δύναμη στο έδαφος. Πριν εκείνη προλάβει να αντιδράσει, επανέλαβε την ενέργεια άλλες δύο φορές. Η συνεργάτης του Δείμου και του Φόβου ένιωσε οστά να σπάνε, εμφυτεύματα να φεύγουν από τη θέση τους και μύες να σκίζονται. Στην τρίτη ανώμαλη προσγείωσή της, έχασε το κράνος της. Ήταν αυτό που περίμενε η Θέμις. Άρπαξε το πρόσωπο της αντιπάλου και χώνοντας τα δάχτυλα του ενός χεριού στη μύτη της και του άλλου χεριού στις κόγχες των ματιών της, άρχισε να τραβάει προς αντίθετες κατευθύνσεις. Η Ενυώ ούρλιαξε όπως και νωρίτερα, αλλά αυτή τη φορά η φωνή της είχε ένα διαφορετικό χρώμα. Αυτό της απελπισίας. Το κρανίο ράγισε και χωρίστηκε στα δύο και καθώς η

Θέμις τράβηξε με φόρα το επάνω μέρος και το σήκωσε ψηλά, τα περιεχόμενά του τινάχτηκαν σε ένα θριαμβευτικό σιντριβάνι.

Έχοντας χάρη στον Κίστο τη δυνατότητα να βλέπει τα χρώματα, το θέαμα ήταν για την ίδια πολύ πιο εντυπωσιακό από ό,τι για τους στρατιώτες της Χίμαιρας. Ακόμα και ασπρόμαυρη όμως, η εικόνα της Θέμιδας να κρατάει σαν τρόπαιο το κρανίο ψηλά πάνω από το κεφάλι της, ενώ με το δεύτερο χέρι έσερνε το πτώμα της ηττημένης, ήταν αρκετό για να τους κάνει να λιποψυχήσουν και να χάσουν το σθένος που ήταν απαραίτητο για να κερδίσουν τη μάχη. Τα μηχανικά έντομα άρχισαν να κερδίζουν έδαφος και σύντομα η ακέφαλη ομάδα κρούσης της Χίμαιρας, έκανε μεταβολή και υποχώρησε με όση περισσότερη αξιοπρέπεια της επέτρεπαν οι περιστάσεις. Η Θέμις δε θέλησε να τους αφήσει να φύγουν χωρίς ένα αναμνηστικό. Σήκωσε το πτώμα στον αέρα και το εκσφενδόνισε εναντίον τους. Έπεσε σε ένα από τα αυτοκίνητα ραντίζοντάς το με αίμα. Ο οδηγός πάτησε βιαστικά το γκάζι και απομακρύνθηκε, κουνώντας το τιμόνι δεξιά και αριστερά, με την ελπίδα να πέσει το πτώμα στο δρόμο. Οι υπόλοιποι έσπευσαν να τον ακολουθήσουν. Η φωνή του ενθουσιασμένου Φίλωνα έφτασε στη Θέμιδα μέσω του επεξεργαστή της.

«Νικήσαμε!!!» Η εξαντλημένη Θέμις δε συμμεριζόταν όμως την αισιοδοξία του.

«Όχι ακόμα. Θα ξανάρθουν και την επόμενη φορά θα είναι προετοιμασμένοι».

κεφαλλιο 23

Οι φρουροί στην είσοδο της Χίμαιρας είχαν πιάσει κουβέντα για την επιχείρηση εκείνης της ημέρας. Πώς θα μπορούσαν άλλωστε να συζητήσουν οτιδήποτε άλλο; Ολόκληρη η εταιρεία είχε κινητοποιηθεί για να εξοντώσει για πάντα τους μυστηριώδεις αυτούς ταραχοποιούς, που είχαν αποφασίσει να πολεμήσουν το εμπόριο του κυκεώνα. Η ανάκριση εκείνου του αιχμαλώτου, είχε φανερώσει ότι τελικά, δεν ήταν τίποτα παραπάνω από απλοί πολίτες που είχαν αποφασίσει να πάρουν το νόμο στα χέρια τους. Οι άντρες της Χίμαιρας γέλαγαν με την ψυχή τους καθώς σχολίαζαν το συγκεκριμένο γεγονός. Η όλη ιστορία τους φαινόταν περίεργη και πραγματικά αναρωτιούνταν, σχετικά με το πώς νόμιζαν αυτοί οι άνθρωποι ότι θα μπορούσαν να ανατρέψουν τον Σκίρωνα από το θρόνο του και πώς θα αντιμετώπιζαν οποιονδήποτε άλλον ήθελε να πάρει τη θέση του, στην απίθανη περίπτωση που τελικά τα κατάφερναν. Επρόκειτο είτε για τρομερή αφέλεια ή για μια περίπτωση συλλογικής τρέλας.

Ό,τι από τα δύο και αν συνέβαινε, οι συνάδελφοί τους φρόντιζαν εκείνες τις ώρες να τους θεραπεύσουν μια για πάντα και να απαλλαγούν έτσι από τις ενοχλητικές τους επιθέσεις. Και το σημαντικότερο από όλα, η έρευνα στα υπόγεια κρησφύγετα θα αποκάλυπτε και τη θέση των Τελχίνων, οι οποίοι θα επέστρεφαν σε αυτόν που δικαιωματικά ανήκαν. Όλα αυτά τα αισιόδοξα στοιχεία τους είχαν χαρίσει μια καλή και ανάλαφρη διάθεση. Όταν λοιπόν ακούστηκε από μακριά ένας χαρακτηριστικός ήχος, δεν ανησύχησαν όσο θα έπρεπε. Ο ήχος δεν ήταν ο συνηθισμένος που έβγαζαν οι περισσότεροι κοινοί κινητήρες. Όμως μπορούσαν χωρίς αμφιβολία να καταλάβουν ότι κάτι ερχόταν κατά πάνω τους με ιλιγγιώδη ταχύτητα. Όταν έκαναν τη σύνδεση και συνειδητοποίησαν ότι μόνο οι Τελχίνες είχαν τόσο διακριτικούς κινητήρες και ταυτόχρονα τη δυνατότητα να κινηθούν τόσο γρήγορα, ήταν ήδη αργά. Κάποια στιγμή κάποιος θα έβρισκε τα διαμελισμένα κορμιά τους, αλλά το τελευταίο πράγμα που είδαν πριν πεθάνουν, ήταν μια μεταλλική θολούρα, τη στιγμή που το πρώτο όχημα περνούσε μέσα από την κεντρική είσοδο, ακολουθούμενο από άλλα εννιά. Ο εκκωφαντικός θόρυβος της σύγκρουσης, καθώς η κεντρική είσοδος του τερατόμορφου κτιρίου γινόταν σμπαράλια, ειδοποίησε και τους υπόλοιπους εργαζόμενους για την ξαφνική άφιξη του Μέμνονα και της ομάδας του.

Τα τεθωρακισμένα οχήματα άρχισαν να σπέρνουν τον πανικό και την καταστροφή, πολτοποιώντας όποιον είχε το θράσος να σταθεί μπροστά τους ή που απλά βρισκόταν στο λάθος σημείο τη λάθος στιγμή. Οι ένοπλοι της Χίμαιρας έτρεχαν για να οργανώσουν κάποια υποτυπώδη άμυνα, αλλά ήταν τόσο σφοδρή η θύελλα που τους είχε χτυπήσει, που σκόνταφταν ο ένας πάνω στον άλλον ή έχαναν τα λέιζερ μέσα από τα χέρια τους. Ο Μέμνων έδωσε τις οδηγίες του και τα υπόλοιπα εννιά οχήματα τον ακολούθησαν, καθώς ανέβαινε στον επόμενο όροφο χρησιμοποιώντας την αιώρηση και ανοίγοντας μια τεράστια τρύπα στο ταβάνι, αποκτώντας έτσι το απαραίτητο σημείο πρόσβασης. Άρχισαν τη μεθοδική εκκαθάριση από όροφο σε όροφο, τσακίζοντας τις αρτηρίες του τεράστιου αυτού επιχειρηματικού οργανισμού. Ό,τι άφηναν πίσω τους έπεφτε εύκολη λεία στα χέρια των υπολοίπων της ομάδας, που είχαν φτάσει με τα λιγότερο εντυπωσιακά οχήματά τους, αλλά με οπλισμό και αποφασιστικότητα που σύντομα έκανε ορατά τα αποτελέσματά της. Ο Μέμνων όργωνε το κτίριο εκτελώντας και καταστρέφοντας, χωρίς να ελέγχει τις επιδόσεις των ακολούθων του στη μάχη. Ήταν αναγκασμένος να τους δείχνει εμπιστοσύνη και να συνεχίζει την πορεία του, γιατί αν καθυστερούσε θα έχανε το παιχνίδι με το χρόνο.

Αν καθυστερούσε θα έδινε την ευκαιρία στον Σκίρωνα να προετοιμάσει κάποια άμυνα. Το ακόμα χειρότερο θα ήταν να ανακληθούν εγκαίρως ο Δείμος και ο Φόβος και να φτάσουν στη βάση τους πριν ολοκληρωθεί η κατάληψη. Για αυτό το ενδεχόμενο ο Μέμνων δεν έτρεφε αυταπάτες. Ο μικρός του στρατός θα διαλυόταν εύκολα, υπό την επήρεια του τρόμου που θα ενέπνεαν στους άντρες του οι συσκευές στα μέτωπα των δύο αδελφών. Και εκτός από αυτό, θα τους συνόδευε και η πανστρατιά της Χίμαιρας, η οποία θα είχε λογικά ξεμπερδέψει πια με την εξάρθρωση της υπόλοιπης οργάνωσης. Έτσι έτρεχε χωρίς να κοιτάζει πίσω του και προσπαθώντας να προλάβει τα λεπτά που κυλούσαν δραματικά γρήγορα, για να φτάσει στην κεφαλή του φιδιού. Στον Σκίρωνα. Το μεγάλο αφεντικό δεν αγνοούσε τον ερχομό του πρώην πρωτοπαλίκαρού του και νυν θανάσιμου εχθρού του. Παρακολουθούσε από τις αμέτρητες κάμερες τη χαμένη, κατά τα φαινόμενα, μάχη με ενδιαφέρον σχεδόν ακαδημαϊκό. Η ολύμπια ψυχραιμία που επιδείκνυε έφερνε σε αμηχανία τους γύρω του και τους έδινε την εντύπωση ότι δεν είχε αντιληφθεί τι συνέβαινε. Οι παλλακίδες του, συνήθως απόμακρες στη θηλυκή τους τελειότητα και ανέκφραστες σαν αγάλματα, εκείνες τις στιγμές ένιωθαν για πρώτη φορά ευάλωτες. Για πρώτη φορά υποπτεύονταν ότι ίσως η προστασία του αφέντη τους δεν ήταν αρκετή. Για πρώτη φορά, ρυτίδες ανησυχίας χαράκωναν τα μέτωπά τους.

Μπορούσαν μόνο να ελπίζουν ότι ο θρυλικός τους ηγέτης, μέσα στην απέραντη σοφία του, ήξερε τι έκανε και πως απλά άφηνε τον Μέμνονα να πλησιάσει για να πέσει σε κάποια θανατηφόρα παγίδα που του είχε στήσει. Ήταν μια σκέψη που κρυβόταν και στο πίσω μέρος του μυαλού του ίδιου του Μέμνονα, αλλά δεν ήταν ικανή να διακόψει τη φρενήρη πορεία του, μέσα από τους διαδρόμους της Χίμαιρας, τους σκορπισμένους με πτώματα και μπάζα από τους γκρεμισμένους τοίχους. Δεν υπήρχε άλλωστε λόγος να σταματήσει. Ήξερε τους κινδύνους από την αρχή του εγχειρήματος. Από τη στιγμή που είχε αποφασίσει ότι η αξιοπρέπειά του δεν του επέτρεπε να συνεχίσει να δουλεύει για αυτόν τον άνθρωπο, μετά από όσα του είχε αποκαλύψει ο Προμηθέας. Άρα γνωρίζοντας ότι ο θάνατος παραμόνευε σε κάθε γωνία, η πιθανότητα να πέσει σε κάποια παγίδα του Σκίρωνα, δεν τον αποθάρρυνε στο ελάχιστο.

Επιτάχυνε τσακίζοντας τα κορμιά όσων απελπισμένων προσπαθούσαν να τον σταματήσουν, στολίζοντας τοίχους και πατώματα με αίμα και εντόσθια. Με τα θωρακισμένα σώματα των ρομπότ μάχης και τα τεράστια κορμιά των βιοχημικά μεγεθυμένων μπράβων να λείπουν εκτός, η άμυνα της εταιρείας ήταν πενιχρή. Οι Τελχίνες φαίνονταν ασταμάτητοι και οι εννιά σύντροφοι του Μέμνονα τον ακολουθούσαν κατά πόδας, σπέρνοντας από όπου περνούσαν τον όλεθρο και τον πανικό. Ενώ οι σύντροφοί του συνέχιζαν τις εκκαθαρίσεις από πάτωμα σε πάτωμα, ο μανιώδης εκδικητής έφτασε μόνος του στον τελευταίο όροφο, στα άδυτα της οργάνωσης και στο κέντρο των επιχειρήσεων. Στο μυαλό και στην καρδιά της Χίμαιρας. Στο γραφείο του Σκίρωνα.

Προχώρησε μέχρι την τεράστια μεταλλική πόρτα. Σταμάτησε το όχημα και έλεγξε προσεκτικά το χώρο μπροστά του, συμβουλευόμενος παράλληλα και τις ενδείξεις στον πίνακα ελέγχου του Τελχίνα. Περίμενε όλοι οι εναπομείναντες στρατιώτες του Σκίρωνα να έχουν μαζευτεί έξω από το γραφείο του, για να σχηματίσουν μια τελευταία γραμμή άμυνας. Όμως ο διάδρομος ήταν έρημος και το μόνο που στεκόταν ανάμεσα σε αυτόν και τον Σκίρωνα, ήταν η τεράστια ατσάλινη πύλη. Μια πύλη μέσα από την οποία είχε περάσει άπειρες φορές, για να αναφέρει στον εργοδότη του και να λάβει εντολές. Άνοιγε πάντα διάπλατα για να τον υποδεχτεί και πρώτη φορά την αντίκριζε κλειστή να του φράζει το δρόμο. Ποτέ του δεν είχε αναρωτηθεί πόσα στρώματα αποτελούσαν τη θωράκισή της και πόσο δύσκολα παραβιαζόταν. Ποτέ δεν είχε χρειαστεί. Είχε έρθει όμως η στιγμή να απαντηθεί και αυτό το ερώτημα όπως και πολλά άλλα κρίσιμα, που θα έβρισκαν απάντηση εκείνη την ήμερα. Πάτησε το διακόπτη και οι ριπές λέιζερ ξεχύθηκαν πανίσχυρες, για να συναντήσουν την ψυχρή επιφάνεια. Όταν ο καταιγισμός των πυρών καταλάγιασε, ο Μέμνων διαπίστωσε με απογοήτευση και ένα βαθμό κατάπληξης, ότι η πόρτα ήταν άθικτη. Έσφιξε τα δόντια με πείσμα και δοκίμασε τους εκτοξευτές οξέος. Και πάλι το αποτέλεσμα ήταν απογοητευτικό. Το ατσάλινο τείχος που υψωνόταν επιβλητικό μπροστά του, δεν παρουσίαζε το παραμικρό σημάδι φθοράς. Κοπάνησε με αγανάκτηση το παράθυρο του Τελχίνα.

Έκανε μερικές προσπάθειες ακόμα, αλλά με κάθε αποτυχημένη απόπειρα απλά αύξανε ο εκνευρισμός του και δεν κατάφερνε τίποτα παραπάνω. Όταν καταλάγιασε ο πάταγος από τα επαναλαμβανόμενα πυρά του, ακούστηκε η φωνή του Σκίρωνα από κάποιο αφανές ηχείο.

«Θα χρειαστείς μέρες για να μπορέσεις να παραβιάσεις την πόρτα και μέχρι τότε θα έχω διαφύγει προ πολλού από τις κρυφές εξόδους που βρίσκονται στο γραφείο μου και εσύ θα έχεις να αντιμετωπίσεις τον Δείμο και τον Φόβο, που έχουν ειδοποιηθεί να επιστρέψουν εδώ. Αν θες μπορούμε να λύσουμε τις μεταξύ μας διαφορές με άλλον τρόπο. Δεν έχεις παρά να αφήσεις το όχημα που μου έκλεψες και να προχωρήσεις πεζός από εδώ και πέρα». Ο Μέμνων ήταν σίγουρος πλέον ότι επρόκειτο για παγίδα. Όμως δεν είχε άλλη επιλογή. Ο χρόνος τον πίεζε ασφυκτικά και αν ο Σκίρωνας ήταν διατεθειμένος να ανοίξει αυτήν την καταραμένη πόρτα έστω και για να τον παγιδέψει, τότε έπρεπε να το ρισκάρει και να στηριχθεί στις δυνάμεις του και στην εξυπνάδα του, για να αποφύγει ό,τι του επιφύλασσε ο διαβολικός μαφιόζος. Βγήκε από τον Τελχίνα και προχώρησε ευθεία. Λίγα βήματα πριν φτάσει στην είσοδο του γραφείου, τα μεταλλικά φύλλα άνοιξαν διάπλατα για να τον αφήσουν να περάσει μέσα, όπως παλιά. Ο Σκίρωνας τον περίμενε οκλαδόν και γυμνός από τη μέση και πάνω, με τα δεκάδες καλώδια να προεξέχουν από όλη την επιφάνεια της πλάτης του.

Γύρω του ήταν συγκεντρωμένη η κουστωδία του, αποτελούμενη από λυγερές παρουσίες. Αλλά ο Μέμνων παρατήρησε και ένα νέο πρόσωπο στους ακολούθους του μεγάλου αφεντικού. Του πήρε λίγη ώρα για να τα καταφέρει, αλλά τελικά θυμήθηκε πού είχε ξαναδεί αυτόν τον άντρα και πώς τον έλεγαν. Ήταν ο Ευχίδας, ένας από τους πιο πιστούς άντρες του Πολυπήμονα και στεκόταν πλέον στο πλευρό του Σκίρωνα. Είχε αυτομολήσει λόγω της καταστροφής της Έμπουσας ή μήπως ήταν άλλος ο λόγος; Ο Μέμνων υποπτευόταν ότι συνέβαινε το δεύτερο, αλλά ούτως ή άλλως είχε πιο επείγοντα ζητήματα που τον απασχολούσαν. Ένα τζάμι τον χώριζε από αυτό που επιδίωκε. Άλλη μια γραμμή άμυνας για τον Σκίρωνα, που δεν άφηνε τίποτα στην τύχη. Δε χρειαζόταν να δοκιμάσει τα όπλα του για να καταλάβει, ότι θα ήταν ανθεκτικό και σε λέιζερ και στο σπαθί του ή ό,τι άλλο θα μπορούσε να χρησιμοποιήσει. Άλλωστε από τη στιγμή που είχε αφήσει τον Τελχίνα, η δύναμη πυρός του είχε μειωθεί δραστικά. Ο Σκίρωνας φαινόταν να διασκεδάζει με την όλη ιστορία. Τουλάχιστον αυτό πρόδιδε το βλέμμα του και το ελαφρύ του μειδίαμα.

«Επιτέλους! Βρισκόμαστε ξανά μετά από τόσον καιρό. Έφυγες από κοντά μου και δε μου είπες καν το λόγο». Ακούγοντας αυτά τα λόγια ο Μέμνων ένιωσε να χάνει την ψυχραιμία του και τα χαρακτηριστικά του προσώπου του σφίχτηκαν, αλλοιωμένα από οργή.

«Ξέρεις πολύ καλά το λόγο! Ο Προμηθέας βρήκε τα αρχεία που αποκάλυπταν όλη την αλήθεια για μένα και μου τα έδωσε. Ξέρω τα πάντα. Για τη σκηνοθεσία του θανάτου μου, για την πλύση εγκεφάλου που μου στέρησε τις πραγματικές μου αναμνήσεις, για την πλαστική προσώπου, για το βιονικό χέρι με το οποίο αντικατέστησες το κανονικό μου το οποίο είχες πρώτα αχρηστεύσει. Τα πάντα!! Μου έδωσες νέα ταυτότητα και άφησες να διαδοθεί η φήμη ότι το νέο αυτό φανταστικό πρόσωπο που σκαρφίστηκες, είχε διαπράξει τη δολοφονία μου, ενώ από την αρχή ο δολοφόνος ήσουν εσύ!!»

«Πώς μπορείς να μιλάς για δολοφονία; Μπορεί να έσβησα την παλιά σου ζωή και όντως να σε πυροβόλησα στο μπράτσο, αχρηστεύοντάς σου το χέρι, αλλά σου έδωσα μια νέα ζωή και όλα εκείνα τα εφόδια, ώστε να γίνεις ο φόβος και ο τρόμος του υποκόσμου. Ήσουν ο έμπιστός μου, ο άνθρωπος που εκτελούσε με επιτυχία κάθε αποστολή. Είχες λεφτά και εξουσία. Το θαυμασμό των συντρόφων σου και το φόβο των αντιπάλων. Ήσουν ένας από τους πιο σημαντικούς ανθρώπους σε αυτή τη χώρα και οι πράξεις σου άλλαζαν τις μοίρες των ανθρώπων. Ήταν τόσο προτιμότερη η ζωή σου όταν ήσουν αστυνομικός;»

«Ήταν η πραγματική μου ζωή και όχι κάτι φτιαγμένο από τη νοσηρή σου φαντασία! Επειδή έφτασα πιο κοντά από οποιονδήποτε άλλον στο να σε συλλάβω, θίχτηκε ο εγωισμός σου και δε σου έφτανε απλά να με σκοτώσεις. Ήθελες να με γελιοποιήσεις κάνοντάς με μαριονέττα σου. Το κατάφερες για πολλά χρόνια. Και αν δεν ήταν ο Προμηθέας, πιθανότατα θα πέθαινα χωρίς να μάθω ποτέ την αλήθεια. Τώρα όμως ξέρω και ήρθε η ώρα να πληρώσεις ακριβά».

«Η σύζυγός σου γνωρίζει ότι ζεις ή περίμενες να με σκοτώσεις πρώτα και μετά να γίνει η ευτυχής επανένωση;»

«Η Θέμις δε θα μάθει πότε τίποτα. Για εκείνη έχω πεθάνει εδώ και πολλά χρόνια και αυτό το έκτρωμα στο οποίο με μετέτρεψες, δε θα μπορούσε ποτέ να το αγαπήσει». Ο Σκίρων χαμογέλασε με την αποφασιστικότητα του αντιπάλου του. Τίποτα δε φαινόταν να μπορεί να τον αποτρέψει από το να σκοτώσει ή να σκοτωθεί αγωνιζόμενος. Όταν ένας άνθρωπος που ήταν για χρόνια υποχείριο, παίρνει ξαφνικά τον έλεγχο της ζωής του, η οργή με την οποία αντιμετωπίζει τη νέα πραγματικότητα, είναι λογικό επακόλουθο. Ο μαφιόζος όμως αν και έκρινε λογική την αντίδραση του Μέμνονα, δεν μπορούσε να μη νιώθει ένα ίχνος θλίψης, για το άδοξο τέλος ενός ανέλπιστα επιτυχημένου πειράματος. Είχε όντως δημιουργήσει μια νέα προσωπικότητα από το μηδέν και δεν υπήρχε μέσα στον Μέμνονα ούτε ίχνος από τον παλιό του εαυτό.

Ακόμα και εκείνη τη δραματική στιγμή της τελικής αναμέτρησης, δεν είχε απέναντί του τον αδέκαστο αστυνομικό που είχε να αντιμετωπίσει κάποτε, αλλά τον εξοργισμένο πληρωμένο δολοφόνο που είχε εξαπατηθεί και του οποίου ο υπέρμετρος εγωισμός δε θα μπορούσε ποτέ να δεχτεί ένα τέτοιο πλήγμα, χωρίς να αντιδράσει όπως είχε μάθει τόσα χρόνια. Βίαια. Κοίταξε με μελαγχολία τον Ευχίδα και παρηγορήθηκε στο γεγονός ότι είχε πλέον ένα καινούργιο παιχνίδι για να περνάει την ώρα του και να χρησιμοποιεί για όποιες από τις επιχειρήσεις του, είχαν ανάγκη μια πιο δυναμική διαχείριση.

«Αφού λοιπόν είσαι τόσο αμετάπειστος, δε μένει παρά να λύσουμε τις διαφορές μας με τα όπλα».

«Αυτό ακριβώς περιμένω και εγώ. Βγες λοιπόν πίσω από αυτό το τζάμι και ας τελειώνουμε μια και καλή».

«Βασικά είχα κάτι άλλο στο νου μου» είπε ο Σκίρων με ένα χαμόγελο που δεν προμήνυε τίποτα καλό.

«Στην εποχή που ζούμε, δεν έχει νόημα να πολεμούμε σώμα με σώμα σαν τα αγρίμια που κυλιόντουσαν στα χώματα. Ο άνθρωπος έχει βγει από τις σπηλιές εδώ και χιλιάδες χρόνια. Η πρόοδός του πρέπει να αντανακλάται και στον τρόπο που πολεμάει». Ο Μέμνων ξεφύσηξε ανυπόμονα, ενοχλημένος από την κωλυσιεργία του εχθρού του.

«Θα καταλήξεις κάπου σύντομα;»

«Αμέσως. Προτείνω να πολεμήσουμε στον εικονικό κόσμο που έχω δημιουργήσει. Τα Ηλύσια Πεδία συνήθως είναι ένας χώρος αναψυχής και χαλάρωσης για μένα. Με τις απαραίτητες μετατροπές όμως, μπορεί να μεταμορφωθεί σε μια αρένα δόξας ή θανάτου. Ανάλογα με την οπτική γωνία του κάθε παλαιστή».

«Δε θα με ενδιέφερε κάτι τέτοιο. Θέλω να σκοτώσω εσένα, τον πραγματικό Σκίρωνα. Όχι κάποια ψηφιακή απεικόνισή σου».

«Η εμπειρία που σου προσφέρω δεν έχει να ζηλέψει σε τίποτα την πραγματικότητα. Αν τοποθετήσεις στο σώμα σου τα αυτοκόλλητα ηλεκτρόδια που θα σου δώσω, με κάθε χτύπημα που θα δέχεσαι στην εικονική αρένα, ο εγκέφαλός σου και επομένως το σώμα σου, θα αντιλαμβάνονται τον πόνο σαν πραγματικό. Ακόμα θα ερεθίζονται τα κατάλληλα κέντρα του εγκεφάλου σου, ώστε να μυρίζεις και να αισθάνεσαι με την αφή το καθετί που βλέπεις σαν να ήταν όντως εκεί. Είναι μια μοναδική εμπειρία και θα έπρεπε να νιώθεις τυχερός που σου δίνω την ευκαιρία να τη δοκιμάσεις, αν και είσαι εχθρός μου. Επίσης πρέπει να σου τονίσω την πιο σημαντική λεπτομέρεια. Αν ο πόνος που θα νιώσεις στα Ηλύσια Πεδία είναι περισσότερος από όσον μπορείς να αντέξεις, το σοκ θα σταματήσει την καρδιά σου. Όπως καταλαβαίνεις λοιπόν θα είναι πραγματικά μια μονομαχία μέχρι θανάτου».

Ο Μέμνων δεν ένιωθε έκπληξη βέβαια. Δεν υπήρχε καμία περίπτωση ο Σκίρων να τον αντιμετωπίσει ο ίδιος στη μάχη. Ο άνθρωπος ήταν τόσο εξαρτημένος από τα μηχανήματα, που πολλές φορές πάθαινε κράμπες από την ακινησία και δεν μπορούσε να περπατήσει. Ο εκτελεστής περίμενε μια ομάδα σωματοφυλάκων γύρω από το παλιό του αφεντικό, τους οποίους θα έπρεπε να σκοτώσει για να φτάσει στο πολυπόθητο έπαθλο. Αυτό το νέο δεδομένο ήταν κάπως αναπάντεχο, αλλά και τι δεν ήταν σε όλη αυτήν την ιστορία; Αν μερικούς μήνες πριν του έλεγε κάποιος, ότι θα βρισκόταν ένα βήμα από την πλήρη διάλυση της Χίμαιρας, θα ξεσπούσε σε γέλια. Ήταν λοιπόν αποφασισμένος να συνεχίσει, όποιο και αν ήταν το κόστος.

«Τι πρέπει να κάνω;» Ο Σκίρωνας τον κατηύθυνε προς έναν υπολογιστή στον οποίον βρήκε και τα ηλεκτρόδια για τα οποία του είχε μιλήσει. Αφού γδύθηκε από τη μέση και πάνω, κόλλησε τα ηλεκτρόδια στο σώμα του και στο κεφάλι, ενώ ο Σκίρωνας τον μιμείτο πίσω πάντα από το προστατευτικό τζάμι. Όταν και οι δύο ήταν έτοιμοι, έβγαλαν το βύσμα από τον αυχένα τους και συνδέθηκαν ο καθένας με το τερματικό του. Έμπαιναν έτσι σε έναν κόσμο, όπου μόνο ο ένας από τους δύο, θα έβγαινε ζωντανός.

∞

Ο Κόβαλος άνοιξε τα μάτια του ενοχλημένος. Κάποιος έκανε φασαρία και τον είχε ξυπνήσει. Όταν άκουσε πιο προσεκτικά, κατάλαβε ότι δεν ήταν απλώς φασαρία, αλλά οι ήχοι κάποιας μάχης. Κάποιος είχε μπει στη Χίμαιρα, όσο απίστευτο και αν ακουγόταν και αν η ακοή του δεν τον ξεγελούσε, αυτός ο κάποιος φαινόταν να περνάει πολύ καλά. Ο μπράβος δεν ήταν διατεθειμένος να χάσει το γλέντι, παρά τα σοβαρά τραύματά του

460

από το εκρηκτικό δωράκι που του είχε αφήσει πριν από καιρό ο Μέμνων στους υπονόμους. Το αναρρωτήριο ήταν άδειο και μάλλον το ιατρικό προσωπικό είχε κάνει το πιο λογικό πράγμα. Είχαν τρέξει για να σωθούν, παρατώντας το μοναδικό τους ασθενή στη μοίρα του. Δεν τους είχε ανάγκη βέβαια. Πέταξε τα σκεπάσματα και σηκώθηκε όρθιος, αν και κάπως απότομα. Διάφορα σημεία του κορμιού του άρχισαν να διαμαρτύρονται έντονα, θυμίζοντάς του ότι πρόσφατα παραλίγο να χάσει τη ζωή του. Δεν ήταν όμως η πρώτη φορά και ούτως ή άλλως, δύσκολα θα πτοούσε έναν ψυχοπαθή κάτι τέτοιο. Ζούσε για τη μάχη και τη χαρά του φόνου. Οι συχνοί τραυματισμοί ήταν μέσα στο παιχνίδι. Ένα παιχνίδι που λάτρευε όσο τίποτα στον κόσμο.

Κοιτάχτηκε στον καθρέφτη. Φορούσε νοσοκομειακή ρόμπα ασθενούς και η πλούσια κόμη του έλειπε πια. Τη θέση της είχαν πάρει μερικές τεράστιες ουλές από τις εγχειρήσεις που του είχαν κάνει, για να σώσουν τον εγκέφαλό του. «Τζάμπα κόπος» σκέφτηκε ο Κόβαλος. «Αυτός είναι χαμένος από καιρό». Το πρόσωπό του ήταν πλέον παραμορφωμένο στην ολότητά του. Τα μάτια του δεν είχαν πειραχθεί, αλλά όλα τα υπόλοιπα ήταν αγνώριστα εξαιτίας της φωτιάς και των κομματιών τσιμέντου που τον είχαν λούσει μετά την έκρηξη. Το στόμα του μπορούσε να το ανοίξει μόνο από τη μια μεριά και η αναπνοή του γινόταν με δυσκολία, αφού η μύτη του είχε στραβώσει τελείως. Έσκισε τη ρόμπα πετώντας την με ανυπομονησία στο πάτωμα. Το σώμα του δεν ήταν σε καλύτερη κατάσταση, αλλά μπορούσε να σταθεί όρθιος, να περπατήσει και να πολεμήσει. Χρειαζόταν απλά κάτι για τον πόνο.

Στα παράνομα ιατρεία είχαν πάντοτε κρυμμένο κυκεώνα. Ήταν το καλύτερο αναλγητικό. Άρχισε να ψάχνει τα συρτάρια, γκρεμίζοντάς τα από τις θέσεις τους ή σπάζοντας όσα ήταν κλειδωμένα. Οι κόποι του ανταμείφθηκαν και βρήκε δέκα μποτίλιες. Πάνω από δύο μπορούσαν να σκοτώσουν άνθρωπο. Εκείνος ήπιε τρεις! Ένιωσε τους σφυγμούς της καρδιάς του να επιταχύνουν ανεξέλεγκτα και τους μύες του να σφίγγονται, έτοιμοι να σπάσουν. Κατευθύνθηκε τρέμοντας προς τον καθρέφτη, για να θαυμάσει το κατεστραμμένο είδωλο. Οι διεσταλμένες κόρες όμως δεν έβλεπαν την πραγματικότητα. Αντί για αυτό το ρημάδι που κάποτε ήταν άνθρωπος, τα μάτια του έβλεπαν έναν ακατανίκητο πολεμιστή με ατσάλινους μύες, σαν να ήταν σμιλευμένοι από τον ίδιο τον Ήφαιστο. Ούρλιαξε στον αέρα και το αξιοθρήνητο γρύλισμα που βγήκε από το στόμα του, στα αυτιά του ακούστηκε σαν τη βουή εκατό κεραυνών. Ήταν ο Κόβαλος και θα έσπερνε παντού τον τρόμο!

∞

Ο Δημάρατος επόπτευσε όλους τους ορόφους του δαιδαλώδους κτιρίου, από τις οθόνες του δωματίου ασφαλείας, όπου συνέρρεαν τα δεδομένα από όλες τις κάμερες. Δεν ήθελε να βιαστεί να βγάλει συμπεράσματα, αλλά όπως έδειχναν τα πράγματα, το κτίριο βρισκόταν υπό τον έλεγχό τους. Το άοπλο προσωπικό της Χίμαιρας έβγαινε από την κεντρική είσοδο, κουβαλώντας τα πτώματα των ενόπλων συναδέλφων τους, οι οποίοι είχαν προβάλλει αντίσταση και είχαν πληρώσει έτσι το τίμημα. Οι θωρακισμένες μορφές των Τελχίνων βρίσκονταν έξω από το κτίριο, ελέγχοντας περιμετρικά το χώρο. Ο Δημάρατος είχε παραχωρήσει το δικό του στον Λύκτο, ώστε ο ίδιος να μπορεί να παρακολουθεί όλες τις εξελίξεις από το δωμάτιο ασφαλείας. Τα εννιά οχήματα περίμεναν την αναπόφευκτη επίθεση και προσπάθεια ανάκτησης του αρχηγείου από τον Δείμο και τον Φόβο, ενώ το δέκατο βρισκόταν εγκαταλελειμμένο στον τελευταίο όροφο, με τον οδηγό του άφαντο. Ο Δημάρατος δεν είχε εικόνα του τι γινόταν πίσω από την ατσάλινη πόρτα, εφόσον εκεί δεν υπήρχαν κάμερες. Οι υφιστάμενοι του Σκίρωνα δε χρειαζόταν να ξέρουν τι συνέβαινε στο άδυτο του μεγάλου αρχηγού. Επίσης ο Μέμνων είχε διακόψει την επικοινωνία μαζί του και έτσι αδυνατούσε να του στείλει μήνυμα. Επομένως ο Δημάρατος έμενε στο σκοτάδι, αγνοώντας αν ο δικός του αρχηγός ήταν ζωντανός ή νεκρός. Μπορούσε όμως να επικεντρωθεί στα δεδομένα που είχε μπροστά του.

Οργάνωσε τους πεζούς στρατιώτες του, οι οποίοι ήταν κάτι λιγότερο από πενήντα, μετά από μερικές απώλειες που είχαν υποστεί κατά την εισβολή. Παρατάσσονταν σύμφωνα με τις οδηγίες του εντός του κτιρίου, ως τελευταία γραμμή άμυνας σε περίπτωση που αποτύγχαναν οι Τελχίνες. Η λύση στο πιεστικό πρόβλημα της ικανότητας του Δείμου και του Φόβου να προκαλούν τον πανικό, με τα υποσυνείδητα μηνύματα που εξέπεμπαν, είχε βρεθεί σε αυτό στο οποίο τα μέλη της οργάνωσης εναντιώνονταν και την κατανάλωση του οποίου καταπολεμούσαν με κάθε μέσο. Έτσι λοιπόν, μην πιστεύοντας ούτε ο ίδιος στα λόγια του, είχε διατάξει τους άντρες του να λεηλατήσουν τα αποθέματα κυκεώνα της εταιρείας και να πιουν ο καθένας από μια μικρή δόση. Ήλπιζε ότι η επίδραση του ναρκωτικού θα άμβλυνε σε ένα ποσοστό την αντίστοιχη των υποσυνείδητων μηνυμάτων των δύο αδελφών. Ίσως έτσι η άμυνά τους να άντεχε ενάντια στο φημολογούμενα ακατανίκητο πανικό. Ο Δημάρατος πάσχιζε για το καλύτερο και ευχόταν η τύχη να του χαμογελάσει στη δύσκολη δοκιμασία. Δεν μπορούσε να κρύψει από τον εαυτό όμως την αλήθεια.

Και η αλήθεια ήταν ότι φοβόταν. Τα αμέτρητα πτώματα των συντρόφων του στις υπόγειες στοές και το κομμένο κεφάλι του Κλεομένη, που ταλαντευόταν μπροστά στην κάμερα σαν ένα μακάβριο εκκρεμές, στοίχειωναν το νου του και τον έκαναν να αμφιβάλλει για την αντοχή του ενάντια στο παλιρροϊκό κύμα που θα τους χτυπούσε σύντομα. Αν οι σκέψεις του τον έκαναν να αγωνιά, αυτό που είδε σε μια από τις οθόνες τον έκανε να παγώσει τελείως. Ένας γυμνός παραμορφωμένος άντρας, με δύο ζεύγη κοφτερές λεπίδες να ξεπροβάλουν από τους καρπούς του, είχε καταφέρει να περάσει απαρατήρητος και κατευθυνόταν προς το ισόγειο, όπου βρίσκονταν οι ανύποπτοι φύλακες της εισόδου. Ο Δημάρατος έστειλε αμέσως μήνυμα προς όλους, να προσέξουν τα νώτα τους και πετάχτηκε τρέχοντας από το δωμάτιο ασφαλείας με το πιστόλι ανά χείρας, για να προλάβει να βοηθήσει. Η καρδιά του χτυπούσε σαν τρελή κάνοντάς τον να απορεί με το άγχος του. Άλλωστε ήταν ένας άντρας μόνος του. Πόσο κακό θα μπορούσε να προκαλέσει;

∞

Ο Μέμνων ένιωσε σαν να βουτάει μέσα σε μια δίνη. Τα πάντα γύρω του περιστρέφονταν και οι εικόνες εναλλάσσονταν μπροστά του εν ριπή οφθαλμού, κάνοντάς τον να αδυνατεί να σχηματίσει μια αίσθηση του χώρου γύρω του. Δεν μπορούσε να αντιληφθεί ούτε τον ίδιο του τον εαυτό. Δεν ήξερε πού ήταν το πάνω και πού το κάτω και είχε την εντύπωση ότι και ο ίδιος ήταν μια άυλη ύπαρξη που ταξίδευε σε αυτό το ψηφιακό σύμπαν, όντας έρμαιο κάποιας κοσμογονικής εξουσίας. Υπέθετε ότι αυτή ήταν η διαδικασία των μετατροπών που είχε αναφέρει ο Σκίρωνας. Ό,τι και αν ήταν τον βύθιζε στην αβεβαιότητα και τον έκανε να ανυπομονεί για τη λήξη του. Ένιωθε την έντονη επιθυμία να αποκτήσει και πάλι τον έλεγχο του εαυτού του. Η ευχή του πραγματοποιήθηκε απότομα. Ο στρόβιλος σταμάτησε και το περιβάλλον γύρω του σταθεροποιήθηκε. Βέβαια αυτό του προσέφερε μικρή παρηγοριά, αφού το τοπίο που είχε επιλέξει ο Σκίρων για τη μάχη τους ήταν τουλάχιστον εφιαλτικό.

Μαύρα σύννεφα κάλυπταν τον ουρανό, αφήνοντας μονάχα μια υποψία φωτός να φτάσει μέχρι την κατάμαυρη και άγονη γη. Το βραχώδες έδαφος ήταν γεμάτο ρωγμές από τις οποίες έρρεε πηχτή πίσσα και αναδίδονταν δύσοσμες αναθυμιάσεις. Στο βάθος ξεχώριζε τρία επιβλητικά ηφαίστεια που ξερνούσαν καπνό και λάβα, ενώ έστελναν δονήσεις σε όλη την περιοχή, διατρανώνοντας την οργή τους. Θυμήθηκε τις έγχρωμες εικόνες από τη φύση που του είχε δείξει ο Προμηθέας, αφού του είχε χορηγήσει τον Κίστο. Είχε θαυμάσει την απαράμιλλη ομορφιά τους και είχε νιώσει ευλογημένος από την πρώτη του εκείνη επαφή με ένα περιβάλλον που δεν υπήρχε πια, εξαιτίας του ανθρώπου. Ο Σκίρωνας, σαν να ήθελε να αμαυρώσει εκείνη την ανάμνηση, του έδειχνε μια ζοφερή εκδοχή της φύσης, που αρχικά είχε τόσο λατρέψει. Ήταν μια τελευταία ποταπή προσπάθεια, να του κάνει τη ζωή λίγο χειρότερη. Κοίταξε τα χέρια και το σώμα του. Ήταν ακόμα διάφανα και ασχημάτιστα. Όσο περνούσαν όμως τα δευτερόλεπτα, μορφοποιούνταν και τον προετοίμαζαν για την αναμέτρηση.

Η μορφή που είχε επιλέξει ο Σκίρωνας για τον αντίπαλό του ήταν και αυτή ένα σημάδι της ειρωνικής του διάθεσης. Πάντοτε τον περιέπαιζε για την εμμονή του με τα κατάνα. Θεωρούσε ότι ήταν ένα απαρχαιωμένο όπλο, που καμία θέση δεν είχε στη μοντέρνα και τεχνολογικά εξελιγμένη κοινωνία. Για να του υπενθυμίσει λοιπόν αυτή του τη διαφωνία, του έδωσε τη μορφή ενός σαμουράι. Ο Μέμνων παρατήρησε τη γιαπωνέζικη πανοπλία και τα προστατευτικά εξαρτήματα του κορμού και των άκρων, που θα τον θωράκιζαν από τα εχθρικά χτυπήματα. Έβγαλε το κράνος του συνεχίζοντας την εξέταση του εξοπλισμού του. Ήταν στολισμένο με δύο κέρατα και η προσωπίδα είχε οπές για τα μάτια, το στόμα και τα ρουθούνια, σχηματίζοντας συνολικά μια θλιμμένη φυσιογνωμία. Πλαισιωνόταν από καλύμματα για τον αυχένα και τα πλαϊνά του κεφαλιού.

Άφησε για τελευταία τα σπαθιά του, ένα μακρύ και ένα κοντό. Τα ξεθηκάρωσε και απόλαυσε την ομορφιά των λεπίδων. Ειδικά το μακρύ σπαθί, το κατάνα, ήταν ένα πραγματικό κομψοτέχνημα και έριχνε μια μοναχική λάμψη, μέσα στη γενική καταχνιά του τοπίου. Ήταν ένας εξοπλισμός πολύ ικανοποιητικός για έναν πολεμιστή του μεσαίωνα. Αλλά αν ο Σκίρων εμφανιζόταν ως κάποιο τεράστιο ρομπότ με λέιζερ και πληθώρα άλλων εξελιγμένων όπλων, ο Μέμνων δε θα είχε καμία τύχη. Σαν να είχε διαβάσει τις σκέψεις του ο αντίπαλός του, ακούστηκε σαν κάποιο θεό που μιλούσε καθισμένος υπερήφανα στον ουράνιο θρόνο του, στέλνοντας την ευλογία ή την κατάρα του στο ανήμπορο ανθρώπινο πλάσμα που είχε μπροστά του. Η φωνή του αντήχησε σε όλα τα μήκη και τα πλάτη της περιοχής, μεταφέροντας το μήνυμά του.

«Όπως βλέπεις έχω προσαρμόσει τον οπλισμό στα γούστα σου. Η μονομαχία θα γίνει επί ίσοις όροις. Η μορφή που θα πάρω εγώ θα είναι αντίστοιχων δυνατοτήτων με τις δικές σου. Απλά εγώ αποφάσισα να αποτίσω φόρο τιμής στους ηττημένους του μεγάλου θρησκευτικού πολέμου. Τους χριστιανούς». Μια λάμψη ξεπρόβαλε μπροστά στον Μέμνονα και το φως της άρχισε να μορφοποιείται και να επεκτείνεται στο χώρο. Μέσα σε μερικά δευτερόλεπτα, μπροστά στο σαμουράι του Μέμνονα αντιπαρατασσόταν ένας βυζαντινός κατάφρακτος, ο οποίος όμως απείχε πολύ από τους πραγματικούς θωρακισμένους ιππείς της αυτοκρατορίας, αφού είχε ύψος τέσσερα μέτρα και όγκο πέντε φυσιολογικών αντρών. Ο Μέμνων σκέφτηκε τη φράση επί ίσοις όροις που είχε χρησιμοποιήσει ο Σκίρωνας και μειδίασε με την απάτη του πρώην αφεντικού του. Ο μαφιόζος φρόντιζε πάντα να θέτει τους δικούς του κανόνες σε κάθε παιχνίδι θανάτου στο οποίο ριχνόταν, χωρίς βέβαια η συγκεκριμένη περίπτωση να αποτελεί εξαίρεση.

Πέρα από το υπερφυσικό του μέγεθος είχε και τον κατάλληλο εξοπλισμό, ώστε να βγει από τη δοκιμασία εντελώς άθικτος. Το θώρακά του κάλυπταν μεταλλικές πλάκες δεμένες μεταξύ τους, τα χέρια του αλυσιδωτά γάντια, τα πόδια αλυσιδωτά υποδήματα και οι κνήμες προστατεύονταν από κνημίδες. Φορούσε κράνος με μεταλλικό γείσο ενώ το πρόσωπό του κρυβόταν πίσω από την ασφάλεια ενός αλυσιδωτού πλέγματος, που από την πίσω πλευρά προστάτευε και τον αυχένα του. Μόνο δύο οπές για τα μάτια φανέρωναν ότι μέσα σε αυτό το ατσάλινο θηρίο, κρυβόταν ένας άνθρωπος. Βέβαια ο Μέμνων για να μπορέσει να δοκιμάσει την αντοχή της πανοπλίας του Σκίρωνα, θα έπρεπε πρώτα να ξεπεράσει την άμυνα της στρογγυλής του ασπίδας και να αποφύγει με τη σειρά του, τα χτυπήματα από τα όπλα που έφερε ο κατάφρακτος στην εξάρτησή του. Έσφιξε το κράνος του ώστε να εφαρμόζει καλά στο κεφάλι του και κράτησε το κατάνα με τα δύο χέρια. Πήρε στάση μάχης και έτοιμος πλέον, ανέμενε την επιθετική πρωτοβουλία του αντιπάλου του.

Από την πρώτη στιγμή έγινε φανερό, ότι οι νόμοι της φύσης ήταν σε μεγάλο βαθμό αλλοιωμένοι, στην ψηφιακή παλαίστρα του Σκίρωνα. Ο κατάφρακτος, παρά το μέγεθός του, κινήθηκε αστραπιαία εναντίον του Μέμνονα, καλύπτοντας σε κλάσματα του δευτερολέπτου, την απόσταση που τους χώριζε. Κατέβασε με μανία το απελατίκι του για να λιώσει τον Μέμνονα σαν έντομο, αλλά ο βυζαντινός κεφαλοθραύστης πέτυχε μόνο γη, ανοίγοντας έναν τεράστιο κρατήρα και στέλνοντας πέτρες και χώμα στον αέρα. Ο Μέμνων είχε αποφύγει αυτό το πρώτο χτύπημα, πραγματοποιώντας ένα άλμα που τον έστειλε αρκετά μέτρα μακριά από το σημείο του παρ' ολίγον θανάτου του. Προσγειώθηκε, έκπληκτος και ο ίδιος με τις ικανότητές του και συλλογιζόμενος τρόπους να τους εφαρμόσει στη μάχη. Έπρεπε να ελέγξει πόση ήταν η δύναμη του ψηφιακού του εαυτού και βέβαια να ανακαλύψει επίσης, μέχρι που έφτανε η τρομακτική ισχύς του αντιπάλου του. Ο Σκίρωνας όρμησε ξανά κατά πάνω του, επιχειρώντας να τον λιώσει με την ασπίδα του. Ο Μέμνων τον απέφυγε και πάλι, στέλνοντάς τον να συνθλίψει μερικούς βράχους.

Δε σταμάτησε όμως την επίθεσή του και χτύπησε πάλι με το απελατίκι, με ένα τίναγμα του χεριού του τόσο γρήγορου, που ο Μέμνων δεν πρόλαβε ούτε να το δει. Όμως το ένστικτό του λειτούργησε πριν καν ο ίδιος να το καταλάβει και τα χέρια του σήκωσαν το κατάνα εγκαίρως για να αποκρούσουν την επίθεση. Το σπαθί δε λύγισε μπροστά στην ισχύ του κεφαλοθραύστη και τα χέρια του Μέμνονα δεν υποχώρησαν στην πίεση. Τα πόδια του όμως σύρθηκαν στο χώμα και αισθάνθηκε το σώμα του να υποχωρεί, αφήνοντας στο έδαφος δύο ευδιάκριτες γραμμές. Την πορεία του σταμάτησε η πλαγιά ενός βουνού, η οποία υποχώρησε μπροστά στην αμείλικτη ορμή του και τον σκέπασε με βράχια και τόνους χώματος. Τίναξε το σώμα του προς τα πάνω και όλα όσα τον είχαν καλύψει εκσφενδονίστηκαν μακριά, ωθούμενα από την τιτάνια δύναμή του. Στο σημείο όπου είχε συγκρουστεί με την πλαγιά του βουνού, έχασκε πλέον ένα τεράστιο ρήγμα. Κατάλαβε λοιπόν ότι σε αυτόν τον εικονικό κόσμο δεν ήταν απλά δύο αρχαίοι πολεμιστές. Ήταν δύο θεοί και ακόμα και τα στοιχεία της φύσης υποχωρούσαν μπροστά στη ρώμη και την πυγμή τους.

κεφαλλιο 24

Οι δυνάμεις της Θέμιδας μόλις που είχαν καταφέρει να αναδιοργανωθούν, πριν οι νέες ομάδες κρούσης της Χίμαιρας φτάσουν στο άντρο του Κτησίβιου. Τα μηχανικά έντομα είχαν αναλάβει και πάλι τις θέσεις τους περιμετρικά του κτιρίου, αλλά ο αριθμός τους είχε μειωθεί δραματικά και είχαν να αντιμετωπίσουν έναν εχθρό που υπερτερούσε αριθμητικά. Επιπλέον πολλά από τα κατασκευάσματα του Κτησίβιου, είχαν υποστεί σημαντικές φθορές και η λειτουργικότητα πολλών βρισκόταν στο πενήντα τοις εκατό. Ο Φίλων και η Θέμις παρακολουθούσαν από τις οθόνες την εχθρική στρατιά που συγκεντρωνόταν έξω από τους τοίχους τους και αναλογίζονταν τις επιλογές τους. Δεν είχαν σκεφτεί ούτε στιγμή να φύγουν και να παραδώσουν τόσο φτηνά, την πολύτιμη έρευνα του Κτησίβιου στους εχθρούς τους. Άλλωστε αυτό θα έπρεπε να γίνει αμέσως μετά το θάνατο της Ενυούς, όταν υπήρχε ακόμα χρόνος. Πλέον ήταν κυκλωμένοι και δεν υπήρχε ελπίδα διαφυγής. Τα έντομα θα τους χάριζαν λίγο χρόνο επιτυχημένης αντίστασης.

Μετά όμως όλα θα εξαρτιόντουσαν από τη Θέμιδα και τη λεοντή που την καθιστούσε πανίσχυρη. Γνώριζαν όμως και οι δύο, ότι ακόμα και ο τρομερός αυτός εξωσκελετός, δε θα μπορούσε να αντισταθμίσει τη φυσική κόπωση, που θα κατέβαλε τη Θέμιδα ενάντια σε τόσους πολλούς αντιπάλους. Ήταν μια δυσάρεστη διαπίστωση που κανείς από τους δύο δεν ήθελε να εκφράσει δυνατά. Όσο πιο απελπιστική φαινόταν η κατάσταση, τόσο πιο εκνευριστικός γινόταν και ο Κτησίβιος. Η Θέμις δεν άντεχε να τον βλέπει να συνεχίζει να δουλεύει σαν να μη συνέβαινε τίποτα. Λες και δεν υπήρχαν μερικές δεκάδες οπλισμένων αντρών έξω από το εργαστήριο, με πολύ άσχημες διαθέσεις και όρεξη για εκδίκηση για όσα είχαν υποφέρει οι συνάδελφοί τους πριν από αυτούς. Τον άρπαξε από το μανίκι και τον ταρακούνησε βίαια, προσπαθώντας από τη μια να τον ξυπνήσει από την ονειροπόληση και από την άλλη να διοχετεύσει κάπου την οργή της.

«Εσύ ο μεγάλος και τρανός επιστήμονας, δεν έχεις καμία ιδέα για να ξεφύγουμε από την κατάσταση στην οποία βρισκόμαστε; Μας έχουν στριμώξει στη γωνία και σύντομα θα έχουν μπει εδώ μέσα και θα σου κλέβουν το έργο μιας ζωής. Όλη σου η μελέτη για την οποία θυσίασες απάνθρωπα τόσες αθώες ψυχές, θα πέσει στα χέρια ενός εγκληματία που η μόνη επιστήμη που τον νοιάζει είναι η επιστήμη του κέρδους. Λοιπόν! Δε σε νοιάζει; Δε θα κάνεις τίποτα;»

Ο Κτησίβιος την κοίταξε απορημένος σαν να συνειδητοποιούσε για πρώτη φορά, ότι δεν ήταν μόνος του στο δωμάτιο. Το βλέμμα του στάθηκε για λίγο στη Θέμιδα και μετά ταξίδεψε στο ανήσυχο πρόσωπο του Φίλωνα, για να καταλήξει στις οθόνες των υπολογιστών, που τους έφερναν την εικόνα από το εξωτερικό του εργαστηρίου. Τα μάτια του γούρλωσαν αντιλαμβανόμενος τον κίνδυνο και άρχισαν να τρεμοπαίζουν, ενώ ψιθύριζε ακατάληπτα λόγια στον εαυτό του. Η Θέμις δεν άντεξε άλλο και τον χαστούκισε

470

για να τον συνεφέρει. Τον κοίταξε επιτιμητικά περιμένοντας μια απάντηση.

«Λοιπόν;»

«Μάλλον έχω μια ιδέα».

Η πόρτα του εργαστηρίου άνοιξε αθέατη από τους άντρες της Χίμαιρας, καθώς η μάχη μαινόταν με τα αρθρωτά ρομπότ. Όταν όμως τα έντομα συμπτύχθηκαν όλα στις δύο άκρες του προαύλιου χώρου, με τέλειο συγχρονισμό σαν να υπάκουαν όλα τις εντολές ενός κοινού εγκεφάλου, αφήνοντας ένα διάδρομο στη μέση ελεύθερο, τότε οι εχθροί τους κατάλαβαν ότι κάτι συνέβαινε και η προσοχή τους στράφηκε προς την είσοδο. Από μέσα ξεπρόβαλε ο άγνωστος που φορούσε τη λεοντή και έχοντας ενημερωθεί από τους συναδέλφους τους για τις τρομερές δυνατότητες του εξωσκελετού, οι μαφιόζοι άφησαν τα υποχωρούντα έντομα στην ησυχία τους και έστρεψαν όλοι τους τα όπλα εναντίον της μιας αυτής απειλής, που ήταν όμως και η κυριότερη. Ο θωρακισμένος αντίπαλος τους κοίταξε για μια στιγμή και με ένα ξαφνικό τίναγμα άρχισε να τρέχει κατά πάνω τους. Οι μαφιόζοι σκέφτηκαν ή ότι είχε υπερβολική εμπιστοσύνη στη στολή του ή ότι είχε τρελαθεί τελείως. Απάντησαν στην εφόρμησή του με έναν καταιγισμό πυρών που έκανε την περιοχή να φωτιστεί ολόκληρη από τη λάμψη των λέιζερ. Με χαρά τους είδαν κομμάτια της στολής να αποσπώνται κατεστραμμένα και να πέφτουν στο έδαφος. Όμως ο φορέας της λεοντής συνέχιζε ακάθεκτος να τους πλησιάζει απειλητικά. Διπλασίασαν τις προσπάθειές τους αλλά εκείνος συνέχιζε να πλησιάζει με ολόκληρα κομμάτια του εξωσκελετού πλέον να λείπουν και το μέταλλο να χάσκει κενό εκεί που είχαν χτυπήσει οι ακτίνες λέιζερ.

Βλέποντας αυτά τα κενά κάποιοι πρόλαβαν για μερικά δευτερόλεπτα, να καταλάβουν τι είχε συμβεί. Ήταν όμως πολύ αργά. Κάποιοι σταμάτησαν τα πυρά και έτρεξαν για να ξεφύγουν, εγκαταλείποντας την προσπάθεια. Είχε τελειώσει όμως και για αυτούς ο χρόνος. Η κενή στολή έπεσε επάνω τους ακριβώς τη

471

στιγμή που πυροδοτήθηκε ο μηχανισμός της αυτοκαταστροφής. Η έκρηξη που ακολούθησε τάραξε συθέμελα τα κτίρια της γειτονιάς, ενώ ο ήχος της ταξίδεψε χιλιόμετρα μακριά. Ήταν ένας ήχος συνηθισμένος για εκείνη την ταραγμένη περίοδο και άφηνε και αυτός το δικό του αποτύπωμα στα δραματικά δρώμενα της εποχής. Όταν κατακάθισε ο κονιορτός, αποκαλύφθηκε το μέγεθος της καταστροφής. Η λεοντή είχε πετύχει το κέντρο των δυνάμεων της Χίμαιρας, με αποτέλεσμα η έκρηξη να εξουδετερώσει σχεδόν όλους τους ενόπλους. Καμένα και ακρωτηριασμένα κορμιά βρίσκονταν διασκορπισμένα παντού, μαζί με κομμένα ανθρώπινα μέλη που πολλές φορές δεν μπορούσαν να αναγνωριστούν από την παραμόρφωση που είχαν υποστεί. Το ίδιο ίσχυε και για τα πρόσωπα, τα χαρακτηριστικά των οποίων όπως και τα μαλλιά της κεφαλής είχαν χαθεί μέσα σε ένα συνονθύλευμα καψαλισμένης και μαυρισμένης σάρκας. Τη σιωπή του θανάτου διέκοπταν κάποια βογγητά από τους επιζήσαντες, οι οποίοι όμως ήταν και αυτοί πολύ βαριά τραυματισμένοι για να κάνουν τίποτα περισσότερο, από το να σέρνονται ανήμποροι στο έδαφος. Δυστυχώς τα ρομπότ του Κτησίβιου αν και πιο μακριά από το κέντρο της έκρηξης, δεν είχαν σταθεί πολύ πιο τυχερά. Τα περισσότερα είχαν καταστραφεί, αλλά υπήρχαν αρκετά που είχαν ελπίδα να ξαναλειτουργήσουν με τις κατάλληλες επιδιορθώσεις.

Η Θέμις έβγαλε το βύσμα από τον αυχένα της και αποσυνδέθηκε από τον υπολογιστή με τον οποίον πραγματοποίησε τον τηλεχειρισμό της στολής. Όταν ο Κτησίβιος της είχε προτείνει να στείλει τον εξωσκελετό εναντίον των εχθρών της και να πυροδοτήσει την αυτοκαταστροφή, δεν είχε φανταστεί ότι η έκρηξη θα ήταν τέτοιου βεληνεκούς. Το μέγεθος της καταστροφής είχε εκπλήξει και τον Φίλωνα, ενώ ο μόνος ο οποίος παρέμενε ατάραχος ήταν ο ίδιος ο Κτησίβιος, ο οποίος δίχως αμφιβολία, σκεφτόταν πως αφού είχε αντιμετωπιστεί και αυτή η νέα ενόχληση, θα μπορούσε επιτέλους να επιστρέψει στην εργασία του. Η Θέμις σκεφτόταν με ανησυχία ότι ίσως αυτός ο ημίτρελος επιστήμονας, να ήταν ο πιο επικίνδυνος άνθρωπος στη χώρα. Ένα ζωντανό όπλο μαζικής καταστροφής, που δε σκόπευε ποτέ να αφήσει από τα μάτια της και που θα φρόντιζε να παραμείνει για πάντα κλειδωμένο, σε ένα μέρος από το οποίο δε θα μπορούσε να βλάψει κανέναν με τη διεστραμμένη ιδιοφυία του.

«Πρέπει να βγω έξω και να σιγουρευτώ ότι βρίσκονται όλοι εκτός μάχης και ότι δε θα μας δημιουργήσουν άλλα προβλήματα. Εσύ πρόσεχε τον Κτησίβιο και προσπάθησε να μάθεις κάτι για την τύχη των υπολοίπων της οργάνωσης» είπε στον Φίλωνα καθώς όπλιζε το λέιζερ της. Ο γέροντας έγνευσε καταφατικά και ρίχτηκε στον υπολογιστή, αναζητώντας κάποιο ίχνος ζωής από τα υπόλοιπα κρησφύγετα. Μόλις η Θέμις άνοιξε την πόρτα, η θερμότητα που είχε παραμείνει στην ατμόσφαιρα από την έκρηξη, τη χτύπησε με ένα κύμα θερμού αέρα. Περπατώντας στο κατάσπαρτο από μέλη ανθρώπινα και μηχανικά έδαφος, άρχισε σιγά-σιγά να αντιλαμβάνεται την έκταση της νίκης της εναντίον της Χίμαιρας. Το σκηνικό θα μπορούσε να χαρακτηριστεί μόνο ως πολεμικό. Η εικόνα που αντίκριζε έμοιαζε να είναι βγαλμένη από τις συρράξεις του παρελθόντος, με τους αεροπορικούς βομβαρδισμούς των πόλεων και τα αμέτρητα πτώματα, που βρίσκονταν πεσμένα στους δρόμους σε κοινή θέα ή καταπλακωμένα από κάποιο γκρεμισμένο κτίριο. Στο σημείο όπου είχε εκραγεί η λεοντή, είχε σχηματιστεί ένας κατάμαυρος κρατήρας και σε αρκετή απόσταση γύρω από αυτόν δεν υπήρχε τίποτα. Όλα είχαν εκδιωχθεί με βία από την απίστευτη δύναμη της έκρηξης. Η ειρωνεία ήταν ότι αυτό το τρομερό όπλο, ήταν ένα από τα αποτυχημένα πειράματα του Κτησίβιου. Δεν ήθελε να σκεφτεί τι θα δημιουργούσε αν πετύχαινε ακριβώς αυτό που ήθελε.

Οι περισσότεροι από τους επιζώντες που ανακάλυψε ήταν ετοιμοθάνατοι και απλά η ζωή τους είχε παραταθεί για μερικά οδυνηρά λεπτά πόνου και αγωνίας. Υπήρχαν όμως και τρεις οι οποίοι είχαν ελπίδες σωτηρίας, αν βέβαια λάμβαναν την κατάλληλη περίθαλψη. Η Θέμις έχοντας σιχαθεί τον ασταμάτητο σκοτωμό και τους αμέτρητους θανάτους, αποφάσισε να τους βοηθήσει, ακόμα και αν ήξερε ότι αν ήταν αυτή στη θέση τους, δε θα της έδειχναν την ίδια καλοσύνη. Πριν όμως τους μεταφέρει στο ιατρείο του εργαστηρίου, έπρεπε να αντλήσει ορισμένες πληροφορίες. Γύρισε τον πρώτο μπρούμυτα και συνέδεσε το βύσμα της στον επεξεργαστή του. Αν ήταν υγιής θα μπορούσε να υψώσει τείχη προστασίας ενάντια στην ψηφιακή της ψηλάφηση, αλλά στην κατάσταση που βρισκόταν ακόμα και η αναπνοή ήταν κάτι που απαιτούσε όλη του την προσοχή και προσπάθεια. Έτσι καθώς ήταν ανήμπορος, όλα του τα μυστικά έπεσαν στα χέρια της Θέμιδας, η οποία μέσα σε μερικά λεπτά πληροφορήθηκε όλα όσα είχαν συμβεί τις τελευταίες ώρες σε όλους τους Τομείς. Η οργάνωση ουσιαστικά είχε καταλυθεί. Πέρα από την ομάδα της οποίας ηγείτο ο Μέμνων και η οποία πραγματοποιούσε επίθεση στη Χίμαιρα, όλα τα υπόλοιπα τμήματα είχαν υποστεί βαριές απώλειες και ήταν ουσιαστικά ανενεργά, μην έχοντας τη δυνατότητα να προσφέρουν την οποιαδήποτε βοήθεια.

Οι εγκαταστάσεις και τα μηχανήματα είχαν καταστραφεί ή κλαπεί και πλέον δεν υπήρχε μέρος να κρυφτούν ως ομάδα. Μόνο ο καθένας ξεχωριστά μπορούσε ίσως να χαθεί μέσα στο πλήθος και να αγωνιστεί για τη ζωή του, αφήνοντας τους συντρόφους του στην τύχη τους. Χρειάζονταν επειγόντως βοήθεια, αφού πέρα από τους πολλούς νεκρούς, υπήρχαν και αμέτρητοι τραυματίες που σύντομα θα πέθαιναν αν κάποιος δεν έκανε κάτι. Η Θέμις ήθελε να τους βοηθήσει, αφού όχι μόνο ήταν ακόμα σώα έχοντας βγει νικήτρια από τη δοκιμασία, αλλά είχε και τα μέσα για να το καταφέρει, όπως είχε κάνει παλαιότερα με τους αστέγους. Ήταν υποχρεωμένη να ακολουθήσει αυτό το δρόμο, αφού πάντα οι αδύναμοι στηρίζονταν πάνω της και προσπαθούσε να μην τους απογοητεύει ποτέ. Όμως οι δύο άνθρωποι που μισούσε πιο πολύ στον κόσμο, ο Μέμνων και ο Σκίρωνας, βρίσκονταν στον ίδιο χώρο και με τις άμυνες της Χίμαιρας παραβιασμένες, ήταν η τέλεια ευκαιρία να τους χτυπήσει και τους δύο, παίρνοντας έτσι τη γλυκιά αυτή εκδίκηση. Και δε θα εξυπηρετούσε μόνο τις δικές της ανάγκες. Αν σβήνονταν αυτά τα δύο κατακάθια από το προσκήνιο, τότε ο κόσμος θα γινόταν καλύτερος και επιτέλους το έγκλημα θα έχανε τους πυλώνες του και θα κατέρρεε από το ίδιο του το σαπισμένο βάρος.

Η κοινωνία θα άλλαζε σελίδα και η τάξη θα μπορούσε για άλλη μια φορά να περηφανεύεται ότι έχει το πάνω χέρι. Όμως οι εικόνες φρίκης που είχε ανασύρει από τη μνήμη του πληγωμένου άντρα της Χίμαιρας, δεν την άφηναν να κάνει όνειρα για τη δικαίωσή της και το θάνατο των εχθρών της. Τα ουρλιαχτά των πεσμένων και οι ικεσίες τους για σωτηρία, την έκαναν να θυμηθεί ότι ακόμα και αν βρισκόταν για λίγο καιρό στην οργάνωση, είχε δώσει μια υπόσχεση. Και οι σύντροφοί της είχαν ανάγκη η Θέμις να τηρήσει αυτήν την υπόσχεση και να σπεύσει να τους σώσει. Έσφιξε τα δόντια νιώθοντας ότι θα έχανε μια ευκαιρία, η οποία δε θα της ξαναδινόταν ποτέ στη ζωή της. Παραμερίζοντας όμως τις προσωπικές της επιθυμίες, μπήκε στο εργαστήριο του Κτησίβιου, έχοντας πάρει πια τις αποφάσεις της. Ο Φίλων την κοίταξε ανήσυχος και η Θέμις κατάλαβε ότι είχε καταφέρει να επικοινωνήσει με κάποιον από τα υπολείμματα της οργάνωσης, ο οποίος τον είχε ενημερώσει για το μέγεθος της καταστροφής.

«Έχουν συμβεί τρομερά πράγματα» είπε με τρεμάμενη φωνή.

«Τα ξέρω όλα» τον διέκοψε βιαστικά.

«Τι θα κάνουμε; Υπάρχουν άνθρωποι που πεθαίνουν ανήμποροι στις κατακόμβες. Πώς θα τους βοηθήσουμε;»

«Θα τους μεταφέρουμε εδώ και θα προσπαθήσουμε να τους σώσουμε με φάρμακα και όσα άλλα μέσα διαθέτουμε. Για τις βαριές περιπτώσεις θα πρέπει να ρισκάρουμε και να δοκιμάσουμε τη μεταφορά της συνείδησής τους σε μηχανικό σώμα, πριν το βιολογικό τους καταρρεύσει τελείως».

«Και πώς θα προλάβουμε οι τρεις μας να τα κάνουμε όλα αυτά; Δεν υπάρχει αρκετός χρόνος και τα περισσότερα μηχανικά έντομα έχουν καταστραφεί».

«Ευτυχώς υπάρχουν κάποιοι που θα χαρούν πολύ να με βοηθήσουν».

∞

Το απελατίκι χτύπησε για άλλη μια φορά το έδαφος σείοντας την περιοχή και δημιουργώντας ένα βαθύ ρήγμα, το οποίο ήρθε να προστεθεί στα υπόλοιπα τα οποία είχε δημιουργήσει ο Σκίρωνας, στην προσπάθειά του να λιώσει τον Μέμνονα. Ο δεύτερος συνέχιζε να αποφεύγει με αποτελεσματικότητα τα χτυπήματα, αλλά έχανε συχνά την ισορροπία του από τις δονήσεις που δημιουργούσε με αυτά ο κατάφρακτος, ενώ τα χάσματα του εδάφους που μαρτυρούσαν την κάθε πανίσχυρη κρούση, αποτελούσαν ακόμα ένα επικίνδυνο εμπόδιο που έπρεπε να υπερπηδήσει, χρησιμοποιώντας την υπεράνθρωπη ταχύτητα και ευλυγισία που του είχε δωρίσει ο αντίπαλός του, για να κάνει τη μονομαχία πιο ενδιαφέρουσα. Ξαφνικά ο κεφαλοθραύστης πέρασε ξυστά από πάνω του σαν πύραυλος, για να καταλήξει στα βάθη του σεληνιακού τοπίου, καταστρέφοντας μερικούς ακόμα από τους πέτρινους όγκους που σχημάτιζαν σκοτεινές φιγούρες, σαν ένα θλιβερό θέατρο σκιών. Το σφύριγμα της ορμητικής του πτήσης, κατέληξε σε έναν εκκωφαντικό κρότο. Ο Σκίρωνας ξεθηκάρωσε το σπαθί του και έδειξε με την αιχμή του για μια στιγμή τον Μέμνονα, στέλνοντας μια άρρητη απειλή.

Το κατέβασε και όρμησε εναντίον του, υπερπηδώντας τα χαντάκια που είχε ο ίδιος δημιουργήσει μέσα στην πολεμική του μανία. Τα δύο ατσάλινα όπλα συναντήθηκαν με μια εντυπωσιακή κλαγγή και αμέσως οι δύο μονομάχοι τραβήχτηκαν προς τα πίσω για να εφορμήσουν σε μια νέα επίθεση. Ο Σκίρωνας χτυπούσε μια με το σπαθί και μια με την τεράστια ασπίδα, ενώ ο Μέμνων κρατώντας το κατάνα με τα δύο χέρια, ενάλλασσε τις κινήσεις του από την επίθεση στην άμυνα και χρησιμοποιούσε τα ευέλικτα πόδια του, για να αλλάζει θέση εγκαίρως και να μπερδεύει τον αντίπαλο. Η λεπίδα περνούσε ξυστά καθώς ο κατάφρακτος πάλευε να του ξυρίσει το κεφάλι από τους ώμους. Το πέρασμά της άφηνε ένα ανατριχιαστικό σφύριγμα σαν να υποσχόταν ότι θα επιστρέψει σύντομα και ότι την επόμενη φορά θα δάγκωνε σάρκα και θα πιτσίλιζε τα βράχια με αίμα. Η ασπίδα ήταν ο ογκώδης σύντροφος που ακολουθούσε κάθε χτύπημα του σπαθιού, πραγματοποιώντας έτσι μια διπλή επίθεση, που πιθανότατα στον πραγματικό κόσμο ο Μέμνων δε θα μπορούσε να αποφύγει. Όμως στον πραγματικό κόσμο, αμφέβαλλε ότι θα έβρισκε και έναν τόσο τρομερό αντίπαλο, τεράστιο σε μέγεθος και ταυτόχρονα τόσο ευκίνητο.

Παρά τις ικανότητές του όμως, ο Σκίρωνας έπεσε στην παγίδα του Μέμνονα. Ο δεύτερος στα τελευταία χτυπήματα υποχωρούσε συνεχώς και περιοριζόταν στην άμυνα. Έτσι ο Σκίρων με παραπανίσια ορμητικότητα πίεσε για το τελικό χτύπημα. Τινάζοντας μπροστά μια το σπαθί και μια την ασπίδα, δεν άργησε η στιγμή που άφησε τον εαυτό του εκτεθειμένο και τότε ο σαμουράι, κατρακυλώντας στο έδαφος βρέθηκε από κάτω του και κάρφωσε το κατάνα με όλη του τη δύναμη στην κοιλιά του γίγαντα. Με απογοήτευση είδε την πλεκτή θωράκιση να μην υποχωρεί στην κόψη του γιαπωνέζικου όπλου και τους κρίκους να βαστάνε γερά στη θέση τους, προστατεύοντας τον κύριό τους. Το τεράστιο πόδι ορθώθηκε και κλώτσησε τον Μέμνονα στο πρόσωπο. Σύρθηκε στο χώμα και έμεινε πεσμένος, προσπαθώντας να συνέλθει από τη ζαλάδα. Ψηλάφισε την προσωπίδα του και διαπίστωσε ότι είχε στραβώσει τελείως. Στο στόμα του λίμναζε αίμα και ένιωσε τα δόντια του να κουνιούνται. Ο πόνος ήταν όσο οξύς θα περίμενε από ένα τέτοιο χτύπημα. Ο Σκίρων δεν είχε πει ψέματα. Ένιωθε τα πάντα σαν να ήταν αληθινά και ήξερε ότι και στον πραγματικό κόσμο εκείνη τη στιγμή, το σώμα του υπέφερε από την κακομεταχείριση. Σήκωσε την προσωπίδα και έφτυσε αίμα και δόντια. Την ξαναφόρεσε και στάθηκε στα πόδια του, αναζητώντας ήδη μια νέα διέξοδο προς τη νίκη. Η κολοσσιαία μορφή ερχόταν και πάλι κατά πάνω του, επιθυμώντας διακαώς να τον σουβλίσει εκεί που στεκόταν.

Μόλις τον έφτασε το σπαθί του κατάφρακτου, πήδηξε στον αέρα και άφησε την αιχμή να περάσει από κάτω του. Στριφογυρίζοντας χτύπησε με όλη του τη δύναμη τον καρπό του Σκίρωνα. Το κατάνα και πάλι δε διαπέρασε την αλυσιδωτή θωράκιση, αλλά ο πόνος που προκάλεσε στον αντίπαλο ήταν αρκετός, ώστε εκείνος να ρίξει το σπαθί του στο έδαφος. Ο Μέμνων προσγειώθηκε και άρχισε να παρενοχλεί με πολλά αδύναμα χτυπήματα τον Σκίρωνα, ώστε να του αποσπάσει την προσοχή και να μην του δώσει τη δυνατότητα να σκύψει και να μαζέψει το όπλο του. Ο κατάφρακτος κουνούσε με μανία τα τεράστια τυλιγμένα με σίδερο χέρια του και την ασπίδα του, με κάθε χτύπημα να ισοδυναμεί με το αντίστοιχο ενός τεράστιου ροπάλου. Όμως ο Μέμνων χτυπούσε και υποχωρούσε μέσα σε δευτερόλεπτα και δεν άφηνε τον εχθρό να πλησιάσει αρκετά, ώστε να τον χτυπήσει ή να τον γραπώσει. Όμως σε μια από τις επιθέσεις του, η γροθιά του Σκίρωνα τυλίχτηκε γύρω από το κατάνα και το τράβηξε με ακατανίκητη ορμή προς το μέρος του. Η λεπίδα παρέσυρε και τον Μέμνονα, ο οποίος δεν πρόλαβε να αφήσει τη λαβή και έπεσε έτσι πάνω στον τεράστιο όγκο του κατάφρακτου.

Ένιωσε σαν να είχε συγκρουστεί με τοίχο και η όρασή του χάθηκε για μερικές πολύτιμες στιγμές, εξαιτίας του πόνου και της ζαλάδας. Μέσα στον ίλιγγο ψηλαφούσε αναζητώντας απεγνωσμένα για το κατάνα, αλλά δεν το έβρισκε πουθενά. Πρόλαβε να δει την μπουνιά να έρχεται κατά πάνω του και μετά ένιωσε το σώμα του να ίπταται και να καταλήγει στα βράχια, τα οποία ενώ διαλύονταν από την ορμή του κορμιού του, του ανταπέδιδαν το κακό που τους έκανε προκαλώντας του πόνο που διαπερνούσε τη θωράκισή του και έφτανε μέχρι τα κόκαλά του. Σηκώθηκε τρεκλίζοντας και τότε το δόρυ του Σκίρωνα καρφώθηκε στον ώμο του, καταστρέφοντας την επωμίδα και διαλύοντας κόκαλα και σάρκα. Ούρλιαξε σαν κάποιος να του ξερίζωνε το χέρι και δε σταμάτησε αφού ο Σκίρωνας έσπρωχνε το δόρυ όλο και πιο βαθιά, παλεύοντας να βγάλει την αιχμή από την πίσω μεριά του ώμου του Μέμνονα. Η αιχμή όντως βρήκε τη διέξοδό της, με έναν ανατριχιαστικό ήχο ξεσκισμένων μυών και δέρματος. Η αγωνία του Μέμνονα τον έκανε να τρέμει σύγκορμος και γονάτισε αδύναμος μπροστά από το θεόρατο αντίπαλο. Ο Σκίρωνας πλησίασε το στόμα του κοντά στο αυτί του Μέμνονα, πιθανότατα για να πει κάποια περιπαιχτικά λόγια στον ηττημένο μονομάχο, λίγο πριν του δώσει το τελικό χτύπημα.

Το μόνο που βγήκε από το στόμα του όμως ήταν ένα τσίριγμα απελπισίας, ακόμα χειρότερο από την κακοφωνία του Μέμνονα. Είχε κάνει το μοιραίο λάθος να φέρει σε κοντινή απόσταση, το μοναδικό σημείο που άφηνε ευάλωτο η πανοπλία του. Τα μάτια του. Ο Μέμνων αντλώντας δύναμη που ούτε ο ίδιος δεν ήξερε ότι διέθετε, χρησιμοποίησε το άλλο του χέρι για να αρπάξει τη λαβή του δεύτερου και κοντύτερου σπαθιού του. Του βακιζάσι. Με μια αστραπιαία αψιδωτή κίνηση, το ξεθηκάρωσε και το κάρφωσε στο δεξί μάτι του Σκίρωνα. Ο γίγαντας τρέκλισε προς τα πίσω, αφήνοντας το δόρυ και διακόπτοντας την πίεση που ασκούσε. Ο Μέμνων σωριάστηκε στο έδαφος, προσπαθώντας να στρέψει το κεφάλι του προς το σημείο όπου ο κατάφρακτος ωρυόταν για την κακή του μοίρα.

«Αν νομίζεις ότι κέρδισες, είσαι πικρά γελασμένος!» του φώναξε κουνώντας τη γροθιά του απειλητικά, ενώ με το άλλο του χέρι κρατούσε το μάτι του, προσπαθώντας να σταματήσει το αίμα που είχε ήδη ποτίσει το χιτώνιό του και απλωνόταν σε όλη του τη στολή και στο έδαφος με γοργούς ρυθμούς. Ο βυζαντινός πολεμιστής άρχισε να διαλύεται μπροστά του σε χιλιάδες μικροσκοπικές κουκίδες και σύντομα τον ακολούθησε και το τοπίο που ήταν τόσο αληθοφανές, ώστε ο Μέμνων για λίγο είχε ξεχάσει ότι ήταν απλά μια ψηφιακή δημιουργία. Κοίταξε τα χέρια του και είδε ότι αν και είχε μείνει τελευταίος, άφηνε και αυτός την εικονική πραγματικότητα και διαλυόταν στην ανυπαρξία. Σύντομα θα ξυπνούσε στον πραγματικό κόσμο, όπου ήλπιζε ότι ο πόνος του θα ήταν πιο υποφερτός. Αν και μάλλον έτρεφε φρούδες ελπίδες.

∞

Όταν ο Δημάρατος εισήλθε στην κεντρική αίθουσα υποδοχής της Χίμαιρας, όπου πίσω από την πύλη εισόδου είχαν ταμπουρωθεί οι άντρες του, το μακελειό είχε ήδη ξεκινήσει. Ο Κόβαλος οδηγημένος από τον παροξυσμό της παράνοιάς του, αλλά ακόμα περισσότερο από την υπερβολική δόση κυκεώνα που είχε καταναλώσει, κινείτο σαν στρόβιλος θανάτου ανάμεσα στους συντρόφους του Δημάρατου, οι οποίοι έχαναν μέλη και ζωές από τις κοφτερές του περιστρεφόμενες λεπίδες, ουρλιάζοντας απεγνωσμένα. Ο Δημάρατος δεν μπορούσε να καταλάβει πώς ένας άντρας μπορούσε να πολεμάει με τέτοια ορμή και απάνθρωπη αδιαφορία για τις ζωές που αφαιρούσε από τους εχθρούς του. Όσες βιονικές αναβαθμίσεις και αν είχε υποστεί, δεν ήταν λογικό να αψηφά τόσο εύκολα τον πόνο από τις αμέτρητες χαίνουσες πληγές του. Ήταν καλυμμένος με αίμα δικό του και των εχθρών του, ενώ ολόκληρα κομμάτια από τη σάρκα του κρέμονταν σαν κουρέλια, έτοιμα να πέσουν στο έδαφος και να ποδοπατηθούν από το πλήθος των μαχητών. Ο Δημάρατος πυροβολούσε το λυσσασμένο κτήνος, φοβούμενος όμως μήπως πετύχει κάποιον από τους δικούς του, ενώ ταυτόχρονα προσπαθούσε να επικοινωνήσει με τον Μέμνονα για να του εκθέσει την κατάσταση, χωρίς καμία όμως επιτυχία. Ήταν λες και είχε ανοίξει η γη και είχε καταπιεί τον αρχηγό τους. Έπρεπε να αντιμετωπίσουν αυτήν την απειλή μόνοι τους.

Ο Δημάρατος παλεύοντας να σκεφτεί μια λύση, πρόσεξε τα μάτια του Κόβαλου, χωμένα βαθιά μέσα στο παραμορφωμένο από τα εγκαύματα πρόσωπό του. Ήταν πρησμένα και οι φλέβες τους πάλλονταν έντονα, λες και ήταν έτοιμες να σπάσουν. Τα σημάδια του κυκεώνα ήταν φανερά στον Δημάρατο, όντας και αυτός ένας πρώην χρήστης του καταραμένου ναρκωτικού. Με αυτήν την εικόνα στο μυαλό, πλέον έγινε ξεκάθαρο μέσα του το τι έπρεπε να γίνει. Έδωσε οδηγία στους πολεμιστές της οργάνωσης να κρατήσουν αμυντική στάση και να δώσουν έμφαση στο να μείνουν ζωντανοί, παρά στο να σκοτώσουν το θηρίο που είχε καταπέσει επάνω τους σαν θεϊκή συμφορά. Έφυγε από την αίθουσα υποδοχής και έτρεξε να βρει έναν υπολογιστή. Μόλις βρήκε ένα τερματικό συνέδεσε με βιασύνη τον εγκέφαλό του σε αυτό και άρχισε να ψάχνει τα ανυπεράσπιστα πλέον αρχεία της εταιρείας. Όλες οι πληροφορίες βρίσκονταν στα πόδια του εγκαταλελειμμένες, για να τις χρησιμοποιήσει εκείνος όπως έκρινε. Άρχισε να ψάχνει για αποθήκες μέσα στο κτίριο στις οποίες θα μπορούσε να φυλάσσεται ο κυκεώνας, αφού οι φιάλες που είχαν χρησιμοποιήσει οι άντρες του είχαν αδειάσει. Μια από τις εικόνες που πέρασε από μπροστά του ήταν αυτή του κατεστραμμένου ιατρείου. Τα συρτάρια και τα ντουλάπια του δωματίου ήταν εμφανώς παραβιασμένα. Ο Δημάρατος δε δυσκολεύτηκε να μαντέψει από ποιον.

Αποθήκευσε τη διαδρομή στον επεξεργαστή του και έτρεξε όσο πιο γρήγορα μπορούσαν να τον μεταφέρουν τα πόδια του. Έφτασε στο ιατρείο και διαπίστωσε ότι είχαν μείνει μερικές φιάλες ανέπαφες από τη βιαστική αναζήτηση του Κόβαλου. Τις μάζεψε στην αγκαλιά του και έτρεξε πίσω στο πεδίο τη μάχης. Με θλίψη διαπίστωσε ότι οι σύντροφοί του ήταν ακόμα λιγότεροι από πριν, με τα πτώματα γύρω από το μανιακό δολοφόνο να αυξάνονται ραγδαία. Μέσα στην απελπισία του δεν είχε την πολυτέλεια να σκεφτεί ενδελεχώς το σχέδιο δράσης του. Σε μια αυθόρμητη κίνηση, πέταξε μια φιάλη εναντίον του εχθρού. Το γυάλινο δοχείο βρήκε τον Κόβαλο στον κρόταφο και το εθιστικό υγρό μούσκεψε το πρόσωπο και το κεφάλι του, ενώ σταγόνες άρχισαν να κατρακυλούν στο στήθος και στην πλάτη του. Ο μαφιόζος σταμάτησε επί τόπου τις σπασμωδικές κινήσεις του και την ανηλεή σφαγή και έμεινε σαστισμένος. Μετά άρχισε σαν ζώο να οσμίζεται τον εαυτό του και να γλείφεται, προσπαθώντας να βρει με τη γλώσσα του όσο περισσότερο κυκεώνα είχε μείνει πάνω του και δεν είχε χυθεί κάτω. Αφού δεν έβρισκε άλλες σταγόνες, έσκυψε στο πάτωμα και έχωσε το πρόσωπό του μέσα στη λιμνούλα από ναρκωτικό που είχε σχηματισθεί γύρω του.

Μόλις τελείωσε, άλλη μια φιάλη κύλησε κατά πάνω του. Την ήπιε μονομιάς και μετά άρπαξε την επόμενη που του είχε στείλει ο Δημάρατος. Με κάθε γουλιά που έπινε, έβγαζε πνιχτούς ήχους ικανοποίησης ενώ το σώμα του είχε αρχίσει να τρέμει ανεξέλεγκτα. Στην τέταρτη φιάλη που είχε καταναλώσει και που άφησε άδεια να πέσει δίπλα του, οι πνιχτοί ήχοι ικανοποίησης μετατράπηκαν σε βρυχηθμούς αγωνίας. Το τρέμουλο είχε επιδεινωθεί σε σπασμούς που διέτρεχαν όλο του το κορμί, αναγκάζοντάς τον να χάσει τον έλεγχο των σωματικών του λειτουργιών. Έτριζε τα δόντια του και είχε γουρλώσει τα μάτια του τόσο πολύ, ώστε ήταν έτοιμα να πεταχτούν έξω από τις κόγχες τους. Αίμα κυλούσε από το στόμα του, αφού είχε δαγκώσει τη γλώσσα και τα χείλη του. Έπεσε στα τέσσερα και σηκώνοντας το κεφάλι του ψηλά, άρχισε να ουρλιάζει σαν ετοιμοθάνατο τσακάλι. Ο θρηνητικός του παιάνας πάγωσε το αίμα όσων παρακολουθούσαν την επιθανάτια αυτή παράσταση. Και ξαφνικά, απροειδοποίητα και αμετάκλητα, η καρδιά του σταμάτησε και έπεσε νεκρός, δίπλα στις πολυαγαπημένες του φιάλες κυκεώνα. Ο Δημάρατος πλησίασε το πτώμα σοκαρισμένος από τον αυτοκαταστροφικό τρόπο με τον οποίο είχε οδηγήσει ο Κόβαλος τον εαυτό του στο θάνατο, αφήνοντας τελείως τον εθισμό του να κυριαρχήσει της βούλησής του και να πάρει πλήρως τον έλεγχο, σε μια τρελαμένη διαδρομή αυτοκτονίας.

Επιπλέον είχε φύγει από τον κόσμο δυναμικά και εντυπωσιακά, μέσα στη βία την οποία πάντοτε πρέσβευε ως τρόπο ζωής. Γύρω του εκτός από τις άδειες φιάλες, βρίσκονταν διασκορπισμένα μέλη και πτώματα, που ανήκαν στους ανθρώπους της οργάνωσης. Πλέον είχαν μείνει μόνο εικοσιπέντε εντός του κτιρίου και εννιά οδηγοί με τους Τελχίνες περιμετρικά αυτού. Η άμυνά τους ήταν τουλάχιστον πενιχρή και η μάχη με τον Κόβαλο, μάλλον είχε κάνει το τεχνητό θάρρος από την κατανάλωση κυκεώνα, να ατονήσει στις καρδιές των πολεμιστών του Δημάρατου. Όταν θα έφταναν ο Δείμος και ο Φόβος, δύσκολα θα έχαναν τη μάχη ενάντια σε μια σχεδόν διαλυμένη ομάδα.

∞

Τα αυτιά του Μέμνονα βούιζαν και η ζαλάδα τον είχε καθηλώσει στο πάτωμα με τα μάτια κλεισμένα σφιχτά. Όλο του το κορμί πονούσε αφού τα ηλεκτρόδια που ήταν κολλημένα στο σώμα του, είχαν μεταφέρει με επιτυχία τον πόνο από τις πληγές που είχε δεχθεί στον εικονικό κόσμο του Σκίρωνα. Μπορεί να μην έτρεχε αίμα από τις υποτιθέμενες πληγές του, αλλά τις ένιωθε σαν να ήταν όντως εκεί, ενώ τα νεύρα και οι μύες στο χέρι του πληγωμένου του ώμου είχαν μουδιάσει τόσο ώστε οποιαδήποτε κίνηση ήταν αδύνατη. Λειτουργούσε μόνο το βιονικό του χέρι και με αυτό επιχείρησε να στηριχθεί στο τερματικό που είχε μπροστά του και να σηκώσει το πονεμένο του κορμί. Όταν τα κατάφερε, στηρίχθηκε βογκώντας στον τοίχο και τράβηξε το βύσμα από την υποδοχή στον αυχένα του. Συνέχισε ξεκολλώντας τα ηλεκτρόδια που τόσον πόνο του είχαν προκαλέσει. Κρατήθηκαν για λίγο πεισματικά στο δέρμα του, σαν να ήθελαν να του προκαλέσουν λίγη ακόμα οδύνη και όταν τελικά αποκολλήθηκαν υποχωρώντας στη δύναμη του χεριού του, άφησαν στο δέρμα του μεγάλα στρογγυλά κόκκινα σημάδια. Ο Μέμνων παρατήρησε για λίγο το χρώμα που στόλιζε την επιδερμίδα του, μην μπορώντας ούτε εκείνη την κρίσιμη στιγμή να αντισταθεί στον πειρασμό να χρησιμοποιήσει το χάρισμα που του είχε προσφέρει ο Κίστος.

Η ζαλάδα υποχωρούσε και μπόρεσε να στρέψει το βλέμμα του προς τον αντίπαλό του, ο οποίος περιτριγυρισμένος από τις παλλακίδες του, σφάδαζε πεσμένος στο δάπεδο. Κανονικά θα έπρεπε να είναι νεκρός. Ο πόνος από την απώλεια του ματιού του και η πολύ πιθανή εγκεφαλική βλάβη από τη λεπίδα που του είχε καρφώσει ο Μέμνων, θα έπρεπε να έχουν προκαλέσει πόνο τόσο αφόρητο, ώστε ο Σκίρων να έχει πεθάνει από το σοκ. Το γεγονός ότι ακόμα ανέπνεε σήμαινε ότι τον είχε ξεγελάσει, έχοντας ρυθμίσει τους δικούς του αισθητήρες να είναι πολύ λιγότερο ευαίσθητοι και ρεαλιστικοί από αυτούς του Μέμνονα. Βρίσκονταν όμως και πάλι στην πραγματικότητα και πλέον τίποτα από όλα αυτά δεν είχε σημασία. Έπρεπε, όσο αδύναμος και αν ήταν, να βρει τρόπο να παραβιάσει το τζάμι και να σκοτώσει τον αρχιμαφιόζο με τα ίδια του τα χέρια. Το τζάμι σηκώθηκε από μόνο του σαν να τον είχε ακούσει και να ήθελε να πραγματοποιήσει την ευχή του. Ένας στρόβιλος πετάχτηκε από μέσα και ο Μέμνων κατάλαβε ότι ο Ευχίδας ερχόταν κατά πάνω του. Ο ταχύτατος δρομέας πρόλαβε και χτύπησε τον Μέμνονα πριν καν εκείνος ολοκληρώσει τη σκέψη του και μέσα σε ελάχιστα δευτερόλεπτα διένυσε όλο το δωμάτιο για να αποκτήσει αρκετή ορμή ώστε να καταφέρει δεύτερο και τρίτο χτύπημα στον πονεμένο μαχητή.

Ο δεύτερος δεν είχε καμία ελπίδα αντίδρασης ενάντια στον ταχύτατο αντίπαλό του, αφού δεν προλάβαινε καν να δει τις γροθιές που τον τιμωρούσαν για τις εκδικητικές του επιδιώξεις κατά της Χίμαιρας. Ήταν γεμάτος μελανιές και αίματα, ενώ η προσφάτως ανακτηθείσα όρασή του, χανόταν και πάλι σιγά-σιγά καθώς λιποθυμούσε. Βρισκόταν σε απόγνωση και η ήττα στεκόταν προ των πυλών. Έτσι οδηγήθηκε σε μια κίνηση απελπισίας που αποτελούσε και τη μοναδική για αυτόν λύση. Μόλις ο Ευχίδας τον άρπαξε για να τον μεταφέρει ηττημένο στα πόδια του αφέντη του, έχωσε το βιονικό του χέρι μέσα στον υπολογιστή με τον οποίον είχε συνδεθεί νωρίτερα. Το περίβλημα υποχώρησε εύκολα μπροστά στη δύναμή του και τα μεταλλικά δάχτυλα άρπαξαν τα καλώδια και τα τράβηξαν με βία. Αποκολλήθηκαν αμέσως και άρχισαν να πετούν σπίθες ηλεκτρικού ρεύματος. Πήρε μια βαθιά ανάσα και ακούμπησε τις άκρες τους στο στήθος του. Άρχισε να τινάζεται και να συσπάται, ενώ οι τρίχες του στάθηκαν ολόρθες από την ηλεκτροπληξία. Ο Ευχίδας γύρισε το κεφάλι του για να διαπιστώσει τι είχε κάνει ο αιχμάλωτός του. Ήταν από τις λίγες φορές στη ζωή του που δεν πρόλαβε να αντιδράσει εγκαίρως. Το ρεύμα τον χτύπησε με τα ίδια εντυπωσιακά αποτελέσματα και έμειναν οι δύο τους ενωμένοι και δέσμιοι της ηλεκτρικής ενέργειας. Λιποθύμησαν και τα ακίνητα σώματά τους ανέδιναν μια αηδιαστική οσμή καμένης τρίχας και σάρκας.

Ο Σκίρωνας έδιωξε τις παλλακίδες που τον φρόντιζαν από πάνω του και έτρεξε να ακουμπήσει το μέτωπό του στο προστατευτικό τζάμι και να παρατηρήσει τους δύο πεσμένους αγωνιστές. Τους κοίταζε με αγωνία μέσα στην ακινησία τους και καθώς οι στιγμές περνούσαν και κανείς από τους δύο δε σάλευε, μια έκφραση νίκης ήρθε να αντικαταστήσει τον πόνο που φανέρωνε το πρόσωπό του προηγουμένως. Ήθελε να νικήσει τον Μέμνονα στηριζόμενος στις δικές του δυνάμεις στον ψηφιακό κόσμο. Ακόμα και έτσι όμως, με τη θυσία του σωματοφύλακά του, η νίκη ήταν δική του. Γύρισε την πλάτη του στη μακάβρια σκηνή και ξάπλωσε στα αναπαυτικά του μαξιλάρια, όπου ο συνδυασμός του κυκεώνα και των γυναικείων χαδιών θα τον έκανε να ξεχάσει τη δοκιμασία που πέρασε. Έτσι δεν παρατήρησε τα δάχτυλα του Ευχίδα που τρεμόπαιξαν ή τα βλέφαρά του που άνοιξαν, αναζητώντας κάποια γνώριμη εικόνα, καθώς το ζαλισμένο μυαλό προσπαθούσε να προσδιορίσει τον τόπο και το χρόνο. Κατάφερε να σταθεί στους αγκώνες του με δυσκολία και να κοιτάξει γύρω του απορημένος. Ήξερε ότι ονομαζόταν Ευχίδας, αλλά δεν είχε ιδέα πού βρισκόταν. Η τελευταία του ανάμνηση ήταν αυτή του Σκίρωνα να του μιλάει στα Ηλύσια Πεδία και μετά τα πάντα είχαν χαθεί στο σκοτάδι.

Κοίταξε τον εαυτό του και τρόμαξε με τις αλλαγές που είχαν γίνει πάνω του, χωρίς τη συγκατάθεσή του. Το μεγαλύτερο μέρος του κορμιού του ήταν πλέον βιονικό. Έφταιγε εκείνη η καταραμένη γυναίκα που τον είχε τεμαχίσει βάναυσα την αποφράδα μέρα της άλωσης της Έμπουσας. Αν θυμόταν καλά την έλεγαν Ενυώ. Έπρεπε να τη βρει και να την κάνει να πληρώσει για τη σκληρότητα που είχε επιδείξει εναντίον του και όχι μόνο. Πρώτα όμως έπρεπε να σκοτώσει τον Σκίρωνα, ο οποίος ήταν ο πρωταίτιος για την πτώση της Έμπουσας, για το θάνατο του αφεντικού του του Πολυπήμονα και για τη δική του απαγωγή και παραμόρφωση. Ο Ευχίδας δε θυμόταν λεπτομέρειες, αλλά ήταν σίγουρος ότι ο αρχιμαφιόζος κάτι είχε κάνει στο μυαλό του και ό,τι και αν ήταν, σίγουρα δεν ήταν καλό. Αγνοώντας τον αναίσθητο δίπλα του Μέμνονα, σηκώθηκε όρθιος και το βλέμμα του έπεσε αμέσως στον περιτριγυρισμένο από γυναίκες Σκίρωνα. Πλησίασε αλλά τον σταμάτησε το αδιαπέραστο τζάμι. Το χτύπησε με τη γροθιά του οργισμένος και ο ήχος έκανε τον Σκίρωνα να σηκώσει το κεφάλι με απορία. Είδε με χαρά τον μπράβο του, αλλά το αίσθημα χάθηκε αμέσως εξαιτίας της οργισμένης έκφρασης στο πρόσωπο πίσω από το τζάμι. Ο Σκίρων αναρωτήθηκε αν το σοκ από την ηλεκτροπληξία είχε ακυρώσει την επίδραση της πλύσης εγκεφάλου, με την οποία είχε καταστήσει τον Ευχίδα υποχείριό του.

Ο Ευχίδας τον κάρφωσε με τα μάτια του και μετά εξαφανίστηκε, τρέχοντας με ιλιγγιώδη ταχύτητα προς άγνωστη κατεύθυνση. Ο Μέμνων πρόλαβε να δει μια θολή φιγούρα να απομακρύνεται, καθώς ανακτούσε τις αισθήσεις του. Προσπαθούσε να κατανοήσει τι είχε συμβεί που να έκανε τον Σκίρωνα να κοιτάζει με τόσο άγχος, πίσω από τη γυάλινη ασπίδα όπου είχε αυτοφυλακισθεί. Μερικά δευτερόλεπτα αργότερα η απάντησή του ήρθε με τη μορφή μιας ανθρώπινης οβίδας, η οποία εισέβαλε με ακατανίκητη ορμή στο δωμάτιο και εμβόλισε το διάφανο τείχος που προστάτευε τον Σκίρωνα. Ο Ευχίδας είχε τρέξει από μεγάλη απόσταση για να μπορέσει να αποκτήσει την απαραίτητη φόρα, που θα τον μετέτρεπε σε ένα ακατανίκητο όπλο. Και ο σκοπός του είχε επιτευχθεί. Το σώμα του είχε σφηνωθεί μέσα στη ρωγμή που είχε δημιουργηθεί από τη σύγκρουση. Ήταν καταματωμένος και έτρεμε σύγκορμος, καθώς η ζωή τον άφηνε σιγά-σιγά. Ο Σκίρωνας τον κοίταξε με μίσος και τον πλησίασε για να τον φτύσει στο πρόσωπο.

«Απέτυχες! Έδωσες τη ζωή σου για να ρίξεις την ασπίδα μου και το μόνο που κατάφερες ήταν να σκοτωθείς!»

«Έκανε όμως μια καλή αρχή» είπε ο Μέμνων τραβώντας την προσοχή του μεγάλου αφεντικού. Άρχισε να κοπανάει με το βιονικό του χέρι την επιφάνεια, μεγαλώνοντας τη ρωγμή ολοένα και περισσότερο με κάθε χτύπημα. Ο Σκίρων δεν είχε πια άλλη άμυνα, πέρα από ένα πιστόλι που και αυτό με δυσκολία μπορούσε να χρησιμοποιήσει. Οι κοπέλες που τον συντρόφευαν τόσα χρόνια και ικανοποιούσαν την κάθε του επιθυμία, δεν μπορούσαν να τον βοηθήσουν και φοβούμενες για τη ζωή τους, είχαν μαζευτεί τρέμοντας σε μια γωνιά, κοιτώντας μια εκείνον και μια το βάρβαρο εχθρό με το μηχανικό χέρι. Ο Σκίρων έστειλε μήνυμα στον πιλότο του να έρθει να τον παραλάβει. Πισωπατώντας για να μη χάσει οπτική επαφή με τον Μέμνονα, έφτασε στον τοίχο που βρισκόταν στην άλλη άκρη του δωματίου. Δίνοντας στο λειτουργικό σύστημα του δωματίου την κατάλληλη προφορική εντολή, ο τοίχος άνοιξε και αποκάλυψε ένα τεράστιο μπαλκόνι στον τελευταίο όροφο του τερατόμορφου κτιρίου. Ο Σκίρωνας βγήκε έξω σημαδεύοντας πάντα τον Μέμνονα, αλλά όταν μια από τις παλλακίδες έτρεξε κοντά του, έστρεψε το όπλο πάνω της και την εκτέλεσε χωρίς δισταγμό.

«Λυπάμαι κορίτσια. Σήμερα θα ταξιδέψω μόνος. Δε θα σας ξεχάσω όμως ποτέ» είπε ειρωνικά, σίγουρος για τον εαυτό του και για τη διαφυγή του. Σύντομα έκανε την εμφάνισή του ένα διθέσιο αεριωθούμενο, το οποίο αιωρήθηκε πάνω από το μπαλκόνι και χαμήλωσε αρκετά ώστε ο Σκίρωνας να μπορεί να επιβιβαστεί. Ο Μέμνων, υπερβάλλοντας εαυτόν, κατάφερε να χώσει το βιονικό του χέρι μέσα από το άνοιγμα που είχε δημιουργήσει. Το λέιζερ ξεπετάχτηκε από την πτυχή του μεταλλικού βραχίονα και εξαπέλυσε την ακτίνα του. Βρήκε τον Σκίρωνα στην πλάτη και διαπερνόντας τον βγήκε από το στήθος του. Ο χτυπημένος φυγάς γραπώθηκε ενστικτωδώς από την πόρτα του σκάφους, αλλά οι δυνάμεις του τον εγκατέλειψαν καθώς η ψυχή του άφηνε το πληγωμένο σαρκίο. Τα δάχτυλά του χαλάρωσαν και έπεσε στο δάπεδο του μπαλκονιού, ενώ ο πιλότος απομακρυνόταν εγκαίρως για να σώσει το δικό του τομάρι. Το ρεύμα αέρος από τους προωθητήρες έκανε τα μαλλιά του νεκρού να κυματίσουν για λίγο. Μετά όμως έμειναν και αυτά ασάλευτα.

Ο Μέμνων στόχευσε προς το πτώμα για λίγα ακόμα δευτερόλεπτα, μην μπορώντας ούτε ο ίδιος να πιστέψει, ότι ο μεγάλος Σκίρων ήταν πια νεκρός. Όταν όμως η πεσμένη μορφή του αρχηγού παρέμεινε ακίνητη, με τους σιγανούς λυγμούς των παλλακίδων να μετατρέπονται σε γοερό κλάμα, τότε ξεσφήνωσε το χέρι του και το λέιζερ μέσα από τη ρωγμή. Ενεργοποίησε τον πομπό του ο οποίος είχε απενεργοποιηθεί όταν είχε ταξιδέψει στα Ηλύσια Πεδία και έλαβε σωρηδόν μερικές δεκάδες αγωνιωδών μηνυμάτων του Δημάρατου. Ακούγοντάς τα βιαστικά κατάλαβε ότι κάτι είχε συμβεί με τον Κόβαλο, αλλά ότι η συγκεκριμένη απειλή πλέον δεν υφίστατο. Κάτι ακόμα χειρότερο όμως είχε συμβεί όσο εκείνος χτυπιόταν με τον Σκίρωνα. Κάτι που ήταν αναμενόμενο. Είχαν φτάσει οι ενισχύσεις με επικεφαλής τον Δείμο και τον Φόβο. Ο Μέμνων κάλεσε αμέσως τον Δημάρατο για να του μιλήσει και να τον συμβουλεύσει, αν και ήταν λίγα τα πράγματα που μπορούσε να κάνει κανείς για να αντιμετωπίσει τον τρόμο που προκαλούσαν οι δύο αδελφοί. Ο Δημάρατος δεν αποκρινόταν στο κάλεσμά του και αυτό έβαζε τον Μέμνονα σε πολύ άσχημες σκέψεις. Έπρεπε να δει τι συνέβαινε στο ισόγειο του κτιρίου, όπου βρίσκονταν οι πεζοί στρατιώτες του και ποια τύχη είχαν τα οχήματα που βρίσκονταν περιμετρικά. Πήγε στο τζάμι και απευθύνθηκε στις παλλακίδες του Σκίρωνα που μυξόκλαιγαν νομίζοντας ότι είχε έρθει το τέλος τους.

«Ανοίξτε μου να μπω! Πρέπει να χρησιμοποιήσω έναν υπολογιστή και αυτός που έχετε εκεί είναι ο μοναδικός που λειτουργεί ακόμα» είπε λοξοκοιτώντας τον υπολογιστή που είχε καταστρέψει, στην προσπάθειά του να προκαλέσει ηλεκτροπληξία στον εαυτό του και στον Ευχίδα. Καμία από τις κοπέλες δεν κουνήθηκε.

«Αν μου ανοίξετε ορκίζομαι να σας αφήσω να φύγετε. Σε αντίθετη περίπτωση θα βρω άλλον τρόπο να φτάσω εκεί και τότε δε θα είμαι καθόλου χαρούμενος για την ταλαιπωρία που θα έχω υποστεί. Ανοίξτε τώρα!» Οι φωνές του είχαν αφυπνιστική επίδραση στις παγωμένες από τον τρόμο κοπέλες και μια από αυτές έδωσε εντολή στον υπολογιστή να ανοίξει το τζάμι. Το γυάλινο τείχος σηκώθηκε αλλά πριν χαθεί στην εσοχή του στο ταβάνι, σφήνωσε εξαιτίας του πτώματος του Ευχίδα που παρέμενε καρφωμένο μέσα του. Δεν είχε σημασία όμως. Ο Μέμνων είχε πια πρόσβαση σε υπολογιστή και συνδέθηκε αμέσως σε αυτόν, αγνοώντας τις γυναίκες που έφευγαν βιαστικά προς τη σωτηρία. Θα έκαναν τη δυσάρεστη ανακάλυψη ότι δεν μπορούσαν να βγουν από το κτίριο, αλλά οπουδήποτε αλλού θα ήταν καλύτερα για αυτές, από το να παραμείνουν στο δωμάτιο όπου είχε πεθάνει ο εργοδότης και ευεργέτης τους, μέχρι τη στιγμή τουλάχιστον που τις πρόδωσε και τις άφησε στην τύχη τους. Ο Μέμνων ολομόναχος πλέον, άρχισε να λαμβάνει τις εικόνες από τις κάμερες. Στο ισόγειο οι πολεμιστές της οργάνωσης κυλιόντουσαν στο πάτωμα και ούρλιαζαν ανήμποροι να αντισταθούν στα υποσυνείδητα μηνύματα που έστελναν τα δύο αδέρφια. Οι οδηγοί των Τελχίνων δεν είχαν καλύτερη τύχη. Τα οχήματα είχαν συγκρουστεί είτε μεταξύ τους είτε με κάποιον τοίχο και βρίσκονταν ακινητοποιημένα, πλην ενός το οποίο έτρεχε γύρω από τη Χίμαιρα χωρίς συγκεκριμένο σκοπό.

Ο Μέμνων ήταν σίγουρος ότι ο οδηγός, όποιος και αν ήταν, βρισκόταν σε αλλόφρονα κατάσταση και δεν καταλάβαινε τι έκανε. Αποκτώντας πρόσβαση στον υπολογιστή του Σκίρωνα, εξασφάλιζε πολλές επιλογές και δυνατότητες. Η πιο σημαντική από αυτές ήταν η ενεργοποίηση των μικροτσίπ στους άντρες της Χίμαιρας. Ήταν όλοι συγκεντρωμένοι εκεί, σε στοίχους πίσω από τον Δείμο και τον Φόβο, οι οποίοι στέκονταν μπροστά από την κεντρική είσοδο και αυτοσυγκεντρώνονταν για να μπορούν να εκπέμπουν τα δόλια μηνύματά τους από τα ημικύκλια που στόλιζαν τα μέτωπά τους. Έπρεπε να βρει πρώτα τους κωδικούς για τα μικροτσίπ των δύο αδελφών και αφού έβγαζε από τη μέση τη μεγαλύτερη απειλή, τότε θα κανόνιζε και τους υπόλοιπους. Η αναζήτησή του όμως του επιφύλασσε μια δυσάρεστη έκπληξη. Ανάμεσα στους εκατοντάδες κωδικούς, δεν υπήρχε κανένας για τον Δείμο ή τον Φόβο, όπως και για κανένα από τα νεκρά μέλη της συμμορίας τους. Έχοντας φαίνεται βρει τον Σκίρωνα στην ανάγκη, είχαν επιβάλλει τους δικούς τους όρους στη συμφωνία. Θα έπρεπε να βρει μια εναλλακτική οδό και μάλιστα γρήγορα, πριν τα μέλη της οργάνωσης άρχιζαν να πεθαίνουν από καρδιακή προσβολή και

490

έμενε στο τέλος ολομόναχος, χωρίς συμμάχους. Έστειλε ένα μήνυμα ταυτόχρονα σε όλους τους στρατιώτες της Χίμαιρας, οι οποίοι έβλεπε χάρη στο μικροτσίπ τους ότι βρίσκονταν έξω από το κτίριο. Γνωρίζοντας την ακριβή θέση του καθενός και την ταυτότητά του, ήταν παντοδύναμος απέναντί τους.

«Εδώ Μέμνων. Καλώ τους άντρες της Χίμαιρας να με ακούσουν. Ο Σκίρωνας είναι νεκρός. Ο υπαίτιος του θανάτου του είμαι εγώ. Πλέον ελέγχω το στρατηγείο της εταιρείας και έχω στην κατοχή μου τους κωδικούς για τα μικροτσίπ όλων σας. Αυτό σημαίνει ότι ανά πάσα στιγμή γνωρίζω πού βρίσκεται ο καθένας από εσάς και μπορώ να σας εξοντώσω με μια απλή εντολή στον υπολογιστή. Οι περισσότεροι με γνωρίζετε καλά. Άλλωστε κάποτε ήμασταν συνεργάτες. Σε περίπτωση όμως που αμφιβάλλετε ότι είμαι ικανός να πραγματοποιήσω την απειλή μου, θα σας κάνω μια μικρή επίδειξη». Την αμέσως επόμενη στιγμή εκατό ένοπλοι άντρες τρεμούλιασαν και έπεσαν νεκροί στο έδαφος. Κάποιοι από τους συντρόφους τους έσκυψαν και σήκωσαν τις προσωπίδες από τα κράνη που φορούσαν. Τα πρόσωπά τους ήταν ματωμένα με πηχτές σταγόνες να ξεφεύγουν από τη μύτη, ενώ τα μάτια τους είχαν συστραφεί, αποδεικνύοντας ότι η απειλή του Μέμνονα ήταν ουσιαστική και αμετάκλητη. Ταραγμένοι από την όψη του θανάτου που αντίκρισαν στις φυσιογνωμίες των νεκρών, άρχισαν να συζητούν ανήσυχα μεταξύ τους, αναζητώντας κάποια διέξοδο. Αυτός ήταν ο φόβος με τον οποίον ζούσαν μια ζωή, αλλά δεν περίμεναν ότι όσο θα έμεναν πιστοί στον Σκίρωνα θα κινδύνευαν ποτέ από αυτή τη μοίρα.

«Βλέπω ότι έχω την προσοχή σας. Χαίρομαι. Αυτό που μένει τώρα είναι να υπακούσετε στη μια και μοναδική εντολή που θα σας δώσω. Μετά είστε ελεύθεροι να φύγετε. Θα καταστρέψω τον υπολογιστή και δε θα έχετε να φοβηθείτε τίποτα πια από μένα. Η αποστολή σας είναι απλή. Σκοτώστε τον Δείμο και τον Φόβο!» Αρχικά επικράτησε μια παγωμάρα. Κανείς δε φαινόταν να θέλει να εκτελέσει τη διαταγή, αφού μια απόπειρα εναντίον των δύο αδελφών πιθανότατα ισοδυναμούσε με θάνατο. Η αδράνεια όμως θα επέφερε το ίδιο αποτέλεσμα και κάνοντας βιαστικά τους υπολογισμούς τους κάποιοι, συνειδητοποίησαν ότι δεν μπορούσαν να ξεφύγουν με τίποτα από τον Μέμνονα, ενώ είχαν περισσότερες πιθανότητες με τον Δείμο και τον Φόβο, ειδικά όσο είχαν την προσοχή τους στραμμένη αλλού. Οι δύο αρχηγοί ήταν τόσο απορροφημένοι από την προσπάθειά τους να παραλύσουν από φόβο τους άντρες της οργάνωσης, ώστε δεν είχαν αντιληφθεί τον αναβρασμό που επικρατούσε στις τάξεις των στρατιωτών τους. Τελικά πιο θαρραλέος από όλους αποδείχθηκε ένας άντρας από τις τελευταίες γραμμές της παράταξης. Βγήκε μπροστά σπρώχνοντας τους συναδέλφους του ώστε να του ανοίξουν το δρόμο. Σημάδεψε και άρχισε να πυροβολεί εναντίον των δύο ακίνητων μορφών.

Ο Δείμος έπεσε αμέσως νεκρός, καθώς μια από τις ριπές πέρασε μέσα από την καρδιά του. Ο Φόβος όμως χτυπήθηκε σε μη ζωτικά σημεία και παρόλο που είχε τραυματιστεί σοβαρά, πρόλαβε να στρέψει τη δύναμή του εναντίον των στρατιωτών της Χίμαιρας. Αμέσως προκλήθηκε πανικός, καθώς οι εγκέφαλοι των ενόπλων γέμισαν φρικιαστικές εικόνες και μηνύματα που ερέθιζαν τις πιο βαθιά ριζωμένες φοβίες τους. Αόρατα δάχτυλα άρχισαν να ψάχνουν αδιάκριτα και να σκάβουν μέχρι τις πιο απόκρυφες γωνιές του είναι τους, για να ξεθάψουν τρόμους και εφιάλτες ακόμα και από την παιδική τους ηλικία. Ο πανικός τους οδηγούσε σε πράξεις παράλογες και καταστροφικές. Πυροβολούσαν ή χτυπούσαν με ό,τι είχαν πρόχειρο το διπλανό τους ή ακόμα και τον ίδιο τους τον εαυτό. Πολλοί είχαν πέσει στο έδαφος και ούρλιαζαν και στη συνέχεια ποδοπατούνταν από άλλους αλλόφρονες που έτρεχαν για να γλιτώσουν από κάποια αφανή απειλή. Σύντομα οι στρατιώτες από τις υπόλοιπες πλευρές του κτιρίου, άφηναν τις θέσεις τους και κατέφθαναν θορυβημένοι για να δουν τι είχε συμβεί. Βλέποντας τον Φόβο στραμμένο εναντίον των υπολοίπων, καταλάβαιναν ότι κάποιοι είχαν υποκύψει στον εκβιασμό του Μέμνονα και είχαν επιχειρήσει να σκοτώσουν τα δύο αδέρφια.

Ωθούμενοι από τη θέα του πτώματος του Δείμου και ανεπηρέαστοι ακόμα από τα υποσυνείδητα μηνύματα του εναπομείναντα αδελφού του, πήραν θάρρος και έστρεψαν τα όπλα τους εναντίον του. Αυτή τη φορά οι ριπές έπεσαν πάνω στον Φόβο ομαδικά και δεν είχε ελπίδα σωτηρίας. Τα λέιζερ τον κατατρύπησαν, αποκολλώντας κομμάτια σάρκας και οστών, ρίχνοντάς τον στο έδαφος σαν ένα ανθρώπινο κουρέλι. Με το θάνατό του ήρθε και η λύτρωση για όσους είχαν πέσει θύματα της απάνθρωπης ιδιότητάς του και οι οποίοι έβρισκαν ξανά τα λογικά τους και κοιτούσαν γύρω τους με απορία, προσπαθώντας να ανασύρουν από τη μνήμη τους τα γεγονότα των τελευταίων λεπτών. Ο δρόμος είχε γεμίσει με πτώματα και αίμα ενώ πολλοί είχαν πετάξει τα όπλα τους κάτω και είχαν φύγει μακριά. Οι πληγωμένοι βογκούσαν παλεύοντας με τον πόνο τους, ενώ οι ελαφρά τραυματισμένοι ή όσοι είχαν βγει άθικτοι από την τραυματική εμπειρία, ανέμεναν με αγωνία την επόμενη κίνηση του Μέμνονα. Μπορούσε αν ήθελε αντί να κρατήσει την υπόσχεσή του, να τους σκοτώσει όλους στη στιγμή. Βρίσκονταν αβοήθητοι στο έλεός του και περίμεναν να ακούσουν τη φωνή του σαν θεϊκή ετυμηγορία.

«Είστε ελεύθεροι να φύγετε. Μπορεί την επόμενη φορά που θα σας δω μπροστά μου να σας σκοτώσω, αλλά προς το παρόν η μάχη λήγει εδώ». Δε χρειάστηκε να τους το πει δεύτερη φορά. Όσοι μπορούσαν έτρεξαν και ο υπόλοιποι περπάτησαν ή σύρθηκαν μακριά από τη Χίμαιρα, για να χωθεί ο καθένας στην τρύπα του. Ο Μέμνων έστρεψε το λέιζερ του βιονικού του χεριού εναντίον του υπολογιστή και τον διέλυσε, στέλνοντας τον Σκίρωνα και την εποχή της τρομοκρατίας του στη λήθη. Η επόμενη ενέργειά του ήταν να επικοινωνήσει με τον Δημάρατο και να ζητήσει αναφορά σχετικά με την κατάσταση των μελών της οργάνωσης. Η φωνή του υπαρχηγού του ακούστηκε αλλοιωμένη από τις δοκιμασίες και τη θλίψη, αφού οι πεσόντες στη μάχη ήταν αρκετοί. Περίπου οι μισοί από όσους είχαν ξεκινήσει για την επίθεση στη Χίμαιρα, δε θα γυρνούσαν ζωντανοί στο αρχηγείο.

«Οι οδηγοί των Τελχίνων είναι όλοι ζωντανοί. Έχουν μερικούς μώλωπες λόγω των συγκρούσεων που προκλήθηκαν, όταν έχασαν τον έλεγχο των οχημάτων εξαιτίας του Δείμου και του Φόβου. Δεν είναι όμως κάτι σοβαρό και θα είναι σύντομα μια χαρά. Ο Σκίρων είναι νεκρός;»

«Όσο απίστευτο και αν ακούγεται, το πτώμα του σαπίζει στο μπαλκόνι του τελευταίου ορόφου. Απαλλαχθήκαμε για πάντα από αυτό το καρκίνωμα και σε συνδυασμό με το θάνατο του Πολυτήμονα, η μαφία βγαίνει από αυτήν την ιστορία, πιο αποδυναμωμένη από ποτέ. Με άλλα λόγια, νικήσαμε». Ο Δημάρατος έμεινε για λίγο σιωπηλός, προσπαθώντας να χωνέψει τη νέα πραγματικότητα που του είχε περιγράψει ο Μέμνων.

«Και εμείς όμως έχουμε καταστραφεί. Ουσιαστικά δεν υπάρχει πια οργάνωση. Οι περισσότεροι είναι ή νεκροί ή κρύβονται πολύ τρομαγμένοι για να ξεμυτίσουν. Πρέπει να αναδιοργανωθούμε και να συγκεντρώσουμε παλιά και νέα μέλη, ώστε να συνεχίσουμε την αποστολή μας απερίσπαστοι πλέον. Να φέρουμε τον κόσμο σε επαφή με τον Κίστο». Ο Μέμνων κατευθύνθηκε προς τον Τελχίνα που είχε αφήσει έξω από το γραφείο του Σκίρωνα. Κάθισε στη θέση του οδηγού και ενεργοποίησε τον κινητήρα.

«Προς το παρόν πρέπει οι επιζώντες να βοηθήσετε τους τραυματίες. Συγκέντρωσέ τους όλους και γυρίστε πίσω στο αρχηγείο. Εγώ έχω μια τελευταία υποχρέωση και μετά θα έρθω να σας βρω». Ο Δημάρατος προσπάθησε κάτι να πει, αλλά ο Μέμνων διέκοψε την επικοινωνία. Δεν ήθελε να πει στον Δημάρατο πού πήγαινε, γιατί θα έπρεπε να του αποκαλύψει το μεγάλο του μυστικό. Ήταν προτιμότερο λοιπόν να τον αφήσει στο σκοτάδι, ενώ όδευε σε μια συνάντηση με ένα πρόσωπο από την προηγούμενη ζωή του.

.

ΚΕΦΑΛΛΙΟ 25

Οι μέρες μετά την τελική μάχη ήταν κουραστικές και αγχωτικές. Δυστυχώς κανείς δεν είχε χρόνο να ξαποστάσει μετά τις τρομερές δοκιμασίες και να αναρρώσει από τα χτυπήματα που είχε δεχτεί. Αυτό ίσχυε ιδιαίτερα για τη Θέμιδα, η οποία ήταν ο βασικός συντονιστής των επιζώντων και των τραυματιών. Όλοι αυτοί οι άνθρωποι έπρεπε να μετακινηθούν σε ασφαλές μέρος, ενώ έπρεπε να υπάρξει φροντίδα και για το θέμα της αποτέφρωσης των νεκρών. Τα πράγματα έγιναν πολύ πιο εύκολα όταν ο Φίλων έλαβε ένα αναπάντεχο μήνυμα από τον Δημάρατο, που τον ενημέρωνε ότι το δικό του σκέλος της οργάνωσης είχε πετύχει ολοκληρωτική νίκη εναντίον της Χίμαιρας και ότι ο Σκίρων ήταν νεκρός. Τον καλούσε επίσης να θάψουν δια παντός όλες τις έριδες του παρελθόντος και να συνεργαστούν ώστε να συγκεντρώσουν όλα τα απομεινάρια της διαλυμένης οργάνωσης και να πασχίσουν όλοι μαζί για την ανασύστασή της. Ο Φίλων στην απάντησή του δεν παρέλειψε να ρωτήσει και για την ανάμιξη του Μέμνονα σε όλα αυτά, καθώς επέμενε ότι δεν μπορούσε να συνεργαστεί με έναν πρώην κακοποιό. Ο Δημάρατος αποκρίθηκε πως ο Μέμνων είχε εξαφανιστεί για μέρες και αμφέβαλλε ότι θα τον ξανάβλεπαν ποτέ.

Ο Φίλων και η Θέμις δεν μπορούσαν να πιστέψουν με ευκολία ότι τώρα που όλα τα εμπόδια προς την πρωτοκαθεδρία είχαν υπερκεραστεί, ο Μέμνων απλά τα είχε παρατήσει και είχε φύγει. Συμφώνησαν πάντως σε μια συνάντηση με τον Δημάρατο, στην οποία ο άντρας εμφανίστηκε μετανιωμένος για τις διχόνοιες που είχαν χωρίσει το σύνολό τους και δήλωνε συντετριμμένος ακόμα και για το θάνατο του βασικού του αντιπάλου, του Κλεομένη. Η καταστροφή της Χίμαιρας σήμαινε ότι μπορούσαν να επιστρέψουν στα κρησφύγετά τους ανενόχλητοι, κάτι που τους έλυσε το πιεστικό πρόβλημα στέγασης των πληγωμένων. Η φιλανθρωπία της Θέμιδας προς τους άστεγους, που γίνονταν τροφή για τα μηχανήματα του Κτησίβιου, δεν ξεχάστηκε από τους χτυπημένους από τη μοίρα ανθρώπους. Όλοι απάντησαν θετικά στην παράκλησή της να τη βοηθήσουν με τη μεταφορά των φορείων και του εξοπλισμού του Κτησίβιου, από το εργαστήριο στους υπόγειους χώρους. Ο Δαμναμενέας, ο Ακταίος και οι υπόλοιποι οδηγοί Τελχίνων, όπως και οι πεζοί στρατιώτες του Δημάρατου βοήθησαν σημαντικά στην εξαντλητική διαδικασία.

Η προσπάθεια στέφθηκε με επιτυχία, ενώ ήδη ένα μέρος των ετοιμοθάνατων είχαν σωθεί, από τη μεταφορά της συνείδησής τους σε μηχανικά σώματα. Ο Κτησίβιος είχε ανεβάσει το ποσοστό επιτυχίας στο 60% και παρά τις πολλές απώλειες, όλοι ένιωθαν ευγνώμονες για όσους μπορούσαν να σωθούν. Η διαδικασία συνεχιζόταν πλέον στα υπόγεια κρησφύγετα, με τις ελπίδες όλων βασισμένες στον τρελό επιστήμονα. Και ενώ ο εμφύλιος στην επιφάνεια συνεχιζόταν, οι μαφιόζοι και οι μαχητές του Κίστου κρύβονταν στις σκιές για να γλύψουν τις πληγές τους, αδυνατώντας να ασχοληθούν και με αυτήν την αναμέτρηση. Έχοντας τη νέα πραγματικότητα στο μυαλό της και αναλογιζόμενη την ευκαιρία που είχε χάσει να κυνηγήσει το δικό της έπαθλο, τον Μέμνονα, η

ΚΕΦΑΛΑΙΟ 25

Θέμις γύρισε μια μέρα στο σπίτι της χωρίς να θυμάται από πότε είχε να πάει εκεί. Δεν είχε αμφιβολία ότι η αστυνομία αλλά και όποιος άλλος παραφυλούσε για εκείνη στο σπίτι της τις περασμένες εβδομάδες, θα ήταν ή νεκρός ή θα είχε σημαντικότερα προβλήματα να αντιμετωπίσει, από μια γυναίκα που είχε αποφασίσει να περάσει στην παρανομία για να εξυπηρετήσει έτσι το νόμο.

Άνοιξε την πόρτα και τα φώτα. Το μόνο που την περίμενε για να την υποδεχθεί ήταν η εικόνα της εγκατάλειψης συνοδευόμενη από τη μυρωδιά της κλεισούρας. Άνοιξε τα παράθυρα και κοίταξε για λίγο έξω ατενίζοντας την πόλη. Η επήρεια του Κίστου και το μεθυστικό άρωμα της νίκης, θα έπρεπε να της προσφέρει μια πρωτόγνωρη ευφορία. Εκείνη όμως το μόνο που ένιωθε ήταν εξάντληση και απογοήτευση. Παρά τις επιτυχίες της, ένιωθε μέσα της ένα κενό που την εμπόδιζε να εκτιμήσει τα όσα είχαν καταφέρει με τους συμμάχους της. Αντιλαμβανόταν ότι τα συναισθήματά της ήταν εγωιστικά. Θα έπρεπε να είναι χαρούμενη που είχε αγωνιστεί τόσο σκληρά για το κοινό καλό και τελικά είχε επιτύχει, αντί να σκέφτεται την εκδίκηση που ίσως να μην έπαιρνε ποτέ. Η κοινωνική της αποστολή ήταν πιο σημαντική από τις άλλες προσωπικές της επιδιώξεις και αυτό δεν έπρεπε να το ξεχνάει. Όμως όσο και αν έψεγε τον εαυτό της για τα ποταπά αυτά αισθήματα, η νίκη της φαινόταν κούφια, χωρίς την κεφαλή του Μέμνονα να στολίζει τον τοίχο της. Χωρίς το δολοφόνο του συζύγου της νεκρό. Οι σκέψεις της και η μοναξιά την κράτησαν στο παράθυρο για μερικά λεπτά ακόμα.

Όταν όμως η θέα την κούρασε, αποσύρθηκε στο εσωτερικό του διαμερίσματος, αναζητώντας τρόπο να αντιμετωπίσει τη μελαγχολία της. Πίστευε ότι ο κόσμος την είχε αφήσει επιτέλους ήσυχη, αδιαφορώντας για την τύχη της. Είχε κάνει την εσφαλμένη υπόθεση ότι από τη στιγμή που είχε περισώσει ό,τι μπορούσε από την οργάνωση, δεν είχε κανένα άλλο ρόλο σε αυτήν την ιστορία και θα αποσυρόταν, για να ασχοληθεί με τους δικούς της δαίμονες. Ένας άντρας όμως την παρακολουθούσε από το δρόμο. Είχε δει τη σιλουέτα της στο παράθυρο και η καρδιά του είχε σφιχτεί, αναπολώντας τις στιγμές του παρελθόντος, τότε που ήταν κάποιος άλλος και εκείνη στεκόταν στο πλευρό του. Οι σκηνές του θύμιζαν περισσότερο όνειρο παρά ανάμνηση, με την πλύση εγκεφάλου του Σκίρωνα να του έχει σπιλώσει αυτές τις πολύτιμες νοητές εικόνες, που κρύβονταν καλά στα βάθη του μυαλού του. Ο Μέμνων είχε υποσχεθεί στον εαυτό του ότι απλά θα πήγαινε για να διαπιστώσει ότι εκείνη ήταν καλά. Ότι δε θα της αποκάλυπτε την αλήθεια, αφού πίστευε πως ήταν προτιμότερο να τον θεωρεί νεκρό, ύστερα από τα τόσα εγκλήματα που είχε διαπράξει. Δε θα της μιλούσε καν.

Όταν άρχισε να την αναζητά πριν από μέρες, μην έχοντας κάποια καλύτερη ιδέα, αποφάσισε να την περιμένει στο σπίτι που κάποτε μοιράζονταν, όπου λογικά κάποια στιγμή εκείνη θα επέστρεφε. Οι προσδοκίες του είχαν επιβεβαιωθεί και η χαρά του που την έβλεπε ζωντανή ήταν απερίγραπτη. Ένα επίμονο αόρατο χέρι τον έσπρωχνε κοντά της. Να την πλησιάσει και να της αποκαλύψει ποιος ήταν. Τι θα του έλεγε άραγε; Πώς θα αντιδρούσε; Τότε επικρατούσε η λογική και έδινε ο ίδιος τη σκληρή απάντηση στον εαυτό του, γκρεμίζοντας τις φρούδες ελπίδες. Δε θα του έδινε καν την ευκαιρία να της μιλήσει. Θα άρπαζε το όπλο της και θα τον εκτελούσε επί τόπου. Στην απίθανη περίπτωση που προλάβαινε να μιλήσει, θα γελούσε με πικρία και θα τον έφτυνε για την προσπάθειά του να την ξεγελάσει, όπως θα νόμιζε. Η εσωτερική αυτή σύγκρουση συνεχιζόταν, καθώς όσο χαζό και αν ακουγόταν, ίσως υπήρχε μια αμυδρή ελπίδα να τον συγχωρέσει για τα ανοσιουργήματά του. Θα της έδειχνε τα αρχεία που είχε κλέψει ο Προμηθέας από τον Σκίρωνα, τα οποία αποδείκνυαν ότι είχε πέσει θύμα σκευωρίας. Ότι η πλύση εγκεφάλου τον είχε μετατρέψει από ήρωα σε ψυχρό και ανηλεή δολοφόνο.

Όμως πώς θα μπορούσε να τον συγχωρέσει, όταν ακόμα ένιωθε μέσα του ευχαρίστηση όταν σκότωνε και δε μετάνιωνε ούτε για ένα από τα πτώματα που είχε αφήσει πίσω του όλα αυτά τα χρόνια. Μπορεί να είχε θυμηθεί την παλιά του προσωπικότητα, αλλά αυτό δε σήμαινε ότι αυτή είχε υπερισχύσει της νεότερης. Παρέμενε ένα τέρας κάποτε οδηγημένο από την εκδίκηση, που πλέον δεν είχε αποστολή και σκοπό στη ζωή. Έπρεπε να φύγει δίχως να κοιτάξει πίσω του, αλλά όσο μάταιο και αν ήταν παρέμενε ριζωμένος στο πεζοδρόμιο, απέναντι από το παράθυρο, διχασμένος ανάμεσα στη φυγή και την οδυνηρή αποκάλυψη.

∞

Ο ήχος του κουδουνιού γέμισε το σιωπηλό διαμέρισμα, διαπεραστικός και αφυπνιστικός. Η Θέμις πετάχτηκε ξαφνιασμένη από το κρεβάτι και τρίβοντας τη νύστα από τα μάτια της, κατευθύνθηκε προς την οθόνη της θύρας για να διαπιστώσει ποιος είχε έρθει να την επισκεφτεί τόσο αναπάντεχα. Η θέα του ατόμου που στεκόταν στην είσοδο την ξάφνιασε και το τίναγμα που ένιωσε έδιωξε και τα τελευταία ίχνη υπνηλίας από το κεφάλι της. Ντύθηκε βιαστικά και άρπαξε το πιστόλι της, κρύβοντάς το πίσω από την πλάτη της, καθώς έδινε την προφορική εντολή στην πόρτα να ανοίξει και να υποδεχτεί τον απρόσμενο επισκέπτη, με τις άγνωστες προθέσεις. Ο άντρας πέρασε μέσα και πριν προλάβει να κάνει δύο βήματα, ήρθε αντιμέτωπος με το λέιζερ της Θέμιδας κολλημένο ανάμεσα στα μάτια του.

«Έχεις πολύ μεγάλο θράσος να έρχεσαι στο σπίτι μου, μετά από όσα έχεις κάνει. Τι σε κάνει να πιστεύεις ότι δε θα σε σκοτώσω επί τόπου; Για μένα και για όσα πιστεύω είσαι ένας εχθρός και τίποτα άλλο».

501

«Ξέρω ότι σκοτώνεις μόνο όταν κάποιος σε στριμώξει στη γωνία και ακόμα και τότε με δισταγμό. Δεν είσαι ψυχρή δολοφόνος Θέμιδα. Απλά οι καταστάσεις σε έχουν αναγκάσει να μεταχειριστείς πιο σκληρά μέσα από αυτά που ίσως θα ήθελες». Η Θέμις δεν κατέβασε το όπλο, αλλά το απομάκρυνε από το κεφάλι του άντρα, ο οποίος φαινομενικά τουλάχιστον, είχε ειρηνικές προθέσεις.

«Και τι θέλει από μια κακοποιό και κυνηγημένη από το νόμο ο Αρχηγός της Αστυνομίας;» Ο Αρχηγός χαμογέλασε με ένα μορφασμό που πρόδιδε κάτι ανάμεσα σε μετάνοια και πικρία.

«Είμαι και εγώ πλέον παράνομος και δεν κατέχω πια το αξίωμα του Αρχηγού της Αστυνομίας. Μπορείς να με αποκαλείς απλά Βιάνορα». Η Θέμις παρά την οργή της για τον άνθρωπο που ουσιαστικά την είχε πετάξει έξω από το Σώμα, ήταν αρκετά περίεργη ώστε να θέλει να μάθει ποιες εξελίξεις είχε χάσει, όσον καιρό πολεμούσε τη μαφία, συνεργαζόμενη με ήρωες αλλά και κτήνη.

«Τι προκάλεσε αυτήν την αλλαγή στην ηγεσία; Η κυβέρνηση δεν ήταν ικανοποιημένη με την αποτυχία διαχείρισης των εξεγέρσεων;»

«Όταν κλήθηκα να αντιμετωπίσω τους επαναστάτες, έσπευσα να υπακούσω και να κάνω το καθήκον μου, όπως έκανα σε όλη μου τη ζωή. Κάποια στιγμή όμως, όταν η κατάσταση είχε ξεφύγει εκτός ελέγχου, μου ζητήθηκε να προβώ σε ενέργειες που θα έλυναν το πρόβλημα μια και καλή. Ο δρόμος προς τη νίκη όμως θα ήταν σπαρμένος με αμέτρητα πτώματα πολιτών. Θα έπρεπε να προκαλέσω ένα λουτρό αίματος. Κάτι τέτοιο δε θα μου το επέτρεπε ποτέ η συνείδησή μου. Έτσι αρνήθηκα και έχασα τη θέση μου με συνοπτικές διαδικασίες. Αν δεν ήταν κάποιοι αστυνομικοί πιστοί σε μένα, οι οποίοι με φυγάδευσαν εγκαίρως, αυτή τη στιγμή θα ήμουν στη φυλακή. Επειδή αρνήθηκα να γίνω μακελάρης». Η Θέμις άκουγε με προσοχή, όμως όσα της αποκάλυπτε ο παλιός της προϊστάμενος δεν της προκαλούσαν καμία εντύπωση.

Περίμενε τόσα και χειρότερα από όσους είχαν την εξουσία στα χέρια τους.

«Σε είχα προειδοποιήσει ότι δεν έπρεπε να τους υπακούς τυφλά. Δεν αξίζουν ούτε την αφοσίωσή σου ούτε το σεβασμό που τους έδειχνες. Για αυτούς ήσουν απλά ένα εργαλείο, το οποίο μόλις έπαψε να τους είναι χρήσιμο, το πέταξαν στα σκουπίδια χωρίς δισταγμό. Τι έκανες μετά;»

«Θα μπορούσα να μείνω κρυμμένος μέχρι να ηρεμήσουν κάπως τα πράγματα και να δω την κατάληξη όλων αυτών των αναταραχών. Δεν μπορούσα όμως να μείνω αμέτοχος, ξέροντας ότι ο αντικαταστάτης μου θα προχωρούσε με το σχέδιο που εγώ είχα αρνηθεί να υλοποιήσω. Έσπευσα να ειδοποιήσω τους επαναστάτες για το θανάσιμο κίνδυνο που διέτρεχαν. Φυσικά στην αρχή με αντιμετώπισαν με καχυποψία και πολλοί ζητούσαν την παραδειγματική εκτέλεσή μου. Όμως όταν διαπίστωσαν ότι οι προθέσεις μου είναι ειλικρινείς και πως χάρη στις πληροφορίες μου σώθηκαν χιλιάδες ζωές, άρχισαν να με χρησιμοποιούν σε μόνιμη βάση, για να βρίσκουν αδυναμίες στις άμυνες της αστυνομίας και τρόπους να αντισταθμίζουν την υπεροπλία της. Με τα μέλη των επαναστατών να αυξάνονται καθημερινά, αφού ο κόσμος έχει ενθαρρυνθεί από τις επιτυχίες μας και σπεύδει να συμβάλει όπως μπορεί, πλέον έχουμε στριμώξει την κυβέρνηση στη γωνία. Σήμερα καταλάβαμε την Εκκλησία του Δήμου και από αύριο θα αρχίσουν να γίνονται εκεί λαϊκές συνεδριάσεις, ώστε ο θεσμός να αποκτήσει και πάλι το πραγματικό του νόημα και να σταματήσει να υφίσταται η φαλκιδευμένη του εκδοχή, όπως γινόταν μέχρι τώρα».

Αυτή η εξέλιξη προκάλεσε έκπληξη στη Θέμιδα σε αντίθεση με τα υπόλοιπα λεγόμενά του, τα οποία είχε κρίνει αναμενόμενα. Πώς ήταν δυνατόν να είναι τόσο απορροφημένη από το δικό της υπόγειο πόλεμο, ώστε να μην έχει αντιληφθεί πόσο πολύ είχε γιγαντωθεί το επαναστατικό κίνημα; Και όλα αυτά είχαν ξεκινήσει από τον άνθρωπο που κάποτε θεωρούσε δολοφόνο και είχε κυνηγήσει ανελέητα. Τον Προμηθέα, που είχε πασχίσει αγόγγυστα για το καλό της κοινωνίας και ακόμα και αν τα σχέδιά του δεν είχαν εξελιχθεί όπως τα είχε οραματιστεί, δεν έπαυε να είναι ο κύριος υπεύθυνος για αυτόν τον ξεσηκωμό και για το γεγονός ότι στο κοντινό μέλλον, όλοι οι πολίτες θα είχαν πρόσβαση στον Κίστο. Η επικείμενη πτώση της κυβέρνησης και ο κατακερματισμός της μαφίας, σήμαινε ότι θα υπήρχε ένα κενό εξουσίας το οποίο έπρεπε να βιαστούν να το εκμεταλλευτούν άνθρωποι με νοοτροπία παρόμοια με εκείνη της Θέμιδας. Σαν να είχε διαβάσει τις σκέψεις της ο Βιάνορας, αποκάλυψε σε εκείνο το σημείο το λόγο της επίσκεψής του.

«Όπως καταλαβαίνεις, σε αυτή τη νέα πραγματικότητα είναι απαραίτητοι άνθρωποι αξιόπιστοι και τολμηροί που θα δαμάσουν τις δυσκολίες και δε θα μας αφήσουν να ξανακυλήσουμε στο βάλτο του παρελθόντος. Άνθρωποι σαν και εσένα».

«Μου προτείνεις δηλαδή να πολιτευθώ;» Η Θέμις χαμογέλασε ειρωνικά μην μπορώντας να συγκρατηθεί.

«Όχι, κάθε άλλο. Ξέρω ότι κάτι τέτοιο δε θα σου ταίριαζε καθόλου και πως θα ασφυκτιούσες σε έναν τέτοιο ρόλο. Αυτό που είχα στο νου μου είναι πολύ κοντά στα προηγούμενά σου καθήκοντα, με τη διαφορά ότι θα έχεις μεγαλύτερη ελευθερία στη λήψη αποφάσεων και φυσικά περισσότερες ευθύνες. Θέλω να γίνεις η Αρχηγός της νέας αστυνομίας που θα δημιουργήσουμε, αποβάλλοντας όσα όργανα ήταν διεφθαρμένα και κρατώντας μόνο όσους έμειναν πιστοί στον όρκο τους. Θα χρειαστούν βέβαια και νεοσύλλεκτοι για να στελεχωθεί πλήρως το Σώμα και αυτό θα είναι ένα μόνο από τα νέα σου καθήκοντα. Θα μπορείς να εγκρίνεις ή να απορρίπτεις τους υποψηφίους η ίδια ή να αναθέσεις την υποχρέωση σε κάποιο άτομο της εμπιστοσύνης σου. Θα διαθέτεις όλη την απαραίτητη εξουσία για να δημιουργήσεις μια υπηρεσία επιβολής της τάξης, όπως ακριβώς την έχεις οραματιστεί και για την οποία πάλευες τόσα χρόνια αλλά με ελλιπή μέσα. Τώρα λοιπόν αυτά τα μέσα θα τα έχεις, φτάνει μόνο να θελήσεις να αναλάβεις τη σημαντική αυτή θέση. Τι λες;» Η Θέμις τον κοίταξε αμίλητη και ο Βιάνορας άρχισε να αναρωτιέται αν η σιωπή της οφειλόταν στην περίσκεψη, στην έκπληξη ή στην οργή. Αν ίσχυε το τρίτο και η προσφορά του της είχε φανεί εξωφρενική, μάλλον θα έπρεπε να αρχίσει να σκέφτεται πώς να αντιμετωπίσει το ξέσπασμά της. Όταν όμως τελικά εκείνη μίλησε, ο τόνος της δεν πρόδιδε εχθρικές διαθέσεις.

«Πρέπει πριν αποφασίσω να μου ξεκαθαρίσεις ορισμένα πράγματα, όπως για παράδειγμα το λόγο για τον οποίον οι επαναστάτες θα εμπιστευτούν μια πρώην αστυνομικό. Πώς μπορούν να μου δώσουν τόση εξουσία και να μη φοβούνται ότι θα τους προδώσω;»

«Όταν σε πρότεινα δε δίστασαν καθόλου να δεχθούν, γιατί το όνομά σου και τα κατορθώματά σου των τελευταίων μηνών, έχουν διαδοθεί ευρέως σε διάφορους κύκλους. Πολύς κόσμος σε θαυμάζει ακόμα και αν δε σε έχει γνωρίσει καν. Αυτά τα οποία έχουν ακούσει για σένα τους αρκούν, για να ξέρουν ότι μπορούν να στηριχθούν πάνω σου». Τα λόγια του Βιάνορα ήταν ιδιαιτέρως ενθαρρυντικά, αλλά η Θέμις ήταν ακόμα διστακτική με την επιλογή που παρουσιαζόταν ξαφνικά μπροστά της.

«Λες ότι είσαι πλέον ένας έμπιστος των επαναστατών και μάλιστα ενεργείς ως πολύτιμος σύμβουλος. Πώς δεν επέλεξαν εσένα για Αρχηγό, αφού άλλωστε έχεις και την κατάλληλη προϋπηρεσία. Δε ζήτησες αντάλλαγμα για τις υπηρεσίες σου;»

«Το αντάλλαγμα είναι ότι είμαι ακόμα ζωντανός. Όσα και αν έχω προσφέρει στην επανάσταση, δεν παύω να είμαι ο πρώην επικεφαλής ενός διεφθαρμένου και σάπιου οργανισμού, ο οποίος κρατούσε τον κόσμο στο σκοτάδι όταν ήταν πια ξεκάθαρο ότι οι τρομοκράτες δεν είχαν ρίξει δηλητήριο στις δεξαμενές νερού, τη μοιραία εκείνη μέρα, αλλά την πολυπόθητη θεραπεία για τον ιό.

Και όχι μόνο αυτό αλλά όταν απαίτησαν απαντήσεις, τους χτυπήσαμε για να τους σωπάσουμε. Και όταν οι κραυγές τους αντί να σταματήσουν πλήθαιναν και η έντασή τους αυξανόταν ασταμάτητα, αρχίσαμε να σκοτώνουμε χωρίς οίκτο. Μπορεί να έχω μετανιώσει για όσα έχω κάνει, αλλά στα μάτια τους και στα δικά μου παραμένω ένοχος. Δε θα μου έδιναν ποτέ την αρχηγεία και εγώ δε θα τολμούσα να τη ζητήσω. Εσύ αντίθετα έχεις κάθε δικαίωμα να τη διεκδικήσεις και είναι σχεδόν βέβαιο ότι θα στην προσφέρουν απλόχερα. Πρέπει να γίνει αυτό, για το καλό όλων μας».

Περίμενε την απόκρισή της με αγωνία, δείχνοντας με το ύφος του πόσο πολύ ήθελε από εκείνη να δεχτεί την πρότασή του. Ίσως αποτελούσε αυτή η πράξη άλλη μια αποστολή εξιλέωσης για εκείνον, για τα σφάλματα του παρελθόντος και για τον άσχημο τρόπο με τον οποίον την είχε μεταχειριστεί. Δεν είχε προλάβει να συνέλθει από τις περιπέτειες και τους θανάσιμους κινδύνους, επομένως της ήταν δύσκολο να επεξεργαστεί αυτή τη νέα αναπάντεχη προοπτική για το μέλλον της. Ενώ όμως δυσκολευόταν να πάρει μια τελική απόφαση, είχε μέσα της τη σιγουριά ότι επιθυμούσε έναν ενεργό ρόλο σε αυτό το νέο κόσμο που θα επιχειρούσαν να χτίσουν. Ήθελε να αναλάβει ένα σκοπό αρκετά ευγενή, ώστε να ξεπλύνει από μέσα της τη δυσωδία της εκδικητικής μανίας, που ήταν η κινητήρια δύναμή της τόσα χρόνια. Ένα σκοπό που θα τη βοηθούσε να ξεχάσει και ίσως και να γίνει ευτυχισμένη, αντί να της τρώει καθημερινά τα σωθικά.

∞

Όταν οι μέρες είχαν περάσει και ο Δημάρατος δεν είχε κανένα νέο του Μέμνονα, το είχε πάρει απόφαση ότι ο πληρωμένος φονιάς τους είχε εγκαταλείψει για πάντα, παίρνοντας μάλιστα μαζί του έναν Τελχίνα. Το ενδεχόμενο να μείνει ο μόνος επικεφαλής της οργάνωσης όμως δεν τον τρόμαζε πια τόσο, αφού οι συγκρούσεις είχαν πια σταματήσει και αυτό που έμενε ήταν η ανοικοδόμηση. Σε αυτό το καθήκον είχε δείξει κάποια κλίση και οι άντρες του εμπιστεύονταν το ένστικτό του. Επίσης το ρίσκο που είχε πάρει να επικοινωνήσει με τον Φίλωνα και να προτείνει ένωση των υποομάδων τους σε ένα αδιαίρετο και ισχυρότερο σύνολο, είχε τελεσφορήσει και η συνεργασία προχωρούσε χωρίς προβλήματα. Η εξαφάνιση του Μέμνονα είχε παίξει καθοριστικό ρόλο για την επίτευξη της συμφωνίας, αφού ο Φίλων από την πρώτη στιγμή είχε ξεκαθαρίσει πως ούτε εκείνος, ούτε η συνεργάτιδά του η Θέμιδα, θα συμμαχούσαν με εκείνο το άτομο. Όλα λοιπόν είχαν αποβεί προς όφελος της οργάνωσης και ο Δημάρατος είχε αρχίσει να νιώθει πως υπήρχε ξανά κάποια σταθερότητα κάτω από τα πόδια του. Όταν λοιπόν έλαβε ένα μήνυμα από τον Μέμνονα που τον καλούσε να συναντηθούν, κάθε άλλο παρά ευχάριστα συναισθήματα ένιωσε. Αν ο Μέμνων αποφάσιζε ξαφνικά να επανέλθει στην οργάνωση, θα τα τίναζε όλα στον αέρα, σε μια χρονική περίοδο που οι συνθήκες είχαν αρχίσει κάπως να βελτιώνονται.

Με τα σενάρια να διαδέχονται στο μυαλό του το ένα το άλλο και με αυξανόμενη ανησυχία, ο Δημάρατος πήγε στο προκαθορισμένο σημείο της συνάντησης, έχοντας προετοιμάσει διάφορα επιχειρήματα, τα οποία αμφέβαλε ότι θα πτοούσαν τον Μέμνονα σε περίπτωση που διεκδικούσε και πάλι την ηγεσία. Είχε χρησιμοποιήσει ένα πιο συμβατικό όχημα για να φτάσει εκεί, μη θέλοντας να τραβήξει προσοχή με έναν Τελχίνα. Κατέβηκε από το αυτοκίνητο και προχώρησε προς τη σκιά ενός στεγάστρου, όπως τον είχε καθοδηγήσει στο μήνυμα ο Μέμνων. Η σκοτεινή σιλουέτα του κάποτε αρχηγού του, διακρινόταν πίσω από ένα μεγαλύτερο όγκο. Ο Δημάρατος σταμάτησε, χωρίς να είναι σίγουρος για το τι έπρεπε να πει ή να κάνει. Το λογύδριο που είχε προετοιμάσει για να συνετίσει τον Μέμνονα, είχε χαθεί σε κάποια χαραμάδα του μυαλού του και ο λαιμός του είχε στεγνώσει τελείως. Τίποτα από όλα αυτά όμως δεν είχε σημασία, αφού ο Μέμνων μίλησε πρώτος και δεν περίμενε ούτε καν απάντηση.

«Σου έφερα τον Τελχίνα σου. Σίγουρα θα τον χρειαστείτε στο μέλλον εσύ και οι υπόλοιποι. Εγώ θα εξαφανιστώ. Μην ψάξετε να με βρείτε γιατί θα είναι χαμένος κόπος. Αν και αμφιβάλλω ότι θα κάνατε κάτι τέτοιο ούτως ή άλλως. Θα ήμουν περισσότερο εμπόδιο παρά βοήθεια. Καλύτερα έτσι λοιπόν. Καλή τύχη». Γύρισε να φύγει και ο Δημάρατος πολεμώντας την κατάπληξή του, προσπάθησε να τον ακολουθήσει, για να μάθει ποιος ο λόγος αυτής της ξαφνικής μεταστροφής, ενός ανθρώπου που είχε σκοπό να πλουτίσει από τον Κίστο και να γίνει πιο σπουδαίος ακόμα και από τον Σκίρωνα. Όμως, στο δεύτερό του βήμα, είδε κάτι να αστράφτει στη σκιά και η αιχμή του κατάνα ακούμπησε ψυχρή και απειλητική στη μύτη του.

«Μη με ακολουθήσεις. Το ξέρω ότι όλα αυτά σου φαίνονται περίεργα. Έχω όμως σοβαρό λόγο για ό,τι κάνω, αλλά εσύ δε θα τον μάθεις ποτέ». Η λεπίδα υποχώρησε και μαζί της χάθηκε και ο κάτοχός της. Ο Δημάρατος διαπίστωσε ότι κρατούσε την αναπνοή του και ότι στηριζόταν πάνω στο σκοτεινό όγκο που ήταν ο Τελχίνας, όπως ακριβώς του είχε πει ο Μέμνων. Άφησε τον αέρα να φύγει από τα πνευμόνια του και στηρίχθηκε για μερικά λεπτά στο τεθωρακισμένο όχημα. Η ξαφνική μεταστροφή του Μέμνονα από τσιράκι του Σκίρωνα σε αδίστακτο εχθρό του, είχε αποτελέσει τότε μια μεγάλη έκπληξη. Δε θα έπρεπε λοιπόν ούτε εκείνη τη στιγμή ο Δημάρατος να απορεί, με τη νέα αυτή ξαφνική αλλαγή πλεύσης του μαφιόζου. Ήταν μια προσωπικότητα γεμάτη μυστικά, με ελατήρια γνωστά μόνο στον ίδιο και ίσως και στον Προμηθέα, ο οποίος τα είχε πάρει με ασφάλεια στον τάφο του. Μάλλον δε θα μάθαινε ποτέ τι είχε συμβεί ανάμεσα στους δύο αυτούς άντρες, τι συμφωνία είχαν κάνει, ποια ανταλλάγματα είχαν δοθεί και αν ο

Μέμνων σκόπευε όντως να ηγηθεί της οργάνωσης ή αν ήταν η ξαφνική του φυγή κάτι προσχεδιασμένο. Όπως είχε παραδεχθεί και ο ίδιος όμως, τα πράγματα ήταν καλύτερα έτσι όπως είχαν εξελιχθεί. Υπήρχαν άνθρωποι που θα υπηρετούσαν καλύτερα την ειρήνη, από ένα γεννημένο δολοφόνο και ήταν προτιμότερο για όλους, να τον θυμούνται ως το μαχητή που έριξε τη Χίμαιρα από το θρόνο της.

∞

Ο Μέμνων δεν άργησε να αντιληφθεί ότι αν ήθελε να μη συγκρουστεί ποτέ ξανά με τη Θέμιδα και παράλληλα να μην αναγκαστεί ποτέ να της αποκαλύψει την αλήθεια, θα έπρεπε να φύγει από τη χώρα. Παρακολουθούσε τις ειδήσεις και όταν ενημερώθηκε για το νέο της πόστο στην αρχηγεία της αστυνομίας, ήξερε ότι όποια εγκληματική δραστηριότητα και αν ανέπτυσσε, αργά ή γρήγορα οι δρόμοι τους θα διασταυρώνονταν και τότε θα έπρεπε να επιλέξει ανάμεσα στη ζωή του και τη δική της. Αυτό το δίλημμα δεν ήταν διατεθειμένος να το αντιμετωπίσει. Επίσης δεν ήταν διατεθειμένος να αφήσει τη ζωή του εγκλήματος, γιατί δεν μπορούσε να φανταστεί τον εαυτό του να κάνει οτιδήποτε άλλο. Ο άνθρωπος που είχε υπάρξει κάποτε, είχε διαλυθεί σε μικρά κομματάκια, χαμένα κάπου μέσα στην τωρινή του προσωπικότητα και ήταν αδύνατον να υιοθετήσει ξανά το ρόλο του τίμιου και αποφασισμένου να πολεμήσει το έγκλημα αστυνομικού. Θα έπρεπε λοιπόν να φύγει μακριά και να βρει ένα νέο κάθαρμα για εργοδότη, για να συνεχίσει τη ζωή του περίπου από εκεί που την είχε αφήσει, όταν ξέσπασε όλη αυτή η ιστορία, που έμελε να αλλάξει τον κόσμο ολόκληρο, αφού δεν υπήρχε σημείο του πλανήτη που να μην είχε χτυπηθεί από τη μάστιγα του ιού της Αράς. Δε θα δυσκολευόταν να βρει απασχόληση. Το έγκλημα γνώριζε παντού άνθηση και άνθρωποι με τα δικά του φονικά χαρίσματα, ήταν πάντα ευπρόσδεκτοι στη μαφία.

Παρά τις αμέτρητες επιλογές που είχε, αντί να ενεργοποιηθεί και να αποφασίσει για το επόμενό του βήμα, βυθίστηκε σε μια παρατεταμένη περίοδο αποχαύνωσης, κατά την οποία θυμήθηκε τις παλιές του συνήθειες και άρχισε πάλι να καταναλώνει μεγάλες ποσότητες κυκεώνα και αλκοόλ. Κλεισμένος στο δωμάτιο ενός ξενοδοχείου, πάλευε όλη μέρα με τα οράματα και γλιστρούσε βαθιά στην ψεύτικη ευφορία των ουσιών. Ο εθελοντικός εγκλεισμός του οφειλόταν σε μεγάλο βαθμό στο φόβο του ότι μπορεί η Θέμις να τον αναζητούσε, αλλά και στην άρνησή του να δει οποιονδήποτε γνωστό που μπορεί να τον επανέφερε στην πραγματικότητα και να τον ανάγκαζε να αντιμετωπίσει τα ερωτήματα που απέφευγε τόσον καιρό. Ξεμυτούσε μόνο για να εφοδιαστεί με τις ουσίες που ήταν απαραίτητες για να συνεχίσει την κάθοδό του στη λήθη και για να μουδιάζει τον εγκέφαλό του αρκετά, ώστε να μη σκέφτεται τίποτα. Τα ερωτήματα όμως ξεπήδησαν από το υποσυνείδητό του και τον επισκέφτηκαν ακόμα και σε αυτήν την κατάσταση μέθης. Κάπου ανάμεσα στον ύπνο και την παραίσθηση, βρέθηκε να περπατάει σε μια έρημο, κουρελής και διψασμένος. Ο ήλιος έλαμπε καυτός πάνω από το κεφάλι του, με τις ακτίνες να του τσουρουφλίζουν το δέρμα και να κάνουν τη θερμοκρασία ανυπόφορη.

Έσερνε το κορμί του χωρίς προορισμό, λίγο πολύ όπως και στην πραγματικότητα και δεν έτρεφε καν μέσα του μια ελπίδα για σωτηρία. Η πορεία του τον έφερε σε μια ομάδα ανθρώπων, που δεν είχε δει προηγουμένως, αν και ήταν αδύνατον να κρυφτούν κάπου στην άδεια και επίπεδη έκταση της ερήμου. Φορούσαν χιτώνες που κάλυπταν όλο τους το σώμα, μέχρι και το κεφάλι. Φαίνονταν μόνο τα χέρια τους, ενώ στα πρόσωπά τους φορούσαν χαμογελαστά προσωπεία με μεγάλες οπές στα μάτια και στο στόμα. Τους κοίταξε αδιάφορα και σκέφτηκε να τους προσπεράσει, αλλά ξαφνικά άρχισαν να μιλούν όλοι μαζί σε τέλειο συγχρονισμό, επιδεικνύοντας ένα ανεξήγητο ενδιαφέρον για την εξαθλιωμένη μορφή του.

«Πού πηγαίνεις ξένε;» Το ενδιαφέρον τους τον ξάφνιασε και σκέφτηκε για μια στιγμή να τους αγνοήσει, αφού δεν είχε καμία υποχρέωση να τους ενημερώσει για τις κινήσεις του. Τελικά όμως απάντησε, χωρίς να διακόψει τον αργό βηματισμό του.

«Μακριά. Κάπου που να μη με ξέρει κανείς».

«Με τι σκοπό;» ήχησαν πάλι οι φωνές χορωδιακά.

«Δεν υπάρχει σκοπός, ούτε προορισμός. Απλά πρέπει να φύγω» είπε με μια νότα εκνευρισμού στη φωνή του.

«Έχεις σκοπό και προορισμό, φτάνει μόνο να κοιτάξεις» επέμεναν οι φωνές.

«Δεν έχω σας λέω! Παρατήστε με ήσυχο!» Προσπάθησε να απομακρυνθεί, αλλά η ομάδα τον ακολούθησε, χοροπηδώντας γύρω του περιπαικτικά και τραγουδώντας χαζά στιχάκια. Όταν ο Μέμνων παραιτήθηκε από την προσπάθεια, άρχισαν να του τριβελίζουν και πάλι το μυαλό με τις φωνές τους.

«Υπάρχει σκοπός και προορισμός, απλά πρέπει να κοιτάξεις» έλεγαν ξανά και ξανά, τρελαίνοντάς τον.

«Πού να κοιτάξω καταραμένοι! Εδώ υπάρχει μόνο το τίποτα! Δε βλέπετε;» φώναξε απελπισμένος.

Τότε η ομάδα σταμάτησε απότομα τους χορούς και τα τραγούδια και έμεινε ακίνητη. Ένα μέλος της βγήκε από το σύνολο και πλησίασε τον Μέμνονα. Το γελαστό προσωπείο καρφώθηκε πάνω του, κρύβοντας καλά την έκφραση και τα συναισθήματα του ομιλητή. Όταν μίλησε, οι σύντροφοί του έμειναν για πρώτη φορά σιωπηλοί.

«Πρέπει να κοιτάξεις εκεί όπου μίσησες πιο πολύ και εκεί όπου θριάμβευσες».

Η συνειδητοποίηση τον έκανε να πεταχτεί κάθιδρος και με τα μάτια ορθάνοικτα. Δεν ήταν πια στην έρημο αλλά στο δωμάτιο του ξενοδοχείου, ολομόναχος. Τα λόγια του μασκοφορεμένου άντρα όμως αντηχούσαν ακόμα στα αυτιά του τόσο δυνατά, που θα μπορούσε να είναι ακόμα εκεί δίπλα του και να του μιλάει. Η απάντηση βρισκόταν εκεί που είχε μισήσει και είχε θριαμβεύσει. Στο άντρο της Χίμαιρας τη μέρα του θανάτου του Σκίρωνα. Είχε μπει στον υπολογιστή του μαφιόζου, ανακαλύπτοντας έναν αξεπέραστο πλούτο πληροφοριών. Δεν είχε προλάβει να τις αντιγράψει όλες, αφού ο όγκος τους ήταν απαγορευτικός. Αλλά πριν καταστρέψει τον υπολογιστή, είχε μεταφέρει ένα μέρος από αυτές στη δική του μνήμη. Δεν είχε ασχοληθεί ακόμα να τις εξετάσει για να διαπιστώσει αν έκρυβαν κάτι χρήσιμο, όμως μετά από την παραίσθηση εκείνη και την προτροπή που είχε δεχθεί, αποφάσισε να αφήσει τον κυκεώνα και με καθαρό μυαλό να μελετήσει όσα λάφυρα είχε πάρει μαζί του, μετά τη μεγάλη του νίκη. Βούτηξε έτσι με όρεξη και χάθηκε μέσα στο λαβύρινθο της γνώσης, αντικαθιστώντας τα ναρκωτικά με ένα άλλο είδος εθισμού.

Η προσεκτική μελέτη απαιτούσε τη συνέχιση του εγκλεισμού του και της απάρνησης του κόσμου. Αυτή τη φορά όμως η απομόνωση δε συντελούσε στην παρακμή και την αποχαύνωση που δεν οδηγούσε πουθενά και του προσέφερε μόνο προσωρινή ευχαρίστηση. Αυτή τη φορά είχε βρει ένα σκοπό και αν η αναζήτησή του απέφερε καρπούς, ένιωθε ότι η επόμενη αποστολή του θα ήταν πολύ σημαντικότερη και θα αποτελούσε την πρόκληση που χρειαζόταν για να αφυπνιστεί. Ξαπλωμένος στο κρεβάτι με τα μάτια κλειστά, σάρωνε τη μνήμη του επεξεργαστή του, εξετάζοντας μια μυριάδα αρχείων, μέχρι να βρει μέσα από τον κατακλυσμό των πληροφοριών, το στοιχείο εκείνο που θα του έδειχνε το δρόμο προς το μέλλον. Ξέθαψε ένα σωρό μυστικά για μεγάλους παράγοντες της χώρας, με τα οποία θα μπορούσε να τους εκβιάσει ή απλά να τους καταστρέψει χωρίς καμία προειδοποίηση.

Αυτό όμως που άλλοτε θα είχε αρπάξει χωρίς δεύτερη σκέψη, τον άφηνε πια παγερά αδιάφορο και το προσπερνούσε, συνεχίζοντας την αναζήτηση για κάτι σπουδαίο. Ο χρόνος κύλησε γρήγορα, χωρίς εκείνος να το αντιληφθεί, ξεχνώντας πολλές φορές μέχρι και να φάει. Όταν όμως έφτασε σε ένα αρχείο που είχε τίτλο Θούλη, τότε ήξερε ότι είχε φτάσει στο τέρμα της αναζήτησής του. Το άνοιξε θέλοντας μάθει τι μπορεί να κρυβόταν πίσω από ένα τέτοιο μυθικό όνομα. Αυτό που ανακάλυψε ξεπέρασε όλες του τις προσδοκίες. Ο Σκίρωνας όλα αυτά τα χρόνια, γνώριζε από πού ερχόταν ο κυκεώνας. Το μυστήριο που είχε ταλανίσει τόσον κόσμο, κρυβόταν στα σπλάχνα της Χίμαιρας όλα αυτά τα χρόνια. Ποιος άλλωστε θα ήταν καταλληλότερος για φύλακας του μυστικού, από το λάτρη των πληροφοριών;

Και δεν ήταν αυτή η μόνη αποκάλυψη. Ο άνθρωπος που παρήγαγε και πουλούσε σε όλον τον πλανήτη τον κυκεώνα, ήταν ο ίδιος ο οποίος είχε εξαπολύσει ένα από τα μεγαλύτερα δεινά της ανθρωπότητας. Τον ιό της Αράς. Οι υποθέσεις του Προμηθέα ότι επρόκειτο για ανθρώπινο δημιούργημα επαληθεύονταν. Ο νεαρός επιστήμονας είχε μοιραστεί με τον Μέμνονα αυτές του τις σκέψεις, αλλά μέσα στη δίνη της εκδίκησης και έχοντας αλλού το μυαλό του, εκείνος δεν είχε δώσει ιδιαίτερη σημασία. Στο μυθικό νησί της Θούλης βρίσκονταν όλες οι απαντήσεις και οι αιτίες των προβλημάτων τους. Θα χρησιμοποιούσε τις συντεταγμένες που υπήρχαν στο αρχείο και θα έκανε το ταξίδι που μπορεί να σήκωνε για πάντα αυτό το πέπλο μυστηρίου, το οποίο κάλυπτε για δεκαετίες την προέλευση της Αράς και του κυκεώνα. Ο άνθρωπος ο οποίος είχε εγκατασταθεί στη Θούλη πριν από δεκαετίες και είχε σπείρει τον ιό της Αράς, διαδίδοντας κατόπιν το εμπόριο του κυκεώνα, λεγόταν Πυθέας και σύμφωνα με τις πληροφορίες του Σκίρωνα, είχε ταξιδεύσει σε όλον τον κόσμο, αναζητώντας γνώση κρυφή στην ανυποψίαστη πλειονότητα της ανθρωπότητας. Ίσως σε ένα από αυτά τα ταξίδια του να είχε ανακαλύψει τον ιό της Αράς ή τον τρόπο παρασκευής του.

Είχε προβλέψει την επίδραση που θα είχε ο ιός και χρησιμοποίησε την απροσμέτρητη γνώση που είχε συγκεντρώσει, για να παρασκευάσει ένα ακαταμάχητο ναρκωτικό για την αντιμετώπιση των συμπτωμάτων. Έτσι καταστρέφοντας έναν ολόκληρο πλανήτη και στέλνοντας δισεκατομμύρια στην εξάρτηση, είχε γίνει ένας κροίσος. Σίγουρα μετά από τόσα χρόνια που είχαν μεσολαβήσει από την εμφάνιση της Αράς, ο Πυθέας θα είχε πια πεθάνει και θα είχε περάσει τη δάδα σε άλλους για τη συνέχιση του διαβολικού του έργου. Εκτός αν σε κάποιο από τα ταξίδια του είχε ανακαλύψει το μυστικό της αθανασίας. Ίσως φορούσε και εκείνος μια στολή παρόμοια με του μαφιόζου Δημοφώντα ή είχε βρει κάποιο βότανο βγαλμένο από τα παραμύθια το οποίο τον ξανάνιωνε. Ο Μέμνων μπορούσε μόνο να φανταστεί πόσο ισχυρός είχε γίνει αυτός ο άντρας, ώστε ακόμα και ο Σκίρωνας που γνώριζε τη μυστική τοποθεσία, δεν είχε τολμήσει να του επιτεθεί και να οικειοποιηθεί τις εγκαταστάσεις παρασκευής κυκεώνα, μαζί βέβαια με το πολύτιμο μυστικό της φόρμουλας. Όχι ότι ο Σκίρωνας δεν είχε μια αρκετά κερδοφόρα επιχείρηση, αλλά ο Μέμνων ήξερε ότι το παλιό του αφεντικό ήταν τόσο άπληστο και μεγαλομανές, ώστε αν του δινόταν η ευκαιρία να γίνει το νούμερο 1 στον κόσμο, θα την άρπαζε χωρίς τον παραμικρό δισταγμό.

Λογικά είχε κρίνει ότι δεν είχε ελπίδες και είχε αρκεστεί στις ποσότητες κυκεώνα που του έστελνε ο Πυθέας και ίσως και σε διάφορες πληροφορίες που πάντα ερέθιζαν την περιέργεια του Σκίρωνα, η οποία συνήθως άγγιζε τα όρια της εμμονής. Ίσως η υπεροχή της Χίμαιρας ακόμα και ενάντια στην τρομερή Έμπουσα και σίγουρα ενάντια σε οποιαδήποτε άλλη συμμορία ή εταιρεία, οφειλόταν σε μια στενή και επικερδή σχέση με τη Θούλη. Όσο περνούσε η ώρα και έκανε διάφορες υποθέσεις για το μυστηριώδες αυτό νησί, παγιωνόταν μέσα του η πεποίθηση ότι εκείνος ήταν ο επόμενος μεγάλος σταθμός της ζωής του και ο προορισμός του επόμενού του ταξιδιού. Δεν ήξερε τι θα έκανε όταν θα έφτανε εκεί ή τι θα έβρισκε μπροστά του. Όμως η αναζήτηση και το ταξίδι θα τον ενεργοποιούσαν και πάλι και θα του έδιναν το κίνητρο που αναζητούσε για να φύγει από μια πατρίδα στην οποία οτιδήποτε οικείο είχε πια χαθεί.

ΚΕΦΑΛΑΙΟ 26

Η Θέμις παρατήρησε μέσα από τα γυαλιά νυχτερινής όρασης, την περίμετρο του εργοστασίου του Ήρωνα, διάσημου εφευρέτη και πιστού συνεργάτη της μαφίας. Την πρώτη φορά που είχε έρθει σε αυτήν την τοποθεσία, για να ανακρίνει τον ιδιοκτήτη της εγκατάστασης, ήταν μόνη και βασιζόταν στις ικανότητές της και στην ασφάλεια που νόμιζε ότι της προσέφερε το αστυνομικό της σήμα. Αυτή τη φορά ήξερε ότι θα συναντούσε φονική αντίσταση και δεν έτρεφε αυταπάτες ότι το προσφάτως ανακτηθέν σήμα της, θα της προσέφερε την παραμικρή προστασία. Είχε πάει λοιπόν ως επικεφαλής μιας πάνοπλης ομάδας, αποτελούμενης από αστυνομικούς και μέλη της οργάνωσης. Πολλοί από τους συνεργάτες της είχαν χάσει τα φυσικά τους σώματα στον πόλεμο των τελευταίων μηνών και πλέον η συνείδησή τους έδινε ζωή σε βιονικά σώματα που έκρυβαν την ανθρωπιά τους και τους έδιναν μια ψυχρή ανέκφραστη υπόσταση. Η Θέμις όμως ήξερε ότι πίσω από το μεταλλικό κέλυφος, κρύβονταν άνθρωποι με καλοσύνη και επιθυμία να αγωνιστούν για τους ίδιους σκοπούς που πάλευε και εκείνη.

Ο Ήρων από την πρώτη στιγμή της ταυτόχρονης σχεδόν πτώσης μαφίας και κυβέρνησης, είχε εκφραστεί εχθρικά για τη νέα τάξη πραγμάτων και είχε θέσει τον εαυτό του απέναντι από τη σχηματισθείσα νέα κυβέρνηση. Η καινούργια αρχηγός της αστυνομίας είχε κληθεί λοιπόν, να φέρει τον ανάπηρο εφευρέτη ενώπιον της δικαιοσύνης. Η αποστολή δεν ήταν εύκολη, αφού ο αντίπαλος είχε στη διάθεσή του μια στρατιά από ρομπότ και άλλες φονικές εφευρέσεις, τις οποίες ήταν αποφασισμένος να χρησιμοποιήσει σε μια μάχη μέχρι τελικής πτώσης. Η φωνή της Θέμιδας μεταφέρθηκε μέσα από τους ενσωματωμένους πομποδέκτες στους εγκεφάλους των συγκεντρωμένων αντρών και γυναικών.

«Ξεκινάμε! Θυμηθείτε όμως ότι θέλουμε τον Ήρωνα ζωντανό». Κινήθηκαν όσο πιο αθόρυβα μπορούσαν, προσπαθώντας να πλησιάσουν όσο περισσότερο θα προλάβαιναν, μέχρι οι αισθητήρες της περιμέτρου ασφαλείας να τους αντιλαμβάνονταν και να ειδοποιούσαν τους αμυνόμενους για τον ερχομό τους. Η Θέμις ενεργοποίησε μια συσκευή με την οποία την είχε εφοδιάσει ο Φίλων, που θα δημιουργούσε παρεμβολές στους αισθητήρες και στις επικοινωνίες του εχθρού, κερδίζοντάς τους πολύτιμο χρόνο. Ο αιφνιδιασμός πέτυχε και σύντομα ο νυχτερινός ουρανός φωτίστηκε από τις ακτίνες λέιζερ, οι οποίες έριχναν τα ρομπότ του Ήρωνα κομματιασμένα στο έδαφος. Ατσάλινες Άρπυιες και Σφίγγες όρμησαν στην ομάδα, πετώντας πάνω από τα κεφάλια τους και εφορμώντας με δόντια, γαμψά νύχια και ακτίνες λέιζερ που εξαπέλυαν από τα στόματα και τα μάτια τους. Οι επιθέσεις των μηχανικών αυτών τεράτων αποκρούστηκαν όμως με επιτυχία, χάρη στις μεταλλικές ασπίδες, τα κράνη και τους θώρακες που είχαν κατασκευαστεί από το ειδικό κράμα που είχαν βρει οι νικητές στο κουφάρι της Έμπουσας, κάτι που προστέθηκε στο πλήθος τεχνολογικών επιτευγμάτων που είχαν ανευρεθεί στην άλλη μεγάλη ηττημένη εταιρεία, τη Χίμαιρα. Επιτέλους η προηγμένη τεχνολογία που ήταν αναγκαία για να αντιμετωπιστεί αποτελεσματικά το έγκλημα, είχε τεθεί στην υπηρεσία της δικαιοσύνης.

Με μπροστάρισσα τη Θέμιδα έσπασαν τον προστατευτικό κλοιό του Ήρωνα και εισέβαλαν στο κτίριο, όπου τους περίμεναν παγίδες και άλλα μέτρα ασφαλείας, που επιδίωκαν την απόκρουσή τους. Τα ειδικά γυαλιά που είχε κατασκευάσει ο Φίλων για τους πολεμιστές του, εντόπιζαν τις παγίδες και τις θέσεις των εχθρών. Με αυτόν τον τρόπο μπόρεσαν να εξουδετερώσουν ή να αποφύγουν θανατηφόρα αέρια, ηλεκτροσόκ και πλέγματα από λέιζερ που διαφορετικά θα τους είχαν διαμελίσει. Ο Φίλων με τα κατάλληλα υλικά στα χέρια του είχε αναδειχθεί σε κάτι πολύ ανώτερο από τον ταπεινό μαστροχαλαστή που κάποτε θεωρούσαν όλοι. Οι άμυνες του Ήρωνα συνέχιζαν να προβάλουν σθεναρή αντίσταση, αλλά είχε αρχίσει να γίνεται φανερό ότι υποχωρούσαν υπό το βάρος της δυναμικής επίθεσης και ότι σύντομα θα κατέρρεαν, αφήνοντας τον εφευρέτη ανυπεράσπιστο. Η Θέμις έδωσε στις δυνάμεις της την τελική ώθηση και όταν δημιουργήθηκε το ρήγμα που αναζητούσαν στην αντίπαλη παράταξη, εκείνη πρώτη εφόρμησε και εν μέσω καταιγισμού πυρών, ανέβηκε τις σκάλες που οδηγούσαν στο γραφείο του Ήρωνα. Τράβηξε το βύσμα από τον αυχένα της και το τοποθέτησε στην κατάλληλη υποδοχή του ηλεκτρονικού πίνακα της πόρτας.

«Φίλωνα με λαμβάνεις;» Η φωνή της ταξίδεψε μακριά, βρίσκοντας το γέροντα, ο οποίος παρακολουθούσε την επιχείρηση από το αρχηγείο της αστυνομίας. Η απάντησή του ήχησε γεμάτη από την ένταση της στιγμής.

«Θα χρειαστώ μερικά λεπτά μέχρι να παραβιάσω το σύστημα ασφαλείας της πόρτας μέσω του επεξεργαστή σου» είπε προβλέποντας τι θα του ζητούσε. Μια ακτίνα πέρασε ξυστά από το μέτωπο της Θέμιδας και εκείνη ούρλιαξε: «Κάνε γρήγορα!» Τα ρομπότ είχαν στρέψει την προσοχή τους στη Θέμιδα, που αποτελούσε και τον πιο άμεσο κίνδυνο για το αφεντικό τους. Έτσι η αστυνομικός βρέθηκε στριμωγμένη στη γωνία, χωρίς οδό διαφυγής. Κόλλησε την πλάτη της στην πόρτα και άρχισε να απαντά στα πυρά των μηχανικών επίδοξων φονιάδων της. Ο κλοιός στένευε και για ένα κλάσμα του δευτερολέπτου, πέρασε από το μυαλό της η σκέψη ότι η θητεία της ως αρχηγού θα τέλειωνε πολύ σύντομα. Η πόρτα άνοιξε ξαφνικά και έπεσε προς τα πίσω. Μόλις βρέθηκε μέσα στο δωμάτιο, ξαπλωμένη στο πάτωμα, ο Φίλων ξανάκλεισε αμέσως την πόρτα, χωρίζοντάς την από τους κυνηγούς της. Έστρεψε ενστικτωδώς το πιστόλι της προς την κατεύθυνση που θυμόταν ότι βρισκόταν ο Ήρων κατά την προηγούμενή της επίσκεψη. Στάθηκε τυχερή, αφού βρισκόταν ακριβώς στο ίδιο σημείο, σημαδεύοντάς την με το όπλο του. Ήταν έτοιμος να πιέσει τη σκανδάλη και να την κάνει να πληρώσει με τη ζωή της, την αναίδεια που είχε επιδείξει.

Η Θέμις όμως αποδείχτηκε γρηγορότερη και η ριπή από το πιστόλι της πέτυχε το δικό του, διαλύοντάς το σε κομματάκια. Η θερμότητα από τη μικρή έκρηξη του προκάλεσε ένα ελαφρύ έγκαυμα στο χέρι και η λάμψη τον τύφλωσε προσωρινά. Έβγαλε μια κραυγή που δήλωνε ξεκάθαρα το τέλος της μονομαχίας και των ελπίδων του για επικράτηση. Όταν ανέκτησε την όρασή του αντίκρισε μια κάνη ένα εκατοστό από το πρόσωπό του.

«Αν περιμένεις να ικετεύσω για τη ζωή μου, θα απογοητευθείς» της είπε με λύσσα.

«Οι ικεσίες σου μου είναι τόσο περιττές όσο και ο θάνατός σου. Η ευφυΐα σου και η τεχνογνωσία σου όμως, μου είναι απίστευτα χρήσιμες. Έχω ήδη υπό τις διαταγές μου, δύο από τα μεγαλύτερα μυαλά της χώρας. Χρειάζομαι και εσένα ώστε να ολοκληρώσω την τριάδα».

«Και αν αρνηθώ;»

«Θα σαπίσεις στη φυλακή όπου το μυαλό σου θα μαραίνεται μέρα με τη μέρα όλο και πιο πολύ από την αχρηστία. Σκέψου το με την ησυχία σου. Δε βιάζομαι» είπε η Θέμις προσποιούμενη ότι δεν άκουγε τα χτυπήματα των Σφιγγών και των Αρπυιών στη θωρακισμένη πόρτα. Ο Ήρων την κοίταζε με μια έκφραση που συνδύαζε απέχθεια, απόγνωση και ανημποριά. Ήταν ένας άνθρωπος που δεν είχε συνηθίσει να αμφισβητείται η θέλησή του, ούτε να ηττάται κατά κράτος. Είχε σφίξει τις γροθιές του τόσο πολύ, ώστε οι αρθρώσεις είχαν γίνει κάτασπρες, καθώς πάλευε μέσα του με την αξιοπρέπεια και την κοινή λογική, με την κάθε πλευρά να του υπαγορεύει ένα τελείως διαφορετικό μονοπάτι. Τελικά με ένα βαθύ αναστεναγμό, ο οποίος ήταν και η πιο γλαφυρή απόδειξη της πτώσης του, ένευσε καταφατικά.

«Ωραία, απόσυρε τα ρομπότ σου τώρα!» είπε η Θέμις χωρίς να χαμηλώσει το όπλο της. Λίγα λεπτά αργότερα, ενώ οι αστυνομικοί έπαιρναν τον Ήρωνα για μεταφορά στο αρχηγείο, ένα από τα μέλη της ομάδας την πλησίασε και σηκώνοντας την προσωπίδα του κράνους, αποκάλυψε το πρόσωπό του που ήταν αυτό του Δημάρατου. Είχε βαθουλώματα στην ασπίδα, το κράνος και το γιλέκο του, ενώ μια αμυχή στο λαιμό του πότιζε με αίμα τη μαύρη του στολή. Η Θέμις αντικρίζοντάς τον ανασήκωσε το φρύδι της ερωτηματικά.

«Δεν είναι τίποτα. Επιφανειακό τραύμα» της είπε καθησυχαστικά. Εκείνη έστρεψε το βλέμμα στο εργοστάσιο που μόλις είχε περιέλθει στην κατοχή τους.

«Η επιχείρηση στέφθηκε με απόλυτη επιτυχία και το οπλοστάσιό μας εμπλουτίζεται πέρα από κάθε προσδοκία» είπε με ικανοποίηση και υπερηφάνεια. Ο Δημάρατος ήταν πιο επιφυλακτικός.

«Δύο από τους τρεις επιστήμονες που θα φιλοξενείς από εδώ και πέρα στο αρχηγείο της αστυνομίας, θα σε προδώσουν με την πρώτη ευκαιρία. Και αν αποφασίσουν να χτυπήσουν, θα το κάνουν στην καρδιά του αντιπάλου τους. Εκεί που λαμβάνονται όλες οι αποφάσεις και συντονίζονται οι επιχειρήσεις. Τι σκοπεύεις να κάνεις σε ένα τέτοιο ενδεχόμενο;»

«Ο Κτησίβιος έχει αρχίσει να συνηθίζει το ρόλο του και όσο συνεχίζει τα πειράματά του παραμένει ικανοποιημένος. Με τον Ήρωνα θα πρέπει να είμαστε ιδιαίτερα προσεκτικοί, αλλά ούτως ή άλλως δε σκοπεύω να δώσω σε κανέναν την ευκαιρία να με προδώσει. Θα είχα μάλιστα το κεφάλι μου πιο ήσυχο, αν δεν είχες αφήσει τον Μέμνονα να διαφύγει» είπε δηκτικά.

«Με διασκεδάζει που νομίζεις ότι είχα κάποια άλλη επιλογή. Άλλωστε μπορεί να είναι ένα κάθαρμα, αλλά δεν παύει να είναι ο άνθρωπος που έκανε όλα όσα ονειρευόμασταν εφικτά. Το πιστεύω ότι θέλει να φύγει μακριά, όποιος και αν είναι ο λόγος και ότι δε σκοπεύει να μας βλάψει». Η Θέμις δε συμμεριζόταν τη σιγουριά του, αλλά αφού δεν ήταν αντικειμενική σχετικά με το συγκεκριμένο άτομο, δεν έδωσε συνέχεια στο θέμα και κατευθύνθηκε προς το περιπολικό της.

«Πιστεύεις ότι τώρα, μετά από όσα καταφέραμε, θα λυθούν όλα τα προβλήματα, ο κόσμος θα γίνει καλύτερος και δε θα υπάρχει έγκλημα και κακία;» της φώναξε από μακριά. Η Θέμις χαμογέλασε.

«Μπορεί και όχι, αλλά τουλάχιστον τώρα οι άνθρωποι έχουν την επιλογή».

∞

Ο ψυχρός αέρας της ανηλεούς θάλασσας του μαστίγωνε το πρόσωπο, που ήταν και το μοναδικό ακάλυπτο μέρος του σώματός του, αφού ο υπόλοιπος προστατευόταν από το ψύχος με βαριά χειμερινά ρούχα. Οι προβολείς της βάρκας κατάφερναν να τρυπήσουν την πυκνή ομίχλη μόνο για μερικά μέτρα και ο Νορβηγός καπετάνιος του οποίου το σκάφος είχε μισθώσει, έκοβε όλο και περισσότερο ταχύτητα, από φόβο μη συγκρουστούν με κάτι που δε θα αντιλαμβάνονταν λόγω της χαμηλής ορατότητας. Ο Μέμνων έριξε μια ματιά στο νερό γύρω από το σώμα του σκάφους και διέκρινε κομμάτια πάγου να επιπλέουν νωχελικά και να χτυπάνε ανάλαφρα επάνω στο παλιό σκαρί. Ο ναυτικός δεν υπερέβαλλε όταν του έλεγε ότι το ταξίδι ήταν επικίνδυνο, αφού εκεί που ήθελε να πάει οι καιρικές συνθήκες ήταν ακόμα χειρότερες από τις συνηθισμένες της περιοχής, με την ανεξήγητα πυκνή ομίχλη και τα μεγάλα και επικίνδυνα κομμάτια πάγου, να αποτελούν για τους κατοίκους ένα μυστήριο. Στην αρχή είχε αρνηθεί την πρόταση του Μέμνονα να τον μεταφέρει στο νησί. Όταν όμως ο Μέμνων του ανακοίνωσε την αμοιβή του σε περίπτωση που δεχόταν, τότε ο θαλασσόλυκος είχε πειστεί.

Όταν ο Μέμνων έφτασε στο Gamvik και άρχισε να κάνει ερωτήσεις για τη Θούλη, ανακάλυψε ότι είχαν αναπτυχθεί στην περιοχή διάφορες φήμες, που έφταναν ακόμα και στο επίπεδο του μύθου. Το κοινό που είχαν όμως όλοι οι συνομιλητές του, ήταν ότι κανείς δεν είχε δει το νησί από κοντά. Ούτε καν τα πιο σύγχρονα τεχνολογικά μέσα, δεν είχαν καταφέρει να εξασφαλίσουν έστω μια φωτογραφία, στους επίδοξους λύτες του μεγάλου μυστηρίου. Η πυκνή ομίχλη και η αφύσικη κακοκαιρία έκαναν την πρόσβαση φαινομενικά αδύνατη, είτε από τον αέρα είτε από τη θάλασσα και πολλοί εξερευνητές είχαν εγκαταλείψει την προσπάθεια στη μέση ή δεν είχαν επιστρέψει ποτέ. Ο καπετάνιος του είχε ξεκαθαρίσει ότι θα τον πήγαινε μέχρι ενός σημείου και ότι από εκεί και πέρα θα έπρεπε να στηριχθεί στις δικές του δυνάμεις. Όταν του έκανε νόημα κατάλαβε ότι πλησίαζε η στιγμή που οι δρόμοι τους θα χώριζαν. Κατέβηκε στην καμπίνα για να αλλάξει και να φορέσει την καταδυτική στολή. Το ενισχυμένο υλικό της θα τον προστάτευε από τις χαμηλές θερμοκρασίες του νερού, που ήταν ικανές να του σταματήσουν την καρδιά.

Το κράνος θα κάλυπτε πλήρως το κεφάλι του σαν ένα μικρό σκάφανδρο, θα του προσέφερε ορατότητα στο σκοτεινό βυθό και θα του εμφάνιζε στοιχεία για τον περιβάλλοντα χώρο, για λόγους πλοήγησης αλλά και έγκαιρης προειδοποίησης για τυχόν απειλές. Κρέμασε στην πλάτη του τη φορητή μονάδα υποβρύχιας κίνησης, η οποία θα τον μετέφερε με ιλιγγιώδη ταχύτητα στο υποθαλάσσιο ταξίδι του. Ήταν εξοπλισμένη με λέιζερ και πυραύλους για παν ενδεχόμενο. Ανέβηκε στο κατάστρωμα όπου τον περίμενε ο καπετάνιος. Τον κοίταξε για μια τελευταία φορά σαν να κοιτούσε κάποιον τρελό ή ετοιμοθάνατο και σταμάτησε το σκάφος. Ο Μέμνων σήκωσε το χέρι του απευθύνοντας έναν τελευταίο χαιρετισμό και μετά βούτηξε στα σκοτεινά και παγωμένα νερά. Άφησε τον εαυτό του να βυθιστεί για μερικά μέτρα, ενώ οι προβολείς της στολής του φώτισαν το βυθό, με τους αισθητήρες όμως να του δίνουν μια σαφώς καλύτερη εικόνα από αυτή που μπορούσε να έχει με γυμνό μάτι. Από την πρώτη στιγμή της κατάδυσής του, στο εσωτερικό του κράνους του άρχισαν να εμφανίζονται διάφορα αριθμητικά στοιχεία και χαρτογραφικές ενδείξεις, που θα του έδιναν τη δυνατότητα να αντιλαμβάνεται τα πάντα γύρω του και φώτιζαν το πρόσωπό του μέσα στην καταχνιά.

Ενεργοποίησε το μηχάνημα στην πλάτη του και άρχισε να κινείται προς το νησί, σύμφωνα με τις συντεταγμένες που είχε συλλέξει από τα δεδομένα του Σκίρωνα, μην ξεχνώντας ούτε στιγμή ότι πήγαινε σε ένα μέρος από όπου κανείς δεν είχε γυρίσει ποτέ ζωντανός. Η ησυχία στα βάθη της θάλασσας τον είχε καταπιεί ολοκληρωτικά και ο νους του ήταν βυθισμένος στην εικόνα των βράχων και των μεταλλαγμένων από τη μόλυνση θαλάσσιων οργανισμών που συναντούσε μπροστά του. Όπως ήταν απορροφημένος δεν παρατήρησε πόση ώρα είχε περάσει, αλλά όταν ένας προειδοποιητικός ήχος άρχισε να χτυπάει μέσα στο κράνος του, τινάχτηκε ξαφνιασμένος. Οι αισθητήρες του έστειλαν στην οθόνη που είχε μπροστά του, το περίγραμμα ενός τεράστιου πλάσματος, που ξεπερνούσε σε μέγεθος το μικρό σκάφος που τον είχε μεταφέρει και που άνετα έφτανε σε μήκος αρκετούς τύπους πλοίων. Τα στοιχεία συνέχιζαν να περνούν μπροστά από τα μάτια του με ροή χειμάρρου. Ήταν μεταλλικό, άρα επρόκειτο για κάποιο ρομπότ, είχε τη μορφή σκουληκιού, με δεκάδες πόδια και από τις δύο πλευρές του, που του επέτρεπαν να κολυμπάει με ταχύτητα, με μια τεράστια επίπεδη ουρά που το βοηθούσε να κατευθύνει το τιτάνιο κορμί του.

Η μουσούδα του ήταν καλυμμένη με μακρουλές μεταλλικές τρίχες και ένα ζευγάρι απειλητικές δαγκάνες, ενώ κατά μήκος του σώματός του εξείχαν μικρά μεταλλικά αγκάθια. Ο υπολογιστής της στολής έψαχνε μανιωδώς στη βάση δεδομένων του, για να βρει το πλάσμα στο οποίο είχε βασιστεί ο κατασκευαστής του μηχανικού σκουληκιού. Αυτή η πληροφορία ήταν πολύ πιθανό να βοηθούσε τον Μέμνονα στην αντιμετώπισή του. Το αποτέλεσμα της αναζήτησης ήταν η σκολόπενδρα, ένα δηλητηριώδες θαλάσσιο πλάσμα που στην αρχαιότητα πίστευαν ότι έφτανε σε μέγεθος μια τριήρη και ήταν ο φόβος και τρόμος των ναυτικών. Στην πραγματικότητα ήταν πολύ μικρότερο από τον άνθρωπο και όχι τόσο τρομερό, αλλά φυσικά ο σχεδιαστής του ρομπότ είχε βασιστεί στη μυθική εκδοχή του πλάσματος, για να αντιμετωπίσει οποιονδήποτε εισβολέα είχε την κακή έμπνευση να πλησιάσει το νησί των μυστικών. Ο Μέμνων συμπέραινε ότι οι άκρες από τα αγκάθια και τις τρίχες θα απελευθέρωναν κάποια θανατηφόρα τοξίνη και πως οι δαγκάνες θα τον έκοβαν με ευκολία στα δύο.

Ο υπολογιστής λαμβάνοντας υπ' όψιν την ταχύτητα του τέρατος και την απόσταση που είχε να διανύσει, ενημέρωσε τον Μέμνονα για την ώρα που είχε στη διάθεσή του, η οποία δυστυχώς ήταν ελάχιστη. Κοίταξε γύρω του ενώ ταυτόχρονα οι αισθητήρες σάρωναν την περιοχή. Μερικά μέτρα δυτικά από τη θέση του, υπήρχε ένας βραχώδης σχηματισμός με πολλές κοιλότητες. Θα μπορούσε να αναζητήσει καταφύγιο προσωρινά εκεί, έως την ανεύρεση μιας μονιμότερης λύσης απέναντι στην απειλή. Η φυγή δεν ήταν μέσα στις επιλογές του, αφού το τέρας κινείτο απίστευτα γρήγορα, παρά το μέγεθός του. Ένας αγώνας δρόμου μεταξύ τους θα κατέληγε σίγουρα με τον Μέμνονα ανάμεσα στις δαγκάνες της σκολόπενδρας. Ξεκίνησε την πορεία του προς τους βράχους με τη μέγιστη ταχύτητα που μπορούσε να πιάσει ο εξοπλισμός που διέθετε, ενώ οι αισθητήρες έψαχναν φρενιασμένα για την καλύτερη είσοδο μέσα στην υποθαλάσσια μάζα. Φτάνοντας χώθηκε αμέσως στην κοιλότητα που του είχε υποδείξει ο υπολογιστής, ανακαλύπτοντας πως ήταν μια σοφή επιλογή, αφού χωρούσε τον ίδιο αλλά όχι και τον τεράστιο μηχανικό διώκτη του. Δεν είχε προλάβει καν να εγκλιματιστεί στο καταφύγιό του, όταν τα πάντα γύρω του άρχισαν να σείονται.

Η σκολόπενδρα τον είχε εντοπίσει και προσπαθούσε να διαλύσει το βράχο, που φύλασσε μέσα του το θήραμά της. Η πέτρινη μάζα κατέρρεε μπροστά στην ανυπέρβλητη δύναμή της, αναγκάζοντας τον Μέμνονα να πιέζει τον εαυτό του για να σκεφτεί γρήγορα το επόμενό του βήμα. Έστρεψε την προσοχή του στο τέρας, στην ανατομία του και στα μηχανήματα που το απάρτιζαν και του έδιναν ζωή. Οι αισθητήρες του σάρωναν μανιωδώς το θηριώδες κορμί του, αναζητώντας την αχίλλειο πτέρνα, ενώ γύρω του μεγάλα κομμάτια του βράχου αποκολλούνταν και παρασέρνονταν από το υποθαλάσσιο ρεύμα. Το άνοιγμα ολοένα και μεγάλωνε και σύντομα θα τον άφηνε έκθετο στις ορέξεις της σκολόπενδρας. Όταν οι δαγκάνες του τέρατος έκλεισαν απειλητικά μόλις μερικά εκατοστά από το πρόσωπό του, συμβουλεύτηκε και πάλι τους αισθητήρες του για να βρει μια εναλλακτική έξοδο από το βραχώδη σχηματισμό. Τα δεδομένα άλλαζαν με τη μεταβαλλόμενη μορφολογία του υποθαλάσσιου σχηματισμού, εξαιτίας της καταστρεπτικής οργής του θηρίου. Όμως κατάφερε να βγει από το λαβύρινθο και πάλι στην ανοιχτή θάλασσα, όπου ήταν όμως τελείως απροστάτευτος. Η μοναδική λύση που μπορούσε να σκεφτεί, ήταν να χτυπήσει τον εγκέφαλο του ρομπότ, ο οποίος βρισκόταν προφυλαγμένος μέσα σε ένα ανθεκτικό μεταλλικό κουβούκλιο, πάνω από τις δαγκάνες του.

Από απόσταση τα πυρά του δε θα είχαν καμία πιθανότητα να διαπεράσουν το μεταλλικό περίβλημα. Έπρεπε λοιπόν να πλησιάσει όσο πιο κοντά μπορούσε και να εξαπολύσει την πλήρη ισχύ του οπλοστασίου της στολής του. Έσβησε τον κινητήρα του και έμεινε ακίνητος, αφήνοντας το ρεύμα να τον παρασύρει. Το τέρας δεν άργησε να φανεί. Ανέπτυσσε ταχύτητα και ερχόταν με ορμή κατά πάνω του για το τελικό χτύπημα. Ο Μέμνων αγνόησε οτιδήποτε γύρω του που θα μπορούσε να του αποσπάσει την προσοχή και επικεντρώθηκε στο σημείο που έπρεπε να χτυπήσει. Ένας φωτεινός στόχος στην οθόνη της εσωτερικής πλευράς του κράνους του, χόρευε αλλοπρόσαλλα μπροστά στα μάτια του, καθώς το σύστημα στόχευσης πάσχιζε να τον καθοδηγήσει σωστά. Οι σπασμωδικές κινήσεις του τέρατος δυσχέραιναν το έργο του, αλλά είχε πλησιάσει πια πολύ κοντά. Ο χρόνος του Μέμνονα είχε τελειώσει και έπρεπε να χτυπήσει πρώτος για να επιζήσει. Εξαπέλυσε όλη τη δύναμη πυρός που είχε στη διάθεσή του. Πύραυλοι και ακτίνες λέιζερ εκτοξεύτηκαν μαζί για να χτυπήσουν το τρομακτικό του ρύγχος, ενώ το τεράστιο μεταλλικό κεφάλι χτυπούσε τον Μέμνονα, στέλνοντάς τον μέτρα μακριά, αλλά τουλάχιστον ανέπαφο από τις δαγκάνες.

Χρειάστηκε τη βοήθεια των κινητήρων για να μπορέσει να διακόψει την ανεξέλεγκτη πορεία του. Αγνοώντας τον πόνο που διέτρεχε όλο του το κορμί εξαιτίας της σύγκρουσης, θέλησε να μάθει τη μοίρα της σκολόπενδρας και το αποτέλεσμα της βολής του. Από το θέαμα που αντίκρισε υπέθεσε ότι είχε πετύχει, αλλά το ρομπότ δε θα κατέθετε τα όπλα έτσι εύκολα. Είχε χάσει τον έλεγχο των κινήσεών του και χτυπιόταν με μανία, προσπαθώντας να τον ανακτήσει. Ο τεράστιος όγκος του έπεφτε ανεξέλεγκτα πάνω σε βράχια και υφάλους με καταστροφικές συνέπειες, ενώ παράλληλα σήκωνε κονιορτό από τον πυθμένα της θάλασσας, δημιουργώντας ένα πηχτό νέφος που κάλυπτε τα πάντα. Ο Μέμνων συνέχισε να έχει τους αισθητήρες του στραμμένους πάνω του, έτοιμος να διαφύγει, αν ξαφνικά εφορμούσε εναντίον του το ρομπότ. Όμως οι δονήσεις μετά από λίγο σταμάτησαν και η άμμος κατακάθισε, αποκαλύπτοντας το ακίνητο μεταλλικό κουφάρι του ηττημένου εχθρού. Ο υπολογιστής του Μέμνονα εντόπισε ένα σήμα που εξέπεμπε ένας πομπός από το εσωτερικό του θηρίου και υπέθεσε ότι επρόκειτο για σήμα κινδύνου με αποδέκτη τη βάση της Θούλης. Αυτό σήμαινε ότι σύντομα θα είχε παρέα, αφού κάποιος θα κατέφθανε από το νησί για να μαζέψει τα λείψανα του ρομπότ και να ερευνήσει τα αίτια της καταστροφής του.

Κρύφτηκε και πάλι πίσω από όσα βράχια είχαν απομείνει από το επιθανάτιο ξέσπασμα του κτήνους και ενεργοποίησε τους μηχανισμούς παρεμβολής, που θα εμπόδιζαν τα ραντάρ και τους αισθητήρες των κατοίκων της Θούλης από το να τον εντοπίσουν. Περίμενε υπομονετικά και δεν άργησε να φανεί ένα μικρό υποβρύχιο το οποίο, σύμφωνα με τους πρόχειρους υπολογισμούς του Μέμνονα, δε θα χωρούσε πάνω από δύο άτομα. Στάθμευσε δίπλα στο κουφάρι του θηρίου και ένας γάντζος ξεπρόβαλε από μια εσοχή του και καρφώθηκε στο μεταλλικό του περίβλημα. Αφού ο γάντζος στερεώθηκε καλά το υποβρύχιο τέθηκε και πάλι σε κίνηση, σέρνοντας από πίσω του το κατά πολύ μεγαλύτερό του φορτίο, διαθέτοντας δύναμη την οποία δύσκολα θα μάντευε κανείς, αν το έκρινε απλά από το μέγεθός του. Ο Μέμνων, βλέποντας το αλλόκοτο αυτό ζευγάρι να απομακρύνεται, δεν έχασε χρόνο. Εγκατέλειψε την κάλυψη των βράχων και άφησε τον κινητήρα του να τον ωθήσει προς το άψυχο μεταλλικό σώμα, που σερνόταν πίσω στη βάση του. Δύο γάντζοι με μεταλλικά ελάσματα εκτοξεύτηκαν από τη στολή του και γραπώθηκαν από το πτώμα.

Με την επόμενη εντολή του Μέμνονα τα ελάσματα άρχισαν να συμπτύσσονται και να τον φέρνουν όλο και πιο κοντά στον προορισμό του. Μια από τις άπειρες μεταλλικές πτυχές του γιγάντιου ρομπότ χρησίμευσε για κρυψώνα του λαθρεπιβάτη, ο οποίος απομακρυνόμενος από την περιοχή, πρόλαβε να δει μερικά παρόμοια μικρά υποβρύχια να χτενίζουν την περιοχή, αναζητώντας τον ένοχο της επίθεσης εναντίον του ογκώδη συναδέλφου τους. Θα ερευνούσαν άσκοπα την περιοχή, αφού ο δράστης ξεκινούσε το τελευταίο κομμάτι του ταξιδιού του για τη μυθική Θούλη. Το ταξίδι ήταν αργό και γνώριζε πως με δικά του μέσα θα μπορούσε να διανύσει την απόσταση σε πολύ λιγότερο χρόνο. Όμως σε αυτήν την περίπτωση, θα έπρεπε να αντιμετωπίσει τα μέτρα ασφαλείας του νησιού, που ήταν σίγουρος ότι δεν περιορίζονταν στη σκολόπενδρα, στην οποία είχε σπαταλήσει όλους του τους πυραύλους και μεγάλο μέρος της ενέργειάς του, καθιστώντας τη στολή του άχρηστη για μάχη. Αντίθετα κρυμμένος στο ρυμουλκούμενο κουφάρι, δε χρειαζόταν να ανησυχεί για τίποτα.

Το μικρό υποβρύχιο προχωρούσε ανενόχλητο και όταν έφτασε τελικά στον προορισμό του, το υποδέχτηκαν υποθαλάσσιες πύλες, ανοιγμένες διάπλατα, επιτρέποντάς του να μπει στα ενδότερα του νησιού. Διέκοψε την πορεία του πάνω σε μια πλατφόρμα, εναποθέτοντας το βαρύ φορτίο. Η πλατφόρμα άρχισε να ανασηκώνεται και ο Μέμνων μπορούσε να διακρίνει δέσμες φωτός που προέρχονταν από κάποιο ανώτερο επίπεδο. Η άνοδος κατέληξε πάνω από τη στάθμη του νερού σε έναν τεράστιο χώρο που έσφυζε από ζωή και ήταν γεμάτος προβολείς, κίνηση και από αναρίθμητα μηχανικά κατασκευάσματα, όπως ανδροειδή, οχήματα και γερανούς που κινούνταν χωρίς οδηγό, οπλισμένους μηχανικούς φρουρούς και πράγματα τα οποία ο Μέμνων δεν μπορούσε καν να ονομάσει. Η έλλειψη ανθρώπινης παρουσίας ήταν παντελής. Παρατήρησε το υποβρύχιο που είχε ρυμουλκήσει το τέρας. Στεκόταν ακίνητο και όση ώρα το κοιτούσε, κανένας χειριστής δεν είχε βγει από τη θυρίδα του. Υπέθεσε ότι λειτουργούσε και εκείνο αυτόματα και έκανε τη σκέψη ότι ίσως ο ίδιος να ήταν ο μοναδικός άνθρωπος στο χώρο.

Σύντομα όμως είχε να ασχοληθεί με άλλα πιο σημαντικά θέματα, αφού δεκάδες μεταλλικά πλοκάμια τα οποία κατέληγαν σε φωτεινά μάτια, κατέβηκαν από το ταβάνι για να διεξάγουν τον εξονυχιστικό έλεγχο του κουφαριού του τέρατος. Έπρεπε να κινηθεί γρήγορα και να αναζητήσει μια νέα κρυψώνα, αλλιώς σύντομα θα τον ανακάλυπταν και θα τον συνέθλιβαν στην ατσαλένια τους αγκαλιά. Κοίταξε βιαστικά γύρω του, καθώς η απόσταση ανάμεσα σε εκείνον και τους ανιχνευτές μίκραινε επικίνδυνα. Δίχως να το καλοσκεφτεί πραγματοποίησε ένα άλμα αρκετών μέτρων και προσγειώθηκε στην πλατφόρμα. Η κίνησή του δεν ήταν τόσο αθόρυβη όσο επιθυμούσε όμως, με αποτέλεσμα ένα από τα ανδροειδή που εργαζόταν κοντά στο σημείο, να πλησιάσει για να διαπιστώσει την προέλευση του θορύβου. Ο Μέμνων πρόλαβε και κρύφτηκε πίσω από μια σειρά μεταλλικών βαρελιών. Έμεινε ακίνητος, ευχόμενος ο μεταλλικός εργάτης, όντας ένα απλό μοντέλο χειρονακτικής εργασίας, να μην είχε ιδιαίτερα ανεπτυγμένο σύστημα εντοπισμού. Οι υπολογισμοί του Μέμνονα αποδείχθηκαν σωστοί, αφού οι ταπεινοί αισθητήρες του ανδροειδούς δεν μπόρεσαν να τον εντοπίσουν πίσω από τα βαρέλια.

Έτσι σύντομα έχασε το ενδιαφέρον του και επέστρεψε στη μεταφορά κιβωτίων, που ήταν και η καταγεγραμμένη εντολή στον ηλεκτρονικό του εγκέφαλο. Ο Μέμνων έβγαλε το σκάφανδρο και τη συσκευή υποβρύχιας κίνησης και τα έκρυψε κάτω από ένα μουσαμά. Ύστερα άνοιξε ένα από τα βαρέλια και διαπίστωσε ότι περιείχε πόσιμο νερό. Ελέγχοντας αν τον κοιτούσε κανείς, βούτηξε μέσα στο βαρέλι. Η στάθμη του νερού κατέβηκε αφού αρκετό χύθηκε έξω, με αποτέλεσμα να έχει χώρο για τη μύτη του και το στόμα του και να μπορεί να αναπνέει. Έκλεισε το καπάκι από πάνω του και έμεινε ακίνητος μέσα στο σκοτάδι του βαρελιού και την ψύχρα του υγρού στοιχείου. Έτσι ξεκίνησε μια σύντομη αναμονή η οποία διεκόπη όταν ένιωσε το βαρέλι να μετακινείται, πιθανότατα από κάποιο μηχάνημα. Προσπάθησε να κρατήσει την ισορροπία του ενάντια στους κραδασμούς της μεταφοράς. Έπαιρνε μικρές ανάσες για να μη ζαλιστεί και πάσχιζε να σταθεροποιήσει τους χτύπους της καρδιάς του, χαλαρώνοντας τον εαυτό του όσο περισσότερο μπορούσε σε εκείνο το κλειστοφοβικό περιβάλλον. Ένα τράνταγμα πολύ πιο έντονο από τα προηγούμενα, σήμανε την απόθεση του βαρελιού στο έδαφος και το τέλος του μικρού ταξιδιού του.

Άφησε μερικά λεπτά να περάσουν και ανασήκωσε ελάχιστα το καπάκι. Το πρώτο πράγμα που είδε ήταν ένας αυτόματος γερανός που απομακρυνόταν από το χώρο, έχοντας μεταφέρει μια ντουζίνα βαρέλια και ένα λαθρεπιβάτη. Βγήκε προσεκτικά από το βαρέλι κοιτάζοντας συνεχώς προς όλες τις κατευθύνσεις, μη θέλοντας να πέσει θύμα κάποιας απροειδοποίητης μηχανικής ή ανθρώπινης επίθεσης, αν και ακόμα δεν είχε εντοπίσει κάποιο ίχνος ανθρώπινης ζωής. Ανακάλυψε όμως κάτι ακόμα πιο ενδιαφέρον. Κάτι τελείως αναπάντεχο που δεν είχε ξαναδεί από κοντά ποτέ στη ζωή του. Το αναγνώρισε από τις εικόνες που του είχε δείξει ο Προμηθέας, όταν τον είχε εμβολιάσει με τον Κίστο και από διάφορα ντοκιμαντέρ που είχε παρακολουθήσει σχετικά με το παρελθόν του πλανήτη, τις παλιές καλές μέρες, όταν η Γη δεν είχε γίνει ακόμα ένας ατελείωτος βούρκος. Βρισκόταν μέσα σε ένα τεράστιο θερμοκήπιο το οποίο στέγαζε πλούσια βλάστηση, πληθώρα φυτών αμέτρητων ειδών, τα ονόματα των οποίων δε γνώριζε, χωρίς όμως αυτή του η άγνοια να τον εμποδίζει να μαγευτεί από την απαράμιλλη ομορφιά. Στεκόταν ακίνητος και κοίταζε με το στόμα ανοιχτό θαυμάζοντας την ποικιλία χρωμάτων και σχημάτων.

Πλησίασε για να τα αγγίξει, αδιαφορώντας για το μηχανισμό ψεκασμού που τα πότιζε, τροφοδοτούμενος με νερό απ' τα βαρέλια. Άφησε τις σταγόνες να μουσκέψουν τα μαλλιά του και να κυλήσουν στο πρόσωπό του, ενώ τα δάχτυλα του σάρκινου χεριού του χάιδευαν τα φύλλα και τους μίσχους. Βυθισμένος στη γοητεία αυτής της πρωτόγνωρης εμπειρίας, δεν αντιλήφθηκε τους φρουρούς του θερμοκηπίου που τον είχαν εντοπίσει και πλησίαζαν για να τον συλλάβουν ή εκτελέσουν. Βρέθηκε περικυκλωμένος από πέντε ανδροειδή και ήταν πολύ αργά για να αποδράσει. Είχαν στραμμένες επάνω του καραμπίνες λέιζερ, έτοιμα να πατήσουν τη σκανδάλη σε περίπτωση που έκανε κάποια ύποπτη κίνηση. Έκαναν όμως ένα λάθος. Ο επικεφαλής της ομάδας του είπε με την ηλεκτρονική απόκοσμη φωνή του: «Απομακρύνσου αμέσως από τα φυτά!» Μόλις του είχαν αποκαλύψει το αδύναμο σημείο τους και φυσικά θα το εκμεταλλευόταν για να βγει από τη δύσκολη θέση στην οποία τον είχε φέρει η απροσεξία του. Έστρεψε το λέιζερ του προς τα φυτά, στέλνοντας έτσι τη δική του σιωπηρή απειλή, αν και θα δυσκολευόταν να την πραγματοποιήσει και να καταστρέψει τέτοια μοναδική ομορφιά.

Ευχήθηκε η κατάσταση να μην έφτανε στα άκρα. Η ευχή του πραγματοποιήθηκε αφού η κίνησή του φάνηκε να έχει αποτέλεσμα. Τα ανδροειδή έμειναν ακίνητα, υπολογίζοντας ίσως πόση ζημιά θα προλάβαινε να προκαλέσει πριν πεθάνει ή ακόμα και ποιες θα ήταν οι απώλειες σε φυτά από τις δικές τους ακτίνες οι οποίες θα διαπερνούσαν το κορμί του και θα κατευθύνονταν στη συνέχεια στους πράσινους προστατευόμενούς τους. Ήταν φανερό από το δισταγμό τους ότι δεν είχαν αντιμετωπίσει ξανά παρόμοια περίπτωση και ότι πιθανότατα ήταν ο πρώτος άνθρωπος που είχε πατήσει το πόδι του στο άβατο, εκτός από τον Πυθέα. Λογικά ο Πυθέας θα ήταν υπεύθυνος για όλα όσα είχε δει μέχρι στιγμής και για πολλά άλλα ακόμα που αγνοούσε. Τα είχε κρατήσει ζηλόφθονα μακριά από την υπόλοιπη ανθρωπότητα, θέλοντας να απολαμβάνει τα θαύματά του μόνο ο ίδιος. Τα ανδροειδή με τέλειο μεταξύ τους συγχρονισμό κατέβασαν τα όπλα και έκαναν ένα βήμα πίσω, φανερώνοντας ξεκάθαρα την πρόθεσή τους. Ο Μέμνων χαμήλωσε και αυτός με τη σειρά του το κανονάκι του βραχίονα, διατηρώντας όμως την εγγύτητά του προς τα φυτά.

Τα νεύρα του Μέμνονα ήταν τεντωμένα. Έτσι όταν ακούστηκε η φωνή από τα ηχεία στο θερμοκήπιο και τα παρακείμενα δωμάτια, αναπήδησε ξαφνιασμένος. Εάν και είχε την ίδια ηλεκτρονική χροιά, που χαρακτήριζε και τις φωνές των ανδροειδών, μαρτυρούσε πραγματική αγωνία, ένα συναίσθημα που μόνο από άνθρωπο θα μπορούσε να προέρχεται.

«Δεν υπάρχει λόγος να βλάψεις τα φυτά! Είναι πολύτιμα και άλλωστε δε θα σε ωφελούσε σε τίποτα μια τέτοια ενέργεια. Μπορείς να ακολουθήσεις τους φύλακές μου μέχρι το γραφείο μου, όπου θα μπορούμε να μιλήσουμε ειρηνικά. Σου εγγυώμαι ότι κανείς δε θα χρησιμοποιήσει βία εναντίον σου».

Μια πολύχρονη καριέρα στο έγκλημα και αμέτρητα πισώπλατα μαχαιρώματα που είχε δώσει αλλά και δεχτεί, έκαναν τον Μέμνονα να μην πιστεύει κατά κανόνα τέτοιες διαβεβαιώσεις. Όμως μια θετική απάντηση θα τον έβγαζε προσωρινά από το τέλμα στο οποίο είχε περιέλθει και θα του προσέφερε την ευκαιρία να ικανοποιήσει την περιέργειά του, μαθαίνοντας επιτέλους ποιος όριζε την τύχη εκείνου του μυστηριώδους όσο και θαυμαστού νησιού. Έτσι δέχτηκε την προσωρινή ανακωχή, όντας βέβαια πάντα σε επιφυλακή. Τα ανδροειδή τον οδήγησαν μέσα από δαιδαλώδεις διαδρόμους που διέσχιζαν πληθώρα αυτόματων μηχανημάτων και μεταλλικών εργατών, οι οποίοι διεξήγαγαν εργασίες για τη συντήρηση και ανάπτυξη εκείνου του πολύπλοκου οργανισμού, ο οποίος αποτελείτο από εργαστήρια παρασκευής κυκεώνα και άλλων ουσιών, δεκάδες θερμοκήπια σαν αυτό στο οποίο είχε βρεθεί νωρίτερα και χώρους τη χρησιμότητα των οποίων δεν μπορούσε καν να φανταστεί. Παράλληλα με την παρατήρηση του χώρου, φρόντιζε να έχει το νου του στους μηχανικούς συνοδούς του, ώστε να αντιδράσει εγκαίρως αν χρειαζόταν. Είχε πάντα στη διάθεσή του το κανονάκι που ήταν αναπόσπαστο εξάρτημα του χεριού του και ένα μικρό μαχαίρι – λέιζερ δεμένο στα πλευρά του κάτω από την καταδυτική στολή. Το αγαπημένο του κατάνα ήταν αρκετά ογκώδες για τη μυστική αυτή αποστολή και το είχε αφήσει στην ξηρά.

Όταν τα ανδροειδή σταμάτησαν απότομα μπροστά σε μια από τις αμέτρητες πόρτες των διαδρομών, για μια στιγμή δίστασε να μπει επειδή ήταν μια είσοδος όπως όλες οι άλλες, χωρίς να κοσμείται από κάτι χαρακτηριστικό που θα την ξεχώριζε ως την πόρτα του επικεφαλής. Εντείνοντας τελικά την επιφυλακή του έκανε ένα βήμα μπροστά, αφήνοντας πίσω του τα ανδροειδή που τον παρακολουθούσαν υπομονετικά. Η αυτόματη πόρτα άνοιξε για να τον υποδεχτεί και έκλεισε πίσω του όταν πια είχε περάσει το κατώφλι. Το δωμάτιο ήταν σκοτεινό και μισόκλεισε τα μάτια του προσπαθώντας να διακρίνει κάτι, παρά την έλλειψη φωτισμού. Τον καλωσόρισε η φωνή που είχε ακουστεί από τα ηχεία νωρίτερα. Η φωνή που τον είχε προσελκύσει έως εκεί με υποσχέσεις απαντήσεων.

«Με συγχωρείς για το χαμηλό φωτισμό. Έχω ξεχάσει τις ανθρώπινες ανάγκες λόγω της κατάστασής μου. Το φως, η τροφή και όλα όσα συντηρούν τον ανθρώπινο οργανισμό έχουν σταματήσει να μου είναι απαραίτητα εδώ και χρόνια».

Καθώς το δωμάτιο άρχισε προοδευτικά να φωτίζεται, παρουσιάστηκε μπροστά στα μάτια του Μέμνονα ο άρχοντας της Θούλης, σε όλο του το αφύσικο μεγαλείο. Ένας εγκέφαλος πλαισιωμένος από ένα ζευγάρι μάτια και ένα πλήρες νευρικό σύστημα βρισκόταν μέσα σε μια δεξαμενή γεμάτη με ένα άχρωμο υγρό. Εκατοντάδες καλώδια συνέδεαν το περιεχόμενο της δεξαμενής με υπολογιστές, μηχανικούς βραχίονες και μια ποικιλία μηχανημάτων που έδιναν τη δυνατότητα στον εγκέφαλο να ελέγχει το βασίλειό του και τους άψυχους υποτακτικούς του. Ο Μέμνων ρούφηξε την εντυπωσιακή όσο και αλλόκοτη εικόνα, ενώ εκτίμησε και την απειλή που θα παρουσίαζαν οι βραχίονες ή άλλα όπλα που ίσως έμεναν προσωρινά κρυμμένα, για να αποκαλυφθούν την πιο κρίσιμη στιγμή και να τον πλήξουν. Αφού έμεινε σχετικά ικανοποιημένος από την αναγνώριση του εχθρικού περιβάλλοντος, επικέντρωσε το βλέμμα του στη δεξαμενή, αν και η πράξη δεν του ήταν καθόλου ευχάριστη.

«Ο Πυθέας υποθέτω;»

«Υποθέτεις σωστά. Μέχρι σήμερα άλλωστε ήμουν ο μοναδικός άνθρωπος που είχε πατήσει το πόδι του στο νησί, από τη στιγμή που εγώ και ο μηχανικός στρατός μου εγκατασταθήκαμε. Αυτός ο τόπος ήταν κάποτε ακατοίκητος και άγονος, δυσπρόσιτος και απομονωμένος από τον πολιτισμό. Σπανίως κάποιος ψαράς ή ναυτικός πλησίαζε αυτές τις ακτές. Αλλά φρόντισα ακόμα και αυτές οι ελάχιστες εξαιρέσεις να εξαλειφθούν με την τεχνητή ομίχλη και κακοκαιρία και σε ακραίες περιπτώσεις με την παρέμβαση του τέρατός μου. Επίσης οι παρεμβολές που εξέπεμπα εμπόδιζαν οποιοδήποτε ραντάρ ή άλλο μηχανισμό να ανακαλύψει ότι αυτός ο έρημος βράχος πλέον σφύζει από ζωή. Όχι ανθρωπινή, αλλά δεν παύει να αποτελεί μια μορφή ζωής». Ο Μέμνων αναρωτήθηκε αν εννοούσε τα φυτά ή αν υπήρχε και κάτι άλλο που δεν του είχε εκμυστηρευτεί ακόμα. Αφού όμως ο Πυθέας είχε εξομολογητική διάθεση, έμεινε σιωπηλός και τον άφησε να συνεχίσει.

«Εσύ όμως Μέμνονα δεν πτοήθηκες από αυτά τα εμπόδια. Έτσι δεν είναι;»

«Είχα ένα πλεονέκτημα έναντι των άλλων. Γνώριζα ότι από εδώ προέρχεται η πιο πολύτιμη ουσία στον πλανήτη και έτσι είχα ισχυρό κίνητρο να συνεχίσω τις προσπάθειές μου μέχρι να φτάσω εδώ».

«Υπήρχε και κάποιος άλλος που γνώριζε το μεγάλο μυστικό, αλλά ήταν απρόθυμος να αφήσει το θρόνο του και να κάνει το μακρινό ταξίδι, όλα αυτά τα χρόνια. Ένας άνθρωπος που διψούσε για πληροφορίες περισσότερο και από εμένα ακόμα, δε θέλησε να δει με τα ίδια του τα μάτια τα θαύματα που συντελούνται εδώ στη Θούλη υπό την καθοδήγησή μου, εδώ και έναν αιώνα».

«Δεν ήταν το μόνο λάθος που έκανε ο Σκίρων. Το μεγαλύτερό του μάλλον ήταν ότι δε με σκότωσε όταν είχε την ευκαιρία, αλλά προτίμησε να με κρατήσει σαν τρόπαιο, για να θυμάται το θρίαμβό του».

«Ίσως όμως ο δικός σου θρίαμβος να ήταν προτιμότερος και να εξυπηρέτησε το κοινό καλό».

«Δε νομίζω ότι θα είχες την ίδια άποψη αν ήξερες με τι σκοπό έχω έρθει εδώ».

«Μπορώ να φανταστώ. Ο ιός της Αράς και ο κυκεώνας που ακολούθησε, κατέστρεψαν τις κοινωνίες και μετέτρεψαν τους ανθρώπους σε σκιές των εαυτών τους. Σε προσωπικό επίπεδο σου στέρησαν αναμνήσεις και αγαπημένα πρόσωπα, μετατρέποντάς σε έναν ανηλεή δολοφόνο. Έχεις έρθει εδώ για να με σκοτώσεις και να διακόψεις το εμπόριο του κυκεώνα μια για πάντα».

«Ακριβώς. Ήταν λάθος σου που με άφησες να πλησιάσω τόσο κοντά» είπε ο Μέμνων καθώς το λέιζερ του ξεπρόβαλε σκοπεύοντας τον Πυθέα. Η ηλεκτρονική φωνή όμως τον σταμάτησε πριν καταστρέψει εκείνο το αλλόκοτο αμάλγαμα ανθρώπου και μηχανής.

«Αν με σκοτώσεις θα έχεις πετύχει μόνο τον έναν από τους δύο στόχους σου. Η αυτοματοποιημένη διαδικασία παρασκευής και πώλησης του κυκεώνα θα συνεχιστεί και μετά το θάνατό μου απρόσκοπτα. Εκτός αν σκοπεύεις να αντιμετωπίσεις ολομόναχος το μηχανικό στρατό μου. Όσο και αν θαυμάζω τις πολεμικές σου αρετές, δε νομίζω ότι θα βγεις ζωντανός από μια τέτοια προσπάθεια». Ο Μέμνων ανασήκωσε τους ώμους του αδιάφορα.

«Ποτέ δεν είπα ότι σκοπεύω να φύγω ζωντανός από το νησί σου».

«Δεν αμφιβάλλω ότι είσαι έτοιμος να πεθάνεις αν χρειαστεί. Έχω όμως να σου κάνω μια καλύτερη πρόταση από την οποία θα έχεις διπλό κέρδος. Σκότωσέ με αλλά μείνε μετά στη Θούλη ως διάδοχός μου».

Για πρώτη φορά στη συζήτηση ο Μέμνων δίστασε, μένοντας έκπληκτος από την αναπάντεχη αυτή πρόταση.

«Προσπαθείς απλά να κερδίσεις χρόνο» κατηγόρησε τον Πυθέα.

«Κοίταξέ με. Ο χρόνος είναι το μόνο που δε μου λείπει. Κάποτε ήταν ευλογία, αλλά τώρα έχει μετατραπεί σε κατάρα. Πλέον αποζητώ το θάνατο. Τη λύτρωση. Δεν μπορώ όμως να αφήσω τους κόπους μιας ζωής να πάνε χαμένοι. Οι μηχανές είναι εξελιγμένες και μπορούν να συνεχίσουν το προγραμματισμένο τους έργο για μια αιωνιότητα. Για να μεγαλουργήσουν όμως χρειάζονται έναν ηγέτη».

«Να μεγαλουργήσουν πώς; Στέλνοντας τον αργό θάνατο σε έναν ολόκληρο πλανήτη;» πέταξε ο Μέμνων με αγανάκτηση.

«Ο κυκεώνας είναι μονάχα ένας από τους τομείς των ερευνών μας. Σίγουρα είναι ο πιο κερδοφόρος και το εμπόριό του έχει κάνει δυνατά όλα όσα βλέπεις και άλλα πολλά που ούτε καν φαντάζεσαι. Όμως στο νησί παρασκευάζονται αμέτρητα θαυματουργά προϊόντα, τα οποία θα μπορείς να πουλάς στη θέση του κυκεώνα, εξασφαλίζοντας έτσι τα απαραίτητα για τη συντήρηση του ποικιλόμορφου αυτού οργανισμού. Πρόσεξα με τι δέος κοίταζες τα φυτά και πόσο ποθούσες να τα αγγίξεις. Αν σου δείξω τι άλλο έχουμε κατορθώσει εδώ, είμαι σίγουρος ότι θα πειστείς».

Ένας τοίχος αριστερά από τον Μέμνονα υποχώρησε, αποκαλύπτοντας μια οθόνη. Έστρεψε την προσοχή του σε αυτή χωρίς όμως να χάνει τελείως από το οπτικό του πεδίο τον Πυθέα.

Ήταν πολύ έμπειρος για να του αποσπάσει κάποιος την προσοχή τόσο εύκολα. Όταν όμως η εικόνα προβλήθηκε στην οθόνη, ο Μέμνων πλησίασε για να την απολαύσει σε όλο της το μεγαλείο, αδιαφορώντας πλήρως για τον Πυθέα. Αυτό που έβλεπε ήταν λήψεις κάμερας από διάφορα κλουβιά και ενυδρεία, στα οποία περιφέρονταν ζώα, ψάρια και άλλες μορφές ζωής, που είχαν εξαφανιστεί από το πρόσωπο του πλανήτη εδώ και γενιές ολόκληρες. Γύρω από τα υπέροχα αυτά πλάσματα κινούνταν τα ανδροειδή του Πυθέα, τα οποία ήταν υπεύθυνα για τη φροντίδα της κάθε τους ανάγκης. Ο Μέμνων απευθύνθηκε στον Πυθέα, χωρίς να τραβήξει το βλέμμα του από την οθόνη.

«Είναι κάποιο τέχνασμα;»

«Όχι. Ό,τι βλέπεις είναι πέρα για πέρα αληθινό. Μπορείς αν θες να πας κοντά τους και να τα αγγίξεις. Τα ανδροειδή θα σε καθοδηγήσουν σχετικά με το ποια είναι ακίνδυνα και ποια όχι».

«Πώς είναι όλα αυτά δυνατά; Τα φυτά και τα ζώα ήταν εξαφανισμένα. Πώς το κατάφερες αυτό;»

«Όταν τα διάφορα είδη ζωής είχαν αρχίσει να εξαφανίζονται το ένα μετά το άλλο, λόγω των αλλεπάλληλων περιβαλλοντικών καταστροφών και της κλιματικής αλλαγής που αυτές προκάλεσαν, κάποιοι προσπάθησαν να περισώσουν ό,τι μπορούσαν, κάνοντας πειράματα με το DNA φυτών και ζώων. Δυστυχώς η τεχνολογία τους δεν ήταν αρκετά ανεπτυγμένη για να πετύχουν κλωνοποίηση σε τόσο μεγάλη κλίμακα, ώστε να σωθούν όλα τα είδη του πλανήτη. Πολλοί επιστήμονες αναγκάστηκαν να αφήσουν την έρευνά τους ανολοκλήρωτη, λόγω των μεγάλων πολέμων που είχαν ξεσπάσει εκείνη την εποχή παγκοσμίως. Παρά τους θανάτους, τις απαγωγές και την υποχρεωτική στράτευση αυτών των πεφωτισμένων ατόμων, τα δείγματα και τα ευρήματα των ερευνών τους δε χάθηκαν. Γύρισα όλον τον κόσμο και περιέσωσα ό,τι κατάφερα να βρω από τη σπουδαία αυτή προσπάθεια. Τα δείγματα του DNA και οι μέθοδοι του παρελθόντος σε συνδυασμό με την προηγμένη τεχνολογία των δικών μας καιρών, έφεραν το αποτέλεσμα που βλέπεις μπροστά σου». Ο Μέμνων τράβηξε με δυσκολία το βλέμμα του από τις συναρπαστικές αυτές μορφές ζωής και στράφηκε και πάλι προς τον Πυθέα.

«Γιατί να μου προσφέρεις τη θέση σου ως άρχοντας της Θούλης και μάλιστα να πεθάνεις χωρίς να προβάλλεις αντίσταση; Είμαι σίγουρος ότι γνωρίζεις την πρόοδο του Κτησίβιου στη μεταφορά συνείδησης από ανθρώπινο σε βιονικό σώμα. Αν δοκιμάσεις και εσύ τη μεταφορά, ίσως είναι επιτυχημένη και έτσι να καταφέρεις να ζήσεις για πάντα. Για να επιλέγεις το θάνατο αντί της αιωνιότητας, πάει να πει πως κάτι κρύβεις».

«Έχω ζήσει πολλά χρόνια ως μηχανή. Μπορεί ο Κτησίβιος να έχει τη δυνατότητα να μου προσφέρει ένα σώμα με το οποίο θα μπορώ να κινούμαι και να λειτουργώ κανονικά στον έξω κόσμο, όπως παλιά, αλλά χωρίς τις ανθρώπινες αισθήσεις η ζωή δε θα έχει νόημα. Ο μόνος λόγος που παρά τη στέρηση των ανθρώπινων απολαύσεων, παρέτεινα το μονότονο αυτό βίο, ήταν για να περιφρουρήσω το δημιούργημά μου, τη Θούλη. Τώρα όμως που έφτασε στις ακτές της κάποιος, ο οποίος κατέλυσε το πανίσχυρο και διεφθαρμένο καθεστώς της πατρίδας και πραγματοποίησε το επικίνδυνο αυτό ταξίδι, φτάνοντας τελικά ζωντανός σε έναν προορισμό που δεν είχε δει ανθρώπινο μάτι, πέρα από αυτό του δημιουργού του, τότε δεν μπορεί παρά να είναι άξιος συνεχιστής του μύθου. Ποιος ξέρει; Ίσως μια μέρα να μπορέσεις να αποκαλύψεις στην ανθρωπότητα όλα αυτά τα θαύματα. Αν κρίνεις ότι ο άνθρωπος θα μπορέσει να εκτιμήσει τη μαγεία της Θούλης και ότι δε θα την καταστρέψει μέσα στη μανία του. Λοιπόν, ποια είναι η απάντησή σου;»

Ο Μέμνων κοίταξε για άλλη μια φορά την οθόνη η οποία είχε χωριστεί σε τετραγωνίδια και έδειχνε εικόνες από τις ομορφιές και τα θαύματα του νησιού. Ήταν πραγματικά ένας επίγειος παράδεισος, που πιθανότατα δεν είχε όμοιό του στον πλανήτη. Του γεννούσε τη λαχτάρα να τον εξερευνήσει. Πώς θα μπορούσε να πει όχι και να χάσει την ευκαιρία να παραμείνει στο μοναδικό εκείνο μέρος; Έγνευσε καταφατικά και ο Πυθέας δέχτηκε την απάντηση με ανακούφιση. Κοίταξε στο κενό για μερικά δευτερόλεπτα, βυθισμένος σε κάποια σιωπηλή διεργασία. Όταν στράφηκε και πάλι στον Μέμνονα είχε να του κάνει μια ανακοίνωση.

«Μόλις σου μεταβίβασα τον έλεγχο όλων των ανδροειδών, των αυτόματων μηχανημάτων και των υπολογιστών του νησιού. Μπορείς να τους δίνεις προφορικές εντολές ή να συνδέεσαι με τον κεντρικό υπολογιστή που βρίσκεται σε αυτό το δωμάτιο και να ασκείς τον έλεγχό σου μέσω του δικτύου, με σύνδεση του εγκεφάλου σου. Από εδώ θα έχεις πρόσβαση σε κάθε γωνιά του νησιού και μπορείς να παρακολουθείς όλες τις εργασίες και οτιδήποτε άλλο συμβαίνει. Για οποιοδήποτε πρόβλημα συναντήσεις, μπορείς να ανατρέχεις στα εκτενή αποθηκευμένα αρχεία ή να ρωτάς τα ανδροειδή τα οποία θα σου λύνουν κάθε απορία και θα εκτελούν πρόθυμα κάθε σου διαταγή. Είσαι ο αδιαφιλονίκητος άρχων του νησιού, αλλά εκτός από εξουσία έχεις και τεράστια ευθύνη για ό,τι γίνει στη συνέχεια. Ελπίζω ότι επέλεξα σωστά. Παρακολουθούσα ανελλιπώς τις εξελίξεις όλα αυτά τα χρόνια και ξέρω ότι παρά τα πολλά σου ελαττώματα, έχεις ηγετικές ικανότητες. Εναντίον του Σκίρωνα οδηγήθηκες στην επιτυχία χάρη στη μανία σου για εκδίκηση. Τώρα πια θα πρέπει να αντλήσεις από αλλού δύναμη, γιατί η αποστολή σου δεν είναι η καταστροφή αλλά η δημιουργία».

Ο Μέμνων επικεντρώθηκε στα απομεινάρια του συνομιλητή του, που κρατιόντουσαν με πείσμα στη ζωή αψηφώντας τη φυσική εξέλιξη. Αναρωτήθηκε πώς ο άνθρωπος που είχε εξαπολύσει την Αρά στην ανθρωπότητα και πουλούσε χωρίς τύψεις τον κυκεώνα ως λύση στο πρόβλημα που ο ίδιος είχε προκαλέσει, ήταν ταυτόχρονα υπεύθυνος για κάτι που μπορούσε να χαρακτηριστεί μόνο ως θαύμα.

«Η μανία μου για εκδίκηση θα μου χρειαστεί λίγο ακόμα, αν είναι να ολοκληρώσουμε τη συμφωνία μας».

«Έχεις δίκιο. Προχώρησε λοιπόν έτσι ώστε να φύγει από τη μέση και αυτή η τελευταία εκκρεμότητα».

Ο Πυθέας όντας απλά ένα νευρικό σύστημα βυθισμένο στα όργανα μηχανικής υποστήριξης, δεν είχε τη δυνατότητα για εκφράσεις. Έτσι όταν ο Μέμνων εκτέλεσε το τελευταίο μακάβριο καθήκον του, το θύμα δε φανέρωσε ούτε φόβο ούτε ανακούφιση. Ο Πυθέας απλά έσβησε, αφήνοντας το διάδοχό του μόνο του με την τεράστια κληρονομιά του. Ο άνθρωπος που κάποτε λεγόταν αλλιώς και ως αστυνομικός πολεμούσε το έγκλημα, είχε στη συνέχεια χάσει τα πάντα και είχε μεταμορφωθεί σε έναν ανηλεή εγκληματία. Πλέον έμπαινε στην τρίτη φάση της ζωής του, την εξέλιξη της οποίας δεν μπορούσε να προβλέψει. Θα είχε όμως την ευκαιρία, απομονωμένος από τους κινδύνους του υπόλοιπου κόσμου, να προσαρμοστεί στο νέο του ρόλο και στο νέο περιβάλλον. Άνοιξε την πόρτα και άφησε τον παλιό του εαυτό πίσω. Το νησί του τον περίμενε.

ΤΕΛΟΣ

Ο ΣΥΓΓΡΑΦΕΑΣ

Ο Στυλιανός Κιλημάντζος γεννήθηκε στην Αθήνα στις 8/2/81. Έχει σπουδάσει Αγγλική Φιλολογία στη Φιλοσοφική Σχολή Αθηνών και έχει μεταπτυχιακό στη μετάφραση από το Πανεπιστήμιο του Portsmouth. Έχει ασχοληθεί επαγγελματικά με τη διδασκαλία της αγγλικής γλώσσας, τη μετάφραση και τη διερμηνεία.

Άλλα του έργα είναι:
"Το Χρονικό της Παγωμένης Ηπείρου"
"Για τον Θρόνο της Θερίνια"
"Το Διαμάντι των Θεών"

www.ingramcontent.com/pod-product-compliance
Lightning Source LLC
Chambersburg PA
CBHW051931020726
47501CB00001B/71